KB141499

프란츠 카프카

37 세계문학 단편선

프란츠 카프카

박병덕 옮김

H
현대문학

카프카 서거 100주기를 맞이하며

1983년 7월 카프카 탄생 100주년을 맞이해 우리나라에 한국카프카학회가 탄생했다. 그때 학회 총무를 맡아 일했던 한 사람으로서 카프카 서거 100주기를 맞아 이 글을 쓰고 있자니 감회가 새롭다.

세속적인 눈으로 보자면, 1883년에 태어나 당시로는 불치병인 폐결핵에 시달리다 1924년 41세의 젊은 나이에 생을 마감한 카프카는 참으로 비운의 작가였다. 그는 아름다운 원圓 같은 삶을 원했으나 실제로는 그 반경의 중점까지 달려가다가 결국 스스로 멈춘 채 다람쥐 쳇바퀴 돌듯 제자리걸음만을 되풀이하는 실패한 삶을 살았다. 한 인간으로서 그의 삶의 불행은 제1차 세계대전을 전후한 참혹한 시대 상황, 유대인이라는 출신 성분, 그리고 가정적으로 늘 강압적인 아버지와의 갈등 등이 그 원인으로 꼽힌다. 사망 직전 병에 시달리면서도 유대인 아가씨 도라 디아만트와 마지막 사랑의 불꽃을 피우며 잠시 행복한 시간을 보낸 것을 제외하고는, 1914년과 1917년 펠리체와의 두 번에 걸친 약혼과 파혼, 1919년 율리에와의 약혼과 파혼, 유부녀인 밀레나와의 이루어지지 못한 사랑 등 여성 관계 역시 아름다운 결실을 이루지 못하고 불행한 파국을 맞았다.

카프카는 작가로서도 생전에는 소수의 독자와 동료 문인들 사이에서만 어느 정도 이름이 알려졌을 뿐 큰 주목을 받거나 높은 평가를 받지는 못했으며, 나치의 유대인 박해와 금서 처분으로 작품조차 제대로 보존되거나 출간되지 못했다. 그러다가 사후 약 30년이 지난 1950년대에 이르러서야 비로소 현대 사회의 부조리함과 위기를 탁월하게 그려냈다는 카뮈 등 프랑스 작가들의 실존주의적 해석에 힘입어 프랑스, 영국, 미국 등을 거쳐 독일로 화려하게 귀환할 수 있었다.

카프카는 『참을 수 없는 존재의 가벼움』으로 유명한 체코 작가 밀란 쿤데라, 『해변의 카프카』로 유명한 일본 작가 무라카미 하루키 등 동서양을 불문하고 수많은 작가에게 큰 영향을 끼쳤을 뿐만 아니라, 오늘날은 『율리시스』의 제임스 조이스, 『잃어버린 시간을 찾아서』의 마르셀 프루스트와 더불어 20세기를 대표하는 작가 3인 가운데 하나로 꼽힐 만큼, 더 나아가 세계문학사상 가장 위대한 작가 가운데 하나로 언급될 만큼 대단히 높은 평가를 받고 있다.

카프카는 생전에 자신의 "유일한 갈망"이자 "유일한 천직"인 "문학과 다른 것이 될 수도 없었고, 되고자 하지도 않았다". 카프카에게는 진실이야말로 바로 생명 자체였기 때문에 자기 보존을 위해 글을 쓰는 그의 문학은 진실 탐구의 성격을 띠게 된다. 그의 문학은 가장 근본적인 차원에서 삶과 접맥되어 있으며, 무의미한 언어유희 차원을 넘어설 뿐만 아니라, 정치적·사회적 이념의 실현이라는 도구적 차원도 넘어선, 훨씬 더 보편적이고 근원적인 차원에서 우리의 삶에 이바지한다.

카프카 문학의 궁극적 의도는, 독자들이 선입견과 고정 관념을 버리고 자유롭고 새로운 시선으로 현실을 바라보도록 함으로써 허위에 의해 지탱되는 현실을 궁극적으로 진실에 의해 유지되는 현실로 변화시키도록 하는 데 있다고 말할 수 있다.

박병덕

차례

III. 카프카 사후 유고집에 수록된 단편들

Ⅰ. 카프카에 의해 출판된 책들과 작품들

1. 관찰

Betrachtung

국도 위의 아이들
Kinder auf der Landstraße

정원 울타리 옆길로 마차들이 지나가는 소리가 들리고, 나풀거리는 나뭇잎들 틈 사이로 가끔씩 그 모습이 보였다. 그 뜨거운 여름에 수레의 바큇살과 채가 얼마나 삐거덕거렸던가! 일꾼들이 들판에서 돌아오며 어찌나 웃어 대는지 창피할 정도였다.

나는 우리의 작은 그네에 앉아, 내 부모님 집 정원에 있는 나무 사이에서 마침 쉬고 있었다.

울타리 밖에서는 무언가가 끊임없이 지나갔다. 달음박질하는 아이들이 방금 순식간에 지나갔다. 볏단들 위에 사내들과 아낙네들을 태운 짐수레가 지나가며 주변의 화단들에 어두운 그림자를 드리웠다. 저녁 무렵 지팡이를 든 어떤 신사가 천천히 산책하는 모습, 그리고 팔짱을 낀 소녀 두세 명이 그와 마주치자 가볍게 인사를 하고는 길가

풀밭으로 비켜 가는 모습이 보였다.

그러고 나서 새들이 마치 불꽃이 튀는 것처럼 날아올랐는데, 나는 눈으로 새들을 좇았으나, 단숨에 올라가 버리는 모습을 보자 새들이 날아올라 간 것이 아니라 내가 떨어져 내린다는 생각이 들었다. 그러자 나는 힘이 빠져 그네 줄에 꼭 매달린 채 그네를 조금씩 흔들기 시작했다. 그러고는 곧 더 힘차게 흔들며 그네를 탔는데, 그때는 이미 바람이 더 서늘하게 불어왔고, 날아가는 새들 대신 몸을 떠는 별들이 나타났다.

나는 촛불 아래서 저녁을 먹었다. 나는 자주 두 팔을 나무 식탁 위에 올려놓았는데, 벌써 피곤해서 버터 빵을 씹고 있었다. 심하게 찢긴 커튼들이 따뜻한 바람에 부풀어 올랐고, 밖을 지나가던 어떤 사람이 나를 더 잘 보려고, 또 나와 이야기를 나누려고, 두 손으로 이따금씩 그 커튼들을 꼭 붙들고 놓지 않았다. 대체로 촛불이 곧 꺼져 버렸고, 그러면 모여들었던 모기떼가 촛불의 거무스레한 연기 속에 한참 동안 여전히 맴돌고 있었다. 누군가 창가에서 나에게 물으면, 나는 마치 산속 또는 그저 허공을 바라보는 것처럼, 그를 보았고, 그 역시 대답을 듣는 것이 그다지 중요하진 않은 것 같았다.

그런 다음 누군가가 창 아래의 벽을 타고 넘어와, 다른 애들이 벌써 집 앞에 와 있다고 전해 주면, 나는 한숨을 쉬면서 일어섰다.

"아니, 너 왜 그렇게 한숨을 쉬니? 도대체 무슨 일이 일어나기라도 한 거니? 어떤 특별한, 결코 다시 좋게 되돌릴 수 없는 불행한 일이니? 우리는 그 일에서 절대 회복될 수 없을까? 정말 모조리 다 망쳐 버린 거니?"

아무것도 망쳐 버린 건 아니었다. 우리는 집 앞으로 달려갔다. "아

휴, 다행이야, 너희 드디어 왔구나."—"넌 정말 항상 늦는구나."—"도
대체 왜 나야?"—"바로 너, 함께 가고 싶지 않으면, 그냥 집에 있
어."—"동정하지 마!"—"뭐 어째? 동정하지 말라고? 어떻게 그따위로
말할 수가 있니?"

　우리는 저녁을 머리로 뚫고 나아갔다. 낮 시간도 밤 시간도 없었
다. 때로는 우리의 조끼 단추들이 마치 이처럼 서로 맞부딪쳤고, 때
로는 마치 열대에 사는 동물들처럼 우리는, 입에 불을 뿜으며, 일정
한 간격을 두고 달리기도 했다. 옛날 전쟁 때 갑옷을 입은 기병들처
럼 땅을 박차고 공중 높이 뛰어올라, 우리는 서로 쫓듯이 짧은 골목
길을 달려 내려가서는 계속 그런 달리기로 단숨에 국도國道 위로 뛰
어올라 갔다. 몇 명이 길가 도랑 속에 뛰어들어 금방 어두운 둑 앞에
서 사라졌는가 싶었는데, 벌써 들길 위에 올라서서는 마치 낯모르는
사람들처럼 내려다보고 있었다.

　"제발 이리 내려와!"—"먼저 올라와!"—"너희가 우릴 밑으로 내동
댕이치라고 말이지, 그럴 생각 없는데? 아직 거기에 속지 않을 정도
의 분별력은 있어."—"너희 자신이 그렇게나 비겁하다고 말하고 싶은
거니? 와, 그냥 오라고!"—"정말? 너희가? 바로 너희가 우릴 아래로
내동댕이칠 거니? 너희가 지금 어떻게 보일 것 같아?"

　우리는 공격했고, 가슴팍을 얻어터졌으며, 떨어지면서 자원해서
일부러 도로 옆 도랑의 풀 속에 드러누웠다. 모든 것이 다 똑같이 따
스했으나, 우리는 풀의 따스함도, 차가움도 느끼지 못했으며, 다만 피
곤해졌을 따름이다.

　오른쪽으로 몸을 돌려 손을 귀 밑으로 가져간 채로, 잠이 들고 싶
었다. 물론 다시 한번 턱을 쳐들고 벌떡 일어나려고 하지 않은 것은

아니었지만, 그 대신 더 깊은 도랑 속으로 떨어지고 싶었다. 그러고 나서 이번엔 팔짱을 낀 채 두 다리를 옆으로 비스듬히 흔들고, 공중을 향해 몸을 날려 보려고 했으나, 또다시 확실히 훨씬 더 깊은 도랑 속으로 떨어지고 싶었던 것이다. 그런데 우리는 그 정도로는 결코 그만두고 싶지 않았다.

제대로 잠을 자기 위해서는 마지막 도랑에서 몸을 최대한으로, 특히 무릎을 펴게 될 것이라는 점을 우린 거의 생각하지도 못한 채 울고 싶은 심정이 되어 마치 아픈 것처럼 등을 대고 누워 있었다. 그러다가 어떤 소년이 허리께에 팔꿈치를 대고 시커먼 발바닥으로 우리 위를 넘어 둑에서 길 위로 뛰어나갔을 때, 우리는 그저 눈만 끔벅거렸다.

달이 벌써 상당히 높이 떠 있는 것이 보였고, 우편 마차 한 대가 그 달빛을 받으며 지나갔다. 약한 바람이 사방에 일고 있었는데, 도랑 속에서도 그걸 느낄 수 있었고, 가까이에서 숲이 쏴쏴 살랑거리는 소리를 내기 시작했다. 그러자 이제 우리에겐 혼자 있는 것도 더 이상 그다지 중요한 문제가 아니었다.

"너희 어디 있니?"—"이리 와 봐!"—"모두 모여!"—"너는 왜 숨어, 어리석은 짓 그만둬!"—"너흰 우편 마차가 벌써 지나간 걸 모르니?"—"아니 그럴 리가! 벌써 지나갔다고?"—"물론이야, 네가 잠든 사이에 지나가 버렸어."—"내가 잤다고? 아냐, 그럴 리가 없어!"—"그냥 잠자코 있어. 네 얼굴에 그렇게 쓰여 있는데 뭘."—"제발, 그만해."—"자, 가자!"

우리는 서로 바짝 붙어서 달렸는데, 서로 손이 맞닿은 애들도 있었다. 내리막길이었기 때문에, 머리를 아무리 높이 쳐들어도 충분히 높일 수가 없었다. 한 아이가 인디언이 전쟁을 알릴 때 지르는 함성을 내질렀다. 우리의 발길이 일찍이 전례가 없을 만큼 가볍게 질주했고, 뛰어오를 때는 바람이 우리의 엉덩이를 들어 올려 주었다. 아무것도 우리를 멈추게 하지는 못했을 것이다. 우리는 그렇게 달리고 있었으므로 심지어 추월을 당할 때에도 팔짱을 끼고 유유히 주위를 둘러볼 수 있을 정도였다.

아래로 급류가 흐르는 다리 위에 우리는 멈춰 서 있었다. 그러자 계속 앞으로 달려갔던 아이들이 되돌아왔다. 흐르는 물은, 벌써 늦저녁이 온 것은 아니라는 듯, 돌들과 나무뿌리들에 부딪히고 있었다. 다리의 난간을 뛰어넘어 아래로 내려가지 않을 이유가 전혀 없었다.

저 멀리 보이는 덤불 뒤에서 기차 한 대가 달려 나왔는데, 모든 찻간에 불이 환하게 켜져 있고 유리 창문은 아래로 내려져 있었다. 우리 중의 하나가 속된 유행가 한 곡을 부르기 시작했는데, 우리 역시 노래를 부르고 싶었다. 우리는 기차가 달리는 속도보다 훨씬 더 빨리 노래를 불렀고, 목소리만으로는 충분하지가 않았기에 두 팔까지 흔들어 댔다. 우리는 우리의 목소리로 빠져나올 수 없지만 기분 좋은 궁지에 빠지게 되었던 것이다. 자신의 목소리를 다른 사람들의 목소리와 섞는다는 것은, 마치 낚싯바늘에 걸린 것과 같다.

그렇게 우리는 숲을 등지고, 먼 곳에 있는 여행자들의 귀에까지 들리도록 노래를 불러 댔다. 마을에서는 어른들이 아직 잠들지 않고 깨어 있었으며, 어머니들은 밤을 위해 잠자리를 마련하고 있었다.

시간이 되었다. 나는 내 옆에 서 있는 애에게 키스했고, 그 옆에 있던 다른 세 명에게는 그냥 손을 내밀어 악수만 하고, 오던 길을 되돌아 달려갔는데, 아무도 나를 부르지 않았다. 그들이 나를 더 이상 볼 수 없게 된 첫 번째 네거리에서 나는 방향을 바꿔 들길을 달려 다시 숲속으로 들어갔다. 나는 남쪽에 있는 도시를 향해 달렸는데, 우리 마을에서는 그 도시에 대해 이렇게들 말하고 있었다.

"거기에 사람들이 있대! 생각해 봐, 그 사람들은 잠을 안 잔대!"

"그런데 도대체 왜 안 잔대?"

"그들은 피곤해지질 않으니까."

"그런데 도대체 왜 안 피곤해질까?"

"그들은 바보니까."

"바보들은 도무지 피곤해지지가 않는다고?"

"어떻게 바보들이 피곤해질 수 있겠어!"

어느 사기꾼의 가면을 벗김

Entlarvung eines Bauernfängers

저녁 열 시 무렵 마침내 나는 초대받은 모임이 열리는 으리으리한 저택 앞에 예전부터 그저 피상적으로만 알고 지내던 어떤 사내와 함께 도착했다. 이번에 뜻밖에 다시 나와 일행이 된 그 사내는 그 집에 도착하기 전에 나를 두 시간 동안이나 이 골목 저 골목으로 끌고 다녔다.

"자 그럼!" 하고 말하면서 나는, 이젠 무조건 작별하지 않으면 안 된다는 표시로 손뼉을 쳤다. 이보다 덜 확실하긴 했지만, 나는 이미 몇 번이나 그런 표시를 해 보였었다. 나는 이미 몹시 지쳐 있었던 것이다.

"곧바로 올라가실 건가요?" 하고 그가 물었다. 그의 입안에서 마치 이들이 서로 부딪치는 것 같은 소리가 들렸다.

"예."

물론 나는 초대를 받았다는 것을, 곧바로 그에게 이야기했었다. 그러나 나는 이미 예전부터 무척 가 있고 싶은 집으로 올라오라고 초대를 받은 것이지, 이렇게 여기 아래 대문 앞에 서서 맞은편 사내의 양쪽 귀 언저리를 스치듯 바라보고 있으라고 초대받은 것은 아니었다. 더구나 마치 이 자리에 이렇게 오랫동안 머무르겠다고 결심이라도 한 것처럼 지금처럼, 그와 더불어 침묵하고 있으라고 초대받은 것은 아니었다. 그러고 보니 그 주위의 집들도, 또 그 위 허공의 별들에 이르는 어둠조차도 우리의 이 침묵에 관여하고 있었다. 어디로 가는 길인지 알고 싶은 마음이 없는 보이지 않는 산책자들의 발자국 소리, 언제나 거듭하여 건너편 도로 쪽으로 부딪치듯 휘몰아치는 바람, 어떤 방의 닫힌 창문들을 향해 노래 부르는 축음기, 그런 소리들이, 마치 그 침묵이 옛날부터 그리고 앞으로도 영원히 그것들의 소유물인 것처럼, 그 침묵 속에서 들려왔다.

내 동반자는 자기 자신의 평판에 따라 처신했으며, 그리고—한 번 미소를 짓고 나서는—나의 평판에 따라서도 처신했는데, 그러고 나서는 벽을 따라 오른팔을 앞으로 내뻗더니 자신의 얼굴을, 눈을 감으면서, 그 팔에 기대었다.

그러나 이 미소를 나는 끝까지 지켜보지 않았는데, 왜냐하면 수치심이 갑자기 나를 돌려놓았기 때문이다. 그러니까 나는 이 미소를 보고서야 비로소 처음으로 이 사내가 사기꾼이며 그 이상 아무것도 아닌 존재라는 것을 깨달았던 것이다. 나는 이미 몇 달 동안 이 도시에 머물고 있던 터라, 이런 사기꾼 놈들을 철저하게 알고 있다고 믿었었다. 밤에 뒷골목에서 두 손을 앞으로 내밀면서 마치 숙박업소 주인처럼 우리를 향해 다가오는 모습, 우리가 서 있는 광고 기둥 주변을 슬금슬금 돌며, 마치 술래잡기를 하려는 것처럼 둥근 기둥 뒤에서 적어도 한쪽 눈으로 슬그머니 훔쳐보는 모습, 그리고 네거리에서 우리가 불안해하게 되면, 갑자기 바로 앞의 인도 끝에 나타나 우리 앞에서 아른거리는 그놈들의 모습! 나는 물론 그들을 아주 잘 알고 있었으니, 그들은 사실 내가 작은 여관들에서 알게 된 최초의 이 도시 사람들이었던 것이다. 그리고 나는 그들 덕분에 어떤 불굴의 모습이라는 것을 처음으로 보았는데, 지금은 내가 그 불굴이라는 것을 내 안에서 느끼기 시작할 정도로 이미 그것은 이 지구상에 없는 것으로는 도저히 생각할 수가 없게 되어 버렸다. 그들은 어떻게 여전히 다른 사람과 마주 서 있을 수 있는가! 심지어는 사람들이 이미 오래전에 그들로부터 떠나 버렸음에도 불구하고, 그러니까 이미 오래전에 더 이상 붙잡을 게 아무것도 없는데도 말이다. 어떻게 그들은 주저앉은 것이 아니라, 넘어진 것이 아니라, 비록 멀리서이긴 하지만, 여전히 항상 설득하는 눈빛으로 사람을 바라보는가! 더구나 그들의 수단이란 것은 언제나 변함없이 똑같은 것이었다. 그들은 가능한 한 널찍하게 우리 앞길을 가로막고 서서 우리가 가려고 노력하는 곳에 우리가 가지 못하게 방해하려 들었으며, 그 대신 그들 자신의 마음속에 생각해 둔 방 하나를 우리에게 마련해 주었고, 쌓인 감정이 우리의 마음속에서 마침내 우뚝 일어나면, 그들은 그것을 포옹으로 받아들여 그 속에 얼굴을 파묻으며 몸을 던져 오는 것이었다.

그리고 나는 장난 같은 이 오랜 수작들을 이번에는 그들과 그토록 오랫동안 함께 있고 나서야 비로소 깨달았다. 나는 이런 수치심들을 없애기 위해 내 손가락 끝을 부서질 정도로 비벼 댔다.

그러나 그 사내는 여전히 이전과 마찬가지로 여기 내 앞에 기대서서, 여전히 자신을 사기꾼이라고 여기고 있었으며, 그의 가리지 않은 뺨은 자신의 운명에 대한 만족감으로 붉게 물들어 있었다.

"알았소!" 하고 말하면서 나는 그의 어깨를 가볍게 두드렸다. 그러고 나서 나는 서둘러 층계를 올라갔는데, 위층 대기실에 있던 하인들의 근거 없이 충직한 얼굴들은 마치 어떤 뜻밖의 멋진 놀라운 일처럼 나를 기쁘게 했다. 그들이 내 외투를 벗기고 장화의 먼지를 털어주는 동안 나는 그들 모두를 차례대로 쳐다보았다. 그러고 나서 숨을 내쉬고 몸을 쭉 펴고서 나는 홀 안으로 들어갔다.

갑작스러운 산책
Der plötzliche Spaziergang

만약 우리가 저녁에 집에 머물러 있기로 최종적으로 결심한 것처럼 느껴져 집에서 입는 옷으로 바꾸어 입고 저녁 식사 후 책상에 불을 켜 놓고 앉아 잠을 자러 가기 전에 습관적으로 하는 이런저런 일이나 놀이를 시작한다면, 집에 머물러 있는 것이 당연한 것처럼 생각될 만큼 바깥 날씨가 험악하다면, 이제는 벌써 상당히 오랫동안 책상에 잠자코 앉아 있던 터라 우리가 새삼스레 외출하는 것이 틀림없이 모두를 깜짝 놀라게 한다면, 층계도 이미 어두워졌고 대문조차 잠겨 있다면, 그런데 이 모든 것에도 불구하고 우리가 갑작스레 불쾌한 마음 상태에서 벌떡 일어나 상의를 갈아입고 즉각 외출복 차림으로 나가지 않으면 안 되겠다고 설명하고는, 짧은 작별을 하고 난 후에 외출하면서, 거실 문을 닫는 속도에 따라, 더 많거나 더 적은 다소간의 언짢은 불쾌감을 뒤에 남겨 놓는다고 생각한다면, 만약 우리가 전혀 예기치 않게 마련된 자유에 특별히 활발하게 움직이는 온몸의 지체들을 지닌 채 문득 골목길에 있음을 깨닫게 된다면, 만약 우리가 이 한 가지 결단을 통해 모든 결단력이 자신의 내부에 집중되어 있다고 느낀다면, 만약 우리가 가장 신속한 변화를 쉽게 초래하고 그걸 견디어 내야 할 필요보다는 오히려 그럴 수 있는 힘을 자신이 갖고 있다는 사실을 통상적인 의미보다 더 큰 의미로서 인식한다면, 그리고 우리가 그 긴 골목길들을 그렇게 걸어 나간다면—그러면 그때 우리는 이날 저녁 자신의 가족으로부터 온전히 벗어나게 되고, 가족은 실체가 없는 공허한 것으로 선회해 버리며, 반면에 우리 자신은, 아주 확고부동하게, 시커먼 윤곽이 점차 선명해진 채, 뒤쪽 허벅지를 치면서, 자기 본연의 진정한 형상으로까지 고양되는 것이다.

만약 이 늦은 저녁 시간에, 친구가 어떻게 지내는지 궁금하여 우리가 친구를 방문한다면, 이 모든 것은 더욱 강렬해지는 것이다.

결심들
Entschlüsse

어떤 비참한 상태에서 벗어나려고 몸을 일으키는 것은, 의도적인 에너지만 있으면 틀림없이 쉬운 일일 것이다. 나는 안락의자에서 몸을 일으키고, 테이블 주위를 돌아다니며, 머리와 목을 움직이고, 두 눈에 불을 켜고, 눈언저리 근육들을 긴장시킨다. 온갖 감정을 억제하고, 만약 A가 지금 온다면 그에게 격정적으로 인사하고, B에게는 내 방에서 참을성 있게 친절하게 대하며, C 곁에 있으면 이야기되는 모든 것을 고통과 노고에도 불구하고 숨을 길게 내쉬며 속으로 삼켜 버릴 것이다.

그러나 설령 그렇게 잘된다고 하더라도 피할 수 없는 개별적인 실수와 더불어 그 모든 것, 그러니까 그 쉬운 것과 그 어려운 것이 모두 정지되고, 그러고 나서 나는 빙빙 돌면서 원래 상태로 되돌아가지 않으면 안 될 것이다.

따라서 결국 모든 것을 참고 받아들이는 최고의 묘책은, 스스로 무거운 덩어리 같은 태도를 취하는 것, 그래도 불면 날아가 없어질 것 같은 느낌이 들면 불필요한 걸음 한 걸음이라도 떼 보라는 꼬임에 빠지지 않는 것, 다른 사람을 짐승의 눈길로 바라보는 것, 아무런 후회도 느끼지 않는 것, 요컨대 인생에서 아직 유령 같은 존재로 남아 있는 것을 자기 자신의 손으로 억누르는 것, 즉 무덤에 걸맞은 최후의 안식을 증대시키고 그 안식 외에는 아무것도 더 이상 존속하지 않도록 하는 것이다.

그와 같은 상태의 한 특징적인 운동은 눈썹 위를 새끼손가락으로 살짝 쓰다듬는 것이다.

산속으로의 소풍
Der Ausflug ins Gebirge

"난 몰라" 하고 나는 소리 없이 외쳤다. "난 정말 몰라. 만약 아무도 안 온다면 아무도 안 오는 거지, 뭐. 나는 아무한테도 악한 짓을 하지 않았고, 아무도 나한테 악한 짓을 하지 않았는데, 그러나 아무도 나를 도와주려고 하질 않아. 정말 아무도. 그러나 꼭 그런 것만은 아니야. 아무도 나를 도와주지 않는다는 것만을 제외한다면—, 만약 그렇지 않으면 친절한 사람은 정말 아무도 없을 거야. 나는 아주 기꺼이—그러지 않을 이유가 도대체 뭐가 있겠는가?—순전히 아무것도 아닌 그런 무명의 무리와 함께 소풍을 가고 싶다. 물론 산속으로, 도대체 어디 다른 데 갈 곳이 있어야지. 이 아무것도 아닌 자들이 서로들 밀치며 북적거리는 모습 하며, 엇갈려 내뻗고 서로 팔짱을 낀 이 수많은 팔들, 겨우 몇 발자국밖에 떨어져 있지 않은 이 수많은 발들! 당연히 모두들 연미복을 입고 있다. 우리는 이렇게 그럭저럭 괜찮게 걸어가고, 바람은 우리와 우리의 팔다리가 비워 둔 틈새들 사이를 지나간다. 산속에서는 목이 거침없이 확 트이게 된다! 우리가 노래를 부르지 않는다는 것은 참으로 놀라운 일이다."

총각의 불행

Das Unglück des Junggesellen

총각으로 남는다는 것은, 그러니까 어느 날 저녁 사람들과 어울려 시간을 보내고 싶으면 나이 든 사내로서 어렵사리 위신을 지켜 가며 한데 끼워 달라고 간청을 해야 하고, 몸이 아프면 침대 한구석에서 몇 주일씩이나 텅 빈 방을 쳐다보아야 하고, 늘 대문 앞에서 작별을 하고 결코 한 번도 자신의 아내와 나란히 층계를 올라오지도 못하고, 자신의 방 안에는 오로지 낯선 사람의 집으로 통하는 옆문들밖에 없으며, 한 손에 자신의 저녁거리를 들고 귀가하고, 낯선 아이들을 놀라워하며 바라볼 수밖에 없지만 "나는 자식이 하나도 없군!" 하는 말을 끊임없이 반복해서는 안 되며, 청춘 시절의 기억에 남아 있는 총각 한두 명을 따라 외모와 태도를 꾸며 낸다는 것은, 무척 괴로운 일인 것 같다.

실제로 오늘 그리고 나중에도, 몸뚱이와 진짜 머리, 그러니까 자신의 손으로 때려 주기 위한 이마를 달고 거기에 서 있지 않는 한, 그렇게 될 것이다.

상인
Der Kaufmann

몇몇 사람이 나에게 동정심을 가질 수도 있겠지만, 나는 그것을 전혀 느끼지 못하고 있다. 나는 나의 작은 장사에 대한 걱정들로 꽉 차 있어서, 이마와 관자놀이가 아프지만, 나의 장사는 작은 것이기 때문에 나에게 만족을 줄 전망은 없다.

몇 시간 전에 미리 나는 이런저런 결정을 해야 하고, 고용한 점원의 기억력을 생생하게 해야 하고, 염려되는 실수들을 하지 않도록 경고해야 하고, 어떤 계절에 벌써 다음 계절의 유행들을 미리 헤아려야 하는데, 그것도 내 생활 영역의 사람들 사이에 유행하게 될 그런 것이 아니라 가까이하기 어려운 무뚝뚝한 시골 주민들 사이에 유행하게 될 그런 것을 미리 헤아려야 하는 것이다.

내가 벌 돈을 갖고 있는 것은 낯선 사람들인데, 나로서는 그 낯선 사람들의 사정이 어떤지를 명확히 알 수가 없다. 그들에게 어떤 불행한 일이 닥칠는지 나는 미리 알 수 없으며, 안다 한들 그것을 내가 어떻게 방지할 수 있단 말인가! 어쩌면 그들이 사치스럽게 돈을 펑펑 쓰게 되어 어떤 요릿집 정원에서 잔치를 벌이고 있을지도 모를 일이고, 다른 친구들이 아메리카로 도피하는 도중에 잠시 이 잔치에 머물러 있을지도 모를 일이다.

그런데 어느 평일 저녁에 가게가 닫히고 갑자기 내 눈앞에 내 장사에 끊임없이 필요한 용무를 위해 내가 아무것도 할 수 없는 그런 시간들이 보이면, 아침에 멀리 보내 버렸던 흥분이 마치 되돌아오는 밀물처럼 내 마음속에 밀려들어 오지만, 그러나 그것은 내 안에서 배겨내지 못하고 목표도 없이 나를 휩쓸어 가 버린다.

그런데도 나는 이 기분을 전혀 살리지 못하고 그냥 집으로 돌아올 수밖에 없는데, 왜냐하면 얼굴과 두 손이 더럽고 온통 땀으로 젖어 있고, 옷은 얼룩지고 먼지투성이이며, 머리에는 업무용 모자를 쓰고 궤짝 못에 긁힌 장화를 신고 있기 때문이다. 그러고 나서 나는 마치 물결 위를 걷듯이 걸어가며, 양쪽 손의 손가락으로 딱딱 소리를 내면서 맞은편에서 오고 있는 아이들의 머리를 쓰다듬어 준다.

그러나 그 길이 너무 짧다. 곧바로 나는 집에 도착해서는 승강기 문을 열고 안으로 들어간다.

나는 이제 갑자기 내가 홀로 있다는 것을 깨닫는다. 층계를 몇 계단이나 더 올라가지 않으면 안 되는 다른 사람들은 그때에 약간 피곤해져서 누가 집의 문을 열어 주려고 나올 때까지 가쁜 숨을 몰아쉬며 기다려야 하는데, 그때에 그들은 짜증이 나거나 참지 못하고 성급해할 이유가 있으며, 이제 현관에 들어가서 모자를 걸고, 복도를 거쳐 몇 개의 유리문 옆을 지나 자기 방에 들어가서야 비로소 그들은 홀로 있게 되는 것이다.

그러나 나는 승강기 안에서 곧바로 혼자가 되며, 무릎에 의지하여 좁은 거울을 들여다본다. 승강기가 올라가기 시작하면 나는 이렇게 말한다.

"조용히 해. 물러서. 너희는 나무 그늘 속으로, 창문의 주름 잡힌 커튼 뒤로, 아치형 정자 속으로 가고 싶은 거야?"

나는 분노에 차서 이를 갈며 말하는데, 그러면 층계의 난간이 마치 떨어지는 폭포수처럼 우윳빛 유리창을 타고 아래로 미끄러져 내린다.

"날아가라. 내가 결코 한 번도 본 적이 없는 너희의 날개들은 너희를 시골티 나는 골짜기로도, 또는 너희를 밀어붙여 파리에 데려다줄 수도 있을 것이다.

그렇지만 만약 행렬들이 세 갈래 길 모두로부터 나와 피하지 않고 뒤엉켜 서로 뚫고 간다면, 그리고 그들의 마지막 줄 사이에 다시 빈 공간이 생기도록 한다면, 창문의 전망을 향유하라. 손수건을 흔들고, 깜짝 놀라워하고, 감격하고, 지나가는 아름다운 부인을 찬양하라.

시냇물 위에 놓인 나무다리를 건너고, 헤엄치는 아이들에게 고개를 끄덕여 주며, 저 멀리 있는 장갑선 위에 탄 수천 명 선원들의 환호성에 놀라워하라.

만약 너희가 오로지 그 볼품없는 사내만을 추적해 그자를 성문 통로에 몰아넣었다면, 그자를 강탈하고, 그러고 나서 모두들, 각자 자신의 호주머니에 손을 넣고서, 그자가 자신이 가야 할 길의 왼쪽 골목길로 슬프게 들어서는 모습을 지켜보라.

드문드문 흩어져 말을 타고 달려오는 경찰들이 말들을 제어하고 너희를 밀쳐 낸다. 그들이 하는 대로 내버려 두라. 텅 빈 거리들이 그들을 불행하게 하리라는 것을 난 알고 있다. 벌써 그들은 말을 타고 짝을 지어, 천천히 길모퉁이를 돌아, 날아가듯 광장들 너머로 떠나간다."

그러고 나서 나는 내려야만 하고, 승강기를 아래로 내려보내고 문의 초인종을 눌러야 하며, 소녀가 문을 열어 주면 나는 인사를 한다.

멍하니 밖을 바라봄
Zerstreutes Hinausschaun

　지금 빠르게 다가오는 이 봄날들에 우리는 무엇을 할 것인가? 오늘 아침엔 하늘이 잿빛이었는데, 지금 창가에 가게 되면 우리는 소스라치게 놀라, 뺨을 창의 손잡이에 기댄다.

　아래는 이미 저물어 가는 해의 빛이, 걸어가면서 문득 돌아보는 소녀의 어린이 같은 천진난만한 얼굴을 비추는 것이 보이며, 그 소녀의 뒤를 더 빨리 따라가던 한 사내의 그림자도 보인다.

　그 사내는 벌써 지나가 버렸고, 어린애의 얼굴은 무척 밝다.

집으로 가는 길

Der Nachhauseweg

뇌우가 지나간 후 대기의 설득력을 보라! 나의 여러 가지 공적들이 모습을 드러내고, 내가 저항하지도 않음에도 불구하고, 나를 압도해 버린다.

나는 행진하고 있으며, 나의 속도는 이 골목길 한쪽의 속도, 이 골목길의 속도, 이 구역의 속도이다. 나는 당연히, 문을 두드리는 모든 소리, 테이블을 두드리는 소리, 모든 축배의 말, 자기들 침대 속에 있는, 신축 건물의 비계에 있는, 어두운 골목길 집의 담벼락에 바싹 기대어 있는, 사창가의 오토만 의자에 앉아 있는 연인들에게도, 책임이 있다.

나는 내 미래에 비해 나의 과거를 더 높게 평가하지만, 그러나 두 가지 다 훌륭하다고 생각하기에 그 둘 중 어느 것이 더 뛰어나다고 우열을 가릴 수가 없으며, 다만 나에게 이토록 은혜를 베풀어 주시는 신의 섭리가 불공평함을 탓할 수밖에 없다.

다만 내가 나의 방에 들어설 때만, 나는 약간 생각에 잠기게 되는데, 그러나 층계를 올라오는 사이에 어떤 숙고할 만한 것을 찾아냈던 것은 아니다. 내가 창을 활짝 열어젖히는 것도, 그리고 어느 정원에서 음악이 아직 연주되는 것도 나에게는 별로 도움이 되지 않는다.

뛰어 지나가는 사람들

Die Vorüberlaufenden

우리가 밤에 어떤 골목길을 지나며 산책하고 있을 때, 우리 앞의 골목길이 오르막길이고 마침 보름달이기 때문에, 이미 멀리서부터 한 사내가 우리를 향해 달려오는 것이 보인다면, 우리는, 비록 그가 약하고 누더기 옷을 입고 있더라도, 비록 누군가 그의 뒤를 쫓아오며 소리를 지르더라도, 그를 붙잡지 않을 것이고, 그가 계속 달려가도록 내버려 둘 것이다.

왜냐하면 때마침 밤이고, 우리 앞 골목길이 보름달이 비치는 오르막길이기 때문에, 게다가 어쩌면 이 둘이 자신들의 한담에 열중했을지도 모르고, 어쩌면 이 둘이 어떤 제삼의 인물을 쫓고 있는지도 모르고, 어쩌면 첫 번째 사람이 죄 없이 쫓기고 있는지도 모르고, 어쩌면 두 번째 사람이 살인을 하려는 것인지도 모르는데, 그러면 우리는 살인 공범이 될지도 모르고, 어쩌면 이 둘은 서로에 대해 아는 것이 아무것도 없을지도 모르고, 그래서 단지 각자가 자기 자신의 책임 때문에 자기의 침대 속으로 달려 들어가는지도 모르고, 어쩌면 이들은 몽유병 환자일지도 모르고, 어쩌면 첫 번째 사람이 무기를 갖고 있을지도 모르기 때문이다.

그리고 우리는 피곤하면 안 되는데, 이미 그렇게나 많은 포도주를 마시지 않았던가? 우리는 두 번째 사람도 더 이상 보이지 않는 것이 기쁘다.

승객
Der Fahrgast

　나는 전차의 승강대 위에 서 있으며, 이 세계에서, 이 도시에서, 나의 가족에서 나의 위치란 완전히 불확실하다. 더구나 나는, 내가 그 어떤 방향에서든 어떤 요구들을 당당하게 제시할 수 있을지, 임시로라도 말할 수가 없을 것이다. 내가 이 승강대 위에 서 있는 것, 이 고리에 의지하고 있는 것, 이 전차가 나를 싣고 가도록 내버려 두는 것, 사람들이 전차를 피하거나 또는 조용히 걸어가거나 또는 쇼윈도 앞에 멈춰 서는 것, 이런 것을 나는 전혀 방어할 수가 없다—아무도 나에게 그것을 요구하지는 않지만, 아무래도 상관이 없다.

　전차가 어느 정류장에 더 가까이 다가오고, 한 소녀가 내릴 준비를 하느라 발판 가까이에 선다. 그 소녀는, 마치 내가 만져 보기라도 했던 것처럼, 모습이 아주 뚜렷하게 보인다. 그녀는 검은 옷을 입고 있는데, 스커트의 주름이 거의 움직이지 않으며, 블라우스는 몸에 꽉 끼고 촘촘히 짠 하얀 레이스로 된 칼라가 달려 있으며, 왼손을 편평하게 펴서 벽에 대고 있으며, 오른손에 든 우산은 두 번째로 높은 계단에 짚고 서 있다. 그녀의 얼굴은 갈색이며, 양쪽이 약간 눌린 코는 끝이 둥글고 넓적하다. 그녀는 숱이 많은 갈색 머리카락에, 오른쪽 관자놀이에는 잔 머리카락이 바람에 날리고 있다. 그녀의 작은 귀는 바짝 붙어 있는데, 그렇지만 내가 바로 가까이에 서 있기 때문에, 오른쪽 귓바퀴의 전체 뒷면과 귀뿌리의 음영도 보인다.

그 당시 나는 스스로에게 이렇게 물어보았다. 어떻게 그녀는 자기 자신에 대해 의아하게 생각하지 않으며, 입을 꾹 다물고 그런 말을 한 마디도 하지 않을까?

옷
Kleider

　나는 각양각색의 주름과 가장자리 주름 장식, 그리고 주렁주렁 매다는 장식물이 있는 옷들이 아름다운 몸을 멋있게 덮고 있는 것을 자주 보게 되는데, 그럴 때면 나는, 그 옷들이 오랫동안 그런 상태를 유지하지는 못하고, 구김살이 생겨 더 이상 똑바로 펴지지 않고, 장식물에 더 이상 털어 낼 수 없을 만큼 먼지가 두껍게 쌓이고, 그리고 그 값비싼 똑같은 옷을 날마다 아침에 입었다가 저녁에 벗는 그런 서글프고 우스꽝스러운 짓을 하는 사람은 아무도 없을 거라고 생각한다.

　그렇지만 나는, 정말 아름다우며, 갖가지 매력적인 근육과 관절, 팽팽한 피부와 가느다란 머릿결을 보여 주는 소녀들이, 그것도 날마다 이 자연스러운 가장무도회 의상을 입고서 나타나 언제나 똑같은 얼굴을 똑같은 손바닥에 대고 손거울에 비치는 자기 모습을 들여다보고 있는 것을 본다.

　다만 가끔씩, 그녀들이 저녁 늦게 어느 축제에서 돌아올 때면, 거울 속에 비친 그 옷들은 그녀들 눈에 낡아 빠지고, 부풀어 오르고, 먼지투성이가 되고, 이미 모든 사람에게 다 보였으니 이제 거의 더 이상 입고 다닐 수 없는 것으로 보인다.

거절
Die Abweisung

만약 내가 한 아름다운 소녀를 만나, "착한 아가씨, 나와 함께 가자" 하고 부탁하는데, 아무 말 없이 그냥 지나가 버린다면, 그녀는 이렇게 생각하고 있는 것이다.

"당신은 명성이 자자한 공작도 아니고, 인디언 같은 체격에 수평으로 붙어 있는 두 눈에다 잔디밭의 공기와 그 잔디밭을 관통해 흐르는 시냇물의 공기로 피부를 마사지한, 어깨 딱 벌어진 미국인도 아니며, 어디 있는지도 알 수 없는 큰 바다들을 향해 여행한 적도, 또 그런 바다들에서 여행한 적도 없어요. 그런데 왜 아름다운 소녀인 내가 당신이랑 함께 가야 된다고 생각하는 거예요?"

"잊고 있나 본데, 긴 숨을 내쉬면서 위아래로 흔들거리며 비좁은 길을 달리는 자동차 안에 너는 타고 있지 않아. 꽉 끼는 답답한 옷을 입고 너를 추종하는, 너를 위한 축복의 말을 중얼거리며 정확한 반원을 그리면서 네 꽁무니를 따라다니는 작자들도 보이지 않는군. 네 가슴은 코르셋으로 잘 감싸여 있지만, 허벅다리와 허리는 그 절제하는 조심성을 보상하고도 남는구나. 너는 지난가을에 우리 모두를 기쁘게 해 주었던 옷과 같은 종류의 그런 주름 많은 호박단 옷을 입었어. 그렇지만 너는—생명에 위험한 이런 것을 몸에 걸친 채—가끔씩만 미소를 짓는구나."

"그래요, 우리 둘 다 옳아요. 그런데 우리가 그런 것을 서로 너무 의식하여 도저히 어찌할 수 없는 처지가 되지 않도록, 그렇잖아요, 차라리 서로 떨어져 제각기 집으로 가는 게 더 낫겠어요."

경마 기수들을 위한 숙고
Zum Nachdenken für Herrenreiter

곰곰이 생각해 보면, 경마에서 1위를 하고 싶다는 유혹을 느낄 수 있게 하는 것은 아무것도 없다.

어떤 지역의 최고 기수로서 인정받는 명예는, 오케스트라가 시작될 때 너무 격렬한 기쁨을 주어 다음 날 아침이면 후회가 생길 수밖에 없다.

적대자들, 그러니까 술수가 뛰어나고 상당히 영향력이 있는 사람들의 질투는 빽빽하게 둘러싸고 있는 비좁은 사람 울타리 속에서 우리를 고통스럽게 할 수밖에 없다. 우리는 이제 그 사람 울타리 사이를 뚫고 나와 평지로 나가는데, 그곳에는 경주에서 한 바퀴 뒤처진 기수 두세 명이 지평선 끝으로 말을 달리는 모습이 작게 보일 뿐, 앞은 텅텅 비어 있다.

친구들 가운데 많은 친구가 서둘러 이익배당금을 찾아오며 어깨 너머로 멀리 떨어진 창구들로부터 우리에게 환호성을 지를 뿐이다. 그러나 가장 친한 친구들은 우리의 말에 결코 돈을 걸지 않는데, 우리의 말에 걸었다가 돈을 잃게 되면 틀림없이 우리에게 화를 내는 일이 생기지는 않을까 두렵기 때문이다. 그러나 우리의 말이 1위를 해서 그들이 돈을 하나도 벌지 못할 때 그들은 우리가 지나가면 몸을 돌려 야외 관람석을 따라 죽 쳐다본다.

뒤에 처진 경쟁자들은, 안장에 몸을 찰싹 붙인 채, 자신들에게 닥친 불행을, 그리고 자신들에게 가해진 그 부당한 일에 관해 통찰해 보려고 애쓴다. 그들은, 마치 앞 경주는 애들 장난이었고 이번에야말로 진지한 새로운 경주가 시작될 수밖에 없기라도 한 것처럼, 일부러 활기 있는 모습을 보인다.

많은 숙녀에게 우승자는 우스꽝스럽게 보이는데, 왜냐하면 그가 뽐내고는 있지만, 영원히 계속되는 악수 세례, 거수 경례, 몸을 숙여 감사를 표하는 일, 먼 곳으로 보내는 목례를 어떻게 시작하면 좋을지 모르고 있기 때문이다. 반면에 패배한 기수들은 대부분 입을 꾹 다문 채 히힝 소리 내며 울어대는 자기 말들의 목덜미를 가볍게 토닥거리고 있다.

마침내 찌푸린 날씨가 된 하늘에서 비가 내리기 시작한다.

골목길로 난 창
Das Gassenfenster

　고독하게 혼자 살고 있지만 이따금씩 어디엔가 관계를 맺고 싶어 하는 자, 하루 시간의 변화, 날씨의 변화, 직업 상황의 변화, 또는 이와 같은 것들을 고려하여 그저 매달릴 수 있는 아무런 팔이라도 당장 보고 싶어 하는 자는 골목길로 난 창 없이는 도저히 오래 견뎌 나가지 못할 것이다. 그리고 그런 자가 전혀 아무것도 구하지 않고 그저 피곤에 지친 자로서 군중과 하늘 사이에서 위아래로 두 눈을 돌리며, 창문턱으로 다가가 아무 의욕도 없이 머리를 갸웃이 약간 뒤로 젖히고 있으면, 어느덧 아래로 지나가는 말들이, 그 뒤에 거느리고 오는 마차와 그 소음과 더불어, 마침내 그를 인간적인 융화로 끌어당긴다.

인디언이 되고 싶은 소원
Wunsch, Indianer zu werden

인디언이라면 정말 좋을 텐데! 달리는 말 위에 당장이라도 올라탈 만반의 준비를 하고, 비스듬히 대기를 가르며, 진동하는 대지 위에서 언제나 거듭 짧게 전율을 느끼며, 박차라는 게 없어도 마침내 박차를 내던질 때까지, 말고삐라는 게 없어도 마침내 말고삐를 집어 던질 때까지, 그리하여 앞에 보이는 땅이라고는, 이미 말의 목덜미도 말 머리도 없이, 매끈하게 풀을 베어 낸 광야밖에 없을 때까지.

나무들
Die Bäume

왜냐하면 우리는 눈 속에 있는 나무줄기 같은 존재이기 때문이다. 겉으로 보기에 그것들은 매끄럽게 놓여 있어서, 살짝만 밀어도 밀어 내 버릴 수 있을 것 같다. 아니다, 그럴 수가 없다. 왜냐하면 그것들이 땅바닥과 단단하게 결합되어 있기 때문이다. 하지만 보라. 심지어 그 것조차도 다만 겉으로 그렇게 보일 뿐이다.

불행함
Unglücklichsein

  언젠가 십일월 저녁 무렵 이미 견딜 수 없게 되었을 때 내가 내 방의 좁은 양탄자 위를 마치 경주 트랙에서처럼 달리고, 불이 켜진 골목길 모습을 보고 놀라 다시 몸을 돌려 방 안 깊숙이에서, 거울 바닥에서, 아무튼 다시 하나의 새로운 목표를 발견하고, 그리고 소리를 질러 보지만 다만 외치는 소리만 들릴 뿐 아무 응답도 없고, 또한 아무것도 그 외치는 힘을 앗아 가지 않아서 균형을 이루지 못한 채 외침 소리가 올라가기만 하고 멈출 줄을 모를 때, 심지어는 그가 침묵하는 바로 그때 벽으로부터 그 문이, 아무튼 신속함이 필요했기 때문에, 그리고 저 아래 포장도로 위의 마차에 매어 놓은 말조차 마치 전쟁터에서 거칠어진 말처럼 목구멍까지 드러내고서 앞발을 들고 몸을 솟구쳤기 때문에, 아주 신속하게 열렸다.

작은 유령 같은 모습으로 한 아이가 아직 램프 불이 켜 있지 않은 아주 캄캄한 복도에서 나와 알아채지 못할 정도로 흔들리는 마루 바닥재 위에 발끝으로 서 있었다. 방의 어스름한 빛에 곧바로 눈이 부시어 그 아이는 급히 얼굴을 두 손 안에 묻으려고 했으나, 갑자기 창을 향해 시선을 돌리고는 마음을 가라앉혔다. 십자 모양 창살 앞에 거리의 불빛이 안개처럼 피어올라 마침내 어둠 속에 잠겨 있었던 것이다. 아이는 열린 문 앞에서 오른쪽 팔꿈치로 방의 벽에 기대어 반듯하게 선 채 밖에서 불어오는 바람이 발의 관절과 목덜미와 관자놀이를 따라 스쳐 지나가게 내버려 두었다.

나는 잠시 동안 밖을 내다보고 있다가 "안녕하세요" 하고 말하곤, 난로의 방열용 칸막이에 걸려 있는 내 상의를 집어 들었는데, 그렇게 반 벌거숭이 상태로 거기에 서 있고 싶지는 않았기 때문이다. 잠시 동안 나는, 나의 흥분이 입을 통해 떠나가도록 하려고, 입을 벌리고 있었다. 내 안에는 나쁜 침이 들끓었고, 얼굴에서는 눈썹이 떨리고 있었으니, 아무튼 그렇게나 기다리던 방문객이 오지 않은 것 말고는 나한테 부족한 것은 아무것도 없었던 것이다.

그 아이는 여전히 그 벽 옆 똑같은 자리에 서 있었는데, 오른쪽 손을 담벼락에 바짝 대고서, 뺨은 온통 새빨개진 채, 하얗게 칠한 벽이 거칠고 굵은 낱알이 될 만큼 손가락 끝을 벽에 대고서 지치지 않고 문질러 댔다. 내가 말했다. "당신 정말로 나에게 오려고 한 건가요? 착각한 건 아닌지요? 이렇게 큰 집에서는 착각하는 것보다 더 쉬운 일은 없어요. 나는 조운트조*라고 하오. 사 층에 살고 있소. 그러니까

* 조운트조Soundso는 '이러저러한', '평범한 아무개'라는 정도의 의미이다.

당신이 방문하고자 한 사람이 바로 나인가요?"

"조용, 조용!"하며 그 아이가 어깨 너머로 말했다. "모든 것이 틀림없이 맞습니다."

"그러면 방 안으로 들어와요, 나는 문을 닫고 싶네요."

"문은 방금 제가 닫았습니다. 아무런 수고도 하지 마십시오. 그리고 아무 걱정도 하지 마십시오."

"수고라는 말은 하지 말아요. 그러나 이 복도에는 많은 사람이 살고 있는데, 물론 모두 내가 아는 사람들이지만, 대부분 지금 일자리에서 돌아오지요. 그들은 어떤 방에서 말하는 소리가 들리면 무슨 일이 생겼나 하고 문을 열고 들여다보는 것을 그냥 당연한 권리처럼 믿고들 있어요. 확실히 그래요. 이 사람들은 하루 일과를 마치고 온 거예요. 일시적으로 얻은 저녁의 자유 시간을 어느 누구에게 빼앗기려 하겠어요! 더구나 그런 일은 당신도 잘 알고 있어요. 내가 문들을 닫게 내버려 둬요."

"네, 도대체 어떻게 된 겁니까? 어디 편찮으십니까? 저로서는 이 집에 사는 사람 모두 다 들어와도 상관없습니다. 그리고 다시 말씀드리지만 그 문들은 제가 이미 닫았는데, 도대체 당신은 왜 오로지 당신만 그 문들을 닫을 수 있다고 생각하시는 건가요? 저는 심지어 자물쇠로 잠가 놓기까지 했습니다."

"그렇다면 좋아요. 사실 그 이상의 걸 내가 바라는 건 아니에요. 자물쇠까지 잠글 필요는 없었는데요. 아무튼 이미 들어왔으니 이제 마음 편하게 해요. 당신은 나의 손님이에요. 나를 완전히 믿어 주세요. 불안해하지 말고 그냥 마음 놓고 편히 있어요. 나는 당신을 강제로 여기 있으라고 붙잡지도, 쫓아내지도 않을 거예요. 꼭 이런 말까지

해야 할까요? 당신은 그렇게도 날 잘 모르시나요?"

"아닙니다. 사실 그런 말씀을 하실 필요는 없었을 것입니다. 그보다도 오히려, 그런 말은 절대로 하시지 않았어야 했습니다. 저는 어린애인데, 왜 저에게 격식을 차려 지나치게 정중하게 대하시는 겁니까?"

"그렇게 나쁜 일은 아니지요. 물론, 당신은 어린애예요. 그러나 전혀 그렇게 어리지는 않아요. 당신은 이미 완전히 어른이에요. 만약 당신이 소녀였다면, 당신은 이렇게 아무렇지 않은 것처럼 나와 한 방 안에 처박혀 있어서는 안 되겠지요."

"그 문제에 대해서는 우리가 아무 걱정을 할 필요가 없습니다. 저는 그저 다음과 같은 말씀만 드리고 싶었습니다. 제가 당신을 아주 잘 알고 있다는 사실은 저를 거의 조금밖에 보호해 주지 못합니다만, 다만 당신이 저에게 거짓을 꾸며 이야기하시는 수고만은 면제해 줍니다, 그럼에도 불구하고 당신은 저에게 비위 맞추는 겉치레 말씀을 하십니다. 그런 일은 그만두십시오, 제발 요청드리는데요, 그만두시기 바랍니다. 제가 당신을 어디에서나, 그리고 언제나 끊임없이, 심지어 이 어둠 속에서도, 알고 있는 것은 아닙니다. 당신이 불을 켜 주시면 훨씬 더 좋을 것 같습니다. 아닙니다, 켜지 않는 편이 차라리 더 좋겠습니다. 하지만 당신이 저를 이미 협박하셨다는 것을 저는 잊지 않고 명심할 것입니다."

"뭐라고요? 내가 당신을 협박했다고요? 제발 부탁인데 그런 말 마세요. 나는 당신이 마침내 여기 와 있는 것을 정말 무척 기뻐하고 있어요. 내가 '마침내'라고 한 이유는 이미 늦었기 때문이에요. 왜 당신이 이렇게 늦게 왔는지 그 이유가 난 잘 이해가 안 돼요. 하기야 내가 기쁜 나머지 뒤죽박죽 두서없이 이야기했는데, 그것을 당신이 바로 그대로 받아들였을 수도 있겠지요. 내가 그렇게 말했다는 것은 열 번이라도 인정해요. 그래요, 내가 당신이 원하는 모든 것으로 당신을 협박한 셈이군요—하지만 제발 바라건대, 다투지는 맙시다!—그러나 어떻게 당신이 그것을 믿을 수 있었을까요? 어떻게 당신이 내 기분을 이토록 상하게 할 수 있었을까요? 왜 당신은 당신이 이곳에 머무는 이 짧은 시간을 기필코 망치고 싶어 하는 거요? 아무리 낯선 사람일지라도 당신보다는 더 호의적일 거예요."

"저는 그것은 전혀 현명한 것이 아니었다고 생각합니다. 낯선 사람이 당신에게 호의적일 수 있을 만큼 그렇게 가깝게 나는 원래부터 당신과 가까이 있습니다. 이것은 당신도 알고 계실 터인데, 그런데 무엇 때문에 비애를 느끼십니까? 희극을 연출하실 작정이라면 말씀하세요, 그러면 저는 당장 나가겠습니다."

"그래요? 당신이 나한테 감히 그런 말도 하나요? 당신은 좀 대담하네요. 결국 당신은 아무튼 내 방에 있어요. 당신은 손가락들을 마치 미친 것처럼 나의 벽에 문질러 대고 있어요. 내 방, 내 벽에요! 게다가 당신이 말하는 건 단지 뻔뻔한 것만 아니라 우스꽝스러워요. 당신은, 당신의 본성이 당신을 나와 이런 식으로 말하지 않을 수 없게 강요한다고 말하고 있어요. 사실인가요? 당신의 본성이 당신을 강요한다고요? 당신의 본성은 참 친절하군요. 당신의 본성은 나의 본성이며, 그리고 만약 내가 원래 당신에게 친절하게 대한다면, 당신도 다르게 대해서는 안 되겠지요."

"그것이 친절한 것입니까?"

"나는 예전 일을 말하는 거요."

"당신은 나중에 내가 어떻게 되리라는 것을 알고 계십니까?"

"아무것도 난 모르오."

그리고 나는 침대 옆 탁상으로 가서 그 위에 촛불을 켰다. 내 방에는 그 시절에 가스도 전등도 없었던 것이다. 그리고 나서 잠시 동안 나는 책상 옆에 앉아 있었으나, 그것도 싫증이 나서 외투를 입고, 긴 안락의자에서 모자를 집어 들고는 촛불을 불어서 껐다. 집 밖으로 나갈 때 나는 안락의자 다리에 걸렸다.

층계에서 나는 같은 층에 사는 한 세입자를 만났다.

"벌써 또 나가십니까? 부랑자 양반?" 하고 두 개의 계단 위로 다리를 벌린 채 휴식을 취하면서 그가 물었다.

"어떻게 해야 할까요?" 하고 내가 말했다. "방금 내 방에는 유령이 있었어요."

"당신은 마치 수프 속에서 머리카락 한 올을 찾아낼 때와 똑같이 불만스럽게 말하는군요."

"농담하는 것이지요. 하지만 당신도 아시다시피 유령은 유령이거든요."

"정말 그래요. 하지만 만약 유령 같은 걸 믿질 않는다면 어떤가요?"

"당신은 그러니까 내가 유령을 믿고 있다고 생각하시는 건가요? 그렇지만 믿지 않는다고 그게 나에게 무슨 도움이 되겠어요?"

"아주 간단해요. 만약 실제로 유령이 나타나더라도 당신은 더 이상 공포심을 느낄 필요가 없어요."

"네, 그러나 그건 아무튼 부차적인 공포예요. 본래의 공포는 유령이 나타나는 원인에 대해 두려워하는 공포예요. 그리고 이 공포는 사라지지 않고 그대로 남아 있어요. 바로 이 공포를 나는 내 안에 엄청나게 많이 갖고 있어요."

나는 너무 신경질이 나서 내 호주머니를 샅샅이 뒤지기 시작했다.

"그러나 당신은 유령이 나타나는 것 그 자체에 대해서는 아무런 공
포감도 느끼지 않았기 때문에, 당신이 공포에게 그 공포의 원인을 편
안하게 물어볼 수도 있었을 텐데요!"

"당신이 결코 한 번도 유령들과 이야기를 나눠 본 적이 없는건 분
명하군요. 유령들한테서 우리는 정말로 결코 어떤 확실한 정보를 얻
을 수가 없어요. 그건 이리저리 오락가락해서 갈피를 잡을 수가 없어
요. 이 유령들은 자신들의 존재에 대해서 우리보다 더 많이 의심하고
있는 것 같아요. 그들의 허약한 근거를 생각해 보면 이상할 것도 없
지만 말이에요."

"그런데 내가 들은 바로는, 우리가 유령을 사육할 수도 있다던데
요."

"잘 알고 있군요. 그럴 수 있어요. 그러나 누가 그런 짓을 하겠어
요?"

"왜 안 하겠어요? 예컨대 만약 그것이 여자 유령이라면 말이에요"
하고 말하더니 그는 뛰어서 그 위 계단으로 올라갔다.

"아, 그렇군요" 하고 내가 말했다. "설령 그렇다 하더라도 보장할 수
는 없지요."

나는 곰곰이 생각했다. 내 지인은 벌써 아주 높이 올라가 버려서,
그가 나를 보려면, 층계 위의 둥근 천장 아래에서 몸을 구부리고 보
아야만 했다. "그러나 그럼에도 불구하고!" 하고 내가 외쳤다. "만약
당신이 그곳 위에서 나의 유령을 제거한다면, 그러면 우리 사이는 끝
장이에요, 영원히요."

"그건 물론 농담일 뿐이었어요" 하고 말하며 그는 머리를 움츠렸다.

"그렇다면 좋아요" 하고 나는 말했으며, 이제 정말로 편한 마음으로 산책하러 갈 수 있는 것 같았다. 그러나 나는 몹시 외로움을 느꼈기 때문에 올라가 누워 자고 말았다.

2. 선고(1913)

Das Urteil

펠리체 B. 양*을 위한 한 편의 이야기

Eine Geschichte für Fräulein Felice B.

가장 아름다운 봄, 어느 일요일 오전이었다. 젊은 상인 게오르크 벤데만은 강을 따라 한 줄로 죽 늘어서 있는, 가벼운 건축자재로 지어진, 오로지 높이와 색깔로만 구별되는 나지막한 집들 가운데 한 채의 이 층 자기 방에 앉아 있었다. 그는 외국에 나가 있는 어린 시절 친구에게 방금 편지를 다 쓰고 나서 장난하듯 천천히 봉해 놓은 다음, 팔꿈치를 책상에 괴고서는 창 너머로 강물과 다리 그리고 연한 녹색 빛깔을 띤 건너편 언덕을 바라보고 있었다.

　그는 친구가 고향에서 출세할 길이 막연한 것에 불만을 품고 몇 년 전에 러시아로 도망치듯 떠나 버렸던 일을 생각했다. 친구는 지금 페테르부르크에서 사업을 하고 있었다. 고향을 찾는 일은 점차 뜸해지고 있었다. 올 때마다 한탄하듯이, 처음에는 잘나가던 자신의 사업이 오래전부터 부진하다고 말했다. 그러니까 친구는 외국에서 헛고생만 뼈 빠지게 하고 있는 셈이다. 별난 모양의 수염이 어린 시절부터 낯익은 얼굴을 흉하게 덮었고, 누르스름한 안색은 무슨 병이라도 걸려 있는 것 같았다. 스스로가 말하듯이 그는 그곳 교민 사회와는 이렇다 할 접촉이 없었고 고향 친지들과도 거의 아무 연락이 없었으며, 이런 가운데 영구적인 독신 생활에 적응해 가고 있었다.

분명히 역경에 빠져 있어 동정이 가지만 도울 길이 전혀 없는 이런 사람에게 어떻게 해야 할까. 다시 고향에 돌아와 생활 근거지를 이리로 옮기고 옛 친구들과의 관계를 되살리고—이를 위해서는 아무 장애도 없었다—그 밖에 친구들의 도움에 기대를 걸라는 등의 충고를 해야 하지 않을까. 그러나 남을 보살필수록 결과적으로는 남을 더욱 괴롭히게 되는 경우가 있는 것처럼 이런 충고를 한다는 것은, 지금까지의 노력들이 실패했으니 그런 일에서 이제 손을 떼고 고향으로 돌아와 남들이 휘둥그레진 눈으로 그를 영구 귀향자로 쳐다보게 하려는 것과 같다. 이런 점은 친구들만이 이해할 수 있는 것인데, 그것은 그가 성공을 거둔 고향 친구들을 무조건 따라야 할 철부지 인간이라는 이야기밖에 되지 않는다. 그렇다면 그에게 주는 온갖 고통이 무슨 보람이라도 있는 것이 확실할까? 아마도 그를 고향으로 돌아오게 하는 일 자체가 성립될 수 없을 것이다. 그는 고향의 여러 가지 사정을 이제는 알 수가 없다고 스스로 말하지 않았던가. 그러니까 형편이 그렇더라도 그는 계속 외국에 머물러 있을 터인데, 괜한 충고를 하는 건 기분만 상하게 하고 친구들과 한층 더 멀어지게 할 뿐이다. 그가 정작 충고를 받아들여 여기에 온다고 해도, 물론 의도적인 일 때문이 아니더라도 실제 형편에 의해서 그는 기가 꺾여 친구들과 어울리지도 못하고, 또한 그들 없이는 옴짝달싹도 못하고, 그래서 치욕을 느낄 뿐 종국에는 고향도 친구도 없는 신세가 되고 말 것이다. 그럴 바에는 차라리 현재 그대로 외국에 머물러 있는 편이 그를 위해 훨씬 낫지 않을까? 이런 실정인데 그가 이곳에서 무슨 성공을 거두리라고 예상할 수 있다는 말인가?

이런 사정 때문에 게오르크는 편지 연락을 계속하려고 해도 꺼려지고, 멀고 먼 지인에게도 주저함 없이 보낼 수 있는 그런 기별조차도 할 수 없었다. 친구는 삼 년이 넘도록 고향에 오지 않았는데, 이에 대해 친구 자신은 러시아의 불안한 정치 정세와 연관 지으면서 무척 궁색한 설명을 하고 있었다. 지금 무수한 러시아 사람이 외국을 유유히 돌아다니고 있는데도, 친구의 설명에 따르자면, 그곳 러시아의 정치 정세 때문에 소상인조차 잠시라도 자리를 비울 수 없다는 것이었다. 그 삼 년 동안 게오르크에게는 많은 변화가 있었다. 이 년 전 무렵에 어머니가 돌아가셨고, 그 이래로 게오르크는 늙은 아버지와 한 집에서 살아오고 있다. 이것에 대해 친구가 기별을 들었는지 편지로 문상까지 했는데, 그 내용이 여간 딱딱하지 않았다. 외국에서는 그런 일에 대한 슬픔이 전혀 느껴지지 않기 때문에 그랬던 것 같았다. 한편 그때 이후로 게오르크는, 물론 다른 일도 그랬지만 자기 사업을 굳은 결심으로 해 나갔다. 아마도 어머니가 생존해 계실 때에는 아버지가 사업에서 당신 주장만 관철시켰으므로 게오르크가 실질적으로 자기 활동을 하는 데 지장을 받은 것 같다. 아마도 어머니가 돌아가신 후로는 아버지가 여전히 사업을 하고 계시기는 해도 소극적으로 행동하시는 것 같다. 아마도—아니, 아주 다분히—우연한 행운들이 다른 것보다 훨씬 더 중요한 작용을 했을 것이다. 아무튼 지난 두 해 동안 사업은 전혀 예상외로 번창했다. 사원을 두 배로 늘려야 했고, 매상은 다섯 배로 증가했으며, 계속적인 발전을 의심할 여지가 없다.

그러나 친구는 이런 변화에 대해서는 상상도 못 할 것이다. 이전에, 그러니까 그 문상 편지에서인가에서 최종적으로 친구는 게오르크에게 러시아로 이주할 것을 설득하려 했고, 페테르부르크에 게오르크의 분점을 설치할 경우에 생길 전망 등을 상세하게 알려 준 바 있다. 그가 말했던 이유는 게오르크의 사업이 현재 얻고 있는 이윤 규모에 비하면 너무나 미미한 것이었다. 그러나 게오르크로서는 자기 사업의 성공에 대해서 친구에게 편지를 쓸 생각은 전혀 없었다. 이제야 그런 짓을 한다면 참으로 이상하게 보일 것이다. 그래서 게오르크는 친구에게 보내는 편지에, 조용한 일요일 같은 날 생각에 잠기노라면 기억 속에 두서없이 떠오르는 그런 대수롭지 않은 일들만 쓰는 데 그쳤다. 친구가 그동안 오래도록 마음에 품어 왔으며 또 그런 대로 괜찮게 느끼고 있는 고향의 모습을 게오르크는 훼손하지 않고 그냥 그대로 두고 싶을 뿐이었다. 따라서 게오르크는 어떤 대수롭지 않은 남자가 어떤 대수롭지 않은 처녀와 약혼을 했다는 이야기를 상당히 오랜 간격을 두고 보낸 세 차례의 편지에서 매번 친구에게 알렸는데, 친구는 게오르크의 의도와는 달리 이 색다른 일에 관심을 보이기 시작했다.

그러나 게오르크는 바로 자기 자신이 유복한 가정의 딸 프리다 브란덴펠트 양과 한 달 전에 약혼했다는 사실을 실토하는 대신 그런 식으로 친구에게 글을 쓴 것이었다. 가끔 그는 자기 약혼녀에게 그 친구에 관한 이야기를 하면서, 그에게 편지를 쓸 때 자기는 특별한 입장에 있게 된다는 것도 아울러 말했다. "그렇다면 그 사람은 우리 결혼식에는 아예 오지 않겠군요." 그녀가 말했다. "그렇지만 난 당신 친구들을 모두 알아 둘 권리가 있어요."

"난 그를 막으려는 게 아니야." 게오르크가 대답했다. "오해하지 말아요, 아마 그는 올 거야. 내 생각으로는 그래요. 하지만 그는 강요당하고 모욕당한 느낌일 거야. 아마 날 부러워하고 불만스럽게 될 텐데, 그 불만을 제거하지도 못한 채 결국 혼자 되돌아갈 거야. 혼자서 말이야, 무슨 말인지 알겠소?"

"네, 그렇지만 우리 결혼에 대해서 그 사람이 다른 방법으로는 알수 없을까요?"

"그것을 내가 막을 수는 없지만 그의 생활 방식으로 보아 그것은 있을 수 없는 일이오."

"게오르크, 당신에게 그런 친구들이 있다면 아예 약혼을 하지 않았던 편이 좋았겠어요."

"그래, 그것은 우리 두 사람의 죄요. 그렇지만 나는 지금도 그것을 물리고 싶은 생각은 없소." 그녀가 그의 키스를 받고 숨을 가쁘게 쉬면서 말했다. "그래도 정말로 기분 나빠요." 게오르크는 친구에게 모든 사정을 다 써 보내는 것이 정작 위험하지 않으리라고 여겼다. "난이런 사람이니까, 그가 날 이런 사람으로 받아들이지 않으면 안 되지." 그는 혼잣말을 했다. "친구와의 우정을 위해 나 자신을 현재의 나보다 더 적합한 인간으로 만들어 낼 수는 없어."

실제로 그는 이번 일요일 오전에 쓴 장문의 편지에서 자신이 약혼했다는 사실을 친구에게 이렇게 알렸다. '가장 좋은 소식을 끝까지 숨겨 왔어. 나는 프리다 브란덴펠트 양이라고 불리는 아가씨와 약혼을 했네. 유복한 가정의 아가씨인데, 그 집은 자네가 떠난 지 한참 지나서 이곳으로 이주해 왔으니까 자네는 알 수가 없을 거야. 다시 기회를 보아 내 약혼녀에 관해 더 자세한 이야기를 하게 될 거네. 오늘은 다만 내가 상당히 행복하다는 것과 우리의 관계에서 자네가 이제는 나를 평범한 친구가 아니라 행복한 친구로 보게 되었다는 점만 달라졌다는 것을 알리고 싶네. 내 약혼녀는 자네와 허물없는 친구 사이가 될 걸세. 그건 자네 같은 총각에게 대수롭지 않은 일은 아니지. 지금 그녀가 자네에게 안부를 전하고 있으며, 다음번에는 그녀 자신이 자네에게 편지를 쓸 거네. 여러 가지 일 때문에 이곳을 방문하기가 힘들 거라는 것은 알지만, 내 결혼식이야말로 온갖 장애를 물리치고 자네를 그곳에서 떠나게 하는 절호의 찬스가 아닐까? 그렇지만 내 말에는 개의치 말고 자네 의향대로 행동하길 바라네.'

이 편지를 손에 들고서 게오르크는 창을 바라보며 오랫동안 책상에 앉아 있었다. 아는 사람 하나가 길을 지나가다가 인사를 했지만, 그는 건성으로도 미소를 보내지 않았다.

드디어 그는 편지를 주머니에 넣고 자기 방을 나와 작은 복도를 가로질러 몇 달 동안 들어가 본 적이 없는 아버지 방으로 들어섰다. 실은 그렇게 찾아 들어갈 필요까지는 없었다. 그는 아버지와는 상점에서 끊임없이 마주치니까. 그리고 두 사람은 동일한 시간에 동일한 식당에서 점심 식사를 하고, 저녁에는 각자 임의로 시간을 보내기는 해도, 게오르크가 친구들과 함께 있거나 또는 약혼녀를 방문하거나—이건 흔히 있는 일이다—하지 않을 때면 대개 두 사람은 함께 거실에 앉아 각자의 신문을 보곤 했다. 맑은 날인데도 아버지 방이 너무나 어두워 게오르크는 놀랐다. 좁은 마당의 건너편에 세워진 높은 담이 그림자를 보내고 있는 탓이었다. 방 한쪽 구석은 세상을 떠난 어머니를 위한 각종 기념물로 꾸며져 있는데, 거기 창가에 아버지가 앉아서 신문을 읽고 있었다. 그는 자기의 약한 시력에 맞추려고 신문을 눈앞에서 약간 비스듬히 들고 있었다. 책상 위에는 아침 식사에서 남긴 것이 놓여 있었는데, 별로 많이 드신 것 같지 않았다.

"아, 게오르크냐!" 아버지가 곧 그에게 다가왔다. 걸을 때 아버지의 묵직한 잠옷이 펼쳐졌고, 그 자락이 그의 둘레에 나붓거렸다. "아버님은 마냥 거인이셔." 게오르크는 혼잣말을 했다.

"여기는 지독하게 컴컴하네요." 그가 말했다.

"그래, 사실 컴컴하긴 하지." 아버지가 대답했다.

"창문을 닫으셨네요?"

"난 닫은 게 더 좋다."

"바깥은 아주 따스해요." 앞서 이야기에 열중하는 듯이 게오르크는 이렇게 말하고 자리에 앉았다.

아버지는 아침 식사 그릇을 치워 궤 위에 놓았다.

"사실 제가 말씀드리려는 것은," 늙은 아버지의 거동을 멍하니 바라보면서 게오르크는 이렇게 말을 꺼냈다. "페테르부르크에 내 약혼을 알린다는 이야기예요." 그는 주머니에서 편지를 약간 꺼냈다가 다시 집어넣었다. "페테르부르크에다?" 아버지가 물었다.

"제 친구에게 말입니다." 게오르크는 아버지의 눈치를 살폈다. '아버님이 상점에서와는 달리 여기선 몸을 쭉 펴고 팔짱을 끼고 앉아 있지 않은가' 하고 그는 생각했다.

"음, 네 친구에게 말이지." 아버지가 힘을 주어 말했다.

"제가 처음에는 제 약혼에 대해 아무 말도 하지 않으려고 했다는 것은 아버님도 아실 거예요. 그것은 단지 염려하는 마음에서였지 다른 이유라곤 없었어요. 아시다시피 그 친구는 까다로운 사람이니까요. 그가 고독한 생활을 하니까 다른 사람을 통해 내 약혼에 대해 알게 되리란 거의 불가능하지만, 그래도 혹시 그러지 않을까—그렇게 되는 거야 제가 어찌할 수 없지요—생각했던 겁니다. 하지만 그래도 그에게 직접 알리지는 않으려고 했지요."

"그런데 이제 와서 생각이 달라졌단 말이냐?" 이렇게 물은 아버지는 큼직한 신문을 창턱에 놓고 신문 위에다 안경을 놓더니 손으로 다시 안경을 가렸다.

"예, 이제는 생각을 달리하게 되었습니다. 그가 저의 절친한 친구라면 저의 행복한 약혼은 그에게도 경사라고 생각이 됩니다. 그래서 개한테 그걸 알리는 것을 주저하지 않게 됐습니다. 그렇지만 편지를 우체통에 넣기 전에 아버님에게 먼저 사연을 말씀드리는 것입니다."

"게오르크" 하고 아버지는 치아가 없는 입을 크게 벌렸다. "들어 보아라, 너 그 일 때문에 나한테 상의하러 왔다는 말이지. 그건 물론 칭찬받을 일이다. 그렇지만 네가 지금 진실을 숨김없이 말하지 않는다면 그것은 아무것도 아니다. 아니, 불쾌할 뿐이지. 난 문제 이외의 일은 건드리지 않겠다. 네 착한 어머니가 세상을 떠난 뒤에 좋지 않은 일들이 일어났어. 아마도 그런 일에 대해서도 말할 때가 올 거다. 우리가 생각하는 것보다 더 일찍 올지도 모르겠다. 상점에서 내가 모르는 일들이 있어. 그런 일들을 내게 숨기는 일이야 없겠지. 지금 나로선 그런 일들을 내게 숨긴다는 가정을 할 생각은 전혀 없다. 난 이제 기력도 왕성하지 않고 기억력도 감퇴해서 많은 일에 일일이 눈을 돌릴 수 없다, 이렇게 된 것은 첫째로는 나이 탓이다. 둘째로는 네 어머니의 죽음이 타격을 주었기 때문이다. 그 타격은 너한테보다 나에게 훨씬 더 컸다. 그런데 그 사연에 대해, 그 편지에 대해 말하겠는데, 제발 부탁인데 날 속이지 마라. 사소한 일이고 아무 가치도 없는 일이니까 날 속이지 말거라. 너 정말 페테르부르크에 그런 친구가 있느냐?"

　게오르크는 당황해서 일어났다. "제게 친구들이 있다고 쳐요. 수천 명이라도 아버님을 대신할 수는 없습니다. 제 말씀 아시겠어요? 아버님께서는 몸을 충분히 돌보지 않으십니다. 그렇지만 나이를 무시할 수는 없습니다. 잘 아시는 바와 같이 상점에서 저는 아버님 없이는 안 됩니다. 만약 상점이 아버님 건강에 위협이 된다면 저는 내일이라도 그것을 영영 닫아 버리겠습니다. 그래선 안 되니까요. 우리는 아버님을 위해 다른 생활 방법을 택해야 합니다. 근본적으로 달라져야 합니다. 아버님께선 여기 컴컴한 곳에 앉아 계시는데 거실에 계신다면 햇빛을 보게 되지요. 아침에 진지는 제대로 드시지 않고 드는 둥 마는 둥 하십니다. 그리고 닫혀 있는 창가에 앉아 계시는데, 아버님께는 맑은 공기가 이롭습니다. 안 되겠어요, 아버님! 의사를 부르겠어요. 의사의 지시에 따르도록 하십시다. 방을 바꾸도록 하시지요. 아버님께서 앞방으로 옮기시고 제가 이리로 올게요. 아버님한테는 변화가 없도록 해 드리겠어요. 모든 것을 저한테 옮겨 놓을 테니까요. 그렇지만 그런 일은 나중에 하기로 하고, 지금 아버님께서는 좀 누워 계셔야 합니다. 아버님께서는 지금 안정이 절대로 필요합니다. 자, 제가 옷 벗으시는 것을 거들어 드릴게요. 제가 할 수 있으니까 한번 보세요. 아니면 지금 당장 앞방으로 가시겠습니까, 그러신다면 잠시 제 침대에 누워 계시면 됩니다. 그것이 무척 좋을 것 같군요."

　게오르크는 아버지 곁으로 바짝 다가섰다. 아버지는 백발이 흐트러진 머리를 가슴 위에 수그리고 있었다.

"게오르크." 가만히 앉은 채 아버지가 나지막이 말했다. 게오르크 는 곧 아버지 곁에 무릎을 꿇고 앉았다. 그는 아버지의 지친 얼굴에 서 눈동자가 눈언저리까지 가득 차도록 커져 자기를 노려보는 것을 보았다.

"넌 페테르부르크에 친구가 없어. 넌 늘 농담을 잘하더니만 나한테 까지 그러는구나. 하필 거기에 친구가 있겠느냐! 도무지 믿을 수가 없구나."

"아버님, 잘 생각해 보세요." 게오르크가 이렇게 말하며 아버지를 의자에서 일으키자 아버지는 무척 힘없이 서 있었다. 그는 아버지의 잠옷을 벗겨 드렸다. "제 친구가 우리 집에 다녀간 지가 곧 삼 년이 됩니다. 제 기억으로는 아버님께서 걔를 특별히 좋아하시지는 않았 어요. 걔가 내 방에 와 있었는데도 두 번이나 아버님에게 걔가 없다 고 말씀드렸습니다. 아버님이 걔를 싫어하시는 것을 전 잘 이해할 수 가 있었습니다. 그 친구는 개성이 강합니다. 그렇지만 나중에 아버님 은 걔와 이야기를 잘하셨습니다. 그때 아버님은 걔 말을 귀담아들으 시고 고개를 끄덕이시며 묻기까지 하셔서 저는 여간 흐뭇하지 않았 습니다. 잘 생각해 보시면 기억이 나실 겁니다. 그때 걔는 러시아혁 명에 대해 믿기지 않는 이야기들을 했습니다. 예컨대 사업차 키예프 로 갔을 때 폭동이 일어나고 있었는데, 한 신부가 발코니에 서서 손 바닥에 칼로 십자가를 새겨 그 손을 쳐들며 군중에게 호소하는 광경 을 보았다는 이야기를 했습니다. 나중에 아버님께서 몸소 그 이야기 를 가끔 되풀이하셨습니다."

그러는 동안 게오르크는 아버지를 다시 앉히고 리넨 팬티 위에 입은 트리코 천 바지와 양말을 조심스럽게 벗길 수 있었다. 별로 깨끗하지 않은 속옷을 보자 그는 아버지를 소홀히 했다는 가책을 받았다. 아버지가 속옷을 갈아입도록 신경을 쓰는 것은 분명히 자신의 의무인 것 같았다. 아버지를 앞으로 어떻게 모시느냐 하는 문제에 대해 아직 약혼녀와 별로 말한 것이 없었다. 그들은 아버지는 혼자 옛집에 남아 계실 것이라고 은연중에 예상하고 있었기 때문이다. 그러나 그는 지금 자기 새 가정에 아버지를 모셔야겠다고 결심했다. 자세히 살펴보니까 아버지에게 해 드려야 할 보살핌이 너무 늦지 않았나 하는 생각이 들었다.

그는 두 팔로 아버지를 안아서 침대로 옮겼다. 몇 발자국 침대로 걸어가는 동안 그는 자기 가슴에 달린 시곗줄을 아버지가 어찌나 꼭 잡고 있는지 침대에 아버지를 금방 눕힐 수가 없었다.

아버지가 침대에 눕자 모든 것이 잘된 것 같았다. 그는 손수 이불을 덮었는데 어깨 너머까지 이불을 끌어당겼다. 그는 게오르크를 정다운 눈으로 쳐다보았다.

"기억이 나시지요, 그렇지요?" 게오르크가 물으면서 기운을 북돋워 주려고 고개를 끄덕였다.

"이불이 잘 덮였니?" 발이 잘 덮였는지 살펴볼 수 없다는 듯이 아버지가 물었다.

"침대에 누워 계시니 기분이 좋으시죠." 게오르크는 이불을 더 잘 덮어 주었다.

"잘 덮였니?" 아버지가 또다시 물었는데, 대답에 유난히 신경을 쓰시는 것 같았다. "걱정 마십시오. 잘 덮였으니까요."

"아니야!" 아버지는 당신의 질문에 대한 대답에 충격을 받은 듯이 이렇게 소리를 치면서 이불을 약간 날아갈 정도로 힘차게 걷어차고 침대에 꼿꼿하게 섰다. 다만 한쪽 손을 가볍게 천장에 대고 있었다. "이놈아, 네가 날 덮어 주려고 한다는 걸 알고 있어. 하지만 나는 덮어지질 않았어. 내가 마지막 힘을 낸 거지만 너 정도 해치우기엔 넉넉해. 해치우고도 남지. 난 네 친구를 잘 알아. 걔가 내 마음속 아들이나 다름없어. 그런 까닭에 너는 걔를 여러 해 동안 속여 온 거야. 다른 이유는 없지? 내가 걔를 위해 울지 않았다고 생각하느냐? 그런 까닭에 너는 네 사무실에 처박혀 있었던 거야. 사장이 지금 업무가 바쁘니 아무도 들어와서는 안 된다고 말을 하지만, 실은 러시아로 거짓 편지를 쓰느라고 하는 수작이지. 다행히도 아버지에게 아들을 조사하는 방법을 가르쳐 줄 사람은 있을 수 없어. 넌 걔를 제압했다고 믿고 있어. 네 궁둥이로 그를 깔고 앉을 정도로 걔를 제압했다고 말이야. 사실 걔는 옴짝달싹도 안 하고 있어, 내 아드님께옵서 결혼할 결심을 했는데도!"

게오르크는 아버지의 흉악한 모습을 쳐다보았다. 아버지가 갑자기 페테르부르크의 친구를 그렇게 잘 안다고 하니까 그 친구가 전에 없이 게오르크의 마음을 사로잡았다. 그는 친구가 낭패를 당한 채 넓고 넓은 러시아 땅에 있는 것을 상상했다. 약탈당한 텅 빈 상점의 문가에 서 있는 그를 보았다. 파괴된 선반, 갈기갈기 찢긴 상품, 떨어지고 있는 가스등의 갓, 이런 것들 사이에 그가 서 있었다. 왜 그는 그다지도 멀리 떠나야만 했을까!

"나 좀 봐라!" 아버지가 이렇게 소리를 치자 게오르크는 모든 것을 알아내려고 얼빠진 사람처럼 침대로 달려갔다. 그러나 도중에서 걸음을 멈추었다.

"그년이 치마를 들어 올렸기 때문에," 아버지가 부드럽게 말을 시작했다. "그 지긋지긋한 년이 치마를 들어 올렸기 때문에," 그것을 묘사하느라고 그가 셔츠를 높이 추켜올렸기 때문에 전쟁 때 입은 넓적다리의 흉터가 보였다. "그년이 치마를 이렇게, 그리고 이렇게 추켜올렸기 때문에 넌 그년에게 달라붙은 거야. 넌 남의 방해 없이 혼자서 그년에게 재미를 보려고 돌아가신 어머니를 생각하는 마음을 더럽히고, 친구를 배신하고, 네 아비를 꼼짝하지 못하도록 침대에 처박아 두었어. 하지만 이 아비가 움직일 수 있는 거냐 없는 거냐?" 그리고 그는 기댄 데 없이 서서 두 다리를 쭉 폈다. 그는 다 알고 있다는 듯이 온 얼굴에 기쁜 빛이 역력했다.

게오르크는 아버지로부터 되도록이면 멀리 떨어져 있으려고 방 한쪽 구석에 서 있었다. 조금 전에 그는 우회로에서든 뒤쪽에서든 위쪽에서든 일절 기습당하지 않도록 모든 것을 빈틈없이 잘 관찰해야겠다고 굳게 결심했던 것이다. 감쪽같이 잊었던 그 결심이 이제 다시 생각났지만, 짧은 실오라기를 바늘구멍으로 뺄 때처럼 금방 그것을 잊었다.

"그렇지만 친구는 배반당하지 않았다!" 이렇게 외친 아버지는 집게손가락을 흔들면서 자기 말을 더욱 굳혔다. "난 이곳에 그의 대리인으로 있는 거야."

"광대 같군요!" 게오르크는 이렇게 외치고 말았다. 곧 그는 실수했다는 느낌이 들어—너무 늦긴 했지만—눈을 부릅뜬 채 혀를 깨물었는데, 너무 아파서 몸이 수그러들 지경이었다.

"그래, 물론 난 희극을 한 거야. 희극 말이야. 좋은 말이었다. 늙은 홀아비인 이 아비한테 무슨 다른 위안거리가 있겠니. 말해 봐. 내 물

음에 대답하는 순간만이라도 참 아들이 되어 다오. 못된 점원들에게
시달려 뼛속까지 늙어 버리고 뒷방 신세가 된 나한테 남아 있는 것이
또 무엇인지 말이야. 내 아들은 환성을 지르며 세상을 돌아다니고 내
가 착수한 사업들을 종결짓고 기뻐 날뛰다가도 자기 아비 앞에 와서
는 정직한 사람처럼 무뚝뚝한 얼굴을 한단 말이야. 널 낳은 내가 너
를 사랑하지 않았다고 생각하니?"

이젠 고부라질 거야, 하고 게오르크는 생각했다. 고부라져 버리라
고! 이 말이 그의 머리를 스쳐 갔다. 아버지는 고부라지기는 했지만
넘어지지는 않았다. 게오르크가 다가가자 예상한 대로 아버지는 다
시 몸을 일으켰다.

"거기에 그대로 있어. 난 네가 필요 없어. 넌 이리로 올 만한 힘이
있다고 생각하면서도 더 오고 싶지 않기 때문에 멈칫하고 있는 거야.
착각하지 마라. 아직 내가 훨씬 더 강하니까. 나 혼자라면 아마 물러
나야 했는지도 모르지. 그렇지만 네 어머니가 이렇게 내게 힘을 주었
고, 난 네 친구하고는 멋지게 뭉쳐 있으며 네 고객의 명단을 여기 내
호주머니에 갖고 있다."

"속옷에도 주머니가 있군." 게오르크는 혼잣말을 했다. 그는 아버
지가 그런 말을 하면서 자기를 매장시킬지도 모른다는 생각을 했다.
그러나 그런 생각을 한 것은 다만 한순간뿐이었고 이내 그런 것은 다
잊고 있었다.

"네 신부를 달고 나한테 나타나기만 해 봐라. 네 곁에 못 있게 쫓아
버릴 테니까. 어떻게 하는지 두고 봐라." 그것이 믿기지 않는다는 듯
이 게오르크는 얼굴을 찡그렸다. 아버지는 자기가 한 말이 사실이라
고 단언하듯이 게오르크가 서 있는 구석 쪽을 쳐다보면서 고개를 끄

덕였다.

"오늘 네가 와서, 친구에게 약혼에 대해 알릴까요? 하고 물었을 때 난 얼마나 재미가 있었는지 모른다. 그는 다 알고 있어. 이 멍텅구리야. 그는 알고 있다고. 내가 그에게 편지를 썼어. 넌 내게서 필기구를 빼앗는 것을 잊었지. 내가 편지를 썼으니까 몇 년째 오지 않고 있어도 그가 너보다 수백 배는 더 잘 알고 있어. 그는 네 편지는 읽지도 않은 채 왼손에 구겨 쥐고 내 편지는 읽으려고 오른손에 들고 있는 거야."

아버지는 신이 나서 한쪽 팔을 머리 위로 흔들었다.

"그는 모든 것을 너보다 천배나 더 잘 알고 있다고." 그가 소리쳤다.

"만 배나 더요." 게오르크는 아버지를 비웃으려고 이렇게 말했지만, 그의 입안에서 그 말은 너무나 진지하게 울렸다.

"몇 년 전부터 네가 이런 문제를 들고 오지 않아 지켜보고 있었다. 넌 내가 다른 것에 신경 쓰고 있는 줄로 알았느냐? 내가 신문을 읽는 줄로 알았느냐? 자!" 그는 침대 속에 갖고 들어간 신문지 한 장을 게오르크에게 내던졌다. 낡은 신문으로 그 신문 이름은 게오르크가 전혀 모르는 것이었다.

"네가 이렇게 철이 들 때까지 무척이나 오랫동안 기다렸다. 어머니는 세상을 떠날 수밖에 없었다. 이런 기쁜 날을 보지도 못하고. 친구는 러시아에서 망해 가고 있지. 삼 년 전에 그는 이미 폐인이나 다름없었다. 그리고 내가 어떤 신세인지는 네 눈으로 보고 아는 일이다. 넌 그런 것은 잘 보잖니?"

"그러니까 아버님은 날 염탐한 거로군요." 게오르크가 소리쳤다.

가엾다는 듯이 아버지가 건성으로 이렇게 말했다. "그런 것을 넌 진작부터 말하고 싶었을 거야. 지금은 그런 말이 어울리지 않아."

　그러더니 더 큰 소리로 말했다. "넌 이젠 너 외에도 무엇이 있는지 알고 있어. 지금까지 넌 너밖에 몰랐어. 정확히 말하면 넌 순진한 아이였어. 하지만 더 정확히 말하면 넌 악마 같은 인간이었어. 그러니 알아 둬. 나는 지금 너에게 물에 빠져 죽는 익사 형을 선고하는 바이다."

　게오르크는 쫓기듯이 방을 나왔다. 그의 귓전에는 아버지가 뒤에서 침대 위로 쓰러지는 소리가 들렸다. 층계에서 그는 계단을 마치 경사진 평면을 가듯이 달리다가 하녀와 부딪혔다. 아침 집 안 청소를 하려고 올라가는 참이었던 그녀는 "맙소사!" 하고 소리치며 앞치마로 얼굴을 가렸지만, 그는 이미 사라지고 없었다. 그는 문을 뛰어나와 차도를 지나 강으로 달려갔다. 그는 굶주린 자가 음식물을 잡듯이 난간을 꽉 잡았다. 소년 시절에는 부모가 자랑스러워하는 뛰어난 체조 선수였던 그는 그때와 같은 체조 솜씨로 난간을 훌쩍 뛰어넘었다. 점점 힘이 빠지는 손으로 아직 난간을 잡은 그는 난간 기둥 사이로, 자기가 물에 떨어지는 소리를 쉽사리 들리지 않게 해 줄 것 같은 버스를 보면서 "부모님, 전 항상 부모님을 사랑했습니다" 하고 나지막이 외치면서, 떨어졌다.

　그 순간 다리 위는 자동차의 행렬이 끊임없이 이어지고 있었다.

3. 화부*(1913)

Der Heizer

* 「화부」는 미완성 장편소설 『실종자 Der Verschollene』(막스 브로트는 『아메리카 Amerika』라는 제목으로 출간했음) 제1장을 이루고 있다.

열여섯 살의 카를 로스만은, 하녀가 그를 유혹해서 아이를 뱄기 때문에, 가난한 부모에 의해 미국으로 보내졌는데, 이미 속력을 늦춘 배에 탄 채 뉴욕항에 들어섰을 때, 자신이 벌써 오랫동안 관찰하고 있었던 자유의 여신상이 갑자기 더 강렬해진 햇볕 속에 돋보이는 것처럼 보였다. 칼을 들고 있는 여신상의 팔이 새롭게 높이 솟아올라 있었는데, 그 입상 주위로 바람이 아무 거리낌 없이 불고 있었다.

"꽤나 높군!" 하고 혼잣말로 중얼거리면서 그가 그 자리를 떠날 생각을 전혀 하지 않았기 때문에, 그의 옆을 지나가던 화물 운반인의 숫자가 점점 더 늘어나게 되었고 점차 그는 갑판의 난간까지 밀려나게 되었다.

항해 도중에 잠시 사귀게 되었던 한 젊은 사내가 지나가면서 "이봐요, 당신은 아직 배에서 내릴 마음이 없는 거요?" 하고 말했다. "난 준비가 되어 있어요" 하며 카를은 그에게 웃음을 지어 보이면서 말했고, 들뜬 기분에, 그리고 힘센 젊은이였기 때문에 자기 트렁크를 어깨 위로 번쩍 들어 올렸다. 그러나 카를은 자기가 아는 사람이 단장을 가볍게 흔들면서 다른 사람들과 함께 멀어져 가는 모습을 바라보다가, 아래층 선실에 둔 우산을 깜빡 잊고 있었다는 것을 깨닫고 깜짝 놀랐다. 그는 그다지 달가워하지 않는 것 같은 그 지인에게 자기 트렁크를 잠깐만 맡아 달라고 신속하게 부탁하고 나서, 돌아올 때 길을 헷갈리지 않고 제대로 찾기 위하여 주변 상황을 살펴본 다음 서둘러 그 자리를 떴다. 아래로 내려가 보니 유감스럽게도 훨씬 가까운 지름길로 갈 수 있는 통로가 막상 차단되어 있는 것을 처음으로 알게 되었는데, 아마도 십중팔구는 승객 전원의 하선과 관계가 있는 것 같았다. 그리하여 끊임없이 구부러지는 복도를 거쳐, 버려진 책상 하나만 덩그러니 놓여 있는 빈방을 거쳐, 서로 끊임없이 잇닿아 있는 계단들을 건너, 힘겹게 길을 찾으려고 했으나, 그가 한두 번 그것도 여러 사람들과 함께 그 길을 간 적밖에 없었기 때문에, 결국은 완전히 길을 잃고 말았다. 어디로 가야 할지 도무지 갈피를 잡지 못한 상황에서, 사람이라고는 만날 수가 없었고, 머리 위로 수천 명의 구두 끄는 소리만 끊임없이 들리고, 이미 시동을 멈춘 기관의 마지막 작동 소리가 멀리서부터 마치 숨결처럼 희미하게 들려왔기 때문에, 그는 사방을 이리저리 헤매다가 우연히 맞닥뜨리게 된 작은 문 앞에 멈춰 서서 아무 생각 없이 다짜고짜 문을 두드리기 시작했다.

"열려 있어요." 안쪽에서 외치는 소리가 들리자, 카를은 그제야 안도의 숨을 내쉬며 문을 열었다. "왜 미친 사람처럼 그렇게 문을 두드리는 거요?" 하고 거인 같은 한 사내가 카를 쪽을 보자마자 대뜸 물었다. 위쪽에 있는 어떤 채광창을 통해 이미 선내 위쪽에서 오랫동안 써서 소진되어 버린 흐릿한 광선이 초라한 선실 안을 비추고 있었는데, 그곳에는 침대 하나, 옷장 하나, 의자 하나 그리고 그 남자가 마치 함께 갇혀 있기라도 한 것처럼, 비좁게 나란히 꼭 붙어 서 있었다. "길을 잃었습니다" 하고 카를이 말했다. "항해하는 중에는 몰랐는데 이제 보니 엄청나게 큰 배로군요."

"그렇소, 옳은 말이오" 하고 그 사내는 약간 자랑스럽게 말하면서 어떤 작은 트렁크 위의 자물통을 손으로 계속 만지작거렸다. 그는 자물통 걸쇠가 걸리는 소리를 들으려고 두 손으로 계속해서 거듭 가방을 눌러 댔다. "아무튼 안으로 들어와요" 하고 그 사내가 계속 말을 이었다. "그렇게 밖에 서 있지 말고요!"

"방해가 되지 않겠습니까?" 하고 카를이 물었다.

"방해가 되다니요, 천만에요!"

"독일인이십니까?" 하고 카를이 물었는데, 그것은 미국에 새로 이민 오는 사람들이 특히 아일랜드인에게 봉변을 당하는 위험에 관해 이야기를 많이 들었기 때문에, 이를 확인하기 위해서였다. "그렇소, 그래요" 하고 그 사내가 말했다. 카를은 여전히 망설이고 있었다. 그때 그 사내가 불시에 문의 손잡이를 잡더니 재빨리 잡아당겼으므로, 카를은 문에 밀려 방 안으로 들어오게 되었다. "난 말이오, 복도에서 사람들이 들여다보는 것을 참을 수가 없어요" 하고 말하며 그 사내는 다시 가방을 만지작거렸다. "누구나 지나가면서 들여다보는데, 그런 꼴을 참을 수 있는 사람이 열 명 가운데 한 명이나 될까!"

"그러나 복도에는 아무도 없는데요." 카를은 이렇게 말했지만, 침대 다리에 끼어 불쾌한 기분으로 서 있었다. "그래요, 지금은" 하고 그 사내가 말했다. '그러나 문제가 되고 있는 것은 지금이지 않은가' 하고 카를은 생각했다. '이 사람하고는 이야기하기가 어렵겠군.'

"침대 위에 좀 눕지 그래요. 거기가 더 널찍하니까 말이오" 하고 사내가 말했다. 카를은 재주껏 기어서 침대 속으로 들어갔는데, 그때 처음 침대 속에 들어가려고 시도하다가 실패한 것이 우스워서 큰 소리로 웃어 젖혔다. 그러나 카를은 침대 속에 들어가자마자 소리를 질렀다. "아이고, 내 트렁크를 깜빡 잊고 있었네요!"

"도대체 그게 어디 있소?"

"갑판 위에 있는데, 아는 사람이 지키고 있습니다. 그런데 그 사람 이름이 뭐지?" 그는 자신이 이 여행을 떠나올 때 어머니가 양복 윗저고리 안에 달아 준 비밀 호주머니 안에서 명함 한 장을 꺼냈다. "부터바움, 프란츠 부터바움."

"당신한테 그 트렁크가 매우 중요한 거요?"

"물론입니다."

"그래요, 그러면 왜 그런 물건을 낯선 사람에게 맡긴 거요?"

"제가 우산을 아래에 두고 깜빡 잊어버려서 그걸 가져오려고 뛰어갔는데, 그 트렁크를 질질 끌고 내려가고 싶지가 않았습니다. 그러다가 여기서 길을 잃어버리고 말았습니다."

"당신 혼자인가요? 동행하는 사람이 없어요?"

"네, 혼자입니다."

'이 사람을 믿고 의지하는 것이 아마도 좋을 것 같아' 하는 생각이 카를의 머릿속에 떠올랐다. '어디서 내가 당장 더 좋은 친구를 찾아내겠어.'

"그럼 이제 당신은 그 트렁크를 잃어버린 셈이오. 우산 이야기는 그만두고라도 말이오." 그러면서 그 사내는 마치 이제 카를의 일에 약간 관심을 갖게 되기라도 한 것처럼 의자에 앉았다. "그래도 저는 그 트렁크를 아직은 잃어버린 것이 아니라고 생각합니다."

"믿는 자에게 복이 있나니" 하고 그 사내는 말하면서 짧게 깎은 총총한 검은 머리카락을 박박 긁어 댔다. "배를 타고 다니면 항구에 닿을 때마다 풍습이 달라지는 법이오. 함부르크에서는 그 부터바움이란 자가 어쩌면 당신의 트렁크를 맡아 주었을지도 모를 일이지만, 이곳에서는 십중팔구 트렁크도 사람도 더 이상 흔적도 없이 사라져 버릴 거요."

"그렇다면 지금 즉시 갑판 위로 올라가 봐야겠습니다" 하고는 카를은 어떻게 하면 밖으로 나갈 수 있을까 사방을 둘러보았다. "여기 그냥 있어요" 하면서 그 사내는 한 손으로 그의 가슴팍을 왈칵 떠밀며 침대에 다시 눕혔다. "도대체 왜 그러세요?" 하고 카를은 화를 내며 물었다. "무의미한 헛수고이니까요" 하며 그 사내가 말을 이었다. "잠시 후에 나도 나가니 그때 같이 가요. 트렁크를 이미 도난당했으면 어차피 어쩔 수 없고, 아니면 만약 그 사내가 트렁크를 거기 두고 갔다면 배가 텅 빈 다음에 찾는 것이 차라리 더 나을 거요. 우산도 마찬가지예요."

"이 배의 내부를 샅샅이 잘 알고 계시나요?" 하고 카를은 미심쩍다는 듯이 물었는데, 배가 텅 비어 있을 때 자기 물건을 찾기가 가장 좋을 것이라고 믿었던 그의 평소의 확신이 흔들리는 것 같아 보였다. "나는 이 배의 화부요" 하고 그 사내가 말했다. "이 배의 화부시라고요?" 하고 카를은 전혀 예상 밖이라는 듯이 기뻐서 외치고는, 팔꿈치를 괴고 그 사내를 더 가까이에서 바라보았다. "제가 슬로바키아 사람과 함께 취침을 했던 선실 바로 앞에 창문 하나가 있었는데, 그 창문으로 기관실을 들여다볼 수가 있었습니다."

"그래요? 그곳에서 나는 일을 했지요" 하고 화부가 말했다. "저는 언제나 기술에 흥미가 많았습니다" 하고 카를이 어떤 생각에 잠긴 채 말했다. "그리고 만약 미국으로 올 필요가 없었더라면 저는 나중에 틀림없이 기술자가 되었을 것입니다."

"도대체 왜 미국으로 오지 않으면 안 되었소?"

"무슨 말씀이에요!" 하며 카를은 손사래를 치면서 그 이야기를 끊어 버렸다. 그러면서 그는 미소를 지으며 화부를 바라보면서, 당장은 고백하지 못할 사정이 있으니 양해해 달라고 하는 것 같은 표정을 지었다. "물론 무슨 까닭이 있겠지요" 하고 화부는 말했는데, 그 이유를 이야기해 달라고 요구하고 싶은 것인지, 아니면 아예 이야기를 듣지 않겠다고 거절하고 싶은 것인지 제대로 알 수가 없었다. "이제 저도 화부가 될 수도 있을 텐데요" 하고 카를이 말했다. "부모님은 제가 무슨 직업을 갖든지 전혀 관심이 없습니다."

"내 자리가 비게 될 텐데" 하고 화부는 자기가 하는 말의 효과를 온통 의식하면서, 두 손을 바지 호주머니에 넣고 철회색의 주름 잡힌 가죽 바지에서 삐죽이 나온 두 다리를 침대 위에 올려놓더니 쭉 뻗었다. 카를은 벽 쪽으로 더 많이 밀려날 수밖에 없었다. "배를 떠나시는 겁니까?"

"물론이오, 우리는 오늘 출발해요."

"도대체 왜 그러시지요? 마음에 들지 않아서 그러십니까?"

"여러 가지 사정이 있고, 마음에 들고 안 들고 그런 것에 따라 항상 결정되는 것은 아니지요. 하기야 당신 말마따나 마음에 들지 않는 것도 사실이오. 당신도 십중팔구는 진지하게 화부가 되겠다고 생각하는 건 아니지 않소. 그러나 누구나 화부가 되겠다는 생각만 있으면 화부는 가장 쉽게 될 수 있지요. 그래서 내가 당신에게 하지 않도록 충고하는 거예요. 당신은 유럽에서 대학에 다니며 공부하고 싶어 했다면서 도대체 왜 이곳에서는 대학에 다니려고 하지 않는 거요? 미국의 대학들은 사실상 비교할 수 없을 만큼 유럽의 대학들보다 더 좋은데 말이오."

"정말 그럴 수도 있을 겁니다" 하고 카를이 말했다. "그러나 저는 대학 다닐 돈이 거의 없습니다. 저는 낮에는 상점에서 일하고 밤에는 대학에 다니며 공부를 해서 박사가 되고 시장이 되었던 어떤 모모 인사의 전기를 읽은 적이 물론 있습니다만, 그러나 그렇게 하려면 대단한 인내심이 있어야 하지 않겠습니까? 제가 염려하는 것은 저한테 인내심이 부족하다는 것입니다. 게다가 저는 특별히 우수한 모범생도 아니었으니까 학교를 중도에서 그만두는 것쯤은 저한테는 사실 힘든 일도 아니었지요. 그리고 이곳 학교들은 아마도 훨씬 더 엄격할 것입니다. 영어도 저는 거의 할 줄 모릅니다. 대체로 이곳 사람들은 외국인들에게 상당히 편견을 갖고 있다고 저는 생각합니다."

"벌써 그런 것을 경험했어요? 자, 그럼 좋아요. 그러면 당신은 나의 짝이오. 보다시피 우리는 함부르크-아메리카 항로에 속하는 독일 배에 타고 있는데, 왜 선원은 전부가 독일 사람이 아닐까요? 왜 일등 기관사는 루마니아 사람일까요? 그의 이름은 슈발이에요. 정말 믿을 수가 없어요. 그 깡패 같은 놈이 독일 배를 타고, 우리 독일인을 학대하다니 이게 말이나 되오! 그렇지 않소?" 그는 숨이 차서 헐떡거렸고,

손짓을 하며 미적거렸다. "나는 아무 까닭 없이 그냥 불평을 위한 불평을 하는 게 아니오. 난 당신이 아무 영향력도 없으며 심지어 가엾은 젊은이라는 것도 잘 알고 있소. 그렇지만 너무 심하단 말이오!" 그러면서 화부는 몇 번이나, 자신의 주먹에서 눈을 떼지 않은 채, 주먹으로 책상을 두드렸다. "아무튼 나는 지금까지 아주 많은 배에서 일을 해 왔소" 하며 그가 배 스무 척의 이름을 마치 한 단어인 것처럼 죽 읊어 대자 카를은 몹시 혼란스러워 어찌할 바를 몰라 했다. "그리고 나는 두각을 나타내어 표창도 받고 칭찬도 받았으며, 선장의 취향에 맞는 일꾼이었고, 같은 상선에서 몇 년씩 있었소." 그는 그 시절이 자기 생애의 전성기이기라도 했던 것처럼, 그 말을 하면서 자리에서 일어났다. "그런데 이 낡아 빠진 배에서는 모든 것이 한 줄로 가지런히 이어지는 그런 규율에 얽매여 있어 도무지 익살스러운 위트 따위는 필요하지도 않은 탓에, 나 같은 놈한테는 전혀 맞지가 않아요. 이 배에서 나는 그 슈발이라는 작자에게 항상 방해만 되고 있고, 나란 놈은 게을러빠진 농땡이라 쫓겨나야 마땅한데 순전히 동정해서 주는 임금을 받아먹고 있어요. 내 말 이해하겠어요? 난 이해를 못 하겠소."

"이런 일을 당신이 그냥 당하고만 있어서는 안 됩니다." 카를이 흥분해서 말했다. 그는 자신이 불안정한 선창 위에서 벌써 미지의 대륙의 해안에 도착했다는 사실조차 거의 느끼지 못하고 있었는데, 그만큼 이곳 화부의 침대가 집에 있는 것처럼 기분이 좋았던 것이다. "당신은 이미 선장을 찾아간 적이 있으신가요? 당신은 이미 그 선장에게 당신의 권리를 찾으려고 한 적이 있으신가요?"

"에이, 가 버려요, 차라리 나가 버리라고요. 당신은 내가 하고 있는 말을 귀담아듣지도 않고 나한테 충고들을 해 대는군요. 도대체 내가

90

왜 선장에게 가야 한단 말이오!" 그러면서 화부는 지친 듯 다시 앉더니 두 손으로 얼굴을 감쌌다.

"이보다 더 좋은 충고를 나는 그에게 줄 수가 없는데" 하고 카를은 혼잣말을 했다. 그러고는 여기서 괜히 충고를 하다 멍청한 놈 취급을 당하느니 차라리 트렁크나 찾으러 가야겠다고 생각했다. 아버지가 그에게 그 트렁크를 영원히 물려주면서, "네가 얼마나 오랫동안 그 트렁크를 갖고 있을까?" 하며 농담조로 말한 적이 있는데, 이제 그 트렁크를 어쩌면 정말로 잃어버릴지도 모를 노릇이었다. 설령 아버지가 알아보려고 해도 자신의 지금 처지를 거의 들을 수 없다는 것이 그나마 위안이라면 유일한 위안이었다. 다만 자신이 뉴욕까지 함께 왔다는 사실은, 함께 배를 타고 온 일행이 아버지에게 전해 줄 수도 있을 것이다. 카를은 트렁크 속의 물건들을 거의 사용해 보지도 못한 것을 참으로 유감스럽게 생각했다. 예컨대 셔츠만 하더라도 진작 갈아입을 필요가 있었음에도 불구하고, 몸에 걸쳐 보지도 못하고 엉뚱한 곳에서 잃어버린 것이다. 이제 곧 생애의 과정을 시작하는 마당에 옷을 깨끗하게 차려입고 등장할 필요가 있을 텐데, 그는 더러운 속옷을 입고 나갈 수밖에 없을 것이다. 이것 말고 그 밖의 점에서는 트렁크를 잃은 것이 결코 그렇게 심하게 기분 나쁜 일은 아닐 수 있었는데, 왜냐하면 그가 입고 있던 양복은 트렁크 속에 넣어 둔 것보다 훨씬 더 좋은 옷이었기 때문이다. 트렁크 속의 양복은 사실상 비상시의 예비복에 불과한 것으로, 여행 출발 직전까지 어머니가 수선하지 않으면 안 되었던 그런 옷이었다. 이제 그는, 베로나*산 살라미 소시지

* 북이탈리아에 있는 지방 및 도시.

한 토막이 그 트렁크 속에 들어 있었다는 것도 기억해 냈는데, 그것은 어머니가 그에게 특별 선물로 싸 주었던 것으로, 배를 타고 오는 동안 전혀 식욕도 없었을 뿐만 아니라 삼등 선실 승객에게 제공되는 수프로도 충분했기 때문에, 아주 조금밖에 입에 대지 않았았다. 그는 지금 그 소시지를 수중에 갖고 있어서 화부에게 선사할 수 있으면 좋겠다고 생각했다. 왜냐하면 이런 사람들은 어떤 사소한 것을 슬쩍 집어 주기만 해도 쉽게 환심을 살 수 있기 때문이었는데, 카를은 이런 처세술을, 업무상 관계가 있는 모든 하급 직원에게 담배를 나누어 줌으로써 곧잘 매수하곤 했던 아버지로부터 배워서 알고 있었다. 지금 카를은 선심을 쓰기에는 빠듯한 돈밖에 갖고 있지 않았는데, 설령 트렁크를 잃어버리게 된다 하더라도, 당분간 그 돈에 손대고 싶지는 않았다. 그의 생각이 다시 트렁크로 되돌아갔는데, 그는 이제 정말로, 그렇게 쉽게 트렁크를 훔쳐 가게 할 거면 도대체 왜 자기가 항해 중에 잠도 제대로 못 자면서 그 트렁크를 그토록 주의를 기울여 감시했는지, 도무지 이해할 수가 없었다. 그는 지난 닷새 동안의 밤을 기억에 떠올렸는데, 자기 왼쪽으로 잠자리 두 개 건너 누워 있었던 어린 슬로바키아 소년이 오로지 자기 트렁크만 유독 탐냈다는 혐의를 그 닷새 동안 끊임없이 품고 있었다. 그 슬로바키아 소년은 낮 동안 내내 긴 막대 하나를 갖고 놀거나 연습을 했는데, 카를이 갑자기 체력이 급격히 떨어진 나머지 한순간 꾸벅꾸벅 졸기라도 할라치면, 그 막대로 트렁크를 자기 쪽으로 끌어당길 수 있는 기회만 호시탐탐 노리고 있었던 것이다. 낮에는 그 슬로바키아 소년이 충분히 천진난만하게 보였지만 밤이 되기만 하면 이따금 자기 잠자리에서 몸을 일으켜 서글픈 눈초리로 카를의 트렁크 쪽을 건너다보곤 했다. 카를은 그것을 아주 분명하게 알아챌 수 있었는데, 왜냐하면, 배의 규정상 금지되어 있는 일이기는 했지만 이민을 떠나는 사람의 불안감에서 항상 누군가가 이민 대행업체가 발행한 이해하기 힘든 안내 팸플릿을 해독해 보려고 이따금씩 불을 켰기 때문이다. 그런 불빛이 가까이 있으면 카를은 꾸벅꾸벅 졸면서 약간 눈을 붙일 수도 있었지만, 그러나 그 불빛이 먼 곳에 있거나 어두울 때에는 두 눈을 뜨고 있을 수밖에 없었다. 이것이 힘들고 긴장이 되기 때문에 그는 정말 녹초가 되어 버렸던 것인데, 이제는 이것도 아마 쓸모가 없게 된 것 같았다. 그 부터바움이란 자를 언젠가 한번 어딘가에서 만나면 가만두지 않을 터였다!

바로 그 순간, 선실 밖 멀리 떨어진 곳에서 그때까지 완전히 고요에 싸여 있던 적막을 뚫고 마치 어린애 발자국 같은 나지막한 소리가 짧게 들려왔다. 그 소리가 더 세지면서 점점 더 가까이 들려왔는데, 이제 보니 어른들의 조용한 행진 소리였다. 그들은, 좁은 통로에서는 당연히 그렇게 하듯이, 한 줄로 걸어왔는데, 마치 무기에서 나는 것 같은 찰깍찰깍 소리가 들려왔다. 트렁크와 슬로바키아 소년에 대한 모든 근심 걱정을 까맣게 잊어버리고 잠자리에 누워 팔다리를 죽 뻗고 이제 막 잠이 들려고 하던 카를은 깜짝 놀라 벌떡 일어서서 화부를 툭 밀며 주의를 환기시키려고 했는데, 왜냐하면 그 행렬의 선두가 바로 문 앞에 당도한 것 같았기 때문이었다. "저건 이 배의 악대인데," 하고 화부가 말했다. "저 위 갑판에서 연주를 하고 이제 짐을 꾸리러 가는 길이오. 이제 다 끝났으니 우리도 갈 수 있어요. 갑시다." 그는 카를의 손목을 잡고 나가려고 하다가 마지막 순간에, 침대 위 벽에서 액자에 끼워 놓은 성모 마리아상을 떼어 내 양복 안주머니에 넣고는 자기 트렁크를 잡아 들고 카를과 함께 서둘러 선실 밖으로 나갔다.

"나는 이제 사무실에 가서 그 신사분들에게 내 의견을 말할 거요. 이제 더 이상 승객도 없으니 이것저것 고려할 필요도 없어요." 화부는 똑같은 말을 갖가지로 다양하게 반복했으며, 가던 도중 발로 그 길을 가로질러 가던 쥐 한 마리를 옆으로 걷어차 짓밟아 버리려고 했으나, 발에 차인 쥐가 마침 제때에 구멍 앞으로 가더니 그야말로 재빠르게 그 구멍 속으로 들어가 버렸다. 그의 동작은 도대체가 너무 느렸는데, 그가 아무리 긴 두 다리를 갖고 있다 해도, 그 다리가 아무튼 너무 무거웠던 것이다.

그들은 조리실을 지나갔다. 거기에는 아가씨 몇 명이 자신들이 일부러 국물을 부어 더러워진 앞치마를 두르고는 식기들을 커다란 통 속에 넣어 씻고 있었다. 화부는 린네라는 여자를 자기 쪽으로 부르더니, 팔로 그녀의 허리를 껴안고는, 쉬지 않고 교태를 부리며 자기 팔에 몸을 바싹 붙이는 그녀를 짧은 구간 동안 잠시 데리고 갔다. "지금 급료를 지불하는데, 함께 가지 않겠어?" 하고 그가 물었다. "왜 내가 그런 수고를 해야 해요? 차라리 그 돈을 이리로 갖다 주세요" 하고 그녀는 대꾸하면서 그의 팔 아래로 미끄러져 빠져나가 달아났다. "도대체 어디서 당신은 그 아름다운 소년을 찾아낸 거예요?" 하며 그녀는 소리쳤으나 대답을 들으려고 그런 것은 아니었다. 여자들 모두가 하던 일을 멈추고 웃어 젖히는 소리가 들렸다.

그들은 그러나 계속 가다가 어느 문가에 이르게 되었는데, 그 문 위에는 금박을 입힌 작은 여신상의 기둥이 떠받치는 작은 합각머리 하나가 달려 있었다. 그것은 배에 설치된 장식치고는 정말 호화롭게 보였다. 카를은 자신이 이 구역에는 한 번도 온 적이 없었다는 것을 알게 되었는데, 아마 틀림없이 이곳은 항해하는 동안 일등과 이등 선실의 승객만 이용하도록 허용되던 곳이었으나 이제 배를 대청소하기 전에 선실을 분리하는 칸막이 문들을 떼어 낸 모양이었다. 그들도 실제로 벌써 몇 사람과 마주쳤는데, 그 사람들은 어깨에 빗자루를 들고 가면서 화부에게 인사를 했다. 카를은 그 혼잡한 움직임에 놀랐는데, 자신이 있던 갑판에서는 물론 거의 듣도 보도 못할 정도로 어마어마한 수준이었다. 통로들을 따라 전깃줄이 통해 있었고, 작은 종 하나가 울리는 소리가 계속해서 들려왔다.

화부는 정중하게 문을 두드렸으며, "들어와요!" 하고 외치는 소리가 들리자, 카를에게 손짓으로 두려워하지 말고 안으로 들어가라고 재촉했다. 카를은 들어갔지만, 그러나 문 옆에 서 있었다. 그 방에 있는 세 개의 창문 앞에서 그는 바다의 물결을 보았는데, 마치 닷새 동안의 항해 동안 줄곧 바다를 한 번도 보지 못하기라도 한 것처럼, 바다 물결이 기쁘게 넘실거리는 광경을 보았을 때 심장이 뛰었다. 큰 배들이 서로 항로를 교차하며 지나갔으며, 배의 무게가 허용하는 대로 출렁거리는 물결에 몸을 내맡기고 있었다. 눈을 가늘게 뜨고 바라보면 그 배들은 오로지 그 무게를 견디지 못해 흔들거리는 것처럼 보였다. 그 배들의 돛대 위에는 폭은 좁지만 긴 깃발들이 달려 있었는데, 물론 배가 달릴 때에는 팽팽하게 부풀어 올랐지만 그럼에도 불구하고 안절부절못하고 이리저리 바람에 펄럭이고 있었다. 아마 틀림없이 전함에서인가 예포 소리가 울려 퍼졌는데, 그다지 멀지 않은 곳을 지나가던 한 척의 전함에 장착된 포신들이 그 강철 덮개가 빛에 반사되어 번쩍거렸으며, 안전하고 순조롭기는 하지만 수평이 아닌

항해 때문에, 마치 응석받이 아이를 어르듯 조심조심하는 것 같았다. 작은 배들과 보트들이 무리를 지어 커다란 배들 사이로 난 공간 속으로 미끄러져 들어가고 있던 모습은, 적어도 그 문에서만, 오직 멀리서만 관찰할 수 있었다. 그러나 그 모든 광경 뒤로는 뉴욕이 서 있었고, 카를은 마천루에 수십만 개의 창문이 달려 있는 그 도시를 바라보았다. 그렇다, 이 방 안에서는 자기가 어디에 있는지 알 수 있었다.

한 둥근 탁자에 신사 세 명이 앉아 있었는데, 한 사람은 배에서 입는 푸른 제복 차림의 간부 승무원이고, 다른 두 사람은 미국식 검정 제복을 입은 항만청의 관리였다. 탁자 위에는 각종 서류가 수북이 쌓여 있었는데, 그 서류들을 간부 승무원이 맨 먼저 펜을 들고 대강 훑어보고 나서 다른 두 사람에게 건네주면 그들은 그 서류들을 때로는 읽어 보기도 하고 때로는 감정하기도 했으며, 그리고 그 두 사람 중 거의 잠시도 쉬지 않고 이로 나지막한 소음을 만들어 내는 한 사람이 그 동료의 조서에 받아쓰도록 하지 않을 경우에는, 때로는 그 서류들을 서류 가방 속에 챙겨 넣기도 했다.

창가에 놓인 책상에 문을 등진 채 작은 신사 한 명이 앉아 있었는데, 그는 자기 앞쪽 머리 높이의 한 튼튼한 책꽂이 위에 나란히 늘어서 있는 2절판의 대형 서책들을 처리하고 있었다. 그의 옆에는 금고가 있었는데, 열려 있었고 언뜻 첫눈에 보아서는 속이 비어 있었다.

두 번째 창문은 시야가 트여 있었고 가장 좋은 전망을 제공해 주고 있었다. 세 번째 창문 가까이에는 그러나 신사 둘이서 낮은 목소리로 대화를 나누며 서 있었다. 한 사람은 창문 옆에 기대서 있었는데, 선원 복장을 하고 있었고 칼자루로 장난을 치고 있었다. 그가 이야기를 나누고 있는 상대방은 창문을 향해 서 있어서 그 상대방이 한번 몸을 움직일 때마다 그의 가슴에 줄지어 달려 있는 훈장들의 일부가 드러나 보였다. 그 상대방은 사복 차림이었고 가느다란 죽장竹杖을 갖고 있었는데, 그가 두 손을 허리에 착 붙이고 있었기 때문에 그 죽장이 마치 칼처럼 따로 떨어져 있었다.

카를은 그 광경을 모조리 살펴볼 만큼 시간이 많지 않았는데, 왜냐하면 용인傭人 한 명이 곧장 그들한테 다가와 화부에게, 마치 화부가 이 배 소속이 아닌 것 같은 그런 의혹에 찬 눈길로, 도대체 원하는 게 무어냐고 물어보았기 때문이다. 화부는, 질문 받을 때와 같은 매우 나직한 소리로, 경리 주임과 이야기를 하고 싶다고 대답했다. 그러자 그 용인은 손동작으로 자기로서는 그런 요청을 거절한다는 의사를 표시했으나 그렇지만 발끝으로 살금살금 걸으며 그 둥근 탁자를 크게 원을 그리면서 피해 우회했으며 2절판 대형 서책을 갖고 있는 신사에게 갔다. 이 신사는 그 용인의 말을 듣고 얼굴이 정말 굳어졌고 자기와 이야기를 나누기를 원하는 화부를 향해 마침내 몸을 돌렸는데, 그 모습이 뚜렷하게 보였다. 그러고 나서 그 신사는, 엄하게 거부하는 반응을 보이면서, 화부를 향해, 그리고 확실하게 해 두려고 용인을 향해서도 흥분하여 손을 내저었다. 그러자 용인은 화부에게로 돌아와서는 마치 그에게 자신의 속마음을 털어놓는 것 같은 어조로 이렇게 말했다. "방에서 즉각 잽싸게 나가 주세요!"

그러자 화부는 이 대답 후에, 마치 자신이 잠자코 근심 걱정을 털어놓을 사람은 바로 이 사람이라는 듯이 카를 쪽을 향해 내려다보았다. 카를은 정신이 나가 허둥지둥 그 자리를 떠나 방을 가로질러 달려갔으며 그 바람에 심지어 간부 승무원의 의자에 몸이 살짝 스치기까지 했다. 그러자 용인은 그를 붙잡기 위해, 마치 해충을 뒤쫓기라도 하는 것처럼, 허리를 구부린 채 두 팔을 펴고 뛰어왔으나, 카를은 맨 먼저 경리 주임의 탁자 옆으로 가서, 용인이 자기를 끌어내리려고 시도할 경우에 대비하여, 그 탁자를 꼭 붙잡고 있었다.

물론 그 방은 곧바로 활기를 띠게 되었다. 탁자 옆에 있던 간부 승무원은 자리에서 벌떡 일어났고, 항만청 관리들은 침착하지만 주의 깊게 쳐다보았으며, 창가에 있던 두 신사는 나란히 앞으로 걸어 나왔다. 그러자 용인은 높으신 신사분들이 관심을 보이는 자리에 자기가 있는 것은 가당치 않다고 생각하고 물러나 버렸다. 문 옆에 있던 화부는 자기의 도움이 마침내 필요하게 될 그 순간을 긴장한 채 기다리고 있었다. 드디어 경리 주임이 안락의자에 앉은 채 오른쪽으로 빙 돌아 방향을 바꾸었다.

카를은 이 사람들이 보는 자리에서 자신의 비밀 호주머니를 보이는 것을 조금도 주저하지 않은 채 거기에서 여권을 꺼내더니 이런저런 설명을 늘어놓는 대신 말없이 펼쳐서 탁자 위에 놓았다. 경리 주임이 손가락 두 개로 그 여권을 튕겨서 옆으로 밀어 놓은 것으로 볼 때 그 여권을 대수롭지 않게 여기는 것 같았다. 그러자 카를은, 마치 이 절차가 만족스럽게 일단락되기라도 한 것처럼, 그 여권을 다시 집어넣었다.

그러고 나서 "제가 감히 말씀드리고자 하는 것은" 하고 카를은 말하기 시작했다. "제 견해로는 화부 어른에게 부당한 일이 일어났다는 것입니다. 이분을 성가시게 하는 사람은 바로 이 배에 있는 슈발이라는 사람입니다. 화부 어른은 이미 수많은 배에서, 그분은 그 배 이름을 모두 다 댈 수도 있습니다만, 매우 만족스럽게 근무해 왔으며, 부지런하고 일도 잘하시는데, 그런데 예컨대 큰 상선들에서와는 달리 근무하기가 그렇게 엄청 어렵지도 않은 이 배에서는 왜 상응을 잘 못하는지 정말로 알 수가 없습니다. 따라서 그분이 승진을 못 하시고, 평소 같으면 표창을 받고도 남을 분인데 표창 기회를 박탈당하시는 것은, 오로지 중상모략 때문일 수 있습니다. 저는 다만 이 일에 대해 일반적인 말씀만을 드렸고요, 특수한 불만들에 대해서는 그분 본인이 직접 말씀드릴 것입니다." 카를은 자신의 이 이야기로 모든 신사분의 도움을 청하고 있었던 셈인데, 왜냐하면 사실인즉 그 사람들도 모두 그의 말에 귀를 기울이고 있었고, 이들 가운데 정의로운 사람이 바로 다름 아닌 경리 주임일 확률보다는, 함께 모여 있는 이 사람들 모두 가운데 정의로운 사람이 한 사람 있을 확률이 훨씬 더 크기 때문이었다. 게다가 카를은 약삭빠르게 자신이 그 화부와 불과 얼마 전에 알게 된 사이라는 사실을 숨겼다. 그 밖에 덧붙여 말하자면, 만약 그가 자신의 현 위치로부터 처음으로 보았던 그 죽장을 쥔 신사의 붉은 얼굴 때문에 마음가짐이 흔들리는 일만 없었다면, 그는 아마도 말을 훨씬 더 잘했을 것 같다.

"말 한 마디 한 마디가 모두 다 맞아요" 하고, 아직 누군가 자기에게 물어보기도 전에, 아직 아무도 자기를 쳐다보기도 전에 화부가 말했다. 화부의 이런 너무나 성급한 말은, 만약 이 배의 선장으로 보이는 훈장을 단 그 신사가 화부의 말을 경청하겠다는 명백한 의견의 일치를 보이지 않았다면, 큰 실수일 거라는 생각이 카를에게 번쩍 들었다. 그 사람이 손을 뻗으며 화부에게 소리쳤다. "이리 오세요." 망치로 두드리는 것 같은 단호한 목소리였다. 이제는 모든 것이 화부의 처신에 달려 있었는데, 그의 정당성에 관해서는 카를은 조금도 의심하지 않았던 것이다.

다행스럽게도 이 기회에 화부가 이미 세상을 많이 돌아다녔다는 것이 밝혀졌다. 모범적으로 차분하게 그는 자신의 작은 트렁크 안에서 한 묶음의 서류와 수첩을 잡아 꺼내더니 그걸 갖고, 마치 당연한 일인 것처럼, 경리 주임의 존재는 깡그리 무시해 버리고 선장에게로 가서 그 증거물을 창턱 위에 늘어놓았다. 경리 주임은 거기로 가는 수밖에 다른 방법이 없었다. "이 사람은 불만이 많기로 유명한 사람입니다" 하고 경리 주임이 해명을 위해 말했다. "이 사람은 기관실보다 경리실에 더 많이 있습니다. 이 사람이 저 얌전한 슈발을 완전히 절망으로 몰아갔습니다. 당신 내 말 한번 들어 봐요!" 하며 경리 주임은 이제 화부를 향해 말했다. "당신은 귀찮을 정도로 정말 너무 지나치게 집요한 주장을 하고 있어요. 당신은 이미 얼마나 자주 임금 지급 장소에서 쫓겨났소? 당신이 예외 없이 언제나 아주 터무니없는 요구를 했으니 당연히 그런 꼴을 당해도 싸지요! 얼마나 자주 당신은 그곳에서 경리 본부로 뛰어들어 왔었소! 슈발이 당신 직속상관이니 당신이 부하로서 순응해야 한다고, 얼마나 자주 사람들이 당신에게 좋은 뜻으로 말했소! 그런데 이제 선장님도 계시는 자리에 당신이 나타나 심지어 선장님을 괴롭히기까지 하는 짓을 부끄러워하기는 커녕, 내가 배 위에서 완전히 처음 보는 이 어린 친구에게 당신 생각을 주입시켜 당신의 우매한 비난들을 대변하는 대변자로 데리고 다니는 이런 뻔뻔스러운 짓을 거리낌 없이 행하다니 어떻게 그럴 수가 있소!"

카를은 뛰어나가고 싶은 충동을 억지로 자제했다. 그러나 벌써 그 자리에 와 있던 선장이 이렇게 말했다. "아무튼 우리 이 사람 말도 한번 들어봅시다. 그 슈발이라는 사람도 내가 보기엔 여하튼 시간이 가면 갈수록 너무 제멋대로가 되어 가고 있어요. 그렇지만 당신에게 유리한 말을 나는 한 마디도 하고 싶지 않소." 이 마지막 말은 화부에게 한 것이었는데, 그가 당장 화부를 위해 힘을 다해 변호해 줄 수 없다는 것은 당연했지만, 그러나 만사가 제대로 풀려 갈 것 같았다. 화부가 자신의 입장을 설명하기 시작했는데, 처음에는 내키지 않지만 꾹참고 슈발을 존칭을 붙여 슈발 씨라고 말했다. 카를은 얼마나 기뻤던지 경리 주임이 자리를 뜬 탁자 옆에서 순전히 재미 삼아 편지 저울을 몇 번이나 거듭 눌러 보곤 했다―슈발 씨는 불공정하다! 슈발 씨는 외국인들을 우대한다! 슈발 씨는 화부를 기관실에서 내쫓고 화장실 청소를 시켰는데, 이것은 아무튼 분명히 화부가 할 일이 아니다!―그리고 언젠가 한번은 심지어 슈발 씨의 유능함이 의심을 받은 적도 있었는데, 실제로 유능하다기보다 오히려 겉으로만 그렇게 보일 뿐이라고 했다. 바로 이 시점에서 카를은 선장이 마치 자신의 동료라도 되는 것처럼 온 힘을 다해 다정스럽게 쳐다보았는데, 그것은 화부의 약간 세련되지 못한 표현 방식 때문에 영향을 받아 선장이 화부에게 불리하게 하는 일이 없도록 하기 위해서였다. 화부는 많은 말을 지껄였지만 아무튼 사람들은 그가 무슨 말을 하는지 도무지 알아들을 수가 없었다. 비록 선장은 여전히 화부의 이야기를 이번에 끝까지 들어 보겠다는 결심을 한 것 같은 눈빛으로 앞을 바라보고 있었지만, 다른 신사들은 아무튼 참지 못하고 초조해졌으며, 이윽고 화부의 목소리는 이제 더 이상 곧 그 방 안에서 절대적으로 지배하지 못했는데, 이 상황은 많은 우려를 불러일으켰다. 첫 번째로 평복 차림의 한 신사가 죽장을 잡고 움직거리다가, 비록 그저 나지막하게이긴 하지만, 마룻바닥을 두드렸다. 다만 신사들은 물론 때때로 그쪽을 바라보앉는데, 명백히 바쁜 항만청 관리들은 서류를 다시 쉽어 들더니, 비록 아직 정신이 약간 나가 있었지만, 훑어보기 시작했으며, 간부 승무원은 다시 탁자를 더 가까이 끌어당겼고, 그리고 게임에서 이미 이겼다고 생각한 경리 주임은 아이로니컬하게 한숨을 깊이 내쉬었다. 대부분 방심한 상태에 빠져 있었지만 오로지 용인만은 그렇지 않은 것처럼 보였는데, 그는 큰 사람들 밑에 눌려 사는 가엾은 사람의 고충을 부분적으로 공감하는 것처럼 카를을 향해 고개를 끄덕여 보였으며, 그렇게 함으로써 자기 의사를 설명하고자 한 것 같았다.

그동안 그 창문들 앞에는 항구의 생활이 계속되고 있었다. 평평한 화물선 한 척이 굴러떨어지지 않게 놀랍도록 차곡차곡 쌓은 통들을 산더미처럼 잔뜩 싣고 옆으로 지나가면서 방 안을 거의 컴컴하게 만들어 버렸다. 만약 카를이 시간 여유가 있었더라면 그 모습을 정확하게 바라볼 수 있었을 소형 모터보트들이, 똑바로 선 그 키잡이의 손이 부르르 떨리자마자, 요란한 소리를 내면서 곧장 쏜살같이 지나가 버렸다! 이상한 부유물들이 출렁거리는 바닷물 여기저기에서 스스로의 힘으로 떠올랐다가 깜짝 놀라 쳐다보면 곧바로 눈앞에서 다시 물속으로 가라앉아 버렸다. 원양 항해 기선들에 딸린 보트들이 땀을 뻘뻘 흘리며 일하는 수부*들에 의해 앞으로 미끄러져 나갔다. 그 보트들은 무리해서 태운 승객들로 초만원이었는데, 그 승객들은, 비록 그중 일부는 시시각각으로 변하는 풍경들을 몸을 돌리며 끊임없이 바라보고 있었지만, 조용히 그리고 잔뜩 기대에 부푼 채 앉아 있었다. 의지할 곳 없는 인간들과 그들의 작업이 갖는 불안한 요소들에

---

* 배에서 허드렛일을 맡아 하는 하급 선원.

서 전염된 불안감으로 생겨난 끝없는 움직임!

그러나 모든 상황이 화부에게 급히 서두르라고, 말을 똑똑히 하라고, 아주 정확하게 설명하라고 독촉하고 있었으나, 화부는 무슨 일을 했던가? 그는 물론 땀을 뻘뻘 흘리며 열심히 말하고 있었지만, 오래 전부터 손이 떨려 창틀 위의 서류들을 더 이상 잡고 있을 수도 없었다. 사방으로부터 슈발에 대한 온갖 불평불만이 쇄도하여 자기 생각으로는 그중 하나만으로도 슈발이란 작자를 완전히 매장시킬 수 있을 것 같은데, 그가 선장에게 제시할 수 있었던 것은 오로지 이것저것 뒤섞인 가엾은 내용뿐이었다. 죽장을 가진 신사는 아까부터 천장을 바라보면서 약하게 휘파람 소리를 내고 있었고, 항만청 관리들은 자기들의 탁자 옆에 간부 승무원을 붙들어 앉혀 놓고 다시 놓아주지 않겠다는 그런 표정을 짓고 있었고, 경리 주임은 오직 선장의 평온한 태도 때문에 자신이 말참견을 삼가야겠다는 기색이 역력했으며, 용인은 차렷 자세를 한 채로 화부에 대한 선장의 지시를 매 순간 기다리고 있었다.

그때 카를은 더 이상 아무 일도 않고 그대로 있을 수는 없었다. 따라서 그는 그들이 모여 있는 쪽으로 천천히 가면서 어떻게 하면 이 일을 능숙하게 처리할 수 있을까 머리를 재빠르게 굴리며 곰곰 생각했다. 사실 그때가 가장 좋은 때였으며, 잠시 후면 두 사람은 이 사무실에서 거의 틀림없이 빠져나가 버릴 수도 있었다. 카를이 보기에, 선장은 참으로 좋은 사람일 것같이 보였으며, 바로 지금 공정한 상관으로서 행동했다는 특정한 인상을 주어야 할 어떤 특별한 이유가 있는 것 같았다. 그러나 결국 그 역시 완전무결하게 연주할 수 있는 악기는 아니었다—그리고 바로 이 때문에 아무튼 화부가 엄청 분통이 터져서 선장에게 그렇게 대했던 것이다.

카를은 따라서 화부에게 이렇게 말했다. "더 단순하게 이야기하셔야 합니다. 더 명료하게 말입니다. 지금처럼 이야기하면 선장님이 그 가치를 인정하지 않으실 것입니다. 그냥 이름만 대면 그게 누구인지 금방 아실 수 있을 만큼 선장님이 기관사나 급사의 이름이나 세례명을 모조리 알고 계실까요? 토로하고 싶으신 불평을 정리를 하셔서 맨 먼저 가장 중요한 것부터 차례차례 말씀하시면, 아마 그 밖의 대부분은 더 이상 언급할 필요조차 없게 될 것입니다. 저한테는 언제나 아주 명료하게 설명해 주셨잖아요!" 카를은 '미국에서는 사람들이 트렁크를 훔칠 수도 있으니 때때로 거짓말을 할 수도 있을 것'이라며 변명조로 생각했다.

도와줄 수만 있다면 얼마나 좋을까! 이미 때가 너무 늦어 버린 것은 아닐까? 화부는 귀에 익은 목소리가 들려왔을 때 물론 즉각 말을 중단해 버렸으나, 그의 두 눈은, 사나이의 명예가 훼손된 데서 비롯된 모욕감, 끔찍한 기억들, 현재의 극도로 어려운 처지 등의 이유로 온통 눈물이 고여 시야를 가리고 있어서, 이미 카를의 얼굴조차 결코 더 이상 잘 알아볼 수 없었다. 그가 이제 어떻게 해야 좋단 말인가. 카를은 자기 앞에 잠자코 서 있는 사람을 말없이 바라보았다. 어떻게 그가 이제 갑자기 말투를 바꾼단 말인가. 카를이 보기에 마치 화부는 주위 사람들의 인정을 털끝만큼도 얻지 못한 채 할 수 있는 말을 모조리 내뱉은 것 같았으나, 다른 한편으로는 마치 아직 아무 말도 하지 않은 것 같았는데 그렇다고 아무튼 그 신사들에게 자기 이야기를 다 들어 달라는 무리한 요구를 할 수도 없을 것 같았다. 그리고 이런 시점에 카를, 그러니까 그의 유일한 지지자가 와서 그에게 좋은 가르침을 주려고 했으나 도움을 주는 대신 오히려 일을 완전히 망쳤다는 것을 그에게 보여 준 꼴이었다.

"내가 창밖을 내다보는 대신에 더 일찍 왔더라면 좋았을 텐데" 하고 카를은 혼잣말을 하면서, 모든 희망이 끝장났다는 것을 보여 주려고, 화부 앞에서 얼굴을 숙이고 두 손을 바지 솔기에 대고 두드렸다.

그러나 화부는 그것을 오해했다. 그는 카를이 은근히 자기를 비난하는 낌새가 있다고 넘겨짚고서, 카를에게 자신의 언행을 변명하려는 좋은 의도에서, 이제 카를과 말다툼을 벌이는 볼썽사나운 짓을 시작했다. 둥근 탁자에 둘러앉아 있던 신사들은 자신들이 해야 할 중요한 일들을 방해하는 아무 쓸데 없는 소란에 오래전부터 몹시 화가 나 있었고, 경리 주임은 선장이 왜 그렇게 참고 있는지 점점 더 납득할 수 없다는 생각을 하며 당장이라도 감정을 폭발할 기세였고, 용인은 이제 다시 완전히 높은 신사들 편에 서서 화부를 거친 눈초리로 노려보았고, 심지어는 선장이 때때로 다정한 시선으로 쳐다보던 죽장을 쥔 신사조차 이미 화부에게는 전혀 관심을 두지 않고 오히려 혐오감을 느끼는지 작은 수첩 하나를 꺼내 전혀 다른 용건들에 골몰하고 있는 것이 명백했는데, 그때 시선은 그 수첩과 카를을 번갈아 보고 있었다.

"잘 알고 있어요" 하고 말하며 카를은, 비록 그 모든 말다툼을 하는 동안 여전히 친구 사이의 정다운 미소를 지어 보였음에도 불구하고, 이제 슈발 대신 자기에게 방향을 돌린 화부의 공세를 막느라 애쓰고 있었다. "당신 말이 옳아요, 옳다고요. 나는 그 점을 정말 결코 의심하지 않아요." 카를은 얻어맞을까 두려워서 화부의 휘저어 대는 두 손을 꼭 붙들고 싶었지만, 그보다는 차라리 아무튼 그를 한구석으로 밀어붙이고는 평상시엔 아무도 들어 본 적이 없었을 그런 달래 주는 말을 그에게 몇 마디 속삭여 주고 싶었다. 그러나 화부는 어쩔 줄을 몰라 하고 있었다. 카를은 이제, 만약 궁지에 몰린 그가 절망적인 상태에서 생겨난 괴력으로 주먹다짐이라도 한다면 현장에 모여 있는 일곱 사람을 전부 때려눕힐 수도 있겠다는 생각이 들자, 심지어 일종의 위안을 느꼈다. 그런데 아무튼 탁자에 눈길을 돌려 보니 그 위에 전선이 접속된 너무나 많은 누름단추가 달린 장식대가 하나 있었다. 한 손으로 그 위를 그저 누르기만 하면 반감을 품은 자들이 떼를 지어 몰려와 배 전체가 폭동에 휩싸일 수도 있었다.

그때, 매우 무관심한 태도를 취하고 있던 죽장을 든 신사가 카를에게로 가까이 다가서면서, 엄청 큰 소리는 아니었지만 그러나 화부가 아무리 고함을 질러도 분명히 알아들을 수 있게 물었다. "도대체 당신 이름이 뭔가요?" 바로 그 순간, 마치 누가 문 뒤에서 신사의 이 말을 기다리고 있었던 것처럼, 노크하는 소리가 들렸다. 용인이 건너편 선장 쪽을 쳐다보자, 그가 고개를 끄덕였다. 그러자 용인은 문으로 가서 문을 열었다. 밖에 낡은 맞춤복을 걸친 평균적인 몸매의 사내 한 명이 서 있었다. 겉모습으로 보아서는 기계 일에 적합하지 않은 사람처럼 보였는데, 바로 슈발이었다. 모든 사람의 눈에 어떤 만족스러운 빛이 나타났는데, 선장도 결코 예외는 아니었다. 카를이 만약 이것을 알아채지 못했다면, 화부의 모습을 보고 소스라치게 놀랄 수밖에 없었을 것이다. 화부는 바짝 잡아당긴 두 팔에 주먹을 불끈 쥐고 있었는데, 마치 주먹을 쥐는 것이 그에게는, 자신이 인생에서 갖고 있는 모든 것을 희생할 준비가 되어 있는 그런 가장 중요한 것처럼 보였다. 거기에는 이제 그의 모든 힘, 그리고 그를 똑바로 유지하는 힘도 들어 있었다.

그런데 그때 그러니까 그 적이, 예복을 입고서 활기차고 자유로운 모습으로, 옆구리에는 십중팔구 화부의 임금 지불표와 업무 보고서처럼 보이는 장부를 낀 채 그 자리에 있었던 것이다. 그는 자신이 거기에 모여 있는 모든 사람의 기분을 한 사람 한 사람 다 확인해 보고 싶다는 점을 거리낌 없이 시인하면서 모든 사람의 눈을 차례차례 살펴보았다. 거기 모여 있는 일곱 사람도 이미 다 그의 편이었는데, 왜냐하면 비록 선장이 예전에는 그에 대해 어떤 이의들을 제기했거나 아니면 아마도 단지 그런 것처럼 거짓으로 꾸며 댔음에도 불구하고 화부가 가한 고통스러운 일을 당하고 난 다음에는 그가 슈발을 비난할 이유가 이제 더 이상 전혀 없는 것처럼 보였기 때문이다. 화부 같은 자는 아무리 엄격히 다루어도 충분할 수가 없었다. 그리고 만약 그 슈발에게 어떤 비난받아야 할 점이 있다면, 그것은 그가 그동안 화부의 반항적인 고집을 그렇게 심하게 꺾어 놓을 수가 없었기 때문에 화부란 자가 오늘만 해도 감히 선장 앞에 나타나는 사태가 벌어졌다는 것이다.

이제 사실상 어쩌면 이렇게, 그러니까 화부와 슈발의 대립은 그 사람들 앞에서도 더 높은 단계의 공청회에 수반되는 효과를 얻게 될 것이라고 추측해 볼 수도 있었다. 왜냐하면 설령 슈발이 위장을 할 수 있었다고 하더라도 끝까지 철저하게 버텨 낼 수는 없었을 것이기 때문이다. 그가 저지른 나쁜 짓을 그 신사들이 볼 수 있도록 하는 데는 그렇다는 것을 슬쩍 내비치기만 해도 충분할 터였고, 카를은 벌써 그렇게 할 작정이었다. 그는 벌써 그 신사들 개개인의 예리한 통찰력, 약점들, 변덕스러운 기분들을 대충 알아차렸던 것이다. 그러고 보니 그때까지 이곳에서 보낸 시간이 무익한 것 같지는 않았다. 화부가 그 자리에서 더 잘했더라면 좋았을 테지만, 그러나 그는 전투력이 전혀 없는 것처럼 보였다. 만약 그를 그 슈발에게 내밀어 놓았다면 그는 거의 틀림없이 슈발의 보기 싫은 머리통을 주먹으로 두들겨 패서 박살 낼 수 있었을 것이다. 그러나 슈발에게 몇 발짝 더 가까이 다가가는 것조차 거의 불가능한 형편이었다. 도대체 왜 카를은, 슈발이 비록 자발적이지는 않더라도 그러니까 선장에게 불려서 결국은 오지 않으면 안 될 것이라고 아주 쉽게 예상할 수 있는 그런 상황을 미리 내다보지 못했단 말인가? 그와 화부는 실제로 아무 준비도 없이 무턱대고 그저 문이 있던 곳으로 들어왔는데, 그렇게 하는 대신, 왜 그는 이곳으로 오는 도중에, 화부와 미리 정확한 전투 계획을 의논하지 않았을까? 물론 아주 유리한 경우에만 필요하게 될 일이기는 하지만 아무튼 반대 신문 자리에서 화부가 과연 "네" 또는 "아니요"라고 제대로 답변할 수 있었을까? 그는 그곳에 두 다리를 벌리고 무릎을 후들거리며 머리를 약간 쳐든 채 힘없이 서 있었으며, 벌린 입을 통해, 마치 공기를 처리하는 폐가 더 이상 존재하지 않기라도 한 것처럼, 공기가 들락거렸다.

하지만 카를은, 고향에 있을 때에는 아마 결코 한 번도 그런 적이 없었던 것 같은데, 아주 힘이 솟고 이성적으로 판단할 수 있을 것 같은 느낌을 받았다. 낯선 이국땅에서 존경받는 명망 높은 인사들 앞에서 선을 위해 투쟁하고 비록 승리를 거두지는 못했다 하더라도 마지막 정복을 위해 모든 준비를 완벽하게 갖춘 자신의 모습을 부모님이 보실 수만 있다면 얼마나 좋았을까? 그러면 부모님이 자기에 대한 생각을 바꾸시게 되지 않을까? 그리고 자기를 당신들 사이에 앉혀 놓고 칭찬해 주실까? 언젠가, 언젠가는 자기의 눈에 깃들어 있는 당신들에 대한 겸허한 마음을 보시게 될까? 불확실한 질문들, 그리고 그런 질문을 제기하기에는 부적절한 순간!

"제가 오게 된 것은, 화부가 저에게 어떤 부정한 짓을 저질렀다며 덮어씌우리라고 생각했기 때문입니다. 주방에서 일하는 한 아가씨가 저에게, 여기로 오고 있는 그를 보았다고 말해 주었습니다. 선장님 그리고 여기 계신 모든 신사님들, 저는 저에 대한 모든 비난에 대해, 저의 증명 서류의 도움을 받아, 부득이 필요한 경우에는, 문밖에 서 있는 아무의 영향도 받지 않고 편견 없는 증인들의 증언을 통해 반박할 준비가 되어 있습니다." 이렇게 슈발은 말했다. 그것은 아무튼 한 사나이의 명백한 발언이었다. 그 말을 듣고 있던 사람들은 표정의 변화를 보였는데, 오랜만에 처음으로 다시 인간적인 소리를 들었다고 생각하는 것 같았다. 그들은 이 멋있는 연설에조차 허술한 구멍들이 있다는 것을 물론 알아채지 못하고 있었다. 왜 그의 머릿속에 떠올랐던 첫 번째 객관적인 단어가 '부정'이었을까? 그의 선입견에 사로잡힌 민족적 편견이 아니라, 그 대신 여기에서 부정에 대한 고발이 제기되지 않으면 안 되었단 말인가? 주방에서 온 한 아가씨가 사무실로 들어가는 화부를 보았었는데, 슈발은 그것만으로 벌써 눈치를 챘단 말인가? 그의 이해력을 그렇게 예민하게 한 것은 바로 죄의식이 아니었을까? 그리고 증인들을 그는 즉각 데리고 왔으며 게다가 그들을 아무의 영향도 받지 않고 편견 없는 증인이라고 부르지 않았던가? 이건 사기, 바로 다름 아닌 사기다! 그런데 그 신사들은 그것을 허용하고 또 그것을 올바른 처신으로 인정했단 말인가? 왜 그는 주방 보조 요리사 아가씨의 보고를 받은 후 자신이 이곳에 도착할 때까지 그사이에 의심할 여지 없이 아주 많은 시간이 있었는데 그 시간을 그렇게 흘러가게 내버려 두었단 말인가? 아무튼 그 신사들을 화부에 게 시달려 지치게 함으로써 슈발이 무엇보다도 두려워하는 그 신사 들의 날카로운 판단력을 서서히 잃게 만들려는 바로 그 목적을 이루 려는 속셈에 불과했다. 그는 분명히 벌써 오랫동안 문 뒤에 서 있다 가, 그 신사의 대수롭지 않은 부수적 질문 때문에 화부가 이미 끝장 났을 거라고 기대를 걸 수 있었던 바로 그 순간에 비로소 노크를 했 던 것이 아니었을까?

모든 일이 명백했다. 비록 모든 일이 사실상 슈발에 의해 본의 아 니게 엉뚱한 방향으로 나타나게 되었지만, 그러나 그 신사들에게는 다르게, 훨씬 더 구체적으로 명백하게 보여 주어야만 했다. 그들을 흔들어 깨울 필요가 있었다. 자, 카를, 잽싸게, 증인들이 등장하여 모 든 것을 뒤덮어 버리기 전에 적어도 시간을 충분히 이용하라!

그러나 바로 그때 선장이 손짓으로 슈발을 제지했다. 그러자 슈발 은, 자기 일이 잠시 동안 지연될 것 같아 보였기 때문에, 즉각 옆으로 비켜나면서 즉시 자기편이 되어 주었던 용인과 나직하게 환담을 시 작했는데, 그동안 몇 번이나 화부와 카를을 곁눈질해 보기도 하고 매 우 확신에 찬 손동작을 보이기도 했다. 슈발이 마치 자신의 다음 발 언을 연습하려는 것처럼 보였다.

"야곱 씨, 당신은 이 젊은이에게 뭔가 물어보려고 하지 않으셨습니 까?" 선장은 주위가 조용해지자 죽장을 쥔 신사에게 말했다.

"물론, 묻고 싶어 했지요." 신사는 관심을 환기해 준 데 대해 고개를 조금 숙여 목례로 감사의 뜻을 표했다. 그러고 나서 카를에게 다시 한번 물었다. "당신 이름이 도대체 뭔가요?"

카를은, 집요하게 자기 이름을 묻는 이러한 돌발적인 사태가 곧 끝나게 되면 그것이 가장 중요한 본래 사안과도 이해관계가 있을 것이라고 생각해서, 평소 버릇대로 먼저 여권을 찾아 제시하면서 자기를 소개하는 수고를 하지 않은 채 짧게 대답했다. "카를 로스만입니다."

"그러나," 하고 말하면서 야콥이라고 불리는 그 신사는 처음에 거의 믿을 수 없다는 듯이 미소를 지으며 뒷걸음질 쳤다. 선장, 경리 주임, 간부 승무원 그리고 심지어 용인조차 카를의 이름 때문에 꽹장히 놀라는 표정을 보였다. 다만 항만청에서 온 관리들과 슈발은 태연한 태도를 취했다.

"그러나," 하며 야콥은 같은 말을 되풀이하더니 뻣뻣한 걸음걸이로 카를에게 다가왔다. "그렇다면 내가 정말로 네 외삼촌 야콥이고 너는 나의 사랑스러운 조카구나. 아까부터 줄곧 어렴풋이 그런 느낌이 들었어!" 야콥은 선장 쪽을 보면서 이렇게 말하고 나서 카를을 껴안고 키스를 해 댔는데, 카를은 모든 일을 잠자코 그대로 받아들였다.

"성함이 어떻게 되십니까?" 하고 카를은, 속박에서 벗어난 것 같은 기분을 느끼고 난 다음에, 물론 무척 공손하지만 그러나 완전히 무덤덤하게 물어보았으며, 이 새로운 사태가 화부에게 미칠지도 모를 결과를 알아보려고 애썼다. 당장은 슈발이 이 사태를 이용할 수 있을 것 같은 그런 징후는 전혀 보이지 않았다.

"젊은이, 제발 당신의 행운을 파악하세요." 카를의 질문 때문에 야콥 씨 인격의 존엄이 손상당했다고 생각한 선장이 말했다. 그때 야콥 씨는 손수건으로 얼굴을 가볍게 두드리면서 명백히 자신의 흥분한 얼굴을 다른 사람들에게 보이지 않으려고 창을 향해 서 있었던 것이다. "당신에게 스스로 당신 외삼촌이라고 밝히신 이분은 바로 상원 의원인 에드워드 야콥 씨에요. 이제부터는, 아마 당신의 지금까지의 기대들과는 정반대로, 빛나는 생애의 과정이 당신을 기다리고 있단 말이에요. 맨 처음 순간에 일이 이렇게 순조롭게 잘 풀리고 있다는 사실을 이해하도록 애써요. 정신 바짝 차려요.”

“야콥이라는 외삼촌 한 분이 물론 미국에 계시기는 합니다” 하고 카를은 선장 쪽으로 몸을 돌리며 말했다. “그러나 제가 제대로 이해했다면, 야콥은 상원 의원님의 존함이 아니라 성씨일 뿐인데요.”

“그건 그렇소” 하고 선장이 기대에 가득 차 말했다.

“그런데 말입니다, 제 어머니의 오빠이신 야콥 외삼촌은 그러나 세례명인 야콥으로 불리고 있는 반면에 그분의 성은 당연히 제 어머니의 친정 쪽 성과 마찬가지로 벤델마이어입니다.”

“신사 여러분!” 상원 의원은 창가에서 쉬면서 기운을 회복하고는 활기차고 경쾌하게 걸어와 카를의 설명과 관련하여 큰 소리로 외쳤다. 그러자 항만청 관리들을 제외하고는 모두 웃음을 터뜨렸는데, 일부는 마치 동정심을 느낀 것처럼 웃었고, 일부는 무엇 때문에 웃는지 그 속마음을 도저히 알 수 없었다.

‘내가 한 말이 그렇게 우스웠나? 결코 그럴 리가 없는데’ 하고 카를은 생각했다.

“신사 여러분!” 상원 의원은 같은 말을 되풀이했다. “여러분은 제 의사와 관계없이 또 여러분의 의사와도 관계없이 한 집안의 자그마한 감동적인 장면에 관여하게 되었습니다. 그 때문에, 제가 생각하기에는 오직 선장님만 사정에 완전히 정통하시므로, 여러분에게 설명을 해 드리지 않을 수가 없습니다.” 선장에 대한 이런 언급은, 선장과 야콥이 서로 몸을 굽혀 인사를 하는 결과에 이르렀다.

"이제 난 정말로 말 한 마디 한 마디를 조심하지 않으면 안 되겠구나"하고 혼잣말을 하면서 카를은 곁눈질을 했는데, 그때 화부의 모습에서 다시 생기가 돌기 시작하는 것을 알아채고는 기뻐했다.

"제가 미국에 체류하게 된 오랜 세월 동안 내내—이 체류라는 말은 이제 완전히 미국에 귀화하여 미국 시민이 된 저에게는 물론 적절하지 못한 말입니다만—그 오랜 세월 동안 내내 그러니까 저는 유럽의 친척들과 완전히 떨어져 살아오고 있습니다. 몇 가지 이유가 있습니다만, 첫째 그 이유를 밝히는 것이 지금 이 자리에 적합하지 않을 것 같고, 둘째 제 이야기를 하는 것이 사실 저를 너무 많이 야단치게 할 것 같습니다. 저는 제 사랑하는 조카에게 어쩌면 그 이야기를 어쩔 수 없이 할 수밖에 없게 될지도 모를 그 순간이 올까 봐 두려워하고 있었습니다. 이유를 밝히다 보면 유감스럽게도 조카의 부모나 일가친척에 대한 이야기를 솔직하게 털어놓는 것을 피하지 못할 테니까 말입니다."

"이분은 나의 외삼촌이야, 의심의 여지가 없어"하고 카를은 혼잣말을 하면서 그의 말을 열심히 경청했다. "아마 틀림없이 이름을 바꾸신 거야."

"저의 사랑하는 조카는, 오직 사실과 부합하는 것만 말씀드리도록 하겠습니다. 간단히 말씀드리자면 부모로부터 내쫓긴 몸입니다. 화나게 하는 고양이가 문 앞에 내던져지는 것처럼 말입니다. 저는 제 조카가 그렇게 벌을 받을 만한 짓을 저지른 것에 대해 전혀 변명해 주고 싶지 않습니다. 그러나 그가 저지른 잘못은 대단한 것이 아니어서 충분히 용서받을 만한 그런 잘못입니다."

'받아들일 만한 좋은 생각이야'하고 카를은 생각했다. '그러나 나는 외삼촌이 모조리 다 이야기하는 것은 원치 않아. 물론 그걸 아실 리도 없을 거야. 도대체 어디에서 들어 아시겠어?'

"그는 그러니까 말입니다," 하고 외삼촌은 말을 계속했으며 앞에 짚은 죽장 위에 허리를 약간 굽혀 몸을 의지했는데, 그렇게 함으로써 그런 때 흔히 불필요하게 생기는 엄숙한 분위기를 실제로 떨쳐 버릴 수가 있었다. "그는 그러니까 요한나 브룸머라는 서른다섯 살 먹은 하녀에게 유혹당했던 것입니다. '유혹당했다'는 말로 제 조카의 기분을 상하게 하고 싶지는 않습니다만, 그러나 어떤 적절한 다른 말을 즉각 찾아내기가 정말 어렵습니다."

이미 상당히 가깝게 외삼촌에게 가 있었던 카를은 그 이야기가 그 자리에 있는 사람들의 얼굴에 미치는 영향을 읽어 내려고 몸을 돌렸다. 웃는 사람은 아무도 없었고, 모두가 참을성 있고 진지하게 귀 기울여 듣고 있었다. 결국 사람들은 주어진 첫 번째 기회에서 상원 의원의 조카를 비웃지 않고 있는 것이다. 오히려, 화부가 카를을 바라보며 다만 아주 슬쩍 웃어 보였다고 말할 수도 있었을 것이다. 화부가 웃어 보인 것은 첫째로는 살아 있다는 새로운 표시로서 기쁜 일이었고 둘째로는 너그럽게 용서할 수 있는 것이었는데, 왜냐하면 사실 카를이 이제는 이미 널리 알려져 버리게 된 그 일을 선실 안에서는 특별한 비밀로 하려고 했기 때문이었다.

"그런데 그 브룸머가," 하고 외삼촌은 말을 계속했다. "제 조카한테 서 자식을 하나 얻었습니다. 건강한 사내아이로 세례 때 야곱이라는 이름을 얻었는데, 이것은 의심할 여지 없이 이 불초 소생의 존재를 생각한 것입니다. 제 조카가 확실히 그저 아주 지엽적인 이야기들을 언급하던 중에 저에 관해 얼핏 그 아가씨에게 말했는데, 그것이 그녀에게 틀림없이 큰 인상을 남긴 것 같습니다. 다행스러운 일이라고 말씀드리고 싶습니다. 왜냐하면 그때 조카의 부모가 양육비 지불을 회피하려고, 또 자기들한테까지 들려온 그 밖의 스캔들에서 벗어나려고, 아들을, 그러니까 제 조카를 미국으로 실어 보냈기 때문입니다. 저는 그곳의 법률도 조카 부모의 형편에 대해서도 아는 바가 없다는 것을 강조하지 않을 수 없습니다만, 그러니까 그들은 아무튼 양육비 지불과 스캔들을 피하기 위하여 보시다시피 무책임하게 준비도 충분히 하지 않고 아들을 배에 실어 미국으로 보낸 것입니다. 만약 그 하녀가 저에게 쓴 편지, 오랫동안 수신인을 찾지 못해 헤매다가 그저께야 비로소 제 수중에 들어온 그 편지에서, 제 조카의 신상 기록, 그리고 합리적으로 당연히 선박의 명칭 등을 비롯한 이야기를 저에게 모조리 알려 주지 않았더라면, 저 젊은이는, 아직은 미국에 살아 있는 생동적인 징표와 기적이 없이는, 의지할 사람 하나 없이 스스로에게 의존한 채, 아마 틀림없이 벌써, 뉴욕 항구의 어떤 좁은 뒷골목에서 신세를 망치게 되었을 것입니다. 신사 여러분, 만약 제가 여러분을 즐겁게 해 드리려고 했다면 그 편지의 몇 구절을," 그는 호주머니에서 글씨가 빽빽하게 쓰인 엄청 큰 편지지 두 장을 꺼내 흔들어 보이며 말을 이었다. "읽어 드릴 수도 있을 것입니다. 이 편지는 비록 항상 좋은 의도이기는 하지만 약간은 속이 들여다보일 정도로 약삭빠른 내용에다 아이의 아버지에 대한 많은 사랑으로 쓰여 있기 때문에 확실히 효과가 있을 것입니다. 그러나 저는 설명에 필요한 이상으로 여러분을 즐겁게 해 드리고 싶지도 않고, 제 말씀을 들어 주시도록 하려고 아직도 착잡해 있을 제 조카의 감정을 상하게 하고 싶지도 않습니다. 조카가 좋다고 하면, 그 애는 이 편지를 이미 자신을 기다리고 있는 사기 방에서 교훈을 읽기 위해 조용하게 읽을 수 있습니다."

카를은 그러나 그 아가씨에 대해 아무 감정도 품고 있지 않았다. 점점 더 많이 뒷걸음질 치며 희미해져 가는 과거의 아련한 추억 속에 그녀는 언제나 부엌 찬장 옆에서 그 찬장의 판자 위에 팔꿈치를 괴고 앉아 있었다. 카를이 아버지가 드실 물 컵을 가지러 또는 어머니의 부탁으로 때때로 부엌에 들어갈 때마다 그녀는 그를 쳐다보곤 했다. 때로 그녀는 부엌 찬장 옆에서 기분 나쁜 자세로 편지를 쓰다가 갑자기 카를의 얼굴에서 영감 같은 느낌들을 받기도 했다. 때로 그녀는 손으로 카를의 눈을 가리기도 했는데, 그는 그녀에게 말 한 마디 걸지 않았다. 때로 그녀는 부엌 옆에 딸린 자신의 비좁은 방에서 무릎을 꿇고 나무 십자가를 향해 기도를 드리기도 했다. 그러면 카를은 지나가면서 정말 수줍어하며 약간 열린 문틈으로 그녀의 모습을 관찰했다. 때로 그녀는 부엌에서 쫓기듯이 이리저리 돌아다니다가 카를이 길을 막아서면 마치 마녀처럼 웃으면서 갑자기 뒤로 물러나곤 했다. 때로 그녀는, 카를이 부엌 안에 들어와 있으면, 부엌문을 잠가 버렸으며, 그가 가게 해 달라고 요구할 때까지, 오랫동안 손잡이를 잡고 있기도 했다. 때로 그녀는 카를이 결코 갖고 싶어 하지 않는 물건들을 가져와서는 그의 손에 말없이 쥐어 주기도 했다. 언젠가 한번은 그녀가 "카를" 하고 부르더니 전혀 예기치 않게 자기 이름을 부른 데 놀라 아직도 어안이 벙벙해 있던 카를을, 얼굴을 찡그리고 한숨을 내쉬면서 그녀의 작은 방으로 끌고 가 자물통을 잠가 버린 일도 있었다. 목을 조르기라도 하듯 그녀는 팔로 카를의 목을 감았으며, 그에게 자기 옷을 벗겨 달라고 청하는 한편, 마치 그녀가 이제부터는 카를을 더 이상 아무에게도 맡기지 않고 세상이 끝날 때까지 쓰다듬어 주고 보살펴 주고 싶은 것처럼, 실제로는 그녀가 카를의 옷을 벗기고 침대에 눕혔다. "카를, 오! 자기 내 사랑 카를!" 하고 외치면서, 그녀는 마치 자신이 카를의 소유임이 진실로 판명되기라도 한 것 같은 눈빛으로 카를을 보는 것 같았는데, 반면에 카를은 눈길조차 주지 않았으며 그녀가 특별히 자신을 몇 겹으로 쌓아 올린 것 같은 따스한 이불 속에서 불쾌감을 느끼고 있었다. 그러고 나서 그녀가 그에게로 다가와 누우며 그로부터 어떤 은밀한 말들을 듣고 싶어 했지만, 그러나 그는 그녀에게 그런 말을 한 마디도 해 줄 수가 없었으며, 그러자 그녀는 농담 반 진담 반으로 화를 내며 그의 몸을 흔들었고, 그의 심장에 귀를 대고 들었으며, 자기와 똑같이 들어 달라며 젖가슴을 내밀었다. 그런데도 카를이 아무 반응을 보이지 않자 그녀는 맨살의 배를 카를의 몸에 바짝 대더니 손으로 카를의 사타구니를 더듬으려고 했다. 카를은 몹시 역겨워 베개에서 머리와 목을 흔들어 떨구었다. 그러자 그녀는 배를 카를의 몸에 몇 번 비벼 댔다. 카를은 마치 그녀가 자기 몸뚱이의 일부가 되어 버린 것 같았고, 아마도 이런 이유 때문인지 자신이 의지할 데 하나 없는 엄청 한심하고 비참한 신세라는 생각이 엄습했다. 그녀가 여러 차례 다시 와 달라고 간청하자 그는 마침내 울면서 침대로 돌아왔다. 이것이 전부였었는데, 아무튼 외삼촌은 그 일을 대단한 이야기로 만드실 수 있었다. 그리고 그 요리하던 하녀도 그러니까 카를을 생각해 냈었고 그의 도착에 관해 외삼촌에게 알려 주었던 것이다. 아무튼 일이 그녀에 의해 멋있게 처리된 셈이니, 그는 언젠가 그녀에게 보답을 해야 할 것 같았다.

"그리고 이제," 하고 상원 의원이 외쳤다. "내가 네 외삼촌인지 아닌지 너한테 솔직한 이야기를 듣고 싶구나."

"제 외삼촌이십니다." 하고 말하며 카를이 그의 손에 키스했으며 그러자 그가 카를의 이마에 키스를 해 주었다. "저는 외삼촌을 만나 뵙게 되어 무척 기쁩니다만, 그러나 제 부모님이 외삼촌에 관해 오로지 나쁜 이야기만 하신다고 생각하시는 것은 잘못 아신 것입니다. 그러나 또 그건 차치하고라도, 외삼촌 말씀에는 몇 가지 오류가 들어 있습니다. 즉 제가 드리고자 하는 말씀은, 실제로 일어난 일이 모두 다 외삼촌이 말씀하신 것처럼 일어나지는 않았다는 것입니다. 사실 외삼촌께서 이곳에서 그 일들을 아주 잘 판단하실 수는 없습니다. 그밖에도 저는, 여기 계신 신사분들도 자신들과 실제로 큰 상관이 있을 수 없는 그런 일의 상세한 내용들에 관해 약간 잘못된 정보를 제공받는다고 해서 특별히 피해를 입는 일은 없을 것이라고 생각합니다."

"말이 청산유수로구나" 하고 말하며 상원 의원은 눈에 띄게 이 일에 공감을 보이는 선장 앞으로 카를을 데려가더니 물었다. "제가 훌륭한 조카를 두지 않았습니까?"

"저는 기쁩니다." 선장은 상원 의원에게 오직 군사훈련을 받은 사람들만 할 수 있는 그런 경례를 하며 말했다. "의원님 조카 되는 분과 알게 되어서 말입니다. 저의 배에서 두 분이 이렇게 상봉하시는 자리를 마련해 드릴 수 있었다는 것은 특별한 영광입니다. 그러나 삼등 선실로 여행하는 것은 몹시 불쾌한 일이었을 것입니다만, 사실, 어떤 분이 타고 계신지 도대체 누가 알 수 있겠습니까. 자, 이제 저희는 삼등 선실 승객들의 여행을 가능한 한 편하게, 예를 들면 미국 노선들보다 훨씬 더 편하게 해 드리기 위해, 모든 가능한 노력을 하고는 있습니다만, 그러나 물론 그런 여행을 흡족할 만큼 즐겁게 해 드리는데는 아직도 성공하지 못하고 있습니다."

"저는 그다지 나쁘지 않았습니다" 하고 카를이 말했다.

"그다지 나쁘지 않았다!" 상원 의원은 큰 소리로 웃으며 그의 말을 반복했다.

"다만 트렁크를 잃어버린 것을 걱정했을 뿐입니다만—" 이 말을 하면서 카를은 지금까지 일어났던 사건과 아직 해야 할 남은 일을 모두 떠올리며 주위를 빙 둘러보았는데, 그 자리에 있던 사람 모두가 존경과 경탄의 마음으로 자기 자리에서 아무 말 없이 자신을 향해 눈길을 주고 있다는 것을 알게 되었다. 다만 항만청 관리들의 냉엄하고 느긋한 얼굴을 들여다본다면 그들만은 정말 마땅치 않은 시각에 오게 된 것을 유감스럽게 생각하는 눈치였는데, 그들에게는 자기들 앞에 놓여 있는 회중시계가 그 방 안에서 일어났던, 그리고 아마 앞으로 일어날 수도 있을 그 어떤 일보다도 다분히 더 중요한 것 같아 보였다.

선장 다음으로 맨 처음 그 일에 관심을 표현한 것은 놀랍게도 화부였다. "진심으로 축하합니다" 하고 말하며 화부는 카를의 손을 잡고 악수를 했는데, 그렇게 함으로써 자신도 카를을 인정한다는 뜻을 표현하고 싶어 했던 것이다. 그러고 나서 그는 몸을 돌려 상원 의원에게 똑같은 축하 인사를 하려고 했으나, 상원 의원은, 화부가 그렇게 하는 것은 누려야 할 권리들을 넘어서는 과도한 행위라도 되는 것처럼, 뒷걸음질을 쳤으며, 화부 역시 그런 시도를 즉각 그만두었다.

그러자 나머지 사람들은 이제 어떻게 행동해야 할지를 깨닫고는 즉시 카를과 상원 의원을 에워싸고 시끌벅적하게 소란을 피웠다. 일이 그렇게 되자 카를은 심지어 슈발의 축하도 받아들이고 고마워했다. 다시 조용해진 상태에서 마지막으로 항만청 관리들이 합류해서 두 개의 영어 단어를 말했는데, 그것은 우스꽝스러운 인상을 주었다.

상원 의원은 몹시 기분이 좋은 상내여서 그 즐거움을 실컷 맛보기 위해 중요치 않은 순간들과 상황들을 스스로 기억해 내고 다른 사람들의 기억에도 떠오르게 했는데, 이것은 물론 모두에 의해 너그럽게 허용되었을 뿐만 아니라 관심 있게 받아들여지기도 했다. 그는 하녀의 편지에 언급되었던 카를의 가장 확연히 두드러진 특징을 혹시 필요한 순간에 써먹으려고 자신의 수첩에 기록해 두었다는 사실에 대해 주의를 환기했다. 그는, 화부가 알맹이도 없는 듣기 괴로운 수다를 떠벌리던 동안, 다른 목적을 위해서가 아니라 바로 오직 기분 전환을 위해, 수첩을 꺼내 들었으며, 물론 탐정처럼 완벽하지는 않은 하녀의 관찰들을 카를의 외모와 장난삼아 연관시켜 보려고 했던 것이다. "그리고 이렇게 저는 조카를 찾은 겁니다!" 그는 마치 축하의 말을 한 번 더 듣고 싶어 하는 것 같은 어조로 말을 끝맺었다.

"그런데 이제 저 화부는 어떻게 되는 겁니까?" 외삼촌의 마지막 말에 바로 이어서 카를이 물었다. 그는, 이제까지와는 전혀 다른 새로운 위치에서, 자신이 생각한 것을 모조리 다 말할 수 있다고 믿고 있었다.

"화부에게는 마땅히 응분의 처분이 따르게 될 거야" 하고 상원 의원이 말했다. "그리고 선장님이 좋다고 생각하시는 방향으로의 처분일 거야. 나는 말이야, 우리가 화부한테 충분히, 너무 많이 질렸다고 생각하고 있다. 이 점에 대해서는 여기 계시는 신사분들 한 분 한 분 모두가 내 의견에 틀림없이 동의하실 것이다."

"그렇지만 공정한 정의의 문제에 있어서 그런 것은 중요하지 않습니다." 카를이 말했다. 그는 외삼촌과 선장 사이에 서서, 어쩌면 가운데 위치 때문에, 결정권을 손에 쥐는 것이 영향을 받을 거라고 생각하고 있었다.

그럼에도 불구하고 화부는 더 이상 희망적인 기대를 하고 있지 않은 것 같았다. 두 손을 그는 바지 허리띠 속에 절반쯤 찌르고 있었는데, 그가 흥분해서 몸을 움직였기 때문에 그 허리띠가 무늬 있는 셔츠의 줄무늬와 함께 드러나 보였다. 그래도 그는 전혀 신경 쓰지 않았다. 설령 사람들이 그가 몸에 걸친 싸구려 상하의를 보고 나서 그를 끌고 나간다 하더라도 그는 자신의 모든 고통을 모조리 털어놓았던 것이다. 그는 머릿속으로, 여기에서 직급이 가장 낮은 두 사람인 그 용인과 슈발이 자신을 내쫓는 마지막 호의를 베풀어 주는 광경을 그려 보고는 계속 상상의 날개를 펼쳐 나갔다. '그러면 슈발은 평온을 찾을 것이고 경리 주임이 표현했던 것과는 달리 더 이상 절망에 빠지지도 않을 것이다. 선장은 순전히 루마니아 사람만 쓸 수 있게 될 것이며 배에서는 도처에서 루마니아 말로 이야기하게 될 것이고, 그러면 아마도 만사가 실제로 더 나아질지도 모를 일이다. 앞으로는 화부가 경리부에 가서 쓸데없는 잡담을 늘어놓는 일도 더 이상 없을 것이고, 다만 자신이 늘어놓던 마지막 잡담만을 사람들은 상당히 정겨운 기억 속에 간직하게 될 것이다. 왜냐하면, 상원 의원이 명확하게 밝혔던 것처럼, 조카를 식별하게 된 간접적인 계기가 있었기 때문이다.' 그 조카는 게다가 이전에 여러 번 화부에게 도움이 되려고 했었으며 따라서 상원 의원이 처음에는 알아보지 못하다가 다시 알아본 데 대해 조카는 오래전부터 화부에게 충분한 정도 이상으로 감사를 했었다. 그러나 화부의 머리에는 지금도 여전히 그에게 무언가를 요구하겠다는 생각이 떠오르지 않았다. '그가 비록 상원 의원의 조카라고 하더라도 아무튼 선장은 아니지만, 그러나 선장의 입에서는 결국 나쁜 말이 디져 니올 것이다.'—화부는 그렇게 생각하고는 카를을 쳐다보려고도 하지 않았다. 그러나 유감스럽게도 사방에 적만 있는 이 방 안에서 눈길을 편히 쉴 다른 안식처란 없었다.

"사정을 오해하지 않도록 해라" 하고 상원 의원이 카를에게 말했다. "물론 공정한 정의의 문제라는 것도 중요하지만, 그러나 그와 동시에 규율의 문제라는 것도 중요하다. 이 두 가지 모두 다, 특히 규율 문제는 여기에서는 선장님의 판단에 달려 있는 것이다."

"그렇겠지요." 화부가 중얼거렸다. 그 말을 알아들은 사람들은 의아하다는 듯이 빙긋이 웃었다.

"배가 뉴욕에 도착하면 곧바로 선장님의 공무가 믿을 수 없을 만큼 엄청 쌓이게 될 텐데 그런 선장님을 저희가 이미 너무 많이 방해했습니다. 지금이야말로 저희가 배에서 내릴 가장 좋은 때입니다. 기계공두 명의 별것 아닌 싸움에 지극히 불필요하게 휘말려 괜히 사태를 필요 이상으로 지나치게 키우지 않기 위해서 말입니다. 사랑하는 조카야, 나는 네가 일을 처리하는 방식을 아무튼 완전하게 알고 있다. 그러나 바로 그 때문에 나에게 너를 데리고 이곳에서 급히 떠날 권리가 주어지는구나."

"제가 여러분을 위해 보트 한 척을 즉시 운행하도록 시키겠습니다" 하고 선장이 말했다. 의심의 여지 없이 자기 비하로서 간주될 수 있는 외삼촌의 겸손한 말씀들에 대해 아주 사소한 이의조차 제기하지 않고 아무 언급도 하지 않고 넘어간 선장의 이 말을 듣고 카를은 놀랐다. 경리 주임이 탁자로 얼른 다가와 전화로 선장의 지시를 수부장에게 전했다.

"시간이 급박해." 카를은 혼잣말을 했다. "그러나 모두의 감정을 상하게 하지 않고서는 나는 아무것도 할 수가 없어. 외삼촌이 나를 간신히 다시 찾아내셨는데 지금 그런 외삼촌을 떠날 수는 없어. 선장은 물론 공손하기는 하지만, 그러나 그게 전부야. 규율 앞에서는 그의 공손함도 끝장난다. 그리고 외삼촌은 선장에게 선장이 생각하는 바를 말씀해 주셨던 것이다. 슈발과는 말하고 싶지가 않다. 심지어 내가 그자에게 손을 내밀었던 것조차 유감스러운 일이다. 그리고 여기 있는 나머지 사람들은 모두 쓰레기 같은 인간들이다."

그리고 그는 그런 생각을 하면서 천천히 화부에게 다가가 그의 오른손을 허리띠에서 끌어당겨 두 손으로 잡고 만지작거렸다.

"도대체 왜 아무 말도 하지 않으세요?" 하고 그가 물었다. "왜 모든 처분을 달게 받으려는 건가요?"

화부는 마치 자신이 말해야 할 적당한 표현을 찾고 있기라도 하는 것처럼 이맛살을 찌푸렸다. 그 밖에 또 그는 카를의 손과 자기 손을 내려다보았다.

"이 배에는 부당한 일을 당하고 있는 사람이 당신 말고 아무도 없다는 것을 나는 정확하게 알고 있어요." 그러면서 카를은 화부의 손가락 사이에서 자기 손가락을 이리저리 빙빙 돌리고 있었는데, 화부는 아무도 자기를 나쁘게 생각해서 화를 내지 않는다는 행복감에 취한 것처럼 반짝거리는 눈으로 사방을 돌아보았다.

"당신은 스스로를 방어하지 않으면 안 돼요. '그렇다', '아니다'라고 가부간에 분명히 말씀하셔야지, 그러지 않으면 그 사람들은 무엇이 진실인지 전혀 몰라요. 내 말을 따르겠다고 나한테 약속하세요. 왜냐하면 여러 가지 이유로 두려워하고 있는 나는 당신을 더 이상 전혀 도와드릴 수 없을 테니까요." 그리고 이제 카를은 화부의 손에 키스하는 동안 울고 있었으며, 갈라지고 거의 생기가 없는 그의 손을 붙잡더니 마치 단념하지 않으면 안 되는 그런 보물처럼 자신의 두 뺨에 갖다 댔다—그때 상원 의원인 외삼촌도 벌써 그의 옆에 와 있었는데, 비록 매우 약하기는 하지만 아무튼 강압적으로 그를 가볍게 껴안고는 끌고 가 버렸다.

"화부가 너를 마법으로 홀린 것 같구나." 외삼촌은 이해심 많게 카를의 머리 너머로 선장을 바라보면서 말했다. "너는 버림받았다고 느꼈고, 그때 화부를 발견했으니 그에게 이제 고마움을 느끼고 있는 거야. 그건 정말 매우 칭찬받을 일이다. 그러나 제발 나를 위해서 지나친 행동은 하지 말고, 너의 처지를 잘 알도록 해라."

문 앞에 소동이 일어났고, 외치는 소리가 들렸다. 그리고 심지어는 마치 누군가가 문에 거칠게 부딪치는 것 같았다. 수부 한 사람이 들어왔는데, 약간 거칠고 앞치마를 두르고 있었다. "밖에 사람들이 있어요" 하고 외치면서 그는, 마치 아직도 밀치락달치락하는 군중 속에 끼여 있기라도 한 것처럼, 팔꿈치로 한 번 이리저리 내몰듯이 밀쳤다. 마침내 그는 정신을 차리고 선장에게 경례를 하려 했는데, 그때 자신이 앞치마를 두르고 있는 것을 알고는 갑자기 몸을 휙 돌리더니 앞치마를 땅바닥에 내던지면서 소리쳤다. "그놈들이 내 몸에 앞치마를 감아 놓았는데, 정말 구역질이 납니다." 그리고 나서 그는 척 소리를 내며 구두 뒤축을 모아 선장에게 경례를 했다. 누군가 웃으려고 했으나 선장이 엄하게 말했다. "기분이 좋은 모양이구먼. 밖에 있는 사람들은 도대체 누군가?"

"저의 증인들입니다." 슈발이 앞으로 나서면서 말했다. "저들의 부적절한 행동거지에 대해 삼가 용서를 청하는 바입니다. 수부들은 항해를 마치고 나면 때때로 마치 미친 사람처럼 됩니다."

"그들을 즉각 안으로 불러들이세요!" 하고 선장은 명령했으며, 그러고는 곧바로 상원 의원 쪽으로 몸을 돌려 정중하게 그러나 급하게 말했다. "존경하는 상원 의원님, 의원님의 조카분과 함께 이 수부 뒤를 따라가 주실 수 있으시겠습니까? 그가 의원님을 보트까지 안내해 드릴 것입니다. 상원 의원님, 의원님과 개인적으로 알게 된 것이 저에게 얼마나 큰 기쁨이고 영광인가를 제가 굳이 말씀드릴 필요는 없을 것입니다. 미국의 선박 상황에 대해 중단된 대화는 나중에 기회가 있으면 다시 한번 들려 드릴 수 있을 텐데, 그때는 오늘처럼 이야기가 중단되는 일 없이 아마 새롭게 매우 기분 좋은 방식으로 진행될 것입니다."

"우선 당장은 이 조카 하나로 나는 충분합니다" 하고 외삼촌은 웃으면서 말했다. "그리고 이제 당신의 호의에 대한 저의 최고의 감사를 받아 주시고 안녕히 계십시오. 우리가 가까운 장래에 유럽 여행을 하게 되면 아마 그때는 비교적 긴 시간을 선장님과 함께 보낼 수 있을 테지요."—그는 카를을 진심으로 꼭 껴안으며 말을 이었다—"이것이 결코 그렇게 불가능한 일은 아닐 것입니다."

"그렇게 된다면 진심으로 기쁠 것입니다" 하고 선장이 말했다. 두 신사는 악수를 나누었고, 카를은 단지 말없이 스쳐 가듯 선장에게 손을 내밀 수 있을 뿐이었는데, 왜냐하면 슈발의 인솔하에 아마 열댓 명쯤 되는 사람들이 물론 약간 당황한 기색이긴 했으나 아주 시끌벅적하게 몰려들어 요구를 해 대자 선장은 이미 그들을 상대하느라 바빴기 때문이다. 수부가 상원 의원에 앞서 나가도록 허락해 달라고 청한 다음 상원 의원과 카를을 위해 군중을 갈라지게 해 주자 그들은 몸을 굽혀 절하는 사람들 사이로 쉽게 지나갈 수 있었다. 그런데 이 선량한 사람들은 슈발과 화부의 다툼을 장난으로 이해하고 그 우스꽝스러운 짓이 선장 앞에서도 결코 그치지 않고 계속된다고 생각하는 것 같았다. 카를은 그들 사이에 주방 보조 요리사 린네도 있다는 것을 알아챘는데, 린네는 그에게 유쾌하게 손짓을 하면서, 수부가 내던진 앞치마를, 그것이 자신의 앞치마였기 때문에, 둘렀다.

계속해서 그 수부의 뒤를 따라 그들은 사무실을 떠나 어떤 작은 통로로 구부러졌는데, 거기서 다시 두세 발짝 앞으로 내딛자 어떤 작은 문에 이르렀으며, 그 문을 열고 나와 짧은 계단을 통하여 아래로 내려가자 그곳에 그들을 위해 보트가 준비되어 있었다. 자신들의 인솔자가 딱 한 문장을 내뱉으면서 곧바로 보트에 껑충 뛰어오르자 그 보트에 타고 있던 수부들이 일제히 몸을 일으켜 경례를 했다. 상원 의원은, 카를이 아직도 맨 위 계단 위에서 격렬하게 울음을 터뜨리고 있었을 때, 카를에게 곧바로 조심해서 내려오라고 주의를 주었다. 상원 의원이 오른손으로 카를의 턱 밑을 받치고는 몸을 바짝 끌어당겨 그를 꼭 껴안더니 왼손으로 쓰다듬어 주었다. 이렇게 해서 그들은 한 계단 한 계단 천천히 아래로 내려가 몸을 서로 바짝 붙인 채 보트에 탔는데, 거기에서 상원 의원은 카를에게 앉으라고 바로 자기 맞은편에 좋은 자리를 마련해 주었다. 상원 의원이 신호를 보내자 수부들이 그 배에서 떨어져 나왔으며 곧바로 본격적인 작업을 하고 있었다. 그들이 탄 보트가 배에서 이삼 미터가량 멀어졌을 때 카를은, 지금 자기들이 바로 배의 경리 본부 창문들이 향하는 쪽에 있다는 전혀 예기치 못한 발견을 하게 되었다. 세 개의 창문을 모조리 슈발의 증인들이 차지하고 있었는데, 그들은 아주 다정하게 손을 흔들면서 환송의 인사를 했으며, 심지어 외삼촌은 그들에게 감사의 답례를 보냈고, 한 수부는 한결같이 고르게 노 젓는 일을 참으로 중단하지 않고서도 손으로 키스를 보내는 예술 같은 재주를 해 보였다. 실제로 화부는 이제 더 이상 존재하지 않는 것 같았다. 카를은 자신의 무릎이 삼촌 무릎과 거의 닿을 만큼 가까이에서 외삼촌의 눈을 더 자세히 쳐다보았다. 카를은 외삼촌이 그 화부가 자신에게 해 준 역할을 언젠가 대신해 줄 수 있을까 하는 의심이 들었다. 외삼촌도 그의 시선을 피해 파도를 바라보고 있었는데, 파도에 밀려 보트가 이리저리 흔들리고 있었다.

4. 변신(1915)

Die Verwandlung

I

그레고르 잠자는 어느 날 아침 뒤숭숭한 꿈에서 깨어났을 때 자신이 침대 속에서 엄청 큰 섬뜩한 해충으로 변해 있는 모습을 발견했다. 그는 갑옷처럼 딱딱한 등을 대고 누워 있었는데, 머리를 위로 약간 들어 올릴 때마다 불룩하게 솟은 갈색의 배가 활 모양으로 휜 뻣뻣한 각질의 마디들로 나뉘어 있는 것이 보였다. 배 위에는 이불이 금방이라도 주르륵 미끄러져 내릴 것 같은 모습으로 아슬아슬하게 덮여 있었다. 나머지 몸뚱이에 비해 형편없이 가느다란 수많은 다리가 그의 눈앞에 어른거리며 속수무책으로 허우적거리고 있었다.

'나에게 무슨 일이 일어났단 말인가?' 하고 그는 생각했다. 꿈은 아

니었다. 약간 너무 작다는 점 말고는 사람 사는 방으로 나무랄 데 없
는 제대로 된 그의 방이 낯익은 네 벽에 둘러싸인 채 아무 일 없다는
듯 조용히 거기 있었다. 포장이 끌러진 옷감 견본 꾸러미가 어지럽게
펼쳐져 있는 책상 위에는—잠자는 외판 사원이었다—그가 얼마 전
에 어느 화보 잡지에서 오려 내어 예쁜 도금 액자에 끼워 넣은 그림
이 걸려 있었다. 한 여인을 그린 그림이었는데, 그 여인은 모피 모자
를 쓰고 모피 목도리를 두른 채 꼿꼿이 앉은 자세로 아래팔을 모조리
감싼 묵직한 모피 토시를 보는 사람 눈앞에 쳐들고 있었다.

그레고르의 시선은 그런 다음 창 쪽으로 향했는데, 흐린 날씨가—
빗방울이 창문의 함석판을 두드리는 소리가 들렸다—그를 온통 우
울하게 했다. '잠을 조금 더 자서 이 얼토당토않은 일들을 모조리 잊
어버리면 어떨까?' 하고 그는 생각했으나 그것은 전혀 실행에 옮길
수가 없는 일이었다. 왜냐하면 그는 오른쪽으로 누워 자는 버릇이 몸
에 배어 있었는데 지금의 상태로는 그런 자세를 취할 수가 없었기 때
문이다. 몸을 오른쪽으로 돌리려고 아무리 애를 써 보아도 그는 번번
이 등을 대고 벌렁 나둥그러지는 자세로 되돌아올 뿐이었다. 그는 아
마 백번쯤은 그런 시도를 해 보았으며 버둥거리는 다리들을 보지 않
으려고 눈을 감았다. 그러다가 옆구리에서 여태껏 한 번도 느껴 본
적이 없는 가볍고 무딘 통증이 느껴지기 시작하자 그제야 비로소 그
는 그러기를 그만두었다.

'아아, 이런!' 하고 그는 생각했다. '나는 왜 이렇게 힘든 직업을 택
했단 말인가! 날이면 날마다 출장을 다녀야 하고. 회사에 앉아 본래
의 고유 업무를 보는 것보다 업무상 스트레스는 훨씬 더 크고, 게다
가 또 여행의 고역이 부과된다. 기차 접속에 대한 걱정, 불규칙하고

형편없는 식사, 만나는 사람이 항상 바뀌는 통에 결코 지속적이지도 결코 진심으로 이루어질 수도 없는 인간적 교류. 악마여, 이 모든 것을 모조리 가져가 다오!' 그는 배 위쪽이 약간 가려운 느낌이 들었다. 머리를 더 잘 쳐들어서 볼 수 있도록 그는 등으로 몸을 밀어 천천히 침대 기둥 쪽으로 다가갔다. 그러다 마침내 가려운 곳을 발견했는데 그곳은 그가 뭐라고 판단하기 어려운 깨알처럼 작고 흰 반점들로 온통 뒤덮여 있었다. 그는 한 다리로 그곳을 만져 보려고 했으나 금세 그 다리를 뒤로 움츠렸다. 그 자리에 다리가 닿자 오싹하는 냉기가 그의 온몸을 휘감았기 때문이다.

그는 다시 미끄러져 이전 자세가 되었다. '이렇게 너무 일찍 일어나면,' 하고 그는 생각했다. '사람이 완전히 멍청해진단 말이야. 사람은 잘 만큼 자야 하는데. 다른 외판 사원들은 하렘*의 여자들처럼 살고 있지 않은가. 예컨대 내가 주문받은 것들을 장부에 기입해 두려고 오전 중에 여관에 돌아와 보면 그자들은 그때야 일어나 앉아 아침을 들고 있는 중이거든. 내가 우리 사장한테 그런 식으로 했다 하면 당장 쫓겨나고 말걸. 그런데 쫓겨나는 편이 차라리 내게 잘된 일이 아니라는 걸 누가 알 수 있겠어. 부모님을 생각해서 꾹 참아 왔지만 만약 참지 않았더라면 나는 진즉 사표를 냈을 거고 사장 앞으로 다가가 그의 낯바닥에다 대고 평소에 품고 있던 내 생각을 속 시원히 내뱉어 주었을 텐데. 그러면 사장은 틀림없이 책상에서 굴러떨어졌을 거야! 책상 위에 걸터앉아 높은 위치에서 아래를 내려다보며 직원과 이야기하는 사장의 버릇은 참으로 별난 것이다. 게다가 사장은 귀가 어두

* 남자의 출입을 엄하게 금지하고 있는 터키 여인들의 방.

워 우리 직원들은 바싹 다가서야 한다. 그렇지만 아직 희망을 완전히 접은 것은 아니다. 부모님이 그자에게 진 빚을 다 갚을 만큼 내가 언제고 돈을 모으게 되면—그러려면 오륙 년은 더 걸릴 테지만—꼭 그렇게 해 주고야 말겠어. 그러면 인생에 큰 전기轉機가 마련될 거야. 하지만 지금 당장은 아무튼 일어나야 해. 기차가 다섯 시면 떠나니까.'

그리고 그는 서랍장 위에서 째깍거리고 있는 자명종 쪽을 보았다. '하느님 맙소사!' 하고 그는 생각했다. 여섯 시 반이었다. 시곗바늘은 조용히 앞으로 나아가고 있었다. 이제 삼십 분도 지나 어느새 사십오 분을 향해 다가가고 있었다. 혹시 자명종이 울리지 않은 것은 아닐까? 자명종 시곗바늘이 네 시에 정확히 맞추어져 있는 것이 침대에서도 보였다. 틀림없이 울렸을 것이다. 하지만 온 방 안을 뒤흔들 정도로 요란한 그 소리를 듣고서도 편안히 잠을 잔다는 것이 과연 가능한 일이었을까? 글쎄, 편안히 잠을 자지는 않았겠지만 아마 그만큼 더 깊이 잠 속에 빠져 있었던 것 같다. 그런데 이제 어떻게 해야 한단 말인가? 다음 기차는 일곱 시에 있다. 그 기차를 잡아타기 위해서는 미친 듯이 서둘러야 하는데 견본 꾸러미는 아직 싸 두지도 않았으며 그 자신의 기분이 썩 상쾌하지도 않았고 몸이 가뿐하지도 않았다. 설령 그 기차를 탄다 해도 사장의 불호령은 피할 길이 없었다. 사환이 다섯 시 기차 시간에 나와 기다리고 있다가 자기가 그 기차에 타지 않은 사실을 일찌감치 보고해 버렸을 것이기 때문이다. 그 녀석은 사장의 꼭두각시로 줏대도 없고 분별도 모르는 위인이었다. 몸이 아프다고 하면 어떨까? 하지만 그것은 지극히 곤혹스럽고 의심받기 쉬운 변명이 될 것이다. 왜냐하면 그레고르는 오 년이나 근무하는 동안 한 번도 아파 본 적이 없었기 때문이다. 사장은 틀림없이 의료보험 의사를 대동하고 나타나 게으른 아들을 두었다고 부모에게 비난을 퍼부어 댈 것이고 의료보험 의사의 말을 빌려 어떤 이의도 묵살해 버릴 것이다. 그 의사가 보기에 세상에는 아주 건강하면서도 일하기 싫어하는 사람들이 너무도 많다고 여길 테니까. 그런데 이럴 경우에 사장의 처사가 아주 부당하다고만 할 수 있을까? 그레고르는 오래 잠을 자고 났는데도 군더더기처럼 남아 있는 졸린 기운 말고는 자신이 실제로 아주 건강하다는 느낌이 들었고 아주 강렬한 허기마저 느껴졌다.

그가 침대를 벗어나야겠다는 결심을 하지 못한 채 이 모든 것을 아주 조급하게 이리저리 생각해 보고 있을 때—그때 막 자명종은 여섯 시 사십오 분을 가리켰다—침대 머리맡의 문을 누군가 조심스럽게 두드리는 소리가 들렸다. 이어 "그레고르" 하고 부르는 소리가 났다. 어머니였다. "여섯 시 사십오 분이다. 안 나갈 거니?" 저 부드러운 목소리! 그레고르는 대답하는 자신의 목소리를 듣고 깜짝 놀랐다. 그 목소리는 어쩌면 예전의 자기 목소리임이 틀림없었겠지만, 거기에는 저 아래에서부터 울려 나오는 것 같은, 억제할 수 없는, 가늘고 고통스러운 찍찍거리는 소리가 섞여 있었다. 그 소리는 그의 말들을 처음 순간에만 분명하게 들리게 하다가 뒤의 울림 속에 묻혀 버리게 하여 무슨 말을 들었는지 잘 알 수 없게 만들었다. 그레고르는 자세히 대답하며 모든 일을 설명하고 싶었지만 사정이 이러하므로 "네, 네, 고마워요, 어머니. 일어나는 중이에요" 하고 말하는 것으로 만족했다. 나무로 된 문이어서 그레고르의 목소리가 변했다는 것을 아마 밖에서는 알아챌 수 없었나 보다. 왜냐하면 어머니는 그의 대답을 듣고 안심하여 신발을 질질 끌며 가 버렸기 때문이다. 그러나 이 짧은 대화 소리로 인해 다른 가족들도 그레고르가 뜻밖에 아직도 집에 있다는 사실을 알게 되었다. 그래서 어느새 아버지가 한쪽 옆문을 약하게, 하지만 주먹으로 두드렸다. "그레고르, 그레고르" 하고 그는 불렀다. "대체 무슨 일이냐?" 그러고는 잠시 후 좀 더 굵은 목소리로 다시 한번 "그레고르! 그레고르!" 하고 부르며 대답을 재촉했다. 이번에는 다른 쪽 옆문에서 여동생이 호소하듯 나지막하게 말했다. "오빠? 어디 안 좋아요? 뭐 필요한 거 있어요?" 그레고르는 양쪽을 향해 대답했다. "이제 다 됐어요." 그러면서 발음에 아주 세심한 주의를 기울이고 단어와 단어 사이에 긴 간격을 두어 자신의 목소리가 이상하게 들리지 않도록 노력했다. 아버지는 아침 식사를 하러 물러갔으나 여동생은 속삭이는 소리로 말했다. "오빠, 문 좀 열어, 제발 부탁이야." 그러나 그레고르는 문을 열 생각은 전혀 않고, 출장 다니면서 익힌 습관대로 집에서도 밤중에는 문을 모두 닫아거는 자신의 조심성을 오히려 다행스럽게 여겼다.

맨 먼저 그는 우선 누구의 간섭도 받지 않고 조용히 일어나 옷을 입고 무엇보다 아침 식사부터 하고 싶었다. 그다음 일은 그때 가서 깊이 생각해 보려고 했다. 침대에 누워 아무리 생각에 몰두해 봤자 신통한 결론에 이르지 못하리라는 것을 그는 잘 알고 있었기 때문이다. 어쩌다 간혹 어설픈 자세로 누워 자는 바람에 생긴 것 같은 가벼운 통증을 느끼게 됐다가도 막상 일어나 보면 그것이 순전히 침대 속 공상임이 드러나곤 했던 일이 기억났다. 그래서 오늘의 이 환상적 현상들은 어떻게 서서히 사라져 갈 것인지 몹시 궁금해졌다. 목소리가 변한 것은 바로 출장 영업 사원들의 직업병인 독한 감기의 전조에 불과하다는 것을 털끝만큼도 의심하지 않았다.

이불을 걷어 내는 것은 아주 간단했는데, 몸을 약간 부풀리기만 하면 이불이 저절로 떨어져 내렸던 것이다. 그러나 그다음부터가 어려웠는데, 왜냐하면 특히나 몸이 너무 옆으로 퍼져 있었기 때문이다. 몸을 일으켜 세우려면 팔과 손이 필요한데 그런 것 대신 그에게는 가는 다리들만 수없이 많았다. 그 다리들은 끊임없이 제각각으로 움직였고 자신의 뜻대로 통제할 수가 없었다. 다리 하나를 구부려 보려고 하면 그 다리가 먼저 쭉 펴지는 것이었다. 마침내 그 다리로 그가 원하는 동작을 해내는 데 성공했다 해도, 그사이에 다른 다리들이 마치 구속에서 풀려나 자유롭게 되기라도 한 것처럼 최고의 고통스러운 흥분 상태가 되어 요란스럽게 움직이는 것이었다. "이렇게 그냥 쓸데없이 침대 속에만 있다가는 안 되겠군" 하고 그레고르는 혼잣말을 했다.

맨 먼저 그는 몸의 아랫부분을 침대 밖으로 내밀어 보려고 했으나 아무튼 아직 보지도 못했고 어떻게 생겼는지 도무지 상상도 할 수 없는 자신의 하반신은 움직이기가 너무 어렵다는 것을 알게 되었다. 그래서 일이 아주 더디게 진행되었다. 그러다가 마침내 거의 미친 듯이 난폭해져서 앞뒤 안 살피고 온 힘을 다해 몸을 앞으로 밀어 댔는데 방향을 잘못 잡아서 아래쪽 침대 기둥에 세게 부딪히고 말았다. 그리고 화끈거리는 통증을 느꼈으며, 그로 인해 바로 자신의 하반신이 지금으로선 아마도 가장 예민한 부분일 것이라는 사실을 깨닫게 되었다.

따라서 그는 맨 먼저 상반신을 침대로부터 빠져나오게 하려고 조심스럽게 머리를 침대 가장자리로 돌렸다. 이것은 쉽게 성공했으며, 몸뚱이의 널찍한 폭과 무게에도 불구하고 결국 머리가 움직이는 방향으로 서서히 따라 움직였다. 하지만 그가 드디어 머리를 침대 밖의 허공에나 내밀었을 때 그는 이런 식으로 계속 밀고 나가는 것을 두려워했는데, 왜냐하면 몸을 그와 같이 떨어지게 놔두고도 머리가 다치지 않으려면 그야말로 어떤 기적이 일어나지 않으면 안 되었기 때문이다. 무슨 일이 있더라도 지금은 절대로 무분별한 짓을 해서는 안 되었으며, 그래서 그는 차라리 그냥 침대에 머물러 있을 작정이었다.

그러나 그는 다시 똑같은 수고를 한 후에 한숨을 내쉬며 예전처럼 누워 있게 되었고 자신의 다리들이 어쩌면 아까보다 더욱더 기승을 부리며 서로 아귀다툼을 벌이는 모습을 보다가 이렇게 제멋대로인 상황을 다스려 안정과 질서를 가져올 가능성이 없음을 깨달았을 때 그는 다시 혼잣말로 "침대에 그냥 머물러 있을 수는 없어, 모든 희생을 무릅쓰고라도 침대에서 벗어날 수 있는 희망이 조금이라도 있다면 그렇게 하는 편이 가장 올바른 길이야" 하고 중얼거렸다. 하지만 그와 동시에 그는 절망적인 결심보다는 오히려 침착한, 최대로 침착한 성찰이 훨씬 더 낫다는 것을 잊지 않고 기억했다. 그 순간 그는 두 눈을 가능한 한 예리하게 하여 창문 쪽으로 돌렸으나 유감스럽게도 좁은 거리의 건너편까지도 뒤덮은 자욱한 아침 안개만 보일 뿐이어서 어떤 자신감도 쾌활한 기분도 얻을 수 없었다. "벌써 일곱 시로군." 자명종이 또 새로운 시간을 알리자 그는 그렇게 중얼거렸다. "어느새 일곱 시인데도 여전히 안개는 저렇게 짙게 끼어 있구나." 그리고 잠시 동안 그는, 마치 완전한 정적이 이루어지면 그로부터 다시 정상적인 현실의 상황이 회복될 것으로 기대라도 하는 것처럼, 숨을 낮게 쉬며 가만히 누워 있었다.

하지만 그러고 나서 그는 중얼거렸다. "일곱 시 십오 분이 되기 전에 나는 무슨 일이 있어도 무조건 침대를 완전히 벗어나지 않으면 안 돼. 회사는 일곱 시 전에 문을 여니까, 아무튼 그때까지는 분명 회사에서 누군가가 나에 대해 물어보려고 올 거야." 그래서 이제 그는 몸 전체를 위아래 완전히 동일하게 힘을 주고는 흔들어 침대를 벗어나려고 했다. 이런 식으로 침대에서 몸을 떨어뜨릴 경우, 떨어지면서 머리를 똑바로 쳐들어 주기만 하면 머리가 다치는 일은 아마도 없을 것이다. 등은 단단한 것처럼 보였으므로 양탄자 위로 떨어질 때 아마 아무 일도 없을 것이다. 가장 크게 염려스러운 것은 떨어질 때 틀림없이 나게 될 쾅 하는 요란한 소리였는데, 그 소리는 분명히 문 뒤의 가족들에게 놀라움은 아니더라도 걱정을 끼치게 될 것이다. 그렇지만 이 일은 감행하지 않으면 안 되었다.

그레고르가 몸을 어느새 절반쯤 침대 밖으로 튀어나오게 했을 때 —이번 새로운 방법은 힘든 일이라기보다는 오히려 어떤 놀이 같아서 계속 순간적으로 힘을 가해 몸을 흔들어 주기만 하면 되었다—누군가 자신을 도와주기만 하면 만사가 얼마나 간단할까 하는 생각이 들었다. 힘센 사람 둘이면—그는 아버지와 하녀를 생각했다—완전히 충분할 것 같았다. 그들은 둥글게 휜 그의 등 아래로 양팔을 밀어넣어 그를 침대에서 들어내 허리를 굽혀 내려놓은 다음 그가 바닥 위에서 몸을 뒤집을 때까지 그저 조심스레 지켜보며 참고 기다려 주기만 하면 될 것 같았다. 그런 다음엔 그 가느다란 다리들이 바라건대 제구실을 하게 될 것이다. 그렇다면 문들이 굳게 잠겨 있다는 사실은 그렇다 치더라도, 이제 정말로 도와 달라고 소리쳐야 하지 않았을까? 자신이 처해 있는 그 모든 곤경에도 불구하고 그런 생각을 떠올리자 그는 미소 짓지 않을 수가 없었다.

이미 그는 좀 더 세게 흔들면 거의 몸의 균형을 잡지 못하게 될 지경에 이르러 있어서 이제 곧 최종 결정을 내리지 않으면 안 되었는데, 오 분만 있으면 일곱 시 십오 분이 되기 때문이었다. 그때 현관에서 초인종이 울렸다. "회사에서 누군가 온 모양이군." 그는 그렇게 중얼거리면서 몸이 거의 굳어져 버렸는데, 반면에 그의 다리들은 그만큼 더 바쁘게 춤을 추고 있었다. 한순간 사방에 정적이 흘렀다. "문을 열지 않는군" 하고 그레고르는 어떤 터무니없는 희망에 사로잡혀 중얼거렸다. 그러나 잠시 뒤에 당연히 여느 때처럼 하녀가 억센 걸음으로 현관문을 향해 걸어가 문을 열어 주었다. 그레고르는 방문객의 첫마디 인사말만 듣고도 누구인지를 이미 알 수 있었으니, 지배인이 직접 온 것이었다. 왜 오로지 그레고르만 직무에 조금만 태만해도 곧장 굉장히 큰 의심을 사게 되는 그런 회사에 근무하는 신세가 된 것일까? 도대체 모든 직원이 다 건달들이고, 도대체 그들 중에는 아침 한두 시간만이라도 회사를 위해 봉사하지 않으면 양심의 가책으로 정신이 이상해져 그야말로 침대를 떠날 수가 없는 그런 충직하고 헌신적인 인간이 하나도 없단 말인가? 그렇게 물어보는 일이 정녕 필요하다면, 수습사원을 보내 물어보게 해도 충분하지 않았을까? 그런데 군이 이렇게 지배인이 직접 오지 않으면 안 되었으며, 그렇게 함으로써 이 수상쩍은 사건에 대한 조사가 단지 지배인의 판단에만 맡겨질 수 있다는 사실이 죄 없는 가족들 모두에게까지 알려져야 한단 말인가? 그리고 그레고르는 올바른 결심을 해서라기보다는 오히려 이런 생각들에 몰두하다 보니 흥분이 되어서 온 힘을 다해 침대에서 뛰어내렸다. 떨어지는 소리가 크게 나긴 했어도 그렇지만 정말로 요란스럽게 쾅 하는 소리는 아니었다. 떨어지는 충격이 양탄자로 인해 다소 약화되었고, 등도 그레고르가 생각했던 것보다는 더 탄력이 있었으므로 따라서 둔탁한 소리가 잠시 울렸지만 그다지 주의를 끌 만큼 요란한 소리가 나지는 않았다. 다만 머리를 충분히 정신 차려 치켜들지 못한 탓에 그만 바닥에 부딪히고 말았다. 그는 화도 나고 통증도 있어서 머리를 돌리며 양탄자에 문질렀다.

"저 안에서 무언가 떨어졌어요" 하고 지배인이 왼쪽 옆방에서 말했다. 그레고르는 오늘 자기한테 일어난 일과 비슷한 일이 지배인에게도 언젠가 일어날 수 있지 않을까 상상해 보았다. 그럴 수도 있다는 가능성은 사실상 부인할 수 없었다. 그러나 그의 그런 질문에 대해 거친 대답을 해 주기라도 하려는 것처럼 지배인이 옆방에서 몇 걸음을 또박또박 걸으며 신고 있던 에나멜 장화에서 삐걱삐걱하는 소리를 냈다. 오른쪽 옆방에서는 여동생이 그레고르에게 상황을 알려 주기 위해 속삭이는 소리로 말했다. "오빠, 지배인이 오셨어요."

"알아" 하고 그레고르는 혼자서 중얼거렸다. 하지만 그는 감히 목소리를 여동생이 들을 수 있을 만큼 크게 높이지는 못했다.

"그레고르," 하고 이제는 왼쪽 옆방에서 아버지가 말했다. "지배인님이 오셔서 네가 왜 새벽 기차로 출발하지 않았느냐고 물으시는구나. 그분에게 뭐라고 말씀드려야 할지 모르겠어. 지배인님께서는 너하고 직접 말씀하시겠다고 하신다. 그러니 어서 문을 열어라. 방 안이 지저분하더라도 그분은 용서해 주실 거야." 그러고 있는 동안 지배인이 다정하게 외쳤다. "안녕하세요, 잠자 씨." 한편 아버지가 여전히 계속 문에 대고 이야기를 하는 동안 어머니가 지배인에게 말했다. "저 아이는 몸이 편치 않아요. 제 말을 믿어 주세요, 지배인님. 그렇지 않고서야 도대체 그레고르가 어떻게 기차를 놓치겠어요! 저 아이 머릿속에는 오직 회사 일밖에 없답니다. 저녁에도 외출 한번 하는 걸

못 보아서 제가 오히려 화가 날 지경이에요. 이제 시내에 있은 지 일주일이 되었지만 매일 저녁 집에서 보냈답니다. 집에 있을 때면 책상에 앉아서 조용히 신문을 읽거나 기차 시간표를 들여다보고 있지요. 그러다가 실톱을 가지고 무언가를 만드는 일에 열중하는 게 저 애의 심심풀이 취미라고 할 수 있어요. 예를 들면 이삼 일 저녁 시간 동안에 작은 액자를 하나 만들었답니다. 얼마나 예쁜지 보시면 놀라실 거예요. 저 방 안에 걸려 있답니다. 그레고르가 문을 열면 금방 보시게 될 거예요. 그런데 지배인님께서 이렇게 와 주셔서 정말 다행입니다. 저희만으로는 그레고르로 하여금 문을 열게 하지 못했을 거예요. 저 아이는 고집이 엄청 세거든요. 저 아이는 틀림없이 몸이 안 좋은 거예요. 아까 아침에 그렇지 않다고 부인했지만 말이에요."

"곧 나가요" 하고 그레고르가 천천히 그리고 신중하게 말했으며, 대화를 한 마디도 놓치지 않으려고 몸을 움직이지 않고 잠자코 있었다. "부인, 저한테도 달리는 설명이 안 되는군요" 하고 지배인이 말했다. "심각한 상태가 아니길 바랍니다. 그러나 또 한편으로 말씀드리자면 우리 사업하는 사람들은—이걸 유감스럽다고 해야 할지 다행이라 해야 할지는 잘 모르겠습니다만—몸이 약간 불편한 것쯤은 흔히 사업을 고려해서 그냥 참고 넘겨야 하지요."

"그럼 이제 지배인님께서 네 방으로 들어가셔도 되겠니?" 참을성 없는 아버지가 그렇게 묻고는 다시금 문을 두드렸다. "안 돼요" 하고 그레고르가 말했다. 왼쪽 옆방에서는 고통스러운 침묵이 흘렀고, 오른쪽 옆방에서는 여동생이 흐느껴 울기 시작했다.

도대체 왜 여동생은 다른 사람들이 있는 쪽으로 가지 않는 걸까? 아마 이제야 막 침대에서 일어나 미처 옷을 입기 시작하지도 못한 것 같았다. 그런데 도대체 왜 우는 걸까? 그가 일어나지도 않고 지배인을 방에 들이지도 않았기 때문에, 아니면 그가 일자리를 잃게 될 위험에 처했기 때문에, 그러고 나면 사장이 다시 옛날 빚 독촉으로 부모님을 못살게 괴롭힐 것 같아서 그런 것일까? 하지만 그런 염려는 아마 지금으로서는 부질없는 것이었다. 아직은 그레고르가 여기에 있었고 그는 가족을 저버릴 생각은 추호도 하지 않고 있었다. 지금 당장은 그가 물론 양탄자 위에 누워 있는 신세이므로, 그러니 그의 형편을 아는 사람이라면 아무도 그에게 지배인을 들어오게 하라고 진심으로 요구하지는 않을 것이다. 하지만 나중에 쉽사리 적당한 변명거리를 생각해 내 둘러댈 수도 있을 이런 작은 결례 때문에 그가 아무튼 당장 해고당할 수는 없는 일이었다. 그래서 그레고르 생각에는, 자신을 울음과 설득으로 성가시게 하는 대신에 자기를 이대로 가만히 놔두는 편이 훨씬 더 현명한 처사일 것 같았다. 그러나 이 모든 것은 불확실한 것이었고, 바로 이러한 불확실성이 그 다른 사람들을 그토록 안절부절못하게 압박하고 그들의 행동을 변명해 주고 있었다.

"잠자 씨," 하고 이제 지배인이 언성을 높여서 말했다. "도대체 무슨 일이오? 당신은 거기 방 안에서 바리케이드를 치고 틀어박혀서 그저 예, 아니요, 라고만 대답하며 당신 부모님한테는 공연히 불필요한 무거운 걱정을 끼쳐 드리고 있소. 말이 나온 김에 하는 말이지만, 회사에 대해서는 정말이지 뻔뻔스러운 방식으로 업무상의 의무를 태만히 하고 있어요. 내가 이 자리에서 당신 부모님과 사장님의 이름으로 말하는데, 당신의 즉각적이고 명확한 해명을 아주 진지하게 요청하는 바이오. 놀랍군요, 놀라워. 나는 당신을 차분하고 분별 있는 사람으로 알고 있었는데, 이제 보니 당신은 느닷없이 희한한 변덕을 보여 주기 시작하는 것 같소. 사실 오늘 아침 사장님께서 당신의 직무 태만에 대해 가능한 설명을 내게 슬쩍 암시하셨는데, 그건 얼마 전 당신에게 맡긴 수금에 관한 것이었소만, 나는 진실로 거의 내 명예를 걸고서 그 설명은 맞지 않을 수 있다고 말씀드렸소. 그런데 이렇게 당신의 이해할 수 없는 옹고집을 대하고 보니 이제 당신을 위해 조금이라도 애써 주고 싶은 마음이 몽땅 사라져 버렸소. 당신의 지위는 결코 확고부동한 것이 아니오. 나는 본래 당신에게 이 모든 이야기를 단둘이서만 할 의도였는데 당신이 쓸데없이 내 시간을 이렇게 허비하게 하니까 당신 부모님도 왜 이 일에 대해 듣지 않으셔야 하는지를 모르겠소. 최근에 당신의 업무 실적은 그러니까 몹시 불만족스러운 것이었소. 물론 지금이 특별히 영업을 잘할 수 있는 계절이 아니라는 점은 우리도 인정하지만 그렇다고 영업을 못할 계절이란 도대체 원래 없는 것이고, 잠자 씨, 또 있어서도 안 되지요."

"하지만 지배인님," 하고 그레고르는 흥분한 나머지 다른 일은 다 까맣게 잊어버리고 정신이 나가 자신도 모르게 소리를 질렀다. "즉각 당장에 문을 열어 드리지요. 몸이 약간 불편한 데다 갑자기 현기증이 나는 통에 일어나지 못했어요. 저는 지금 여전히 침대에 누워 있어요. 하지만 이제 다시 완전히 원기 왕성해질 거예요. 금방 침대에서 나갈 거예요. 잠깐만 참아 주세요! 아직은 몸이 생각했던 만큼 그렇게 좋지는 않군요. 하지만 정말로 괜찮아요. 어떻게 사람을 깜짝 놀라게 하는 이런 일이 불시에 일어날 수가 있는지 기가 막히네요! 어제저녁까지만 해도 제 몸은 아주 좋았고, 부모님도 이 사실을 잘 알고 계시는데, 아니 실은, 어제저녁에 이미 어떤 가벼운 조짐이 있었다는 게 더 맞는 말일 거예요. 누가 저를 보았다면 그 점을 틀림없이 알아챌 수 있었을 텐데요. 왜 내가 그걸 회사에 미리 알리지 않았는지 모르겠네요! 하지만 사람들은 언제나 집에서 쉬지 않고도 일을 하다 보면 병을 이겨 낼 거라고들 생각하기 마련이지요. 지배인님! 제 부모님을 위로해 주세요! 지금 저에게 하시는 비난들은 모두 근거가 없는 거예요. 아무도 저에 대해 그런 말은 한 마디도 한 적이 없거든요. 지배인님은 제가 최근에 보내 드린 주문서를 아마 읽어 보지 않으신 것 같네요. 아무튼 여덟 시 기차로는 출장을 떠나도록 할게요. 몇 시간 쉬었더니 다시 힘이 나는군요. 지배인님, 제발 여기에 계시지 마세요. 제가 직접 곧 회사로 나갈게요. 그리고 호의를 베풀어 주시어, 사장님께 그렇게 말씀드리고 저에 대해서도 말씀 좀 잘해 주세요!"

그런데 그레고르는 이 모든 말을 급히 내뱉으며 자신이 무슨 말을 하는지조차 거의 모르고 있었다. 그러는 동안 그는 침대에서 이미 익힌 연습 덕택에 서랍장 쪽으로 쉽게 다가갔고 이제는 거기에 기대어 몸을 일으켜 보려고 했다. 그는 실제로 문을 열려고 했으며, 실제로 자신의 모습을 내보이며 지배인과 이야기를 하려고 했는데, 다른 사람들이 그토록 자기를 보고자 하는데 막상 그들이 자기 모습을 보고 뭐라고 말할지 그는 정말 알고 싶었던 것이다. 만약 그들이 질겁하고 놀란다면, 그레고르는 거기에 대해 더 이상 책임이 없으며 가만히 있을 수가 있었다. 하지만 그들이 모든 것을 차분히 받아들인다면 그도 역시 흥분할 아무런 이유가 없었고 그가 서두른다면 여덟 시에 실제로 역에 도착할 수도 있을 것이었다. 처음에 그는 몇 번이나 그 매끄러운 서랍장에서 미끄러졌지만 결국에는 안간힘으로 몸을 처올려 드디어 똑바로 서게 되었고, 허복부가 불난 것처럼 몹시 화끈거렸으나 이제 그는 그런 통증 따위는 전혀 신경을 쓰지 않았다. 이제 그는 가까이에 있는 의자의 등받이를 향해 몸을 떨어뜨리고는 자신의 가느다란 다리들로 그 가장자리를 꽉 붙잡았다. 그렇게 함으로써 그는 몸을 잘 가눌 수 있는 통제력도 얻게 되자 입으로 아무 말도 하지 않았는데, 왜냐하면 이제 지배인이 하는 말을 들을 수 있었기 때문이다.

"한 마디라도 알아들으셨어요?" 하고 지배인이 부모님께 물었다. "그가 설마 우리를 바보처럼 놀리려는 건 아니겠죠?"

"어머, 그럴 리가요" 하며 어머니는 울면서 소리를 질렀다. "저 애가 심하게 아픈가 봐요. 우리가 저 앨 괴롭히고 있는 거예요." 그러고 나서 그녀가 소리를 질렀다. "그레테! 그레테!"

"엄마?" 여동생이 맞은편에서 외쳤다. 그들은 그레고르의 방을 사이에 두고 서로 말을 주고받았다. "너 당장 의사한테 가라. 그레고르가 아파. 빨리 의사를 불러와라. 너 지금 그레고르가 말하는 소리를 들었니?"

"그건 짐승의 목소리였어요" 하고 지배인이 어머니의 외침 소리에 비해 두드러지게 나지막한 소리로 말했다. "안나! 안나!" 아버지가 현관홀 건너 부엌을 향해 소리치며 손뼉을 쳤다. "즉시 열쇠장이를 데려와라!" 그러자 두 처녀는 바스락거리는 소리를 내며 치맛자락을 끌면서 현관홀을 가로질러 내달려서는―도대체 여동생은 어떻게 그렇게 빨리 옷을 주워 입었을까?―현관문을 확 열어젖혔다. 그런데 문이 쾅 닫히는 소리는 아예 들리지가 않았는데, 큰 불행이 일어난 집들에서 흔히 그렇듯이 문을 활짝 열어 놓은 채로 간 모양이었다.

그레고르는 그렇지만 훨씬 더 차분해졌다. 다른 사람들은 그러니까 물론 그의 말들을 더 이상 알아듣지 못했지만, 그럼에도 불구하고 그는 그 자신의 말들이, 아마 귀에 익숙해진 탓인지는 몰라도, 충분히 뚜렷하게, 이전보다 훨씬 더 뚜렷하게 들린다고 생각했다. 그러나 아무튼 사람들은 이제 분명 그의 상태가 결코 정상이 아니라고 믿고 있었고 그를 도와줄 준비가 되어 있었다. 그들이 처음 지시들을 내릴 때 보여 준 신뢰와 확신이 그를 기분 좋게 해 주었다. 그는 자신이 다시 사람들의 사회 속에 받아들여졌다는 느낌을 받았고, 의사와 열쇠장이를 정확히 구분하지 않은 채 막연히 그 둘에게서 굉장하고 깜짝 놀랄 만한 성과를 기대했다. 결정적으로 중요한 상담 시간이 점점 다가오고 있었고, 그 자리에서 가능한 한 명확한 목소리를 내기 위해 그는 아무튼 소리를 죽이려고 애를 쓰면서 헛기침을 약간 해 보았는데, 기침 소리조차 어쩌면 사람의 기침 소리와는 다르게 들릴지 모르기 때문이었으며, 스스로가 그것을 판단할 자신이 더 이상 없었다. 그러는 사이에 옆방은 아주 조용해졌다. 아마도 부모님이 지배인과 식탁에 앉아 귀엣말을 하고 있거나, 아니면 모두들 아마도 문에 기대어 엿듣고 있을지도 모를 일이었다.

그레고르는 의자와 함께 몸을 천천히 문 쪽으로 밀고 가서 의자를 거기에 놓아두고는 얼른 문으로 몸을 던져 그것에 붙어 서서 몸을 똑바로 유지했다. 그의 가느다란 다리 끝마다 불룩하게 나온 둥그런 발바닥들에 끈적끈적한 점액이 약간 묻어 있었던 것이다. 그동안 계속 힘을 쓰느라 피곤해졌기 때문에 그는 그 자리에 그렇게 선 채로 잠깐 휴식을 취했다. 하지만 곧바로 그는 입으로 자물통 안에 꽂힌 열쇠를 돌리는 일에 착수했다. 유감스럽게도 그는 제대로 진짜 이빨이라고 할 만한 것이 없는 것 같았다. 무엇으로 열쇠를 잡아야 했을까? 하지만 그 대신에 턱은 물론 매우 강했다. 그 덕 덕분에 그는 실제로 열쇠를 움직일 수 있었다. 그런데 그의 입에서 갈색의 액체가 나와 열쇠 위로 흘러서 바닥에 뚝뚝 떨어졌기 때문에 그가 어딘가에 상처를 입었다는 것은 의심의 여지가 없었는데 그는 그런 것에 개의치 않았다. "좀 들어 보세요" 하고 지배인이 옆방에서 말했다. "그가 열쇠를 돌리고 있어요." 이 말이 그레고르에게는 큰 격려가 되었다. 하지만 모두가 그에게 응원을 보내 주었어야 하는데, 아버지와 어머니도 "힘 내라, 그레고르, 자 조금씩 돌려, 열쇠를 꽉 붙잡고!" 하고 외치며 응원을 보내 주어야 하는데 그러질 않았다. 자신이 애쓰고 있다는 것을 모두가 숨을 죽이고 긴장해서 지켜보고 있다는 생각에 그는 젖 먹던 힘까지 다해 미친 듯이 열쇠를 꽉 물고 늘어졌다. 열쇠가 계속 돌아 감에 따라 그의 몸도 자물통 주위를 춤추는 것처럼 돌았다. 이제 그는 오직 입으로만 몸을 지탱하고 있었는데, 필요에 따라 열쇠에 매달리기도 하고 그러다가 체중을 몽땅 실어 열쇠를 다시 내리누르기도 했다. 마침내 찰칵하고 자물쇠가 뒤로 당겨지는 밝은 소리에 그레고르는 번쩍 제정신이 들었다. 후 하고 숨을 내쉬며 그는 중얼거렸다. "그러니까 열쇠장이는 필요 없었어." 그러고는 문을 활짝 열어젖히기 위해 머리를 손잡이 위에 올려놓았다.

그가 문을 이런 식으로 열어야만 했기 때문에 문은 벌써 분명 상당히 넓게 열려 있었지만 그 자신은 문짝에 가려 아직 보이지 않았다. 그는 처음에는 한쪽 문짝의 면을 따라 빙 돌아 천천히 나가야 했으며, 더구나 거실로 나가기 직전에 뒤로 벌렁 나자빠지지 않도록 하려니 무척 조심스러웠다. 그는 그 힘든 동작에 몰두하느라 다른 것에는 신경을 쓸 겨를이 없었는데, 그때 이미 지배인이 큰 소리로 "앗!" 하고 내지르는 소리가 들렸다. 그것은 마치 바람이 윙 하고 스쳐 지나가는 소리처럼 들렸다. 그래서 이제 그레고르도 그를 보게 되었는데, 문에서 가장 가까이에 서 있던 지배인이 놀라 벌어진 입을 손으로 틀어막으며 느릿느릿 뒷걸음질 치고 있었다. 마치 보이지 않는, 계속 고르게 작용하는 어떤 힘이 그를 몰아내고 있는 것 같았다. 어머니는 지배인이 와 있는데도 어젯밤에 풀어놓아 하늘로 뻗친 머리카락을 손질도 하지 않고 서 있었는데, 처음에는 두 손을 모은 채 아버지를 쳐다보다가 그다음엔 그레고르 쪽으로 두어 걸음 다가가더니, 사방으로 쫙 펴지는 치마 한가운데에 픽 하고 쓰러져 버렸다. 얼굴은 가슴에 푹 파묻혀 전혀 보이지 않았다. 아버지는 마치 그레고르를 그의 방 안으로 다시 밀어 넣으려는 것처럼 적의에 찬 표정을 하고서 주먹을 불끈 쥐었다가 이어 거실 안을 불안하게 두리번거리더니 두 손으로 두 눈을 가리고는 그 탄탄한 가슴이 들먹일 정도로 울었다.

그레고르는 이제 거실로 나가지 않고 빗장을 단단히 걸어 놓은 다른 쪽 문짝을 잡고서 안쪽으로 기대어 섰다. 그래서 그의 몸뚱이는 절반밖에 보이지 않았는데, 그 위로 그가 건너편에 있는 다른 사람들을 보려고 옆으로 기울인 머리가 보였다. 그사이에 날이 훨씬 더 밝아졌다. 길 건너편에는 끝이 안 보이는 짙은 회색 건물의 한 단면이 뚜렷한 모습으로 서 있었다. 그것은 병원이었다. 그 건물의 전면으로 툭 튀어나온 창문들이 규칙적으로 늘어서 있었다. 아직도 비가 내리고 있었다. 다만 이제는 하나하나 눈에 보이는 굵은 빗방울들이 땅바닥에 그야말로 한 방울씩 뚝뚝 떨어져 내리고 있었다. 식탁 위에는 아침 식사 때의 식기들이 비좁을 정도로 수북이 놓여 있었다. 아버지에게는 아침 식사가 하루 중 가장 중요한 식사였기 때문이다. 아버지는 각종 신문을 읽으며 아침 식사를 몇 시간씩이나 질질 끌었다. 바로 맞은편 벽에는 그레고르의 군대 시절 사진 한 장이 걸려 있었는데, 소위 시절 군도에 손을 얹은 채 아무 근심 없이 천진한 미소를 짓고 있는 그 모습은 마치 자신의 자세와 제복에 경의를 표해 주기를 바라는 것처럼 보였다. 현관홀로 통하는 문은 열려 있었고 현관문도 열려 있었기 때문에 현관 앞 공간과 아래로 내려가는 계단의 시작 부분이 내다보였다.

"자, 그럼," 하고 그레고르가, 자신이 냉정을 잃지 않고 침착함을 유지한 유일한 사람이라는 것을 잘 의식하면서 말했다. "곧 옷을 입고 견본 꾸러미를 챙겨서 떠나도록 하겠습니다. 저를 떠나도록 해 주시겠습니까? 그렇게 해 주시겠지요? 그런데, 지배인님, 보시다시피 저는 고집불통이 아니라 일하기를 좋아하는 사람입니다. 출장 여행은 고달픈 것이지만 저는 여행을 하지 않고는 살 수가 없을 겁니다. 지배인님, 대체 어디로 가십니까? 회사로 가시나요? 그렇지요? 모든 일을 사실대로 보고하실 겁니까? 사람이 지금 당장은 일할 능력이 없을지 모르지만 바로 지금이야말로 예전에 쌓은 성과를 기억하시어 나중에 장애가 제거된 후에는 틀림없이 그만큼 더 열심히 더 집중해서 일하리라는 것을 생각해 볼 좋은 때입니다. 제가 사장님께 아주 많은 신세를 지고 있는 몸이라는 걸 지배인님도 잘 알고 계시지요. 다른 한편 저는 부모님과 여동생도 보살펴야 합니다. 저는 지금 곤경에 처해 있습니다만 다시 거기에서 빠져나올 것입니다. 하지만 제 처지를 지금보다 더 어렵게 만들진 마세요. 회사에서 제 편이 되어 주십시오. 사람들이 출장 영업 사원을 좋아하지 않는다는 것은 저도 알고 있어요. 떼돈을 벌면서 신나게 살고 있다고들 생각하지요. 그런 편견을 고쳐먹을 수 있는 이렇다 할 계기도 딱히 없는 거고요. 하지만 지배인님, 지배인님께서는 다른 어느 직원들보다도 회사 돌아가는 사정을 훤히 내려다보고 계십니다. 전적으로 믿고 말씀드리는 겁니다만, 심지어는 사장님 자신보다도 더 잘 알고 계신다고 할 수 있을 겁니다. 사장님이야 회사 주인이라는 특성상 판단을 하실 때 직원에게 불리한 판단을 내리도록 현혹되기가 쉽지요. 거의 일 년 내내 회사 밖에서 지내는 외판 사원은 험담이나 우연한 일, 근거 없는 비난에 아주 쉽게 희생될 수 있다는 것을 지배인님께서도 매우 잘 알고 계시지요. 그런 일들에 맞서 자신을 방어한다는 것이 그로서는 전혀 불가능한 일입니다. 그는 그런 일들에 대해 대개는 아무것도 들은 바가 없고 지친 몸으로 출장을 마치고 집에 돌아와서야 비로소 그 안 좋은 결과만을 직접 피부로 느끼게 되기 때문입니다. 하지만 그 원인을 모르니 더 이상 그 결과를 통찰할 수는 없는 일이지요. 지배인님, 제 말이 적어도 어느 정도는 일리가 있다는 것을 인정하는 말씀을 저에게 한 마디도 해 주시지 않고 그냥 가 버리지 마세요!"

그러나 지배인은 그레고르의 처음 몇 마디 말을 듣자마자 몸을 홱 돌려 버리더니 입술을 삐죽 내밀고는 움찔거리는 자신의 어깨 너머로만 그레고르 쪽을 돌아보았다. 그리고 그레고르가 말하는 동안 그는 잠시도 가만히 서 있지 않고 그레고르에게서 눈을 떼지 않은 채 문 쪽으로 슬금슬금 다가갔다. 하지만 방을 떠나지 말라는 비밀 지령이라도 받은 것처럼 아주 조금씩 서서히 움직여 갔다. 그는 어느새 현관홀에 이르렀는데 그가 마지막으로 거실에서 발을 뺄 때의 갑작스러운 동작은 너무도 날쌔서 그가 그 순간 발바닥을 불에 덴 것이 아닌가 하는 생각이 들 정도였다. 이제 현관홀을 나가면서는 오른손을 계단 쪽으로 쭉 내뻗었는데 마치 그곳에 그야말로 이 지상을 초월한 신성한 구원의 손길이 그를 기다리고 있기라도 한 것 같았다.

그레고르는 지배인을 그렇게 떠나가게 한다고 해서 회사에서의 자기 위치가 지극히 위태롭게 되는 것은 아니지만 그래도 무슨 일이 있어도 그를 그런 기분으로 보내서는 절대 안 된다는 것을 잘 알고 있었다. 부모는 그 모든 사정을 그렇게 잘 이해하지는 못했는데, 오랜 세월이 흐르는 동안 그들은 그레고르가 그 회사에서 평생 동안 먹고사는 일이 보장되어 있다고 확신하게 되었고, 게다가 지금은 당장 이 순간에 닥친 걱정거리 때문에 온통 신경을 쓰느라 앞일을 생각할 여유가 전혀 없었다. 그러나 그레고르는 그 앞일을 생각하고 있었다. 그 지배인을 붙들어 놓고 진정시키고 설득시키고 결국은 그의 환심을 사지 않으면 안 되었는데, 그레고르와 그의 가족의 장래가 바로 그 일의 성패에 달려 있었던 것이다! 여동생이 이 자리에 있었으면 좋을 텐데! 그녀는 영리했다. 그레고르가 아직 마음 편하게 등을 대고 누워 있었을 때 여동생은 이미 울고 있었었다. 그리고 지배인은 여자한테는 약한 사람이라 그 애라면 틀림없이 그의 마음을 돌려놓을 수 있었을 텐데. 그 애라면 현관문을 닫고는 현관홀에서 그를 잘 달래서 공포심을 해소했을 텐데. 그러나 여동생이 아무튼 거기에 없었기 때문에, 어쩔 수 없이 그레고르 자신이 행동하지 않으면 안 되었던 것이다. 그러고는 몸뚱이를 움직일 수 있는 자신의 현재 능력을 스스로 아직 전혀 모르고 있다는 사실을 생각하지 않은 채, 또한 사람들이 자신의 말을 아마도, 아니 거의 십중팔구는 다시 알아듣지 못했다는 사실도 생각하지 않은 채, 그는 문짝에서 몸을 떼고는 열린 문 사이를 통해 거실 안으로 뛰어들어 가 곧장 지배인에게로 달려갈 생각이었는데 그 순간 지배인은 이미 현관을 나와 그 앞의 난간을 우스꽝스럽게 두 손으로 꽉 붙잡았으며, 그레고르는 곧바로 허공에서 뭔가 붙잡을 데를 찾아 허우적대다가 작게 비명을 지르며 자신의 무수한 작은 다리들을 깔고 엎어지고 말았다. 그런 일이 일어나자마자 그는 그날 아침 처음으로 육체적인 쾌감을 느꼈다. 그 작은 다리들이 몸뚱이 아래에서 단단한 기반을 얻게 된 것이다. 기쁘게도 그 다리들이 완전히 그가 마음먹은 대로 따라 주는 것을 느낄 수 있었다. 심지어는 그가 가고자 하는 곳으로 그를 실어 나르려고 애쓰기까지 했다. 그래서 그는 벌써 그동안의 모든 고통이 다 사라지고 마침내 건강을 회복하게 될 순간이 바로 눈앞에 다가왔다고 생각했다. 그러나 그는 어머니로부터 결코 멀리 떨어져 있지 않은 곳에서 바로 어머니를 마주 보며 바닥에 엎드려 움직임을 억제하느라 몸뚱이를 흔들거렸는데, 바로 그 순간, 완전히 정신을 잃고 주저앉은 듯이 보였던 어머니가 별안간 벌떡 일어나더니 손가락을 쫙 편 채 두 팔을 내뻗으며 "사람 살려, 하느님 맙소사, 사람 살려!" 하고 외쳐 댔으며, 그러고는 마치 그레고르를 더 잘 보려고 하는 것처럼 고개를 숙였다가, 그러나 이런 자세와는 모순되게, 마구 뒷걸음질 쳐 달아났다. 그녀는 자기 뒤에 음식이 차려진 식탁이 있다는 것도 까맣게 잊어버리고, 식탁 곁에 이르자 마치 넋이 나간 것처럼 황급히 그 위에 올라앉았으며, 자기 옆에 엎어진 커다란 포트에서 커피가 양탄자 위로 철철 흘러내리고 있다는 것도 전혀 알아채지 못하는 것 같았다.

　"어머니, 어머니," 하고 그레고르는 나지막하게 부르며 그녀 쪽을 올려다보았다. 지배인에 대한 생각은 한순간 그의 뇌리에서 까맣게 잊혀 버렸으며, 그 대신 그는 흘러내리는 커피를 보자 받아 마시고 싶은 충동을 이기지 못하고 몇 번이나 턱을 허공에다 대고 쩝쩝거리는 것을 단념할 수가 없었다. 그 모습을 보자 어머니는 다시 소리를 지르고는 식탁에서 달아나 그녀를 향해 마주 달려오던 아버지의 품 안에 쓰러졌다. 그러나 이제 그레고르는 부모에게 신경 쓸 시간적 여유가 없었으니, 지배인이 벌써 계단을 내려가고 있었으며, 턱을 난간에 대고 마지막으로 한 번 더 뒤를 돌아다보았던 것이다. 그레고르는 가능한 한 그를 확실히 따라잡기 위해 도움닫기를 했으며, 지배인도 틀림없이 무슨 예감이 들었던지 한 번에 몇 계단씩 뛰어 내려가 사라져 버렸다. 그런데 그는 아직 사라지기 전에 "휴!" 하고 소리를 질렀는데 그 소리가 계단실 전체에 울려 퍼졌다. 유감스럽게도 지배인의 이런 도주는 지금까지 비교적 침착했던 아버지를 이제 완전히 혼란에 빠지게 한 것 같았다. 왜냐하면 스스로 지배인을 잡으러 뒤쫓아 가거나 아니면 적어도 뒤쫓아 가려는 그레고르를 방해하지나 말았어야 할 텐데, 그 대신에 그는 오른손으로는 지배인이 모자 및 외투와 함께 안락의자 위에 두고 간 지팡이를 움켜쥐고 왼손으로는 식탁에서 집어 온 큰 신문을 들고 발을 쿵쿵 굴러 대며 그 지팡이와 그 신문을 마구 흔들어 그레고르를 제 방 안으로 다시 몰아넣으려 했기 때문이다. 그레고르가 아무리 간청해도 소용없었고, 간청하는 그의 말 또한 알아듣지도 못했으며, 그가 단념하고 그토록 고분고분하게 고개를 돌리고 싶어도 아버지는 더욱 세게 발을 굴러 댈 뿐이었다. 그 너머에서는 어머니가 쌀쌀한 날씨인데도 불구하고 창문 하나를 활짝 열어젖힌 다음 그 창문 밖으로 몸을 쑥 내밀더니 두 손으로 얼굴을 가렸다. 골목길과 계단실 사이에서 세찬 바람이 불어 창문 커튼이 펄럭펄럭 나부꼈고 식탁 위의 신문들이 부스럭 소리를 내다가 한 장한 장 바닥 위로 흩날렸다. 인정사정없이 몰아대면서 아버지는 마치 야만인처럼 쉿 소리를 질러 댔다. 그런데 그레고르는 아직 뒷걸음질 하는 연습을 전혀 해 보지 않았기 때문에 동작이 정말로 아주 느릿느릿했다. 그가 만약 몸을 돌릴 수만 있었다면 곧바로 방으로 돌아갔을 테지만, 그러나 그는 몸을 돌리는 데 시간이 많이 걸려 아버지를 참을 수 없게 할까 봐 두려워했으며 아버지의 손에 들린 지팡이로부터 등이나 머리에 치명적인 타격이 언제 날아올지 몰라 매 순간 조마조마했다. 하지만 결국 그레고르는 다른 방도가 없었는데, 왜냐하면 그는 놀랍게도 뒷걸음질할 때 방향조차 제대로 잡을 수 없다는 것을 깨달았기 때문이다. 그래서 그는 불안한 시선으로 끊임없이 아버지 쪽을 곁눈질하면서 가급적 신속하게, 실제로는 그러나 매우 느리게 몸을 돌리기 시작했다. 아마도 아버지는 그의 선의를 알아차린 것 같았는데, 왜냐하면 그레고르의 그런 동작을 방해하지 않고 오히려 멀찍이 떨어져서 지팡이 끝으로 그 회전 동작을 이리저리 지휘하기까지 했기 때문이다. 다만 듣기 괴로운 아버지의 저 쉿 하는 소리만 없었으면 정말 좋았을 텐데! 그 소리에 그레고르는 완전히 제정신이 아니었다. 이제 몸이 벌써 거의 다 돌아갔는데 그는 계속 그놈의 쉿 소리에 귀를 기울이다 헷갈려서 다시 몸이 약간 뒤로 돌아가 버렸다. 그러나 드디어 다행히 머리가 문이 열려 있는 자리에 닿게 되었을 때 그대로 통과하기에는 그의 몸뚱이가 너무 널찍하다는 사실이 드러났다. 당연히 아버지의 현재 기분으로는 예컨대 그레고르에게 충분한 통로를 터 주기 위해 다른 쪽 문짝을 열어 주면 되겠다든가 하는 따위의 생각이 든다는 것은 전혀 있을 수 없었다. 그는 오직 그레고르가 가능한 한 빨리 제 방 안으로 들어가지 않으면 안 된다는 고정관

넘에 사로잡혀 있었다. 그레고르가 몸을 일으켜 세워서 움직이는 방법으로라면 어쩌면 문을 통과할 수 있겠지만, 아버지는 그러기 위해 거쳐야 할 필요한 번거로운 준비 절차들도 결코 참고 봐주지 않았을 것이다. 오히려 그는 마치 아무런 장애물도 없는 것처럼 이제 특이한 소리를 질러 대며 그레고르를 앞으로 내몰았다. 이제 그레고르의 뒤에서 나는 소리는 더 이상 결코 한 분뿐인 아버지의 목소리 같지 않았다. 이제는 정말 더 이상 장난이 아니어서, 그레고르는 무슨 일이 일어나든 말든 될 대로 되라는 심정으로 문안으로 밀고 들어갔다. 그는 몸 한쪽이 들려 열린 문 사이에 끼여 비스듬히 누워 있게 되었으며, 한쪽 옆구리가 쓸리면서 심하게 상처를 입어 하얀 문에 보기 흉한 얼룩이 남았다. 그는 곧장 몸이 꽉 끼어 버려 이제 혼자서는 도저히 옴짝달싹할 수 없을 것 같았다. 한쪽 다리들은 바르르 떨며 허공에 떠 있었고, 다른 쪽 다리들은 고통스럽게 바닥에 짓눌려 있었다. 그때 아버지가 뒤에서 그를 세차게 걷어차 그야말로 그를 구원해 주었는데, 그는 피를 심하게 흘리며 방 안 깊숙이 날아갔다. 문이 지팡이로 탕 하고 닫히고 나자 마침내 고요해졌다.

Ⅱ

저녁 어스름 무렵에야 비로소 그레고르는 혼수상태와도 같은 무거운 잠에서 깨어났다. 그는 방해하는 소리가 없었더라도 훨씬 더 오래 자지는 않았을 터인데, 왜냐하면 그가 충분히 쉬었고 실컷 잤다고 느꼈기 때문이다. 그런데 스쳐 지나가는 발걸음 소리와 현관으로 통하는 문이 조심스럽게 닫히는 소리가 그를 깨운 것 같았다. 가로 전등 불빛이 방 천장과 가구의 윗부분을 여기저기 창백하게 비추고 있었지만 그레고르가 누워 있는 아래쪽은 어두웠다. 그는 이제야 비로소 그 진가를 알게 된 더듬이로 아직은 서투르게 더듬거리며 그곳에서 무슨 일이 일어났는가를 살펴보기 위해 천천히 문을 향해 몸을 밀면서 나아갔다. 그의 왼쪽 옆구리에 불쾌하게 팽팽히 땅기는 상처가 한 가닥으로 길게 나 있는 것 같았는데, 그래서 그는 두 줄의 다리들로 절뚝거리지 않으면 안 되었다. 게다가 다리 하나는 오전의 난리 통에 심하게 다쳐서, 그나마 다리 하나만 다쳤다는 것은 거의 기적이었는데, 죽은 듯이 질질 끌려갔다.

문가에 이르러서야 비로소 그는 무엇이 실제로 그곳으로 자기를 유인했는지를 알아챘는데, 그것은 무언가 먹을 것의 냄새였다. 그곳에는 달콤한 우유가 담긴 대접이 놓여 있었고 그 안에는 작게 자른 흰 빵 조각들이 둥둥 떠다니고 있었던 것이다. 너무 기쁜 나머지 그는 하마터면 웃을 뻔했는데, 왜냐하면 아침보다 훨씬 더 배가 고팠기 때문이다. 그래서 그는 얼른 머리를 거의 눈 위까지 잠기도록 우유 속에 처박았다. 그러나 그는 곧 실망해서 머리를 빼냈는데, 불편한 왼쪽 옆구리 때문에 먹기가 힘들었을 뿐만 아니라—그는 헐떡거리며 온몸이 함께 거들어야만 먹을 수 있었던 것이다—그가 평소에 좋아하던 음료라서 분명 여동생이 그를 위해 들여놓았을 우유도 도무지 맛이 없었기 때문이다. 정말이지 그는 거의 역겨움을 느끼며 대접에서 몸을 돌리고는 방 한가운데로 다시 기어 돌아왔다.

그레고르가 문틈으로 내다보니 거실에는 가스등이 켜져 있었는데, 여느 때 같으면 이 시간쯤엔 아버지가 자신이 구독하는 석간신문을 어머니에게 때로는 여동생에게도 목청을 높여 읽어 주곤 했는데 지금은 아무 소리도 들리지 않았다. 여동생이 그에게 항상 이야기했고 편지에도 써 보냈던 그 신문 낭독이 아마도 최근에는 중단되어 버린 모양이었다. 주변도 아주 고요하긴 했지만 그렇다고 집 안이 비어 있지 않은 것은 분명했다. "우리 가족이 이처럼 고요한 생활을 해 왔다는 말인가" 하고 그레고르는 혼잣말을 하고는 어둠 속을 뚫어져라 바라보면서 자신이 부모와 여동생에게 이렇게 좋은 집에서 이와 같은 생활을 할 수 있게 해 주었다는 데 대해 큰 자부심을 느꼈다. 하지만 이 모든 평온함, 모든 유복함, 모든 만족이 끔찍스러운 결말을 맞게 된다면 어떻게 하지? 그런 생각에 빠져들지 않으려고 그레고르는 몸을 움직이기 시작했고 방 안을 이리저리 기어 다녔다.

긴 저녁 시간 동안 한 번은 한쪽 옆문이, 또 한 번은 다른 쪽 옆문이 빠끔히 열렸다가 다시 재빨리 닫혔는데, 누군가 들어오고 싶은 마음이 들었다가 다시 너무 많은 생각을 하다 보니 주저한 것 같았다. 그레고르는 그 주저하는 방문자를 어떻게 해서든 들어오게 하거나 아니면 적어도 그 사람이 누구인지를 알아내기로 결심하고 거실로 나가는 문 바로 옆에 가만히 엎드렸는데, 문은 더 이상 열리지 않았고 그레고르가 아무리 기다려도 허사였다. 그 문들이 잠겨 있던 아침에는 다들 들어오려고 하더니, 그가 그중 하나를 열고 다른 문들도 누군가 분명히 낮 동안에 열어 놓아 모든 문이 다 열려 있게 된 지금은 아무도 들어오지 않았으며, 열쇠들도 이제는 바깥쪽에 꽂혀 있었다.

밤이 늦어 거실의 불이 꺼지자 비로소 부모와 여동생이 그렇게 늦게까지 잠을 자지 않고 있었다는 것을 이제 쉽게 확인할 수 있었는

데, 왜냐하면 세 사람 모두 발끝으로 조심조심 물러가는 소리를 똑똑
히 들을 수 있었기 때문이다. 이제 확실히 아침까지는 아무도 그레고
르에게 들어오지 않을 것이어서, 그는 자신의 생활을 이제 다시 어떻
게 정리해야 할 것인가에 대해 누구의 방해도 받지 않고 조용히 생각
해 볼 충분히 긴 시간을 갖게 되었다. 그러나 속절없이 바닥에 납작
엎드려 있을 수밖에 없는 이 높고 텅 빈 방이 그를 불안하게 했는데,
이 방은 그가 오 년 전부터 살아온 그의 방이었기 때문에 그는 그 원
인을 통 찾아낼 수가 없었으며, 그는 반쯤은 무의식적으로 몸을 홱 돌
려서 가벼운 수치심과 함께 서둘러 소파 밑으로 기어들어 갔다. 그곳
에서 그는 등이 약간 눌렸고 고개를 쳐들 수 없었음에도 불구하고 금
세 아주 안락하다고 느꼈는데, 다만 몸뚱이가 너무 널찍하여 소파 밑
으로 완전히 들어갈 수 없다는 것이 유감스러울 뿐이었다.

　그곳에서 그는 밤 내내 머물렀는데, 때로는 반쯤 잠든 상태로 꾸벅
꾸벅 졸다가 배가 고파서 몇 번이고 놀라 깨기도 했고, 때로는 이런
저런 걱정들과 막연한 희망 속에 하염없이 생각에 잠기기도 했지만,
그러나 최종 결론은 그가 우선은 침착하게 처신하고 자신의 현재 상
태로 인해 어쩔 수 없이 야기될 수밖에 없는 불쾌한 일들을 인내심과
최대한의 배려를 통해 가족들이 참아 낼 수 있도록 해 주어야 한다는
것이었다.

　아직 거의 밤이나 다름없는 이른 새벽에 벌써 그레고르는 방금 한
결심들의 효력을 시험해 볼 기회가 생겼는데, 왜냐하면 현관으로부
터 여동생이 옷을 거의 다 입은 채로 다가와 문을 열고는 긴장해서
들여다보았기 때문이다. 그녀는 그를 금방 찾아내지 못했지만 그가
소파 밑에 있는 것을 알아차렸을 때—글쎄, 어딘가에 분명히 있을 텐

데, 어디로 그냥 날아가 버렸을 리는 없을 테니까—너무나 놀라서 자제심을 잃고 문을 밖에서 다시 닫아 버렸다. 그러나 그녀는 자신의 행동을 후회하는 듯이 문을 즉시 다시 열더니 마치 중환자나 낯선 사람 곁으로 다가오는 것처럼 발끝으로 살금살금 들어왔다. 그레고르는 소파의 가장자리까지 머리를 내밀고는 그녀를 관찰했다. 그가 우유를 먹지 않고 그대로 남겨 놓은 것을, 물론 그것이 결코 배가 고프지 않아서가 아니라는 것까지도 그녀가 알아차리게 될까? 그리고 그녀가 그의 입맛에 더 잘 맞는 다른 음식을 가져다줄까? 그녀가 만약 스스로 깨닫고 그렇게 해 주지 않는다면, 그녀에게 그것을 깨닫게 하느니 그는 차라리 굶어 죽고 싶었다. 그러나 사실은 소파 밑에서 앞으로 뛰쳐나가 여동생의 발치에 몸을 던지며 먹기에 좋은 음식 좀 갖다 달라고 간청하고 싶은 마음이 굴뚝같았음에도 불구하고 말이다. 그런데 여동생은 우유가 주변에 약간 흘러 있을 뿐 아직 대접에 가득 차 있는 것을 보더니 의아해하면서 곧바로 그 대접을, 물론 맨손이 아니라 걸레 조각으로 집어 들더니 밖으로 가지고 나가 버렸다. 그레고르는 그녀가 대신에 무엇을 가져올지 무척이나 궁금했고 그에 대해 온갖 생각을 다 해 보았다. 그러나 결코 그는 여동생이 친절한 마음으로 실제로 무엇을 갖다줄지 결코 알아맞힐 수 없었을 것이다. 그녀는 그의 입맛을 시험해 보기 위해 갖가지 음식을 가져왔고 그 모든 것을 낡은 신문지 위에 펼쳐 놓았다. 거기엔 반쯤 썩은 오래된 야채가 있는가 하면, 저녁 식사 때 먹다 남은 뼈다귀도 있었는데 거기엔 굳어 버린 흰 소스가 엉겨 있었다. 건포도와 아몬드 몇 알, 이틀 전에 그레고르가 도저히 먹을 수 없다고 말한 치즈 한 조각, 아무것도 바르지 않은 빵, 버터 바른 빵, 버터를 바르고 소금을 뿌린 빵도 있었다.

그 밖에도 그녀는 이 모든 것 외에 그레고르의 전용 그릇으로 정한 것 같은 대접도 놓아두었는데 그 안에는 그녀가 미리 부어 놓은 물이 들어 있었다. 자기 앞에서는 그레고르가 먹지 않으리라는 것을 안 그녀는 세심한 배려에서 급히 방을 나가 주었으며, 그레고르가 마음껏 편안히 먹어도 된다는 것을 알아차릴 수 있게 하려고 열쇠를 돌려 문까지 잠가 주었다. 이제 식사를 하러 가게 되자 그레고르의 작은 다리들은 윙윙 소리를 내며 날듯이 빨리 움직였다. 게다가 그의 상처도 어느새 완전히 나아 버린 것 같았고, 그는 더 이상 아무런 장애도 느끼지 않았다. 그에 대해 그는 놀라워하면서 달포 전에 칼로 손가락을 아주 조금 베였을 뿐인데 그 상처가 그저께까지만 해도 제법 아팠던 일을 생각했다. '이젠 내 감각이 더 무디어졌나?' 하고 그는 생각하며 어느 틈에 치즈를 걸신이 들린 것처럼 빨아 먹었다. 치즈는 다른 어떤 음식들보다 먼저 그의 구미를 즉시 그리고 강렬하게 끌어당겼다. 그는 너무나 만족스러운 나머지 두 눈에 눈물을 글썽이며 치즈와 야채와 소스를 허겁지겁 차례대로 먹어 치웠다. 반면에 신선한 음식들은 맛이 없었는데, 그는 그 냄새조차 참을 수 없어 자기가 먹고 싶은 것들을 조금 떨어진 곳으로 끌어다 놓기까지 했다. 이제 그는 일찌감치 먹을 것을 다 먹어 치우고 그 자리에 그냥 늘어져 엎드려 있었는데, 그때 여동생이 뒤로 물러나라는 신호로 열쇠를 천천히 돌렸다. 이미 거의 잠들어 있던 상태였음에도 불구하고 그는 그 소리에 소스라치게 놀라 다시 소파 밑으로 서둘러 기어들어 갔다. 여동생이 방 안에 머문 것은 짧은 시간이었지만 소파 밑에 들어가 있는 것은, 푸짐한 식사로 몸이 약간 둥그렇게 부풀어 오르는 바람에 그 비좁은 곳에서 숨을 제대로 쉴 수 없었기 때문에, 상당한 극기를 필요로 했다.

질식으로 인한 가벼운 발작 증세를 겪는 가운데 그는 약간 튀어나온 눈으로, 그런 사정을 전혀 모르는 여동생의 거동을 지켜보았는데, 그녀는 빗자루로 음식 찌꺼기만이 아니라 그레고르가 전혀 입도 안 댄 음식까지도 이젠 더 이상 먹을 수 없게 되기라도 한 것처럼 함께 몽땅 쓸어 모아 모조리 통 속에 급히 붓고는 나무 뚜껑을 덮은 다음 밖으로 가지고 나갔다. 그녀가 등을 돌리자마자 그레고르는 소파에서 기어 나와 오그렸던 몸을 쭉 펴서 부풀렸다.

이런 식으로 그레고르는 매일 식사를 받아먹었으며, 한 번은 부모와 하녀가 아직 잠들어 있는 아침 시간이었고 두 번째는 모두가 점심 식사를 하고 난 후였는데, 점심 후에 부모는 잠시 낮잠을 잤고 하녀는 여동생이 무슨 일이든 심부름을 시켜 내보냈다. 그들도 분명 그레고르가 굶어 죽는 것을 원하지는 않았지만, 아마도 그의 식사에 대해서는 여동생이 들려주는 것 이상으로 아는 것은 견딜 수가 없었을 것이며, 아마 여동생 또한 부모에게 아무리 작은 것이라도 슬퍼할 만한 일은 가급적 겪지 않게 해 드리고자 했던 것 같은데, 왜냐하면 사실 그들은 그렇지 않아도 충분한 고통을 겪고 있었기 때문이다.

어떤 변명을 둘러대서 그 첫날 오전에 의사와 열쇠장이를 다시 돌려보냈는지 그레고르가 들어서 알 길은 전혀 없었는데, 왜냐하면 아무도 그의 말을 알아듣지 못한 까닭에 여동생을 포함해서 아무도 그가 남들의 말을 알아들을 수 있으리라고 생각해서 말을 해 준 사람이 없었기 때문이다. 그래서 그는 여동생이 자기 방에 들어와 있을 때도 단지 그녀가 때때로 한숨을 내쉬는 소리와 성인聖人들의 이름을 부르는 소리를 듣는 것만으로 만족해야 했다. 얼마 후 여동생이 그 모든 일에 어느 정도 익숙하게 되었을 때 비로소—완전히 익숙해진다는 것은 물론 결코 있을 수 없는 일이었다―그레고르는 짤막하지만 친절한 뜻으로 하거나 또는 그렇게 해석될 수 있는 말을 이따금 들었다. 그레고르가 식사를 왕성하게 해치웠을 때는 그녀가 "오늘은 엄청 맛이 있었나 봐" 하고 말했지만, 그 반대의 경우에는 거의 슬픈 어조로 "저런, 또 몽땅 그대로 남겼네" 하고 말하곤 하는 경우가 점점 더 빈번하게 되풀이되었다.

그레고르는 새로운 소식을 직접 들을 수는 없었지만 옆방들로부터 이런저런 이야기를 많이 엿들었는데, 일단 말소리가 들리기만 하면 그는 곧장 소리가 나는 문 쪽으로 달려가서 온몸을 그 문에 바짝 갖다 댔다. 특히 처음 얼마 동안은 어떤 식으로든, 비록 은밀하게라도, 그 자신에 관계되지 않은 대화는 없었다. 이틀 동안은 식사 때마다 이제 어떻게 행동해야 하는가에 대해 상의하는 이야기를 들을 수 있었으나, 식사 시간 사이사이에도 같은 주제에 대해 이야기를 나누었는데, 아무도 혼자 집에 남아 있으려고 하지 않았고 어떤 경우에도 집을 그대로 비워 두고 모두 나갈 수는 없었기에 가족 중 적어도 두 사람은 언제나 집에 남아 있었다. 하녀도 바로 그 첫날―그녀가 불시에 들이닥친 이 불행한 일에 대해 무엇을 얼마나 알고 있는지는 그리 분명하지 않았다―어머니에게 자기를 당장 해고시켜 달라고 무릎을 꿇고 애원했고, 그로부터 십오 분 후 작별 인사를 할 때 자신을 해고시켜 준 일이 이 집에서 자신에게 베풀어 준 가장 큰 선행이라도 되는 것처럼 눈물을 흘리며 고마워했고 누가 그녀에게 요구를 한 것도 아닌데 자진해서 이 일에 관해 아무리 사소한 내용이라 해도 절대 아무한테도 발설하지 않겠노라고 엄숙히 맹세했다.

이제는 여동생이 어머니와 함께 요리도 해야 했지만, 가족 모두 거의 먹지를 않았기 때문에 그 일은 별로 힘들지 않았다. 그레고르는 그들이 공연히 서로에게 식사하라고 권하고 서로 "됐어, 실컷 먹었어" 또는 그와 비슷한 대답만 주고받는 소리를 거듭 들었을 뿐이다. 아마 아무것도 마시지도 않는 것 같았다. 비교적 자주 여동생이 아버지에게 맥주를 드시지 않겠느냐고 묻고는 자기가 직접 사 오겠다고 기꺼이 자청하고 나섰지만 아버지가 아무 말도 없으면 그녀는 아버지가 이런저런 온갖 생각을 하지 않도록 하려고 건물 관리인 아줌마를 시켜 사 오게 할 수도 있다고 말했으나 아버지는 결국 큰 소리로 "아니다"라고 말했고 그것으로 그 이야기는 더 이상 나오지 않았다.

그 첫째 날이 다 가기도 전에 아버지는 전체 재산 상태와 앞으로의 전망들을 어머니에게뿐만 아니라 여동생에게도 설명해 주었다. 때때로 그는 식탁에서 일어나 오 년 전 사업이 파산했을 때 건져 낸 조그만 비밀 금고에서 어떤 증서 또는 어떤 장부 같은 것을 꺼내 왔다. 그가 복잡한 자물쇠를 열고 찾으려던 물건을 꺼낸 뒤 다시 잠그는 소리가 들렸다. 아버지의 이 설명들은 부분적으로는 그레고르가 방에 갇히고 난 이후 듣게 된 최초의 기쁜 소식이었다. 그는 아버지가 예전의 그 사업에서 땡전 한 푼도 건지지 못했다고 생각했었는데, 적어도 아버지는 그에게 그 반대되는 말을 한 적이 없었고 그레고르도 그에 대해 물어본 적이 없었다. 그 당시 그레고르의 유일한 관심사는 온 가족을 완전한 절망 속에 빠뜨린 그 불행을 가족들이 가능한 한 속히 잊어버릴 수 있도록 모든 힘을 다 기울이는 것이었다. 그래서 그는 당시에 남보다 몇 배의 열성으로 일을 시작하여 거의 하룻밤 사이에 말단 직원에서 외판 사원으로 승진했던 것이다. 물론 외판 사원에게는 전혀 다른 돈벌이의 수단이 주어졌는데, 일에 성공할 경우 즉시

커미션 형태로 현금이 수중에 들어왔으며 집에 와서 그 돈을 식탁 위에 올려놓으면 가족들은 모두 깜짝 놀라며 행복해했다. 정말 좋은 시절이었으며, 비록 나중에 그레고르가 온 가족의 생활비를 감당할 수 있을 정도로 그렇게 많은 돈을 벌었고 또한 실제로도 그 생활비를 감당했지만 그 뒤로는 그런 시절이 적어도 그렇게 눈부신 모습으로는 결코 다시 오지 않았다. 가족들뿐만 아니라 그레고르도 거기에 익숙해져서 이젠 당연한 일처럼 되어 버렸고, 가족들은 그레고르가 벌어다 준 돈을 감사하게 받았고 그는 그 돈을 기꺼이 내놓았으나 이제는 애틋한 정 같은 것은 더 이상 오가지 않았다. 단지 여동생만은 그래도 아직 그레고르와 가깝게 지냈는데, 그와는 달리 음악을 몹시 좋아하고 바이올린을 멋지게 연주할 줄 아는 그녀를 내년에 음악원에 보내는 것이 그의 은밀한 계획이었다. 그러기 위해서는 큰 비용이 들겠지만 그는 비용 따위는 고려치 않고 분명 그 뒤를 댈 무슨 다른 방법이 있을 거라고 생각했다. 그레고르가 잠시 집에 와 있을 때면 여동생과의 대화 중에 음악 학교 이야기가 자주 나오곤 했지만 언제나 그것은 이루어지리라 생각할 수 없는 아름다운 꿈으로만 여겨졌고 부모는 아예 그런 철없는 이야기를 듣기조차 싫어했다. 그러나 그레고르는 그 일에 대해 확고한 생각을 가지고 있었고 그것을 크리스마스 이브 때 엄숙하게 공표할 작정이었다.

그가 문에 똑바로 붙어 서서 엿듣고 있는 동안, 지금의 처지로서는 전혀 쓸데없는 그런 생각들이 그의 머릿속을 스쳐 지나갔다. 때때로 온몸에 피로가 몰려와 더 이상 엿듣고 있기가 힘겨워져 부지중에 머리를 문에 부딪게 되었다가 즉시 다시 똑바로 세웠는데, 그렇게 하여 생긴 작은 소리까지도 옆방에서는 들렸고 모두의 입을 다물게 했기 때문이다. "걔가 또 뭘 하는 모양이군" 하고 잠시 후 아버지는 뚜렷이 문 쪽을 향해 말했고 그제야 비로소 중단되었던 대화가 서서히 다시 시작되었다.

그레고르는 이제 집안의 경제 사정, 그러니까 아무튼 그간의 온갖 불행에도 불구하고 예전의 재산 중 일부가 비록 아주 적은 수준이기는 하지만 아직 남아 있었고 그동안 손도 안 댄 이자가 붙어 약간 더 불어나게 되었다는 이야기를 충분히 듣게 되었는데, 왜냐하면 아버지가, 한편으론 아버지 자신이 그런 이야기를 해 본 지가 이미 오래된 탓이기도 했고 또 다른 한편으론 어머니가 무슨 말이건 금방 첫번에 알아듣지 못했던 탓이기도 했는데, 몇 번이고 설명을 되풀이하곤 했기 때문이다. 게다가 그레고르가 다달이 집으로 가져온 돈도—그 자신의 용돈은 몇 굴덴*밖에 안 되었다—완전히 다 써 버리지 않고 조금씩 쌓여 이제는 소규모의 자본을 이루게 되었다는 것이다. 문 뒤에서 그레고르는 열심히 고개를 끄덕이며 전혀 예기치 못한 이 뜻밖의 신중함과 절약 정신에 대해 기뻐했다. 사실 그는 이 여분의 돈으로 사장에게 진 아버지의 빚을 더 많이 갚을 수 있었을 테고 그러면 그가 이 직장을 그만둘 수 있는 날도 훨씬 더 앞당겨졌을 것이지만, 그러나 지금으로서는 의심할 나위 없이 아버지가 해 놓은 그대로가 더 잘된 일이었다.

그런데 그 돈은 이자로 가족이 먹고살 수 있다든가 할 정도로 충분한 것은 결코 아니었으며, 아마도 일 년, 기껏해야 이 년 정도 가족이 생계를 유지할 만큼은 되겠지만 그 이상은 아니었다. 그러니까 그것

* 독일의 금화 이름.

은 사실 그저 손을 대서는 안 되는, 만약의 경우를 위해 남겨 두어야 할 만큼의 액수에 불과한 것이었고, 따라서 생활비는 꼬박꼬박 벌어야 했다. 그러나 이제 아버지는 물론 건강하긴 하지만 이미 나이 많은 노인으로 벌써 오 년 동안 아무 일도 하지 않았고 아무튼 모든 일에 별로 자신감이 없었으며, 죽어라 고생만 하고 아무 보람도 없었던 그의 실패한 인생에서 첫 휴가가 된 오 년 동안 살이 많이 쪄서 거동이 매우 둔해졌다. 그렇다면 이제 늙은 어머니가 돈을 벌려고 나서야 한단 말인가? 그녀는 천식을 앓고 있어 집 안을 여기저기 돌아다니는 것만으로도 힘들어했고 이틀에 한 번꼴로 호흡 장애를 일으켜 온종일 창문을 열어 둔 채 소파에 누워 지내는 신세였다. 아니면 여동생이 돈을 벌어 와야 할 텐데, 그녀는 나이 열일곱에 아직 어린애나 다름없었으니, 지금까지 누려 온 그녀의 생활 방식이라는 것이, 옷이나 깔끔하게 입고, 잠이나 오래 자고, 집안일 좀 거들고, 소박한 유흥 모임에나 몇 번 참석하고, 무엇보다도 바이올린이나 켜면서 사는 것이 고작이었다. 옆방에서 돈벌이의 필요성에 관한 이야기가 나올 때마다 그레고르는 문에서 떨어져 나와 그 옆에 나란히 놓인 서늘한 가죽 소파 위로 몸을 던졌다. 너무나 창피하고 참담한 나머지 온몸이 후끈 달아올랐기 때문이다.

　자주 그는 긴 밤이 새도록 거기에 누워 한순간도 잠을 자지 않고서 몇 시간 동안이나 가죽만 긁어 댔다. 아니면 큰 수고를 마다치 않고 안락의자를 창가로 밀고 가서는 창턱에 기어올라 몸을 안락의자에 지탱한 채 창문에 기댔다. 명백하게 그것은 그가 예전에 창밖을 내다보면서 느끼곤 했던 오로지 그 해방감에 대한 어렴풋한 기억 속에서 그렇게 한 행동이었다. 왜냐하면 사실 그에게는 날이 갈수록 불과 얼마 안 되는 거리의 사물들마저 점점 더 희미하게 보였기 때문이다. 전에는 그가 지긋지긋할 정도로 너무나 자주 보았던 맞은편 병원이 이제는 전혀 보이지 않았다. 그리고 만약 그가 조용하긴 하지만 어디까지나 도시의 거리인 이 샤를로텐 가에 살고 있다는 사실을 정확하게 알고 있지 않았더라면, 자신이 창밖으로 내다보고 있는 것이 잿빛 하늘과 잿빛 대지가 하나로 합쳐져 분간이 안 되는 어떤 황야의 풍경이라고 생각했을 수도 있었다. 주의 깊은 여동생은 안락의자가 창가에 놓여 있는 것을 딱 두 번 보았을 뿐인데도 그 후론 방을 치우고 나면 꼭 그 의자를 다시 정확히 창가로 밀어다 놓았다. 그리고 그때부터는 돌쩌귀로 여닫는 창의 안쪽 덧문까지도 열어 놓는 것이었다.

만약 그레고르가 여동생하고 이야기를 나눌 수 있고 또 그녀가 자신을 위해 해 주어야 했던 모든 일에 대해 고마움의 뜻을 표할 수만 있었다면 그녀의 봉사를 보다 가벼운 마음으로 받아들였을 텐데, 그러나 그럴 수가 없어서 그는 괴로워했다. 반면 여동생은 그 모든 상황의 곤혹스러움을 가능한 한 지워 버리고자 애썼으며 당연한 일이지만 시간이 오래 지날수록 일을 그만큼 더 수월하게 해냈다. 하지만 그레고르도 시간이 지남에 따라 모든 일을 훨씬 더 정확하게 파악했다. 여동생이 들어오기만 해도 그는 가슴이 철렁 내려앉았다. 그 전 같으면 그레고르의 방을 아무도 들여다보지 못하게 무척 신경을 쓰던 그녀였지만 이제는 방에 들어서기가 무섭게 방문을 닫을 겨를도 없이 곧장 창가로 달려가 마치 질식해 죽을 것 같다는 듯이 두 손으로 황급히 창문을 홱 열어젖히고는 아무리 추운 날이라 해도 잠시 창가에 머물며 심호흡을 했다. 그녀는 하루에 두 번씩 이렇게 달려들어와 소란을 피움으로써 그레고르를 놀라게 했다. 그러는 동안 내내 그는 소파 밑에서 떨고 있었지만, 만약 그녀가 그레고르가 있는 방 안에서 창문을 닫은 채로도 머물러 있을 수만 있었다면 분명 그를 그런 일로 괴롭히지는 않았으리라는 것을 그는 잘 알고 있었다.

그레고르가 변신을 한 지 이미 한 달쯤 지난 어느 날, 이젠 여동생이 그레고르의 모습을 본다고 해서 놀랄 이유가 별로 없었는데, 그녀는 다른 때보다 조금 일찍 오는 바람에 그레고르가 창밖을 내다보고 있는 현장을 목격하게 되었다. 그는 꼼짝도 하지 않은 채, 보는 사람을 깜짝 놀라게 하기에 딱 알맞은 모습으로 서 있었다. 그가 그런 식으로 창가에 서 있음으로써 그녀가 즉시 창문을 여는 데 방해가 되었기 때문에, 그녀가 들어오지 않았다 해도 그로서는 예상 밖의 일로 생각하지는 않았을 것이다. 하지만 그녀는 그냥 들어오지 않은 것만이 아니라 심지어 기겁을 하며 뒤로 물러서면서 문을 닫아 버렸던 것이다. 모르는 사람 같으면 그레고르가 그녀를 숨어서 기다리고 있다가 물려고 했다고 생각할 수도 있었을 것이다. 물론 그레고르는 즉각 소파 밑으로 몸을 숨겼다. 여동생이 다시 오기까지, 그는 점심때까지 기다려야만 했는데, 그녀는 여느 때보다 훨씬 더 불안해 보였다. 그녀의 그런 태도로부터 그는 자신의 모습을 본다는 것이 그녀로서는 여전히 견딜 수 없는 일이고 앞으로도 틀림없이 견디기 힘들 수밖에 없다는 것을, 소파 밑에 툭 튀어나와 있는 자기 몸뚱이의 일부만 보고도 도망치지 않으려면 아마도 그녀가 이를 악물고서 꾹 참고 이겨내지 않으면 안 되리라는 것을 깨달았다. 그녀에게 자신의 이런 모습을 보이지 않기 위해 그는 어느 날 침대 시트를 등 위에 싣고 소파 위로 날라다 놓은 다음, 자신의 몸이 이제는 완전히 가려져 여동생이 허리를 굽힌다 해도 자신을 볼 수 없도록 시트를 꾸며 놓았는데, 그가 이 일을 하는 데는 네 시간이 걸렸다. 만약 그녀가 시트를 뒤집어 쓰는 것이 필요 없는 일이라는 견해라면 그녀는 그것을 걷어치울 수 있었을 것이다. 왜냐하면 몸을 그렇게 완전히 감추는 것이 그레고르에게 즐거운 일이 될 수 없다는 것은 너무나 분명했기 때문이다. 그러나 그녀는 시트를 그가 해 놓은 그대로 내버려 두었고, 그레고르는 여동생이 이 새로운 조치를 어떻게 받아들이는지 살펴보기 위해 머리로 한번 조심스럽게 그 시트를 약간 들춰 본 순간 그녀가 고마움의 눈빛으로 자신을 힐끗 쳐다본 것처럼 느끼기까지 했다.

처음 두 주일 동안 부모는 그의 방에 들어와 볼 엄두도 내지 못했으며, 그는 그들이 현재 여동생이 자신을 위해 하는 일을 전적으로 인정하는 말을 자주 들었다. 얼마 전까지만 해도 그녀는 부모 눈에 아무 쓸모 없는 계집애로 보였기 때문에 그들은 그녀에게 툭하면 화를 내기 일쑤였다. 그런데 이제는 여동생이 그레고르의 방을 치우는 동안 아버지와 어머니가 함께 그 앞에서 기다리고 있을 때가 자주 있었다. 그래서 그녀는 방 안에서 나오자마자 방 안 꼴이 어떠한지, 그레고르가 무엇을 먹었는지, 그가 이번에는 어떻게 행동했는지, 혹시 어떤 회복의 기미라도 보이는지 등을 세세히 이야기해야 했다. 어머니는 비교적 빠른 시일 안에 그레고르를 만나 보고 싶어 했으나, 아버지와 여동생이 처음에는 몇 가지 타당한 이유를 들어 그녀를 말렸으며, 그레고르는 그 이유들을 매우 주의 깊게 들었고 전적으로 수긍할 만한 것이라고 생각했다. 하지만 나중에는 어머니를 완력으로 저지하지 않으면 안 되었는데, 그러고 나서 어머니가 "그레고르에게 가게 해 줘요, 그 앤 정말 불행한 내 아들이에요! 내가 그 애한테 가야 한다는 걸 도대체 이해를 못 하는 거예요?" 하고 소리를 칠 때면 그

170

레고르는 어머니가 물론 매일은 안 되겠지만 일주일에 한 번쯤은 들어오는 편이 그래도 좋을 것 같다고 생각했다. 아무튼 어머니가 여동생보다는 모든 일을 훨씬 더 잘 이해했으며, 여동생은 그 용기가 가상하긴 해도 아직 어린애일 뿐이었고 이런 막중한 임무도 따지고 보면 그저 어린애다운 경솔한 마음에서 떠맡게 되었을 것이다.

어머니를 보고 싶어 하는 그레고르의 소원은 곧 이루어졌다. 낮 동안에 그레고르는 부모를 생각해서 창가엔 얼씬거릴 생각도 하지 않았지만, 불과 몇 평방미터밖에 안 되는 방바닥 위를 하염없이 기어 다니기만 할 수도 없었다. 가만히 엎드려 있는 일은 이미 밤 시간 동안에도 견디기 어려웠고, 먹는 일도 얼마 안 있어 금방 싫증이 나서 이젠 아무런 즐거움도 못 느꼈다. 그래서 그는 심심풀이로 벽과 천장을 사방으로 기어 다니는 습관을 얻게 되었다. 그는 특히 천장에 매달려 있기를 좋아했는데, 그것은 방바닥 위에 엎드려 있는 것과는 전혀 달랐다. 숨쉬기가 더 자유로웠고 가벼운 떨림이 몸 전체로 퍼져 나갔다. 때로는 그 위에 매달려 거의 행복감에 가까운 방심 상태에 빠져 있다가 저도 모르게 그만 붙잡고 있던 발을 놓는 바람에 방바닥 위로 털썩 떨어져 그 자신도 깜짝 놀라는 일도 있었다. 그러나 이제 그는 당연히 전과는 전혀 다르게 몸을 자유자재로 놀릴 수 있게 되어 그렇게 높은 데서 떨어져도 다치지를 않았다. 여동생은 그레고르가 스스로 발견해 낸 이 새로운 취미를 금방 알아차리고는—그는 기어 다니면서 곳곳에 끈끈한 점액 자국을 남겼던 것이다—그레고르가 최대한 넓은 공간에서 기어 다닐 수 있도록 방해가 되는 가구들, 그러니까 무엇보다도 서랍장과 책상을 치워 주려고 마음먹었다. 하지만 그녀는 이 일을 혼자서는 할 수가 없었는데, 그렇다고 아버지한테는 감히 도움을 청할 수도 없었고, 하녀도 그녀를 틀림없이 도와주지 않을 터였다. 왜냐하면 열여섯 살쯤 되는 이 하녀는 예전의 식모가 해고된 이래로 물론 기특하게도 씩씩하게 잘 참고 견디어 오고는 있으나 미리, 부엌은 평상시엔 항상 잠가 두고 다만 특별한 용무로 부를 때에만 문을 열겠다고 특별히 양해를 구했기 때문이다. 따라서 여동생은 언제든 아버지의 부재 시에 어머니를 데려오는 수밖에 다른 도리가 없었다. 어머니 역시 기쁨에 들뜬 환성을 지르며 여동생을 따라나섰지만, 그러나 그레고르의 방문 앞에 서자 입을 딱 다물었다. 물론 여동생은 먼저 방 안에 아무 이상이 없는지 살펴보고 나서야 비로소 어머니를 들어가게 했다. 그레고르가 아주 황급히 시트를 뒤집 어쓰자 시트에 더 깊고 더 많은 주름이 졌으며, 그래서 그 전체 모습 은 정말이지 우연히 소파 위에 던져진 침대 시트처럼 보였다. 그레 고르도 이번에는 시트 밑에서 살짝 엿보는 것을 그만두었는데, 어머니를 보고 싶었으나 이번에는 단념했으며, 아무튼 그녀가 온 것만으로도 그저 기쁠 따름이었다. "어서 들어와요, 오빠는 안 보여요" 하고 여동생이 말했으며, 그녀가 어머니의 손을 잡고 인도하고 있는 것이 분명했다. 그레고르는 이제 연약한 두 여자가 아무튼 무거운 그 낡은 장을 원래 있던 자리에서 조금씩 밀어 옮기는 소리를 들었는데, 너무 무리할까 봐 염려하는 어머니의 주의도 듣지 않은 채 여동생이 그 일의 대부분을 혼자 떠맡아 하고 있다는 것도 소리로 알 수 있었다. 아주 오래 걸렸다. 이미 십오 분쯤이나 일을 하고 났을 때 어머니는 장을 차라리 여기에 이대로 놔두는 것이 좋겠다고 말했다. 첫 번째 이 유로는 장이 너무 무거워 아버지가 돌아오기 전에 일을 다 끝내지 못할 것인데 그때 이 장을 그레고르의 방 한가운데에 놓아두게 된다면 그레고르가 다니는 모든 길을 가로막게 된다는 것이고, 두 번째 이유는 가구들을 치워 버렸다고 해서 그레고르가 과연 좋아할는지가 결코 확실치 않다는 것이었다. 그녀 생각에는 그와 정반대일 것 같다고 했다. 텅 빈 벽을 바라보니 그야말로 자기 가슴이 이렇게 미어지는데, 그레고르라고 왜 그런 느낌이 들지 않겠느냐는 것이다. 더군다나 그는 이 가구들에 오랫동안 정이 들어 방 안이 텅 비게 되면 자신이 버림받은 신세로 느껴질 것이라고 했다. "그리고 그렇게 되면……" 어머니는 아주 나지막한 소리로 말을 마치려고 했다. 그레고르가 정확히 어디에 숨어 있는지는 몰랐으나 그녀는 마치 그에게 목소리의 울림도 들리지 않게 하려는 것처럼 거의 속삭이듯 말했다. 왜냐하면 그녀는 그가 말을 알아듣지 못한다고 확신하고 있었기 때문이다. "우리가 가구를 치워 버린다면 그 애의 병세가 나아지리라는 희망을 모두 포기하고 그 애를 매정하게 혼자 내버려 두려고 하는 것처럼 보이지 않겠니? 내 생각엔 방을 예전의 상태 그대로 놓아두는 게 최선일 것 같은데. 그렇게 되면 그레고르가 다시 우리에게 되돌아왔을 때 모든 게 전과 다름이 없음을 발견할 것이고 그럼으로써 그동안의 일을 그만큼 더 쉽게 잊어버릴 수 있지 않겠니?"

어머니의 이러한 말을 들었을 때 그레고르는, 가족들 한가운데에서 아무 변화가 없는 단조로운 생활만 되풀이하다 보니 자연히 사람들과 직접적인 대화를 전혀 나누지 못한 탓에 이 두 달이 지나는 동안 분명히 자신의 사고 능력이 혼란에 빠져 버린 것이 틀림없다고 생각했다. 그렇지 않고서야 어떻게 그가 자신의 방이 비워지기를 진심으로 갈망할 수 있었는지 그 스스로 달리는 설명할 수 없었기 때문이다. 물려받은 가구들로 아늑하게 꾸며진 따뜻한 방을 텅 빈 동굴로 바꾸어 버리고 싶은 마음이 그에게 정말 있었을까? 그렇게 된다면 그는 물론 사방으로 자유롭게 기어 다닐 수는 있겠지만 그와 동시에 곧 자신의 인간으로서의 과거를 빨리 완전히 잊어버리는 상황에 처하게 되는 것은 아닐까? 사실은 이런 것을 이미 거의 잊어버릴 지경에 가까이 와 있었는데, 오랜만에 듣게 된 어머니의 목소리가 그를 흔들어 깨워 번쩍 정신이 들게 해 놓은 것이었다. 아무것도 치워서는 안 되며, 모든 것이 그대로 있어야 했다. 가구들이 자신의 상태에 미치는 좋은 영향들을 그는 포기할 수 없었다. 그리고 만약 가구들이 그가 무의미하게 기어 다니는 일을 방해했다면 그것은 그에게 해로운 일이 아니라 큰 이득이었다.

그러나 여동생은 유감스럽게도 견해가 달랐는데, 그녀는 그레고르에 관한 문제가 논의될 때면, 그렇게 하는 것이 꼭 부당한 것은 아니었는데, 부모에게 맞서 그 일에 특히 정통한 전문가로 행세하는 버릇이 생겼으며, 그래서 지금의 경우도 어머니의 충고가 오히려 여동생에게는 처음에 생각했던 서랍장과 책상만이 아니라 꼭 필요한 소파를 제외하고는 가구를 모조리 치워 버려야겠다고 주장하는 데 충분한 이유가 되었다. 그녀가 그런 주장을 하게 된 것은 물론 어린애다운 반항심이나 또는 최근에 전혀 예기치 못하게 그리고 어렵게 얻게 된 자신감 때문만은 아니었다. 그녀는 그레고르가 기어 다니는 데에는 많은 공간이 필요하지만 반면에, 보면 알 수 있듯이, 가구들을 조금도 이용하지 않는다는 것 역시 실제로 관찰했던 것이다. 그러나 무슨 일이건 만족할 때까지 해야 성이 차는 그 나이 또래 아가씨들의 열광적인 성향도 아마 함께 작용했을 것이다. 그러한 성향 때문에 지금 그레테는, 나중에 그레고르를 위해 지금까지보다 훨씬 더 많은 일을 해 줄 수 있기 위하여, 그레고르의 처지를 훨씬 더 소름 끼치게 만들고 싶은 유혹에 넘어갔던 것이다. 그도 그럴 것이, 그레고르만 덜렁 혼자 남아 텅 빈 벽들을 차지하게 된다면 그레테 외에는 아무도 감히 그 방 안으로 들어갈 엄두를 내지 못할 것이기 때문이다.

그래서 그녀는 어머니가 그렇게 말렸지만 결심을 굽히지 않았다. 어머니는 가구가 그대로 남아 있는 지금의 방 안에서도 온통 불안감에 휩싸인 나머지 안절부절못하는 것 같았으나 곧 입을 다물고는 여동생을 도와 서랍장을 밖으로 내가는 일에 온 힘을 다했다. 이제 그레고르로서는 부득이한 경우 서랍장은 없어도 지낼 수 있었지만 책상만은 꼭 남아 있어야 했다. 두 여자가 낑낑대면서 서랍장을 들고 방에서 나가자마자 그레고르는 어떻게 하면 자기가 신중하고 될 수 있는 한 조심스럽게 개입할 수 있을지 살펴보려고 소파 밑에서 머리를 내밀었다. 그러나 불행히도 먼저 돌아온 것은 바로 어머니였으며, 한편 그레테는 옆방에서 서랍장을 부둥켜안고 혼자서 이리저리 움직여 보았으나 서랍장은 그 자리에서 꿈쩍도 하지 않았다. 어머니는 그레고르의 모습에 익숙해 있지 않았으므로 그를 보게 되면 충격으로 병이 날 수도 있었을 터인지라, 그레고르는 깜짝 놀라 급히 뒷걸음질쳐 소파의 다른 쪽 끝까지 갔으나 그 바람에 시트 앞쪽이 약간 움직여진 것은 어쩔 수 없는 노릇이었다. 하지만 그것만으로도 어머니의 주의를 끌기에는 충분했다. 그녀는 걸음을 멈추고는 한순간 조용히 서 있다가 그레테에게 돌아갔다.

비록 그레고르가, 사실 무슨 특별한 일이 일어난 것이 아니고 단지 가구 두세 개만 옮기는 것일 뿐이라고, 마음을 달래듯 혼잣말로 몇 번이나 중얼거렸음에도 불구하고, 그가 곧 스스로 인정할 수밖에 없었듯이, 이렇게 두 여자가 부산스럽게 오가는 모습, 그녀들의 나지막이 부르는 소리, 가구들이 바닥에 긁히는 소리 등이 한데 어우러져 마치 어떤 커다란 소동이 사방에서 그를 향해 밀려오는 것 같았으며, 그래서 그는 머리와 다리를 꼭 움츠리고 몸을 바닥에 착 붙였지만 아무리 그렇게 해도 이 모든 것을 오랫동안 견뎌 내지는 못할 거라고 혼자 중얼거리지 않을 수가 없었다. 그녀들은 그를 위해 방을 완전히 비우려 하고 있었고 그가 아끼는 모든 것을 빼앗아 가고 있었다. 실톱이며 다른 공구들이 들어 있는 서랍장은 이미 밖으로 내갔고 지금은 방바닥에 단단히 파묻혀 있는 책상을, 그가 상업고등학교 학생, 중학생, 아니 심지어는 초등학생 때에도 앉아 숙제를 했던 그 책상을 흔들어서 들어내려고 하고 있었다. 이런 상황에서 그는 정말 이 두 여자가 품고 있는 선한 의도를 헤아려 볼 시간적 여유가 더 이상 없었다. 게다가 그는 그녀들의 존재를 거의 잊고 있었는데, 왜냐하면 그녀들이 이미 기진맥진한 나머지 아무 말 없이 그저 일에만 열중하고 있었고, 그녀들이 더듬더듬 힘겹게 발을 옮기는 소리만이 들렸기 때문이다.

그래서 그는 뛰쳐나왔는데, 두 여자는 그때 마침 옆방에서 잠시 숨을 돌리기 위해 책상에 몸을 기대고 있었다. 그레고르는 네 번이나 방향을 바꾸어 이리저리 달려 보았으나, 무엇부터 먼저 건져야 할지 정말 몰랐다. 그때 이미 텅 비어 버린 벽에 온통 모피로 몸을 감싼 여인의 그림이 눈에 확 띄게 걸려 있는 것이 보였다. 그는 재빨리 그 위로 기어 올라가 유리 위에 몸을 꽉 눌러 댔는데, 그러자 그의 몸이 찰싹 붙은 유리는 그의 뜨거운 배를 기분 좋게 해 주었다. 그레고르가 지금 온몸으로 가리고 있는 이 그림만은 적어도 이제 분명 아무도 빼앗아 가지 못하리라. 그는 두 여자가 돌아오는 것을 지켜보기 위해 고개를 거실로 통하는 문 쪽으로 돌렸다.

그녀들은 그다지 오래 휴식을 취하지 않고 어느새 다시 돌아오고 있었는데, 그레테는 한쪽 팔을 어머니의 허리에 감고는 그녀를 거의 들어 나르다시피 하고 있었다. "그럼 우리 이젠 뭘 나를까요?" 하고 말하면서 그레테는 주위를 둘러보았다. 그때 그녀의 시선이 벽에 붙어 있는 그레고르의 시선과 딱 마주쳤다. 아마도 그녀는 어머니가 옆에 있다는 오직 그 이유 때문에 마음의 평정을 잃지 않고 있는 것 같았는데, 어머니가 주위를 둘러보지 못하도록 얼굴을 어머니 쪽으로 기울이며 아무튼 떨리는 목소리로 아무렇게나 되는대로 말을 건넸다. "가요, 우리 잠깐만 거실로 돌아가지 않을래요?" 그레테의 의도는 그레고르에게는 명백해 보였는데, 먼저 어머니를 안전하게 해 놓은 다음 그를 벽에서 쫓아내 아래로 내려오게 하려는 것이었다. 그래, 아무튼 해 볼 수야 있겠지, 자 할 테면 해 보라고! 그는 그림을 깔고 앉아 내주지 않았다. 그림을 내주느니 차라리 그레테의 얼굴로 뛰어들 판이었다.

그러나 그레테의 말들은 어머니를 정말 제대로 불안하게 했는데, 어머니는 옆으로 비켜서더니 꽃무늬 벽지 위에서 거대한 갈색의 얼룩을 발견하고는 자기가 본 것이 그레고르라는 것을 미처 의식하기도 전에 날카롭고 거친 목소리로 "어머나, 맙소사!" 하고 소리쳤으며, 그러고는 마치 모든 것을 포기하는 것처럼 두 팔을 좍 벌린 채 소파 위로 쓰러지더니 꼼짝도 하지 않았다. "그레고르 오빠, 정말!" 하고 여동생은 주먹을 치켜들고 파고드는 듯한 매서운 눈초리로 노려보며 소리쳤다. 그것은 그레고르의 변신 이래 그녀가 직접 그를 향해 던진 최초의 말이었다. 그녀는 어머니를 실신 상태에서 깨어나게 할 수 있을 어떤 약이든 가져오려고 옆방으로 달려갔다. 그레고르도 뭐든 돕고 싶었다. 그림을 구해 낼 시간은 아직 있었던 것이다. 그러나 그는 몸이 유리에 단단히 달라붙어 있어서 억지로 몸을 떼어 내야 했다. 그러고 나서 그는 예전처럼 여동생에게 무슨 충고라도 해 줄 수 있을 것처럼 옆방으로 달려갔으나, 막상 그녀 뒤에 하릴없이 우두커니 서 있을 수밖에 없었다. 그녀는 여러 가지 조그만 약병들을 뒤지고 있다가 뒤를 돌아보더니 또 소스라치게 놀랐다. 그 순간 약병 하나가 바닥에 떨어져 깨져 버렸는데, 깨진 조각 하나가 그레고르의 얼굴에 상처를 냈으며, 그러고는 어떤 부식성의 약물이 그의 주위에 흘렀다. 그레테는 이제 더 오래 지체하지 않고 두 손에 잡을 수 있는 만큼 약병들을 잔뜩 집어 들고는 어머니한테로 달려 들어가더니 문을 발로 탕 닫아 버렸다. 이로써 그레고르는 어머니와 차단되고 말았는데, 어머니는 그의 잘못으로 어쩌면 사경을 헤매고 있을지도 모를 노릇이었다. 그러나 어머니 옆에 붙어 있어야 할 여동생을 다시 놀라게 해서 쫓아내지 않으려면 그가 문을 열어서는 안 되었다. 그는 이제 오직 기다리는 일 말고는 지금 달리 할 수 있는 일이 없었다. 그는 자책과 걱정으로 마음을 졸이며 안절부절못하고 기어 다니기 시작했는데, 벽, 가구, 천장 할 것 없이 닥치는 대로 기어 다녔다. 그러다 방 전체가 그의 주위를 빙글빙글 돌기 시작했을 때 마침내 그는 절망감에 휩싸인 채 커다란 식탁 한복판으로 뚝 떨어졌다.

잠시 시간이 흘렀고, 그레고르는 거기 힘없이 엎어져 있었고 사방이 고요했는데, 어쩌면 그것은 좋은 징조였다. 그때 초인종이 울렸다. 하녀는 물론 빗장을 걸고 부엌에 틀어박혀 있었으므로 그레테가 문을 열어 나가야 했다. 아버지가 돌아온 것이다. "무슨 일이 있었냐?" 이것이 그의 첫마디였다. 그레테의 모습에서 그는 아마 모든 것을 알아챈 모양이었다. 그레테가 불분명한 목소리로 "어머니가 기절하셨어요. 하지만 이젠 한결 나아지셨어요. 그레고르 오빠가 뛰쳐나왔거든요" 하고 대답했는데 분명 얼굴을 아버지의 가슴에 파묻은 채 하는 말인 것 같았다. "내 그럴 줄 알았다" 하고 아버지가 말했다. "내가 늘 말하지 않았니. 그런데도 너희 두 여자는 말을 통 들으려 하지 않았어." 그레고르 생각에는 아버지가 그레테의 너무도 짤막한 보고만 듣고 나쁘게 해석하여 그레고르가 무슨 폭행이라도 저지른 것으로 미루어 단정하고 있는 것이 분명했다. 따라서 그레고르는 지금 아버지의 마음을 누그러뜨릴 방도를 찾아야 했다. 왜냐하면 아버지에게 진상을 밝힐 시간도, 또 그럴 가능성도 없었기 때문이다. 그래서 그는 자기 방문 쪽으로 도망쳐 몸을 문에 찰싹 붙였는데, 이것은 아버지가 현관으로 들어서면서 즉시, 그레고르가 곧바로 자기 방으로 돌아가려는 최선의 의도를 갖고 있으며 자신을 몰아댈 필요 없이 문을 열어 주기만 하면 자신이 곧 사라지리라는 것을 알아볼 수 있도록 하기 위한 것이었다.

그러나 아버지는 그런 섬세한 암시들을 알아차릴 기분이 아니었다. "앗!" 하고 그는 들어서자마자 마치 화도 나지만 그와 동시에 기쁘기도 한 것 같은 어조로 소리쳤다. 그레고르는 문에서 머리를 돌려 아버지를 향해 쳐들었다. 지금 저기 서 있는 것과 같은 아버지의 모습을 그는 정말이지 상상조차 해 본 적이 없었다. 게다가 그는 요즘 새로운 방식으로 기어 다니는 데 정신이 팔려 집안일이 어떻게 돌아가는지에 대해 예전처럼 그렇게 많은 신경을 쓰지 못하고 소홀히 했었다. 그래서 사실은 변화된 상황에 대처할 마음의 준비를 하고 있어야 했다. 그렇지만, 그럼에도 불구하고 저 사람이 과연 아버지란 말인가? 전에 그레고르가 회사 일로 출장을 떠날 때면 늘 지친 모습으로 침대에 파묻혀 누워 있던 그 사람, 집으로 돌아오는 날 저녁때면 잠옷 바람으로 팔걸이의자에 앉아 그를 맞아 주던 그 사람, 제대로 일어날 수가 없어서 반갑다는 표시로 겨우 두 팔만 쳐들던 그 사람, 일 년에 두세 번의 일요일이나 최고의 축제일들에 어쩌다 드물게 다 함께 산책을 나갈 때면 본시 느리게 걷는 그레고르와 어머니 사이에서 항상 약간 더 느리게 걷던 그 사람, 낡은 외투를 푹 뒤집어쓴 채 T자형 지팡이를 언제나 조심스럽게 바닥에 대면서 애를 쓰며 힘들게 앞으로 가다가 무슨 말을 할라치면 거의 언제나 걸음을 멈추고는 같이 걷던 가족들을 자기 주변으로 불러 모으곤 하던 그 사람하고 과연 똑같은 사람이란 말인가? 그런데 지금 그는 허리를 곧추세우고 꼿꼿이 서 있는 게 아닌가. 은행의 용인들이 입고 다니는 것과 같은, 금색 단추가 달린 뻣뻣한 푸른색 제복을 입고, 상의의 뻣뻣이 높게 선 칼라 위로는 억센 이중 턱이 툭 불거져 나와 있으며, 덤불처럼 무성한 눈썹 아래로는 검은색의 두 눈동자가 생기 있고 주의 깊은 눈빛을 내뿜고 있었다. 여느 때 같으면 마구 헝클어져 있던 백발도 지나치다 싶을 정도로 정확하게 가르마를 타서 머리에 착 붙게 빗어 내렸고 반짝반짝 윤이 났다. 그는 모자를 벗어 던졌는데, 모자에는 금색 이니셜로 된 모표가 부착되어 있었고 아마도 어느 은행의 마크인 것 같았다. 모자는 방 안에 긴 아치를 그리며 날아가 소파 위에 떨어졌다. 그는 긴 제복 상의의 양 끝자락을 뒤로 걷어붙이고 두 손을 바지 주머니에 찔러 넣은 채 험상궂게 얼굴을 찌푸리며 그레고르를 향해 걸어왔다. 무엇을 할 작정인지는 그 자신도 모르는 것 같았는데, 아무튼 그는 여느 때와는 달리 발을 유난히 높이 들어 올렸고 그레고르는 아버지가 신고 있는 장화 밑창의 엄청난 크기에 놀랐다. 하지만 그레고르는 그런 것에 신경을 쓰지 않았으며, 사실 그는 새로운 삶이 시작된 첫날부터 아버지가 자기에 대해서는 오직 최대한 엄격하게 다루는 것만이 적절한 대응 방법이라고 여기고 있다는 것을 잘 알고 있었다. 그래서 그는 아버지 앞에서 달아났다가, 아버지가 멈추면 함께 멈추고 아버지가 움직이기만 하면 그때마다 서둘러 다시 앞으로 달렸다. 그렇게 그들은 그 방을 몇 바퀴 돌았다. 그러는 동안 어떤 결정적인 일도 일어나지 않았고 그 전체는 느린 템포로 진행되었기 때문에 얼핏 보기에는 쫓고 쫓기는 것처럼 보이지도 않았다. 그래서 그레고르도 당분간은 방바닥에 머무르기로 했는데, 벽이나 천장으로 달아나면 어떤 특별한 악의가 있어서 그렇게 한 것으로 아버지가 생각할 수도 있을까 봐 특히나 두려웠기 때문이다. 그러나 그레고르는 혼잣말로 이렇게 달리는 것도 오래 버티지는 못할 거라고 중얼거리지 않을 수가 없었는데, 왜냐하면 아버지가 한 걸음을 내딛는 동안 그는 무수히 많은 동작을 해야 했기 때문이다. 그는 사실 예전에도 썩 믿을 만한 폐를 갖지 못했던 터라 벌써 눈에 띄게 숨이 가빠 오기 시작했다. 그는 이제 비틀거리며 달렸고 달리는 일에 온 힘을 집중하기 위해 눈도 제대로 뜨지 못했다. 이젠 정신마저 몽롱해져서 이렇게 바닥 위를 달려서 도망치는 것 말고 다른 구제책은 아예 생각조차 못 했다. 그래서 벽들을 이용할 수 있다는 사실을, 물론 이곳에서는 벽들이 온통 톱니 장식과 뾰족한 장식으로 가득 찬 세심하게 조각된 정교한 가구들로 가려져 있기는 했지만, 거의 까맣게 잊어버리고 있었다. 그때 그의 바로 옆에 무엇인가가 휙 하고 가볍게 날아와 떨어지더니 그의 앞으로 데굴데굴 굴러 왔다. 그것은 사과였는데, 곧이어 그의 뒤쪽에서 두 번째 사과가 날아왔다. 그레고르는 경악한 나머지 멈추어 섰으며, 더 이상 달려 보았자 소용이 없었는데, 왜냐하면 아버지가 그에게 사과로 폭탄 세례를 퍼붓기로 결심했기 때문이다. 아버지는 찬장 위 과일 접시에서 사과 몇 알을 집어 양쪽 주머니에 가득 채워 넣은 다음, 얼마간 제대로 겨냥하지도 않고 사과를 잇달아 집어 던졌다. 이 조그마한 빨간 사과들은 마치 전기를 띤 것처럼 이리저리 뒹굴다가 서로 부딪쳤다. 약하게 던져진 사과 하나가 그레고르의 등을 스쳤으나 상처를 입히지 않고 미끄러져 나갔다. 그러나 즉시 뒤이어 날아온 사과 하나가 그레고르의 등을 제대로 맞추어 푹 들어가 박혔다. 그레고르는 불시에 당한 이 엄청난 고통이 마치 위치를 이동하면 사라질 수 있기라도 한 것처럼 몸을 질질 끌며 앞으로 나아가려고 했다. 그러나 그는 몸이 마치 못에 박힌 것 같은 느낌을 받았고 모든 감각이 극도의 혼란 속으로 빠져드는 가운데 그만 쭉 뻗어 버렸다. 다만 그는 마지막 순간에 자기 방의 문이 확 열리더니 비명을 지르는 여동생보다 어머니가 먼저 속옷 바람으로 급하게 뛰쳐나오는 것을 보았다. 여동생은 기절한 어머니가 편하게 숨을 쉬게 하려고 그녀의 옷을 풀어 놓았던 것이다. 뛰쳐나온 어머니는 아버지를 향해 달려갔는데, 풀어 놓았던 치마들이 도중에 하나둘 잇달아 바닥으로 흘러내렸다. 그녀는 그 치마들에 걸려 비틀거리다가 아버지의 품 안으로 달려들어 아버지를 꼭 끌어안고는 그와 완전히 한 몸이 되더니—그때 그레고르의 시력은 이미 제 기능을 하지 못했다—두 손으로 아버지의 뒷머리를 감싸 잡은 채 그레고르의 목숨을 살려 달라고 애원했다.

III

이 심한 부상으로 그레고르는 한 달이 넘도록 고통스럽게 살았다. 사과는 아무도 감히 빼내 줄 엄두를 못 냈기 때문에 아직도 살 속에 그대로 박힌 채 이 사건의 명백한 기념물로 남아 있었다. 사과로 인한 부상은 심지어 아버지에게조차 그레고르가 현재의 비참하고 구역질 나는 모습에도 불구하고 가족의 일원이라는 사실을 상기시켜 준 것 같았다. 따라서 그를 원수처럼 대해서는 안 되고 그에 대한 혐오감을 꾹 삼켜 버리고 그저 참는 것, 별도리 없이 오로지 참는 것만이 가족으로서 마땅히 지켜야 할 계명이라는 것을 일깨워 준 것 같았다.

그리고 이제 그레고르는, 비록 그 부상으로 인해, 높은 곳에서 기어 다니는 것은 생각조차 할 수 없었고, 어쩌면 영원히 운동 능력을 잃어버렸고 당장은 자신의 방을 건너가는 데에도 늙은 상이군인처럼 오래, 정말 오래 걸리기는 했지만 자신의 상태가 이렇게 악화된 것에 대한 대가로 아주 충분한 보상을 받고 있다고 생각했다. 그러니까 언제나 저녁 무렵이면 그가 이미 한두 시간 전부터 뚫어지게 쳐다보던 거실 쪽문이 열려서, 거실 쪽에서는 보이지 않게끔 자기 방의 어둠 속에 엎드린 채, 불 켜진 식탁에 둘러앉아 있는 온 가족의 모습을 바라보면서, 그들이 주고받는 이야기를 어느 정도 모두의 허락하에, 그러니까 전과는 전혀 다른 상황에서 들을 수가 있었던 것이다.

물론 그것은 이제 더 이상, 그레고르가 작은 호텔방에서 지친 몸을

눅눅한 침대 위에 던져야 할 때면 항상 약간의 갈망과 함께 떠올리곤
하던 예전의 활기찬 대화는 아니었다. 지금은 대체로 너무도 조용히
지내기만 했다. 아버지는 저녁 식사를 끝마치자마자 곧 안락의자에
앉아 잠이 들었다. 어머니와 여동생은 서로 조용히 하라고 주의를 주
었다. 어머니는 불빛 아래로 몸을 깊이 숙인 채 양장점에 갖다 줄 고
급 속옷을 바느질했고, 점원으로 일자리를 얻은 여동생은 저녁이면
속기와 프랑스어를 공부했는데, 아마도 나중에 언젠가 더 나은 일자
리를 얻기 위해 그런 것 같았다. 가끔씩 아버지는 잠에서 깨어나 마
치 자신이 잠을 잤다는 사실을 전혀 모르는 것처럼 어머니에게 "당신
오늘도 또 뭘 그렇게 오랫동안 바느질을 하고 있는 거요!" 하고 말하
고는 바로 다시 잠이 들었다. 그러면 어머니와 여동생은 피곤한 얼굴
로 서로 마주 보며 미소를 지었다.

　일종의 아집으로 아버지는 집에서도 직장에서 근무할 때 입는 제
복을 벗는 것을 거부했다. 그래서 잠옷은 아무 소용 없이 옷걸이에
걸려 있었다. 아버지는 마치 언제나 근무할 만반의 준비를 갖추고 있
으며 여기 집에서도 직장 상사의 분부를 기다리고 있는 것처럼 옷을
다 입은 채로 자기 자리에서 꾸벅꾸벅 졸았다. 따라서 처음부터도 새
것이 아니었던 제복은 어머니와 여동생의 아주 세심한 주의에도 불
구하고 말쑥하지가 못했으며, 그리고 자주 저녁 내내 그레고르는 항
상 잘 닦인 금색 단추들만 반짝거릴 뿐 이곳저곳이 얼룩진 아버지의
지저분한 제복을 바라보곤 했는데, 그런 옷을 입은 채 늙은 아버지는
지극히 불편한 자세로, 하지만 편안한 모습으로 잠을 잤다.

　시계가 열 시를 치자마자 어머니는 나지막하게 권유하는 말로 아
버지를 깨운 다음 침대에 가서 주무시도록 설득하느라 애를 썼는데,

왜냐하면 여기서는 제대로 잠을 잘 수 없고 여섯 시면 근무를 시작해야 하는 아버지로서는 제대로 잠을 자는 것이 지극히 필요하기 때문이었다. 그러나 은행의 용인이 된 이후로 아집에 사로잡히게 된 그는 항상, 어김없이 잠이 들면서도 식탁에 더 오래 머물러 있겠다고 언제나 우겨 댔으며, 그러고 나면 안락의자에서 침대로 잠자리를 옮기도록 그의 마음을 돌려놓기란 여간 힘든 일이 아니었다. 그럴 때면 어머니와 여동생이 이런저런 잔소리를 해 대며 그를 아무리 압박해도 그는 십오 분가량 고개만 천천히 가로저으며 눈을 지그시 감은 채 일어서를 않았다. 어머니는 그의 옷소매를 살짝 잡아당기며 귀에 대고 사탕발림으로 비위를 맞추며 살살 달래는 말도 했고 여동생도 하던 숙제를 집어치우고 어머니를 거들었으나 아버지한테는 전혀 먹히지가 않았다. 그는 안락의자 속으로 더욱더 깊숙이 파묻혀 들어갈 뿐이었다. 두 여자가 그의 겨드랑이 밑을 치켜들 때에야 비로소 그는 눈을 번쩍 뜨고는 어머니와 여동생을 번갈아 바라보며 "이것이 인생이야. 이것이 내 말년의 휴식이로군" 하고 말하곤 했다. 그러고는 두 여자의 부축을 받으면서 그는, 마치 그 자신이 스스로에게 가장 큰 짐이라도 되는 양 귀찮다는 듯이 무척 느리게 몸을 일으켰으며, 이어서 문까지는 두 여자가 자신을 이끌고 가게 하다가 문에 이르러서는 그녀들에게 물러가라는 손짓을 한 다음 혼자서 걸어 들어갔지만, 그러나 어머니는 바느질감을, 여동생은 펜을 황급히 내던지고 아버지를 뒤따라 들어가 계속 거들어 주었다.

　이렇듯 오랜 시간 힘들게 일하고 과로한 가족 중에 누가 꼭 필요한 일 이상으로 그레고르를 돌봐 줄 시간이 있었겠는가? 살림은 점점 더 줄어들게 되어 이제는 하녀도 내보냈으며, 그 대신 백발이 흩날리고 뼈대가 굵고 몸집이 큰 파출부가 아침저녁으로 와서 가장 힘든 일을 해 주었고, 다른 모든 일은 어머니가 그 많은 바느질 일을 하면서 틈틈이 해냈다. 예전에 어머니와 여동생이 오락 행사와 축제 행사 때 너무나 행복해하며 달고 다녔던, 집안 대대로 내려오던 여러 가지 장신구들을 팔아 버리는 일까지도 있었다. 그레고르는 이런 사실을, 저녁에 그런 물건들의 가격을 얼마를 받아야 할지 모두가 상의하는 것을 듣고 알게 되었다. 그러나 가족들의 가장 큰 불평은 언제나, 그레고르를 어떻게 옮겨야 할지 도무지 그 방도를 생각해 낼 수 없기 때문에, 지금의 형편으로는 너무나 큰 이 집을 떠날 수가 없다는 것이었다. 그러나 그레고르는 이사를 갈 수 없게 가로막는 것이 자기에 대한 배려 때문만은 아니라는 것을 잘 알고 있었는데, 왜냐하면 자기쯤이야 적당한 상자 속에 집어넣어 숨 쉴 구멍 몇 개 정도 뚫어 놓기만 하면 쉽사리 운반할 수 있을 것이기 때문이었다. 가족들이 집을 옮기지 못하는 주된 이유는 오히려 그 완전한 절망감, 그리고 이제까지 친척들과 지인들을 통틀어 아무도 당한 적이 없는 그런 불행한 일을 자기들이 당하고 있다는 생각 때문이었다. 세상이 가난한 사람들에게 요구하는 것을 그들은 최대한 해내고 있었다. 아버지는 말단 은행원들에게 아침 식사를 날라다 주었고, 어머니는 알지도 못하는 사람들의 속옷 바느질을 하느라 온 힘을 다 쏟았고, 여동생은 고객들의 명령에 따라 판매대 뒤에서 이리저리 뛰어다녔다. 가족들로서는 이미 더 이상 할 수 있는 여력이 없었다. 그리고 어머니와 여동생이 아버지를 침대로 데려다 놓은 다음 다시 돌아와 하던 일을 그대로 놓아둔 채 뺨이 서로 맞닿을 정도로 바싹 다가앉을 때면, 그러다 어머니가 그레고르의 방을 가리키며 "그레테야, 저기 문 좀 닫고 오거라" 하고 말하고, 그래서 이제 그레고르가 다시 어둠 속에 있게 될 때면, 한편 옆방에서는 어머니와 여동생이 서로 얼굴을 맞대고 눈물을 흘리거나 아니면 눈물조차 말라서 식탁만 멍하니 바라보고 있을 때면, 그때마다 그레고르의 등에 난 상처는 마치 새로 생긴 것인 양 욱신거리며 아파 오기 시작했다.

그레고르는 며칠 밤 며칠 낮을 거의 한숨도 자지 못하고 보냈다. 때때로 그는 다음번에 문이 열리면 가족의 일을 옛날처럼 자기가 다시 모두 맡아서 해 보리라는 생각도 했다. 그의 머릿속에는 다시 오랜만에 사장과 지배인, 점원들과 견습 사원들, 말귀를 통 못 알아듣던 우둔한 사환, 다른 회사에 다니던 친구 두세 명, 지방 어느 호텔의 방 청소부 아가씨, 휙 스쳐 지나가는 아름다운 추억의 한 장면, 진정이었지만 그가 너무 뒤늦게 구애를 했던 어느 모자 가게의 여점원 등이 나타났다. 이들 모두는 낯선 사람들 또는 이미 잊힌 사람들과 뒤섞여 나타났는데, 그와 가족을 도와주는 것은 고사하고 모두 하나같이 접근하기 어려운 사람들이었기 때문에 그들이 사라지면 그는 기뻤다. 하지만 그러고 나면 그는 다시 가족들 걱정을 할 기분이 전혀 나지 않았고 자기를 잘 돌보아 주지 않는 것에 대한 분노만 가득했다. 그리고 그는 자기가 먹고 싶은 게 무엇인지 아무것도 떠올릴 수 없으면서도, 어떻게 하면 식품 저장실 안에 들어가, 배는 전혀 고프지 않지만, 자기가 먹을 만한 것을 가져올 수 있을까 하는 계획들을 아무튼 잔뜩 세웠다. 무엇을 주면 그레고르가 특히 마음에 들어 할지에 대해서는 이제 생각하지도 않고서 여동생은 아침과 점심 때 가게로 달려가기 전에 황급히 아무 음식이나 되는대로 그레고르의 방 안에 발로 툭 밀어 넣었다가, 저녁때면 그가 그 음식을 맛이라도 보았는지 아예 손도 안 댔는지, 사실 그가 음식에 손도 안 댈 때가 매우 빈번했는데, 전혀 개의치 않고 빗자루로 한번 획 쓸어 내 버렸다. 여동생은 저녁이면 늘 하던 방 청소도 그보다 더 빨리할 수 없을 정도로 아무렇게나 후딱 해치워 버렸다. 벽들을 따라 더러운 얼룩이 띠 모양으로 죽죽 나 있었고 여기저기에 먼지와 오물 덩어리가 널려 있었다. 처음에 그레고르는 여동생이 들어오면 특히 표가 나게 더러운 구석에 가서 서 있었는데, 그렇게 함으로써 그녀에게 말하자면 어느 정도 비난을 표시하려는 것이었다. 그러나 그가 몇 주일 동안을 그곳에 그대로 서 있었더라도 여동생의 태도는 더 나아질 것 같지가 않았다. 그녀 역시 그와 꼭 마찬가지로 더러운 것을 뻔히 보았을 텐데도 그냥 내버려 두기로 결심했었던 것이다. 그러면서도 그녀는, 사실 온 가족이 대체로 신경과민에 걸려 있기는 했지만, 예전과 달리 새삼스럽게 신경이 몹시 예민해져서, 그레고르의 방 치우는 일이 자기 일로 남겨져 있는지 신경을 곤두세우고 지켜보았다. 한번은 어머니가 그레고르의 방을 대청소한 적이 있었는데, 물을 몇 양동이나 쓰고 나서야 일을 마쳤다. 습기가 너무 많아서 그레고르는 아무튼 기분이 상해 소파 위에 벌렁 드러누운 채 씁쓸한 마음으로 꼼짝도 않고 있었다. 그러나 어머니 역시 그 일로 인해 벌을 면치 못했다. 왜냐하면 저녁에 여동생은 그레고르의 방이 달라진 것을 알아차리자마자 극도의 모욕감을 느끼며 거실로 달려갔으며, 어머니가 두 손을 쳐들고 애원하다시피 달래 보았음에도 불구하고 울고불고 난리를 쳤기 때문이다. 물론 아버지가 놀라서 안락의자에서 벌떡 일어서기는 했지만 부모는 처음에는 깜짝 놀라 어쩔 줄을 모르고 바라보기만 하다가 마침내 마음을 가다듬고 움직이기 시작했다. 오른쪽에서는 아버지가 어

머니를 향해 왜 그레고르의 방 청소를 여동생에게 맡겨 두지 않았느
냐며 비난을 퍼부어 댔고, 반면에 왼쪽에서는 여동생이 자기는 앞으
로는 더 이상 어머니가 그레고르의 방을 청소하지 못하도록 하겠다
며 고래고래 소리를 질러 댔다. 너무 흥분한 나머지 제정신이 아닌
아버지를 어머니가 침실로 끌고 가려고 애를 쓰는 동안에, 여동생은
흐느껴 우느라 몸을 들썩거리며 작은 두 주먹으로 식탁을 마구 쳐 대
고 있었다. 그리고 그레고르는, 문을 닫아 이 추태와 소음을 막아 줄
생각을 하는 사람이 아무도 없다는 데 대해 화가 치민 나머지 크게
쉿쉿 소리를 냈다.

　　그러나 비록 여동생이, 직장 일에 시달려 녹초가 되어 그레고르를
전처럼 돌봐 주는 일에 신물이 났다 해도, 아직은 어머니가 여동생
대신 들어올 필요는 전혀 없었으며, 그렇다고 해서 그레고르가 소홀
히 취급당할 이유도 없는 것 같았다. 왜냐하면 이젠 파출부가 있었기
때문이다. 오랜 세월 살아오는 동안 아무리 지독한 일을 당해도 그
억센 골격 덕분에 능히 극복해 냈을 이 늙은 과부는 그레고르에 대해
결코 혐오감을 느끼지 않았다. 그녀는 공연히 어떤 호기심에서가 아
니라 우연히 한번 그레고르의 방문을 열었다가 그레고르를 보게 되
었는데, 깜짝 놀란 그는 누가 자기를 내몰지 않음에도 불구하고 이리
저리 내달리기 시작했고, 그 모습을 본 그녀는 두 손을 무릎 위에 포
갠 채 기가 찬 듯 멍하니 가만히 서 있었다. 그 후로 그녀는 아침저녁
으로 늘 잠깐씩 문을 약간 열고서 그레고르를 들여다보는 일을 게을
리하지 않았다. 처음엔 "이리 와 보렴, 우리 말똥구리!"라든가 "우리
말똥구리 좀 봐요!" 등과 같이 자기 나름대로는 아마도 틀림없이 다
정하다고 여기는 이런 말로 그를 자기한테 오라고 불렀다. 그녀가 그

렇게 말을 걸어와도 그레고르는 아무런 대꾸도 하지 않고 마치 문이 아예 열려 있지 않기라도 한 것처럼 제자리에서 꼼짝도 않고 있었다. 이 파출부 할멈에게 자기 기분 내키는 대로 그를 공연히 방해하게 놔둘 것이 아니라 그 대신에 차라리 그의 방이나 매일 청소하라는 지시를 내려 주었으면 얼마나 좋을까! 어느 이른 아침, 벌써 봄이 오는 신호이기라도 한 것처럼 억센 비가 유리창을 때리고 있었는데, 그때 할멈이 그와 같은 허튼소리를 다시 시작하자 그레고르는 화가 치밀어서, 물론 느리고 허약한 동작이기는 했지만, 공격이라도 할 것처럼 그녀 쪽으로 몸을 돌렸다. 그러나 할멈은 겁을 먹기는커녕 단번에 문 가까이에 있던 의자를 높이 쳐들면서 입을 딱 벌리고 서 있었는데 그 품을 보니 손에 들린 의자로 그레고르의 등을 내리치고 나서야 비로소 입을 다물겠다는 의도가 명백했다. 그레고르가 다시 몸을 돌리자 그녀는 "그러니까 더 이상은 안 되겠지?" 하고 말하며 의자를 가만히 구석에 다시 세워 놓았다.

그레고르는 이제 거의 아무것도 먹지 않았다. 다만 어쩌다 우연히 갖다 놓은 음식 옆을 지나가게 될 때만 장난삼아 입안에 한 입 물어 넣고는 몇 시간 동안 그대로 물고 있다가 대개는 다시 뱉어 버렸다. 처음에는 자신이 그렇게 음식을 멀리하는 것이 자기 방의 상태에 대한 슬픔 때문이라고 생각했지만 그는 곧바로 방의 변화에 순응하게 되었다. 가족들은 어디 다른 곳에 마땅히 둘 수 없는 물건들을 이 방 안에 갖다 놓는 버릇이 생겼는데, 그런 물건들이 이제는 많아졌다. 왜냐하면 그 집의 방 하나를 세 명의 하숙인에게 세놓았기 때문이다. 이 근엄한 신사들은, 그레고르가 언젠가 문틈으로 확인한 바에 의하면 세 사람 모두 털보였는데, 지나칠 정도로 정리 정돈에 너무 신경을 썼다. 자기들 방은 물론이고, 어차피 이 집에 들어와 같이 살게 된 처지이므로, 전체 집 안 살림살이, 특히 부엌의 청결 문제까지 참견하고 나섰다. 그들은 쓸데없는 물건이나 더러운 잡동사니를 보면 참지 못했다. 게다가 그들은 대부분 각자 자기 자신의 비품들을 갖고 들어왔다. 이런 이유 때문에 많은 물건이 불필요하게 되었는데, 어디에 내다 팔 수도 없고 그렇다고 그냥 버리고 싶지도 않은 것들이었다. 그런 물건들이 모두 그레고르의 방 안으로 옮겨졌다. 부엌에서 쓰던 재 받는 통과 쓰레기통까지도 옮겨졌다. 언제나 급히 서둘러 대는 파출부 할멈은 뭐든 당장에 쓰이지 않는 것이면 그냥 그레고르의 방 안에 던져 넣고 보았는데, 다행히도 그레고르에게는 대개 던져지는 물건과 던지는 손만 보일 뿐이었다. 할멈은 아마도 때가 되고 기회가 되면 그 물건들을 다시 가져가거나 모두 한꺼번에 내다 버릴 생각이었던 것 같다. 그레고르가 그 잡동사니 속을 이리저리 기어 다니며 움직여 놓지 않았다면 실제로 그 물건들은 처음에 던져져 떨어진 그 자리에 그대로 놓여 있었을 것이다. 처음에는 기어 다닐 자리가 더 이상 남아 있지 않았기 때문에 하는 수 없이 그 속을 헤집고 다니며 물건들을 밀쳐놓았지만, 그렇게 돌아다니고 나면 죽을 만큼 피곤하고 슬퍼져서 다시 몇 시간 동안은 꼼짝도 하지 못했음에도 불구하고, 나중에는 점점 재미가 더 커져서 그렇게 했다.

하숙인들은 가끔 저녁 식사도 모두가 공동으로 사용하는 거실에서 했기 때문에 거실로 통하는 문이 저녁때에도 그대로 닫혀 있는 경우가 많아졌으나 그레고르는 문이 열리는 것에 대한 기대를 아주 쉽게 포기해 버렸다. 문이 열려 있는 저녁이 많았지만 그때도 그는 그 기회를 충분히 이용하지 않고 가족들이 알아채지 못하게 방의 가장 어두운 구석에 가만히 엎드려 있었다. 그런데 한번은 파출부 할멈이 거실로 통하는 그 문을 약간 열어 둔 적이 있었는데, 저녁에 하숙인들이 들어와 불이 켜졌을 때에도 그 문은 그대로 열려 있었다. 그들은 예전에 아버지와 어머니와 그레고르가 앉았던 식탁의 윗자리에 앉더니 냅킨을 펼치고 나이프와 포크를 손에 쥐었다. 그러자 고기 그릇을 든 어머니가 문에 나타났고, 바로 뒤이어 여동생이 감자가 수북이 담긴 그릇을 들고 나타났다. 음식에서 김이 모락모락 피어오르고 있었다. 하숙인들은 먹기 전에 먼저 검사라도 하려는 것처럼 앞에 놓인 그릇 위로 몸을 숙였고, 실제로 양옆의 두 사람이 권위자로 모시고 있는 것 같은 가운데 사람은 고기 한 조각을 그릇에 담긴 채로 썰어 냈는데, 고기가 충분히 연하게 익었는지 아니면 그것을 부엌으로 돌려보내야 하는지 아닌지를 확인하려는 것이 분명했다. 그는 만족해했고, 긴장해서 지켜보고 있던 어머니와 여동생은 안도의 숨을 내쉬며 미소를 짓기 시작했다.

가족들 자신은 부엌에서 식사했다. 그렇지만 아버지는 부엌에 들어가기 전에 거실로 들어와 모자를 손에 들고서 머리를 숙여 딱 한번 꾸벅 인사를 하고는 식탁 주위를 한 바퀴 돌았다. 하숙인들이 일제히 일어나 수염 속에서 뭐라고 웅얼거렸다. 그러고 나서 자기들만 남게 되었을 때 그들은 거의 완전한 침묵 속에서 식사를 했다. 그레고르에게는 식사할 때 나는 온갖 다양한 소리들 가운데 음식을 씹는 그들의 이 부딪는 소리만 거듭 뚜렷하게 들려오는 것이 이상하게 여겨졌는데, 마치 그럼으로써 사람이란 식사를 하려면 이를 필요로 하며 아무리 멋진 턱이 있더라도 이가 없으면 아무 소용도 없다는 것을 그레고르에게 보여 주기라도 하려는 것 같았다. "나도 정말 뭔가를

192

먹고 싶다" 하고 그레고르는 근심에 가득 차 혼자 중얼거렸다. "하지만 저런 것들은 아니야. 저 하숙인들이 먹고 사는 대로라면 나는 죽어 버리고 말겠어!"

바로 그날 저녁 부엌 쪽에서 바이올린 켜는 소리가 울려왔는데, 그레고르는 그동안 내내 바이올린 소리를 들어 본 기억이 없었다. 하숙인들은 이미 저녁 식사를 마쳤고, 가운데 사람이 신문을 꺼내어 다른 두 사람에게 한 장씩 나누어 주어서 이제 그들은 모두 의자에 기댄 채 신문을 읽으면서 담배를 피우고 있었다. 바이올린 연주가 시작되었을 때 그들은 주의를 기울이더니 가만히 일어나 발끝으로 살금살금 현관 쪽 문을 향해 걸어가서는 서로 문에 바싹 붙어 서 있었다. 부엌 쪽에서 가족들이 그들의 소리를 들은 것이 틀림없었는데, 왜냐하면 아버지가 "선생님들께 혹시 바이올린 소리가 거슬리십니까? 그러면 즉시 그만두게 할 수 있습니다" 하고 소리쳤기 때문이다. 그러자 "천만에요, 정반대입니다" 하고 가운데 남자가 말했다. "괜찮으시다면 아가씨가 저희한테 건너와 이 방에서 연주해 주실 수는 없을까요? 여기가 훨씬 더 편안하고 아늑할 테니까요."

"오, 그렇게 하지요" 하고 아버지는 마치 자신이 바이올린 연주자라도 되는 것처럼 소리쳤다. 하숙인들은 거실로 돌아가서 기다렸다. 곧장 아버지는 악보대를, 어머니는 악보를, 여동생은 바이올린을 들고 왔다. 여동생은 침착하게 연주를 위한 만반의 준비를 갖추었는데, 부모는 전에 한 번도 방을 세놓아 본 적이 없었던 탓에 하숙인들에 대한 예의가 너무 지나쳐서 감히 자신들의 의자에 앉을 엄두를 내지 못했다. 아버지는 단추를 모두 채운 제복의 두 단추 사이에 오른손을 찔러 넣은 채 문에 기대어 서 있었다. 하지만 어머니는 하숙인 한 사람이 안락의자를 권해 앉기는 했는데, 그 사람이 우연히 의자를 놓아 준 그대로 한쪽 구석에 떨어져서 앉아 있었다.

여동생이 연주를 시작했다. 아버지와 어머니는 각자 제 위치에서 딸의 두 손의 움직임을 주의 깊게 지켜보았다. 그레고르는 연주 소리에 마음이 끌려 감히 조금씩 앞으로 나아갔으며 어느새 머리를 거실 안에 내밀고 있었다. 예전에는 남들에 대한 배려와 조심성이 그의 자랑거리였는데, 최근에 그는 자신이 다른 사람들을 거의 고려하지 않고 행동하는 것을 별로 이상하게 생각하지 않았다. 게다가 바로 지금이야말로, 그의 방 안에는 어느 곳이나 먼지가 수북이 쌓여 있어 조금만 움직여도 먼지가 펄펄 날리는 바람에 그의 몸 역시 온통 먼지로 뒤범벅이 되었기 때문에, 남들의 눈을 피해 몸을 숨겨야 할 이유가 전보다 더 많다고 할 수 있을 것이었다. 그는 실오라기, 머리카락, 음식 찌꺼기 따위를 등과 옆구리에 붙인 채 이리저리 끌고 다녔다. 이제는 모든 일에 너무나 무관심해져서—전에는 하루에도 몇 번씩 했던 일이지만—요사이는 등을 대고 벌렁 드러누워 양탄자에 몸을 비벼 대는 일도 하지 않았다. 이러한 상태에도 불구하고 그레고르는 티끌 하나 없이 깨끗한 거실 바닥 위를 아무런 거리낌도 없이 약간 기어 나갔다.

그렇지만 그에게 주의를 기울이는 사람은 아무도 없었다. 가족들은 바이올린 연주에 정신이 온통 팔려 있었다. 반면에 하숙인들은 처음엔 두 손을 바지 주머니 속에 찔러 넣은 채, 그들 모두 마음만 먹으면 악보를 들여다볼 수도 있을 정도로, 그래서 틀림없이 연주에 방해가 되었을 정도로, 여동생의 악보대 뒤에 너무 바짝 붙어 가까이 서 있다가, 곧바로 고개를 푹 숙인 채 서로 수군수군 대화를 주고받으면

194

서 창 쪽으로 물러나더니 아버지의 근심스러운 시선을 받으며 그 자리에 계속 머물러 있었다. 멋있거나 흥겨운 바이올린 연주를 들을 수 있으리라고 기대했다가 실망을 하고 전체 연주에 싫증이 났지만 단지 예의상 어쩔 수 없이 조용히 들어 주고 있는 것 같은 모습이 이제 너무나 역력했다. 특히 그들 모두 코와 입으로 시가 연기를 허공 높이 내뿜고 있는 모습은 보는 사람으로 하여금 그들이 엄청 신경질이 나 있다는 것을 짐작하게 했다. 그래도 여동생은 참으로 아름답게 연주하고 있었다. 얼굴을 한쪽 옆으로 기울인 채 두 눈은 슬픈 눈빛을 띠고 음미하듯 악보를 더듬어 내려갔다. 그레고르는 약간 더 앞으로 기어 나갔다. 그리고 혹시나 그녀의 눈길과 마주칠 수 있을까 하여 머리를 바닥에 붙이고 있었다. 이렇게도 음악이 그를 감동시키는데도 그가 과연 짐승이란 말인가? 그에게는 마치 자신이 열망해 마지않던 어떤 미지의 양식糧食에 이르는 길이 열리는 것 같았다. 그는 여동생 앞에까지 밀고 나아가 그녀의 치마를 살짝 잡아당겨 그녀에게 바이올린을 들고 자기 방으로 와 달라는 암시를 전하기로 결심했는데, 왜냐하면 여기에 있는 사람들 중에는 아무도 자기만큼 그녀의 연주를 제대로 감상하고 그 진가에 보답해 줄 만한 사람이 없었기 때문이다. 만약 그녀가 와 준다면 그는 적어도 자신이 살아 있는 한은 그녀를 자기 방에서 내보내지 않으리라 생각했는데, 그의 흉측한 몰골이 그에게 처음으로 쓸모 있는 일을 해 줄 것 같았다. 방의 모든 문을 동시에 지키고 서 있다가 누가 침입하면 그 공격자들에게 거친 쉭쉭 소리를 내며 덤벼들리라. 그러나 여동생을 강제로 붙잡아 두어서는 안 되고 자발적으로 자기 방에 머물게 해야 한다. 그녀를 자기와 나란히 소파 위에 앉히고 자기 말에 귀를 기울이게 할 것이다. 그리고 자기는 그녀를 음악원에 보내려는 확고한 계획을 품고 있었으며, 그동안 이런 불상사만 생기지 않았더라면 지난 크리스마스 때—크리스마스는 이미 지나가 버렸겠지?—그 어떤 반대를 무릅쓰고라도 모두에게 그 계획을 발표했을 것이라고 그녀에게 털어놓으리라. 이렇게 속내를 밝히고 나면 여동생은 감동의 눈물을 쏟을 것이고 그레고르는 그녀의 어깨 높이까지 몸을 일으켜 세워 그녀의 목에 키스를 할 것이다. 가게에 나가게 된 이후로 그녀는 리본이나 칼라를 하지 않은 채 목을 드러내 놓고 다녔다.

"잠자 씨!" 하고 가운데 남자가 아버지를 향해 소리치고 나서는 더 이상 아무 말도 하지 않고 집게손가락으로 천천히 앞으로 기어 나오고 있는 그레고르를 가리켰다. 그 순간 바이올린 소리가 멎었으며, 가운데 남자는 먼저 고개를 내저으며 친구들에게 미소를 지어 보이더니 다시 그레고르 쪽을 쳐다보았다. 아버지는 그레고르를 쫓아내는 일보다는 먼저 하숙인들을 진정시키는 일이 더 시급하다고 여기는 것 같았는데, 그러나 하숙인들은 전혀 흥분하지 않았으며 바이올린 연주보다는 그레고르 쪽에 더 흥미를 느끼는 눈치였다. 아버지는 그들 쪽으로 급히 달려가 두 팔을 쫙 벌려 그들을 방으로 몰아넣으려고 하는 동시에 몸으로는 그레고르를 보지 못하게 하려고 그들의 시야를 가로막았다. 그러자 그들은 사실 약간 화를 냈는데, 그것이 아버지의 태도 때문인지 아니면 자기들이 그레고르와 같은 존재를 바로 옆방에 두고 살았다는 사실을 모르고 있다가 지금에서야 알게 되었기 때문인지는 알 수 없었다. 그들은 아버지에게 해명을 요구하고 자기들 쪽에서도 팔을 들어 올려 불안스럽게 수염을 잡아당기면서 아주 천천히 자기들 방 쪽으로 물러났다. 그러는 동안 여동생은

196

갑작스레 연주가 중단된 후 넋이 나간 듯 멍하니 있다가 정신을 차리고는, 축 늘어진 두 손에 바이올린과 활을 든 채 계속 연주를 할 듯이 한동안 악보를 들여다보더니 갑자기 벌떡 일어났다. 그리고 호흡 곤란으로 숨을 헐떡이며 아직 자신의 안락의자에 그대로 앉아 있던 어머니의 무릎 위에 악기를 내려놓고는 하숙인들이 사는 옆방으로 앞질러 달려 들어갔다. 그들은 아버지가 계속 몰아대는 바람에 좀 더 빠르게 자기들 방 쪽으로 다가가고 있었다. 여동생의 능숙한 손놀림으로 침대에 있던 이불과 베개가 휙휙 날리더니 착착 정돈되어 가는 모습이 보였다. 하숙인들이 아직 방에 도달하기도 전에 그녀는 침대 정돈을 끝내고 살짝 빠져나왔다. 아버지는 다시 아집에 사로잡힌 듯 집주인으로서 세입자들에게 마땅히 베풀어야 할 최소한의 존경심조차 깡그리 잊어버리고 그냥 밀어붙이기만 했다. 마침내 방문에 이르자 그 가운데 남자는 발을 쾅쾅 굴러 아버지를 멈추어 서게 했다. "이로써 천명하건대," 하고 그 남자는 말하며 한쪽 손을 쳐들었고 눈으로는 어머니와 여동생을 찾았다. "나는 이 집과 가족에 만연되어 있는 불미스러운 상황을 고려하여"—이 말과 함께 그는 순간적으로 마음을 정한 듯 바닥 위에 침을 탁 뱉었다—"내 방을 지금 당장 해약하겠소. 물론 내가 지금까지 지낸 기간의 방세는 한 푼도 지불하지 않을 것이오. 오히려 나는 당신에게 손해배상 청구와 같은 것을 제기할 것인지도 신중히 생각해 보려고 하는데, 청구의 사유는 얼마든지 쉽게 찾을 수 있어요. 그냥 해 보는 말이 아니오." 그 남자는 입을 다물고, 마치 무언가를 기다리는 듯 앞만 똑바로 쳐다보았다. 실제로 그의 두 친구가 즉시 응대하고 나섰다. "우리도 당장 해약하고 나가겠소." 이어서 그 남자는 문손잡이를 잡더니 쾅 하고 문을 닫았다.

아버지는 두 손으로 더듬거리면서 자신의 안락의자를 향해 비틀거리며 걸어와 그 위에 폭 쓰러졌는데, 보통 때처럼 몸을 축 늘어뜨리고 저녁잠을 자고 있는 것처럼 보였지만, 머리를 제대로 가눌 수 없는 듯 쉴 새 없이 끄덕거리고 있는 모습으로 보아 전혀 잠을 자고 있지 않다는 것을 알 수 있었다. 그레고르는 그동안 하숙인들에게 들켰던 바로 그 자리에 줄곧 조용히 엎드려 있었다. 계획이 실패한 데 대한 실망감에다 아마도 너무나 많이 굶은 탓에 겪게 된 탈진까지 겹쳐진 듯 그는 옴짝달싹할 수가 없었다. 그는 다음 순간 모두가 한꺼번에 폭발하여 자신을 덮쳐 올 것 같은 두려움을 거의 확실하게 느끼면서 그 순간을 기다리고 있었다. 바이올린이 어머니의 떨리는 손가락들 밑에서 스르륵 미끄러져 나와 그녀의 무릎에서 떨어지며 요란하게 울려 퍼지는 소리를 냈지만 그 소리에도 그는 결코 움찔하지도 않았다.

　"사랑하는 부모님," 하며 여동생은 말머리를 꺼내더니 손으로 식탁을 내리치며 말했다. "이렇게는 더 이상 지낼 수 없어요. 두 분은 혹시 깨닫지 못하셨을지 몰라도 저는 깨달았어요. 저는 저런 괴물 앞에서 오빠의 이름을 입 밖에 내고 싶지 않아요. 그러니까 제가 말씀드리는 것은 오직 한 가지, 우리가 저것에서 벗어나도록 애써야 한다는 거예요. 우리는 저것을 돌보고 참아 내기 위해 인간으로서 할 수 있는 일은 다 해 봤어요. 우리를 털끝만큼이라도 비난할 수 있는 사람은 아무도 없다고 생각해요."

　"저 아이 말이 백번 옳아" 하고 아버지는 혼잣말을 했다. 여전히 제대로 숨을 쉬지 못하는 어머니는 정신 나간 것 같은 눈빛을 보이며 손으로 입을 막고 소리를 죽여 기침을 해 대기 시작했다.

여동생은 어머니에게 서둘러 달려가 이마를 짚어 주었다. 아버지
는 여동생의 말을 듣고 생각이 더 분명해진 것 같았다. 그는 허리를
곧추세우고 앉더니, 하숙인들이 저녁 식사를 하고 난 후 아직 치우지
않아 식탁 위에 놓여 있는 접시들 사이에서 자신의 용인 모자를 만지
작거렸으며 이따금씩 꼼짝도 않고 있는 그레고르 쪽을 쳐다보았다.

"우리는 저것에서 벗어나야 해요." 여동생은 이제 오직 아버지한테
만 말했는데, 어머니는 기침을 하느라고 아무 말도 듣지 못했기 때문
이다. "저것은 두 분을 돌아가시게 할 거예요. 그런 일이 다가오는 것
이 보여요. 우리처럼 이렇게 힘겹게 일해야 하는 처지에 집에서마저
이런 끝없는 고통을 겪으며 산다는 건 도저히 참을 수 없는 일이에
요. 저도 이젠 더 이상 참을 수 없어요." 그러더니 그녀가 어쩌나 격
렬하게 울음을 터뜨렸던지 그녀의 눈물이 어머니의 얼굴 위로 흘러
내렸고 그녀는 기계적으로 손을 움직이며 어머니의 얼굴에서 그 눈
물을 계속 훔쳐 냈다.

"얘야," 하고 아버지는 동정 어린 마음과 남다른 이해심을 내비치
며 말했다. "그럼 우리는 어떻게 해야 좋겠니?"

여동생은 자기로서도 어찌할 바를 모르겠다는 표시로 그저 어깨를
으쓱해 보일 뿐이었는데, 그녀는 울고 있는 동안 그 전의 자신감 있
는 태도와는 달리 이렇듯 어찌할 바를 모르는 당혹감에 사로잡히게
되었던 것이다.

"만약 저 애가 우리의 말을 알아듣는다면," 하고 아버지가 반쯤은
물어보는 것 같은 어조로 말했는데, 그러자 여동생은 울다 말고 그런
일은 생각할 수도 없다는 표시로 손을 세차게 내저었다.

"만약 저 애가 우리의 말을 알아듣는다면," 하고 아버지는 같은 말

을 되풀이하고는 그런 일은 불가능하다는 여동생의 확신을 자신도 그대로 받아들인다는 뜻으로 두 눈을 지그시 감았다. "그렇게만 된다면 저 애하고 어떤 합의를 볼 수도 있을 텐데. 그러나 저렇게……"

"저것은 꺼져 버려야 해요" 하고 여동생이 소리쳤다. "그것이 유일한 방법이에요, 아버지. 그냥 저것이 그레고르 오빠라는 생각을 버리셔야 해요. 우리가 그토록 오랫동안 그렇게 믿어 왔다는 것 자체가 바로 우리의 진짜 불행이에요. 그런데 도대체 저것이 어떻게 오빠일수 있겠어요? 만약 저것이 정말 오빠라면 사람이 자기와 같은 짐승과는 함께 살 수 없다는 것쯤은 벌써 알아차리고 제 발로 나갔을 거예요. 그러면 오빠는 잃어버렸을망정 우리는 계속 살아가면서 오빠에 대한 추억을 소중히 간직할 수 있을 텐데 말이에요. 그런데 저 짐승은 우리를 못살게 굴고, 하숙인들을 쫓아내고, 나중엔 아마도 이 집 전체를 독차지해서 우리를 결국 길바닥에서 잠을 자는 신세가 되도록 만들려고 할 거예요. 저것 좀 보세요, 아버지." 여동생이 갑자기 소리를 질렀다. "그가 벌써 또 시작하고 있어요!" 그러더니 그녀는 그레고르로서는 도저히 이해할 수 없는 어떤 공포에 사로잡혀 심지어 어머니마저 떠났는데, 그레고르와 가까이 있느니 차라리 어머니를 희생시키는 편이 더 낫다는 듯이 어머니의 안락의자에서 단호히 떨어져 나와 아버지의 뒤쪽으로 급히 달려갔던 것이다. 아버지는 그녀의 그런 동작만으로도 흥분하여 자리에서 일어나더니 여동생을 보호하려는 듯 두 팔을 반쯤 쳐들었다.

그러나 그레고르는 여동생은 물론이고 그 누구에게도 겁을 줄 생각이 전혀 없었다. 그는 자기 방으로 돌아가기 위해 몸을 돌리기 시작했던 것일 뿐이다. 다만 그 동작이 유별나게 보였다. 왜냐하면 그는 상처 입어 고통스러운 몸이라 몸을 돌리는 데 어려움이 많아서 머리의 힘까지 빌려야 했기에 머리를 쳐들었다가 바닥에 부딪치는 동작을 여러 번 되풀이했기 때문이다. 그는 동작을 멈추고 주위를 둘러보았다. 그에게 악의가 없다는 것은 알아차린 듯이 보였다. 조금 전엔 순간적으로 놀란 것일 뿐이었다. 이제는 모두가 말을 잃고 슬픈 눈빛으로 그를 바라보고 있었다. 어머니는 두 다리를 모아 쭉 뻗은 채 자신의 안락의자에 누워 있었고 두 눈은 피곤에 지친 나머지 눈꺼풀이 거의 내려와 있었다. 아버지와 여동생은 나란히 앉아 있었는데 여동생은 한쪽 팔을 아버지의 목에 감고 있었다.

'이제는 아마 몸을 돌려도 되겠지' 하고 그레고르는 생각하고 다시 몸 돌리는 일을 시작했다. 그는 힘이 들어 숨이 차오르는 것을 억누를 수 없었고 숨을 돌리기 위해 가끔씩 쉬지 않을 수 없었다. 그렇지만 그를 쫓는 사람은 아무도 없었고 모든 것이 그 자신에게 맡겨져 있었다. 몸 돌리기를 끝마치자 즉시 그는 왔던 길을 곧장 돌아가기 시작했다. 그는 자기 방까지의 거리가 그렇게 먼 것에 놀랐으며 몸이 쇠약한데도 아까 어떻게 이 먼 거리를 별로 멀다는 의식 없이 기어올 수 있었는지 전혀 이해가 가지 않았다. 줄곧 빨리 기어가야 한다는 생각만 하느라고 그는 자기를 방해하는 가족들의 말이나 소리가 없다는 사실을 거의 깨닫지 못했다. 방문에 다 이르고 나서야 그는 머리를 돌렸는데 목이 뻣뻣해지는 느낌이 들었기 때문에 완전히 돌리지는 않았다. 그래도 그는 여동생이 일어섰다는 것 말고는 자기 뒤쪽에선 아무런 변화도 일어나지 않았다는 것을 눈으로 확인할 수 있었다. 그의 마지막 시선은 이제 완전히 잠이 들어 버린 어머니를 스쳐 갔다.

그가 자기 방 안에 들어서기 무섭게 문이 급히 닫히더니 빗장이 철컥 잠겼다. 문이 폐쇄된 것이다. 뒤에서 난 갑작스러운 소음에 그레고르는 깜짝 놀라 다리가 구부러져 꺾였다. 그렇게 서둘러 문을 닫은 것은 여동생이었다. 그녀는 어느새 거기에 와 우뚝 서서 기다리고 있다가 와락 달려들었던 것이다. 그레고르는 그녀가 다가오는 소리를 전혀 듣지 못했었다. 그녀는 자물통 안에 꽂힌 열쇠를 돌리면서 "됐어요!" 하고 부모를 향해 외쳤다.

"그럼 이젠 어쩌지?" 하고 그레고르는 스스로에게 물어보며 어둠 속에서 주위를 둘러보았다. 그는 곧 자신이 이젠 전혀 움직일 수 없다는 사실을 발견했다. 그는 그것을 별로 이상하게 여기지 않았다. 오히려 자신이 지금까지 사실 이렇게 가는 다리로 돌아다닐 수 있었다는 것이 부자연스럽게 여겨졌다. 게다가 그는 비교적 기분이 좋은 편이었다. 온몸에 통증이 느껴지기는 했지만 그것이 점차 약해지고 또 약해져서 마침내는 완전히 사라져 버릴 것만 같았다. 등에 박혀 썩어 버린 사과와 그 주변의 염증 부위는 솜털 같은 먼지로 온통 뒤덮여 있었는데 그는 이미 그런 것들도 거의 느껴지지 않았다. 그는 자신의 가족을 감동과 사랑의 마음으로 돌이켜 생각해 보았다. 그가 사라져야 한다는 생각은 아마도 여동생보다 그 자신이 더욱 단호하게 지니고 있었을 것이다. 탑시계가 새벽 세 시를 칠 때까지 그는 이렇게 공허하고 평화로운 명상 상태에 머물러 있었다. 창밖의 세상이 훤하게 밝아 오기 시작하는 것까지도 그는 알 수 있었다. 그러고는 그의 머리가 자신도 모르게 아래로 푹 떨어졌고 그의 콧구멍에서는 마지막 숨이 힘없이 흘러나왔다.

이른 아침에 파출부 할멈이 왔을 때—제발 그러지 말아 달라고 이미 몇 번이나 부탁을 했지만 그녀는 워낙 힘이 넘치고 성격이 급해서 문이란 문은 모두 쾅쾅 닫아 대는 바람에 그녀가 왔다 하면 더 이상 집 안 어느 곳에서도 편안히 잠을 잘 수가 없었다—그녀는 평상시처럼 그레고르의 방을 잠깐 들여다보았지만 처음에는 어떤 특별한 점을 발견하지 못했다. 할멈은 그레고르가 일부러 그렇게 꼼짝 않고 엎드려 기분 상한 척하고 있다고 생각했다. 그녀는 그가 뭐든지 다 이해할 수 있는 능력을 지니고 있다고 믿었던 것이다. 마침 손에 긴 빗자루를 들고 있었기 때문에 그녀는 문에 선 채 그것으로 그레고르를 간지럽히려고 했다. 그런데도 아무런 반응이 없자 그녀는 화가 나서 그레고르를 약간 찔러 보았는데, 그는 아무런 저항도 없이 있던 자리에서 그대로 밀려났다. 그때야 비로소 그녀는 이상한 느낌이 들어 유심히 살펴보게 되었다. 곧 사태의 진상을 알게 되자 그녀는 눈이 휘둥그레져서 자신도 모르게 휘파람을 획 불었다. 하지만 그녀는 그 자리에서 오래 머뭇거리지 않고 잠자 부부의 침실 문을 홱 열어젖히고는 어둠 속을 향해 커다란 목소리로 외쳤다. "이리 좀 와 보세요, 그것이 뻗었어요. 저기 자빠져서 쭉 뻗어 버렸어요!"

잠자 부부는 침대에서 벌떡 일어나 앉아 할멈이 전하는 말의 뜻을 파악하기 전에 먼저 할멈에 대해 놀란 마음부터 쓸어내려야 했다. 그러나 그 뜻을 알아차리자 잠자 부부는 각자 침대의 좌우로 후닥닥 뛰어내렸다. 잠자 씨는 이불을 어깨에 걸친 채였고 잠자 부인은 잠옷만 걸친 채로 뛰쳐나왔다. 그들은 그런 모습으로 그레고르의 방으로 들어갔다. 그러는 동안 거실의 문도 열렸는데, 거실은 하숙인들을 들인 뒤부터 그레테가 잠을 자는 곳이었다. 그녀는 마치 잠을 전혀 자지 않은 사람처럼 옷을 다 입고 있었고, 그녀의 창백한 얼굴도 그녀가 잠을 자지 않았다는 것을 입증해 주는 것처럼 보였다. "죽었다고 요?" 하고 잠자 부인은 말하면서 의심스러운 듯 할멈 쪽을 쳐다보았다. 물론 그녀가 직접 확인해 볼 수도 있었고 굳이 확인해 보지 않더라도 척 보면 알 수 있는 일이었다. "제 생각엔 그런 것 같은데요" 하고 할멈은 말하며 확인해 주기 위해 빗자루로 그레고르의 시체를 옆으로 한참 쭉 밀어 보였다. 잠자 부인은 빗자루를 제지하려는 것 같은 몸짓을 취했지만 실제로 제지하지는 않았다. "자," 하고 잠자 씨가 말했다. "이제 우리는 하느님께 감사를 드릴 수 있겠다." 그가 성호를 긋자 세 여자도 그가 하는 대로 따라 했다. 시체에서 눈을 떼지 않고 내내 바라보고 있었던 그레테가 입을 열었다. "다들 좀 보세요. 어쩌면 저렇게 말랐을까요. 하기야 그렇게 오랫동안 아무것도 먹지를 않았으니. 음식은 들여다 놓은 그대로 다시 내보내지곤 했지요." 사실 그레고르의 몸은 완전히 납작한 모양으로 말라비틀어져 있었다. 사람들은 그것을 지금에야 비로소 알아보았다. 이제는 다리들이 더 이상 그의 몸을 받쳐 주지 못했고 피골이 상접한 것 말고는 시선을 끌만한 것이 아무것도 없었기 때문이다.

"그레테야, 잠깐 우리 방으로 건너오너라." 잠자 부인이 슬픈 미소를 지으며 말했다. 그레테는 시체 쪽을 뒤돌아보면서 부모의 뒤를 따라 침실로 들어갔다. 파출부 할멈은 문을 닫고 창문을 활짝 열어젖혔다. 이른 아침인데도 상쾌한 공기 속에는 이미 미지근한 기운이 약간 섞여 있었다. 벌써 삼월 말이었던 것이다.

그 세 명의 하숙인들이 자신들의 방에서 나와 어리둥절한 표정으로 두리번거리며 아침 식사를 찾았다. 모두가 그들의 존재를 까맣게 잊고 있었다. "아침 식사는 어디에 있는 거요?" 하고 그들 중 가운데 남자가 할멈에게 볼멘소리로 물었다. 그러나 할멈은 손가락을 입에 대고는 아무 말 없이 어서 그레고르의 방으로 와 보라고 그들에게 급히 손짓을 해 댔다. 그들은 시키는 대로 와서 다들 다소 낡은 상의 주머니에 두 손을 찔러 넣은 채, 이미 완전히 환해진 방 안에서, 그레고르의 시체 주위에 둘러섰다.

그때 침실 문이 열리더니 잠자 씨가 제복을 차려입고 한쪽 팔에는 부인을, 또 다른 팔에는 딸을 데리고 나타났다. 세 사람 모두 약간 울었던 것 같았다. 그레테는 가끔씩 아버지의 팔에 얼굴을 갖다 댔다.

"지금 당장 우리 집에서 나가 주시오!" 하고 잠자 씨는 두 여자를 여전히 떼어 놓지 않은 채 현관문 쪽을 가리키며 말했다. "무슨 말씀이오?" 가운데 남자가 약간 당황스러운 어조로 말을 하고는 알랑거리듯 달착지근하게 미소를 지었다. 다른 두 남자는 뒷짐을 지고서 두 손을 끊임없이 비벼 댔다. 마치 자기들에게 유리하게 끝날 것이 틀림없는 큰 싸움이 시작되기를 즐겁게 기다리고 있는 것 같은 태도였다. "내가 말한 바로 그대로요" 하고 대답하며 잠자 씨는 두 여자를 양옆에 데리고 한 줄로 나란히 서서 그 하숙인을 향해 걸어갔다. 그 가운데 남자는 처음엔 조용히 서서, 마치 그의 머릿속에서 사물들이 새로운 질서로 나아가기 위해 서로 짜 맞추어지고 있기라도 하는 것처럼, 바닥을 내려다보았다. 그러더니 "그렇다면 나가지요" 하고 말하며 그는 잠자 씨를 쳐다보았는데, 마치 불현듯 겸허한 마음에 사로잡혀 이 결심에 대해서조차 새로이 승낙을 얻으려는 것 같았다. 잠자 씨는 눈을 부릅뜨고 그에게 그저 몇 번 짧게 고개를 끄덕일 뿐이었다. 그러자 실제로 그 남자는 즉시 현관 쪽으로 성큼성큼 걸어갔다. 그의 두 친구는 그 전에 이미 손장난도 딱 멈추고 가만히 듣고 있다가 이제 그의 뒤를 따라 거의 깡충깡충 뛰어가다시피 했다. 이는 마치 잠자 씨가 자기들보다 먼저 현관으로 나가 자기들 지도자와의 사이를 가로막지나 않을까 두려워하는 것 같은 모습이었다. 현관에서 그 세 사람은 모두 옷걸이에서 모자를 집어 들고 단장통에서 지팡이를 뽑아 들더니 말없이 고개만 숙여 꾸벅 인사를 하고는 집을 떠났다. 곧 밝혀졌듯이 아무런 근거도 없는 불신을 품고서 잠자 씨는 두 여자와 함께 현관문 밖으로 나갔다. 그들은 층계 난간에 기대어 세 남자가 긴 계단을 천천히 그러나 멈추지 않고 내려가는 모습을 지켜보았다. 세 남자는 각 층마다 계단이 일정하게 휘어진 곳에서 사라졌다가는 몇 초 후 다시 나타나곤 했다. 그들이 아래로 내려갈수록 그들에 대한 잠자 씨 가족의 관심도 점점 사라져 갔다. 밑에서 그들을 마주 향해 올라오던 한 정육점 점원이 머리에 짐을 이고 당당한 태도로 그들을 지나쳐 위로 올라오고 있었다. 그러자 곧 잠자 씨는 두 여자를 데리고 난간을 떠났고 그들 모두는 마음이 홀가분해진 듯 집 안으로 돌아왔다.

그들은 오늘 하루를 푹 쉬면서 산책이나 하며 보내기로 마음을 정했다. 그들은 그렇게 일을 잠시 그만두고 휴식을 취할 만한 이유가 있었을 뿐만 아니라 휴식이 절대적이라 할 만큼 꼭 필요하기도 했다. 그래서 그들은 식탁에 앉아서 세 통의 결근계를 썼다. 잠자 씨는 지배인에게, 잠자 부인은 주문자에게, 그레테는 상점 주인에게 썼다. 결근계를 쓰고 있는 동안 파출부 할멈이 들어와 아침 일이 끝났으니 이제 돌아가겠다고 말했다. 세 사람은 처음엔 쳐다보지도 않은 채 고개만 끄덕였으나, 할멈이 그래도 떠나갈 생각을 하지 않자 비로소 언짢게 쳐다보았다. "도대체 무슨 일이오?" 하고 잠자 씨가 물었다. 할멈은 마치 그들에게 대단히 다행스러운 소식을 하나 전할 게 있지만 자기한테 철저하게 캐물어야만 알려 주겠다는 듯한 태도로 빙긋이 웃으며 문간에 서 있었다. 그녀의 모자 위에 거의 수직으로 꽂혀 있는 조그만 타조 깃털이 사방으로 가볍게 흔들거렸다. 잠자 씨는 이미 그녀가 일하는 시간 내내 그 깃털이 비위에 거슬렸었다. "어서 말해 봐요, 도대체 뭘 원하세요?" 하고 잠자 부인이 물었다. 할멈은 가족들 중 그래도 잠자 부인을 가장 존경하고 있었다. "네, 사실은" 하고 할멈은 대답했으나 실없이 웃음이 나오는 바람에 곧바로 다음 말을 할 수가 없어 잠시 후에 말을 이었다. "그러니까 옆방의 저 물건을 어떻게 치워 버려야 할까 하는 문제에 대해서는 걱정을 하시지 않아도 됩니다. 제가 이미 처리해 놓았으니까요." 잠자 부인과 그레테는 쓰다 만 글을 계속 쓰려는 듯이 결근계 위로 다시 몸을 수그렸다. 잠자 씨는 할멈이 이제 전후 상황을 상세히 설명하려고 드는 것을 눈치채고 손을 쭉 뻗어 단호히 가로막았다. 이야기를 늘어놓을 수 없게 되자 할멈은 자기가 지금 굉장히 바쁜 몸이라는 것을 생각해 내고는 기분 상한 기색을 역력히 드러내며 "모두들 안녕히 계슈" 하고 소리쳤다. 그러고 나서 할멈은 홱 돌아서더니 문들을 쾅쾅 닫으며 집을 나갔다.

"저녁에 할멈이 오면 내보내도록 합시다" 하고 잠자 씨는 말했으나 아내한테도 딸한테도 아무런 대답을 듣지 못했는데, 왜냐하면 그 파출부 할멈 이야기를 하다 보면 간신히 얻게 된 마음의 평온이 다시 깨져 버릴 것 같았기 때문이다. 그녀들은 일어나 창가로 가서 서로 부둥켜안은 채 그대로 서 있었다. 잠자 씨는 자신의 안락의자에 앉은 채 그녀들 쪽으로 몸을 돌리고는 얼마 동안 말없이 지켜보았다. 그러더니 "자, 이리들 와. 지난 일들은 그만 잊어버려. 이젠 내 생각도 좀 해 주어야지" 하고 외쳤다. 그 여자들은 즉시 그의 말을 따라 그에게로 서둘러 달려가 그를 안아 주고는 급히 각자의 결근계를 마무리했다.

그러고 나서 세 사람은 다 함께 집을 나섰는데, 몇 달 동안 해 보지 못했던 일이었다. 그들은 전차를 타고 교외로 나갔다. 그들만이 타고 있던 차량 안 곳곳을 따스한 햇살이 밝게 비추어 주었다. 그들은 좌석에 편안히 등을 기대고서 장래의 전망에 대해 이야기를 나누었는데, 자세하게 따져 보니 전망이 그리 나쁜 것도 아니었다. 사실 이제까지는 서로 상세히 물어본 적이 없었지만 세 사람 모두 상당히 괜찮은 일자리를 얻은 데다 특히 앞으로 전도가 유망했기 때문이다. 지금 당장 상황을 최대한 개선하려면 물론 집을 옮기면 쉽게 해결될 일이었다. 그들은 이제 그레고르가 골랐던 지금의 집보다는 더 작고 더 싸면서도 위치가 더 좋고 전반적으로 더 실용적인 집을 얻고자 했다. 그들이 이렇게 이야기를 나누고 있는 동안 잠자 부부는 점점 생기가 돌고 있는 딸의 모습을 바라보며 그녀가 최근에 두 볼이 창백해질 정도로 온갖 고생을 다 했음에도 불구하고 아름답고 풍만한 처녀로 피어올랐다는 것을 거의 동시에 느꼈다. 부부는 점점 말수가 적어지더니 거의 무의식적인 눈길로 서로 의사소통을 하면서 이제는 슬슬 딸에게 성실한 신랑감도 구해 주어야 할 때가 된 것 같다는 생각을 했다. 그리고 목적지에 이르자 딸이 맨 먼저 일어나 젊은 육체를 쭉 펴며 기지개를 켰을 때 그들에게는 그 모습이 그들의 새로운 꿈과 아름다운 계획의 보증처럼 여겨졌다.

5. 유형지에서(1919)

In der Strafkolonie

"참으로 독특한 장치입니다." 장교는 탐험가에게 말하면서 그렇잖아도 잘 알고 있는 그 장치를 새삼스레 어느 정도 경탄하는 눈길로 바라보았다. 그러나 그 탐험가는 불복종과 상관 모욕으로 유죄판결을 받게 된 한 사병을 처형하는 자리에 임석해 달라는 사령관의 요청에 단지 예의상 응한 것 같았다. 사실상 이 처형에 대한 관심은 유형지에서도 그다지 크지 않았다. 아무튼 이곳 벌거숭이 언덕으로 에워싸인 모래땅의 깊고 작은 골짜기에는 장교와 탐험가 외에는 단지 우둔하고 주둥이가 넓적하고 머리카락과 얼굴이 지저분한 죄수, 그리고 그를 감시하는 사병이 한 명 있을 뿐이었다. 사병은 묵직한 사슬을 갖고 있었는데, 그것은 끝이 몇 개의 작은 사슬로 되어 있고 그것으로 죄수의 발목과 손목 그리고 목이 묶여 있으며 그 사슬 또한 연결 사슬을 통해 옆에 있는 다른 사슬과 얽혀 있었다. 그런데 죄수는 마치 개처럼 아주 잘 복종할 것처럼 보여서, 사람들이 그를 자유롭게 주변의 언덕을 제멋대로 돌아다니도록 풀어놓았다가 처형을 시작할 무렵에 단지 호루라기를 불기만 하면 그가 틀림없이 스스로 돌아올 것 같은 느낌이 들었다.

 탐험가는 그러한 장치에 별로 마음이 없었기에 거의 눈에 띌 정도로 무관심하게 죄수 뒤를 왔다 갔다 했는데, 반면에 장교는 때로는 땅속 깊이 설치되어 있는 장치 밑으로 들어가기도 하고 때로는 높은 부분을 점검하기 위해 사다리를 타고 올라가기도 하면서 마지막 준비에 신경을 쓰고 있었다. 그것은 원래는 기계 담당 기술자에게 맡겨지는 일이었다. 그러나 장교는, 그가 이 기계의 특별한 추종자든 아니면 다른 이유에서 이 일을 다른 누구에게도 맡길 수 없든지 간에, 아무튼 대단한 열의를 갖고 이 일을 수행했다. "이제 모든 준비가 끝났습니다" 하고 외치면서 장교는 사다리에서 내려왔다. 그는 몹시 피곤한지 입을 크게 벌리고 호흡을 했고 그의 군복 깃 안쪽에는 부드러운 숙녀용 손수건 두 장이 끼워져 있었다. "이 군복은 열대지방에서 입기에는 너무 무겁겠군요." 탐험가는 장교가 기대하던 것과는 달리 장치에 대해 묻는 대신 이렇게 말했다. "사실 그렇습니다" 하고 장교는 대답하면서 기름으로 더러워진 손을 준비된 물통에 넣고 씻었다. "그러나 이 군복은 고향을 의미합니다. 우리는 고향을 잃고 싶어 하지 않습니다. 자, 이제 이 장치 좀 보십시오." 그는 덧붙여 말하고는 수건으로 손을 닦으면서 동시에 그 장치를 가리켰다. "지금까지는 수작업이 필요했지만 이제부터는 기계 혼자서 일을 다 할 것입니다." 탐험가는 고개를 끄덕이며 장교 뒤를 따랐다. 장교는 모든 우발적인 사고에 대비해서도 변명할 수 있는 안전장치를 찾으려는 것처럼 다시 말했다. "물론 고장 날 때도 있습니다. 특별히 오늘은 고장이 나지 않기를 바랍니다. 그러나 항상 고장을 고려하지 않으면 안 됩니다. 이 기계는 열두 시간씩이나 쉬지 않고 작동하기 때문입니다. 그러나 만약 고장이 생긴다 해도 아주 간단한 것이므로 즉시 수리가 될 것입니다."

"앉지 않으시겠습니까?" 마침내 장교는 이렇게 말하고는 산더미같이 쌓인 등나무 의자들로부터 하나를 빼내어서 탐험가에게 권했다. 탐험가는 거절할 수가 없었다. 그는 구덩이의 가장자리에 앉으면서 구덩이 속으로 힐끗 시선을 던졌다. 구덩이는 별로 깊지 않았다. 구덩이의 한쪽에는 파헤쳐진 흙이 담처럼 쌓아 올려져 있었고 다른 쪽에는 그 기계가 놓여 있었다. "사령관이 선생에게 이 기계에 대해 이미 설명했는지 어땠는지 모르겠군요." 장교가 말했다. 탐험가는 애매한 손짓을 했다. 장교는 스스로 설명할 수 있게 되었기 때문에 더 나은 기회를 필요로 하지 않았다. "이 장치는," 하고 말하면서 장교는 연결봉 하나를 잡고 거기에 몸을 기댔다. "우리의 전임 사령관님께서 발명하신 것입니다. 나는 최초의 실험에 공동으로 협력했고 또한 마무리될 때까지 모든 작업에 참여했습니다. 발명의 모든 공적은 지당하게도 전임 사령관님의 것입니다. 선생께서는 우리의 전임 사령관님에 대해 들으신 적이 있으신가요? 없으시다고요? 그렇다면 제가 말씀드리건대, 유형지의 모든 시설은 하나도 빠짐없이 전임 사령관님의 작품이라고 해도 지나친 주장은 아닐 것입니다. 이미 그분이 돌아가셨을 당시에도 그분의 숭배자였던 우리는 이 유형지의 시설들이 완성된 탓에 후임자가 수천 가지 새로운 계획을 머리에 간직하고 있어도 최소한 몇 년 동안은 예전의 것을 하나도 바꿀 수 없으리라는 것을 알고 있었습니다. 우리의 예측은 적중했습니다. 신임 사령관은 이런 사실을 알아챘어야만 했습니다. 선생께서 전임 사령관님을 모르신다니 유감입니다! 그러나……" 장교는 잠시 말을 멈추었다가 다시 말을 이었다. "제가 쓸데없이 지껄이는데요, 여기 우리 앞에 놓여 있는 것이 그분이 발명한 장치입니다. 그것은 선생께서 보시는 바와 같이 세 부분으로 이루어져 있습니다. 각 부분에 대해서는 세월이 흐르면서 어떤 통속적인 이름이 붙게 되었습니다. 밑부분은 침대, 윗부분은 제도기製圖器, 그리고 여기 걸려 있는 가운데 부분은 써레라고 부릅니다."

"써레라고요?" 탐험가가 물었다. 그러나 그는 거의 주의를 기울여 듣지 않았다. 태양이 너무 강해 그늘 하나 없는 골짜기에서는 숨이 막힐 지경인지라 생각을 한군데 모으기가 힘들었던 것이다. 좁고 화려한 견장을 달고 장식 끈을 늘어뜨린 군복을 입은 장교는 아주 열심히 자신의 일을 설명하고 있었을 뿐만 아니라 말하는 동안에도 드라이버를 들고 여기저기에 박혀 있는 나사를 죄고 있었다. 이러한 장교의 모습은 탐험가로서는 경탄할 만한 것이었다. 사병도 탐험가와 비슷한 심정인 것처럼 보였다. 그는 죄수를 묶은 쇠사슬을 두 손목에 감고 있었다. 한쪽 손은 총 위에 올려 몸을 기대고 머리를 목덜미에서 아래로 축 늘어뜨린 채 아무것에도 신경을 쓰지 않았다. 탐험가는 그런 것을 별로 이상하게 여기지 않았다. 왜냐하면 장교는 프랑스어를 쓰고 있었는데, 사병도 죄수도 확실히 프랑스어를 이해하지 못하기 때문이었다. 물론 죄수는 장교의 설명을 따르려고 애쓰는 것이 눈에 역력했다. 그는 엄습해 오는 졸음을 참으면서 항상 장교가 가리키는 쪽으로 시선을 돌렸다. 그때 탐험가의 질문으로 이러한 이야기가 중단되었을 때 죄수도 장교와 마찬가지로 탐험가 쪽을 바라보았다.

"그렇습니다, 써레입니다." 장교가 말했다. "명칭이 아주 잘 어울립니다. 여러 개의 바늘이 마치 써레처럼 장착되어 있을 뿐만 아니라 전체가 완전히 써레처럼 작동합니다. 다만 한곳에서만 움직이고 써레보다 훨씬 더 정교하기는 합니다. 아무튼 곧 이해하시게 될 것입니다. 여기 침대 위에 죄수가 눕혀집니다. 제가 처형 장치에 대해 먼저 설명을 드리고 나서 그 후에 작동하도록 하겠습니다. 그러면 선생께서는 이 작동 과정을 훨씬 더 잘 이해하시게 될 것입니다. 그런데 제도기의 톱니바퀴가 너무 많이 닳아서 그것이 작동을 시작하면 삐걱거리는 소리가 엄청납니다. 그러면 서로의 말소리조차 거의 알아들을 수 없게 됩니다. 그런데 여기서는 유감스럽게도 보충할 부품을 입수하기가 어렵습니다. 요컨대 여기 제가 말하던 침대가 있습니다. 침대는 완전히 솜으로 덮여 있습니다. 그것의 용도를 선생께서는 곧 아시게 될 것입니다. 죄수가 이 솜 위에 엎드리게 됩니다. 물론 벌거벗은 채로입니다. 이것은 손을 묶기 위한 것이고 여기 이것은 발을 묶기 위한 것, 또 이것은 목을 묶기 위한 가죽끈입니다. 제가 말씀드린 바와 같이 여기 이 침대의 머리맡, 그러니까 죄수가 얼굴을 묻고 있는 곳에는 이렇게 조그마한 솜뭉치가 있습니다. 그것은 쉽게 조절할 수 있어서 죄수의 입속에 즉시 밀어 넣을 수 있습니다. 소리를 지르거나 혀를 깨무는 행위를 방지하는 것이 그 목적입니다. 물론 그 죄수는 그 솜뭉치를 입에 물지 않을 수 없습니다. 그러지 않으면 목을 매고 있는 가죽끈 때문에 목뼈가 부러져 버릴 수도 있기 때문입니다."

"이것이 그 솜뭉치입니까?" 탐험가가 물으며 몸을 굽혔다. "그렇습니다." 장교가 웃으면서 말했다. "자, 직접 만져 보십시오." 그는 탐험가의 손을 잡아당겨서 침대 위를 어루만지게 했다. "그것은 특별히 제작된 것입니다. 그래서 겉으로 보기에는 식별하기가 어렵습니다. 이것의 목적에 대해서는 앞으로 말씀드릴 기회가 있을 것입니다." 탐험가는 그 장치에 대해 어느 정도 마음이 끌리게 되었다. 그는 손을 눈 위에 대고 햇빛을 가리면서 장치를 위까지 쭉 훑어보았다. 정말로 거대한 시설물이었다. 침대와 제도기는 거의 같은 크기였으며, 두 개의 어두운 궤짝처럼 보였다. 제도기는 침대 위로 약 이 미터쯤 떨어진 높이에 설치되어 있었다. 침대와 제도기는 네 개의 놋쇠 막대기에 의해 네 귀퉁이가 서로 연결되어 고정되어 있었다. 그 네 개의 놋쇠 막대기는 주위의 햇빛을 받아 빛을 발하고 있었고, 그 두 개의 궤짝 사이에는 써레가 한 가닥의 철사에 불안정하게 매달려 있었다.

장교는 탐험가가 이전에 무관심한 태도를 보이던 것에 대해서는 거의 눈치채지 못했었는데, 지금 탐험가가 흥미를 느끼기 시작한 것에 대해서는 금방 알아챈 것 같았다. 그래서 탐험가에게 아무런 방해를 받지 않고 마음껏 관찰할 시간을 주기 위해 설명을 잠시 멈추었다. 죄수는 탐험가의 행동을 흉내 내고 있었다. 그러나 손을 눈 위에 놓을 수 없기 때문에 손을 가리지 않은 채 눈을 가느다랗게 뜨고 위를 올려다보았다.

"그러니까 저자가 여기에 눕게 되는군요" 하고 말하면서 탐험가는 안락의자에서 몸을 뒤로 기대며 다리를 꼬았다.

"그렇습니다." 장교는 말하면서 군모를 약간 밀어젖혀 쓰더니 손으로 벌겋게 달아오른 얼굴을 만졌다. "자, 들어 보십시오! 침대에도 제도기에도 각각 전기 배터리가 부착되어 있습니다. 침대는 그 자체를 위해 전기가 필요합니다. 그러나 제도기는 써레를 위한 전지가 필요합니다. 죄수를 꼼짝 못 하게 죔쇠로 고정시키게 되면 침대는 즉각 움직이기 시작합니다. 매우 미세하고 신속한 동작으로 상하좌우로 동시에 흔들립니다. 아마도 이것과 비슷한 장치를 병원 같은 시설에서 보신 적이 있으실 것입니다. 다만 우리 침대에서는 모든 동작이 정확한 계산 아래서 이루어진다는 점이 다를 뿐입니다. 모든 동작은 아주 꼼꼼히 면밀하게 써레의 움직임과 맞추어집니다. 이 써레에 판결의 실제 집행이 맡겨지니까요.”

“그러면 판결 내용은 도대체 어떻게 되어 있습니까?” 탐험가가 물었다. “선생께서는 그것도 모르고 계셨다는 말씀입니까?” 장교가 깜짝 놀라 말하며 입술을 깨물었다. “제 설명이 조리가 없었다면 용서하십시오. 용서해 주시기를 간곡히 요청드리는 바입니다. 물론 전에는 사령관님께서 직접 설명하시는 것이 예사였습니다만, 그러나 신임 사령관은 그런 명예로운 의무를 거절하고 있습니다. 이렇게 고귀한 분이 방문하셨는데도 말입니다.” 탐험가는 그 존경의 표시에 대해 두 손을 저으며 거절하려고 했지만, 장교는 그러한 표현을 고집했다. “이렇게 고귀한 분에게 우리의 판결 형식조차 알리지 않았다는 것은 일찍이 없었던 일입니다. 그리고……” 장교는 입 밖으로 튀어나오려는 욕지거리를 억지로 참으면서 다만 이렇게 말했을 뿐이었다. “저에게 그것에 대해 알려 주지 않았으므로 그것은 제 잘못이 아닙니다. 그건 그렇고 무엇보다도 우리의 판결 형식을 가장 잘 설명할 수 있는 사람은 아마 저일 것입니다. 왜냐하면 여기 이렇게,”—장교는 가슴에 달린 호주머니를 두드리면서 말을 이었다—“전임 사령관께서 남기신 손으로 그린 도안들이 있습니다."

"사령관이 손수 그린 도안이라고요?" 탐험가가 물었다. "그분이 그 모든 것을 혼자서 다 했다는 말입니까? 그분은 군인, 판사, 건축가, 화학자, 도안가이기도 했다는 말입니까?"

"물론입니다." 장교는 생각에 잠긴 듯이 시선을 움직이지 않은 채 고개를 끄덕이며 말했다. 그러고 나서 그는 마치 자신의 손을 검사라도 하는 것처럼 들여다보았는데, 그 도안들을 쥐기에는 자기 손이 충분히 깨끗하지 못한 것처럼 보이는 모양이었다. 그래서 그는 대야 쪽으로 가서 다시 한번 손을 씻었다. 그러고 나서 작은 가죽 지갑을 꺼내 들고는 말했다. "우리의 판결이 결코 엄하다고 생각하지는 않습니다. 죄수의 몸에 그 자신이 범한 죄목이 써레로 새겨질 뿐입니다. 예를 들어 이 죄수는," 하고 장교가 그 사내를 가리키며 말했다. "몸에 이렇게 쓰이게 될 것입니다. 너의 상관을 공경하라!"

탐험가가 그 사내를 힐끗 바라보았다. 장교가 그 사내를 가리켰을 때 그는 머리를 푹 숙인 채로 조금이라도 더 듣기 위해 전력을 다해 귀를 기울이는 것 같아 보였다. 그러나 꾹 다문 두툼하게 내민 입술의 움직임으로 보아 그 사내가 분명 아무것도 이해하지 못하고 있음을 확실히 알 수 있었다. 탐험가는 여러 가지 다른 질문들을 하고 싶었지만 그 사내의 면전이어서 다만 이렇게 물어볼 뿐이었다. "그도 자신의 판결 내용을 알고 있습니까?"

"아닙니다." 장교는 말하면서 설명을 계속하려고 했으나 탐험가가 가로막았다. "그가 자신의 판결조차 모른다는 말입니까?"

"그렇습니다." 장교는 재차 말하고 나서 마치 탐험가에게 질문에 대해 자세한 이유를 덧붙이려는 듯이 잠시 동안 말이 없더니 이윽고 말을 꺼냈다. "그에게까지 알릴 필요는 없습니다. 판결 내용을 몸소 직접 체험하게 될 테니까요." 탐험가는 이제 말하지 말아야겠다고 생각했다. 왜냐하면 죄수의 눈길이 자신을 향하고 있다고 느꼈기 때문이다. 죄수는 탐험가에게 장교가 방금 전에 했던 말을 시인할 수 있는가 없는가 여부를 묻는 것처럼 보였다. 그래서 탐험가는 이미 뒤로 젖혀져 있던 몸을 다시 앞으로 구부리고는 이렇게 물었다. "하지만 자신이 어떤 종류의 선고를 받았다는 것은 알고 있겠지요?"

"그것도 모릅니다." 장교는 말하면서 마치 탐험가에게서 어떤 특별한 의견이 피력되기를 고대하기라도 하듯이 탐험가를 바라보며 미소를 지었다. "그래요?" 탐험가는 이마를 만지며 말했다. "그렇다면 저 사람은 지금까지도 자신의 변호가 얼마나 받아들여졌는지도 모르고 있겠군요?"

"변호의 기회는 주어지지 않습니다." 장교는 이런 자명한 사실을 말함으로써 탐험가에게 부끄러운 마음을 갖게 하지 않으려고 마치 혼잣말을 하듯이 시선을 돌렸다. "그는 마땅히 변호할 기회를 가져야 하지 않은가요?" 탐험가가 말하며 의자에서 일어났다.

장교는 이 기계 장치에 대한 설명을 너무 오래 지체해서 자신이 곤경에 빠졌다는 것을 알아차렸다. 그래서 그는 탐험가에게 가 그의 팔을 붙잡고는 손으로 죄수를 가리켰다. 그때야 죄수는 분명히 자신에게 주의를 기울이고 있다는 것을 깨닫고 몸을 꼿꼿이 세웠다. 그래서 사병도 죄수의 사슬을 잡아당겼다. 장교가 말했다. "사실은 이렇습니다. 저는 유형지에서 판사로 임명되었습니다. 젊은 나이에도 불구하고 말입니다. 왜냐하면 저는 모든 형사 사건이 있을 때마다 전임 사령관님을 도왔고 이 기계를 가장 잘 알고 있는 사람이었기 때문입니다. 제가 판결을 내릴 때 원칙으로 삼는 것은, 어떤 범죄건 의심할 여지가 없다는 것입니다. 다른 재판에서는 이런 원칙을 지킬 수가 없습니다. 왜냐하면 다른 재판은 의견이 분분할 뿐만 아니라 더 상급의 재판이 있기 때문입니다. 이곳에서는 그런 일이 있을 수 없으며, 최소한 전임 사령관이 계실 때만 해도 없었습니다. 신임 사령관은 무엇보다도 이미 제 재판에 간섭하려는 의향을 보이고 있습니다. 지금까지는 그것을 거절하는 데 성공했습니다. 그리고 앞으로도 계속 성공할 것입니다. 선생께서는 이번 사건에 대해 설명을 듣기를 원하고 계십니다. 그것은 다른 모든 것과 마찬가지로 간단합니다. 중대장은 오늘 아침 당번병으로 배치되어 문 앞에서 자고 있던 저자를 근무 태만을 이유로 고발했습니다. 그는 한 시간마다 일어나서 중대장의 문 앞에서 경례를 해야 하는 것이 의무였습니다. 그것은 결코 어려운 의무가 아니라 당연한 의무입니다. 언제나 보초를 서고 또한 씩씩한 당번병으로 근무하는 것이 저자의 임무이니까요. 중대장은 어젯밤에 그 당번병이 임무를 이행하는지 아닌지 여부를 확인하고자 했습니다. 정각 두 시에 문을 열어 보았더니 저자가 웅크린 채 잠이 들어 있었답니다. 중대장은 채찍을 들고 나와 저자의 얼굴을 후려갈겼습니다. 그러자 그 사내는 일어나서 용서를 구하기는커녕 자기 상관의 다리를 잡고 흔들어 대면서 '채찍을 버려, 그러지 않으면 물어뜯어 버릴 테니까' 하고 소리쳤습니다. 이것이 사건의 진상입니다. 중대장이 한 시간 전에 저를 찾아왔습니다. 저는 중대장의 진술을 기록하고 즉각 판결을 내렸습니다. 그런 다음 저는 저자를 쇠사슬로 묶도록 시켰습니다. 모든 것은 매우 간단했습니다. 만약 제가 저자를 처음부터 소환하여 심문했더라면 오직 혼란만이 있었을 것입니다. 저자는 거짓

말을 해 댈 것이고 제가 그 거짓말을 부인하면 저자는 새로운 거짓말로 바꿀 것이며 이런 짓을 언제까지고 계속했을 것입니다. 그러나 이제 저자를 붙잡아 놓았으니 더 이상 놓치지는 않을 것입니다. 이제야 설명이 모두 되었습니까? 집행이 이미 시작되었어야 하는데 시간이 너무 지체되어 버렸습니다. 그리고 저는 이 기계에 대한 설명을 아직 끝내지 못했습니다." 장교는 탐험가를 의자에 억지로 앉히고는 다시 기계 쪽으로 가서 이야기를 시작했다. "보시다시피 써레는 사람의 체격에 맞도록 되어 있습니다. 여기는 상반신으로 향하는 써레이고 이것은 다리 쪽을 향하는 써레입니다. 머리에는 단지 이 작은 조각칼을 사용합니다. 아시겠습니까?" 이제야 본격적인 설명을 준비하기라도 한 듯이 그는 탐험가 쪽으로 다정하게 몸을 굽혔다.

탐험가는 이마에 주름을 지은 채 써레를 바라보았다. 그는 재판 절차에 대한 보고가 결코 만족스럽지 않았다. 그렇지만 탐험가는 여기가 유형지이고 여기서는 특별한 조치가 필요하며 어디까지나 군대식으로 행동하지 않으면 안 된다고 혼잣말을 할 수밖에 없었다. 그러나 그는 신임 사령관에게 유일한 희망을 걸고 있었다. 신임 사령관은 장교의 단순한 머리로는 도무지 이해할 수 없는 새로운 절차를 점진적으로 실시할 생각이 있다는 것이 분명했기 때문이다. 탐험가는 이렇게 생각하면서 물었다. "사령관도 이 집행에 참석하십니까?"

"모르겠습니다" 하고 장교는 그런 갑작스러운 질문에 몹시 기분이 상한 것처럼 말했다. 그리고는 그의 다정하던 얼굴이 일그러졌다. "바로 그 때문에 우리는 서두르지 않으면 안 됩니다. 유감스럽게도 저의 설명을 간단하게 마쳐야겠습니다. 그러나 가능하면 내일이라도 이 기계가 다시 깨끗해진다면—사실 매우 더러워지는 것이 이 기계의 유일한 결점입니다—더 자세한 설명을 덧붙이겠습니다. 지금은 가장 필요한 사항만 이야기를 하겠습니다. 죄수가 침대 위에 눕게 되면 침대가 진동을 시작하고 써레가 몸 쪽으로 내려옵니다. 써레는 자동으로 조절되어 단지 뾰족한 끝만이 몸에 밀착하여 접하게 됩니다. 이러한 조치가 끝나면 이 쇠줄이 팽팽해져서 막대처럼 됩니다. 그러고 나서 이제 써레의 움직임이 시작됩니다. 비전문가는 외면상으로는 형량에 차이가 있다는 것을 깨닫지 못합니다. 써레가 한결같이 작동하는 것처럼 보이니까요. 써레가 진동하면서 그 뾰족한 부분으로 몸을 찌르게 되면 몸통도 침대 때문에 흔들리게 됩니다. 써레는 누구든지 그 형의 집행을 검사할 수 있도록 하기 위해 유리로 만들어졌습니다. 유리에 바늘을 조정시키는 데는 약간의 기술적인 어려움이 있었지만 많은 연구를 거듭한 끝에 성공했습니다. 사실 저희 고생 많이 했습니다. 그래서 그 덕분에 몸통에 글자가 어떻게 새겨지는지를 누구나 유리를 통해 볼 수 있게 되었습니다. 가까이 오셔서 이 바늘을 보지 않으시겠습니까?"

탐험가는 천천히 몸을 일으켜 그쪽으로 가서 몸을 구부려 써레를 들여다보았다. "자 보세요. 두 종류의 바늘이 여러 줄로 배열되어 있습니다. 긴 바늘 옆에는 반드시 짧은 바늘이 붙어 있습니다. 긴 바늘이 글씨를 새기게 되고 짧은 바늘은 피를 씻어 내어 글자를 더 선명하게 드러내기 위해 물을 뿜습니다. 그러면 핏물이 여기 작은 통으로 떨어져 마침내 큰 통 속으로 흘러들어 갑니다. 큰 통에는 배출관이 있어서 핏물이 땅속으로 흐르게 됩니다." 장교가 말했다. 장교는 핏물이 흘러가는 길을 손가락으로 일일이 가리켰다. 그러면서 그는 되도록이면 핏물이 흘러가는 길을 좀 더 명확하게 설명하기 위해 배수

222

관 주둥이에 두 손을 대고 형식적으로 받는 시늉을 했다. 그때 탐험가는 얼굴을 들고 손으로 뒤쪽을 더듬으면서 의자 쪽으로 돌아가려고 했다. 그때 그는 놀랍게도 죄수도 자기와 마찬가지로 장교의 권유에 따라 써레 장치를 가까이 보고 있다는 것을 간파했다. 죄수는 졸고 있던 사병의 쇠사슬을 약간 앞으로 잡아당겨서 유리 장치 위로 몸을 굽혔다. 죄수는 의심스러운 눈길로 두 명의 상관이 관찰하고 있던 것을 찾아보려고 했으나 그에게 설명을 하지 않았던 터라 그것을 찾는 데는 성공하지 못했다. 죄수는 여기저기로 몸을 구부렸다. 그리고 그때마다 유리 장치를 위아래로 훑어보았다. 탐험가는 그를 쫓아 버리고 싶었다. 왜냐하면 그가 지금 하는 행동이 확실히 십중팔구는 처벌받을 수 있을 것 같았기 때문이다. 그러나 장교는 탐험가를 한쪽 손으로 꽉 붙잡은 채 다른 손으로 둑에서 흙 한 덩어리를 집어 사병을 향해 던졌다. 그러자 사병은 깜짝 놀라 눈을 떴으며, 죄수의 괘씸한 행동을 보자 총을 버리고 구두 뒤축으로 바닥을 구르면서 죄수를 잡아당겼다. 그러자 죄수는 갑자기 쓰러져 버렸고 그런 다음에 그를 내려다보니 몸부림을 치면서 쇠사슬을 덜컹거리고 있었다. "일으켜 세워!" 장교가 소리를 질렀다. 왜냐하면 장교는 탐험가가 죄수에게 지나치게 관심을 쏟고 있다는 것을 알아챘기 때문이다. 탐험가는 써레에 대해서는 이미 신경을 쓰지 않고 써레 뒤로 몸을 굽히면서 죄수의 태도만을 살피려 하고 있었다. "조심해서 다뤄!" 장교가 다시 외쳤다. 장교는 장치 주위를 돌아가서 직접 죄수의 겨드랑이를 붙잡고서 발버둥을 쳐 자꾸만 미끄러지는 죄수를 사병의 도움을 받아 일으켜 세웠다.

"이제는 확실히 모든 걸 다 알겠습니다." 탐험가는 장교가 다시 돌아왔을 때 그렇게 말했다. 그러자 장교는 "가장 중요한 것이 남았습니다" 하고 말하며 탐험가의 팔을 잡고서 위를 가리켰다. "저기 저 제도기 안에 써레의 움직임을 결정하는 톱니바퀴 장치가 있습니다. 이러한 톱니바퀴는 판결 내용이 어떠하다는 도안에 따라 배열됩니다. 저는 아직도 전임 사령관님의 도안을 사용하고 있습니다. 여기 이것입니다."—장교는 가죽 지갑에서 종이 몇 장을 끄집어냈다—"유감스럽게도 이 종이를 직접 손에 들고 보실 수는 없습니다. 그것은 제가 갖고 있는 것 가운데 가장 귀중한 것이니까요. 앉으십시오. 이만큼 떨어진 곳에서 보여드리겠습니다. 그래야 잘 보실 수가 있을 테니까요." 장교는 첫 번째 종이를 보여 주었다. 탐험가는 어떤 적당한 찬사의 말을 하고 싶었다. 그러나 눈에 보이는 것은 단지 혼란스럽게 서로 여러 가지로 교차된 선이었고 이런 선이 종이 위를 빽빽하게 채우고 있어서 겨우 군데군데 흰 여백만 알아볼 수 있었다. "읽어 보십시오." 장교가 말했다. "전혀 모르겠는데요." 탐험가가 말했다. "일목요연하지 않습니까?" 장교가 말했다. 그러자 "매우 정교하기는 한데 판독할 수가 없군요." 탐험가가 피하면서 말했다. "하실 수 있습니다" 하고 말하며 장교는 웃으면서 지갑을 다시 호주머니 속에 넣었다. "그것은 학생용 정서체가 아닙니다. 판독하는 데는 오랜 시간이 걸립니다. 하지만 선생께서는 결국 분명하게 알아내실 수 있을 것입니다. 물론 간단한 서체로는 안 됩니다. 즉시 죽이는 것이 아니라 평균적으로 열두 시간이라는 긴 시간이 걸리고 나서야 숨이 끊어지는 그런 서체라야 합니다. 전환점은 여섯 시간이 지나야 계산할 수 있습니다. 본래의 문자에는 주위에 많은 장식이 나타나 있습니다. 실제적인 문자는 단지 가늘고 긴 띠 모양으로 몸체를 에워쌉니다. 그 외의 나머지 몸체에는 무늬가 나타납니다. 이제 써레와 모든 장치의 동작이 지니는 진가를 인정하실 수 있겠습니까?—자, 좀 보세요!" 장교가 사다리를 타고 올라가 톱니바퀴 하나를 돌리면서 아래를 향해 소리쳤다. "조심하세요. 옆으로 좀 비켜나세요!" 그 순간 모든 장치가 작동하기 시작했다. 톱니바퀴가 삐걱거리는 소리만 내지 않았더라면 참으로 훌륭했을지도 모른다. 장교는 이렇게 요란한 톱니바퀴 소리에 놀란 것 같은 표정으로 톱니바퀴를 위협하듯 주먹을 휘두르고 변명을 하며 탐험가 쪽으로 돌아서서 두 팔을 벌렸다. 그러고는 장치의 동작을 아래서 관찰하기 위해 서둘러 사다리 아래쪽으로 내려왔다. 어딘가 이상이 있는 것 같은데 그것을 알아차린 것은 장교밖에 없었다. 그는 다시 사다리를 타고 올라가서 두 손을 제도기의 안쪽에 집어넣었다. 그리고 재빨리 내려오기 위해 사다리를 이용하는 대신에 막대기를 타고 내려와서 소음 속에서도 알아듣기 쉽게 하기 위해 극도로 긴장된 목소리로 탐험가의 귀에 대고 소리를 질렀다. "진행 과정이 이해가 되십니까? 써레는 이미 글씨 쓰는 것을 시작했습니다. 써레가 죄수의 등에 첫 글자를 새기고 나면 솜뭉치가 흔들리면서 죄수의 몸통을 천천히 옆으로 굴려 써레에 새로운 자리를 내주게 됩니다. 그러는 사이에 글자가 새겨진 상처 부위가 솜뭉치 위에 닿게 됩니다. 특별히 제작된 솜이 출혈을 멈추게 해 주고 새로운 글자를 새기기 위한 준비를 합니다. 여기에 있는 써레 가장자리의 톱니 장치는 몸통을 다시 굴릴 때 상처에 붙은 솜을 떼어 내어 구덩이 속에 던지는 일을 합니다. 그러고 나서 써레는 다시 작동을 시작합니다. 이렇게 해서 써레는 열두 시간에 걸쳐 오랫동안 점점 더 깊이 글자를 새깁니다. 처음 여섯 시간 동안은 죄수도 이전과 마찬가지로 원기가 있으며 단지 고통을 느낄 뿐입니다. 두 시간이 지나면 솜뭉치가 떨어져 나가는데, 죄수가 더 이상 소리칠 힘조차 없어 그것을 물고 있을 수 없기 때문입니다. 이쪽 침대의 머리 부분이 있는, 전기로 뜨거워진 단지 속에 따뜻한 미음이 담깁니다. 죄수는 먹을 생각만 있다면 그 미음을 혀로 핥아서 얼마든지 먹을 수가 있습니다. 이 기회를 놓치는 죄수는 한 사람도 없었습니다. 저는 경험이 풍부합니다. 그런데도 아직 그런 죄수를 본 적은 한 번도 없습니다. 식욕을 잃게 되는 것은 여섯 시간 정도가 지난 후의 일입니다. 저는 보통 여기쯤에 무릎을 꿇고 이런 상태를 관찰합니다. 죄수는 입속에 들어 있는 마지막 음식물을 좀체 삼키지 못하고 음식물을 입안에서만 굴리고 있다가 구덩이 속에 뱉어 버립니다. 그럴 때마다 저는 몸을 구부리지 않으면 안 됩니다. 그러지 않으면 음식물이 제 얼굴에 튀게 됩니다. 그러나 막상 여섯 시간이 지나고 나면 그 죄수는 무척이나 온순해집니다! 아무리 우둔한 자라도 지성이 보이기 시작합니다. 우선 눈가에 그것이 분명히 나타납니다. 여기서부터 온몸에 퍼져 나갑니다. 이런 광경은 누구나 써레 밑에 한번 누워 보고 싶다는 유혹을 느끼게 만듭니다. 이제 더 이상 별다른 일은 없고 다만 죄수가 글자를 판독하기 시작합니다." 죄수는 마치 엿듣는 것처럼 입을 뾰족하게 내밀고 있었다. "선생께서도 보신 바와 같이 육안으로 글자를 판독한다는 것은 결코 쉬운 일이 아닙니다. 죄수는 자신의 피부 상처를 통해 그 글자를 판독합니다. 물론 그것은 대단히 힘든 일입니다. 그 일을 완성하는 데는 여섯 시간이 걸립니다. 그러고 나서 써레는 죄수의 몸을 완전히 쿡 찔러서는 구덩이 속에다 내던집니다. 죄수는 핏물이며 솜들이 쌓여 있는 그 위로 철썩 던져집니다. 이것으로 재판이 끝납니다. 저는 사병과 함께 그 시신을 묻어 줍니다."

탐험가는 장교의 말에 귀를 기울이고 있었고, 두 손을 상의 호주머니 속에 집어넣은 채 기계의 움직임을 바라보고 있었다. 죄수도 바라보고 있었지만 잘 모르는 것 같았다. 죄수는 몸을 약간 앞으로 굽히고는 흔들리고 있는 바늘의 방향을 눈으로 좇고 있었다. 그때 갑자기 사병이 장교의 지시에 따라 죄수의 등 위에서 칼을 들고 그의 셔츠와 바지를 쫙 찢었다. 그 때문에 셔츠와 바지가 죄수의 몸에서 흘러내렸다. 그는 자신의 알몸을 가리기 위해 흘러내린 옷자락을 잡으려고 했다. 그러나 사병은 죄수를 똑바로 세워 놓고는 실오라기 하나 남기지 않고 모조리 벗겨 버렸다. 장교는 작동하고 있던 기계를 멈추게 하고 이제 조용한 가운데 죄수가 써레 밑에 눕혀졌다. 쇠사슬이 풀리고 대신에 가죽끈이 졸라매졌다. 죄수는 처음에는 순간적으로 자신의 형이 완화되었다고 생각하는 것 같았다. 한쪽에서는 써레가 더 아래로 내려가고 있었다. 그도 그럴 것이 그 죄수가 무척 야위었기 때문이다. 써레의 바늘 끝이 죄수의 몸에 닿았을 때 그의 살갗에 소름이 쫙 돋았다. 죄수는 사병이 자신의 오른손에 몰두하고 있는 동안에 왼손을 자신도 모르게 쑥 내밀었다. 그곳은 탐험가가 서 있는 방향이었다. 장교는 옆에서 끊임없이 탐험가를 쳐다보았다. 장교는 적어도 대충 설명을 했으니 이런 집행이 그에게 과연 어떤 감명을 줄 것인가를 그의 얼굴 표정에서 읽어 내려고 한 것 같았다.

손목을 매도록 되어 있는 가죽끈이 끊어져 버렸다. 아마도 사병이 너무 세게 잡아당긴 모양이었다. 사병이 도움을 청하려고 끊어진 가죽끈 조각을 장교에게 보였기 때문에 장교는 도움을 주어야만 했다. 장교는 장치 저쪽에 있는 사병에게 가서 탐험가 쪽으로 얼굴을 돌리며 말했다. "이 기계는 너무 복잡합니다. 그래서 이따금 무엇인가가 끊어지거나 부러지기도 합니다. 그러나 그 때문에 판결 전체를 혼란스럽게 하는 일이 있어서는 안 됩니다. 게다가 가죽끈 정도는 당장에 대체할 수가 있습니다. 쇠사슬을 사용하면 되니까요. 물론 그 때문에 오른팔 진동의 섬세함이 다소 약화됩니다." 장교는 쇠사슬을 갖다 대는 동안에도 말을 계속했다. "이 기계를 유지하기 위한 방법에도 지금은 많은 제한이 있습니다. 전임 사령관님하에서는 오직 기계 유지의 목적을 위한 용도로 제가 마음대로 사용할 수 있는 경비가 따로 마련되어 있었습니다. 또 여기에는 가능한한 모든 보충 부품을 저장할 수 있는 창고도 있습니다. 고백하거니와, 제가 다소 낭비를 했을 수도 있습니다. 물론 옛날 일이기는 합니다만, 무엇이든지 낡은 제도를 타파하려는 구실로 삼는 신임 사령관의 고집 때문에 지금은 그러지 못합니다. 지금 기계 쪽에 사용되는 경비는 모두 사령관이 갖고 있습니다. 그리고 새로운 가죽끈을 보충 받기 위해 급사를 보내면 증거 자료로 찢어진 부분을 요구합니다. 신품은 열흘이 지나서야 비로소 도착하는데, 그것은 품질이 나쁜 것이어서 그렇게 오래 사용할 수가 없습니다. 그동안 가죽끈 없이 어떻게 기계를 작동해야 하는 것인지 아무도 그런 것에는 신경을 쓰지 않았습니다."

탐험가는 곰곰 생각했다. '아무튼 남의 나라 상황에 결정적인 간섭을 한다는 것은 항상 위험한 일이다.' 그는 그 유형지의 주민도 아니고 그 유형지가 속한 국가의 국민도 아니었다. 자기가 이런 집행에 반대하거나 또는 끝까지 방해하려 들면 '당신은 외국인이니까 잠자코 있으라'는 말들을 할 것이다. 그는 거기에 대해 아무런 답변을 하지 못할 것이고, 단지 이런 경우에 부딪히면 도무지 이해할 수가 없다고 덧붙일 뿐일 것이다. 왜냐하면 그는 단지 견문을 넓히려는 의도에서 여행하는 것이지 남의 나라의 법 조직을 배우려는 의도는 전혀 없었기 때문이다. 그러나 물론 이러한 일들은 역시 호기심을 끌 만한 것이기는 하다. 재판 절차의 부당함과 형 집행의 비인간성은 의심할 여지가 없었다. 어느 누구도 그것을 단지 탐험가의 어떤 이기심이라고 생각할 수는 없었다. 왜냐하면 죄수도 그에게는 낯선 사람이고 동족도 아니거니와 또 전혀 동정심을 유발하는 사람도 아니었기 때문이다. 탐험가 자신은 여러 고관들이 보낸 초청장을 갖고 있으며 이곳에서 매우 영광스러운 접대를 받았다. 그런데 그가 사형 집행에 초청을 받았다는 것은 이 재판에 대한 그의 판단을 요구하는 거란 생각이 들었다. 이런 생각은 방금 탐험가가 아주 명백히 들었던 것처럼 신임 사령관이 이런 절차의 추종자가 아니며 장교한테도 증오의 태도를 보이는 것으로 보아 더 그럴듯했다.

그때 탐험가는 장교의 분노에 찬 고함 소리를 들었다. 장교가 겨우 죄수의 입안에 솜뭉치를 집어넣자마자 죄수가 참을 수 없는 구토 증에 눈을 감더니 결국 토해 버렸던 것이다. 장교는 서둘러 솜뭉치를 그 죄수한테서 떼어 내려 했으며 머리를 구멍 쪽으로 돌리려고 했다. 그러나 그러기에는 너무 늦었기 때문에 오물이 이미 기계를 따라 아래쪽으로 흘러내렸다. "모두가 사령관 탓이야!" 장교는 소리를 지르며 의심이 없다는 듯 앞에 있는 놋쇠 막대기를 흔들어 댔다. "기계를 마치 돼지우리처럼 더럽히다니!" 장교는 눈앞에 벌어지고 있는 사태를 보라는 듯이 떨리는 손으로 탐험가를 향해 가리켰다. "집행 전날에는 절대로 먹을 것을 주어서는 안 된다고 제가 사령관에게 몇 시간 동안 이해시키려고 했지만 결국 이 모양 이 꼴입니다. 신임 사령관의 온유한 경향은 저와는 의견이 다릅니다. 사령관의 숙녀들은 죄수가 끌려 나오기 전에 그의 목에 케이크를 가득 채워 넣었습니다. 죄수는 평생 구린내 나는 생선을 먹고 살았다는데 이제 와서 케이크 같은 것을 먹어야 하겠습니까? 그러나 있을 수 있는 일입니다. 반대하지는 않습니다. 그런데 제가 삼 개월 전부터 청구한 새로운 솜뭉치를 왜 마련해 주지 않는지를 모르겠습니다. 수백 명이 넘는 죄수들이 죽어 가면서 빨고 물었던 그 솜뭉치를 어떻게 구토증 없이 입속에 넣을 수가 있겠습니까?"

죄수는 머리를 숙이고 있었으며 아주 평화롭게 보였다. 사병은 죄수의 셔츠로 열심히 기계를 닦고 있었다. 장교가 탐험가 쪽으로 다가 갔다. 탐험가는 무언가 모를 불안감으로 한 발짝 뒤로 물러섰다. 그러나 장교는 탐험가의 손을 붙잡아 그들 옆으로 끌고 가 말했다. "우리끼리 하는 이야기입니다만 선생께 몇 가지 드릴 말씀이 있는데 괜찮겠습니까?"

"물론입니다." 탐험가는 이렇게 대답하고는 눈을 아래로 내리깔고 귀를 기울였다.

"선생께서 지금 경탄해 마지않고 있는 이런 절차와 처형을 오늘날 우리의 유형지에서는 공개적으로 지지하는 사람이 이제 더 이상 없습니다. 나는 그것에 대한 유일한 신봉자이며 동시에 전임 사령관님의 유산을 보존하는 유일한 대변자입니다. 그래서 저는 이 절차의 계속되는 확장을 이제는 생각할 수가 없습니다. 단지 현재의 것을 유지하기 위해 모든 힘을 다 쏟을 뿐입니다. 전임 사령관님이 생존해 계셨을 당시에는 유형지가 그분의 지지자들로 가득 차 있었습니다. 전임 사령관님이 갖고 계셨던 설득력을 저도 약간은 갖고 있습니다. 그러나 저에게는 그분이 가졌던 권력이 전혀 없습니다. 그 때문에 지지자들이 모두 숨어 버렸습니다. 물론 아직도 지지자들이 많기는 합니다만 그 사실을 시인하는 사람은 아무도 없습니다. 만약 선생께서 오늘 집행일에 말입니다, 찻집에 가서 여기저기 다니며 들어 보십시오. 아마도 선생께서는 애매모호한 의견을 듣게 될 것입니다. 솔직히 신봉자들이 있는 것은 사실입니다. 그러나 그런 지지자들은 현재의 사령관 아래서 그리고 그 사령관이 현재와 같은 견해를 보이는 상황에서는 나에게 아무 쓸모가 없습니다. 그래서 이제 선생께 여쭤보겠습니다. 이런 사령관과 그에게 영향력을 행사할 수 있는 그의 여인들 때문에 이 필생의 역작이—장교는 기계를 가리켰다—없어져야 한다는 말입니까? 그것을 제지하지 않고 내버려 두면 되겠습니까? 설령 선생이 외국인으로서 우리 섬에 며칠 동안 머무르는 사람이라 할지라도 말입니다. 한순간도 허비할 시간이 없습니다. 제 재판권에 반대해서 무언가 준비들이 진행되고 있으니까요. 사령부에서는 저를 제외한 회의들이 이미 열리고 있습니다. 심지어 선생의 오늘 방문도 제가 볼 때는 모든 상황과 관련이 있는 것처럼 보이는데, 비겁한 그들은 외국인인 선생을 보낸 것입니다. 이 사형 집행이 예전에는 얼마나 달랐는지요! 처형 하루 전에 이미 모든 골짜기가 인산인해를 이루었습니다. 모두 구경하기 위해 온 것입니다. 사령관님은 새벽부터 당신 여인들을 데리고 나타나셨고 화려한 팡파르가 온 야영지의 잠을 다 깨웠습니다. 그러면 제가 모든 준비가 다 끝났다고 보고를 드립니다. 손님들은—고관들 중 참석하지 않은 사람은 한 사람도 없었습니다—기계 주위에 늘어섭니다. 산더미처럼 쌓여 있는 저 등나무 의자들이 그 당시의 비참한 잔재들입니다. 기계장치는 깨끗이 닦여 번쩍 번쩍 빛이 났고 저는 집행 때마다 새로운 부품들을 사용합니다. 수백 명이 지켜보는 가운데—모든 관중은 저쪽 언덕까지 가득 채운 채 발꿈치를 들고 서 있었습니다—죄수는 사령관님에 의해 써레 밑에 눕혀집니다. 오늘날 저 천한 사병이 하고 있는 일이 그 당시에는 저나 재판장의 일이었으며 명예이기도 했습니다. 그리고 집행이 시작됩니다. 그 장치의 작동을 방해하는 어떤 소란한 소리도 없습니다. 일부 사람들은 구경은 전혀 하지 않고 아예 눈을 감은 채 모래에 누워 있었습니다. 모두 알고 있습니다. 지금이야말로 정의로운 재판이 행해지고 있다는 것을 말입니다. 조용한 가운데 죄수의 신음 소리만이 솜뭉치 때문에 희미하게 들렸을 뿐입니다. 지금은 솜뭉치로 그 소리를 억눌러도 죄수한테서 나오는 더 센 신음 소리를 이 기계로도 더 이상 어떻게 할 수가 없습니다. 그런데 그 당시에는 문자를 새기는 바늘에 부식시키는 액체가 떨어지고 있었습니다. 그것은 현재 사용이 금지되어 있습니다. 아무튼 그러는 사이에 여섯 시간이 흘렀습니다. 가까이에서 구경하고 싶어 하는 모든 사람의 소망을 승낙하는 것이 다 가능한 것은 아닙니다. 사령관님은 당신의 견해에 따라 먼저 아이들을 구경시키는 것이 좋겠다고 명령합니다. 저는 물론 직무상 계속 기계 옆에 서 있어야 합니다. 저는 자주 작은 아이 둘을 오른쪽과 왼쪽 팔에 안고 저기에 웅크리고 있습니다. 그 고통스러운 얼굴에 변용의 표현이 어렸을 때 마침내 도달하자마자 금방 사라져 버린 이런 정의의 빛 안에서 우리는 우리의 뺨을 얼마나 적셨던가! 참으로 좋은 시절이었어, 이보게!" 장교는 자기 앞에 누가 서 있는가를 잊어버린 것이 틀림없었다. 그는 탐험가를 부둥켜안고 머리를 그의 어깨 위에 올려놓았다. 탐험가는 몹시 당황하여 장교 너머로 초조한 시선을 던졌다.

사병은 이미 청소를 마치고 금방 반합에서 미음을 퍼서 사발에 담고 있었다. 죄수가 이것을 알아채자마자 이미 완전히 원기를 회복한 모습처럼 혀로 죽을 핥기 시작했다. 사병은 죄수를 몇 번이고 떠밀어 냈다. 왜냐하면 죽은 좀 더 나중에 주기로 되어 있었기 때문이다. 그러나 사병이 자신의 더러운 손을 집어넣어서 탐욕스러운 죄수 앞에서 죽을 먹은 것은 아무튼 괘씸한 짓이었다.

장교는 신속하게 정신을 가다듬고는 말했다. "저는 선생의 마음을 뒤흔들 생각은 전혀 없었습니다. 그 당시의 사정을 오늘날 이해시킨다는 것이 불가능하다는 것 정도는 저도 잘 알고 있습니다. 아무튼 기계는 아직도 작동이 되고 있으며 자동으로 움직입니다. 이 골짜기에 오로지 기계만 덩그렇게 남아 있다 할지라도 스스로 자동으로 움직일 것입니다. 결국 시체는 그 당시와 같이 마치 파리 떼처럼 수백의 사람들이 구덩이 주위에 몰려 있지 않다 하더라도 여전히 신기할 정도로 부드럽게 허공을 가르며 구덩이 속으로 떨어질 겁니다. 그 당시에는 구덩이 주위에 튼튼한 난간을 설치해야만 했는데 이미 오래 전에 철거되어 버렸습니다." 탐험가는 장교에게서 시선을 피하기 위해 하릴없이 주위를 둘러보았다. 장교는 탐험가가 그 골짜기의 황폐함을 바라보는 거라고 생각했다. 그래서 장교는 탐험가의 시선을 붙잡기 위해 그의 두 손을 잡고 돌려세우면서 물었다. "이런 치욕을 아시겠습니까?"

그러나 탐험가는 침묵했다. 장교는 잠시 그로부터 떨어져서 두 다리를 벌리고 두 손을 허리에 얹고는 말없이 땅을 내려다보았다. 그러고 나서 장교는 탐험가를 향하여 기운을 내 미소를 지으며 말했다. "저는 어제 사령관이 선생을 초대했을 때 선생 가까이에 있었습니다.

저는 그 초청의 말을 들었습니다. 저는 사령관을 잘 압니다. 저는 사령관이 초대에 어떤 뜻을 두고 있는지 즉시 알 수 있었습니다. 그러나 사령관은 저를 간섭할 수 있을 만큼의 충분한 권력이 있을 텐데도 불구하고 아직 그것을 휘두르지 않고 있습니다. 사령관은 나에 대한 비판을 선생과 같은 저명한 외국인의 판결에 맡기고자 했습니다. 그의 계산은 지극히 치밀합니다. 선생께서 이 섬에 오신 지는 이틀 됐습니다. 선생께서는 전임 사령관님과 그분의 사고 범위를 아시지 못할 것이며 또한 유럽식 사고에 사로잡혀 있고, 아마도 선생께서는 보통 이런 사형과 특히 저런 유의 기계에 의한 처형 방법에 대해 원칙적인 반대를 하는 사람들 중의 하나일 것입니다. 더구나 선생께서는 이 처형이 일반인의 참여 없이 매우 초라한 모습으로 이미 훼손되기 시작한 기계 위에서 행해지고 있는 것을 보셨습니다. 이런 모든 것을 요약하자면 (사령관은 그렇게 생각하고 있습니다만) 선생께서 저의 재판 절차를 옳지 않다고 여기시는 것이 아주 쉽게 가능한 일은 아니겠지요? 그리고 만약 선생께서 그것을 옳지 않다고 여기신다면, (저는 여전히 항상 사령관의 입장에서 말씀드리는 것입니다) 그걸 묵과하지는 않으실 겁니다. 선생은 틀림없이 아무튼 여러 가지로 입증된 선생의 확신을 갖고 계실 테니까 말입니다. 물론 선생께서는 지금까지 여러 민족의 수많은 특성을 보셨으며 그것들을 존중하는 법을 배우셨습니다. 따라서 선생은 십중팔구는, 아마 고국에서 하시던 것과 마찬가지로는, 모든 힘을 다해 저의 절차에 반대하지는 않으실 것입니다. 사령관도 절대 그것을 필요로 하지는 않습니다. 슬그머니 흘린 단순한 무의식적인 말 한 마디로도 충분합니다. 그것이 선생의 신념과 일치할 필요는 없습니다. 다만 표면상 그가 바라는 것을 받아들일 수 있기만 하면 됩니다. 사령관이 선생에게 모든 술책을 다 부려 캐물을 것이라고 저는 확신합니다. 그의 여자들은 빙 둘러앉아서 귀를 기울이겠지요. 선생께서는 무엇인가를 말하게 될 것입니다. '우리 나라에서는 재판 절차가 다르다'거나 '우리 나라에서는 판결 전에 피고를 심문한다'거나 '우리 나라에서는 죄수가 판결 내용을 안다' 또는 '우리 나라에서는 사형 외에도 여러 가지 형벌이 있다' 또는 '우리 나라에서는 고문이 중세까지만 있었다' 하고 말입니다. 그 모든 것은 옳은 소견이며 그것은 선생께도 자명한 것으로 보일 것입니다. 물론 저의 처사에는 아무런 해가 되지 않는 의견입니다. 그러나 사령관은 그것을 어떻게 받아들일까요? 저는 사령관이 의자를 옆으로 밀어 넣고 발코니로 서둘러 뛰어나가는 모습이 눈에 선합니다. 그러면 그의 여자들은 그 사령관 뒤를 쫓아 우르르 몰려갑니다. 그러고 나면 사령관의 목소리가 들려옵니다. 그 목소리를 숙녀들은 우레 같은 목소리라고들 합니다. 그때 그는 이렇게 말합니다. '유럽의 위대한 학자로서 모든 나라의 재판 절차를 조사하도록 정해진 그분은 낡은 관습에 의한 이런 처사는 비인도적이라고 말씀하셨소. 그러한 명사로부터 그 같은 비판을 받은 이상 나로서도 더 이상 이런 처사를 절대로 허용할 수가 없소. 따라서 오늘 나는 이 자리에서 명령하겠소' 등등. 선생께서는 물론 사령관이 말한 것처럼 말씀하신 적이 없습니다. 그리고 저의 처사를 비인도적이라고 말씀하신 적도 없습니다. 그뿐만 아니라 오히려 선생께서는 깊은 견식을 바탕으로 이런 처사를 더 인도적이고 인간적인 것이라고까지 생각하고 계실 것입니다. 선생께서는 이 장치에 대해서는 경탄해 마지않으셨습니다. 그러나 이미 때는 늦었습니다. 발코니는 이미 숙녀들로 꽉 차 있어서 선생께서는 발코니로 나가실 수가 없습니다. 선생께서는 누군가가 보아 주기를 바라실 것입니다. 그리고 소리를 지르려고 하실 것입니다. 그러나 숙녀들의 손이 선생의 입을 막아 버릴 것입니다. 그래서 저와 전임 사령관님의 역작인 이 장치가 마침내 파멸하고 맙니다." 탐험가는 터져 나오는 웃음을 참지 않으면 안 되었다. 결국 힘들게 생각했던 문제가 아주 간단한 것이었기 때문이다. 탐험가는 빠져나가는 투로 말했다. "당신은 제 영향력을 과대평가하고 계십니다. 사령관은 즉시 추천장을 읽었습니다. 사령관은 제가 재판 절차를 연구하는 사람이 아니라는 사실을 잘 알고 있습니다. 제가 어떤 의견을 말한다 해도 그것은 개인적인 의견에 지나지 않을 것이고 그 효과도 다른 사람의 의견과 별로 다를 바가 없습니다. 아무튼 제가 알고 있는 한, 이 유형지에서 광범위한 권한을 지닌 사령관의 의견에 비하면 아무것도 아닙니다. 이런 집행에 대한 사령관의 의견이 이미 당신이 믿고 계시는 것처럼 단호한 것이라면 저의 미약한 조력을 기다릴 필요도 없이 결국 이런 절차가 종말에 이른 것이 아닌가 하는 생각이 듭니다."

　장교는 이 말이 무슨 뜻인지 알아들었을까? 아니, 그는 아직 이해하지 못하고 있었다. 그는 머리를 힘차게 흔들면서 힐끗 죄수와 사병 쪽을 돌아보았다. 죄수도 사병도 깜짝 놀라 미음 통으로부터 물러났다. 장교는 탐험가 쪽으로 아주 가까이 다가섰으나 그를 정면으로 보지 않고 시선을 그의 가슴 쪽에 둔 채 이전보다 더 조용한 목소리로 말했다. "선생께서는 사령관을 알지 못하십니다. 선생께서는 사령관이나 저희 쪽에서 보면, 이런 표현이 실례가 될지 모르겠습니다만, 해로울 게 하나도 없습니다. 선생께서는 저를 믿으셔야 합니다. 선생의 영향력은 절대 과대평가된 것이 아닙니다. 사실 저는 선생 혼자만

이 이 사형 집행에 참석한다는 이야기를 들었을 때 몹시 기뻤습니다. 사령관이 저에게 이런 지시를 한다면 저는 그것을 저에게 유리하도록 돌리면 되니까요. 터무니없는 귓속말이나 멸시하는 것 같은 시선 같은 것에도 불구하고—그것은 사형 집행에 깊은 관심을 기울일 경우 피할 수 없는 것입니다만—선생께서는 제 설명에만 귀를 기울이시고 이 장치를 보셨으며 마침내 형 집행을 구경하실 겁니다. 확실히 선생의 판단은 이미 확고해지셨을 것입니다. 다소 미심쩍은 점이 있더라도 형 집행을 보는 동안에 아시게 될 것입니다. 거듭 부탁드립니다만, 사령관과 반대 입장에 서 있는 저를 좀 도와주십시오."

탐험가는 더 이상 장교가 말을 못 하게 했다. "제가 그것을 어떻게 할 수 있겠습니까? 불가능한 일입니다. 저는 당신을 방해할 수도 도와드릴 수도 없습니다."

"선생께서는 하실 수 있습니다" 하고 장교가 말했다. 탐험가는 장교가 주먹을 쥐고 있는 것을 약간 걱정스러운 눈빛으로 바라보았다. "할 수 있다고요." 장교는 훨씬 더 간절하게 반복했다. "제게 반드시 성공할 수 있는 계획이 한 가지 있습니다. 선생께서는 당신의 영향력이 별것 아니라고 생각하시겠지만 저는 그것으로 충분하다고 믿습니다. 설령 선생께서 옳다고 하더라도 제가 이런 처사를 유지하기 위해 할 수 있는 일은 모두 다 시도해 볼 필요가 있지 않겠습니까? 아무튼 제 계획을 좀 들어 봐 주십시오, 그것을 실행하는 데 우선 무엇보다 필요한 것은 선생이 오늘 유형지에서 그 처사에 대해 비판하는 것을 삼가 주시는 것입니다. 설령 정면으로 질문 받지 않는다 하더라도 절대로 의사 표시를 하시면 안 됩니다. 선생의 말씀은 간단하고 애매모호해야 합니다. 이런 것에 대해 이야기한다는 것이 선생께는 불쾌한 일이고 좋지 않다는 것, 설령 속마음을 터놓고 이야기하려고 해도 오직 저주스러운 말들만이 튀어나온다는 것을 모든 사람에게 깨우쳐 주셔야 합니다. 저는 선생께 거짓말을 해 달라는 것이 아닙니다. 절대로. 단지 간단하게 '네, 집행을 보았습니다' 또는 '예, 설명을 모두 들었습니다' 하는 식으로 단지 그것만 이야기하시면 됩니다. 이렇게 해서 그들이 선생의 불쾌한 감정을 깨닫게 하는 것입니다. 불쾌해진 동기는 충분히 있습니다. 사령관에게는 뜻하지 않은 일이 되겠지만 말입니다. 물론 사령관은 완전히 오해해서 자기 마음대로 판단하겠지요. 제 계획도 거기에 달려 있습니다. 내일 사령부에서는 사령관 주재하에 비교적 높은 직책의 행정 관료들이 참석하는 확대회의가 열립니다. 사령관은 그런 회의를 겸해서 전람회 같은 것을 열 수 있습니다. 미술관이 하나 건립되었는데, 항상 관람객으로 붐빕니다. 저는 어쩔 수 없이 그 회의에 참석하고 있지만 그건 저로 하여금 불쾌감에 치를 떨게 합니다. 선생께서는 아무튼 회의에 반드시 초대받게 될 것입니다. 선생께서 오늘 제 계획대로만 행동해 주신다면 그 초대는 받아도 좋습니다. 그러나 만약 선생께서 도저히 알 수 없는 이유로 초대를 못 받게 되면 물론 선생께서는 스스로 초대해 달라고 청해야 합니다. 그러면 초대받으리라는 것은 의심할 여지가 없습니다. 그렇게 되면 선생께서는 내일 사령관의 특별석에 숙녀들과 함께 앉게 될 것입니다. 사령관은 몇 번이고 위쪽을 바라보면서 선생이 계신 것을 확인하겠지요. 방청객을 고려한 대수롭지 않은 쓸데없는—대체로 항구 축조에 관한 문제입니다—각종 의제는 언제나 반복되는 사안입니다. 그리고 또한 재판 절차에 대한 것이 의제로 오릅니다. 사령관 측에서 이 문제를 꺼내지 않는다면 또는 늦어진다고 생각되면 제가 당장 의제에 올리도록 애쓰겠습니다. 제가 일어서서 오늘의 집행에 관한 보고를 하는 것입니다. 아주 짧게 그 보고만을, 물론 그러한 보고는 관습적인 것이 아니지만, 저는 그렇게 할 것입니다. 사령관은 평소처럼 친절한 미소를 지으면서 치하하겠지만 더 이상 억제하지 못하고 이 좋은 기회를 잡을 것입니다. '방금 사형 집행에 관한 보고가 있었소. 나는 이러한 사형 집행에 다만 이 말을 덧붙이고 싶소. 이 위대한 학자가 이런 형 집행에 참여한 것은 우리의 유형지를 대단히 영광스럽게 하는 방문이라는 것을 여러분도 모두 알고 있어요. 또 오늘 이 회의에 그가 참석한 것은 회의를 더 뜻깊게 하는 것이오. 우리가 이 위대한 학자에게 구습에 의한 사형 집행과 그 전에 행해지는 재판 절차에 대해 어떻게 평가하는지 직접 질문을 하면 어떻겠소?' 사령관은 이와 비슷한 내용의 말을 할 것입니다. 물론 도처에서 박수갈채가 터져 나올 것이고 전반적으로 찬성일 것이고, 제가 가장 큰 소리로 박수갈채를 보낼 것입니다. 사령관은 선생 앞에 허리를 굽히며 이렇게 말할 것입니다. '그러면 내가 모두의 이름으로 질문하겠소.' 그러면 선생께서는 곧 난간에 모습을 나타냅니다. 선생께서는 두 손을 모든 사람이 확실히 볼 수 있도록 난간 위에 올려놓으십시오. 그러지 않으면 숙녀들이 손을 붙들고 손가락을 만지작거릴 테니까요. 이제 마침내 선생께서 말씀하실 때가 되었습니다. 저는 그때까지 몇 시간 동안 긴장감을 어떻게 견뎌 내야 할지 모르겠습니다. 선생께서는 말씀을 하실 때 인정사정 봐주지 마십시오. 진실을 큰 소리로 말씀하십시오. 난간 위로 몸을 굽히고 포효하십시오. 그렇습니다, 사령관을 향해 선생의 의견을 포효하십시오. 선생의 확고부동한 의견을 말입니다. 그런데 혹시 선생께서 그런 것을 좋아하지 않을지도 모르겠습니다. 성격에 맞지 않으시겠지요. 선생의 나라에서 이런 상황에 처하게 되면 선생은 아마 다른 행동을 취하시겠지요. 좋습니다. 일어서실 필요까진 없습니다. 단지 두서너 마디의 말씀만이라도 해 주십시오. 속삭이듯 하더라도 선생 앞에 있는 관리들이 들을 수만 있으면 그것으로 충분합니다. 선생은 사형 집행에 대한 부족한 관심이라든가 삐거덕거리는 톱니바퀴, 끊어진 가죽끈, 구역질이 나게 하는 솜뭉치에 대해 말씀하실 필요는 전혀 없습니다. 정말입니다. 그다음 일은 모두 제가 알아서 하겠습니다. 믿어 주십시오. 제가 말로 그를 회의장에서 내쫓을 수 없다면 그를 무릎 꿇게 하여 '전임 사령관님, 당신 앞에 제가 이렇게 머리를 숙입니다' 하고 고백하지 않을 수 없도록 만들 작정입니다. 이것이 제 계획입니다. 선생께서는 틀림없이 제 일이 성공할 수 있도록 도와주시겠지요? 물론 그러시겠지요. 아니, 그보다는 오히려 선생께서 반드시 해 주셔야만 합니다." 장교는 탐험가의 두 팔을 움켜쥐고서 거칠게 숨을 몰아쉬며 탐험가의 얼굴을 뚫어져라 쳐다보았다. 장교가 최후의 말을 마치 울부짖는 것처럼 외쳤기 때문에 사병과 죄수조차 그의 말에 주의를 기울이고 있었다. 두 사람은 무슨 말을 하는지 하나도 이해하지는 못했지만 먹던 일을 멈추고 입안에 들어 있는 것을 씹으면서 탐험가 쪽으로 눈길을 돌렸다.

탐험가 쪽에서는 아주 처음부터 확실하게 자신이 할 대답이 정해져 있었다. 탐험가는 일생 동안 많은 경험을 했기 때문에 여기서 마음이 흔들리는 일은 없었다. 그는 본바탕이 정직했으며 두려움이 없었다. 그럼에도 불구하고 지금 사병과 죄수를 본 순간 잠시 주저했다. 그러나 그는 마침내 어쩔 수 없이 "거절합니다" 하고 말했다. 장교는 눈을 계속 깜박거리면서도 그한테서 눈길을 떼지 않았다. "설명을 하라는 말인가요?" 탐험가가 물었다. 장교는 말없이 고개를 끄덕였다. "나는 이런 절차에 반대하는 사람입니다. 당신이 저를 믿고 털어놓기 전에—물론 당신의 이런 신뢰를 어떤 상황에서도 악용하지는 않겠지만—나는 이미 내가 이런 절차에 대해 간섭하는 것이 정당한지 아닌지 그리고 이런 나의 간섭이 조금이라도 성공할 가망이 있는지에 대해 숙고했습니다. 그리고 간섭할 경우 우선 누구를 상대해야 할지 확실히 알고 있습니다. 물론 사령관입니다. 당신 설명과 상관없이 이미 내 생각은 확고합니다. 그뿐만 아니라 당신의 정직한 신념에 대해, 그것이 나의 판단을 흐리게 하지는 않았지만, 감동을 받았습니다."

장교는 아무 말 없이 잠자코 있다가 기계 쪽으로 돌아서서 놋쇠 막대기 하나를 잡고는 몸을 약간 위로 젖혀서 제도기를 올려다보았는데, 마치 모든 것이 아무 이상 없이 제대로 되어 있는가를 검사라도 하는 것 같은 모습이었다. 사병과 죄수는 서로 친숙해진 것처럼 보였다. 죄수는 단단히 묶여서 행동하기가 어려웠음에도 불구하고 사병에게 신호를 보냈다. 사병은 죄수에게로 몸을 숙였고 죄수는 사병에게 무엇인가를 속삭였고 사병은 고개를 끄덕였다.

탐험가는 장교 쪽으로 가서 말했다. "당신은 내가 무엇을 하려고 하는지 잘 모르고 있어요. 나는 그 조처에 대한 나의 견해를 사령관에게 이야기하겠지만 회의석상에서가 아니라 단둘이 있을 때 하겠습니다. 내가 어떤 회의에 초대를 받을 수 있을 만큼 그렇게 오래 머물 수는 없습니다. 내일 새벽이면 이미 이곳을 출발했거나 최소한 배에 타고 있을 것입니다."

장교는 귀를 기울이고 있는 것처럼 보이지 않았다. "선생께서는 이 절차를 납득하지 못하시는군요." 장교는 마치 노인이 어린이의 터무니없는 행동에 대해 미소 지으면서 그 미소 뒤에 자신의 진짜 생각을 간직한 듯이 미소를 지어 보이며 혼잣말처럼 말했다. "그렇다면 이제 때가 되었습니다." 마침내 장교가 말을 했으며 협력을 구하기 위해 무언가를 요청하는 것 같은 시선으로 갑자기 탐험가 쪽을 바라보았다.

　"무슨 때가 되었다는 말인가요?" 탐험가가 불안하게 물었으나 아무 대답이 없었다.

　"너는 석방이다." 장교는 죄수가 알아들을 수 있는 말투로 죄수에게 말했다. 죄수로서는 처음엔 믿을 수 없는 모양이었다. "자 이제 석방이다." 장교가 되풀이했다. 죄수의 얼굴에 비로소 생기가 돌았다. 이게 정말인가? 단지 금방 사라져 버리는 장교의 변덕에 불과한 것인가? 외국의 탐험가가 힘을 다하여 특사를 얻어 자기에게 베푼 것일까? 무슨 일일까? 죄수의 얼굴은 마치 이렇게 묻고 있는 것 같았다. 그러나 그것도 오래가지 않았다. 아무튼 용서를 받은 이상 정말로 석방되기를 원했다. 죄수는 써레가 허락하는 한 몸을 흔들기 시작했다.

　"그러면 가죽끈이 끊어지잖아!" 장교가 외쳤다. "가만히 있어, 곧 풀어 줄 테니." 장교는 사병에게 신호를 보내 사병과 함께 풀어 주는 일을 시작했다. 죄수는 말없이 조용히 혼자 웃으면서 얼굴을 때로는 왼쪽으로 돌려 장교를 때로는 오른쪽으로 돌려 사병을 바라보았으며 탐험가 쪽도 잊지 않았다.

　"끌어내" 하고 장교가 사병에게 명령했다. 써레 때문에 약간은 조심스럽게 해야 했다. 죄수는 이미 조급한 마음 때문에 등에 몇 군데 작은 상처를 입었다.

　그때부터 장교는 죄수에게는 더 이상 거의 신경을 쓰지 않았다. 장교는 탐험가 쪽으로 가서 다시 작은 가죽 지갑을 꺼내어 들고 안을 뒤적거리더니 마침내 찾고 있던 종이쪽지를 찾아냈다. 그러고는 탐험가에게 보여 주었다. "읽어 보십시오." 장교가 말했다. "난 읽을 수 없습니다. 이미 말했을 텐데요. 이 종이를 읽을 수 없다고 말입니다." 탐험가가 말했다. "주의해서 잘 보십시오." 장교는 이렇게 말하면서 탐험가와 함께 읽기 위해 탐험가와 나란히 섰다. 그러나 그것이 아무 도움이 되지 않았기 때문에 이번에는 어떤 경우에도 절대 손을 대지 못하게 하려는 것처럼 그 종이를 높이 쳐들고 종이 위를 손가락으로 더듬었다. 이런 방법으로 탐험가가 읽는 것을 쉽게 하려는 것이었다. 탐험가는 적어도 이 문제에 있어서만은 장교의 마음에 들려고 무던히 애를 썼지만 헛수고였다. 장교는 글자를 한 자 한 자 읽기 시작했다. 그러고 나서 장교는 그것을 다시 한번 연결 지어 읽었다. "'정의로우라!' 하고 쓰여 있습니다." 장교가 말했다. "이젠 선생도 읽을 수 있습니다." 탐험가가 종이 위로 몸을 낮게 구부리고 있었기 때문에 장교는 그 종이에 닿을까 봐 두려워 더 멀찍이 들었다. 이제 탐험가는 더 이상 아무 말도 하지 않았지만 여전히 읽을 수 없다는 것은 명백했다. "'정의로우라!' 하고 쓰여 있습니다." 장교는 되풀이했다. "그럴지도 모르겠군요. 그렇게 쓰여 있는 것 같기도 합니다." 탐험가가 말했다. "이제 됐습니다." 장교는 적어도 부분적으로는 만족했는지 그렇게 말하고는 쪽지를 들고 사다리로 올라갔다. 장교는 쪽지를 아주 조심스럽게 제도기 속에다 펴고 톱니바퀴를 잘 보이도록 갈아 끼웠다. 그것은 지극히 곤란한 작업이었다. 그것은 아주 작은 톱니바퀴

였기 때문이다. 때때로 장교의 머리가 제도기 속으로 완전히 사라진 일도 있었다. 톱니바퀴를 그렇게 아주 면밀하게 검사하지 않으면 안 되었던 것이다.

탐험가는 아래에서 이 작업을 줄곧 지켜보고 있었다. 목덜미가 뻣뻣해졌고 하늘에서 마구 쏟아져 내리는 햇빛 때문에 눈이 피로했다. 사병과 죄수는 자기들끼리만 서로 신경을 쓰고 있었다. 이미 구덩이 속에 내던져진 죄수의 셔츠와 바지가 사병의 총검 끝으로 끌어 올려졌다. 셔츠는 지독히 더러워져 있었고 죄수는 셔츠를 물통 속에 넣어 빨았다. 죄수가 셔츠와 바지를 입었을 때 사병과 죄수는 크게 웃음을 터뜨렸다. 왜냐하면 그 옷이 등 쪽에서 두 조각으로 갈라져 있었기 때문이다. 죄수는 사병을 즐겁게 해 주는 것을 아마 의무처럼 생각하는 것 같았다. 죄수는 사병 앞에서 갈라진 옷을 걸친 채 원을 그리면서 춤을 추었다. 사병은 땅바닥 위에 쪼그리고 앉아서 웃으며 무릎을 치고 있었다. 그러나 그들도 그 자리에 있는 두 높은 분을 고려해 자제하는 것 같았다.

높은 곳에 있던 장교가 마침내 일을 끝냈을 때 그는 웃으면서 전체를 다시 한번 둘러보고는 그때까지 열려 있던 제도기의 뚜껑을 덮고 밑으로 내려와서 구덩이 속을 들여다보고 나더니 죄수 쪽을 쳐다보고는 죄수가 이미 옷을 끄집어낸 것을 만족스럽게 여기면서 손을 씻으려고 물통으로 갔다. 그러나 너무 늦게야 역겹게 더럽다는 것을 알았다. 장교는 손을 씻을 수가 없었기 때문에 참담해하고는 마침내 손을 모래 속에다 집어넣었다. 이런 대용품이 만족스럽지는 않았지만 어쩔 수가 없었던 것이다. 그리고 나서는 일어서서 군복 상의의 단추를 풀기 시작했다. 이때 장교의 손에 부인용 수건 두 장이 떨어졌다.

그때까지 옷깃에다 밀어 넣어 두고 있던 것이었다. "여기 네 손수건 가져가." 이렇게 말하면서 장교는 죄수에게 손수건을 던졌다. 그리고 탐험가를 향해 설명하듯이 말했다. "숙녀들의 선물입니다."

장교는 상의를 벗었고 그 옷을 다 벗을 때까지 서둘렀음에도 불구하고 완전히 다 벗고 나서는 벗어 놓은 옷가지들을 일일이 정성스럽게 갰다. 그의 군복 상의에 달려 있는 장식들은 특별히 손가락으로 쓰다듬기까지 했으며 장식용 술을 털어 가지런히 했다. 그러나 이런 정성스러운 태도를 보였음에도 옷가지들을 일일이 다 개더니 갑자기 불쾌한 듯 구덩이 속에 그것들을 모조리 던져 버렸다. 마지막까지 남은 것은 가죽끈이 달린 단검이었다. 장교는 칼집에서 그 단검을 꺼내어 그것을 분해해서 칼집과 칼, 가죽끈을 함께 쥐더니 모조리 구덩이 속에 힘껏 던져 버렸다. 그것들이 구덩이 아래로 떨어지면서 서로 부딪치는 소리가 들렸다.

이제 장교는 완전히 알몸으로 서 있었다. 탐험가는 입술을 깨물고 아무 말도 하지 않았다. 탐험가는 무슨 일이 일어날 것인지 알고 있었지만 장교가 하려는 일을 방해할 권리는 없었다. 장교가 집착하던 재판 절차가 실제로 곧 폐지될 상황—이것은 어쩌면 자기 나름대로 의무감을 느낀 탐험가의 간섭때문에 비롯된 것일 수도 있다—이라면 지금 장교는 정말로 옳은 행동을 하고 있는 것이다. 탐험가가 장교라 할지라도 달리 행동하지는 않았을 것이다.

사병과 죄수는 처음에는 아무것도 이해하지 못했다. 그들은 한 번도 이곳을 쳐다보지 않았던 것이다. 죄수는 손수건을 돌려받았기 때문에 매우 기뻐했다. 그러나 죄수는 그것을 오랫동안 기뻐할 수는 없었는데, 왜냐하면 사병이 도대체가 예측할 수 없을 만큼 재빨리 그것을 잡았기 때문이다. 그때 죄수는 사병의 멜빵에 끼워 놓은 손수건을 사병한테서 다시 뺏으려고 시도했지만 사병도 방심만 하고 있지는 않았다. 그들은 절반은 장난삼아 다투고 있었다. 장교가 완전히 알몸이 되었을 때에야 비로소 둘은 그에게 주의를 기울였다. 특히 죄수는 어떤 큰 변화가 일어날지도 모른다는 예감을 느낀 것 같았다. 그에게 일어난 일이 이제는 장교에게 일어났던 것이다. 어쩌면 극단적인 사태로까지 치달을지도 모를 일이었다. 십중팔구 그 외국의 탐험가가 그것을 명령한 모양이었다. 복수였던 것이다. 자기는 최후까지 고통스럽지 않았지만 장교는 최후까지 복수를 당할 것이다. 이런 생각을 했을 때 죄수의 얼굴에는 무언의 웃음이 떠올라 사라질 줄 몰랐다.

장교는 하지만 이미 기계를 향해 몸을 돌렸다. 장교가 그 기계를 잘 알고 있다는 사실을 예전부터 잘 알고 있다 하더라도 지금 그가 기계를 조정하는 것이나 기계가 그의 조작에 따르는 것을 보고 놀라지 않을 사람은 없었다. 장교가 써레에 손을 대기만 해도 써레는 장교를 받아들이기에 적당한 위치가 될 때까지 몇 차례 위아래로 작동을 했다. 장교가 침대 가장자리에 손을 대자 침대는 벌써 진동하기 시작했다. 솜뭉치가 장교의 입으로 다가오고 있었다. 그러나 한순간 주저하는 것 같더니 장교는 곧 체념한 듯이 그것을 입에 물었다. 준비가 완료되었다. 다만 가죽끈만이 한쪽 끝에 아직도 매달려 있었는데 그것은 분명히 불필요한 것이었다. 장교를 붙잡아 맬 필요가 없었기 때문이다. 그때 풀려 있는 가죽끈이 죄수 눈에 띄었다. 가죽끈을 꽉 잡아매지 않는 이상 형 집행은 완전하지 못하다. 부지런히 눈짓을 보내 사병에게 그 사실을 알렸고 이윽고 그들은 장교를 붙잡아 매려고 달려갔다. 이때 이미 장교는 한쪽 발을 쭉 뻗어서 제도기를 작동

246

하는 핸들을 밀려고 했다. 그때 장교는 두 명이 오는 것을 보았다. 장교는 발을 끌어당겼고 그 둘이 붙잡아 맬 수 있도록 내버려 두었다. 물론 핸들에 다다를 수가 없었다. 사병도 죄수도 찾을 수 없을 것이었다. 그리고 탐험가는 절대 움직이지 않으리라 결심했다. 그러나 소용없는 일이었다. 가죽끈이 걸리자마자 기계도 이미 작동하기 시작했다. 침대는 진동을 하고 바늘은 살갗 위에서 춤추었고 써레가 위아래로 작동을 했다. 탐험가는 제도기 속의 톱니바퀴 하나가 삐거덕거리는 소리를 내리라는 생각을 하기 전에 이미 그런 상황을 응시했지만 희미한 마찰음조차 들리지 않고 고요하기만 했다.

조용히 작동했기 때문에 기계에 대한 주의력이 점차 사라지고 말았다. 탐험가는 사병과 죄수 쪽으로 시선을 돌렸다. 죄수가 더 활기를 띠었다. 기계의 모든 부분에 흥미를 느꼈는지 몸을 아래로 굽히고 때로는 발돋움을 하면서 사병에게 무엇인가를 가리키기 위해 계속 집게손가락을 뻗쳤다. 탐험가에게 그것은 괴로운 일이었다. 탐험가는 마지막까지 여기에 머물러 있을 결심을 했으나 더 이상 두 사람을 보고 참을 수가 없었다. "자네들 돌아가게." 탐험가가 말했다. 사병은 이미 그런 생각을 하고 있었을 것이다. 그러나 죄수는 그 명령을 바로 처벌로서 받아들였다. 죄수는 두 손을 모아 여기에 머물게 해 달라고 계속 애원했다. 그래도 탐험가가 고개를 흔들면서 전혀 받아들이려 하지 않았기 때문에 그는 심지어 무릎을 꿇기까지 했다. 탐험가는 여기에서는 어떤 명령도 아무 소용이 없다는 것을 깨닫고는 그쪽으로 건너가서 두 사람을 쫓아내려고 했다. 그때 위의 제도기에서 요란한 소리가 들렸다. 탐험가는 위를 올려다보았다. 톱니바퀴의 고장인가? 아니 전혀 다른 일이었다. 큰 소리와 함께 제도기의 뚜껑이 천천히 위로 올라갔고 그러고 나서 완전히 열려 버렸다. 한 톱니바퀴의 톱니들이 보였고 그것이 위로 올라왔으며 곧이어 바퀴 전체 모습이 드러났다. 마치 어떤 강한 힘이 제도기에 압력을 가한 것 같았다. 그래서 이러한 바퀴가 머물러 있을 자리가 없는 것 같았다. 톱니바퀴가 제도기의 가장자리까지 밀려 나와서 그것이 밑으로 툭 떨어졌다. 그러고는 모래에서 짧은 구간을 굴러가다가 옆으로 쓰러져 버렸다. 그러나 이미 위에서는 다른 바퀴가 모습을 드러내고 있었다. 잇달아 큰 것, 작은 것, 거의 구별할 수 없는 것들이 나타나 똑같은 일을 반복했다. 이제야말로 제도기 속은 텅 비어 있을 것이라는 생각을 할 때마다 매번 새로운 것, 특히 무수한 톱니바퀴가 쑥 올라와서 아래로 툭 떨어져 모래에서 얼마 동안 구르다가 옆으로 쓰러져 버리는 모습을 볼 수 있었다. 이런 일 때문에 죄수는 탐험가의 명령을 까맣게 잊어 버렸다. 탐험가는 톱니바퀴에 온통 정신이 쏠려 있었다. 그는 사병의 도움을 받아 한 개만이라도 붙잡으려고 했으나 흠칫 놀라서 손을 뒤로 빼 버렸다. 왜냐하면 다른 톱니바퀴가 잇따라 굴러 오는 통에 너무 놀랐기 때문이다.

탐험가는 반면에 무척이나 불안해했는데, 기계가 분명히 붕괴되고 있었던 것이다. 기계의 조용한 작동은 착각이었으며, 탐험가는 이제 장교를 돌보아야 할 것 같은 느낌을 받았는데, 왜냐하면 장교는 이제 자기 몸조차 스스로 손을 쓸 수 없게 되었기 때문이다. 그러나 탐험가의 온갖 주의가 오로지 톱니바퀴에만 쏠려 있었기 때문에 기계의 나머지 부분을 감시하는 데 소홀하게 되었다. 그런데 지금 마지막 톱니바퀴가 제도기에서 떨어진 다음 탐험가가 써레를 들여다보았을 때 또 다른 불쾌한 놀라움에 사로잡히게 되었다. 써레는 이미 글자를 새기고 있지 않았다. 그것은 오직 찌르는 일만 하고 있었다. 침대는 몸을 회전시키지 않고 진동을 하면서 바늘 사이로 몸통을 들어 올리고 있었다. 탐험가는 손을 뻗어 가능하면 기계 전체를 정지시키고 싶었다. 그것은 장교가 받고자 했던 고문이 아니었다. 그것은 직접적인 살인이었다. 탐험가는 손을 쭉 뻗었다. 그러나 이미 써레는 예전 같으면 열두 시간이 지나야 작동되는 그런 일을 행하며 푹 찌른 몸을 옆으로 들어 올렸다. 피가 무수히 흐르고 있었다. 결코 물이 섞이지 않았고 물이 흐르는 배수관도 작동을 하지 않고 있었다. 이제 마지막 과정에서도 기능을 제대로 못하고 있었다. 긴 바늘 끝에 꿰뚫린 몸통이 피를 계속 쏟으면서 구덩이 위에 떨어지지 않은 채 매달려 있었다. 써레는 이미 예전의 위치로 돌아가려고 했으나 아직도 자기 자신의 짐으로부터 벗어나지 못 하고 스스로 깨닫기라도 한 듯이 구덩이 위에 그대로 머물러 있었다. "이봐 좀 도와줘!" 탐험가는 사병과 죄수를 향해 소리를 지르며 자기 자신은 장교의 두 발을 붙잡았다. 탐험가는 장교의 발에다 자기 몸을 대고 밀 생각이었다. 그러나 두 사람은 손을 댈 엄두를 내지 못하고 있었다. 죄수는 즉시 꽁무니를 빼 버렸다. 탐험가는 두 사람에게 다가가 완력으로 그들을 장교의 머리 쪽으로 밀었다. 이때 탐험가는 얼떨결에 시체의 얼굴을 보았다. 살아 있었을 때 그대로였다. 약속된 구원의 표시는 도무지 찾아볼 수 없었다. 다른 모든 사람이 이 기계에서 발견한 것을 장교는 찾아내지 못한 것이다. 입술은 굳게 다물고 있었고 두 눈은 뜨고 있었는데 아직도 살아 있는 것 같았다. 눈빛은 조용하면서도 확신에 차 있었다. 커다란 쇠바늘이 이마를 꿰뚫고 있었다.

＊

　탐험가가 사병과 죄수를 뒤에 이끌고 유형지의 첫 번째 마을에 들어섰을 때 사병이 어떤 집을 가리키면서 말했다. "여기가 그 찻집입니다."

　그 집의 일 층은 깊숙하고 낮았으며 사방의 천장과 벽이 연기로 그을려서 마치 동굴처럼 보였다. 도로 쪽으로 향한 곳은 그 전체가 개방되어 있었다. 그럼에도 불구하고 찻집은 사령부의 모든 호화 주택을 제외한 유형지의 모든 다른 집과 다르지 않았다. 탐험가에게는 역사적인 기념물 같은 감명을 주었으며 지나간 시절의 권세를 느끼게 했다. 그 두 사람을 동반하고서 탐험가는 찻집 앞의 길가에 놓인 빈탁자 사이를 빠져나가 가까이 접근했다. 그들은 그 안으로부터 나오는 축축하고 눅눅한 공기를 들이마셨다. "구 사령관이 여기에 묻혀 있습니다." 사병이 말했다. "무덤 장소를 사제가 거절했기 때문입니다. 어디에 묻어야 할지를 결정하지 못하다가 결국 이곳에 묻어 버렸습니다. 이 사건에 대해 장교는 아무 말도 하지 않았습니다. 그런 내용이 그에게는 당연히 부끄럽게 여겨졌을 테니까요. 장교는 여러 차례 한밤중에 구 사령관을 파내려고 시도했지만 매번 쫓겨나고 말았습니다."

　"무덤이 어디에 있는 거지?" 사병의 말을 믿을 수 없었던 탐험가가 물었다. 사병과 죄수는 탐험가보다 앞서 함께 달려가더니 손을 뻗쳐서 무덤이 있을 만한 곳을 가리켰다. 그들은 탐험가를 손님이 앉은 몇 개의 탁자가 있는 맞은편 벽까지 데리고 갔다. 아마도 부두 노동자인 듯했다. 짧고 빛나는 검은 수염이 온통 얼굴을 덮은 체격 좋은 사람들이었다. 모두들 상의를 입지 않은 채 셔츠는 다 찢어져서 가난하고 천한 사람들로 보였다. 탐험가가 가까이 다가가자 몇 사람이 일어나더니 벽에 몸을 붙이면서 경계하는 눈초리로 바라보았다. "외국인이군." 탐험가에게 그렇게 속삭이는 것이 들렸다. "무덤을 보러 왔을 거야." 그들이 테이블 하나를 옆으로 밀어내자 그 밑에서 실제로 묘비가 하나 나타났다. 단순한 돌로 만든 것으로 테이블에 가려질 만큼 높이도 낮았다. 묘비에는 아주 작은 글씨로 비명이 새겨져 있었다. 탐험가는 그것을 읽기 위해 무릎을 꿇어야 했다. 그 비문의 내용은 이러했다. '여기 구 사령관이 잠들다. 지금은 이름을 밝힐 수 없지만 추종자들이 모여 그분을 위해 무덤을 파고 묘비를 세우다. 일정한 세월이 흐르면 사령관은 다시 부활하여 이 집에서 나와 추종자들과 함께 이 유형지를 다시 탈환할 것이라는 예언이 있다. 믿고 기다리라.' 탐험가가 그것을 읽고 일어섰을 때 그는 사람들이 자기를 에워싸고 웃고 있는 것을 보았다. 그들은 마치 그것을 그들이 읽어 보았지만 우습다고 생각하지 않느냐고 자신들의 생각과 똑같은지를 물어보는 것 같았다. 탐험가는 그것을 모르는 척하며 은화 몇 닢을 나눠 주고는 테이블을 무덤 위에 올려놓을 때까지 기다렸다가 찻집에서 나와 항구로 떠났다.

사병과 죄수는 찻집에서 아는 사람들을 만나 그들에게 붙들렸다. 그러나 둘은 곧 그들과 헤어진 것이 분명했는데, 왜냐하면 탐험가가 보트 있는 데로 내려가는 기다란 층계의 한복판에 이르렀을 때 벌써 두 사람이 뒤쫓아 달려오고 있었기 때문이다. 그들은 십중팔구 마지막 순간 탐험가에게 애원하여 함께 데려가 달라고 억지를 부릴 작정이었을 것이다. 탐험가가 계단을 내려가서 뱃사공과 함께 기선을 타는 문제로 이야기하고 있을 때 그 두 사람은 감히 소리를 지를 수 없었기 때문에 묵묵히 계단을 내려오고 있었다. 그러나 그들이 다 내려왔을 때 탐험가는 이미 보트에 올라탔고 뱃사공은 물가를 떠나고 있었다. 그들은 그 보트에 뛰어오를 수도 있었겠지만 탐험가가 바닥에서 묵직한 매듭진 굵은 밧줄을 집어 들어 위협했기 때문에 뛰어올라 탈 수가 없었다.

6. 어느 시골 의사 (1919)

Ein Landarzt

아버님께 바칩니다

Meinem Vater

신임 변호사
Der neue Advokat

우리는 신임 변호사가 한 명 있는데, 부체팔루스* 박사이다. 그의 외모는 그가 아직 마케도니아 알렉산드로스 대왕의 군마였던 그 시대를 거의 기억나게 하지 않는다. 정말로 그 세부적인 사정들에 친숙한 사람이라면 몇 가지를 알아차린다. 그렇지만 나는 최근에 그가 허벅다리를 높이 들어 올린 채 대리석을 울리면서 한 계단 한 계단 오르고 있었을 때 옥외 계단에서 경마의 하찮은 단골손님과 같은 안목을 지닌 매우 우직한 재판소 직원까지도 그 변호사에 대해 경탄하는 것을 보았다.

대체로 사무실에서는 이 부체팔루스를 받아들이는 것에 동의한다.

* 알렉산드로스 대왕의 애마 이름.

놀라운 통찰력으로 사람들은, 부체팔루스가 오늘날의 사회질서에서는 어려운 상황에 처해 있으며, 바로 그런 이유로 그리고 또한 그의 세계사적인 의의 때문에 아무튼 그들의 동의를 받을 만하다고들 중얼거리고 있다. 오늘날에는 위대한 알렉산드로스 같은 인물은 존재하지 않으며, 아무도 이것을 부인할 수는 없다. 상당수 사람은 물론 살인할 줄 알고, 숙달된 솜씨의 측면에서 보자면, 연회 식탁 위로 창을 날려 친구를 맞히는 일이 없지 않으며, 많은 사람에게는 마케도니아가 너무 좁아서 그들은 아버지 필립을 엄청 원망하고 있다. 그러나 인도로 이끌고 갈 수 있는 사람은 아무도, 아무도 없다. 이미 그 당시에도 인도의 성문들은 도달할 수 없는 곳이었지만, 그러나 그 방향은 왕의 칼을 통해 나타나 있었다. 오늘날은 그 성문들이 완전히 다른 방향을 향하고 있고, 더 멀리 그리고 더 높이 잘못 놓여 있다. 아무도 그 방향을 가리키는 사람이 없다. 많은 사람이 칼을 들고 있으나, 그것은 다만 그 칼을 휘두르기 위해서일 뿐이다. 그리고 그 칼들을 놓치지 않고 따라가고자 하는 눈길은 엉클어진다.

어쩌면 그 때문에, 부체팔루스가 그랬던 것처럼, 법전들에만 몰두하는 것이 실제로 최선의 일일지도 모른다. 자유롭게, 기병의 엉덩이들에 옆구리를 눌리지 않고, 조용한 등불 아래서, 알렉산드로스 전투의 끊임없는 굉음으로부터 멀리 떨어져서, 그는 우리 옛날 서적들의 책장들을 넘기며 읽고 있다.

어느 시골 의사

Ein Landarzt

나는 크게 당혹스러워하고 있었다. 긴급한 왕진을 바로 눈앞에 두고 있었던 것이다. 어떤 중환자가 십 마일이나 떨어진 마을에서 나를 기다리고 있었다. 세찬 눈보라가 나와 그 마을 사이의 먼 공간을 가득 메우고 있었다. 나에겐 마차가 한 대 있었는데 가볍고, 바퀴가 크고, 우리의 시골길에는 매우 쓸모 있는 그런 마차였다. 나는 이미 털외투로 몸을 감싸고, 손에는 진료 가방을 들고, 왕진 준비를 마치고 벌써 마당에 서 있었다. 그러나 말이 없었다, 그놈의 말이! 말이 이 얼음장처럼 차가운 겨울 내내 너무 혹사당한 탓에 어젯밤에 죽어 버렸던 것이다. 나의 하녀가 말 한 필을 빌려 보려고 마을을 헤매고 있었다. 그러나 그것은 가망 없는 일이었으며, 나는 그 사실을 알고 있었다. 나는 점점 더 많이 눈에 뒤덮이고, 점점 더 옴짝달싹 움직일 수 없게 된 채, 무의미하게 서 있었다. 대문에 하녀가 나타났는데 혼자였다. 등불이 흔들리고 있었다. 당연한 노릇이었다. 누가 지금 이런 왕진을 가라고 자기 말을 빌려 주겠는가? 나는 다시 한번 마당을 남김없이 거닐어 보았으나 아무런 가능성도 찾아내지 못했다. 산만하고 고통스러운 마음으로 나는 이미 몇 해 동안 쓰지 않은 돼지우리의 부서지기 쉬운 문을 발로 찼다. 문이 열리더니 돌쩌귀가 접혔다 펴졌다 하는 소리가 났다. 말한테서 나오는 것 같은 온기와 냄새가 나타났다. 우리 안에는 흐릿한 램프 하나가 줄에 매달려 흔들거리고 있었다. 나지막한 칸막이 속에 웅크리고 앉아 있던 어떤 사내가 파란 눈의 맨 얼굴을 보여 주었다. "말을 마차에 맬까요?" 하고 물으며 그 사내가 네발로 기어 나왔다. 나는 무슨 말을 해야 할지를 알 수 없어서 우리 안에 아직 무엇이 또 있는가 보려고 그저 몸을 구부렸을 뿐이다. 하녀는 내 옆에 서 있었다. "자기 집에 도대체 어떤 종류의 물건들이 있는지도 몰랐군요" 하고 하녀가 말했다. 우리 둘은 웃음을 터뜨렸다.

"이랴, 형제여, 이랴, 자매여!" 하고 마부가 소리치자, 힘세고 옆구리가 튼튼한 짐승인 말 두 필이 다리를 몸에 바싹 붙이고 잘생긴 머리를 마치 낙타처럼 푹 숙이면서 오로지 몸통을 돌리는 힘만으로 몸이 꽉 끼는 비좁은 문구멍을 잇달아 빠져나왔다. 그러나 곧바로 그 말들은 두 발을 높이 들어 몸을 곧추세우고, 온몸에는 김이 무럭무럭 난 채 서 있었다. "그를 도와라." 내가 말하자 온순한 하녀는 서둘러 마부에게 마구를 갖다 주었다. 그런데 하녀가 마부 곁으로 가자마자 그가 그녀를 덥석 끌어안더니 그녀의 얼굴에 자기 얼굴을 눌러 댔다. 그녀는 비명을 지르며 나에게 도망쳐 왔는데, 하녀의 뺨에는 이빨 자

국이 두 줄이나 빨갛게 나 있었다. "이 짐승 같은 놈!" 나는 격분해서
계속 소리쳤다. "채찍 맛 좀 보고 싶으냐?" 그러나 곧바로 나는 정신
을 가다듬고, 그가 낯선 사람이며, 어디서 왔는지는 모르나 다른 사
람들은 모두 거절하는 판에 나를 자발적으로 도와주고 있다는 사실
을 생각해 냈다. 마치 내 생각을 알고 있기라도 한 것처럼 그는 나의
위협을 나쁘게 받아들이지 않고 딱 한 번 나를 향해 돌아보았을 뿐,
계속 말에 매달려 열심히 일을 하고 있었다. 그러고 나서 "올라타십
시오" 하고 그가 말했는데, 실제로 모든 준비가 다 되어 있었다. 내가
아직 한 번도 타 본 적이 없는 그런 아주 멋진 마차임을 알아보고 나
는 기분 좋게 올라탄다. "그러나 마차는 내가 몰게 될 거야. 자넨 길
을 모르니까" 하고 내가 말한다. "물론입죠" 하고 그가 말했다. "전 결
코 함께 가지 않습니다. 로자 곁에 남아 있겠습니다."

"안 돼요!" 하고 로자는 소리 지르며 도저히 피할 수 없는 자기 운
명의 불가피성을 정확하게 예감하면서 집 안으로 뛰어 들어간다. 나
는 그녀가 문고리를 걸어 잠그는 삐걱거리는 소리와 자물통을 채우
는 철컥 소리를 듣는다. 그 밖에도 나는 그녀가 복도에서 그리고 계
속 방마다 살살이 뛰어다니면서 자기를 못 찾도록 불을 모조리 꺼 버
리는 모습도 본다. "자네, 나와 같이 가세" 하고 내가 마부에게 말한
다. "그러지 않으면 아무리 긴급하더라도 왕진 가는 것을 포기하겠
네. 말을 타는 대가로 자네에게 하녀를 넘겨줄 생각은 없네."

"이랴!" 하고 마부가 말했다. 그는 손뼉을 친다. 그러자 마차는 마
치 목재가 급물살에 휩쓸리듯이 재빨리 굴러간다. 또 나는, 마부의
돌격으로 나의 집 문이 깨져서 산산조각 나는 소리도 듣는다. 그러
고 나서 나의 눈과 귀는 모든 감각기관으로 똑같이 파고드는 마차의

질주하는 소음으로 가득 차 있다. 그러나 그것도 단지 한순간뿐이다. 왜냐하면, 마치 내 환자의 집 마당이 바로 내 집 대문 앞에 열리기라도 한 것처럼, 내가 벌써 거기에 서 있기 때문이다. 마차를 끄는 말들은 조용히 서 있다. 내리던 눈이 어느덧 그쳤고, 달빛이 사방을 비추고 있었다. 환자의 부모가 집에서 서둘러 달려 나오고, 그들 뒤로 환자의 누이가 따라 나온다. 사람들이 나를 마차에서 들어내다시피 해서 내려놓는다. 당황해서 횡설수설하는 그들의 이야기에서 난 아무것도 알아내지 못한다. 병실 안의 공기는 거의 숨을 쉴 수가 없는 지경이다. 소홀하게 방치된 아궁이가 연기를 내뿜고 있다. 나는 창문을 열어젖힐 것이다. 그러나 우선 환자를 볼 작정이다. 비쩍 마르고, 열은 없으며, 몸은 차지도 따뜻하지도 않으며, 공허한 눈을 하고, 셔츠도 입지 않은 채 그 소년은 새털 이부자리 밑에서 몸을 일으키더니, 나의 목에 매달려 내 귀에 대고 속삭인다. "의사 선생님, 저를 죽게 내버려 두세요." 나는 주위를 둘러본다. 나 말고는 아무도 그 소리를 듣지 못했다. 부모는 몸을 숙인 채 아무 말 없이 서서 나의 판단을 기다리고 있고, 누이는 내 손가방을 올려놓을 의자 하나를 가져왔다. 나는 가방을 열고 나의 의료 기구들을 뒤진다. 소년은 침대에서 끊임없이 손을 뻗쳐 나를 더듬으며, 나에게 자신의 부탁을 상기시키려고 한다. 나는 핀셋을 하나 집어 들고 그것을 촛불에 비쳐 검사하고는 다시 놓아둔다. '그래,' 하며 나는 불경스러운 생각을 한다. '이런 증상의 경우 신들이 돕고 계시는 거야. 없는 말을 보내 주시고, 더구나 긴급하기 때문에 두 번째 말까지 한 마리를 더 보내 주신 데다, 과분하게도 마부까지 제공해 주시다니—' 그때야 비로소 나에게 다시 로자 생각이 퍼뜩 떠오른다. 그녀와 십 마일이나 멀리 떨어져 있고, 내 마차 앞에는 제어할 수 없는 말들이 매여 있는데, 내가 무엇을 할 수 있을까, 어떻게 내가 그녀를 구할까, 어떻게 내가 이 마부로부터 그녀를 끌어낼까? 어찌 된 영문인지 이제 그 말들은 끈들이 느슨하게 풀려 있었고, 어떻게 그렇게 된 것인지 나로서는 알 수 없으나, 창문들이 밖에서부터 활짝 열어젖혀져 있었다. 창문 하나에 한 마리씩 그 말들은 창문으로 머리를 쑤셔 넣고는 가족들의 비명에도 전혀 동요하지 않고 환자를 들여다보고 있었다. 마치 말들이 나더러 빨리 떠나자고 요구라도 하는 것처럼 나는 '말을 타고 곧 다시 돌아갈 거야' 하고 생각했다. 그러나 나는, 더위 때문에 내가 멍하니 정신이 없는 거라고 생각한 그 누이가 나의 털외투를 벗기는 것을 허용한다. 럼주 한 잔을 나에게 내놓으며 그의 노부가 나의 어깨를 두드린다. 그가 보물처럼 아끼는 것을 내놓는다는 것은 허물없는 친밀감을 증명해 주는 것이다. 나는 머리를 흔들었다. 그 노인장의 좁은 소견머리에 내 기분이 나빠진 것이리라. 오로지 그 이유 때문에 나는 그 술을 마시는 것을 거절한 것이다. 그 어머니는 침대 가에 서서 나를 그쪽으로 오라고 유인한다. 나는 그녀의 뜻에 따라, 말 한 마리가 방의 천장을 향해 큰 소리로 힝힝거리는 동안, 나의 젖은 수염 밑에서 부들부들 떨고 있는 소년의 가슴에 내 머리를 댄다. 그러자 내가 알고 있는 사실이 확인되는데, 그 소년은 건강한 것이다. 걱정하는 어머니 탓에 커피를 너무 많이 마셔서 혈색이 약간 나쁘지만, 그러나 건강한 편이어서, 한번 밀어서 단번에 침대에서 몰아내 버리는 것이 최선이다. 나는 세계를 개선하는 사람이 아닌지라 그가 누워 있도록 내버려 둔다. 나는 그 행정 구역에 의해 고용되어 변두리에 이르기까지 나의 의무를 행하고 있는데, 그 변두리까지 관할하는 것은 거의 감당할 수 없을 만큼 너무 일이 많다. 박봉이었지만 나는 가난한 사람들에게 관대하고 기꺼이 도움을 주고 싶어 한다. 나는 아직 로자를 돌보아야 하며, 그리고 보니 죽고 싶다는 소년이 옳을지도 모르겠고 나 역시 죽고 싶다. 끝없는 겨울에 여기에서 내가 무슨 일을 하겠는가! 내 말은 죽어 버렸고, 마을에서 나에게 자기 말을 빌려주는 사람은 아무도 없다. 돼지우리에서 나는 내 마차를 끌어내야 한다. 만약에 우연히 말이 없다면 나는 암돼지라도 타고 가야 할 것이다. 사정이 이렇다. 나는 그 가족에게 고개를 끄덕인다. 그들은 그런 사정을 전혀 모른다. 그리고 만약 그들이 그걸 안다고 해도 믿으려 하지 않을 것이다. 처방전을 쓰는 것은 쉽지만, 그 사람들과 의사소통을 한다는 것은 어려운 일이다. 자, 이제 그러니까 여기서 나의 왕진은 끝난 것 같은데, 사람들이 다시 한번 나에게 쓸데없는 헛수고를 시킨 셈이다. 이런 일에 나는 익숙해 있다. 나의 야종夜鐘을 이용해서 이 구역 전체가 나를 괴롭히는데, 그러나 이번에는 로자마저 넘겨주지 않으면 안 된다. 수년 동안 나한테 거의 대접도 받지 못한 채 내 집에서 살아온 그 아름다운 처녀를 말이다—이 희생은 너무 큰 것이다. 정말 아무리 선한 의지를 가졌다 하더라도 나에게 로자를 돌려줄 수 없는 이 가족을 향해 내가 위협적으로 덤벼들지 않으려면 나는 머릿속에 아무튼 임시방편으로라도 뾰족한 방안을 미리 마련해 두지 않으면 안 된다. 그러나 내가 왕진 가방을 닫고 내 털외투를 향해 눈길을 보낼 때 가족들이 모여 선다. 아버지는 손에 들고 있는 럼주 잔에다 코를 벌름거리며 냄새를 맡고, 어머니는 거의 틀림없이 나에게 실망한 듯이—그래, 이 사람들은 도대체 나에게 무엇을 기대한다는 말인가?—눈물을 글썽이며 애처로운 모습으로 입술을 지그시 깨물고 있고, 누이는 피투성이가 된 손수건을 흔들고 있다. 어쩌면 사정에 따라서 나는, 소년이 아마 아플지도 모른다는 사실을 인정해 줄 준비가 아무튼 되어 있다. 내가 소년에게 걸어가자 그는 나를 향해, 마치 내가 자신에게 예컨대 효력이 가장 강력한 수프라도 가져온 것처럼, 미소를 지어 보인다―아! 이제 말 두 필이 힝힝거리며 울고 있구나. 더 높은 곳에서 울려오는 그 소리가 나의 진찰을 분명히 용이하게 해 줄 것이다―그리고 이제 나는 찾아낸다. 그렇다, 소년은 아픈 것이다. 그의 오른쪽 옆구리, 엉덩이 부분에 손바닥 크기의 상처가 벌어져 있다. 장밋빛으로, 수많은 명암을 띠고 있고, 그 깊은 곳은 어두운 색이고 가장자리로 갈수록 점점 밝은 색이 되며, 부드러운 곡식알처럼 오돌토돌하게 맺혀 있는 피가 마치 노천 광산처럼 열려 있다. 멀리서 보면 그렇다. 가까이에서 보니 더 심한 상처가 드러난다. 누가 나직이 신음 소리를 내지 않고 그것을 볼 수 있겠는가? 굵기와 길이가 내 새끼손가락만 하고 본래 장밋빛 몸에다 피까지 묻어 지저분해진 그런 구더기들이 상처 내부에 착 달라붙어 하얀 작은 머리와 수많은 다리로 꿈틀거리는 모습이 드러난다. 가엾은 소년이여, 너를 도와줄 수가 없다. 나는 너의 큰 상처를 찾아냈다. 그러나 너는 네 옆구리의 꽃 같은 이 상처로 죽는다. 가족들은 행복하다. 그들은 내가 진찰하는 것을 보고 있는 것이다. 누이는 내가 진찰한다는 것을 어머니에게, 어머니는 아버지에게, 아버지는 몇몇 손님에게 말하는데, 그들은 발뒤꿈치를 들고 서서 두 팔을 뻗쳐 몸의 균형을 잡으며 열려 있는 문으로 비치는 달빛을 뚫고 들어오고 있다. "선생님, 저를 살려 주시겠지요?" 하며 소년은, 자신의 상처 안에 도사리고 있는 생명 때문에 완전히 현혹되어, 흐느끼면서 속삭인다. 내 구역의 사람들은 이렇다. 늘 불가능한 것을 의사에게 요구한다. 그 오랜 믿음을 그들은 잃어버렸다. 신부는 자기 집에 앉아 미사 때 입는 제의를 하나씩 하나씩 쥐어뜯고 있다. 그러나 의사는 외과 의사의 연약하고 섬세한 손으로 모든 것을 해내야 한다. 자, 언제나 그렇듯이 말이다. 내가 자청해서 나서지는 않았다. 그대들이 나를 성스러운 목적에 쓴다면, 나도 그것을 막지 않고 그대로 받아들일 것이다. 하녀도 빼앗긴 주제에 늙은 시골 의사인 내가 무슨 더 나은 것을 원하겠는가? 그리고 그들이 온다. 그 가족과 마을의 연장자들이 와서는 나의 옷을 벗긴다. 교사를 선두에 세운 학교 합창단이 집 앞에 서서 지극히 단조로운 멜로디로 다음과 같은 가사의 노래를 부른다.

"그의 옷을 벗겨라, 그러면 치료할 것이다.
치료하지 않으면, 그를 죽여라!
그는 그저 의사일 뿐, 그저 의사일 뿐이다."

그런 다음 나는 옷이 벗겨진 상태로, 손가락들을 수염 속에 넣고서 머리를 비스듬히 기울인 채 사람들을 조용히 바라본다. 나는 단연코 침착하며 모든 사람보다 우월한데, 이것은 앞으로도 변함이 없을 것이다. 그렇지만 이런 것이 나에게 아무런 도움이 되지 않는데, 왜냐하면 그들이 내 머리와 두 발을 잡아 침대 안으로 데려다 놓기 때문이다. 벽 쪽으로, 소년의 상처 부위 옆에 바짝 붙어 그들은 나를 눕힌다. 그런 다음 모두가 방에서 나간다. 문이 닫히고 노랫소리도 잠잠해진다. 구름이 달을 가리고, 침구류가 나를 따뜻하게 감싸고 있다. 창구멍들 안에는 말 머리들이 그림자처럼 흔들거리고 있다. "알겠어요?" 하고 내 귀에 대고 한 말을 나는 듣는다. "선생님에 대한 저의 신뢰는 아주 작아요. 선생님도 그냥 그 어딘가에 떨쳐져 버렸을 뿐이지 제 발로 오신 것이 아니잖아요. 선생님은 저를 도와주는 대신, 나의 임종의 자리를 좁게 하고 있어요. 당신 두 눈을 정말 확 긁어내 버리고 싶어요."

"옳은 말이야," 하고 내가 말한다. "그건 치욕스러운 일이야. 하지만 난 의사야. 내가 어떻게 해야 할까? 그것이 나한테도 쉬운 일이 아니라는 것을 믿어 주게."

"그따위 변명으로 나한테 만족하란 말인가요? 아, 나는 그래야만 하겠지요. 언제나 나는 만족하지 않으면 안 되지요. 어떤 아름다운 상처를 가지고 나는 이 세상에 태어났지요. 그것이 나에게 주어진 밑천 전부였어요."

"이보게, 젊은 친구," 하고 내가 말한다. "자네의 결점은 멀리 내다보는 통찰력이 없다는 거야. 이미 주변의 모든 병실을 다 다녀 본 적이 있는 사람으로서 내가 자네한테 말하는데, 자네의 상처는 그렇게 나쁘지가 않네. 뾰족한 모서리에 괭이로 두 번 후려쳐서 생긴 거야. 많은 사람이 자기 옆구리를 드러내 놓고도 숲에서 나는 곡괭이 소리는 거의 듣지 못하는데, 하물며 그 곡괭이가 자기들한테 더 가까이 다가오는 소리를 어떻게 듣겠는가."

"그게 정말 그런가요, 아니면 선생님이 열병에 걸린 나를 속이는 건가요?"

"정말로 그렇다네. 공의公醫의 명예를 걸고 하는 말이니 받아들이게나." 그리고 그는 그 말을 받아들였고 조용해졌다. 그러나 이제 나 자신의 구원을 생각할 때였다. 아직도 그 말들은 충직하게 제자리에서 있었다. 나는 옷들과 털외투와 가방을 얼른 움켜잡았다. 옷을 입느라고 꾸물거리고 싶지가 않았던 것이다. 만약 말들이 이곳에 올 때처럼 급히 서둘러 준다면, 나는 이 침대에서 뛰어올라 내 침대로 툭 튕겨 나갈 것이다. 말 한 필이 고분고분하게 창문에서 뒤로 물러갔다. 나는 짐 뭉치를 마차 안으로 던졌다. 털외투가 너무 멀리 날아가서 오직 소매 자락 하나만 갈고리에 걸렸다. 그만하면 충분했다. 나는 말에 뛰어올랐다. 끈들이 느슨하게 풀리고, 말 한 필을 다른 말과 서로 제대로 잡아매지 못한 상태로, 마차가 헤매며 뒤따르고, 털외투는 맨 뒤에서 눈에 파묻혀 질질 끌려왔다. "이랴!" 하고 나는 외쳤으나 말은 경쾌하게 달리지 못했다. 마치 늙은이들처럼 우리는 천천히 눈 덮인 황량한 벌판을 지나갔다. 우리 뒤에서는 오랫동안 아이들이 부르는 새로운, 그러나 틀린 노래가 들려왔다. "기뻐하라, 그대 환자들이여! 의사가 그대들 병상에 누혀 있도다!"

결코 이런 꼴로 나는 집에 돌아가지 못한다. 번성하는 나의 병원은 사라져 버리고 없다. 어떤 후임자가 나한테서 빼앗아 갔기 때문이지만, 그가 나를 대신할 수는 없기 때문에 아무 소용이 없다. 나의 집에서는 그 구역질 나는 마부가 미쳐 날뛰고, 로자는 그의 제물인데, 나는 그것을 깊이 생각하고 싶지 않다. 벌거벗고서 이 불행한 시대의 혹한에 몸을 내맡긴 채, 지상의 마차와 저세상의 말을 타고, 늙은 사내인 나는 정처 없이 떠돌아다닌다. 내 털외투가 마차 뒤에 걸려 있으나 나는 그것에 손이 닿을 수가 없으며, 움직일 수 있는 환자들 중에 아무도 손가락 하나 까딱하지 않는다. 속았구나! 속았어! 일단 잘못 울린 야종 소리를 따르다 보니, 결코 돌이킬 수 없게 되어 버린 것이다.

맨 위층 싸구려 관람석에서
Auf der Galerie

만약 서커스 공연장에서 폐결핵에 걸린 어떤 쇠약한 여자 곡마사가 흔들거리며 달리는 말에 탄 채, 지칠 줄 모르는 관객들 앞에서, 채찍을 휘둘러 대는 인정사정없는 단장에게, 말 위에서 휙휙 소리를 내면서, 키스를 던지면서, 가는 허리를 흔들면서, 몇 달이고 끊임없이 원을 그리며 빙빙 돌도록 내몰린다면, 그리고 만약 이 유희가, 악대와 환등기의 잠시도 멈추지 않는 소음 속에서 잦아들다가 새로 커지는, 정말이지 피스톤 같은 손들의 갈채를 따라, 끊임없이 점점 더 멀리 열리는 잿빛 미래 속으로 이어진다면, 그러면 아마도 맨 위층 싸구려 관람석의 한 젊은 손님이 관람석의 모든 등급이 매겨진 긴 층계를 급히 뛰어 내려와 공연장 안으로 돌진하여 항상 분위기에 적응하는 악단의 팡파르를 뚫고 "멈춰!" 하고 외칠 것이다.

그러나 실상은 그렇지가 않다. 제복을 입은 의기양양한 자들이 열어젖힌 장막들 사이로 한 아름다운 숙녀가 하얗고 붉은 모습으로 날아 들어오고, 단장은 헌신적으로 그녀의 눈길을 얻으려 애쓰면서 짐승의 자세를 한 채 그녀 쪽으로 숨을 내쉬고, 마치 그녀가 위험한 여행을 떠나는, 자신이 그 무엇보다도 사랑하는 손녀라도 되는 것처럼, 그녀를 둥근 회색 반점이 있는 백마 위에 만약의 사태에 대비해 무척 신중하게 올려놓고 채찍 신호를 보내야 할지 결정하지 못하다가 마침내 자기 극복 상태에서 채찍을 힘차게 내리쳐 신호를 보내고 그 말 옆에서 입을 벌리고 함께 따라 뛰며, 그 여자 곡마사의 뛰어오르는 모습들을 날카로운 눈길로 추적해 보지만, 그녀의 숙련된 기교를 거의 파악할 수가 없으며, 영어로 소리를 질러 위험을 알려 주려고 애쓰며, 굴렁쇠를 잡고 있는 마부들에게 화를 내면서 극도로 주의하라고 타이르며, 손을 쓰지 않고 대회전을 하는 공중제비 전에는 두 손을 높이 쳐들고 악대에게 제발 조용히 해 달라고 간청하며, 마침내 그 작은 여인을 떨고 있는 말에서 들어 올려 양쪽 볼에 입을 맞추면서, 관중이 보내는 그 어떤 경의도 충분하지 못하다고 생각한다. 반면에 그녀 자신은 그의 부축을 받고, 발끝으로 높이 서서, 먼지바람에 둘러싸여, 두 팔을 벌리고 작은 머리는 뒤로 젖힌 채, 그녀의 행복을 곡마단 전체와 함께 나누고 싶어 한다. 실상이 이렇기 때문에, 맨 위층 싸구려 관람석의 손님은 얼굴을 난간에 대고, 마치 어떤 괴로운 꿈에 빠져드는 것처럼 마지막 행진곡 속으로 빠져들면서, 자신도 모르게 울고 있다.

한 장의 고문서
Ein altes Blatt

　조국을 지키는 일에 우리가 많이 소홀했던 것 같다. 우리는 이제까지 그 일에는 마음을 쓰지 않고, 우리 일에만 전념해 왔는데, 최근의 사건들은 우리를 근심스럽게 하고 있다.

　나는 황제의 궁궐 앞 광장에 구두 수선소를 하나 갖고 있다. 내가 동틀 녘에 가게 문을 열자마자 벌써, 이곳으로 통하는 모든 골목 입구가 무장한 사람들에 의해 점령되어 있는 것이 보인다. 그러나 그들은 우리 군인들이 아니라 명백히 북방에서 온 유목민들이다. 나에게는 도저히 이해가 되지 않는 그런 방법으로, 그들은 국경으로부터 아주 멀리 떨어져 있는 이 수도까지 밀고 들어왔다. 그러니까 아무튼 그들은 여기에 있는데, 매일 아침 숫자가 더 많아지는 것처럼 보인다.

자신들의 천성에 따라 그들은 노천에서 야영을 하는데, 왜냐하면 그들은 주택을 혐오하기 때문이다. 그들은 칼날을 갈고 화살을 뾰족하게 만들고 말 타는 각종 훈련에 전념하고 있다. 이 조용하고 언제나 세심하게 청결이 유지되는 광장을 그들은 마구간으로 만들어 버렸다. 우리는 이따금 우리의 가게에서 달려 나와 최소한 그 지독하기 짝이 없는 쓰레기들을 치우려고 해 보지만, 그러나 그런 일도 점점 더 드물어져 가고 있는데, 왜냐하면 그 힘든 일이 아무 쓸데 없는 짓이고, 게다가 그 일을 하다 보면 우리가 사나운 말 아래 깔리거나 또는 채찍에 맞아 부상당하는 위험에 처하게 되기 때문이다.

그 유목민들과는 이야기를 할 수가 없다. 우리의 언어를 그들은 알지 못하며, 사실상 그들은 그들 자신의 언어라는 것도 거의 없다. 그들 간에 서로 의사소통을 하는 모습은 마치 까마귀들과 비슷하다. 언제나 거듭해서 이 까마귀 우는 소리 같은 소리가 들려온다. 우리의 생활 방식, 우리의 습관과 관행은 그들에게 이해되지도 않고 관심의 대상도 아니다. 따라서 그들은 모든 기호 언어에 대해서도 거부 반응을 보이는 것이다. 네가 턱관절이 빠지고 손의 관절이 빠져 뒤틀린다고 할지라도, 그러나 그들은 물론 왜 네가 그러는지 이해하지 못했고, 결코 이해하지도 못할 것이다. 그들은 자주 얼굴을 찡그리는데, 그러면 그들 눈의 흰자위가 빙빙 돌고, 입에서는 거품이 부풀어 오른다. 그렇지만 그들은 그것으로 무엇을 말하려고 하는 것도 아니고 누구를 놀라게 하려는 것도 아니다. 그들은 천성적으로 그렇게 타고났기 때문에 그렇게 하는 것이다. 자신들이 필요로 하는 것을 그들은 빼앗아 간다. 그들이 폭력을 사용한다고 말할 수는 없다. 그들이 손으로 움켜잡으면, 사람들은 옆으로 물러서서 그들에게 모든 것을 넘겨준다.

그들은 나의 저장물 중에서도 좋은 것을 많이 빼앗아 갔다. 그러나 푸줏간 주인에게 생긴 일을 생각해 보면, 나는 그것에 대해 불평을 늘어놓을 수가 없다. 그가 물건들을 들여오는 즉시 유목민들은 그 물건들을 몽땅 빼앗고 꿀꺽 삼켜 버린다. 유목민의 말들도 고기를 먹이로 먹는다. 기병 한 명이 자신의 말 옆에 누워 있고, 그 기병과 말이 각각 같은 고기 조각을 양끝에서 물어뜯는 경우가 자주 있다. 푸줏간 주인은 두려워하며 감히 고기 공급을 중단할 엄두도 내지 못한다. 우리는 그것을 이해하며, 함께 돈을 내서 그를 지원해 준다. 만약 유목민들이 고기를 전혀 얻지 못하면, 그들에게 무슨 일을 할 생각이 떠오를지 누가 알겠는가. 하기야 설령 그들이 매일 고기를 얻는다 해도, 그들에게 어떤 생각이 떠오를지 아무도 모르지만 말이다.

요사이 푸줏간 주인은, 최소한 자신이 도살하는 수고만은 덜 수도 있을 거라고 생각하고는 살아 있는 황소 한 마리를 아침에 가져왔다. 그는 다시는 그 짓을 되풀이해서는 안 된다. 나는 족히 한 시간가량 내 작업장 맨 뒤쪽 바닥에 납작 엎드려서 나의 모든 옷가지와 이불 그리고 방석을 내 위에 쌓아 올렸었는데, 그것은 오로지 황소의 울부짖는 소리를 듣지 않기 위해서였다. 유목민들이 이빨로 황소의 따뜻한 살점들을 뜯어먹기 위하여 사방으로부터 그 황소를 덮쳤던 것이다. 조용해지고도 한참 지나고 나서야 나는 바깥으로 나갈 엄두가 났다. 마치 포도주 통 주위의 술꾼들처럼 그들이 황소의 잔해 주위에 지쳐 누워 있었던 것이다.

그 당시에 나는, 친히 궁궐의 창문 안에서 바라보고 있던 황제의 모습을 보았다고 믿었다. 그는 평상시에는 한 번도 이 바깥 거처에 나온 적이 없으며, 항상 구중궁궐의 가장 깊은 안뜰에서만 살고 있다. 이번에는 그러나 나에게는 적어도, 황제가 어떤 창가에 서서, 머리를 숙이고 자신의 성 앞에서 벌어지는 일들을 바라보고 있는 것 같았다.

"어떻게 될 것인가?" 하고 우리 모두가 스스로에게 묻는다. "얼마나 오랫동안 우리는 이 부담과 고통을 견뎌 내게 될까? 황제의 궁궐은 그 유목민들을 유혹했지만, 그러나 그것은 그들을 다시 몰아내는 방법은 알지 못한다. 성문은 닫힌 채로 있으며, 예전에는 언제나 행진하여 들어가고 나가던 보초병이 감옥의 격자 창살 뒤에 갇혀 있다. 우리 수공업자들과 상인들에게 조국을 구하는 일이 맡겨져 있지만, 그러나 우리는 그러한 과제를 해결할 수가 없으며, 우리는 물론 그럴 능력이 있다고 결코 자랑해 본 적도 없다. 그것은 오해이며, 우리는 그것으로 몰락해 가고 있다."

법 앞에서
Vor dem Gesetz

　법法 앞에 한 문지기가 서 있다. 이 문지기에게 시골에서 온 한 남
자가 와서는 그 법 안으로 들어가게 해 달라고 청한다. 그러나 그 문
지기는 그에게 지금은 입장을 허락할 수 없다고 말한다. 그 남자는
곰곰이 생각하고 나서는, 그렇다면 나중에는 그 안에 들어가도록 허
락받을 수 있는지를 묻는다. "가능하지만," 하고 문지기가 말한다. "지
금은 그러나 안 돼." 법으로 가는 문은 언제나처럼 열려 있고 문지기
가 옆으로 비켜섰기 때문에, 그 남자는 문을 통해 안을 들여다보려고
몸을 구부린다. 문지기가 그것을 알아채고는 웃으며 말한다. "그렇게
자네 마음이 끌리거든 내 금지를 무시하고 안으로 들어가려고 해 보
게나. 그렇지만 알아 두게. 내가 힘이 세다는 걸 말이야. 그리고 난 가
장 말단의 문지기에 불과하네. 홀을 하나씩 지날 때마다 문지기가 서

있는데, 가면 갈수록 힘이 더 막강해지지. 세 번째 문지기의 모습을 보기만 해도 난 더 이상 참고 견딜 수가 없다네." 그런 어려움들을 시골에서 온 그 남자는 예기치 못했다. 법이란 누구에게나 언제나 마땅히 개방되어야 하는 것이라고 그는 생각하지만, 지금 막상 털외투를 입은 문지기를 좀 더 자세히, 그러니까 그의 커다란 뾰족코, 길고 성긴 시커먼, 타타르인 같은 턱수염을 뜯어보고 나서는 입장 허가를 받을 때까지 기다리는 편이 차라리 더 낫겠다고 마음을 굳힌다. 문지기가 그에게 등받이 없는 의자 하나를 주고는 문과 떨어진 옆쪽에 앉아 있게 한다. 거기에 그는 며칠이고 몇 년이고 앉아 있다. 그는 들어가도 좋다는 허락을 받으려고 여러 가지 시도를 하며, 온갖 부탁으로 문지기를 지치게 한다. 문지기는 이따금씩 그에게 간단한 심문을 하곤 하는데, 고향에 관한 질문을 비롯하여 여러 가지 다른 질문들을 하지만, 그런데 그것은 높으신 양반네들이 으레 던지는 것 같은 건성으로 하는 질문들이고, 결국은 언제나 다시 아직은 들여보내 줄 수 없다고 말한다. 이 여행을 위해 이것저것 잔뜩 장만해 온 그 남자는 문지기를 매수하기 위하여 제아무리 값진 것일지라도 모조리 아낌없이 다 쓴다. 문지기는 주는 대로 다 받아 챙기면서 이렇게 말한다. "내가 이걸 받는 것은, 자네가 뭔가를 소홀히 했다고 생각하는 일이 없도록 하기 위해서일 뿐이네." 그 여러 해 동안 그 남자는 문지기를 거의 끊임없이 관찰한다. 그는 다른 문지기들의 존재는 까맣게 잊어버리고 이 첫 번째 문지기가 법 안으로 들어가는 데 유일한 장애라고 생각한다. 그는 이 불행한 우연을 처음 몇 년 동안은 무턱대고 큰 소리로 저주하다가, 나중에 늦게 되자 그저 혼자서 속으로 낮은 소리로 투덜거린다. 그는 어린아이같이 되며, 문지기를 여러 해를 두고 연구하다 보니 그의 모피 외투 깃 속에 있는 벼룩들도 알아보게 된 까닭에 그 벼룩들한테도 자기를 도와 문지기의 마음을 바꾸게 해 달라고 부탁한다. 마침내 시력이 약해져 그는 주위가 정말로 더 어두워지는 것인지 아니면 눈이 착각을 일으키는 것인지 분간을 못 한다. 그렇지만 이제 그는 어둠 속에서 법의 문으로부터 한 줄기 광채가 꺼지지 않은 채 흘러나오고 있다는 것을 충분히 깨닫는다. 이제 그는 살날이 얼마 남지 않은 것이다. 죽음을 앞두고 그의 머릿속에서는 지난 시간 전체의 모든 경험이 모여 그가 그때까지 아직 문지기에게 던져 보지 못했던 하나의 질문으로 집약된다. 그는 뻣뻣하게 굳어 가는 몸을 이제 더 이상 일으켜 세울 수 없었기 때문에 문지기에게 손짓을 보낸다. 문지기는 그에게로 몸을 깊숙이 숙이지 않으면 안 되었는데, 시골 남자가 워낙 오그라들어 두 사람의 키 차이가 더 벌어졌기 때문이다. "자네 아직도 도대체 무엇을 알고 싶나?" 하고 문지기가 묻는다. "자넨 만족할 줄을 모르는군."

"모든 사람이 법을 얻고자 노력할진대" 하고 시골 남자가 말한다. "이 여러 해 동안 나 말고는 아무도 입장 허가를 바라는 사람이 없으니 도대체 어떻게 된 일이지요?" 문지기는 이미 그 남자의 임종이 다가와 있음을 알아채고는, 그의 스러져 가는 청각에 닿게끔 고함을 질러 이야기한다. "여기서는 다른 누구도 입장 허가를 받을 수 없었어. 이 입구는 오직 자네만을 위한 것이었으니까 말이야. 나는 이제 가서 입구를 닫겠네."

자칼과 아랍인

Schakale und Araber

우리는 오아시스에서 야영을 했다. 동반자들은 잠을 자고 있었다. 키 크고 피부가 하얀 아랍인 한 명이 내 곁을 지나갔는데, 그는 낙타들에게 먹이를 주고 나서 잠자리로 갔다.

나는 풀밭에 등을 대고 드러누워 자려고 했는데, 그럴 수가 없었다. 먼 곳에서 들려오는 자칼의 울부짖는 소리. 나는 다시 일어나 반듯이 앉았다. 그러자 그렇게 멀리 있었던 것이 갑자기 가까이 있었다. 한 떼의 자칼이 내 주위로 몰려들었는데, 광택 없는 금빛으로 빛나다가 꺼져 가는 눈빛에, 마치 채찍을 맞고 있는 것처럼 규칙적이고도 잽싸게 움직이는 날씬한 몸매들을 하고 있었다.

한 마리가 뒤쪽에서 오더니, 내 팔 밑으로 파고들어 와, 마치 나의 체온이 필요한 것처럼 나에게 바짝 다가왔다. 그러고 나서 내 앞으로 오더니 나와 거의 눈과 눈이 마주 닿을 만큼 가까이에서 말했다.

"나는 이 드넓은 세상에서 가장 늙은 자칼이오. 내가 아직 이곳에서 당신에게 인사할 수 있어 다행이오. 나는 이미 그 희망을 거의 버렸었는데 말이오. 왜냐하면 우리는 당신을 무한히 오랫동안, 나의 어머니도, 그녀의 어머니도, 또 그녀의 모든 어머니로부터 모든 자칼의 어머니에 이르기까지 기다려 왔으니까요. 이 말을 믿어 주시오!"

"놀라운 일이오" 하고 나는 말했으며, 연기를 피워 자칼의 접근을 막기 위해 미리 준비해 두었던 장작더미에 불을 붙이는 것도 까맣게 잊어버렸다. "그런 말을 들으니 무척 놀랍소. 단지 우연히 나는 북쪽의 고지대로부터 왔으며 짧은 여행을 하려는 참이오. 자칼들이여, 그대들은 도대체 무엇을 원하시오?"

그러자 아마 너무 다정했을 수도 있을 이런 응답 때문에 마치 고무되기라도 한 것처럼, 그들은 내 주위를 에워싸고 있던 원을 점점 더 좁혀 왔는데, 모두 숨을 짧고 쉭쉭거리며 쉬고 있었다.

"우리는 알고 있어요" 하고 가장 늙은 자칼이 말을 시작했다. "당신이 북쪽에서 왔다는 사실을 말이오. 그리고 바로 거기에 우리는 희망을 걸고 있지요. 그곳에는 이곳 아랍인들 사이에서는 찾아볼 수 없는 그런 오성悟性*이 있어요. 이 차가운 오만으로부터는, 알겠소, 오성의 불꽃을 전혀 일으킬 수 없습니다. 그자들은 동물을 잡아먹기 위해서 죽이지만, 그러면서도 동물의 썩은 시체는 경멸하지요."

"그렇게 큰 소리로 말하지 마세요" 하고 내가 말했다. "근처에 아랍인들이 자고 있어요."

---

* 지성이나 사고의 능력.

"당신은 정말 이방인이군요" 하고 그 자칼이 말했다. "만약 그렇지 않다면, 세계사에서 자칼이 아랍인을 두려워했던 적은 결코 한 번도 없었다는 것을 알 텐데 말이오. 우리가 그자들을 두려워해야 한단 말인가요? 우리가 그런 종족 사이에서 배척당하고 있는 것으로 불행은 충분하지 않은가요?"

"그럴지도 모르겠소, 그럴지도 모르겠어요" 하고 내가 말했다. "나는 나와 거리가 아주 멀리 떨어진 일에는 아무런 판단도 하지 않아요. 이것은 매우 오래된 싸움처럼 보이네요. 그러니까 아마 핏속에 자리 잡고 있는 것일 테고, 그러니까 아마 피로써 비로소 끝나게 될 것 같군요."

"당신은 매우 영리하군요" 하고 그 늙은 자칼이 말했다. 그리고 모두들, 아무튼 조용히 서 있었음에도 불구하고 마구 헐떡이는 폐로, 훨씬 더 빨리 숨을 쉬고 있었다. 때로는 오로지 이빨들을 꽉 다물고 있어야만 견딜 수 있는 그런 쓰디쓴 냄새가 그들의 열린 주둥이로부터 흘러나왔다. "당신은 매우 영리해요. 당신이 하고 있는 말은 우리의 옛 가르침과 일치해요. 그러니까 우리가 그들의 피를 취하면, 그 싸움은 끝이 나지요."

"오!" 하고 나는 내가 하려 했던 것보다 더 거칠게 말했다. "그들은 저항할 것이오. 그들은 그들의 엽총으로 당신들을 무더기로 잔인하게 사살할 것이오."

"당신은 우리를 오해하고 있어요" 하고 그가 말했다. "그러니까 북쪽의 고지대에서도 사라지지 않고 있는 인성人性에 따라 말이오. 우리는 물론 그들을 죽이지는 않을 것이오. 나일강은 우리 몸을 깨끗이 씻을 수 있을 만큼 그렇게 많은 물이 없어요. 우리는 그들의 산 몸뚱

278

이를 보기만 해도 뛰어 달아나지요. 더 순수한 공기 속으로, 사막으로 말이오. 사막은 그래서 우리의 고향이지요.”

그러는 사이에도 먼 곳으로부터 많은 자칼이 모여들었는데, 주변에 있던 자칼들은 모두 다 앞다리 사이로 머리를 수그리고 앞발로 머리를 닦았다. 그것은 마치 그들이 어떤 반감을, 내가 높이 뛰어올라 그들의 무리로부터 도망치고 싶은 마음이 굴뚝같을 정도로 너무나 두려운 그런 반감을 숨기고 싶어 하는 것 같았다.

“그래서 어떻게 하실 생각이에요?” 하고 물으며 나는 일어서려고 했으나 그렇게 할 수가 없었다. 젊은 동물 두 마리가 뒤에서 내 상의와 속옷을 꽉 물고 있었기 때문에 나는 계속 앉은 채로 있어야만 했다. “그들이 당신의 옷자락을 잡고 있는 것은,” 하고 늙은 자칼이 설명하듯이 진지하게 말했다. “존경심의 표시예요.”

“나를 놓아주시오!” 하며 내가, 한 번은 늙은 자칼을, 한 번은 젊은 자칼들을 번갈아 보며 소리쳤다. “당신이 요구한다면, 그들은 물론 그렇게 할 거요” 하며 늙은 자칼이 말했다. “그러나 잠시 시간이 걸릴 거요. 왜냐하면 그들은 관습에 따라 깊이 물고 있기 때문에, 우선 물고 있는 이빨들이 먼저 서로 천천히 벌어져야 하니까 말이오. 그동안 우리의 요청을 들어 보시오.”

“당신들의 태도는 나에게 그것을 아주 흔쾌히 받아들일 수 없게 하고 있어요” 하고 내가 말했다. “우리의 미숙함을 벌하지 마세요” 하고 늙은 자칼이 이제 처음으로 자신의 본래 타고난 호소 조의 목소리로 도와 달라고 말했다. “우리는 가엾은 짐승들입니다. 우리는 단지 이빨만을 가지고 있을 뿐이에요. 선한 것이든 악한 것이든 간에 우리가 하고자 하는 모든 것을 위해 우리에게는 유일하게 이빨밖에 없어요.”

"그래서 당신이 원하는 것이 무엇이오?" 하고 나는 약간 누그러져서 물었다.

"주인님" 하고 그가 소리치자 모든 자칼이 울부짖었는데, 그것은 아주 먼 곳에서 들려오는 어떤 선율 같았다. "주인님, 당신은 이 세계를 이간하고 있는 이 싸움을 끝내야 합니다. 우리의 조상들은 그 일을 하게 될 분이 바로 당신 같은 분이라고 써 놓았습니다. 평화를 우리는 아랍인들로부터 찾아야 합니다. 숨 쉬기에 적당한 공기, 그들로부터 벗어나 정화된 지평선 주위의 조망을 찾아야 하며, 아랍인이 찔러 죽이는 거세된 숫양의 슬픈 울부짖음은 없어져야 할 것입니다. 모든 짐승은 조용히 죽어야 합니다. 그들은 방해받지 않고 우리에 의해 완전히 비워져야 하고, 뼛속까지 깨끗이 순화되어야 합니다. 순수함, 순수함 이외에는 아무것도 우리는 원하지 않습니다."—그러자 이제 모두가 울고 흐느꼈다—"어떻게 오직 당신만이, 그대 고귀한 심장과 달콤한 내장의 소유자여, 이 세상에서 그것을 견디어 나갈 수 있겠습니까? 그들의 흰색은 더러운 것입니다. 그들의 검은색은 더러운 것입니다. 그들의 수염은 공포입니다. 그들의 눈초리를 볼 때 침을 뱉어야만 합니다. 그리고 그들이 팔을 올리면, 그 겨드랑이에는 지옥이 열립니다. 그러니까, 오 주인님, 그러니까, 오 소중하신 주인님, 모든 것을 가능하게 하는 당신의 손을 써서, 모든 것을 가능하게 하는 당신의 손을 써서 이 가위로 그들의 모가지를 자르십시오!" 그리고 그가 목을 한 번 움찔 움직이자 어떤 자칼이 송곳니에 오래되어 녹슨 작은 가위 하나를 물고 왔다.

"자, 마침내 가위로군. 그러면 그것으로 끝이군!" 우리 카라반의 아랍인 인도자가 소리쳤다. 그는 바람을 거슬러 우리 곁으로 살금살금 걸어와 이제 거대한 채찍을 휘둘러 댔다.

　모두가 아주 재빨리 뿔뿔이 흩어졌으나 약간 떨어진 곳에 그들은 서로 몸을 꼭 붙이고 한 덩어리가 되어 그대로 있었다. 많은 짐승이 그렇게 빽빽하게 꼼짝 않고 굳은 모습은 마치 도깨비불이 주위를 맴돌며 날아다니는 그런 좁은 가축우리처럼 보였다.

　"그러니까 선생, 당신도 이 연극을 보고 들었지요" 하고 말하며 그 아랍인은, 마치 자기 종족의 내향성이 허락하는 것처럼, 매우 유쾌하게 웃어 댔다. "당신은 그러니까 저 짐승들이 무엇을 원하는지 알고 있군요?" 하고 내가 물었다. "물론이오, 선생" 하고 그가 말했다. "그것은 물론 널리 알려진 이야기이지요. 아랍인이 존재하는 한, 이 가위는 사막을 떠돌아다닐 것이고 세상이 끝나는 날까지 우리와 함께 떠돌아다니게 될 것이오. 모든 유럽인에게 위대한 과업을 행하도록 이 가위가 제각기 제공되고 있소. 모든 유럽인이 그들에게는 사명을 부여받은 사람처럼 보입니다. 하나의 어리석은 희망을 이 짐승들은 가지고 있지요. 바보들, 그들은 진짜 바보들이오. 우리는 바로 그 때문에 그들을 사랑합니다. 이것들은 우리의 개이지요. 당신들의 개보다 더 아름답소. 자, 보시오, 낙타 한 마리가 밤에 죽어서 내가 그것을 이리로 실어 오도록 시켰소."

　짐꾼 네 명이 와서는 그 무거운 썩은 시체를 우리 앞에 내던졌다. 그 시체가 거기에 놓이자마자, 그 자칼들은 목소리를 높였다. 제각기 마치 밧줄들에 묶여 저항할 수 없이 잡아당겨지는 것처럼, 모든 자칼은 몸을 뒤로 빼고 멈추면서, 몸뚱이를 땅바닥에 질질 끌면서 다가왔다. 그들은 그 아랍인들을 잊어버렸고, 증오심도 잊어버렸으며, 김이 모락모락 올라오는 그 시체의 현존이 모든 것을 지워 버리고 그들을 매료시켰다. 벌써 한 마리가 목에 매달려 있었고 딱 한 번 물어보고 단번에 동맥을 찾아냈다. 마치 가망은 없지만 엄청나게 큰 화재를 어떻게 해서든 무조건 끄고자 미친 듯이 맹렬하게 물을 뿜어 대는 그런 작은 펌프처럼, 그 자칼의 몸뚱이의 모든 근육이 제자리에서 늘어나기도 하고 움찔하며 경련을 일으키기도 했다. 그러자 벌써 모든 자칼이 같은 일을 하면서 시체 위에 높이 산을 이루고 있었다.

그때 인도자가 날카로운 채찍으로 세차게 자칼들 위를 가로세로로 휘둘렀다. 그것들은 머리를 쳐들었다. 반쯤은 도취와 실신 상태에 빠져 있던 그것들은 자기들 앞에 아랍인들이 서 있는 것을 보았으며, 이제 주둥이에 채찍을 느끼게 되자, 펄쩍 뛰어 뒤로 물러나더니 한 구간 뒷걸음질 쳤다. 그러나 낙타의 피는 이미 거기에 웅덩이를 이루며, 김이 모락모락 나고 있었고, 몸뚱이는 여러 군데가 넓게 갈기갈기 찢겨 있었다. 그것들은 거부할 수가 없어서 다시 거기 와 있었으며 인도자가 다시 채찍을 쳐들었다. 내가 그의 팔을 붙들었다.

"당신이 옳아요. 선생" 하고 그가 말했다. "그들이 자신의 소명을 행할 때는 그대로 놓아둡시다. 또한 떠나야 할 시간이기도 하오. 당신은 그들을 보았지요. 놀라운 동물들이오, 그렇지 않소? 그리고 얼마나 우리를 증오하는지!"

광산의 방문객

Ein Besuch im Bergwerk

오늘은 최고위 기술자들이 아래의 우리에게 와 있었다. 새로운 갱도들을 만들라는 간부진의 어떤 지시가 공식으로 발표되자, 맨 처음의 측량을 실시하기 위해 온 것이다. 그 사람들은 젊고 또 얼마나 다양한지! 그들은 모두 자유분방하게 성장했으며, 젊은 나이인데도 벌써 그들의 명확하게 정해진 특성이 아무런 제약 없이 드러난다.

한 사람은 검은 머리카락에 활기차고, 사방팔방으로 눈을 돌린다.

떼어 쓸 수 있는 노트를 갖고 있는 두 번째 사람은 걸어가면서 스케치를 하고, 주위를 살펴보고, 비교하고, 기록한다.

세 번째 사람은 상의 주머니에 손을 넣고 있어서 전체 모습이 팽팽한 긴장감을 주며, 똑바로 걷고, 품위를 지키는데, 단지 끊임없이 입술을 깨무는 모습에서 초조하고 통제할 수 없는 젊은이임이 드러난다.

네 번째 사람은 세 번째 사람이 요구하지 않는데도 그에게 온갖 설명을 늘어놓는다. 세 번째 사람보다 더 작고 마치 유혹자처럼 그의 곁에 따라다니면서 집게손가락을 항상 공중으로 향하고 있는 이 사람은 이곳에서 볼 수 있는 것은 하나도 빼지 않고 시시콜콜 그에게 모조리 보고한다.

다섯 번째 사람은 아마도 제일 높은 직위에 있는 것 같은데, 동행하는 것을 견디지 못하고 때로는 앞서기도 하고 때로는 뒤서기도 한다. 그 일행은 그를 따라 발걸음의 방향을 정하고 있다. 그는 창백하고 허약하다. 책임감이 그의 두 눈을 움푹 패게 만들어 버렸다. 자주 그는 깊은 생각에 잠겨 손으로 이마를 누르곤 한다.

여섯 번째와 일곱 번째 사람은 등을 약간 굽히고, 서로 머리를 가까이 대고, 서로 팔짱을 끼고, 친밀한 대화를 나누며 걷고 있다. 만약 이곳이 명백히 우리의 탄광이 아니고, 깊은 갱도 안에 있는 우리의 일터가 아니라면, 뼈가 툭툭 불거져 나오고 수염이 없고 주먹코인 이 두 신사는 젊은 성직자로 오해받을 것이다. 한 사람은 웃을 때 대부분 고양이 같은 그르렁 소리를 내며 속으로 삼키듯이 웃는다. 다른 사람도 마찬가지로 미소를 지으면서 말을 하는데, 빈손으로 그 말에 어떤 박자를 맞춘다. 이 두 신사는 자신의 지위에 대해 틀림없이 무척 확신이 있는 것 같다. 그렇다, 그들이 젊은 나이에도 불구하고 우리 광산을 위해 이미 얼마큼의 공적을 남겼음이 틀림없다. 그래서 그들이 이곳에서, 아주 중요한 순시가 이루어지고 자신들의 상사가 지켜보는 자리에서, 단지 자기의 개인적인 일 또는 적어도 그 순간의 과제와는 아무런 연관이 없는 그런 일들에 그렇게 아무런 동요도 없이 전념할 수가 있는 것이다. 아니면 그 모든 웃음과 산만한 부주의에도 불구하고 그들이 필요한 것은 아주 잘 깨닫는 것이 과연 가능할까? 그러한 신사들에 관해서는 감히 어떤 확실한 판단을 거의 내릴 수가 없다.

그러나 다른 한편, 예컨대 여덟 번째 사람이 이 사람들보다, 아니 다른 모든 사람보다 비할 바 없이 본연의 임무에 더 집중하고 있다는 것은 물론 거듭 의심의 여지가 없다. 그는 모든 것을 만져 보아야만 하고, 언제나 거듭 주머니에서 꺼내고 언제나 다시 주머니에 보관하는 작은 망치 하나로, 모든 것을 두드려 보아야만 한다. 때때로 그는 자신의 우아한 복장에도 불구하고 더러운 곳에 무릎을 꿇고 앉아 땅바닥을 두드리기도 하고, 그러고 나서 다시 오직 걸어갈 때만 벽이나 자기 머리 위의 천장을 두드리기도 한다. 언젠가 한번은 그가 오랫동안 거기에 몸을 눕히고 가만히 누워 있던 적이 있다. 우리는 이미 어떤 불행한 일이 일어난 거라고 생각했다. 그러나 그러고 나서 그는 날씬한 몸을 조금 움츠리면서 벌떡 일어났다. 그는 그러니까 또다시 오로지 조사만을 했던 것이다. 우리는 우리의 광산과 그 광산의 돌들을 안다고 믿고 있지만, 이 기술자가 이런 방식으로 이곳에서 쉬지 않고 끊임없이 조사하는 것이 무엇인지 우리에게는 도무지 이해가 되지 않는다.

아홉 번째 사람은 일종의 유모차를 밀고 가는데, 그 안에는 측량 도구들이 놓여 있다. 엄청 값비싼 도구들로, 매우 부드러운 솜 안에 깊숙이 들어 있다. 이 차는 물론 본래는 하인이 밀고 가야 하지만, 그 일이 하인에게 맡겨지지 않는다. 기술자 한 명이 그곳으로 다가와야 했으며, 사람들이 보는 바와 같이, 흔쾌히 그 일을 한다. 그가 아마 나이가 가장 어린 사람일 것이다. 그는 어쩌면 아직은 결코 모든 기구를 다 이해하지는 못할 테지만, 그러나 그의 눈길은 끊임없이 그 기구들을 바라보고 있다. 이 때문에 그는 가끔, 차를 벽에 부딪치는 그런 위험에 거의 처할 뻔하곤 하는 것이다.

그러나 그때 그 차를 옆에서 따라가면서 그런 위험을 방지하는 또 다른 기술자가 한 명 있다. 이 사람은 분명히 그 기구들을 근본적으로 잘 이해하고 있으며, 그것들의 원래 보관자인 것처럼 보인다. 때때로 그는, 차를 세우지 않고서, 그 기구들의 일부를 꺼내어 철저하게 살펴보고 나사못을 열거나 조이고, 흔들거나 두드려 보고, 귀에 대고 소리를 들어 보기도 한다. 그리고 차의 운전수가 대부분 멈춰서 있는 동안에, 그는 멀리서는 거의 보이지 않는 그 작은 물건을 매우 조심스럽게 마침내 다시 차 안에다 넣어 놓는다. 이 기술자는 약간 권력욕이 있지만, 그러나 물론 오직 기구라는 이름 안에서만 그렇다. 차로부터 열 발자국 앞에서 벌써 우리는, 심지어 비켜날 자리가 없는 곳에서조차, 아무 말 없이 손가락이 가리키는 대로 옆으로 비켜나야 한다.

이 두 신사 뒤에 하는 일이 없는 하인이 가고 있다. 그 신사들은, 그 위대한 지식으로 볼 때 당연히 그러하듯이, 오래전에 모든 자만심을 하나도 남김없이 떨쳐 냈다. 반면에 그 하인은 내면에 자만심을 차곡차곡 쌓아 놓았던 것 같다. 한 손은 등에 대고 다른 손으로는 하인 제복의 금빛 단추나 섬세한 옷감을 쓰다듬으면서, 그는 자주 오른쪽, 왼쪽을 향해 고개를 끄덕인다. 마치 우리가 했던 인사에 대해 그가 답례라도 하는 것처럼, 또는 우리가 인사를 했으나 자신의 높은 위치에서는 그것을 확인할 수 없기라도 하는 것처럼 말이다. 물론 우리는 그에게 인사하지 않지만, 그러나 만약 우리가 그를 쳐다본다면 우리는, 그가 어떤 두려운 존재, 광산 관리국의 하급 직원이라도 되는 것처럼 거의 생각할 것이다. 그의 뒤에서 우리는 그렇지만 물론 웃는다. 천둥소리도 그가 뒤돌아보도록 할 수 있는 것은 아니어서, 그는 아무튼 우리의 주목을 받는 이해할 수 없는 존재로 남아 있다.

오늘은 충분한 작업을 하지 못할 것이다. 작업 중단이 너무나 많았던 것이다. 이와 같은 방문은 일에 대한 생각을 모조리 앗아가 버린다. 시험 갱도의 어둠 속으로 사라져 버린 신사들의 뒷모습을 바라보는 것은 너무도 유혹적이다. 주야로 교대하는 우리의 작업반도 곧 끝장이 날 것이다. 우리는 그 신사들이 돌아오는 모습을 더 이상 함께 보지 못할 것이다.

이웃 마을
Das nächste Dorf

나의 할아버지는 이렇게 말씀하시곤 했다. "인생이란 놀랍도록 짧다. 지금 돌이켜 생각해 보니, 예컨대, 어떻게 한 젊은이가—불행한 우연의 사고들은 제외하더라도—행복하게 흘러가는 일상적인 삶의 시간에서조차 말을 타고 이웃마을에 가기에 빠듯하다는 것을 두려워하지 않은 채 어떻게 말을 타고 이웃마을에 갈 결심을 할 수 있는지, 나는 거의 이해하지 못하겠다. 이렇게 한마디로 요약할 수 있을 것 같다."

황제의 칙명

Eine kaiserliche Botschaft

이런 이야기가 전해져 온다. 황제가, 개인에 불과한 그대에게, 태양 같은 존재인 황제 앞에서 아주 먼 곳으로 도망친 왜소한 그림자 같은 초라한 신하, 바로 그런 존재인 그대에게, 황제가 임종의 침상에서 칙명을 보냈다. 그 칙사를 황제는 침대 옆에 무릎을 꿇게 하고는 그의 귀에 대고 그 칙명을 속삭이듯 말했다. 그 칙명이 황제에게는 매우 중요했으므로, 황제는 칙사에게 그 칙명을 자신의 귀에 반복해 보라고 시켰다. 머리를 끄덕임으로써 황제는 그 말이 틀림없이 맞는다고 인정했다. 그리고 그의 임종을 지켜보는 모든 사람 앞에서—방해가 되는 벽들은 모두 허물어지고, 멀리까지 높이 뻗어 있는 옥외 계단 위에는 그 나라의 위대한 인물들이 빙 둘러서 있다—이 모든 사람 앞에서 그는 칙사를 떠나보냈다. 칙사는 곧바로 길을 떠났다. 그는 강건하고 지칠 줄 모르는 사내였다. 한 번은 이 팔을 한 번은 다른 팔을 번갈아 앞으로 내뻗으면서 그는 군중 사이를 뚫고 나아갔다. 만약 제지를 받으면 그는 태양 표지가 있는 자기 가슴 위를 가리킨다. 그는 다른 사람들과는 달리 쉽게 앞으로 나아간다. 그러나 군중의 규모가 매우 방대하고, 그들의 주거지는 끝이 없다. 만약 탁 트인 들판이 열린다면 그는 마치 날듯이 빠르게 갈 것이고 그대는 곧 그의 두 주먹이 그대의 문을 쾅쾅 두드리는 굉장한 소리를 듣게 될 것이다. 그러나 그런 일을 하는 대신 그는 아무 쓸데 없이 헛수고만 하고 있다. 그는 여전히 가장 깊은 구중궁궐의 방들을 억지로 무리하게 지나가고 있다. 결코 그는 그 방들을 벗어나지 못할 것이고, 설령 그가 벗어나는 데 성공한다 하더라도 얻는 것이 아무것도 없을 것이다. 층계들을 내려갈 때 그는 자기 자신과 싸우지 않으면 안 될 것이고, 그리고 설령 그것이 성공한다 하더라도 얻는 것이 아무것도 없을 것이다. 궁궐 안의 마당들은 가로질러 갈 수도 있을 것이다. 그러나 그 궁정宮庭들을 지나고 나면 에워싸는 두 번째 궁궐이 있고, 또다시 층계들과 궁정들, 그리고 또다시 하나의 궁궐, 계속 그러다 보면 수천 년이 걸릴 것이다. 그래서 마침내 그가 가장 바깥쪽 성문에서 뛰쳐나가면—그러나 그런 일은 결코, 결코 일어날 수 없다—비로소 군주의 거소가 있는 수도가, 세계의 중심이, 가득 쏟아 놓은 침전물들로 높이 쌓인 채, 그의 눈앞에 펼쳐질 것이다. 아무도, 심지어 죽은 자의 칙명을 지니고 있어도, 결코 이곳을 뚫고 나가지는 못한다. 그러나 그대는, 저녁이 오면, 그대의 창가에 앉아 그 칙명이 그대에게 오기를 꿈꾼다.

가장의 근심

Die Sorge des Hausvaters

　어떤 사람들은 오드라데크라는 말이 슬라브어에서 나온 것이라고 말하고 이를 근거로 그 말의 생성을 증명하려고 한다. 또 다른 사람들은 그 어원이 독일어이며 슬라브어의 영향을 받았을 뿐이라는 의견을 말한다. 그러나 이 두 가지 해석의 불확실함으로 미루어 보아, 특히 그 어느 해석으로도 이 말의 의미를 찾을 수 없기 때문에, 그 어느 것도 맞지 않는다는 것이 아마도 정당한 추론인 듯하다.

　물론 오드라데크라고 불리는 존재가 실제로 없다면 그 누구도 그런 연구에 골몰하지는 않을 것이다. 그것은 우선 납작한 별 모양의 실패처럼 보이며 실제로도 꼰 실과 연관이 있어 보인다. 꼰 실이라면 틀림없이 끊어지고 낡고 가닥가닥 잡아맨 것이겠지만 그 종류와 색깔이 지극히 다양한, 한데 얽힌 실타래일 것이다. 그런데 그것은 실패일 뿐만 아니라 별 모양 한가운데에 조그만 수평 막대가 하나 튀어나와 있고 이 작은 막대에서 오른쪽으로 꺾어져 다시 막대가 한 개붙어 있다. 한편은 이 후자의 막대에 기대고 다른 한편은 별 모양 막대의 뾰족한 한끝에 의지되어 전체 모양은 마치 두 발로 서기나 한 듯 곧추서 있을 수가 있다.

이 형상이 이전에는 어떤 쓸모 있는 모양을 하고 있었는데, 지금은 그냥 깨어진 것이라 믿고자 하는 유혹을 느낄 수도 있으리라. 그렇지만 이것은 그런 경우는 아닌 것 같다. 적어도 그런 낌새는 없으니 그 어디에도 뭔가 그런 것을 암시하는 다른 부분을 이루는 곳이나 부러져 나간 곳이 없고 비록 전체 모양은 무의미하게 보이기는 하지만 그래도 그 나름으로 마무리되어 있는 것처럼 보인다. 아무튼 그것에 대해서 보다 상세한 것은 말로 표현할 수 없다. 오드라데크가 쏜살같이 움직이고 있어서 잡히지 않기 때문이다.

그는 번갈아 가며 다락이나 계단, 복도, 현관에 잠깐씩 머무른다. 이따금씩 몇 달이고 보이지 않다가 그럴 때는 아마 다른 집들로 옮겨 가 버린 모양이지만, 그래도 그런 다음에는 틀림없이 우리 집으로 되돌아온다. 간혹 문을 나서다 그가 마침 계단 입구의 난간에 기대서 있는 것을 보면 말을 걸고 싶어진다. 물론 그에게 어려운 질문을 할 수는 없고, 그를—워낙 작은 생김새부터가 그렇게 하게끔 유혹한다—어린아이처럼 다룬다. "너 대체 이름이 뭐냐?" 하고 묻는다. 그가 "오드라데크예요" 한다. "그럼 어디서 사니?" 물으면 "아무 데서나요" 하면서 그가 웃는데 그것은 허파가 없이 웃는 것 같은 웃음일 뿐이다. 그것은 마치 낙엽들 속에서 나는 바스락거리는 소리처럼 들린다. 그것으로 대화는 대개 끝난다. 게다가 이런 대답들조차도 늘 들

292

을 수는 없으니 그는 자주 오랫동안 나무토막처럼 아무 말도 하지 않는다. 그는 마치 나무토막인 것 같다.

쓸데없이 나는 그가 어떻게 될 것인가를 자문한다. 대관절 그가 죽을 수 있는 것일까? 죽는 것은 모두가 그 전에 일종의 목표를, 일종의 행위를 가지며, 거기에 부대껴 마모되는 법이거늘, 오드라데크의 경우에는 해당하지 않는다. 그렇다면 훗날 내 아이들과 내 아이들의 아이들의 발 앞에서도 그는 여전히 실타래를 질질 끌며 계단을 굴러 내려갈 것이란 말인가? 그는 명백히 그 누구에게도 해를 끼치지 않는다. 그러나 내가 죽은 후까지도 그가 살아 있으리라는 상상이 나에게는 거의 고통스러운 것이다.

열한 명의 아들

Elf Söhne

나는 아들이 열한 명 있다.

첫째 아들은 겉으로는 아주 볼품이 없으나 진지하고 영리하다. 그럼에도 불구하고, 내가 그를 자식으로서는 모든 다른 아이와 마찬가지로 사랑하기는 하지만, 나는 그를 그다지 높게 평가하지는 않는다. 내가 보기에 그의 사고는 너무 단순한 것 같다. 그는 오른쪽도 왼쪽도 보지 못하며, 멀리 내다보지도 못한다. 그는 자신의 좁은 사고의 범위 안에서 끊임없이 사방팔방으로 뛰어다니거나 또는 그보다는 오히려 방향을 바꾸고 있다.

둘째 아들은 아름답고 날씬하며 체격이 좋다. 펜싱 자세를 한 그의 모습을 바라보면 넋을 잃을 지경이다. 그도 영리한 데다 게다가 세상물정을 잘 안다. 그는 많은 것을 보아 견문이 풍부하고, 그 때문에 심

294

지어 토박이들조차 고향에 남아 있는 사람들보다 그와 더 친근하게 이야기를 나누는 것 같다. 그러나 확실히, 이러한 장점이 본질적으로 오로지 꼭 여행 덕분이라고만은 할 수 없으며, 그것은 오히려 아무도 흉내 낼 수 없는 이 아이의 독특함에 속하는 것으로, 예컨대 여러 번 공중회전을 하다가 대담하게 곧장 몸의 평형을 바로잡고 물속으로 뛰어드는 그의 다이빙 솜씨를 흉내 내고 싶은 사람들 모두로부터 인정을 받는다. 흉내 내고 싶은 사람의 경우, 용기와 하고 싶은 의욕은 다이빙대 끝까지 미치지만, 거기서 뛰어내리는 대신 갑자기 주저앉게 되고, 용서를 구하면서 팔을 위로 쳐들고 만다―그리고 이 모든 것에도 불구하고 (아무튼 나는 이런 자식을 두게 된 것을 정말 기뻐해야 할 것이다) 이 아이와 나의 관계가 완전하지는 않다. 그의 왼쪽 눈은 오른쪽 눈보다 약간 더 작으며, 많이 깜박거리는데, 그것은 그의 얼굴을 평소보다 훨씬 더 뻔뻔스럽게 보이게는 하지만, 다만 한 가지 작은 결함일 뿐이며, 그의 존재가 갖는, 거의 접근할 수 없는 완벽성에 비하면 아무도 그 더 작은 깜박이는 눈을 흠잡지는 않을 것이다. 아버지인 나는 흠을 잡는다. 물론 나를 마음 아프게 하는 것은 이러한 신체적 결함이 아니라, 어떤 식으로든 그 결함과 일치하는 것처럼 보이는 그의 정신의 작은 불규칙성, 어떤 식으로든 그의 핏속을 떠돌아다니는 어떤 독소, 나에게만 보이는, 그의 생의 터전을 원만하게 완성시킬 수 없는 어떤 무능력인 것이다. 그러나 바로 이러한 점이 다른 한편으로는 다시 그를 나의 진정한 아들이 되게 하는데, 왜냐하면 그의 이 결함은 동시에 우리 온 가족의 결함이기도 하며, 다만 이 아들에게 유독 지나치게 분명히 드러날 뿐이기 때문이다.

셋째 아들도 마찬가지로 아름답지만, 그러나 그것은 내 마음에 드는 아름다움이 아니다. 그것은 가수의 아름다움이다. 뒤흔들리는 입, 꿈꾸는 눈, 그럴듯하게 하려고 뒤에 주름 장식이 필요한 머리, 너무 볼록하게 솟은 가슴, 쉽게 올라가고 너무 쉽게 내려오는 두 손, 지탱할 수 없기 때문에 점잖은 체하는 두 다리. 그 밖에도 목소리의 음색이 풍부하지 못하고, 한순간을 현혹시킬 뿐이며, 전문가로 하여금 귀를 기울이게 하나, 곧이어 헐떡거리며 숨을 돌리기 위해 잠깐 쉬고 만다—일반적으로 모든 것이 이 아들을 분명히 드러내 보이도록 유혹함에도 불구하고, 나는 그를 가장 숨겨 두고 싶다. 그도 시키지 않은 일을 하겠다고 스스로 나서지 않는데, 그러나 그것은 예컨대 그가 자신의 결함을 알기 때문이 아니라 순진함 때문이다. 또한 그는 우리 시대에 스스로를 낯설게 느끼고 있다. 그는 마치 물론 우리 가족의 일원이기는 하지만, 그러나 그 밖에 그에게서 영원히 사라져 버린 어떤 다른 가족의 일원이기라도 한 것처럼, 자주 불쾌해하고 있으며, 아무것도 그의 기분을 밝게 해 줄 수가 없다.

　나의 넷째 아들은 아마 모든 자식 중에서 가장 사교적일 것이다. 자기 시대의 진정한 자식인 그는 누구에게나 이해될 수가 있고, 모든 공동의 지반 위에 서 있으므로, 누구나 그의 말에 동의하며 고개를 끄덕이고 싶은 강한 유혹을 느낀다. 어쩌면 이런 일반적인 인정을 통해 그의 존재는 어떤 가벼운 마음을, 그의 행동은 어떤 자유로움을, 그의 판단은 어떤 거리낌 없음을 얻고 있는지도 모른다. 사람들은 그의 발언 중 일부를, 물론 전체가 아니라 일부만을, 자주 반복하고 싶어 하는데, 왜냐하면 전체적으로 볼 때, 그는 지나친 경박함으로 인해 아무튼 다시 괴로움을 당하기 때문이다. 그는 마치 제비처럼 공중을 가르며 놀랄 만큼 훌륭하게 뛰어내리지만, 그러고 나서는 황량한 먼지 속에서 절망적으로 끝나 버리는 자, 무無 같은 존재인 것이다. 그러한 생각들 때문에 나는 이 아이를 볼 때면 불쾌해진다.

다섯 번째 아들은 사랑스럽고 착하다. 그는 약속한 것보다 훨씬 더 많은 것을 지켰으며, 그가 있는 자리에서도 사람들이 공식적으로는 혼자 있는 것처럼 느낄 정도로 존재감이 아주 미미했지만, 그러나 아무튼 그 점 때문에 그는 어느 정도의 명성을 얻게 되었다. 만약 사람들이 나에게 어떻게 그런 일이 일어나게 되었느냐고 묻는다면, 나는 거의 대답할 수가 없을 것이다. 순진무구함이 어쩌면 아무튼 여전히 사납게 몰아치는 이 세상의 풍파를 뚫고 나가는 힘일 수도 있는데, 그는 순진무구하다. 어쩌면 지나치게 순진무구할지도 모른다. 누구에게나 모두 그는 친절하다. 어쩌면 지나치게 친절한지도 모른다. 고백건대, 만약 사람들이 나를 마주하는 자리에서 그를 칭찬한다면, 나는 기분이 좋지 않을 것이다. 사람들이 내 아들처럼 매우 공공연하게 칭찬받을 만한 누군가를 칭찬한다면, 그것은 그 칭찬이 너무 가벼운 것이 되어 버림을 의미한다.

나의 여섯 번째 아들은, 적어도 첫눈에는, 모든 아들 가운데 가장 생각이 깊은 아이인 것처럼 보인다. 의기소침한 아이인데 사실은 수다쟁이이다. 따라서 사람들은 그에게 쉽게 가까이 다가가지는 못한다. 그는 굴복당하면, 극복하기 힘든 슬픔 속에 빠지며, 우위를 점하면, 수다를 늘어놓음으로써 그것을 지키려 한다. 그렇지만 내가 그의 어떤 사심 없는 열정을 부인하는 것은 아니다. 백주 대낮에도 그는 마치 꿈속에서처럼 생각을 통해 자기 자신과 자주 싸운다. 그는 몸이 아프지도 않은데—그는 오히려 아마 매우 좋은 건강 상태를 가지고 있을 것이다—가끔, 특히 어스름 무렵에, 어지러워 비틀거리지만, 그러나 아무 도움도 필요하지 않으며, 쓰러지지도 않는다. 어쩌면 이런 현상은 그의 신체 발육 상태에 원인이 있는지도 모르겠는데, 그는 나이에 비해 너무 지나치게 크기 때문이다. 그것은 그의 모습을 전체적으로, 개별적인 신체 부분, 예컨대 손과 발이 눈에 띄게 아름다운데도 불구하고, 보기 흉하게 만든다. 그 밖에 그의 이마 또한 보기 좋지는 않다. 피부뿐만 아니라 골격 형성도 어떤 식으로든 쭈글쭈글해진 상태이다.

일곱 번째 아들은 다른 모든 아이보다 아마도 더 내 아들인 것 같다. 세상은 그의 가치를 인정할 줄 모르는데, 그의 독특한 유형의 위트를 세상이 이해하지 못하는 것이다. 나는 그를 과대평가하는 것이 아니다. 나는 그가 별것 아닌 존재라는 것을 알고 있다. 만약 세상이 그의 가치를 인정할 줄 모른다는 것 말고 다른 잘못이 없다면, 세상은 여전히 나무랄 데가 없을 것이다. 그러나 가족들 내부에서 나는 이 아들 없이 지내고 싶지는 않을 것이다. 불안감뿐만 아니라 그는 관습과 전통에 대한 경외심도 가져오며, 적어도 내 느낌으로는, 이두 가지를 논란의 여지가 없이 확실한 하나의 전체에 첨가하고 있다. 이 전체로써 그는 아무튼 스스로 적어도 무엇인가를 시작할 수 있으나, 미래의 수레바퀴를 움직일 수는 없을 것이다. 그러나 그의 이런 기질은 매우 고무적이고 무척 희망에 넘쳐 있다. 나는 그가 자식들을 갖고, 그들이 또다시 자식들을 갖게 되기를 바랐다. 유감스럽게도 이 소원은 이루어지지 않을 것 같다. 나에게 물론 이해는 되지만 원하지는 않은 어떤 자기만족, 주위 사람들의 판단과 완전히 상반되는 그런 자기만족 속에서 그는 홀로 떠돌아다닌다. 그는 아가씨들에게 신경을 쓰지 않으며, 그럼에도 불구하고 결코 좋은 기분을 잃지는 않을 것이다.

　나의 여덟 번째 아들은 나에게 늘 걱정을 끼치는 문제아이다. 그러나 나는 도대체 그 이유를 전혀 모른다. 그는 나를 낯설게 바라보지만, 나는 아무튼 아버지로서 그와 밀접하게 결합되어 있음을 느낀다. 시간이 많은 것을 회복시켜 주었는데, 그러나 예전에는 그를 생각하기만 해도 가끔 어떤 전율이 나를 엄습했다. 그는 자기 자신의 길을 가고 있으며, 나와의 모든 관계를 끊었다. 그리고 완고한 머리와 작고 잘 단련된 몸으로—그 애는 어릴 때 다만 다리가 정말 약했지만, 그러나 그동안 벌써 균형이 잡혔을지도 모른다—자기 마음에 드는 곳이면 어디에서나 확실히 그럭저럭 잘 꾸려 나가고 있을 것이다. 나는 그를 다시 불러들여서 그에게, 도대체 그가 지내는 형편이 어떠한지, 왜 그렇게 아비에게 등지고 사는지, 그리고 근본적으로 그가 의도하는 바가 무엇인지를 묻고 싶은 마음이 들 때가 자주 있었다. 그러나 이제 그는 아주 멀리 가 있고, 이미 아주 많은 시간이 흘러 버렸으니, 이제는 지금 이 상태 그대로 변함이 없을 것이다. 나는 그가 내 아들 중 유일하게 얼굴에 온통 수염을 기르고 있다는 소식을 듣고 있는데, 그렇게 작은 사내가 그런 수염 기른 모습은 물론 멋있지는 않다.

　나의 아홉 번째 아들은 매우 우아하며, 여자들에게나 어울리는 어떤 달콤한 눈길을 갖고 있다. 그 눈길은 무척 달콤해서 어떤 때는 심지어 나조차, 초지상적인 광채를 닦아 내는 데 축축한 스펀지 하나면 충분하다는 것을 알고 있는 그런 나조차 매료시킬 정도이다. 그러나 이 젊은이의 특별한 점은 그가 절대로 유혹을 좇지 않는다는 것이다. 그는, 평생 동안 긴 안락의자에 누워 눈길을 방의 천장을 보는 데

허비하거나 또는 그보다는 오히려 눈꺼풀 아래 그 눈길을 가만히 쉬게 놔두는 것으로 족할 것이다. 그는 자신이 좋아하는 이러한 상태에 있게 되면, 기꺼이 그리고 기분 나쁘지 않게 이야기하는데, 간결하고 뚜렷하게 말하지만, 그러나 물론 단지 좁은 범위 안에서일 뿐이다. 그가 그런 좁은 범위를 넘어서는 경우, 그 범위의 협소함을 피할 수는 없는데, 그의 말은 아주 공허해진다. 사람들이 졸음이 가득한 그의 눈길이 이 사실을 눈치챌 수 있으면 하는 희망을 가진다면, 그에게 그만하라는 눈짓을 보낼 것이다.

나의 열 번째 아들은 불성실한 성격의 인물로 여겨진다. 나는 이 결점을 완전히 부정하고 싶지도, 그렇다고 완전히 시인하고 싶지도 않다. 확실한 것은, 그가 제 나이보다 훨씬 더 늙은 위엄 있는 모습으로 다가오는 형상을 본 사람은, 그러니까 언제나 단단하게 닫힌 프록코트를 입고, 낡았지만 지나칠 만큼 꼼꼼하게 손질된 검정 모자를 쓰고, 무표정한 얼굴에, 약간 튀어나온 턱, 눈 위에 심하게 곡선을 그리고 있는 눈썹, 가끔 입가로 가져가는 두 손가락, 그의 이런 모습을 본 사람은 이렇게 생각한다. '이 사람 대단한 위선자로군.' 그러나 자, 그가 하는 이야기를 들어 보라! 분별 있고, 신중하며, 말수가 적다. 심술궂은 생기발랄함으로 질문을 못 하게 방해하고, 세상의 삼라만상과 놀랍고 즐겁고 자명한 일치를 이루고 있는데, 어떻게든 필연적으로 목을 세게 잡아당기고 머리를 쳐들게 하는 그런 일치이다. 자기 자신을 매우 영리하다고 생각하며 그들이 생각하는 그런 이유 때문에 그의 외모에 비위가 상했다고 느끼던 그런 많은 사람을 그는 말을 통해 강하게 끌어당겼다. 그러나 그의 겉모습에 무관심한 사람들 또한 있는데, 그들에게는 그의 말이 위선적으로 들리는 것이다. 나는 아버지로서 여기서 결정을 내리지는 않겠다. 그러나 후자의 판단이 아무튼 전자의 판단보다 더 주목할 만한 가치가 있다고 고백하지 않을 수가 없다.

나의 열한 번째 아들은 섬세하다. 아마 나의 아들들 중에서 가장 연약한 아이일 것이다. 그러나 그의 연약함은 믿을 수가 없는데, 그는 그러니까 때때로 힘차고 단호할 때도 있기 때문이다. 그러나 아무튼 심지어 그런 때조차 그 연약함이 어떤 식으로든 바탕에 깔려 있다. 그러나 그것은 결코 부끄러운 허약함이 아니라, 오직 우리 지구 상에서만 허약함으로 생각되는 그런 어떤 것이다. 예를 들면, 비상할 준비가 되어 있다는 것 역시, 그것은 아무튼 흔들거림과 불확실성과 날개의 푸드덕거림이니까, 허약함이 아닐까? 그런 종류의 어떤 것을 나의 아들은 보여 준다. 물론 그런 특성들이 아비를 기쁘게 해 주지는 않는다. 그것들은 사실 명백하게 가족의 파괴라는 결과로 끝날 것이다. 가끔 그는 나를 바라보는데, 마치 나에게 이렇게 말하고 싶어 하는 것 같다. "아버지, 제가 당신을 모시고 갈게요." 그러면 나는 이렇게 생각한다. '너는 내가 믿는 마지막 아들이다.' 그러면 그의 눈길이 다시 이렇게 말하는 것 같다. '그러니까 제가 적어도 마지막 아들일 수는 있겠군요.'

이들이 바로 열한 명의 아들이다.

형제 살해

Ein Brudermord

살인이 다음과 같은 방법으로 일어났다는 것이 입증되고 있다.

살인자 슈마르는 달 밝은 밤, 저녁 아홉 시 무렵 그 길모퉁이에 서 있었는데, 그곳에서 희생자 베제는 자신의 사무실이 위치한 골목에서 자신이 거주하던 골목으로 접어들어야 했다.

차가운, 누구나 오싹하게 만드는 밤공기. 그러나 슈마르는 얇은 청색 옷 한 벌을 입고 있었을 뿐인데, 작은 상의는 단추가 끌러져 있었다. 그는 비록 계속해서 몸을 움직이기는 했지만, 추위를 느끼지는 않았다. 그는 반쯤 대검 같고, 반쯤 부엌칼 같은 자신의 살인 무기를 완전히 노출시킨 채 손에 꽉 쥐고 있었다. 그 칼을 달빛에 비추어 살펴보자 칼날이 번쩍였으며, 그것만으로는 충분하지가 않은 슈마르는 칼로 포장도로의 벽돌을 쳐 칼날에서 불꽃을 튀겼다. 그는 그것을 후회했음인지, 그 피해를 보상하기 위해 칼을 자신의 장화 창에 대고 바이올린의 활처럼 문질렀다. 그러면서 그는 한쪽 다리로 서서 몸을 앞으로 숙인 채, 자신의 장화에서 나는 칼 가는 소리, 그리고 그와 동시에 운명적 사건들이 많이 일어나는 옆길 골목 안의 소리를 유심히 귀 기울여 들었다.

그 근처 건물의 삼 층 창문에서 모든 것을 관찰하고 있었던 사인私 人 팔라스는 왜 이 모든 것을 허용했을까? 인간의 본성을 탐구해 보라! 그는 높이 세운 깃과 실내용 가운을 넓적한 몸집에 띠처럼 두른 채, 의아해하며 머리를 좌우로 흔들면서, 아래를 내려다보고 있었다.

그리고 그와는 비스듬히 맞은편으로 다섯 집 떨어진 곳에서는 베제 부인이 잠옷 위로 여우 모피 코트를 걸치고, 오늘따라 유별나게 오랫동안 꾸물거리고 오지 않는 남편을 기다리고 있었다.

마침내 베제의 사무실 앞문에 달린 종이 울린다. 종 하나 소리치고는 너무 요란하게, 온 도시 저 너머로, 하늘까지 높이 울려 퍼진다. 그리고 부지런한 야간 근무자인 베제가 이 골목에서는 아직 모습이 보이지 않는 그곳 건물로부터, 다만 종소리로 자신이 온다는 것을 알리면서 오는데, 곧 포장도로는 그의 조용한 발걸음 소리가 몇 걸음인지를 셀 것이다.

팔라스는 몸을 밖으로 깊숙이 숙이는데, 아무것도 놓쳐서는 안 되는 것이다. 베제 부인은 종소리에 마음이 진정되어 찰칵 소리를 내며 그녀의 창문을 닫는다. 그러나 슈마르는 무릎을 꿇는다. 그는 그 순간 다른 것은 아무것도 노출되어 있지 않으므로, 다만 얼굴과 두 손만을 돌들에 대고 누르고 있다. 모든 것이 꽁꽁 얼어붙는 곳에서 슈마르는 뜨겁게 달아오르고 있다.

그 골목들이 갈라지는 바로 그 경계선에 베제는 서 있다. 오로지 지팡이에 몸을 의지한 채 그는 저쪽 골목을 향해 선다. 기분이 좋다. 밤하늘은 검푸른색과 황금빛으로 그를 유혹했다. 무의식적으로 그는 하늘을 바라보며, 무의식적으로 그는 조금 쳐들린 모자 밑의 머리카락을 쓰다듬는다. 그 위에서는, 그에게 가장 가까운 미래를 보여 주기 위하여 다가오는 것이 아무것도 없다. 모든 것이 무의미하고 불가해한 스스로의 자리에 머물러 있다. 베제가 계속 간다는 것은 그 자체로는 매우 합리적인 일이지만, 그러나 그는 슈마르의 칼 속으로 들어가고 있는 것이다.

"베제!" 하고 슈마르가, 발끝으로 서서, 팔을 위로 뻗치고, 칼을 날카롭게 아래로 내리며 외친다. "베제! 율리아가 헛되이 기다리고 있어!" 그리고 목 오른쪽과 목 왼쪽, 그리고 세 번째는 배 속 깊숙이 슈마르는 찌른다. 물쥐들이 칼로 베어 찢어 젖혀지면 베제와 비슷한 소리를 내지를 것이다.

"해치웠어" 하고 말하면서 슈마르는, 피범벅이 된 아무 쓸데 없이 거추장스러운 짐인 칼을 바로 옆집 현관을 향해 던진다. "살인이라는 더없는 행복! 흘러나오는 낯선 피로써 완화되는 고통과 날아갈 것 같은 부푼 마음! 오랜 밤의 어둠이자, 친구이며, 술동무인 베제, 너의 피는 어두운 길바닥에서 새어 나가고 있다. 왜 너는 그저 단순하게, 내가 네 위에 올라앉으면 네가 완전히 사라져 버릴, 피로 가득 채워진 그런 주머니가 아닌가? 모든 것이 다 이루어지는 것은 아니며, 모든 꽃의 꿈들이 다 무르익은 것은 아니었다. 너의 무거운 잔재가, 이미 한 걸음도 접근할 수 없는 상태로, 여기에 놓여 있다. 네가 그것으로 제기하는 무언無言의 질문은 무엇인가?"

팔라스는 모든 분노를 제 몸뚱이 안으로 뒤죽박죽 쑤셔 넣어 꾹 누르면서, 두 개의 문짝이 갑작스레 열리는 그의 집 대문 안에 서 있다. "슈마르! 슈마르! 모든 걸 다 알아. 하나도 놓치지 않고 다 보았어." 팔라스와 슈마르는 서로를 확인한다. 팔라스는 슈마르가 끝장나 버리지 않은 것에 만족해한다.

베제 부인이 양쪽에 많은 사람을 거느린 채 너무 놀란 나머지 완전히 늙어 버린 얼굴을 하고 서둘러 온다. 모피 코트가 열리고, 그녀가 베제 위에 쓰러진다. 잠옷을 입고 있는 그녀의 몸은 그의 것이고, 마치 무덤 위의 잔디처럼 그 부부 위를 덮고 있는 모피 코트는 그 무리의 것이다.

슈마르는, 이를 악물고 마지막 구역질을 애써 힘들게 참으면서, 민첩하게 자신을 그곳으로부터 끌고 간 경찰의 어깨 위에 입을 눌러 대고 있다.

한바탕의 꿈
Ein Traum

요제프 카Josef. K가 꿈을 꾸었다.

어느 날씨 좋은 날이었는데, 카는 산책을 가고자 했다. 두 걸음을 내딛자마자 그는 벌써 공동묘지에 와 있었다. 그곳에는 매우 부자연스러운, 불편하게 꾸불꾸불한 길들이 있었지만, 그러나 그는 그런 길 위를 마치 거친 물살 위에서 흔들림이 없이 떠가는 것 같은 자세로 미끄러져 갔다. 멀리서부터 벌써 그의 눈에는 갓 쌓아 올린 봉분이 하나 보였고, 거기서 그는 멈추려고 했다. 봉분이 매우 유혹적이어서 그는 그곳으로 가는 데 아무리 서둘러도 충분하지 않다고 생각했다. 그러나 이따금씩 그 봉분이 거의 보이지 않을 때도 있었는데, 깃발들 때문에 그의 시야가 가려졌기 때문이다. 깃발의 천들이 휘감겨지며 큰 힘으로 서로 부딪치고 있었다. 기수들은 보이지 않았지만, 그곳은 마치 많은 환호성이 울리고 있는 것 같았다.

그가 시선을 여전히 먼 곳에 두고 있던 동안에, 갑자기 그의 옆, 아니 거의 벌써 그의 뒤편 길가에 바로 그 봉분이 보였다. 그는 재빨리 풀밭으로 뛰어내렸다. 뛰어내리는 그의 발밑에서 길이 계속 매우 빠르게 움직여 나아갔기 때문에 그는 비틀거리다 바로 그 봉분 앞에 무릎을 꿇으며 넘어졌다. 남자 두 명이 봉분 뒤에 서 있었는데, 양쪽에서 비석을 맞들고 있었다. 카가 나타나자마자 그들은 그 돌을 땅속에다 쑤셔 박았는데, 그러자 그 돌이 마치 단단하게 쌓은 벽처럼 서 있었다. 얼마 안 가서 덤불숲 속에서 제삼의 사내가 걸어 나왔는데, 곧바로 카는 그가 예술가임을 알아챘다. 그는 오로지 바지와 제대로 단추가 채워지지 않은 셔츠만을 걸치고 있었고, 머리에는 비로드 모자를 쓰고 있었으며, 손에는 평범한 연필 한 자루를 들고 있었는데, 그는 가까이 다가오면서 벌써 그 연필로 공중에다 형상들을 그리고 있었다.

그 연필로 그는 이제 비석의 윗부분을 장식했다. 그 비석은 아주 높았으므로 그는 몸을 전혀 구부릴 필요가 없었지만, 아마도 몸을 구부릴 수밖에 없었던 것 같은데, 왜냐하면 그가 발로 밟고 싶지 않은 봉분이 그를 비석과 떼어 놓고 있었기 때문이다. 그래서 그는 발끝으로 서서, 왼쪽 손으로 비석의 표면을 짚었다. 특별히 숙련된 처리를 통해 그는 그 평범한 연필로 금빛 철자들을 만들어 내는 데 성공했으며, 이렇게 썼다. "여기에—잠들다." 각각의 철자가 완벽한 금빛으로 깊이 새겨진 채 깨끗하고 아름다웠다. 그는 단어 두 개를 썼을 때 카를 향해 뒤돌아보았다. 비문의 진전에 대해 몹시 궁금해했던 카는 그 남자한테는 거의 신경을 쓰지 않고, 오로지 비석 위만 쳐다보고 있었다. 실제로 그 남자는 계속 쓰려고 다시 시도했으나, 그럴 수가 없었는데, 어떤 방해물이 있었던 것이다. 그는 연필을 떨어뜨리고 다시 카를 향해 몸을 돌렸다. 이제 카도 그 예술가를 바라보았는데, 그 이유를 말할 수는 없지만 이 사람이 몹시 당황하고 있다는 것을 알아차렸다. 이전에 있었던 그의 모든 생동감이 사라져 버리고 없었다. 그 때문에 카 역시 당혹감에 빠졌으며, 그들은 서로 어찌할 바 모르겠다는 눈길을 나누었는데, 아무도 해소할 수 없는 어떤 불쾌한 오해가 있었던 것이다. 때에 맞지 않게 묘지의 예배당에서 작은 종이 울리기 시작했으나 그 예술가가 손을 높이 휘두르자 종소리가 그쳤다. 잠시 후에 그 종소리가 다시 시작되었는데, 이번에는 아주 조용히, 그리고 특별한 요청 없이, 자꾸 갑자기 끊어지면서, 마치 그냥 울림이 어떤지 시험해 보려는 것 같았다. 카는 그 예술가의 처지를 슬퍼했다. 카는 울기 시작했으며, 손을 입에 대고 오랫동안 흐느꼈다. 예술가는 카가 진정될 때까지 기다렸다. 그러고 나서 그는 다른 해결책을 찾을 수 없었으므로, 계속 써 나가기로 결심했다. 그가 그은 첫 번째 작은 획이 카에게는 구원이었으나 예술가는 분명히 지독하게 싫은 것을 마지못해 이루어 냈다. 글씨도 이제는 그다지 아름답지 않았으며, 무엇보다도 금빛이 모자라는 것 같아 보였고, 획은 희미하고 불분명하게 그어졌으며, 다만 철자만 아주 커졌을 뿐이었다. 그것은 요트(J)자였는데, 이미 거의 끝나 가고 있었다. 그때 예술가가 격분해서 봉분을 발로 찼기 때문에, 흙이 사방팔방 공중으로 날아 흩어졌다. 마침내 카는 그를 이해했으며, 그에게 하지 말아 달라고 요청하기에는 더 이상 시간이 없었다. 열 손가락으로 그는 땅을 파고 있었다. 땅은 거의 저항을 하지 않았다. 모든 것이 다 준비되어 있는 것 같았다. 오로지 겉으로 보기에만 얇은 지층이 한 층 만들어져 있었다. 그 지층 바로 뒤에 급경사진 벽들로 된 커다란 구멍이 하나 열렸다. 카는 어떤 부드러운 기류에 떠밀려 등을 뒤로한 채 그 구멍 속으로 가라앉았다. 그러나 그가 그 밑에서 여전히 목덜미를 들어 머리를 곧추세운 채, 침투가 불가능한 깊이의 심연에 의해 끌려들어 가는 동안, 위에서는 막강한 명예를 지닌 그의 이름이 비석 위를 질주하고 있었다.

이 광경에 매료된 채 그는 잠에서 깨어났다.

어느 학술원에 드리는 보고
Ein Bericht für eine Akademie

고매하신 학술원 회원 여러분!

여러분께서는 예전에 원숭이로 살았던 저의 전력前歷에 관한 보고서를 학술원에 제출하도록 요청받는 영광을 저에게 베풀어 주고 계십니다.

이런 의미에서는 유감스럽게도 저는 그러한 요청에 응할 수가 없습니다. 거의 오 년 동안 저는 원숭이 세계와 떨어져 살아왔는데, 그 기간은 달력으로 볼 때는 어쩌면 짧은 기간일지 모르겠습니다만 제가 지내 온 식으로 보자면 쉬지 않고 질주해야 했던 끝없이 긴 세월입니다. 구간에 따라서는 탁월한 인사들의 안내를 받았고 남들의 충고나 갈채도 받았고, 오케스트라 음악의 성원도 받았지만 근본적으로는 저 혼자 달린 것입니다. 왜냐하면—계속 비유적으로 말씀드리자면—그렇게 저와 동반한 모든 것이 장애물 앞에서 멀찌감치 떨어져 멈추었기 때문입니다. 만약 제가 제 근원이나 어린 시절의 추억에 고집스럽게 매달렸더라면 이러한 업적은 불가능했을 것입니다. 바로 일체의 고집을 포기하는 것이 저 자신에게 부과된 최고의 계명이었습니다. 자유로운 원숭이인 저는 이 멍에에 순응했습니다. 그로 인해서 저는 기억들이 점점 더 많이 닫혀져 갔습니다. 제가 과거로 돌아가는 것은 처음엔 만약 인간들이 원했더라면, 하늘이 공중에 세워 놓은 문을 통해 가능했었는데, 그런데 그 문은, 제가 채찍질당하며 앞으로 나아가는 저의 발전과 더불어 동시에 점점 더 낮아지고 좁아졌습니다. 저는 인간 세계에서 점점 편안하고 그 안에 포함되었다고 느꼈습니다. 제 과거로부터 저를 향해 불어오는 폭풍은 잠잠해졌습니다. 오늘날 제 발꿈치를 서늘하게 해 주는 것은 다만 한 점의 바람일 뿐입니다. 그리고 그 바람이 불어오는 구멍, 제가 언젠가 지나왔던 그 먼 곳의 구멍이 너무나 작아졌기 때문에 혹시 그곳으로 돌아갈 힘과 의지가 있어 그곳을 통과하려면 제 몸 전체의 가죽을 벗겨 내야 합니다. 솔직히 말씀드리자면, 저는 이런 이야기에도 즐겨 비유법을 택하고 있습니다만, 솔직히 말씀드리자면, 신사 여러분, 여러분도 이와 비슷한 일을 겪으셨다면, 여러분의 원숭이로서의 과거와 현재 여러분과의 거리가 저의 원숭이로서의 과거와 현재 저와의 거리보다 더 멀다고 할 수는 없습니다. 이곳 지표면 위에서 걸어 다니는 것은, 작은 침팬지나 위대한 아킬레우스나 할 것 없이, 모두 다 마찬가지로 발꿈치가 근질근질합니다.

그러나 저는 지극히 제한된 의미에서만 아마도 여러분의 질문에 응답할 수 있을 것이며, 저는 심지어 크게 기쁜 마음으로 기꺼이 그렇게 하겠습니다. 제가 배운 최초의 행동은 악수하는 것이었습니다. 악수란 마음을 터놓는 것을 뜻합니다. 제 생애의 절정에 서 있는 오늘 이제 그 최초의 악수에 이어 솔직한 말을 추가할 수 있을지도 모르겠습니다. 그 말은 학술원에 어떤 본질적으로 새로운 것을 알려 주지도 않을 것이며, 여러분이 저에게 요구했던 것, 제가 아무리 좋은 뜻을 가져도 말씀드릴 수 없는 것, 그런 것에 훨씬 못 미치는 것이 될 것입니다. 그렇지만 아무튼 그것은 한때 원숭이였던 존재가 어떻게 인간세계에 뚫고 들어와 정착했는가 하는 그 기본 노선을 보여 줄 것입니다. 그렇지만 만약 저 자신에 대해서 완전히 확신이 서지 않았다면, 문명화된 세계의 모든 대형 바리에테 극장* 무대에서의 제 위치가 확고부동한 것으로 굳어지지 않았다면, 저는 분명히 다음과 같은 사소한 이야기조차 조금도 말씀드려서는 안 될 것입니다.

저는 황금해안 출신입니다. 제가 어떻게 체포되었는가에 대한 이야기는 타인의 보고서들에 의존하고 있습니다. 하겐베크** 회사의 수렵 원정대는, 그 원정대장과 함께 저는 그 이후 좋은 적포도주를 몇 번씩이나 비웠습니다만, 해안의 숲에서 매복을 하고 있었습니다. 그때는 저녁이었는데, 저는 원숭이 무리의 한가운데에 끼여 물을 마시러 달려가고 있었습니다. 사람들이 총을 쏘았으며, 총에 맞은 것은 오로지 저뿐이었는데 두 방을 맞았습니다.

한 방은 뺨에 맞았는데, 가벼운 총상이었습니다만, 그러나 그 자리에 털이 모조리 떨어져 나가 버리고 커다란 붉은 흉터가 남게 되었

---

* 노래, 춤, 촌극, 곡예 등을 일련의 짧고 독립된 막으로 공개 연출한 버라이어티 쇼를 무대에 올린다.
** 하겐베크(Carl Hagenbeck, 1844~1913)는 독일 함부르크 출신의 세계적인 동물 상인이자 동물 조련사로서 사냥꾼을 고용하고 동물원과 서커스단에 동물들을 공급했다.

으며, 그 흉터 때문에 저는 어떤 원숭이가 저에게 붙여 준, 제 마음에 거슬리고 전혀 어울리지도 않는 '빨간 페터'라는 이름을 달고 다니게 되었습니다. 마치 제가 얼마 전에 죽은, 널리 알려지고 잘 길들여진 원숭이 페터와 오로지 뺨에 있는 빨간 점으로만 구별이 되는 것처럼 말입니다. 이건 그저 말이 나온 김에 말씀드렸을 뿐입니다.

두 번째 총알은 엉덩이 아래에 맞았습니다. 그건 중상이었으며, 오늘날 제가 약간 절름거리게 된 것은 그 탓입니다. 얼마 전에 저는, 저에 대해서 신문에 기고를 하는 수만 명의 경솔한 인간들 중 어떤 작자가 쓴 글을 읽었습니다. 그는 원숭이로서의 제 본성이 완전히 억제되지 않고 있다고 하면서, 구경꾼이 오면 제가 그 총알에 맞은 자리를 보여 주기 위해 신이 나서 바지를 벗는 것이 그 증거라고 써 놨습니다. 그런 글을 쓰는 놈의 손가락은 하나도 남김없이 모조리 부러뜨려 버려야 합니다. 저는, 저는요, 마음에 드는 사람 앞에서는 바지를 벗을 수도 있다고 여기는데요, 왜냐하면 거기엔 잘 다듬어진 털과 흉터—여기서 특정한 하나의 목적을 위해 특정한 단어를 선택합니다만 그것을 오해하지는 마십시오—즉 포악한 흉탄에 의한 흉터밖에는 아무것도 없기 때문입니다. 모든 것이 뚜렷하게 드러나 있으며, 숨길 것은 아무것도 없습니다. 만약 진실이 중요할 때 고결한 사람이면 누구나 가장 세련된 예의범절 따위는 내팽개쳐 버립니다. 반면에 앞서의 글을 쓰는 놈이 구경꾼이 올 때 바지를 벗는다면 그것은 물론 어떤 다른 모습을 띠게 될 것이며, 그놈이 그렇게 하지 않은 것을 저는 이성理性의 표시로 간주하고자 합니다. 그러나 그렇다면 그도 자신의 섬세한 감각으로 저를 괴롭히지 말고 내버려 두기를 바라는 바올시다.

그 사격으로 총알을 맞은 후에 깨어나 보니, 여기서부터는 저 자신의 기억이 서서히 살아납니다만, 저는 하겐베크 증기선의 중간 갑판에 있는 우리 속에 있었습니다. 그것은 사면이 창살로 된 격자 우리가 아니라 오히려 삼면에만 벽이 있었고 그것이 궤짝 하나에 단단하게 고정되어 있었습니다. 그러니까 그 궤짝이 네 번째 벽을 이루고 있었던 셈입니다. 그 전체는 똑바로 일어서기엔 너무 낮고 주저앉아 있기엔 너무 좁았습니다. 그래서 저는 무릎을 구부리고 줄곧 떨면서 앉아 있었습니다. 저는 물론 처음에는 아무도 보고 싶지 않았고 어둠 속에서만 살고 싶었기 때문에 궤짝 쪽을 향해 돌아앉아 있었는데, 등 뒤쪽에서 격자 창살이 저의 살 속으로 파고들어 왔습니다. 사람들은 거친 야생동물들을 잡으면 맨 처음에 그런 식으로 가두어 두는 것이 장점이 있다고들 여기는데, 오늘날 저는 경험에 비추어 그것이 인간적인 의미에서는 실제로 그렇다는 것을 부인할 수 없습니다.

그러나 그 당시엔 그런 생각을 못 했습니다. 저는 난생처음으로 탈출구가 없는 신세가 되었습니다. 적어도 정면으로는 나갈 수가 없었습니다. 제 정면 바로 앞에는 궤짝이 있었는데 그것은 판자를 서로 단단히 짜 맞추어 만든 것이었습니다. 물론 판자와 판자를 이은 사이에는 죽 틈새가 나 있어서, 그걸 처음 발견했을 때 저는 무지한 탓에 어리석게도 환호성을 지르며 좋아했습니다만, 그러나 그 틈새는 꼬리를 들이밀기에도 충분치 못할 만큼 너무나 좁았고, 원숭이의 힘을 다 써 보아도 도저히 넓힐 수가 없었습니다.

사람들이 나중에 저에게 들려준 이야기로는, 제가 이례적으로 시끄러운 소리를 거의 내지 않아서 제가 곧 죽든가 아니면 그 최초의 위험한 고비만 잘 넘기면 길들이기가 무척 쉬울 거라는 결론을 내렸다고 합니다. 저는 그 고비를 넘기고 살아남았습니다. 소리 죽여 나지막이 흐느끼는 것, 고통스럽게 벼룩을 잡는 것, 야자열매를 지치도록 핥는 것, 두개골로 궤짝 벽을 두드리는 것, 누군가가 나에게 가까이 다가오면 혀를 내미는 것, 이런 것들이 새로운 생활에서 처음에 했던 행동입니다. 그러나 이런 가운데에도 한 가지 느낌, 즉 탈출구가 없다는 느낌만은 늘 있었습니다. 물론 저는 당시 원숭이로서 느꼈던 것을 오늘날 오로지 인간의 언어로 묘사할 수 있을 뿐이며, 그에 따라 기록하고 있습니다만, 그러나 설령 제가 이제는 예전 원숭이의 진실에 더 이상 도달할 수 없게 되었더라도, 적어도 저의 묘사 방향에는 그 진실이 들어 있으며, 그 점에는 의심할 여지가 없습니다.

저는 그때까지 그토록 많은 탈출구가 있었지만 이제는 하나도 없었습니다. 저는 옴짝달싹 못 하는 신세가 되어 있었습니다. 사람들이 저를 못 박아 놓았다 하더라도 그 때문에 제가 마음껏 돌아다닐 수 있는 이동의 자유가 더 줄어들지는 않았을 것입니다. 왜 그럴까요? 제가 발가락 사이의 살을 상처가 나도록 긁어 본다 해도 그 이유를 찾아내지 못할 것입니다. 몸이 거의 두 조각이 날 때까지 우리 창살에다 등을 눌러 보아도 그 이유를 찾아내지 못할 것입니다. 저는 탈출구가 없었으며 그것을 마련해야만 했습니다. 탈출구 없이는 살수 없었기 때문입니다. 계속 이런 궤짝 벽에 기댄 채 저는 어쩔 수 없이 비참하게 죽고 말 뻔했습니다. 그러나 원숭이들은 하겐베크 회사에서는 궤짝 벽에 붙어 있어야 하는 존재입니다. 자, 그래서 저는 원숭이이기를 그만두었습니다. 그것은 어떻게든 제가 틀림없이 복부로 생각해 냈을 명석하고도 멋진 사고의 과정이었습니다. 왜냐하면 원숭이는 복부로 생각하기 때문입니다.

제가 말씀드린 탈출구라는 말을 여러분께서 제대로 이해하시지 못하실까 봐 염려가 됩니다. 저는 그 말을 가장 일상적이고도 가장 온전한 의미로 사용하고 있습니다. 저는 의도적으로 '자유'라는 말을 하지 않습니다. 저는 사방으로 열린 자유의 그 위대한 감정을 의미하는 것이 아닙니다. 원숭이일 때에도 아마도 저는 그런 감정을 알았던 것 같고 또 그런 것을 동경하는 인간들을 알게 되었습니다. 하지만 저로서는 말입니다, 저는 예전이나 지금이나 자유를 요구하지 않습니다. 이왕 말이 나온 김에 드리는 말씀입니다만, 인간들은 자유라는 말을 너무 자주 착각하고 있습니다. 즉 자기 자신을 기만하고 있는 것입니다. 자유가 가장 숭고한 감정에 속하는 것처럼, 그것과 관계되는 기만 역시 가장 숭고한 감정에 속합니다. 때때로 저는 바리에테 극장에서 제가 등장하기 전에 한 쌍의 곡예사가 공중그네를 타는 걸 본 적이 있습니다. 그들은 훌쩍 그네에 뛰어올라 위아래로 흔들고, 도약하고 날아서 상대방의 팔을 잡고, 한 사람이 다른 사람의 머리카락을 물기도 했습니다. '저것 역시 인간의 자유로구나' 하고 저는 생각했습니다. '안하무인의 독단적인 동작이구나.' 성스러운 자연에 대한 그러한 조롱! 그런 광경을 목격하고 큰 소리로 웃어 대는 원숭이들의 웃음소리에는 어떤 건물도 견뎌 내지 못할 것입니다.

그렇습니다. 저는 자유를 원하지 않았습니다. 단지 하나의 탈출구만을 원했습니다. 왼쪽이든 오른쪽이든 어디든 상관없이 저는 그 밖의 다른 요구는 하지 않았습니다. 그 탈출구가 하나의 착각에 불과하더라도 말입니다. 요구하는 것이 작으니 착각 역시 그보다 더 클 수는 없을 것입니다. 전진, 전진! 궤짝 벽에 붙은 채 팔을 쳐들고 가만히 있지만 말고 말입니다.

오늘날 저는 분명히 알고 있습니다. 아주 큰 내적인 안정이 없었더라면 제가 결코 벗어날 수 없었다는 것을 말입니다. 그리고 사실상 제가 이렇게 된 것은 아마도 배 안에서 지낸 처음 며칠 후부터 찾은 저의 내적인 안정 덕택일 것입니다. 그리고 그런 안정은 다시금 그 배에 타고 있던 사람들 덕택일 것입니다.

아무튼 그들은 좋은 사람들입니다. 저는 오늘날까지도 여전히, 그 당시 제가 반쯤 잠이 들었을 때 쿵쿵 울려오던 그들의 무거운 발걸음 소리를 기꺼이 회상해 봅니다. 그들은 모든 것을 지극히 천천히 착수하는 습성이 있었습니다. 만약 누군가가 눈을 비비려고 할 때에도 손을 마치 아래로 처진 저울추처럼 느릿느릿 들어 올렸습니다. 그들의 농담은 조잡했지만 정다운 것이었습니다. 그들의 웃음에는 위험스럽게 들리지만 아무 뜻도 없는 기침이 섞여 있었습니다. 그들은 항상 무언가 내뱉을 것을 입안에 물고 있었고 그것을 아무 데나 뱉었습니다. 항상 그들은 제 몸의 벼룩들이 자기네한테 튀어 간다고 불평했지만, 그것 때문에 정색을 하고 저에게 화를 낸 적은 없습니다. 그들은 제 털가죽에 벼룩이 번성한다는 것, 그리고 그 벼룩들이 잘 뛴다는 것을 알고 있었으며, 그걸로 만족했습니다. 비번일 때면 이따금 몇몇 사람이 반원을 그리며 저를 에워싸고 앉아서 거의 아무 말 없이 서로 알랑거리는 소리를 냈을 뿐입니다. 그리고 그들은 앉아 있는 궤짝 위에서 다리를 쭉 편 채 파이프 담배를 피웠고, 제가 조금만 움직여도 즉각 자기네 무릎을 탁 쳤습니다. 때때로 어떤 사람은 막대기를 들고 와서 제가 시원해하는 곳을 긁어 주기도 했습니다. 만약 오늘 제가 이 배를 타고 함께 항해하자는 초대를 받는다면 저는 틀림없이 거절할 것입니다. 그러나 제가 거기 중갑판에서 잠기게 될 수도 있을 추억들이 불쾌한 것만은 아니라는 것 또한 마찬가지로 확실합니다.

제가 그 사람들이 모여 앉은 자리에서 얻게 된 그 안정은 저로 하여금 도주를 시도하지 못하게 했습니다. 오늘날 돌이켜 본다면 당시 저는 살고자 한다면 탈출구를 발견해야 한다는 것, 그러나 그 탈출구는 도주로써는 얻을 수 없다는 것을 적어도 예감했던 것 같습니다. 당시에 도주가 가능했는지는 이제는 잘 알 수 없지만, 저는 어떤 원숭이나 항상 도주가 가능하다고 생각합니다. 지금의 제 이빨로는 일상적인 호두 까기에도 조심해야 합니다만, 그러나 그 당시에는 틀림없이 문의 자물쇠를 깨물어 부술 수 있었을 것입니다. 저는 그렇게 하지는 않았습니다. 그렇게 했다면 어떻게 됐을까요? 머리를 내밀자마자 사람들이 저를 다시 붙잡아서 더 나쁜 우리에 감금했을 것입니다. 아니면 눈에 띄지 않게 다른 짐승, 예컨대 큰 뱀에게서 도망치다 그놈들한테 둘둘 말려 죽고 말았을 것입니다. 혹시 그렇지 않고 갑판까지 살금살금 기어 나가 뱃전에서 뛰어내렸을 경우엔 한동안 망망대해에서 허우적거리다가 익사하고 말았을 것입니다. 모두 다 절망적인 행동입니다. 저는 인간처럼 계산하지는 않았습니다만, 그러나 제 환경의 영향을 받아 저는 마치 계산을 한 것처럼 처신했던 것입니다.

저는 계산을 하지는 않았지만 아주 침착하게 관찰했습니다. 저는 그 사람들이 오가는 것을 보았습니다. 항상 같은 얼굴, 같은 동작이었습니다. 때때로 저는 오가는 사람이 한 사람뿐인 것 같은 생각이 들기도 했습니다. 그 한 사람, 아니 그 사람들은 아무 방해도 받지 않고 걸어 다녔습니다. 어떤 높은 목표 하나가 저에게 어렴풋이 떠올랐습니다. 아무도 저한테, 제가 그들과 같아진다면 창살을 걷어 올려 주겠노라고 약속하지 않았습니다. 이행할 수 없는 것으로 보이는 그런 약속들은 제공되지 않습니다. 그러나 일단 약속이 지켜지면, 나중에 그 약속들도, 예전에는 아무리 찾아보아도 없었던 바로 그곳에서, 정확하게 나타나는 법입니다. 그러나 그 사람들 자체에는 나를 몹시 유혹하는 것이 아무것도 없었습니다. 제가 만약 앞서 언급한 그 자유의 신봉자라면, 이 사람들의 흐릿한 시선 속에 보이는 탈출구보다는 차라리 틀림없이 망망대해를 택했을 것입니다. 그러나 아무튼 저는 그런 일들을 생각하기 훨씬 오래전부터 이미 그들을 관찰했습니다. 사실 그런 축적된 관찰들이 저로 하여금 일정한 방향으로 밀고 나아가게 했습니다.

그 사람들을 흉내 내는 일은 무척 쉬웠습니다. 침 뱉는 것은 처음 며칠 안에 저도 할 수 있게 되었습니다. 그 후 우리는 서로 얼굴에다 침을 뱉었습니다. 차이점이라면, 나중에 저는 제 얼굴을 핥아서 깨끗하게 했지만 그들은 자기네 얼굴을 그렇게 할 수 없었다는 것뿐입니다. 저는 금방 노인처럼 파이프 담배를 피웠습니다. 그런 다음에는 엄지손가락을 파이프 대통에 대고 짓눌렀습니다. 중갑판에서는 모두가 환성을 질렀습니다. 속이 비어 있는 파이프와 속이 채워진 파이프의 차이점만은 제가 오랫동안 구별하지 못했습니다.

가장 견디기 힘든 것은 독한 술이 담긴 술병이었습니다. 그 냄새가 절 괴롭혔습니다. 저는 안간힘을 다해 참았습니다. 그러나 그것을 이겨 낼 수 있기까지는 몇 주일이 걸렸습니다. 사람들은 이상하게도 저의 이 내면의 투쟁들을 제 다른 어떤 일보다도 더 진지하게 여겼습니다. 저는 기억 속에서도 그 사람들을 구별하지 못합니다만, 그중에는 혼자서든 아니면 동료와 함께, 밤낮 가리지 않고 아무 때나 자꾸 찾아오는 사람 하나가 있었는데, 그가 술병을 들고 저에게 강의를 했습니다. 그는 저를 이해하지 못했으며, 제 존재의 수수께끼를 풀고 싶어 했습니다. 그는 천천히 마개를 따고 나서는 제가 이해했는가를 살피기 위해 저를 쳐다보았습니다. 고백하건대, 저는 그를 항상 후다닥 서둘러 주의 깊게 쳐다보았습니다. 온 지구상에서 어떤 인간 교사도 그런 인간 생도를 찾지 못할 것입니다. 코르크 마개를 뺀 뒤 그는 병을 입가로 들어 올렸습니다. 저의 시선이 그의 목구멍 속까지 뒤쫓았습니다. 그는 저에게 만족해서 고개를 끄덕이고는 병을 입술에 댑니다. 저는 그런 것에 대해 점차 알게 된 것이 몹시도 기뻐서 괴성을 길게 내지르며 아무 데나 이리저리 손에 닿는 대로 마구 긁어 댑니다. 그는 기뻐하면서 술병을 입에 대고 한 모금 들이켭니다. 그러면 저는 초조해하며 필사적으로 그의 행동을 따라 하고 싶어서 저의 우리 속을 더럽힙니다. 그러면 그것이 다시 그에게 만족감을 줍니다. 병을 앞쪽으로 쭉 내밀다가 홱 다시 입에다 대고는 시범치고는 지나치다 싶을 정도로 몸을 뒤로 젖히고 단숨에 술병을 비워 버립니다. 너무나 큰 요구에 지쳐 기진맥진한 채 저는 그를 더 이상 따라 할 수가 없고 창살에 힘없이 매달려 있습니다. 그러는 동안 그는 자기 배를 쓰다듬으며 히죽히죽 웃어 대는데, 그것으로 그의 이론 수업이 끝나는 것입니다.

자 이제 비로소 실습이 시작됩니다. 이론적인 것에 제가 벌써 너무 기진맥진해 버린 것은 아닐까요? 예, 그렇습니다. 너무 기진맥진해 버렸습니다. 그것은 제 운명입니다. 그럼에도 불구하고 저는 건네준 술병을 될 수 있는 대로 잘 잡아서 부들부들 떨면서 코르크 마개를 뽑습니다. 그게 성공하자 서서히 새로운 힘이 생겨납니다. 저는 시범을 보인 모델과 거의 구별이 되지 않는 동작으로 병을 들어 입에 대는데, 그러고는 역겨워, 역겨워, 던져 버립니다. 술병은 비어 있었지만 냄새가 가득 차 있으니, 저는 역겨워 술병을 바닥에 던져 버리고 맙니다. 저의 선생도 애통해하고 저 자신은 더 애통하게도 말입니다. 병을 던져 버린 뒤 저는 훌륭하게 배를 쓰다듬고는 히죽거리며 웃는 것을 잊지 않았지만, 그렇다고 그것으로 저의 선생도 저 자신도 달랠 수는 없습니다.

너무나 자주 그런 식으로 수업은 진행되었습니다. 그리고 제 선생에게 경의를 표하며 말씀드리는데, 그는 저에게 화를 내지 않았습니다. 이따금 그는 불붙은 파이프를 제 털가죽에다 갖다 댔습니다. 그러다가 제 손이 잘 닿지 않는 곳에서 타기 시작하면 그는 엄청 큰 착한 손으로 그 불을 몸소 다시 껐습니다. 그는 저에게 화를 내지 않았습니다. 그는 저희 둘이 같은 편에서 원숭이의 본성에 맞서 싸우고 있으며, 그리고 제가 더 힘든 몫을 맡고 있다는 사실을 잘 이해하고 있었습니다.

아무튼 그러고 나서 그에게도 저 자신에게도 참으로 대단한 승리를 의미하는 사건이 어느 날 저녁 많은 구경꾼 앞에서 일어났습니다. 아마 무슨 축제였는지, 축음기 소리가 나고 장교 한 사람이 사람들 사이를 지나가고 있었습니다. 저는 아무도 주목하지 않던 그날 저녁에, 저의 우리 앞에 무심코 실수로 세워져 있던 술병을 손에 들고, 사람들이 점점 흥미진진하게 주시하는 가운데, 배운 대로 코르크 마개를 따고는 입에다 대고, 주저함이 없이, 입도 찡그리지 않고, 전문적인 술꾼처럼 눈을 데굴데굴 굴리면서, 목구멍으로 꿀꺽꿀꺽 넘어가는 소리를 내면서, 정말이지 단 한 방울도 남기지 않고 모조리 마셔 버리고는, 이제 더 이상 절망한 자로서가 아니라 예술가로서 그 술병을 내던졌던 것입니다. 물론 배를 쓰다듬는 것은 깜박 잊어버렸습니다. 그러나 그 대신에, 달리 어떻게 할 방도가 없었기 때문에, 강렬한 충동에 사로잡혔기 때문에, 취해서 정신이 몽롱했기 때문에, 각설하고 "헬로우!" 하고 소리를 질렀습니다. 인간의 소리를 터뜨렸던 것인데, 이 외침과 더불어 저는 인간 공동체 속으로 뛰어들었던 것입니다. 그러자 "들어 봐, 저것이 말을 해" 하는 그들의 반향이 땀방울이 뚝뚝 떨어지는 저의 몸에 키스처럼 쏟아지는 것을 느꼈습니다.

되풀이해서 드리는 말씀입니다만, 저는 인간들을 모방하려는 유혹을 느끼지 않았습니다. 저는 탈출구를 찾으려 했기 때문에 흉내 낸 것이며, 결코 다른 이유는 없습니다. 그리고 앞서 말씀드린 저 승리와도 별 상관이 없습니다. 곧바로 제 목소리가 다시 나오지 않았던 것입니다. 몇 달이 지나고 나서야 비로소 목소리가 나왔습니다. 술병에 대한 거부감은 심지어 훨씬 더 커졌습니다. 그러나 아무튼 저에게 일단 방향은 주어졌습니다.

제가 함부르크에서 첫 번째 조련사에게 인도되었을 때 저는 제 앞길에 두 가지 가능성이 열려 있다는 것을 곧 알아차렸습니다. 그것은 동물원 아니면 바리에테 극장이었습니다. 저는 주저하지 않았습니다. 저는 속으로 이렇게 혼잣말을 했습니다. '바리에테 극장으로 가도록 전력을 다해라. 그것이 탈출구다. 동물원이란 단지 새로운 격자 우리에 불과하다. 거기로 가는 날에는 넌 끝장이다.'

그리고 저는 배웠습니다, 신사 여러분. 아, 반드시 배워야만 한다면 배우는 법입니다. 만약 탈출구를 원한다면 배웁니다. 앞뒤 안 가리고 배웁니다. 회초리를 들고 스스로를 감시하고, 아주 사소한 저항에도 살이 찢기는 것처럼 괴로워합니다. 원숭이의 본성이 데굴데굴 뒹굴며 미친 듯이 저로부터 빠져나와 사라져 버렸고, 그 결과 저의 첫 번째 선생이 거의 원숭이처럼 되어 버려 즉시 수업을 포기하고 요양소에 보내져야 했습니다. 다행스럽게도 그는 곧 다시 거기에서 나왔습니다.

그러나 저는 많은 선생을 소모했습니다. 심지어 선생 몇 명을 동시에 소모하기도 했습니다. 제가 제 능력에 확신을 갖게 되고, 세상이 저의 진보들을 주시하고, 저의 미래가 빛나기 시작했을 때, 저 자신이 교사를 받아들여 그들을 연달아 붙어 있는 다섯 개의 방에 앉혀 놓고서, 제가 이 방에서 저 방으로 쉴 새 없이 계속 뛰어다니면서 그들 모두로부터 동시에 배웠습니다.

이러한 진보들! 각성하는 두뇌 속으로 사방에서 빛처럼 뚫고 들어오는 이 지식의 광선들! 그것이 저를 행복하게 했다는 사실을 저는 부정하지 않습니다. 그러나 저는 제가 그것을 그 당시나 지금이나 과대평가하지 않는다는 사실 또한 고백하는 바입니다. 지금까지 이 지상에서 반복된 적이 없는 그런 노력을 통해 저는 유럽인의 평균 교양에 도달했습니다. 그것은 그 자체로는 어쩌면 아무것도 아닐지 모릅니다. 그러나 그것은 저를 우리에서 나오도록 도와주고 이 특별한 탈출구를, 인간으로의 탈출구를 저에게 마련해 주었다는 점에서는 상당히 중요한 의미를 지니고 있습니다. 독일어의 멋진 관용적인 표현으로 "슬그머니 달아나라!"라는 말이 있습니다. 저는 그렇게 했습니다. 슬그머니 달아났던 것입니다. 자유란 선택될 수 없다는 것을 항상 전제한다면, 저는 다른 길이 없었습니다.

저의 발전이나 지금까지의 그 목표를 개관해 볼 때 저는 불평도, 그렇다고 만족도 하지 않습니다. 손을 바지 주머니에 넣고 포도주 병을 탁자 위에 놓은 채 저는 흔들의자에 반은 눕고 반은 앉은 자세로 창밖을 내다봅니다. 방문객이 오면 저는 합당한 응분의 영접을 합니다. 저의 매니저는 현관 대기실에 앉아 있습니다. 제가 벨을 누르면 그가 와서 제가 꼭 해야 하는 말을 듣습니다. 저녁마다 거의 매번 공연이 있습니다. 저는 더 이상 상승일로의 성공을 거의 거두지를 못하고 있습니다. 밤에 연회나 학술 집회나 유쾌한 회합 등에서 늦게 집에 돌아오면 반쯤 길들여진 작은 암컷 침팬지 한 마리가 저를 기다리고 있으며, 저는 그 침팬지 곁에서 원숭이 식으로 잘 지냅니다. 저는 낮에는 그 암컷 침팬지를 보기를 원하지 않습니다. 그 시선에 길들여진 동물의 어리둥절한 착란 같은 것이 있기 때문입니다. 그것은 오직 저만이 알아보는데, 저는 그것을 견딜 수가 없습니다.

전체적으로 보자면 저는 아무튼 제가 도달하고자 했던 것에 도달한 셈입니다. 그것이 애쓸 만한 가치도 없는 것이라고 말씀하지는 마십시오. 덧붙여 말씀드리자면, 저는 인간의 판단은 원하지 않으며, 오로지 지식을 보급하고자 할 뿐이며, 다만 보고할 따름입니다. 고매하신 학술원 회원 여러분께도 저는 다만 보고드렸을 따름입니다.

7. 어느 단식 광대(1924)

Ein Hungerkünstler

최초의 고뇌
Erstes Leid

잘 알려진 바와 같이 바리에테 극장의 큰 무대 위 높은 둥근 천장
에서 재주를 부리는 공중 곡예는 인간이 도달할 수 있는 모든 곡예
중에서 가장 어려운 것인데, 어느 공중그네 곡예사가 맨 처음에는 그
저 완성을 향한 노력 때문에, 나중에는 독선적으로 되어 버린 횡포한
습관 때문에, 일생 동안 밤이나 낮이나 공중그네에만 매달려 있는 것
이 언제나 변함없는 일상의 일이 되고 말았다. 그가 필요로 하는 생
필품은 별로 많지도 않았지만 그것도 전부 아래에서 자지 않고 교대
로 지키는 심부름꾼들에 의해 아래로부터 특별히 제작된 그릇에 넣
어져 위로 올리고 아래로 잡아당겨 내리곤 했다. 이런 생활 방식이므
로 주변 세계에 특별한 곤란을 끼치는 일도 없었으며, 단지 다른 프
로그램이 진행될 때는, 그가 숨어 있지 않고 그대로 위에 머물러 있

었으므로, 비록 그가 대체로 얌전하고 조용하게 처신했음에도 불구하고 여기저기서 관중의 시선이 그를 향하곤 했기 때문에, 약간 방해가 되기는 했다. 하지만 감독들은 그 모든 것을 용서해 주었는데, 그건 그가 다른 곡예사로 대체될 수 없는 매우 특별한 곡예사였기 때문이다. 물론 사람들도, 그가 일시적으로 장난하는 마음에서 그렇게 살아가는 것이 아니라, 오로지 그렇게 해야만 지속적으로 연습에 임할수 있으며, 오로지 그렇게 해야만 자신의 기술을 완벽한 상태로 보유할 수 있다는 것을 이해하고 있었다.

게다가 위에 있으면 건강에는 좋았다. 특히 따뜻한 계절이 되어 원형 천장에 달린 창문들이 모두 열려 신선한 공기와 함께 태양이 그 어두컴컴한 공간으로 힘차게 밀려들면 그것은 아름답기까지 했다. 물론 그의 인간적인 교제 범위는 한정되어 있었다. 가끔 동료가 줄사다리를 타고 그에게 기어 올라오면 그들은 똑같이 공중그네에 앉아 줄의 손잡이 좌우에 기대어 잡담을 나눈다. 또는 지붕을 고치러 온 목수와 열린 창을 통해 몇 마디 나누기도 하고 때로는 맨 꼭대기 객석에 있는 비상등을 점검하러 오는 소방대원이 그에게 경의를 표하면서 소리를 지르기도 했으나, 도대체 알아들을 수 없는 소리였다. 그 외에는 그의 주위는 언제나 조용했다. 오후가 되어 텅 빈 극장을 가끔 서성거리는 일꾼이 있어 눈이 잘 미치지도 않는 높은 곳을 문득 쳐다보는 수도 있었다. 거기엔 누군가 쳐다보고 있다는 것도 알지 못하고 공중그네 곡예사가 여러 가지 재주를 연습하거나 그러지 않으면 휴식을 하고 있는 것이었다.

이곳에서 저곳으로 어쩔 수 없이 떠다녀야 하는 불가피한 여행만 없다면 그 공중그네 곡예사는 무엇에도 방해받지 않고 편안하게 살아갈 수 있으리라. 그런 여행이 그에게는 성가시기 짝이 없는 노릇이었다. 그럴 경우 매니저는 물론 곡예사가 쓸데없는 걱정 때문에 괴로움을 당하지 않게 하려고 여러 가지 배려를 해 주기도 했다. 이 도시에서 저 도시로 옮길 때는 경주용 자동차를 이용해서 가능한 한 밤이나 이른 새벽 시간을 틈타 텅 빈 거리를 질주했지만, 그래도 곡예사가 동경하는 속도에는 어림도 없이 느린 것이었다. 그리고 기차로 여행하는 경우에는 찻간 하나를 전부 내주어 종래의 생활과는 물론 완전히 같지는 않아도 그런 대로 선반 위에라도 누워 여행할 수가 있었다. 그리고 다음 흥행 극장에서는 곡예사가 도착하기 훨씬 이전부터 문이나 통로를 있는 대로 활짝 열어 길을 넓혀 놓는다. 아무리 이렇게 신경을 쓴다고 해도 역시 매니저의 생활에서 가장 멋진 순간은 곡예사가 줄사다리에 발을 올려놓고 순식간에 줄로 기어오르는 순간인 것이다.

여행은 할 때마다 매니저에게 성공을 가져다주었지만 그래도 새로운 여행은 언제나 고통스러웠다. 다른 일은 그만두고라도 여행이란 곡예사의 신경에 아무튼 치명적이었기 때문이다.

그런 때 그들은 또다시 함께 여행을 하게 되었다. 곡예사는 그물 선반에 누워 꿈을 꾸었고 매니저는 창틀에 기대어 책을 읽으면서. 그때 곡예사가 조용히 그에게 말을 걸어왔다. 매니저는 즉시 대꾸를 해 주었다. 곡예사가 입술을 깨물며 말했다. 지금까지는 그네를 하나만 썼는데, 다음부터는 서로 마주 보는 두 개의 그네를 써야겠다는 것이었다. 매니저는 즉시 그 제안에 동의를 했다. 그러나 곡예사는 매니저가 동의하든 반대하든 그런 것은 상관도 없다는 것을 보여 주기라도 하려는 듯 이제부터는 어떤 사정이 있어도 절대로 그네 하나로는 줄을 타지 않겠다고 말하는 것이었다. 그런 일이 다시 일어난다는 것은 생각만 해도 소름이 끼친다는 표정이었다. 매니저도 살피듯 주저하면서 자기도 전적으로 거기에 동의한다고 설명했다. 그네를 둘로 하면 하나보다는 좋을 것이다. 그런 새로운 설비는 이점이 있다. 관객들에게 다채로운 연기를 보여 줄 수가 있을 테니. 그때 곡예사가 별안간 울기 시작했다. 매니저가 몹시 놀라 자리에서 일어나 무슨 일이냐고 물었으나 대답이 없었다. 그는 의자 위로 올라서서 곡예사를 쓰다듬어 주면서 그의 얼굴을 자기 얼굴에다 파묻었으므로 곡예사의 눈물이 그에게로 흘러내렸다. 여러 가지로 달래며 물어본 끝에야 곡예사는 겨우 입을 열었다. 흐느끼는 음성이었다. "오로지 이 막대기 하나만을 손에 쥐고 내가 어떻게 살아갈 수 있다는 말인가!" 그때야 비로소 매니저는 곡예사를 달래기가 훨씬 쉽게 되었다. 그는 다음 정거장에서 다음 흥행지로 즉시 전보를 쳐서 공중그네를 또 하나 준비시키겠다고 약속했다. 그리고 공중그네 하나만으로 그렇게 오랜 세월 동안 곡예사를 부려 먹은 데 대해 양심의 가책을 느꼈다. 그는 곡예사에게 고마워하면서 그런 잘못을 마침내 지적해 준 곡예사를 몹시 칭찬했다. 마침내 매니저는 곡예사를 서서히 진정시켜 줄 수 있었고, 다시 자기의 자리로 되돌아갔다. 그런데 그 자신이 진정되지가 않았다. 그는 근심에 싸여 책 너머로 곡예사를 몰래 훔쳐보았다. 그런 생각이 그를 괴롭히기 시작할 때마다 그런 생각이 말끔하게 가실 수가 있었던가? 그런 생각은 언제나 점점 더해지지 않았던가? 그것은 생존 자체를 위협하지 않았던가? 그리고 사실 매니저는 이제는 눈물을 그쳐 조용하게 잠자는 것처럼 보이는 곡예사의 매끈매끈한 이마 위에 처음으로 잡히기 시작한 주름을 본 것 같았다.

어느 작은 여인
Eine kleine Frau

어느 작은 여인이 있는데, 그녀는 본래 정말 날씬한데도 코르셋으로 몸을 단단히 조이고 있다. 내가 보기에 그녀는 언제나 똑같은 옷을 입고 있는데, 어느 정도 나무 빛깔이 나는 누르스름한 회색 옷감으로 만든 것으로 똑같은 색의 장식용 술이나 단추 모양의 장식물이 약간 달려 있었다. 그녀는 언제나 모자를 쓰고 있지 않으며, 윤기 없는 금발의 머리카락은 너저분하지 않고 매끈하지만 느슨하게 풀어져 있다. 코르셋으로 몸을 조이고 있음에도 불구하고 그녀는 몸놀림이 가볍다. 그녀는 물론 이런 날렵한 동작을 과장하며, 두 손을 허리에 대고는 느닷없이 상반신을 단숨에 빙그르 옆으로 돌리기를 좋아한다. 그녀의 손이 나에게 주는 인상을 나는 다음과 같이 말함으로써 묘사할 수밖에 없다. 그녀의 손처럼 손가락이 제각기 그토록 확연하게 서로 구분되는 손을 나는 아직 본 적이 없다. 그렇지만 그녀의 손이 결코 해부학적으로 특이한 것은 아니며, 그것은 완전하게 정상적인 손이다.

이 작은 여인은 좌우간 나에게 불평불만이 무척이나 많다. 언제나 그녀는 뭔가 나를 비난할 거리를 갖고 있으며, 언제나 그녀의 잘못된 행위는 나로부터 비롯되어 일어나며, 나는 가는 곳마다 그녀를 기분 나쁘게 한다는 것이다. 만약 삶이라는 것을 가장 작은 조각들로 나눌 수 있고 그 각각의 조각을 따로 나누어서 판단할 수 있다면, 나의 삶의 모든 조각 하나하나가 그녀에게는 틀림없이 불쾌한 일일 것이다. 나는 자주 도대체 왜 내가 그녀를 그렇게 화나게 하는지 곰곰 생각해 보았다. 어쩌면 나의 모든 것이 그녀의 미적 감각, 그녀의 정의감, 그녀의 습관들, 그녀의 관습들, 그녀의 소망들과 상반되기 때문에 그런 것일지도 모른다. 그런 식으로 서로 맞지 않는 타고난 성질들이 있기는 하지만, 왜 그녀는 그런 것에 매우 시달리는 것일까? 사실상 우리 사이에는, 나 때문에 그녀가 시달림을 당하지 않으면 안 될 그런 관계가 전혀 존재하지 않는다. 다만, 그녀가 나를 완전히 낯선 사람으로 여기려고 결심하기만 하면 될 것이다. 사실 나는 정말 그렇게 완전히 낯선 사람이기도 하며, 그런 결심에 맞서 거부하는 것이 아니라 오히려 매우 환영할 그런 사람이다. 나는 그녀에게 결코 한 번도 나의 존재를 강요해 본 적도 없고 앞으로 결코 강요하지도 않을 것이다. 그러니 그녀는 그냥 나의 존재를 잊어버리겠다고 마음먹기만 하면 될 것이다—그러면 모든 고통이 분명히 사라져 버릴 텐데 말이다. 지금 이 문제에서 나는, 나 자신을 전혀 고려하지 않고 있으며, 그녀의 태도가 물론 나에게도 고통스러운 일이라는 사실을 완전히 제쳐 놓고 있다. 내가 그런 것을 도외시하는 이유는, 나의 이 모든 고통은 그녀의 고통에 비하면 아무것도 아니라는 것을 정말로 잘 인식하고 있기 때문이다. 나는 그 경우 물론 그것이 사랑의 고통이 아니라는 것을 철저하게 의식하고 있다. 그녀에게 나를 실제로 개선하는 것은 전혀 중요한 문제가 아니다. 그녀가 나에 대해 퍼부어 대는 온갖 비난은, 나의 출세에 방해가 되는 그런 성질의 것이 전혀 아니기 때문에 특히나 그렇다. 더구나 나의 출세에 그녀가 관심이 있는 것도 아니다. 그녀는 자신의 개인적인 이해관계가 걸린 관심사, 즉 내가 그녀에게 주는 고통에 대해 복수하는 일 또는 나에 의해 바야흐로 미래에 가해질 염려가 있는 그런 고통이 생기지 않게 저지하는 일밖에는 다른 아무것도 신경 쓰지 않는다. 나는 일찍이 한 번 그녀에게, 어떻게 하면 이런 계속되는 불쾌한 일을 가장 좋게 끝장나게 할 수 있는가, 그 방법을 가르쳐 주려고 시도한 적이 있었다. 그러나 나는 바로 그 때문에 그녀의 분노를 엄청 치밀어 오르게 했으며, 그런 어리석은 시도는 더 이상 반복하지 않을 것이다.

생각하기에 따라서는 물론 나에게도 일말의 책임이 있다. 왜냐하면 그 작은 여인이 비록 나에게 그렇게나 낯선 존재이고, 또한 우리 사이에 존재하는 유일한 관계라는 것이, 내가 그녀에게 주는 불쾌함 또는 오히려 그녀가 나로 하여금 주도록 하는 불쾌함이라고 할지라도, 아무튼 그녀가 이 불쾌감으로 육체적인 시달림을 당하고 있는 모습을 내가 아무렇지 않은 듯 무관심하게 볼 수만은 없을 것이기 때문이다. 이따금씩, 그리고 최근에는 더욱더 자주, 그녀가 또다시 아침에, 밤새 두통에 시달리느라 한숨도 못 잔 것처럼 창백한 얼굴로, 거의 일을 할 수 없는 상태였다는 소식들이 나에게 들려온다. 그녀는 이런 일로 가족들을 걱정시키고 있는데, 여기저기서 그녀가 왜 그런 상태인지 원인이 무엇인가 추측들을 하고 있지만 아직까지 찾아내지 못하고 있다. 나 혼자만 그걸 알고 있는데, 그것은 오래된 그리고 언제나 새로 생기는 불쾌감이다. 물론 그렇다고 내가 그녀의 가족들과 함께 걱정을 나누고 있는 것은 아니다. 그녀는 강하고 끈질기다. 그렇게 화를 낼 수 있는 사람이라면 아마 틀림없이 그렇게 화낸 후의 결과도 극복할 수 있을 것이다. 나는 심지어, 그녀가—최소한 부분적으로는—이런 방법으로 세상 사람들이 나에게 의혹의 눈길을 돌리도록 하려고, 단지 괴로워하는 척할 뿐이라는 의심조차 든다. 그녀는 내가 내 존재를 통해 자신을 어떻게 괴롭히는가를 터놓고 말하기에는 너무 자존심이 세다. 나 때문에 다른 사람에게 호소하는 것을 그녀는 마치 자기 자신의 품위를 떨어뜨리는 것처럼 느낄 것이다. 오로지 적대감 때문에, 그치지 않고 영원히 자신을 몰아대는 어떤 적대감 때문에, 그녀는 나에게 몰두하고 있는 것이다. 이런 불순한 일을 대중 앞에서까지 공공연히 말한다는 것은 그녀에게는 너무 수치스러운 일이 될 것이다. 그러나 자신이 끊임없이 압박감을 느끼고 있는 그런 일에 대해 완전히 침묵하고 있다는 것 또한 물론 너무 지나친 일이다. 이런 상황에서 그녀는 여성적인 약삭빠른 지혜 가운데 어떤 중용의 길을 찾으려고 애쓰고 있다. 그러니까 침묵함으로써, 오로지 어떤 은밀한 고통에 대한 외적인 표시를 통해서만, 그녀는 이 일을 여론의 법정 앞에 세우고자 하는 것이다. 아마도 그녀는 심지어, 일단 세상 사람들의 이목이 온통 나에게 쏠리게 되면, 나에 대해 일반 대중의 분노가 생겨나게 될 것이고 그러면 그 분노의 막강한 힘을 수단으로, 그녀의 가능한 한 비교적 약하고 개인적인 분노보다는 훨씬 더 강력하고 신속하게, 나를 완전한 파멸의 방향으로 끌고 갈 수 있기를 희망하고 있을지도 모른다. 그러고 나면 그러나 그녀는 뒤로 물러서서, 숨을 내쉬고는 나에게 등을 돌릴 것이다. 그러나 만약 이것이 정말 그녀의 희망이라면 그녀는 착각을 하고 있는 것이다. 대중은 그녀의 역할을 떠맡지 않을 것이다. 대중은, 설령 자신들의 아주 강력한 확대경으로 나를 아무리 자세히 관찰한다 하더라도, 결코 그렇게 무한정 나에게 비난만 퍼부어 대지는 않을 것이다. 나는 그녀가 생각하는 것처럼 그렇게 아무 쓸모 없는 인간이 아니다. 내가 내 자랑을 하려는 것은 아니고, 특히 이 문제와 관련해서는 더욱 그런데, 비록 내가 어떤 특별한 쓸모가 있어 탁월한 사람은 아니라 할지라도, 또한 확실히 아무튼 또 그 반대로 눈에 띄게 무능한 사람도 아닌 것이다. 오로지 그녀에게만, 그녀의 거의 하얗게 빛을 내는 눈에만, 내가 그렇게 보일 뿐으로, 다른 어느 누구에게도 그녀는 자신의 생각을 확신시킬 수가 없을 것이다. 그렇다면 나는 이 점에 대해서 완전히 편안한 마음일 수 있을까? 아니다, 물론 그렇지는 않다. 왜냐하면, 만약 내가 내 태도 때문에 그녀를 아프게 한다고, 정말 그렇게 알려지게 되면, 그리고 몇몇 감시인들, 바로 그 가장 부지런한 소식 전달자들이 벌써 그것을 거의 다 간파한 단계에 가깝게 가 있거나 또는 적어도 마치 간파한 척하고 있다면, 세상 사람들이 와서 나에게, 도대체 왜 나는 나 자신을 개선하지 못함으로써 그 가엾은 작은 여인을 괴롭히는지, 내가 그녀를 죽음으로까지 몰고 갈 의도가 있는지 없는지, 그리고 언제 내가 마침내 이성과 단순하고 소박한 인간적 동정심을 갖게 되어 그런 짓을 그만둘 것인지 질문할 것이다. 만약 세상이 나에게 이렇게 물으면 나는 대답하기가 어려울 것이다. 그러면 나는 그녀의 그러한 질병의 징후들을 별로 믿지 않는다고 고백해야 할까, 그렇게 말함으로써 나는 어떤 죄로부터 벗어나기 위해 더구나 그렇게 불순한 방법으로 다른 사람에게 죄를 뒤집어씌운다는 그런 불쾌한 인상을 불러일으켜야 할까? 그리고 예컨대, 설령 내가 그녀가 실제로 병이 들었다고 믿는 경우라 할지라도, 그녀는 나에게는 아무튼 완전히 낯선 사람이고, 우리 사이에 존재하는 관계라는 것도 오직 그녀에 의해 만들어진 것이고 오직 그녀 쪽에만 존재하는 것이므로, 나는 털끝만큼도 동정심을 느끼지 않을 것이라고 툭 터놓고 말할 수가 있을까. 사람들이 나를 믿지 않을 거라고 말하고 싶지는 않다. 오히려 사람들은 나를 믿지도, 그렇다고 믿지 않지도 않을 것이다. 사람들은 그것을 말할 수 있는 그런 단계까지는 아예 나가지 않을지도 모른다. 사람들은 오로지, 내가 어느 허약한 병든 여인과 관련하여 제시했던 나의 대답만을 기록할 텐데, 그것은 나에게 별로 유리하지 못할 것이다. 다른 모든 대답에서와 마찬가지로 여기에서도, 이번 같은 경우에는 육체적인 연애 관계에 대한 의심이 생겨나지 않도록 할 수 없는 세상의 무능함이, 그런 연애 관계란 있지도 않으며, 설령 있다 하더라도, 오히려 나에게서 시작하라는 것이 지극히 명백하게 밝혀지고 있음에도 불구하고, 나를 완강하게 가로막고 설 것이다. 만약 내가 그 작은 여인의 장점들에 의해 끊임없이 골치를 앓지 않는다면, 사실상 나는 그녀의 판단이 갖는 강한 설득력과 추론의 지칠 줄 모르는 집요함에 물론 감탄할 줄 아는 그런 사람이다. 그렇지만 아무튼 그녀에게는 나에 대한 호의적인 관계의 흔적조차 없다. 이 점에서 그녀는 솔직하고 진실하다. 나의 마지막 희망은 이런 사실을 토대로 하고 있다. 그녀는 나와의 그러한 관계를 믿도록 하는 것을 그녀의 작전 계획에 맞춰 넣는 그따위 짓을 할 정도로 자제력을 잃은 적이 결코 한 번도 없다. 그러나 이러한 면에서 완전히 둔감한 대중은 그녀의 의견에 동조할 것이고 항상 나에게 반대할 것이다.

그러므로 나에게는 정말로, 세상이 개입해 영향력을 행사하기 전에 제때에 이 작은 여인의 분노를 완전히 제거하는 일은 생각할 수도 없는 일이라서 약간이라도 완화하도록 나 자신을 변화시키는 방법밖에 남아 있지 않을 것이다. 그리고 실제로 나는 여러 번 나 자신에게, 도대체 나의 현재 상태가 결코 바꾸고 싶지 않을 만큼 그렇게 만족할 만한 것인지, 그리고 비록 내가 필요성을 확신하기 때문이 아니라 오직 그 여인을 달래기 위해 나 자신을 변화시키는 일을 하지 않음에도 불구하고, 나 자신에게 어떤 변화를 주는 일이 도대체 가능할 수 없는 것인지, 물어보곤 했다. 그리고 나는 그렇게 하려고 성실하게 노력했다. 적잖은 수고와 세심한 주의를 요하는 일이었지만 나와 심지어 잘 맞았으며 나를 거의 즐겁게 해 주었다. 개별적인 변화들이 일어났으며, 멀리까지도 눈에 띄었다. 나는 그녀에게 그 변화들에 대해 주의를 환기함으로써 알게 할 필요가 없었다. 그녀는 그런 종류의 모든 것을 나보다 더 일찍 알아채며, 나의 존재 속에서 벌써 의도가 표현하는 바를 알아차리는 것이다. 그러나 어떤 성공도 나에게는 주어지지 않았다. 어떻게 그것이 가능할까? 나에 대한 그녀의 불만은, 내가 지금 이미 알고 있는 바대로, 정말로 어떤 근본적인 것이다. 아무것도 그 불만을 없앨 수 없다. 나 자신을 죽여 없애도 그 불만을 없앨 수가 없다. 예컨대 나의 자살 소식을 들으면 그녀의 분노의 발작은 한계가 없을 것이다. 그런데 나는 그녀, 그 명민한 여인이 이것을, 즉 물론 그녀가 노력해도 가망이 없을 뿐만 아니라 또한 나의 소박함과 아무리 최선을 다하려고 해도 그녀의 요구들에 부응할 수 없는 나의 무능함도 나처럼 알아차리지 못한다는 것을 상상할 수가 없다. 분명히 그녀는 그것을 알고 있지만, 그러나 타고난 투사로서 그녀는 싸움의 열정에 사로잡혀 그것을 잊고 있는 것이다. 그리고 이미 한번 나에게 주어진 것이므로 달리 선택할 도리가 없는 나의 재수 없는 성격의 본질은 상식을 벗어난 누군가에게 나직하게 주의를 속삭여 주고 싶어 하는 데 있다. 우리는 물론 결코 이런 방식으로는 서로 의사소통을 하지 않을 것이다. 언제나 거듭 나는 예컨대 이른 아침 시간의 행복감에 잠겨 집에서 걸어 나와서는 나 때문에 슬퍼하는 그 여윈 얼굴을 보게 될 것이다. 기분 나쁘게 쑥 내민 입술, 검사하듯 찬찬히 살피는, 그리고 검사 전에 벌써 결과를 아는, 내 위로 흘낏 지나가며 아무리 건성으로 스쳐 지나가도 하나도 빼놓지 않고 다 볼 수 있는 그런 눈길, 소녀 같은 뺨에 오목 팬 보조개를 만드는 씁쓸한 미소, 마치 하소연하듯이 하늘을 우러러보는 모습, 몸을 안정시키기 위해 두 손을 허리에 대고 있는 모습, 그리고 나서 분노를 터뜨리면서 창백해진 얼굴과 부들부들 떠는 몸을.

최근에 나는, 이 기회에 경탄해 마지않으며 시인하는 바인데, 정말 처음으로, 어떤 친한 친구에게 이 일에 관해서, 그냥 지나가는 투로, 가볍게, 몇 마디 말로, 약간 암시를 준 적이 있었다. 그녀가 외적으로는 나에게 사실 근본적으로 아주 작은 존재인지라 나는 그 전체의 의미를 다 말하지 않고 진실을 억누르며 약간 숨겼다. 그런데도 그 친구가 그 이야기를 소홀히 흘려듣지 않고 심지어는 스스로 그 일에 의미를 덧붙여 주었으며 대화의 주제를 바꾸지 않고 굳이 그 이야기만 계속 고수했다는 것은 이상한 노릇이었다. 그런데 더욱더 이상한 점은, 그가 어떤 결정적인 점에 있어서는 그 일을 과소평가했다는 것이다. 왜냐하면 그가 나에게 당분간 여행을 떠나라고 진지하게 충고했기 때문이다. 그 어떤 충고도 그 충고보다 더 어리석을 수는 없을 것이다. 물론 사정은 간단해서, 누구나 그것에 더 가까이 접근하면 그 속을 꿰뚫어 볼 수가 있을 것이다. 그러나 그렇다고 또 사정이, 내가 떠나 버리기만 하면 모든 일이 또는 가장 중요한 일만이라도 다시 정상 상태가 될 정도로, 그렇게 아주 간단한 것은 아니다. 이와 반대로, 나는 떠나지 않도록 조심하지 않으면 안 된다. 만약 내가 대체로 어떤 계획을 따라야 한다면, 그러면 그것은, 아무튼 이 일을 아직 외부 세계를 포함하지 않는 이제까지의 좁은 경계선 안에 붙잡아 두는, 그러니까 내가 있는 곳에 조용히 그대로 머물러 있는 그런 계획이다. 나는 이 일 때문에 생기는, 두드러지게 눈에 띄는 큰 변화들을 하나도 허용해서는 안 되며, 또한 누구와도 그 일에 관해 이야기해서도 안 된다. 그러나 이 모든 것은, 이 일이 어떤 위험한 비밀이기 때문이 아니라, 어떤 사소하고 순전히 개인적이고 아무튼 그 자체로서 쉽게 받아들일 수 있는 것이기 때문이며, 또한 이 일은 이대로 남아 있어야 하기 때문이다. 이런 점에서 그 친구의 소견들은 사실상 쓸모없는 것은 아니었다. 그것은 나에게 새로운 것은 하나도 가르쳐 주지 않았지만, 나의 근본적 견해를 더 강하게 확신하도록 해 주었다.

사실 더 자세하게 곰곰 생각해 보면 드러나게 되는 바대로, 시간이 지나면서 사정이 변화한 것처럼 보였지만, 그러나 그 일 자체가 변화한 것이 아니라, 그 일에 대한 나의 견해가 발전했을 뿐이다. 이 견해가 일부는 더 안정적이고 더 남성적이 되어 그 핵심에 더 가까이 접근하고, 또 일부는, 비록 지속적인 충격들이 아직은 매우 가벼운 것이라 할지라도, 아무튼 그 충격들의 영향을 벗어날 수가 없어 어떤 신경과민 상태를 얻는 한, 그저 나의 견해가 발전한 것에 불과한 것이다.

이 일에 대해 나는, 비록 어떤 판결이 때로는 눈앞에 아주 가까이 다가온 것 같지만 아무튼 아직은 오지 않고 있다는 것을 내가 인지하고 있다고 믿음으로써, 한결 더 마음이 편안해진다. 우리는, 특히 젊은 시절에는, 판결이 다가오는 속도를 몹시 과대평가하는 경향이 있다. 나의 작은 여판사가 나를 바라봄으로써 약해져서 한 손으로는 안락의자의 등받이를 붙잡고 다른 손으로는 코르셋 끈을 조이면서 안락의자에 비스듬히 주저앉을 때면, 그녀의 두 뺨에 분노와 절망의 눈물이 흘러내렸다. 그때마다 언제나 나는, 이제 판결이 나온 것이며, 즉각 소환당하여 나 자신의 행위를 해명해야 할 것이라고 생각했다. 그러나 판결도 없었고, 내가 해명할 일도 없었다. 여자들은 기분이 쉽게 나빠진다. 하지만 세상은 모든 경우에 주의를 기울일 시간적 여유가 없는 것이다. 그렇다면 이 모든 세월 동안 도대체 무슨 일이 일어났단 말인가? 그런 경우들이 때로는 더 강하게, 때로는 더 약하게 반복되는 일이 일어났다는 것, 그러니까 결국 그런 경우의 전체 숫자가 더 커진 것 말고는 다른 일이 하나도 일어나지 않았던 것이다. 그래서 사람들은 만약 그것을 할 수 있는 가능성을 발견하게 된다면, 가까이에서 빈둥거리며 기꺼이 개입하려 할 것이다. 그러나 그들은 아무 가능성도 발견하지 못하고 있으며, 이제까지 오직 자신의 후각만을 믿고 있다. 물론 후각만으로도 그 후각의 소유자에게 일거리를 풍부하게 만들어 주기에는 충분하지만, 다른 사람에게는 그 후각이 쓸모가 없다. 그러나 사실상 언제나 그러했다. 하는 일 없이 길모퉁이에서 빈둥거리거나 공기를 들이마시는 아무 쓸데 없는 인간들은 언제나 존재했다. 아무튼 이런 인간들은 언제나 가장 즐겨 쓰는 친척 관계 빙자 등 어떤 지나치게 교활한 방법으로, 변명을 늘어놓으며 주위 사람들을 설득해 이용해 먹었다. 이들은 언제나 주변의 동정을 살폈으며, 언제나 귀신같이 냄새를 잘 맡고 눈치가 빨랐다. 결국 이 모든 것의 결과는 그들이 여전히 거기에 존재하고 있다는 것밖에 없다. 그 전체의 차이는 내가 그들을 점차 식별하게 되었고 그들의 얼굴을 구별하고 있다는 것이다. 예전에 나는, 그들이 점차 도처에서 모여들고 이 일의 외연이 확대되어 저절로 그 판결을 강요하게 되는 것이라고 믿었다. 그러나 오늘날 나는, 이 모든 것이 옛날부터 존재해 왔고, 판결이 다가오는 것과는 아예 관계가 전혀 없거나 있더라도 아주 조금밖에 없다는 것을 내가 알고 있다고 생각한다. 그리고 판결 자체도, 왜 나는 그것을 이렇게 대단한 말로 부르고 있는가? 만약 언젠가, 확실히 내일모레는 아니며 아마 십중팔구 결코 그런 일은 없을 테지만, 내가 늘 반복해서 말하게 되듯이, 세상 사람들이 이 사건을 결정할 아무런 권한이 없음에도 불구하고 이 사건에 관여하게 되면, 나는 물론 아무런 피해도 입지 않은 채 그 소송 절차에서 빠져나오지는 못할 테지만, 그러나 아마도 다음과 같은 점들이 정상 참작될 것이다. 그러니까, 내가 세상 사람들이 모르는 무명의 존재는 아니며, 예전부터 그들의 시선을 듬뿍 받으며 서로 깊이 신뢰하고 신뢰받으며 살아오고 있다는 점, 그리고 그 때문에 나중에 나타나 고통스러워하는 이 작은 여인은, 말이 나온 김에 덧붙여 말하자면, 내가 아닌 다른 사람이었다면 아마 오래전부터 그녀를 마치 가시 달린 열매를 맺는 식물 같은 그런 귀찮은 존재로 인식하고 세상 사람들을 위해 완전히 찍소리조차 내지 못하게 장화로 짓밟아 버렸을 것이다. 최악의 경우라 할지라도 이 여인은, 세상 사람들이 나를 오래전부터 그들이 존경할 만한 동료라고 공언하고 있는 공문서에, 단지 불쾌한 미사여구 몇 마디만을 덧붙일 수 있을 뿐이다. 이것이 이 일들의 오늘날 상황인지라, 따라서 내가 그것 때문에 불안할 일은 거의 없는 것이다.

해가 지남에 따라 내가 아무튼 약간 불안하게 되어 갔다는 사실은 이 일의 본래의 의미하고는 아무 상관이 없다. 우리는 끊임없이 화나게 하는 것을, 그냥 참고 견디기만 할 수는 없는 노릇이다. 우리가 설령 아무 근거 없이 화를 낸다는 것을 알고 있다 하더라도 말이다. 우리는 불안해지게 되며, 그 사건의 판결이 나오리라는 것을 이성적으로는 별로 믿지 않는다 하더라도, 육체적으로만은 어느 정도 그 판결이 다가오는 것을 기다리기 시작한다. 하지만 부분적으로는 그것도 다만 노화 현상이 문제가 되고 있을 뿐이다. 청춘은 모든 것을 미화한다. 아름답지 못한 온갖 개별적인 것들이 청춘의 그칠 줄 모르는 힘의 원천 속에 사라져 버린다. 가령 누군가 소년 시절에, 숨어서 무언가를 애타게 기다리는 눈빛을 갖고 있었다고 하자. 그 눈빛은 나쁘게 받아들여지지 않았고, 사람들은, 심지어 그 자신조차도 그 눈빛을 전혀 알아채지 못했다. 그러나 노령에 남아 있는 것은 찌꺼기들이다. 누구나 다 제각기 필요한 존재이지만, 아무도 새로워지지는 않는다. 누구나 다 제각기 관찰의 대상으로 서 있다. 그리고 늙어 가는 한 남자의 애타게 기다리는 눈빛은 아무튼 아주 노골적으로 드러내 놓고 애타게 기다리는 눈빛이며, 그 눈빛을 알아채는 것은 어렵지 않다. 다만 이 경우에도 실제적이고 객관적인 사태의 악화는 일어나지 않는다.

그러니까 내가 어떤 시점에서 바라보든지 간에, 만약 내가 이 사소한 일을 나의 손으로 그저 아주 쉽게 덮어 두기만 하면, 그 여인이 아무리 미쳐 날뛰더라도, 나는 앞으로도 아주 오랫동안 세상에 의해 방해받지 않은 채 지금까지의 나의 생활을 조용히 지속해 나갈 수 있을 것이라는 사실이 언제나 거듭 드러나며, 나도 그렇다고 주장하는 바이다.

어느 단식 광대

Ein Hungerkünstler

지난 수십 년 동안 단식 광대에 대한 관심이 부쩍 줄어들었다. 예전에는 이와 같은 대규모의 공연을 직영으로 할 것 같으면 상당히 벌이가 좋았던 반면에 요즘은 전혀 그렇지 못하다. 시대가 변한 것이다. 그 당시만 해도 단식 광대와 함께 온 도시가 떠들썩하게 바빴다. 단식하는 날로부터 관심은 높아 가고 누구나 단식 광대를 적어도 하루에 한 번은 보고 싶어 했다. 나중에는 창살 달린 작은 우리 앞에 며칠 동안 앉아 있겠다는 예약 정기 관람자들도 있었다. 밤에도 참관이 이루어졌고, 효과를 높이기 위해서 횃불을 비췄다. 좋은 날씨에는 우리를 야외로 가지고 나갔다. 그때 단식 광대를 보려는 대상은 어린아이들이었다. 어른들에게 단식 광대는 가끔 유행 때문에 참여하게 되는 단순한 흥밋거리에 불과했던 반면에, 어린아이들은 놀라서 입을 크게 벌린 채, 안전을 기하기 위해 서로 손을 꼭 잡고 단식 광대의 모습을 바라보았다. 검정 트리코를 입은 창백한 모습의 그는 갈비뼈가 몹시 튀어나와 있었고, 안락의자조차도 거절하고 거기 뿌려져 있는 짚 위에 앉아서 가끔 예의 바르게 고개를 끄덕이고 미소를 지으며 여러 물음에 대답해 주었다. 또한 자신이 얼마나 말랐는지 만져 볼 수 있도록 창살을 통해서 앙상한 팔을 내뻗었다. 그러나 그러다가도 다시금 완전히 자기 자신의 생각에 잠겨서 어느 누구에게도 신경을 쓰지 않았다. 그에게 그토록 중요한 시계의—그것은 우리 안의 유일한 가구였다—종소리에도 전혀 신경 쓰지 않고, 거의 감긴 눈으로 자기 앞만을 주시하면서 입술을 적시기 위해서 가끔 조그마한 유리잔의 물을 홀짝홀짝 마셨다.

끊임없이 교대로 몰려오는 관객 외에 그 관객들 중에서 뽑은 고정 감시인들도 있었는데, 이상하게도 그들은 대체로 푸주한이었다. 늘 세 명이 동시에 임무를 수행했는데 남몰래 그 어떤 음식도 먹지 못하게 하려고 밤낮으로 단식 광대를 빈틈없이 감시하는 것이다. 그러나 그것은 단지 대중을 안심시키도록 하려는 한갓 형식에 불과했다. 광대는 단식 기간 중 결코 어떤 일이 있더라도 심지어는 강압을 당하더라도 최소량도 입에 대지 않는다는 것을 아는 사람들은 잘 알고 있었다. 그의 예술적 명예가 이를 금지하고 있었던 것이다. 물론 모든 감시인이 다 이해할 수는 없는 일이었다. 가끔 밤에는 감시를 아주 소홀히 행하는 감시인 그룹들이 있었는데, 그들은 의도적으로 멀리 떨어진 모퉁이에 모여 앉아서 카드놀이에 빠져들었다. 그것은 단식 광대에게 약간의 다과를 허락해 주기 위한 공공연한 의도였으며, 그들은 단식 광대가 몰래 숨겨 둔 어떤 저장소에서 그것을 꺼낼 수 있다

고 생각했다. 그러나 이러한 감시처럼 광대를 괴롭히는 존재는 없었
다. 그들이야말로 그를 비참하게 만들었고 그 단식을 힘든 고통으로
만들었다. 이럴 때면 단식 광대는 자기의 약한 마음을 극복하고 이런
감시인이 지키는 시간 동안 견딜 수 있을 때까지 노래를 불렀다. 그
들의 광대에 대한 의혹이 잘못된 것임을 보여 주기 위해서. 그러나
이것도 별 소용이 없었다. 노래를 부르면서도 잘 먹는다고 그들은 놀
리기만 했으므로. 이들보다는 오히려 우리 옆에 바싹 다가앉아서 넓
은 흥행장의 희미한 불빛만으로는 모자란다는 듯이 매니저가 마음대
로 사용하도록 준 손전등으로 광대를 비추어 보는 감시인이 훨씬 나
았다. 눈부신 빛은 조금도 방해가 되지 않았다. 물론 그는 전혀 잠을
잘 수 없었지만, 어떤 불빛이나 어떤 시간에도, 또한 초만원을 이룬
떠들썩한 홀에서도 그는 언제나 약간은 조는 상태에 있을 수 있었기
때문이다. 그는 그런 감시인들과는 전혀 잠을 자지 않고 그들과 함께
밤을 꼬박 새울 준비가 기꺼이 되어 있었다. 그들과 농담을 하고 자
기의 방랑 생활 이야기를 하며 또 그들의 이야기에도 귀를 기울였다.
이것도 그들을 자지 못하게 깨워 놓고 우리 안에 아무것도 먹을 것이
없으며 그들 아무도 흉내 내지 못할 만큼 단식하고 있다는 것을 계
속해서 보여 주기 위해서였다. 그러다가 아침이 되어, 그의 비용으로
파수들에게 충분히 먹고 남을 정도의 아침 식사가 들어오고 밤을 새
워 감시를 해서 피로에 지친 건강한 사내들이 왕성한 식욕으로 달려
드는 것을 볼 때 그는 가장 행복했다. 이 아침 식사에서 감시인들이
부당하게 매수당하나 살펴보려는 사람도 있었으나 이것은 너무 지나
친 이야기였다. 매수당하지 않기 위해서 아침을 먹지 않고 야간 감시
를 하지 않겠느냐고 사람들이 물으면 그들은 인상을 찡그렸다. 그러

나 사람들의 의심은 여전히 남아 있었다.

　물론 이것은 단식과 결코 분리될 수 없는 혐의들에 속했다. 어느 누구도 감시인으로 모든 밤낮을 쉬지 않고 단식 광대 곁에서 보낼 수는 없었다. 그러므로 누구도 단식이 정말 아무런 오류 없이 끊임없이 행해지고 있는지 자기 눈으로 확인할 수는 없었다. 오직 단식 광대 자신만이 그것을 알 수 있었고, 그러므로 동시에 그만이 자신의 단식에 완전히 만족하는 관객일 수 있었다. 그러나 그는 다른 어떤 이유로 결코 만족하지 않았다. 많은 사람이 그의 마른 몸이 불쌍해서 그의 공연에 가 보지 못할 만큼 그는 빼빼 말랐다. 그가 그렇게 마른 이유는 어쩌면 단식 때문이 아니라, 자기 자신에 대한 불만족 때문인지도 모를 일이었다. 그만은 단식이 쉬운 일이라는 것을 알고 있었다. 단식 전문가조차도 그것을 알지 못했다. 그것은 세상에서 가장 쉬운 일이었다. 그가 그것을 입 밖에 내지 않은 것은 아니었으나 사람들은 그의 말을 믿지 않았고, 기껏해야 그를 겸손하다고 생각하거나, 대부분은 그를 심지어는 선전광 또는 사기꾼 취급까지 했다. 그들은 그에게 단식이 쉬운 것은 그가 그것을 쉽게 할 수 있는 방법을 알기 때문이며, 게다가 그 사실을 적당히 고백하는 머리까지 있는 사기꾼이기 때문이라고 생각했다. 그는 이 모든 것을 감수해야 했고, 해가 지남에 따라 그런 것에 익숙해지기도 했지만, 내면적으로는 이러한 불만이 언제나 그를 허물어뜨리고 있었다. 그래서 그는 단식 기간이—그는 이 증명서를 교부받아야 했다—끝난 후에도 자진해서 우리를 떠나 본 적이 결코 없었다. 매니저는 단식의 최장 기간을 사십 일로 정해 놓았으며, 그 이상은 결코 단식을 시키지 않았다. 어떠한 세계적 대도시에서라도 그 이상은 시키지 않았다. 물론 충분히 그럴 만한 이유에서였다. 경험으로 비추어 보아 대개 사십 일이면 점차적으로 고조되는 선전을 통해서 한 도시의 관심을 더욱더 자극할 수 있었다. 그러나 그 이후에는 관중들이 마음대로 되지 않았다. 관객이 현격하게 줄어드는 것을 알 수 있었다. 이런 면에서 최장 시간이라는 것은 규칙으로서 유효한 것이었다. 그래서 사십 일째가 되는 날에는 화환으로 둘러쳐진 우리의 문이 열렸다. 열광적인 관중이 원형극장을 메우고 있었고, 군악대가 음악을 연주했다. 두 명의 의사가 우리 안으로 들어가서 단식 광대에게 필요한 검사를 했고, 마이크를 통해서 그 결과가 홀 안에 알려졌다. 그리고 드디어 젊은 여자 두 명이 추첨에 당첨된 것을 기뻐하며 걸어 나와서 단식 광대를 우리로부터 두 계단 아래로 이끌어 나가려고 했다. 거기에는 작은 탁자 위에 세심하게 선택된 환자용 식사가 차려져 있었다. 그런데 바로 이 순간 단식 광대는 언제나 저항했다. 그는 그에게 몸을 숙이고 팔을 뻗어 도와줄 준비가 되어 있는 여자들의 손안에 자신의 뼈만 남은 팔을 자진해서 올려놓기는 했지만, 일어설 생각은 하지 않았다. 왜 하필 사십 일이 지난 지금 그만두려고 하는가? 그는 아직도 더 오랫동안, 무제한으로 오랫동안 지탱해 나갈 수 있을 것 같았다. 그런데 왜 하필이면 지금, 그가 예전에 없이 최상의 단식 상태에 있는 지금에 와서 그만두려 하는가? 사람들은 왜 그에게서, 단식을 계속해서 전대미문의 가장 위대한 단식 광대가 될 수 있는 영광뿐만 아니라, 그는 아마도 이미 그러한 단식 광대일지도 모르지만, 자기 자신을 능가하여 불가해한 단계에 이를 수 있는 영광도 빼앗아 가려 하는가? 왜냐하면 그는 자신의 단식 능력에 전혀 한계를 느끼지 않았기 때문이다. 이 군중은 그토록 그를 경탄한다고 떠들어 대면서도, 왜 그에 대해 그렇게도 인내심이 없었을까? 그들은 왜 그것을 지속시키려 하지 않았을까? 그는 지쳐 있었던 데다 짚 위에 주저앉아 있었으며 이제 오랜 시간에 걸쳐 몸을 높이 일으켜 세우고는 음식 쪽으로 걸어가야만 했다. 음식을 생각만 해도 벌써 그는 구역질이 났고, 단지 여자들을 고려해서 그런 내색을 애써 참고 있었다. 그리고 그는 겉보기에 매우 친절해 보이지만 실제로는 매우 잔인한 여자들의 눈 속을 올려다보고는 약한 목 위에 무겁게 올려져 있는 머리를 흔들었다. 그러나 그러고 나서는 언제나 행해지는 일들이 행해졌다. 매니저가 왔고, 아무 말 없이—음악 때문에 연설은 불가능했다—단식 광대 위로 팔을 들어 올렸다. 그 모습은 마치 여기 짚더미 위에 있는 자신의 작품, 이 가엾은 순교자를 한번 감상하도록 하늘을 초대하고 있는 것 같았다. 그것은 물론 단식 광대였지만, 전혀 다른 의미로는 순교자였다. 그는 단식 광대의 가느다란 허리를 잡으면서 과장된 조심성으로 자신이 여기에 부서지기 쉬운 물건과 같은 사람을 데리고 있다는 것을 믿게 하고 싶어 했다. 그리고 그동안 몹시 창백해진 여자들에게 그를 넘겨주었는데, 그러면서 남몰래 그를 살짝 흔들어서 단식 광대는 다리와 상체를 가누지 못하고 이리저리 흔들렸다. 이렇게 단식 광대는 모든 것을 참아 냈다. 머리는 가슴 위에 얹혀져 있어서, 그것은 마치 굴러가다가, 설명하기는 어렵지만 거기 그대로 붙어 버린 듯이 보였다. 몸체는 푹 패어 있었다. 두 다리는 쓰러지지 않기 위해서 무릎을 맞대고 서로 꽉 붙이고 있었으며, 마치 땅바닥이 진짜가 아니어서 이제 진짜 땅바닥을 찾고 있다는 듯이 바닥을 긁어 댔다. 그리고 물론 아주 가볍기는 했으나, 몸무게 전체를 그 여자들 중 하나에게 내맡기고 있었는데, 그녀는 도움을 바라면서 숨을 헉헉거리고—그녀는 이 명예로운 임무를 이런 것이라고는 생각지 않았었다—적어도 얼굴이 단식 광대와 닿는 것을 피하기 위해서 우선 가능한 한 목을 쭉 폈다. 그러나 그녀는 그렇게 할 수 없었다. 재수 좋은 그녀의 동료가 그녀를 도우러 오지 않고, 덜덜 떨면서 겨우 단식 광대의 손, 이 작은 뼈 무더기만을 쳐들고 가는 것으로 만족할 뿐이어서, 그녀는 홀 안에 흥분에 찬 웃음소리가 터져 나오는 가운데 울음을 터뜨렸고, 그래서 오래전부터 대기하고 있던 일꾼과 교대해야 했다. 그런 다음 음식이 왔다. 매니저는 단식 광대가 기절한 듯 반쯤 잠들어 있는 동안 그에게 음식을 조금 흘려 넣어 주었다. 그러면서 그는 즐겁게 떠들어 댔는데, 그것은 단식 광대의 상태로부터 관심을 다른 곳으로 돌리기 위해서였다. 그런 다음 관객들에게 이른바 단식 광대가 매니저에게 속삭였다는 건배의 말이 전해졌다. 악대가 굉장한 취주로 그 모든 것을 뒷받침해 주었다. 사람들은 흩어졌고, 그리고 아무도 여기서 생긴 일에 대해서 불만스러워할 권리가 없었다. 아무도. 그러나 오직 단식 광대만은 그렇지 않았다. 언제나 그만이 만족하지 못했다.

그는 수많은 해를 정기적인 짧은 휴식 시간과 함께, 겉보기에 좋은 영광 속에서, 세상 사람들의 존경을 받으며, 그렇게 살았다. 그러나 그럼에도 불구하고 그는 대부분 우울한 기분으로 살았는데, 아무도 그의 그런 기분을 진지하게 받아 줄 줄 몰랐기 때문에 언제나 점점 더 울적해졌다. 무엇으로써 사람들은 그를 위로해 주어야 할까? 그가 머무르길 원하는 남은 것은 무엇인가? 그리고 언제든 어떤 착한 이가 나타나서, 단식 광대를 불쌍히 여기고 그에게 그의 슬픔은 틀림없이 단식에서 오는 것일 거라고 설명하려고 하면, 특히 단식 기간이 진행되는 동안에는 더군다나, 그는 대답 대신 분노의 폭발을 일으키고, 짐승처럼 창살을 흔들어 대기 시작해서 모든 이를 놀라게 하는 일이 생기기도 했다. 물론 그러한 상황들에 대해서 매니저는 그가 즐겨 사용하는 형벌 수단이 있었다. 그는 모여든 관중들 앞에서 단식 광대를 변명하고, 오직 단식에서 비롯된, 배부른 사람들은 결코 이해할 수 없는 성마름만이 단식 광대의 행동거지를 용서하게 할 수 있다는 것을 시인했다. 그러고 나서 그것과 관련해서 단식 광대가 아주 똑같이 설명할 수 있는 주장에 대해 언급을 하는데, 그것은 그가 지금 하는 것보다 훨씬 더 오랫동안 단식을 할 수 있다는 것이었다. 그는 이 주장이 내포하고 있을 높은 목표와 훌륭한 의지와 위대한 극기를 찬미했다. 그러나 그는 그와 동시에 거기서 팔리고 있는 사진들을 내보임으로써 간단하게 그 주장을 반박하려고 시도했다. 왜냐하면 사람들은 그 사진들 속에서 침대에 누워 영양실조로 사라져 가는, 단식 사십 일째를 맞고 있는 단식 광대의 모습을 볼 수 있었기 때문이다. 이 진실의 왜곡은 단식 광대가 잘 알고 있는 것이면서, 항상 거듭해서 그의 신경을 지치게 했고, 그로서는 너무나 감당하기 힘든 것이었다. 때 이른 단식의 중단이 가져오는 결과가 여기에서는 원인으로 설명되어지고 있었던 것이다! 이러한 잘못된 이해에 대항해서, 이러한 잘못된 이해의 세계와 대항해서 싸우는 일은 불가능했다. 그는 여전히 희망적인 믿음으로 열망하는 창살에 매달려 매니저의 말에 귀를 기울였지만, 그 사진들이 나타나기만 하면 매번 창살에서 물러나, 한숨을 쉬면서 짚더미에 깊숙이 주저앉았고, 안심한 관중은 그에게 다가가 그를 구경할 수 있었다.

그러한 장면의 목격자들은 이삼 년 후 당시를 돌이켜 생각해 보면, 그들 스스로가 자신들을 이해할 수 없을 때가 가끔 있었을 것이다.

왜냐하면 그동안 앞서 이미 언급했던 그 급격한 변화가 일어났기 때문이다. 그것은 거의 갑작스럽게 일어났다. 거기엔 어떤 깊은 이유가 있겠지만, 누군들 그런 이유를 찾아내려고 하겠는가. 아무튼 어느 날 응석받이로 자란 단식 광대는 자기 자신이 오락을 즐기는 군중들로부터 버림받았다는 것을 알았고 그들은 다른 전시회에 넘쳐흘렀다. 매니저는 그를 데리고 다시 한번 유럽의 절반을 쫓아다녔다. 혹시 여기저기서 옛날과 같은 흥미가 다시 살아나지 않을까 해서였다. 그러나 모든 것은 허사였다. 마치 어떤 비밀리에 서로가 합의가 된 것처럼 어디서나 이제 막 단식 쇼에 대한 혐오가 생겨나고 있었다. 물론 그것이 실제로 갑자기 생겨날 수는 없었다. 이제 와서 뒤돌아 생각해 보면 많은 징후를 기억해 낼 수 있다. 그 당시에는 성공의 안개에 가려져 그것들을 충분히 주의해 보지도 않았고, 또 충분히 억제하지도 않았다. 그러나 이제 와서 그런 것에 대해 무슨 대책을 세운다는 것은 너무나 늦었던 것이다. 예컨대 단식을 위한 시대가 또다시 올 것이 분명하다 해도, 지금 살아 있는 사람들에게는 아무런 위안이 될 수 없었다. 그러니 이제 단식 광대는 '무엇을 할 수 있겠는가?' 하고 생각했다. 수천 명의 사람들에 둘러싸여 환호를 받았던 그가 일 년에 한 번 서는 작은 시장의 가설 흥행장에 설 수는 없었고, 다른 직업을 골라잡기에는 너무 늙었을 뿐 아니라, 무엇보다도 단식 광대는 너무 열광적으로 단식에 몰두해 있었다. 그래서 그는 한 독특한 인생 경력의 동료였던 매니저에게 이별을 고하고, 대형 서커스단에 고용되었다. 그는 자신의 예민한 감성을 다치지 않게 하기 위해서 계약 조건도 전혀 보지 않았다.

대형 서커스단에서는 수많은 사람들, 동물들 그리고 기구들이 서로 조정되고 보충되므로, 거기에서는 언제든지 그리고 누구라도 소용이 될 수 있었다. 물론 적당한, 얼마 안 되는 보수를 요구하는 경우라면 단식 광대도 그러하다. 게다가 이 특별한 경우는 단순히 단식 광대 자신뿐만 아니라 그의 옛 명성까지도 함께 고용되었다. 노화되어 더 이상 자기 능력의 절정기에 있지 않은 예술가가, 연령이 많아져도 줄어들지 않는 단식이라는 기술의 독특함으로 서커스의 한가한 자리에 은닉하고 싶어 했다고는 아무도 말할 수 없었다. 그와 반대로 단식 광대는 자신이 예나 다름없이 단식할 수 있다고 확언했고, 그것은 확실히 믿을 만한 것이었다. 더구나 그는 자기 의지대로 놓아두기만 하면, 이제야 정작 세상을 제대로 놀라게 해 주겠노라고 주장했고, 사람들은 당장에 그렇게 하기로 그에게 약속했다. 단식 광대는 흥분한 나머지 그 당시의 분위기를 잊어버렸던 것이고, 그것을 감안해 보면, 이 주장은 전문가들에게는 미소를 자아내게 할 뿐이었다.

그러나 근본적으로 단식 광대도 현실 상황에 눈이 어두운 것은 아니어서, 우리 속에 들어 있는 자신을 최고 인기 프로그램으로 서커스 연기장 한가운데 놓아두는 것이 아니라 바깥 짐승 우리 부근에, 특히 관중들이 접근하기 쉬운 곳에 자신을 놓아두는 것을 당연한 것으로 받아들였다. 큼지막하게 오색으로 적힌 광고가 그의 우리를 둘러싸고 있어서, 그곳에서 무엇을 볼 수 있는지 알려 주었다. 관중들이 공연의 휴식 시간에 동물들을 구경하려고 마구간으로 몰려올 때면, 단식 광대 곁을 지나가게 되고 그곳에서 잠시 머무를 수밖에 없었다. 관중들 중에는 고대하던 마구간으로 가는 도중 왜 이곳에 머무는지 이해하지 못하는 사람들이 있었는데, 만약 그들이 그 좁은 복도에서 서로 떠밀며 단식 광대를 좀 더 오랫동안 조용히 관찰하지 못하게 하지만 않았더라면, 사람들은 어쩌면 그의 곁에 더 오래 머물렀을지도 몰랐다. 이것은 단식 광대가 이 방문 시간이―그는 자신의 삶의 목적인 이 시간이 오기를 고대했다―되기 전이면 언제나 긴장하고 있었던 이유이기도 했다. 처음에 그는 관중들의 휴식 시간을 기다리고 있을 수가 없었다. 그래서 그는 가까이 몰려오는 군중들에 매료되어 그들을 마주 바라보았다. 그러나 그것도 잠깐뿐, 그는 그 사람들 거의가 예외 없이 마구간을 구경하고 싶어 하는 사람들뿐이라는 것을 너무 빨리 알아 버렸다―집요한, 거의 의식적인 자기 환상조차도 이러한 인식에는 저항하지 못했다. 그리고 이러한 광경은 멀리 떨어져서 보는 것이 제일 나았다. 왜냐하면 그들이 그에게까지 다가오면 계속해서 새로 형성되고 있는 패거리들을 비난하는 그들의 고함 소리가 그의 주위를 미친 듯이 날뛰었기 때문이며, 그를 조용히 바라보고 싶어 하는 다른 사람들도―이들은 머지않아 단식 광대에게 더욱 고통스러운 존재가 되었다―그를 이해해서가 아니라 자신들의 기분이 내키는 대로 단식 광대에게 모욕을 주기 위해서였다. 그리고 또 다른 사람들은 다만 동물들의 우리로 가려는 사람들이었다. 큰 무리의 사람들이 지나가고 나면, 또다시 뒤를 이어 사람들이 왔는데, 이들은 물론 아무런 방해도 받지 않고 그들이 원하기만 하면 얼마든지 머물러 있을 수 있었지만, 제때에 동물들에게 가기 위해서 거의 옆도 돌아보지 않은 채 큰 걸음걸이로 서둘러 지나갔다. 그리고 다음과 같은 뜻밖의 행운은 결코 자주 일어나는 일이 아니었는데 아버지가 아이들을 데리고 와서 손가락으로 단식 광대를 가리키며, 이곳에서 무슨 일이 행해지고 있는지를 자세히 설명하고, 단식 광대가 이와 비슷하긴 하지만 전혀 비교할 수 없을 만큼 굉장한 공연을 했던 몇 년 전의 이야기를 들려주었는데, 아이들은 아직 충분치 못한 학교 교육과 인생 수련으로 인해 여전히 이해하지 못했다—그들에게 단식이 무슨 의미가 있겠는가? 그렇지만 무엇인가 탐색하는 그들의 빛나는 눈빛에서는 미래의, 더 새로운, 자비로운 시대들이 엿보이고 있었다. 단식 광대는 때때로 혼잣말을 했다. 자기 자리가 동물 우리와 그리 가까이 있지 않다면, 아마 모든 것이 조금은 나아질지도 모른다고. 그러나 바로 그 때문에 서커스 사람들에게 아주 쉽게 그 장소가 선택되어진 것이고, 동물들의 우리에서 나는 냄새, 밤에 들려오는 동물들의 소란스러움, 맹수들을 위해서 날고기 덩어리를 나르는 일, 먹이를 줄 때의 고함 소리 등이 그의 마음을 매우 상하게 하고 지속적으로 우울하게 만든다는 것은 그들에게는 아무런 이야깃거리가 되지 못했다. 그러나 그는 서커스 감독관들에게 청원할 생각은 감히 하지도 못했다. 아무튼 그는 동물들에게 방문객이 많은 것을 감사해하고 있었고, 그 방문객 중에 가끔 자신을 찾아오는 사람도 발견할 수 있었다. 그리고 누가 알겠는가, 어디로 사람들이 그를 숨겨 버리게 될지, 그가 자신의 존재를 상기시키려다가 다시 말해서, 단지 그가 동물 우리로 가는 길을 막고 있는 방해물일 뿐이라는 것까지 상기시키게 된다면, 즉시 그가 그렇게 될지 말이다.

물론 작은 방해물이었고, 점점 더 작아지고 있는 방해물이었다. 사람들은 오늘날에도 단식 광대에 대한 관심을 요구하는 것을 이상한 일로 여기는 버릇이 생겼고, 그런 버릇은 그에 대한 평가를 말해 주는 것이었다. 그는 할 수 있는 데까지 단식을 하고 싶어 했고, 또 그렇게 했다. 그러나 더 이상 그를 구제할 방법이 없었다. 사람들은 그의 곁을 그냥 지나갔다. 누군가에게 단식술斷食術에 대해 설명하려고 해 보라! 그것에 대해 느끼지 못하는 사람에게는 그것을 이해시킬 수도 없다. 아름답던 광고 글자들은 더러워지고 더 이상 읽을 수마저 없게 되었다. 사람들이 그것을 찢어 냈지만, 아무도 그것을 보완해야 한다는 생각은 하지 못했다. 단식을 해낸 날짜의 숫자가 적힌 팻말에는, 처음에는 매일 세심하게 날짜를 바꾸었지만, 이제는 이미 오래전부터 언제나 같은 날짜가 적힌 채였다. 왜냐하면 처음 몇 주가 지난 다음에는 단원에게조차 이 작은 일거리가 귀찮아졌기 때문이다. 그래서 단식 광대는 계속해서 단식을 하게 되었다. 그리고 별다른 어려움 없이 그가 미리 예고했고 때때로 꿈꾸었던 만큼의 단식을 해낼 수 있었다. 그러나 아무도 날짜를 세고 있지 않았다. 아무도, 단식 광대 자신조차도 성과가 어느 정도 큰 것인지 알지 못했다. 그는 슬퍼졌다. 간혹 이런 시기에 어떤 한가한 사람이 거기에 멈춰 서서 그 지나간 날짜를 비웃으며 사기라고 말하기도 했는데, 이런 의미에서 그것은 무관심과 천성적인 악의가 만들어 낼 수 있는 가장 어리석은 거짓이었다. 왜냐하면 단식 광대가 속인 것이 아니라, 그는 진실하게 일했지만 세상이 그를 보상하는 데 있어서 그를 속였기 때문이다.

그렇게 다시 여러 날이 지나갔다. 그리고 그것도 끝이 났다. 후일에 그 우리는 한 감독관의 주의를 끌었고, 그는 고용인들에게 좋고 쓸모 있는 이 우리가 무엇 때문에 이용되지 않고 여기 썩은 짚 속에 쓸모없이 서 있는가를 물었다. 어떤 한 사람이 숫자가 적힌 팻말의 도움으로 단식 광대를 생각해 내기 전까지는, 아무도 그 이유를 몰랐다. 사람들은 장대로 짚을 휘저었고, 그 속에서 단식 광대를 발견했다. "아직도 단식을 하고 있는가?" 하고 감독관이 물었다. "도대체 언제 그만둘 건가?"

"모두들 나를 용서해 주세요"하고 단식 광대는 귓속말로 속삭였다. 하지만 오직 귀를 창살에 대고 있던 감독관만이 그의 말을 알아들었다. "물론이지, 우리는 너를 용서해"하고 감독관은 말하면서 단원에게 단식 광대의 상태를 알려 주기 위하여 그의 이마에 손을 대어 보였다. "저는 언제나 여러분이 제 단식에 대해 감탄하기를 바랐습니다"라고 단식 광대는 말했다. "우린 벌써 감탄하고 있네." 그 감독관은 단식 광대를 향해 걸어오면서 말했다. "그렇지만 여러분은 놀라지 마세요"하고 단식 광대가 말했다. "그래, 그렇다면 감탄하지 않겠네. 그런데 도대체 왜 우리가 그렇게 하지 말라는 건가?"하고 감독관이 말했다. "왜냐하면 저는 단식을 하지 않으면 안 되기 때문이지요. 저는 달리 그렇게밖에는 할 수가 없습니다"하고 단식 광대가 말했다. "거기에 누구 한 사람 와서 봐"하고 감독관은 말했다. "왜 달리는 어쩔 수가 없다는 거지?" "왜냐하면 저는," 하고 단식 광대는 작은 머리를 약간 올리고, 마치 키스를 하려고 입술을 동그랗게 오므려 내밀 듯이 입술을 감독관의 귓속으로, 말이 밖으로 새어 나가지 못하게 하면서 말했다. "왜냐하면 저는 입에 맞는 맛있는 음식을 발견하지 못했기 때문입니다. 만약 그것을 찾아냈다면, 저는 결코 세인의 주목을 얻으려고 하지 않았을 테고, 당신이나 다른 모든 사람처럼 배가 부르게 먹었을 것입니다." 그것이 그의 마지막 말이었다. 그러나 여전히 그의 삶의 의욕을 잃은 눈에는 설령 더 이상 당당하지는 않더라도 계속해서 단식을 하리라는 확고한 확신이 담겨 있었다.

"이젠 처리해 버려!"하고 감독관은 말했고, 사람들은 짚더미와 함께 단식 광대를 묻어 버렸다. 그리고 그의 우리 안에는 혈기 왕성한 표범 한 마리를 넣었다. 그렇게 오랫동안 적막했던 우리에서 이 야생 동물이 이리저리 움직이는 것을 보는 것은 아주 무딘 감각의 소유자라도 느낄 수 있는 기분 전환이 되었다. 표범에게는 아무것도 부족한 것이 없었다. 당직자들은 오래 생각해 보지 않고도 표범의 입에 꼭 맞는 먹이를 가져다주었다. 표범은 결코 자유를 그리워하는 것 같지도 않았다. 필요한 것은 무엇이든, 물어뜯을 것까지도 마련이 되어 있는 이 고상한 몸뚱이는 자유 또한 함께 지니고 다니는 것 같았다. 이빨 사이의 어딘가에 그 자유가 숨겨져 있는 것 같았다. 그리고 그 것의 목구멍 속에서는 삶의 기쁨이 어떤 강한 열정과 더불어 흘러 나왔는데, 관중에게는 그것을 저항하기가 쉽지 않을 정도였다. 그러나 그들은 극복했고, 그 우리로 몰려들어 주위를 전혀 떠나려 하지 않았다.

요제피네, 여가수 또는 쥐의 종족

Josefine, die Sängerin oder Das Volk der Mäuse

우리의 여가수는 이름이 요제피네이다. 그녀가 노래하는 것을 들어 보지 못한 사람은 그 노래의 힘을 모른다. 그녀의 노래에 감동받지 않는 사람은 아무도 없는데, 이것은 우리 종족이 전체적으로 음악을 사랑하지 않는 만큼 더욱더 높게 평가될 수 있는 일이다. 고요한 평화야말로 우리가 가장 사랑하는 음악이다. 우리의 삶은 힘들고, 비록 우리가 언젠가 우리의 나날의 근심을 모조리 떨쳐 버리려고 애쓴다고 하더라도, 우리는 예컨대 음악처럼 우리의 평소 생활과 너무나 거리가 먼 그런 것들을 향해 우리 자신을 고양시킬 수는 없는 것이다. 하지만 우리는 그것을 그다지 한탄하지는 않는다. 우리는 한번도 그렇게 한탄하는 지경까지는 나아가지 않을 것이다. 우리는 물론 우리도 지극히 필요로 하는 그런 어떤 실용적인 약삭빠른 영리함

을 우리의 가장 큰 장점으로 여기고 있으며, 비록 이런 일은 일어나
지야 않겠지만, 언젠가 우리가 어쩌면 음악으로부터 나올 수도 있는
행복에 대한 갈망을 갖게 된다 하더라도, 역시 이 약삭빠른 영리함의
미소로써 흔히 모든 것을 체념하기 때문이다. 오직 요제피네만 예외
인데, 그녀는 음악을 사랑할 뿐만 아니라 그것을 우리에게 전달해 줄
수 있는 능력도 있다. 그녀만이 그런 일을 할 수 있는 유일한 존재이
다. 그녀의 죽음과 더불어 음악은, 이런 일이 얼마나 오래 지나야 일
어날지는 아무도 모르지만, 우리의 삶에서 사라지게 될 것이다.

　나는 도대체 이 음악이라는 것이 어떠한 상태에 놓여 있는가에 대
해 자주 곰곰이 생각해 보았다. 우리는 아무튼 완전히 비음악적인데,
도대체 어떻게, 우리가 요제피네의 노래를 이해한다거나 또는, 요제
피네는 우리가 이해한다는 것을 부정하고 있는데, 도대체 어떻게 우
리가 이해한다고 믿는 일이 있게 된 것일까. 그녀가 부르는 노래가
몹시 아름다워서, 아무리 감각이 무딘 자라 할지라도 그 아름다움에
저항할 수 없다는 것이 가장 간단한 대답일 테지만, 그러나 이 대답
은 만족스럽지 못하다. 만약 실제로 그렇다면, 우리는 이 노래 앞에
서 맨 먼저 그리고 언제나 비범하다는 느낌, 그러니까 이 목구멍으로
부터 우리가 일찍이 한 번도 들어 본 적이 없고 또 우리는 들을 수 있
는 능력조차 전혀 없는 어떤 소리가 울려 나온다는 그런 느낌을 받
을 것이다. 그리고 우리로 하여금 이 소리를 듣게 해 줄 수 있는 것은
오직 요제피네 혼자뿐이고 그 밖에는 아무도 그런 능력이 없다. 그러
나 내 의견으로는, 바로 이 점이 사실과 부합하지 않는다. 나는 그런
것을 느끼지 못하고 있고, 다른 쥐들의 경우에도 그와 비슷한 느낌을
받고 있다는 낌새를 전혀 알아채지 못했다. 서로 친밀하게 지내는 무

리 안에서 우리는 서로, 요제피네의 노래가 노래로서 전혀 비범한 것은 아니라고, 숨김없이 터놓고 이야기들을 한다.

그것이 도대체 노래란 말인가? 우리의 비음악성에도 불구하고, 우리에게는 전래된 노래들이 있다. 옛 시절에 우리 종족은 노래가 있었다. 전설들이 그것에 관해 이야기하고 있고, 심지어 가곡들도 보존되어 있는데, 물론 아무도 이제 더 이상 그 가곡들을 부를 수가 없다. 그러니까 우리는 노래가 어떤 것이라는 데 대해 어렴풋한 느낌은 갖고 있는데, 요제피네의 예술은 이 느낌과 맞아떨어지지를 않는 것이다. 그것이 도대체 노래란 말인가? 그것은 어쩌면 그냥 찍찍거리는 소리가 아닐까? 그리고 이 찍찍 소리는 물론 우리가 모두 다 알고 있으며, 그것은 우리 종족 본래의 숙련된 기예技藝, 아니 결코 기능은 아니고 그보다는 오히려 특징적인 삶의 표현인 것이다. 우리는 모두가 찍찍거리지만, 그러나 물론 아무도, 그것을 예술로서 소리를 내는 것이라고는 생각하지 않는다. 우리는 찍찍 소리를 내면서 그 소리에 아무런 신경도 쓰지 않으며, 그렇다, 사실 찍찍 소리를 낸다는 것조차 느끼지 못하고 그저 찍찍거리며, 심지어 우리들 중에는 그 찍찍 소리가 우리의 고유한 특징에 속한다는 것조차 모르는 자가 많이 있다. 그러니까 만약 요제피네가 노래를 부르는 것이 아니라 그저 찍찍거리는 것이며, 어쩌면 심지어는, 적어도 나에게는 그렇게 보이는데, 그것도 흔히 있는 찍찍거림의 한계조차 벗어나지 못하고 있는 것이 사실이라면, 그녀의 힘은 이 습관적인 찍찍 소리를 내기에도 아마 결코 미치지 못할 것 같은데, 반면에 토목 공사하는 평범한 쥐도 하루 종일 자신의 일을 하면서 힘들이지 않고 그것을 해낸다면, 만약 이 모든 것이 사실이라면, 그렇다면 요제피네의 소위 예술가 기질이라는 것은 물론 반박당할 테지만, 그러나 여기에서 비로소 그녀의 큰 영향력에 관한 수수께끼가 제대로 풀릴 수 있을 것이다.

그렇지만 그녀가 만들어 내는 것은 단지 찍찍거리는 소리만은 아니다. 우리가 그녀한테서 정말 제대로 멀리 떨어져서 귀를 기울여 보면, 또는 이 점에 관해 시험해 보면 훨씬 더 좋은데, 그러니까 예컨대 요제피네가 다른 목소리들 틈에 끼여 함께 노래 부를 때 그녀의 목소리를 식별하는 과제를 떠맡는다면, 그러면 우리는 불가피하게, 어떤 평범한, 기껏해야 부드러움 또는 연약함 때문에 약간 두드러진 찍찍소리 말고는 다른 어떤 것도 들을 수가 없다. 그러나 그녀 앞에 서 있으면, 그것은 단지 찍찍거림만이 아니다. 그녀의 예술을 이해하려면 그녀의 노랫소리를 듣는 것뿐만 아니라 그녀를 보는 것도 필요하다. 비록 그것이 단지 우리의 일상적인 찍찍거림에 불과하더라도, 여기서 벌써 우선 당분간은, 바로 그 통상적인 짓을 하려고 누군가가 엄숙하게 격식을 차리고 나서는 어떤 진기함이 존재한다. 호두 한 개를 딱 소리 나게 깨뜨리는 것은 진실로 예술이 아니다. 그렇기 때문에 아무도 감히 관중을 즐겁게 해 주기 위해 관중을 불러 모아 그들 앞에서 호두 까기를 할 엄두를 내지는 않을 것이다. 그런데도 만약 누군가가 그런 일을 해서 자신의 의도를 실행에 옮기는 데 성공한다면, 그것은 물론 절대로 단순한 호두 까기의 문제일 수만은 없는 것이다. 또는 문제가 되는 것은 호두 까기이고, 우리가 호두 까기 예술을 매끄럽게 잘 해냈기 때문에 그 예술을 못 본 척 무시해 버렸다는 사실, 그리고 이 새로운 호두 까는 자가 비로소 우리에게 그 예술의 본질을 보여 주고 있다는 사실이 명백하게 드러난다. 이때, 만약 그 새로운 자가 호두 까기 일에 우리 대부분보다 약간 덜 유능하다면, 그것은 효과를 위해서는 오히려 유용할 수도 있을 것이다.

어쩌면 요제피네의 노래도 이와 비슷한 상황에 처해 있을 것이다. 우리는 우리 자신한테서는 전혀 감탄하지 않는 것을 그녀한테서는 감탄하고 있다. 그런데 우리 자신에 대해 감탄하지 않는다는 점에서는 그녀도 우리와 완전히 일치하고 있다. 언젠가 나는 누군가가 그녀에게, 이런 일은 당연히 자주 있는 일이지만, 우리 종족 일반의 찍찍거리는 소리에 대해 매우 겸손하게, 물론 이미 그것만으로도 요제피네에게는 너무 심한 것이었지만, 지적하고 있는 현장에 참석했던 적이 있었다. 그 당시 그녀가 지었던 것과 같은 그런 오만하고 건방진 미소를 나는 그때까지 한 번도 본 적이 없었다. 외적으로는 정말 완성된 부드러운 모습의 그녀가, 그러한 모습의 여성들이 풍부한 우리 종족 중에서조차 눈에 띄게 부드러운 모습의 그녀가 그 당시에는 정말 뻔뻔스럽고 천하게 보였다. 그녀 자신도 매우 민감했던 터라 곧바로 그것을 느꼈을 것이고 평정을 되찾았다. 그러니까 아무튼 그녀는 자신의 예술과 찍찍거리는 소리 사이의 연관성을 모조리 부인한 것이다. 반대 의견을 가진 자들에 대해 그녀는 오로지 경멸, 그리고 십중팔구 시인하지는 않겠지만 증오만 있다. 그것은 평범한 자만심이 아니다. 왜냐하면 나 자신도 반쯤 속해 있는 이 반대 그룹은 그녀에게 확실히 결코 군중 못지않게 감탄하고 있기 때문이다. 그러나 요제피네는 군중이 자신에게 단지 경탄하는 것만을 원하는 것이 아니라, 정확하게 자신이 결정한 방식대로 경탄하기를 원하는 것이다. 감탄 자체만은 그녀에게 전혀 중요하지 않다. 게다가 우리는 그녀 앞에 앉아 있으면, 그녀를 이해하게 된다. 반대는 오직 멀리 떨어진 곳에서나 하는 것이며, 만약 그녀 앞에 앉게 되면, 우리는 그녀가 여기서 찍찍거리는 소리가 그냥 찍찍 소리가 아니라는 것을 알게 된다.

찍찍거리는 일은 아무 생각 없이 행하는 우리의 습관에 속하기 때문에, 요제피네의 청중 속에서도 찍찍거리는 소리가 날 거라고 생각할 수 있을 것이다. 왜냐하면 그녀의 예술을 접하면 기분이 좋아지게 되고, 기분이 좋으면 우리는 찍찍거리기 때문이다. 그러나 그녀의 청중은 찍찍거리지 않으며, 공연장은 쥐 죽은 듯이 고요하다. 마치 우리 자신이 염원해 마지않던 평화, 적어도 우리 자신의 찍찍거림 때문에 우리가 접근할 수 없는 그런 평화의 일부분이라도 된 것처럼, 우리는 침묵한다. 우리를 매혹하는 것이 그녀의 노래인가, 아니면 오히려 그녀의 연약한 작은 목소리를 둘러싸고 있는 장엄한 고요함인가? 언젠가 어떤 어리석은 작은 녀석이 요제피네가 노래하는 동안 그야말로 천진난만하게 찍찍거리기 시작한 그런 사건이 일어난 적이 있었다. 자, 그런데 그것은 우리가 요제피네한테서 들었던 것과 완전히 똑같았다. 저 앞쪽에서 나는 소리는 능수능란한 노련함에도 불구하고 여전히 수줍어하는 찍찍 소리였고, 여기 청중 속에서 들리는 것은 자기를 망각한 어린 새끼의 찍찍 소리였다. 그 차이를 자세히 설명하는 것은 불가능했을 것이다. 그러나 우리는 불쾌한 듯 쉿 소리를 내고 찍찍거리는 소리를 질러 그 훼방꾼을 곧바로 제압해 버렸다. 사실 그렇게 할 필요가 전혀 없었다. 그러지 않았어도, 요제피네가 승리의 찍찍거리는 소리를 내기 시작하면서, 두 팔은 벌리고 목은 더 이상 뺄 수 없을 만큼 그렇게 높이 뺀 채, 완전히 제정신을 잃고 분노를 터뜨리는 동안, 그 훼방꾼은 분명히 두려움과 수치심으로 잔뜩 주눅이 들어 쥐구멍에라도 숨고 싶었을 테니까 말이다.

덧붙여 말하자면, 그녀는 언제나 그런 식인데, 모든 사소한 것 하나하나, 모든 우연 하나하나, 모든 반항적 태도 하나하나, 일 층 무대 정면의 관람석에서 딱 하는 소리, 이빨을 바드득 가는 소리, 조명 고장 등을 그녀는 자기 노래의 효과를 높이는 데 적합하다고 여기고 있다. 그녀의 견해에 따르면, 그녀는 그야말로 귀머거리들 앞에서 노래 부르고 있다는 것이다. 열광과 갈채가 부족한 것은 아니지만, 그러나 그녀는 자신이 생각하는 것과 같은 그런 진정한 이해를 이미 오래전부터 단념하는 법을 배웠다는 것이다. 그러자 모든 방해가 그녀에게는 매우 중요한 의미를 지닌 채 다가온다. 외부로부터 그녀의 노래의 순수성에 맞서는 모든 것, 가벼운 싸움이나 또는 싸우지 않더라도 단지 대립만으로도 정복되는 모든 것은 군중을 각성시키고 그들에게 물론 이해력은 아니더라도 뭔가 불안한 예감이 드는 존경심을 가르치는 데 기여할 수 있는 것이다.

그러나 사소한 것이 아무튼 그녀에게 그렇게 도움이 된다면, 위대한 것은 한층 더하지 않겠는가. 우리의 삶은 몹시 불안해서, 매일매일이 온갖 놀라움, 공포 그리고 희망과 경악을 야기한다. 그래서 만약 밤낮으로 언제나 동료들의 뒷받침을 받지 못하면, 개별적으로는 이 모든 것을 견뎌 낼 수가 없을 것이다. 그러나 설령 그러한 지원을 받는다 해도 삶은 자주 정말로 힘이 들게 된다. 때로는 심지어 수천의 어깨들이, 사실상 오직 한 개별자만 짊어지도록 정해져 있던 짐에 눌려 힘든 나머지 떨기도 한다. 그러면 요제피네는 자신의 시간이 왔다고 여긴다. 벌써 그녀, 그 연약한 존재가, 특히 가슴 아래로 불안스럽게 음을 떨어 대면서 거기 서 있다. 그 모습은, 마치 그녀가 자신의 모든 힘을 노래 속에 모으는 것 같고, 그녀에게서 노래에 직접 도움이 되지 않는 모든 것으로부터 모든 힘을, 거의 모든 생존 가능성을 뽑아내 버리는 것 같고, 그녀는 완전히 발가벗긴 채 넘겨져서 오로지 선한 정령들의 보호에 맡겨져 있는 것 같으며, 그녀가 그렇게 완전히 자기 자신으로부터 벗어나 노래 속에 거주하고 있는 동안에는 스쳐 지나가는 한 줄기 차가운 입김이 그녀를 죽일 수 있는 것 같아 보인다. 그러나 바로 그런 모습에서 우리는 소위 적대자라고 자칭하는 자가 우리에게 말하는 소리를 듣곤 한다. "그녀는 찍찍 소리도 제대로 낼 수가 없군. 노래가 아니라, 노래에 관해서는 우리 이야기하지 말자. 그러나 우리 나라의 관습인 그 찍찍거리는 소리를 어느 정도 억지로 짜내기 위해 저렇게 끔찍하게 노력해야만 하다니." 우리에게는 그렇게 보이지만, 이것은 언급한 바대로, 물론 불가피하지만, 그러나 순식간에 재빨리 스쳐 지나가는 인상이다. 따스하게, 몸과 몸을 맞대고, 겁먹은 듯 숨조차 제대로 쉬지 못한 채 귀를 기울이고 있는 군중의 감정 속으로 이미 우리도 빠져든다.

거의 언제나 움직이고 있는, 별로 명확하지 않은 목적 때문에 자주 이리저리 돌진하고 있는 우리 종족의 군중을 자신의 주위로 불러 모으기 위해, 요제피네가 해야 할 일은, 그 작은 머리를 뒤로 젖히고, 입을 반쯤 벌리고, 두 눈은 높은 곳을 향하고는 자신이 노래를 부를 생각이 있음을 암시하는 자세를 취하는 일 이외에는 거의 아무것도 없다. 그녀는 자신이 원하는 곳이면 어디서든 그 일을 할 수 있다. 멀리 내다보이는 장소일 필요가 없으며, 우연히 순간적인 기분에서 선택된 어떤 숨겨진 구석진 곳이라도 마찬가지로 쓸모가 있다. 그녀가 노래를 부르려고 한다는 소식은 곧바로 널리 퍼지고, 즉시 긴 행렬들이 이어진다. 그런데 때로는 물론 방해들이 일어나는 경우도 있다. 요제피네는 바로 다름 아닌 격앙된 시기에 노래 부르는 것을 특히 좋아한다. 그럴 때는 온갖 근심 걱정과 고난이 우리를 억지로 여러 갈래 길로 밀어붙이기 때문에, 우리는 아무리 그러고 싶어도 요제피네가 원하는 것만큼 그렇게 빨리 모일 수가 없으며, 그러면 그녀는 아마도 그곳에 얼마 동안 충분하지 못한 수의 청중 앞에서 으스대는 자세를 취하며 서 있을 수밖에 없게 될 테고, 그러면 그녀는 물론 화를 내게 되고, 그러면 그녀는 발을 동동 구르고, 전혀 아가씨답지 않게 욕설을 퍼붓고, 정말이지 그녀는 심지어 물어뜯기까지 한다. 그러나 그녀의 그런 태도조차 그녀의 명성에 손상을 입히지는 않는다. 그녀의 지나치게 큰 요구를 약간 억제하는 대신 군중은 그 요구에 부응하려고 애쓴다. 그래서 청중을 끌어오기 위해서 사자使者들이 파견된다. 그런 일이 있다는 것이 그녀 앞에서는 비밀로 지켜진다. 그럴 때면 그 주변의 길목들에서 다가오는 자들에게 빨리 서두르라고 신호를 보내는 보초들이 배치된 모습이 보인다. 마침내 어지간한 숫자의 청중이 모일 때까지 이 모든 일은 아주 오랫동안 지속된다.

무엇이 우리 종족으로 하여금 요제피네를 위해 그토록 애쓰게 하는 것일까? 이 질문은 요제피네의 노래에 대한 질문보다 결코 더 쉽게 대답할 수 있는 것이 아니며, 이 두 질문은 물론 서로 연관이 있다. 예컨대 만약 우리 종족이 노래 때문에 무조건 요제피네에게 절대 헌신하고 있는 거라고 주장할 수 있다면, 우리는 이 질문을 삭제해 버릴 수도 있고, 두 번째 질문과 완전히 합쳐 하나로 만들 수도 있다. 그러나 이것은 전혀 그런 경우가 아니다. 우리 종족은 무조건적 헌신이라는 것을 거의 알지 못한다. 다른 모든 것보다 그 당연히 무해한 영리함, 천진난만한 속삭임, 오직 입술만을 움직이는 당연히 악의 없는 수다를 사랑하는 그런 종족은 아무튼 무조건 헌신할 수는 없는 것이며, 이 점은 아마 요제피네도 잘 느끼고 있을 것이다. 그녀가 자신의 약한 목구멍을 무리해 가며 애써 싸우고 있는 대상이 바로 이것이다.

물론 이러한 일반적인 판단들에 있어서 너무 극단으로 흘러서는 안 된다. 군중들은 아무튼, 다만 무조건적이 아닐 뿐이지, 요제피네에게 헌신하고 있다. 예를 들면, 요제피네를 비웃는 짓은 할 수 없을 것이다. 우리는 요제피네의 많은 점이 우리에게 웃도록 요청한다고 고백할 수 있다. 그리고 웃음 그 자체가 언제나 우리 가까이에 있다. 우리 삶의 모든 슬픔에도 불구하고, 조용한 웃음은 어느 정도는 우리 곁에 언제나 떠나지 않고 함께 있다. 그러나 우리는 요제피네를 비웃는 것이 아니다. 때때로 나는, 우리 종족이 자신들과 요제피네의 관계를 다음과 같이 파악하고 있다는 인상을 받는다. 그녀를, 그러니까 아주 연약해서 깨지기 쉬운, 보살핌을 필요로 하는, 아무튼 탁월한 존재, 그들의 견해에 따르자면, 노래로 탁월한 이 존재가 자신들에게 맡겨져 있으므로, 자신들이 그녀를 돌보아 주어야 한다는 것이다. 그러나 그 근거는 아무에게도 명확하지가 않고, 단지 그 사실만 확실한 것처럼 보인다. 그러나 누군가에게 믿고 맡겨진 것, 그것을 비웃지는 않는 법이다. 그것을 비웃는다는 것은 의무를 위반하는 짓일 것이다. 만약 우리 가운데 가장 사악한 자들이 이따금씩 "요제피네를 보면 우리한테서 웃음이 사라진단 말이야" 하고 말한다면, 그것이야말로 요제피네에게 끼치는 극도로 악의적인 짓인 것이다.

그래서 우리 종족은, 작은 손을, 부탁하는 것인지 아니면 요구하는 것인지 제대로 알 수 없지만, 자신에게 내미는 어떤 자식을 돌보는 아버지 같은 방식으로 요제피네를 보살펴 주고 있다. 우리 종족은 그러한 아버지다운 의무들을 이행하는 데 아무 쓸모가 없다고 생각할 테지만, 그러나 실제로 우리 종족은, 적어도 이 경우에는, 이런 의무들을 모범적으로 행하고 있다. 이와 관련하여 종족 전체가 할 수 있는 일을 어떤 개별적 존재가 혼자 할 수는 없을 것이다. 종족과 개별 존재 사이의 힘의 차이는 아주 큰 것이므로, 종족이 피후견자를 자신의 따뜻한 곁으로 끌어당기면 충분한 것이고, 그러면 그 피후견자는 충분히 보호받게 되는 것이다. 요제피네에게는 물론 그런 것들에 관해 감히 말할 엄두도 내지 못한다. "나는 너희를 보호하기 위해서 찍찍거린다"고 그녀가 말할 테니까. 그러면 우리는 '그래, 그래, 너는 찍찍거리고 있구나' 하고 생각할 것이다. 게다가 그녀가 우리에게 대항하여 모반을 일으킨다 해도, 그것은 사실상 반항이라기보다 오히려 완전히 어리광이며 자식의 감사 표시인데, 아버지의 방식이란 그런 것에 아랑곳하지 않는 것이다.

그런데 이제 우리 종족과 요제피네 사이의 이런 관계를 통해 설명하기에는 더 어려운 다른 문제들이 있다는 것을 말해 보기로 하자. 말하자면 요제피네는 반대 의견을 가지고 있는데, 그녀는 우리 종족을 보호해 주는 것이 바로 자신이라고 믿고 있다. 명목상으로 그녀의 노래는 우리를 어려운 정치적 또는 경제적 상황으로부터 구해 주고 있으며, 그 이상의 것을 성취하고 있는데, 그녀의 노래가 비록 불행을 몰아내지는 못한다 할지라도, 적어도 불행을 견딜 수 있는 힘을 우리에게 준다는 것이다. 그녀가 그렇게 표현하고 있지는 않지만, 그렇다고 또 다르게 표현하고 있는 것도 아니다. 그녀는 대체로 말을 조금밖에 하지 않으며, 수다쟁이들 사이에서 침묵하고 있다. 그러나 그녀의 눈빛이 그렇게 말하고 있으며, 그녀의 굳게 다문 입에서—우리 종족들 가운데 입을 굳게 다물고 있을 수 있는 자는 소수밖에 없는데, 그녀는 입을 굳게 다물 수 있다—그것을 읽어 낼 수 있다. 거의 날마다 아예 거짓이거나 절반만 맞는 소식을 비롯하여 나쁜 소식들이 넘치고 있는데, 그런 소식을 접하면, 그녀는 곧바로 벌떡 일어선다. 그 소식들이 그녀를 지치게 만들어 바닥으로 끌어내릴 때라도, 그녀는 우뚝 일어서서 목을 곧게 펴고, 마치 뇌우 앞의 목동처럼 자신이 이끄는 무리들을 멀리 내다보려고 애쓴다. 확실히, 아이들도 거칠고 자제력이 없는 방식이기는 하지만 이와 비슷한 도전들을 할 것이다. 그러나 요제피네에게는 그것이 결코 아이들의 경우처럼 그렇게 아무 이유가 없는 것이 아니다. 물론 그녀는 우리를 구하지 못하며, 우리에게 아무런 힘도 주지 못한다. 스스로가 이 종족의 구원자인 체하며 뽐내기는 쉬운 일이다. 이 종족은 고난에 익숙하고, 수고를 아끼지 않으며, 결단을 내리는 데 신속하고, 죽음을 잘 알고 있고, 자신이 끊임없이 살아온, 무모한 일들이 일어나는 환경 속에서 단지 겉으로만 두려워하고, 그 밖에도 대담할 뿐만 아니라 창작력이 풍부한 생산력 있는 종족이다. 말하건대, 나중에 뒤늦게 이러한 종족의 구원자인 체하며 뽐내기는 쉬운 일이다. 우리 종족은 희생 제물의 상황에 있을 때에도 언제나 어떻게든 스스로를 구원해 온 그런 종족이다. 일반적으로 우리는 역사 연구를 전반적으로 소홀히 하고 있는데, 역사 연구가들은 이 희생에 대해 너무 놀란 나머지 몸이 굳어질 정도이다. 그렇지만 우리가 다른 어떤 때보다 곤경에 처해 있을 때 요제피네의 목소리를 더 잘 들을 수 있다는 것은 아무튼 사실이다. 우리를 덮고 있는 금방이라도 밀어닥칠 것 같은 위험들이 우리를 더 조용하고 더 겸손하게 하며, 사령관 같은 요제피네의 지휘에 순종하게 한다. 우리는 기꺼이 모이고, 기꺼이 함께 북적거린다. 특히나 그것은 고통스러운 중대사와는 완전히 동떨어진 어떤 계기에 일어나는 일이기 때문이다. 그것은 마치 우리가 전쟁 앞에서 평화의 잔을 함께 빨리—그렇다, 서두를 필요가 있는데, 요제피네는 이 사실을 너무 자주 잊어버린다—마시고 있는 것과 같다. 그것은 별로 노래 공연 같지 않고, 오히려 군중집회라고 할 수 있는데, 물론 그 집회 앞에서는 작은 찍찍거리는 소리조차 완전히 잠잠해지며, 우리가 쓸데없이 지껄이며 보내기에는 너무 엄숙한 그런 시간이다.

그러한 상황이 물론 요제피네를 결코 만족시킬 수는 없을 것이다. 결코 완전히 해명된 적이 없는 자신의 지위 때문에 마음속에 꽉 차 있는 신경질적 불쾌감에도 불구하고, 요제피네는, 스스로의 자의식에 현혹되어 많은 것을 보지 못하고 있으며, 크게 애쓰지 않아도 훨씬 더 많은 것을 간과하는 상황에 처할 수도 있다. 이러한 의미에서, 그러니까 일반적으로 유익한 의미에서 아첨꾼의 무리가 끊임없이 활약하고 있는 것이다. 그러나 군중집회의 한구석에서, 그저 곁다리로, 주목받지 못한 채 노래 부르는 것을 위해, 비록 이것이 결코 사소한 일은 아님에도 불구하고, 그녀가 자신의 노래를 바치는 일은 확실히 없을 것이다.

그러나 그녀도 그렇게 할 필요가 없는데, 왜냐하면 그녀의 예술이 주목받지 못하는 것은 아니기 때문이다. 비록 우리가 근본적으로는 노래가 아닌 전혀 다른 것들에 몰두하고 있고, 그곳에 정적이 흐르는 것은 결코 단지 노래를 위한 것이 아니며, 또 군중 일부가 요제피네를 쳐다보는 것이 아니라 얼굴을 옆 동료의 털 속에 밀어 넣고 있으며, 따라서 요제피네가 저 위에서 헛되이 노력을 기울이는 것처럼 보인다고 할지라도, 그녀의 찍찍 소리에 우리에게 피할 수 없이 다가오는 어떤 것이 있다는 사실은 부정할 수 없다. 다른 모든 이에게 침묵의 의무가 부과되는 그곳에서 솟아오르는 이 찍찍거림은 거의 종족의 복음처럼 개별 존재에게 다가온다. 힘겨운 결심들의 한가운데서 들리는 요제피네의 가냘픈 찍찍 소리는 적대적인 세계의 소란 한가운데에 있는 가엾은 우리 종족의 존재와 거의 비슷하다. 요제피네는 자신의 지위를 유지하는데, 이처럼 아무것도 없는 목소리, 아무것도 없는 업적으로 스스로의 지위를 유지하며 우리에게 이르는 길을 마련해 주고 있다. 이런 일을 생각하는 것은 기분 좋은 일이다. 언젠가 우리 가운데에서 어떤 진정한 성악가가 나타난다면, 우리는 분명히 그런 시대에는 그런 가수를 견뎌 내지 못할 것이며 그러한 공연을 하는 무의미한 짓을 한목소리로 거절할 것이다. 우리가 그녀에게 귀 기울이고 있다는 사실이 바로 그녀의 노래에 반대하는 증거라는 인식에 요제피네가 빠지지 않았으면 좋겠다. 그녀는 그것을 막연하게 예감하고 있을 것이다. 그렇지 않다면 왜 그녀는 우리가 그녀에게 귀 기울이고 있다는 것을 그토록 열정적으로 부인하겠는가. 그러나 그녀는 언제나 또다시 노래를 부르고 있으며, 찍찍 소리를 내어 이러한 예감 저 너머로 자기 자신을 날려 보내고 있다.

그러나 그녀에게는 그 밖에도 아직 위안거리가 하나 남아 있을 터인데, 그것은 우리가 어느 정도는 정말로 그녀에게 귀를 기울이고 있다는 사실이다. 그것은 우리가 어떤 성악가에게 귀 기울이는 것과 십중팔구는 비슷할 것이다. 성악가라면 우리에게서 얻으려고 헛되이 애쓰게 될 그런 효과들을 그녀는 단지 그녀에게 부여된 불충분한 수단들에 의거하여 성취하게 될 것이다. 그것은 아마도 주로 우리의 생활 방식과 상관이 있을 것이다.

우리 종족은 청춘 시절이라는 것을 모르고, 아주 짧은 유년 시절
도 거의 모른다. 물론, 어린 새끼들에게는 하나의 특별한 자유, 하나
의 특별한 보호를 보장하는 것이 좋겠다든가, 약간의 무사태평함에
대한 권리, 약간 아무 생각 없이 그냥 사방팔방 뛰어다닐 수 있는 권
리, 약간의 놀이에 대한 권리, 이러한 권리를 인정하고 그것이 실현
되도록 도와주었으면 좋겠다는 등의 요구들이 규칙적으로 등장하고,
거의 모두가 그것에 동의하고 있지만, 동의할 수 있는 것이 더는 아
무것도 없다. 그러나 우리 삶의 현실에서 그 권리를 더 적게 인정받
을 수 있는 것은 아무것도 없으며, 우리는 그 요구들을 시인하고, 그
의미 안에서 시도들을 해 본다. 그러나 곧장 다시 모든 것은 옛 상태
로 돌아가고 만다. 우리의 삶이란 물론 어린 새끼가 그냥 약간만 뛰
어다니게 되고 주위 환경을 그냥 약간만 구별할 수 있게 되면 곧바로
어른과 마찬가지로 스스로를 돌보아야 하는 그런 것이다. 우리가 경
제적인 상황들을 고려해서 흩어져 살아야 하는 지역은 너무 광대하
고, 우리의 적은 너무 많으며, 우리 주변에 사방으로 깔려 있는 위험
들 또한 헤아릴 수 없이 많다. 그러므로 우리는 어린 새끼들을 생존
투쟁으로부터 떼어 놓을 수가 없다. 만약 우리가 그렇게 한다면, 그
것들이 일찍 종말을 맞이하는 결과를 가져올 것이다. 이러한 슬픈 이
유들만 있는 것이 아니고, 물론 고무적인 것도 있는데, 그것은 바로
우리 종족의 다산多産 능력이다. 각 세대가 모두 많은 수로 이루어져
있는데, 한 세대가 다른 세대를 밀어낸다. 어린 새끼들이 어린 새끼
로 남아 있을 시간이 없다. 다른 종족들의 경우, 비록 어린 새끼들이
세심하게 보살핌을 받고, 그 어린 새끼들을 위한 학교들이 세워지고,

날마다 이 학교들로부터 그 종족의 미래인 어린 새끼들이 쏟아져 나올지도 모르나, 그렇게 나타나는 것은 분명히 언제나 오랫동안 매일 똑같은 어린 새끼들일 것이다. 우리에게 학교는 없지만, 그러나 몹시 짧은 기간 동안에도 우리 종족은 헤아릴 수 없이 어마어마한 무리의 어린 새끼들을 쏟아 낸다. 그것들은 아직 찍찍거리는 소리를 낼 수 없는 동안에는 즐겁게 쉿쉿 소리를 내거나 짹짹거리면서 쏟아져 나오거나, 또는 아직 뛰어다닐 수 없는 동안에는 우르르 몰려 나가거나 또는 밀리는 힘 때문에 계속해서 굴러다닌다. 그리고 아직 제대로 볼 수 없는 동안에는 한 덩어리를 이루고 있으므로 모든 것을 잡아채 함께 굼뜨게 움직인다. 이것이 바로 우리의 어린 새끼들이다! 다른 종족들의 학교에서처럼 결코 똑같은 새끼들이 아니다. 결코 아니다. 언제나, 언제나 또다시 거듭, 끝이 없이, 끊임없이, 새로운 어린 새끼들이 나타난다. 어린 새끼는 나오자마자 더는 어린 새끼가 아니다. 그의 뒤에는 벌써 새로운 어린 새끼들의 얼굴이 너무 행복에 겨운 나머지 발그레해져서, 급속하게 숫자가 많아진 탓에 서로 구별할 수 없이 밀어닥치고 있다. 비록 물론 이런 모습 또한 무척이나 아름다울 수 있고, 다른 종족들이 이것 때문에 우리를 부러워하는 것이 당연하다고 할 수도 있겠지만, 우리는 우리의 어린 새끼들에게 어떤 실제적인 어린 시절을 줄 수가 없다. 그리고 그에 뒤따르는 영향들이 있다. 어떤 사멸할 수 없는, 결코 뿌리 뽑을 수 없는 천진난만함이 우리 종족을 관통하고 있다. 바로 우리의 최고 장점인, 오류 없이 확실한 실용적 오성과는 완전히 모순되게 우리는 때때로 완전히 바보스럽게 행동한다. 물론 마치 어린 새끼들이 바보스럽게 행동하듯이, 무분별하게, 헤프게, 대규모로, 경솔하게, 그리고 자주 이 모든 것을 작은 재미 때문에 하는 그런 식으로 행동하는 것이다. 그리고 비록 그것에 대한 우리의 기쁨이 당연히 어린 새끼들의 기쁨처럼 그렇게 활력으로 가득 찬 것일 수는 없겠지만, 분명히 그 속에는 여전히 그러한 활력이 어느 정도는 살아 있다. 우리 종족의 이러한 천진난만함으로 요제피네도 예로부터 이득을 보고 있다.

그러나 우리 종족은 천진난만할 뿐만 아니라 어느 정도는 또한 조기에 늙어 버리기도 한다. 유년기와 노년기가 우리 종족의 경우에는 다른 종족들의 경우와는 다르게 나타난다. 우리는 청소년 시절 없이 곧바로 어른이 되는데, 그러고 나서 너무 오랫동안 어른으로 살아간다. 거기서 어떤 피로와 절망이 흘러나와, 전체적으로 그토록 질기고 희망에 넘치는 강한 우리 종족의 본질에 넓은 흔적을 남기며 관통하고 있다. 우리의 비음악성도 아마 틀림없이 그것과 관계가 있을 것이다. 우리는 음악을 하기에는 너무 늙었다. 음악의 고조된 감흥, 음악의 비상飛翔은 우리의 무거움과 괴로움에는 맞지 않는 탓에 우리는 지쳐서 음악을 향해 거절의 신호를 보낸다. 우리는 찍찍거리는 소리로 되돌아가 버렸던 것이다. 여기저기서 약간 찍찍거리는 것, 그 정도가 우리에게는 딱 제격이다. 우리 가운데 음악적 재능을 가진 자가 없는지 그렇지 않은지 누가 알겠는가. 그러나 설령 그런 재능을 가진 자가 있다 하더라도, 그들이 재능을 펼치기도 전에 종족 동료들의 특성이 틀림없이 그들을 억누를 것이다. 이와 반대로 요제피네는 자기 하고 싶은 대로 찍찍거리거나 노래를 부르거나, 또는 그녀가 뭐라고 부르든 간에, 그녀가 하는 것은 우리를 불쾌하게 하지 않고, 그것은 우리와 어울리며, 그것을 우리는 참을 수가 있다. 만약 그 속에 약간의 음악이 포함되어 있는 것이라면, 그것은 가능한 한 가장 아무것도 아닌 상태로 축소되어 있는 그런 음악일 것이다. 어떤 음악 전통이 고수되고 있는 셈이지만, 그러나 이것은 우리에게 조금도 부담이 되지 않을 그런 성질의 것이리라.

그러나 요제피네는 그렇게 운명이 정해져 있는 이 종족에게 훨씬 더 많은 것을 가져다준다. 그녀의 음악회에서, 특히 심각한 시간에는 오로지 아직 무척 어린 새끼들만 가수로서의 그녀에게 관심이 있어서, 오직 그들만이 놀란 눈으로 바라본다. 그녀가 조롱하듯 입술을 비죽거리는 모습과 매력적인 앞니들 사이로 숨을 내쉬는 모습, 자기 자신이 만들어 내는 소리에 감탄하며 혼수상태에 빠져드는 모습, 스스로를 고무하여 자기 자신에게도 점점 더 이해가 되지 않는 그런 새로운 업적을 이루어 내기 위해 이러한 혼수상태를 이용하는 모습을 바라본다. 그러나 본래의 군중은 깊은 생각에 잠기게 된다. 이것은 분명하게 알 수 있다. 생존 투쟁 사이의 여기 이 필요한 휴식 시간에 군중은 꿈을 꾸는 것인데, 이것은 마치 개별적 존재의 사지가 느긋하게 풀리는 것 같고, 그 불안한 개별자가 종족의 따스한 큰 침대에서 자기 하고 싶은 대로 몸을 쭉 펴고 기지개를 켜도 되는 것 같아 보인다. 그리고 이 꿈속에서는 여기저기에서 산발적으로 요제피네의 찍찍거리는 소리가 들려온다. 그녀는 그 소리를 진주 굴러가는 소리라고 부르지만, 우리는 찌르는 소리라고 부른다. 그러나 아무튼 그것은, 마치 음악이 언젠가 음악을 기다리는 순간을 찾아내듯, 다른 그어떤 곳에서보다 여기가 제자리이다. 이 안에는 가엾은 짧은 유년 시절, 그러니까 잃어버린, 다시는 되찾을 수 없는 행복이 어느 정도 들어 있다. 그러나 바쁜 오늘날의 삶도 어느 정도 들어 있는데, 작고 이해할 수 없음에도 불구하고 여전히 존재하는 결코 말살될 수 없는 쾌활함도 어느 정도 들어 있는 것이다. 그러나 이 모든 것은 진실로 큰 소리로 말해지는 것이 아니라 약하게, 속삭이면서, 친밀하게, 가끔은 약간 쉰 소리로 말해진다. 물론 그것은 하나의 찍찍거리는 소리이다. 어떻게 아닐 수가 있겠는가? 찍찍거리는 소리는 우리 종족의 언어이다. 일부는 평생 동안 오로지 찍찍 소리만 내면서도 그것을 알지 못한다. 그러나 이곳의 찍찍거림은 일상적인 삶의 질곡에서 벗어나 있으며, 짧은 시간 동안이나마 우리도 자유롭게 해 준다. 확실히, 우리는 아쉬워서 이런 공연이 있었으면 하고 바라지는 않았다.

그러나 그러한 관점부터 요제피네의 주장까지는, 그러니까 자신이 우리에게 그러한 시기에 새로운 힘들을 비롯하여 기타 등등을 준다는 그런 주장까지는 여전히 아주 먼 길이 놓여 있다. 이것은 물론 평범한 대중에게 해당될 뿐, 요제피네에게 아부하는 자들에게 해당되는 것은 아니다. "어떻게 다를 수가 있단 말인가" 하며 아첨꾼들은 조금도 거리낌이 없이 대담하게 이야기한다. "우리가 대성황을 이룬 그 군중을, 그것도 특히 시시각각 밀어닥치는 위험에 처해 있는 그들을 어떻게 달리 설명할 수가 있다는 말인가. 그들은 이미 이따금 이러한 위험을 제때에 충분히 방어하는 일에 지장을 받았다." 자, 그런데 이 뒤쪽 말이 유감스럽게도 맞는 말이기는 하지만, 그것은 사실상 요제피네의 칭찬받을 만한 업적에 속하는 것은 아니다. 특히 덧붙이자면, 그런 모임들이 예기치 못하게 적의 습격을 받아서 우리 가운데 많은 자가 거기에서 생명을 잃을 수밖에 없었다면, 이 모든 사태에 책임이 있는 요제피네는, 사실 그렇다, 어쩌면 찍찍거리는 소리로 적을 유혹했었을 것이고, 항상 가장 안전한 자리를 차지하고 있다가 그녀의 추종자들의 보호를 받으며 아주 조용하고 매우 잽싸게 맨 먼저 모습을 감추어 버렸다. 그러나 이것 또한 근본적으로 모두가 다 알고 있는 일이다. 그런데도 그들은, 만약 요제피네가 결국은 곧 자신이 원하는 대로 어디에서든 어느 때든 노래를 위해 일어서면, 또다시 서둘러 그곳으로 향한다. 이런 사실로부터 우리는, 요제피네가 거의 법 밖에서 있다는 것, 그래서 그녀는 자신이 원하는 것이 설령 전체를 모두 위협한다 해도 그것을 해도 좋다고 허락받는다는 것, 그리고 그녀에게는 모든 것이 용서되리라는 것을 추론할 수 있을 것이다. 만약 그렇다면, 요제피네의 요구들도 완전히 이해될 수 있을 것이다. 그렇다, 틀림없이 우리는 우리 종족이 그녀에게 부여하게 될 이런 자유 속에서, 즉 그녀 외에는 다른 아무에게도 허용되지 않은, 원래는 법에 저촉되는 이 특별한 선물에서, 어느 정도는 우리 종족의 고백을 볼 수 있을 것이다. 즉 우리 종족은, 그녀가 주장하고 있는 바대로, 그녀를 이해하지 못하면서 그녀의 예술에 놀라 넋을 잃고 무력하게 바라보고 있으며, 우리 자신을 그녀의 예술에는 어울리지 않는 존재로 느끼며, 요제피네에게 상처를 주는 이런 고통을 기껏해야 절망적인 업적으로 상쇄하려고 애쓰며, 그녀의 예술이 우리의 이해 능력 밖에 있을 뿐만 아니라 그녀 자신과 그녀의 소망들도 우리의 명령권 밖에 있다는 고백을 알아챌 수 있을 것이다. 자, 그런데 이것은 물론 전혀 옳은 말이 아니다. 어쩌면 우리 종족은 개별적으로는 요제피네 앞에서 너무 재빨리 항복할지 모르지만, 그러나 우리 종족은 어느 누구 앞에서도 무조건 항복하지는 않으므로 그녀 앞에서도 마찬가지일 것이다.

이미 오래전부터, 어쩌면 그녀의 예술가로서의 경력이 시작되면서부터 요제피네는 자신의 노래를 고려해서 일체의 노동에서 벗어난 자유로움을 얻기 위해 싸우고 있다. 그러므로 우리가 그녀에게서 매일의 빵을 비롯하여 그 밖에도 우리의 생존 투쟁과 연관되어 있는 모든 것에 대한 걱정을 없애 주어야 하고, 그것을, 확실하게, 종족 전체의 탓으로 돌려야 한다는 것이다. 순식간에 감격하는 자들도 있었는데, 그런 자들은 벌써 이런 요구의 특이함과 그런 요구를 생각해 낼 수 있는 정신 상태만으로도 그 내적인 정당성을 인정하게 될 수도 있다. 그러나 우리 종족은 정반대의 결론을 내린다. 그리고 그 요구를 조용히 거절한다. 또한 그러한 요청을 하는 이유에 대해서도 별로 심하게 반박하지도 않는다. 요제피네는, 예컨대 노동할 때의 노고가 그녀의 목소리에 피해를 준다는 것, 노동의 노고는 노래를 부를 때의 노고와 비교할 때 사소하다는 것, 그러나 그것은 노래를 부르고 나서 충분히 휴식을 취하고 또 새로운 노래를 위해 기력을 보강할 수 있는 가능성을 빼앗아 간다는 점 따위를 지적하고 있다. 그렇게 되면 분명히 그녀는 완전히 탈진되어 이러한 상황에서는 아무리 해도 자신의 역량을 최대한 발휘하지 못한다는 것이다. 우리 종족은 그녀의 말에 귀 기울이지만 그것을 경솔하게 간과해 버린다. 그토록 아주 쉽게 감격하는 이 종족이 때로는 마음이 전혀 움직이지 않을 수도 있다. 이 거부는 가끔은 너무 완강해서, 심지어 요제피네조차 깜짝 놀라 주춤한다. 그녀는 상황에 순응하는 것처럼 보인다. 그녀는 훌륭하게 일하고, 할 수 있는 만큼 노래도 아주 잘 부른다. 그러나 그 모든 것도 잠시뿐, 그러고 나서 그녀는 다시 새로운 힘으로 투쟁을 시작한다. 그녀는 그 투쟁을 위해서는 무한히 큰 힘을 가지고 있는 것 같다.

요제피네가 문자 그대로 원하는 것을 정말로 얻으려 하는 것이 아니라는 것은 명백하다. 그녀는 합리적이다. 우리 종족이 사실 노동에 대한 혐오 같은 것은 대체로 모르는 것처럼, 그녀가 노동을 혐오하는 것은 아니다. 그녀는 자신의 요구가 허락된 후에도 분명히 예전과 다르게 살지는 않을 것이다. 노동이 그녀의 노래에 결코 방해가 되지는 않을 것이다. 그리고 물론 그 노래도 더 아름다워지지는 않을 것이다. 그녀가 얻고자 애쓰는 것은 그러니까 오직 자신의 예술에 대해 공공연하고 명백한, 시대를 초월하여 지속되는, 지금까지 알려진 모든 것을 훨씬 능가하는 그런 인정을 받는 것뿐이다. 그러나 그녀에게 거의 다른 모든 것은 도달될 수 있을 것처럼 보이는데, 이것만은 그녀에게 완강하게 거부된다. 그녀는 어쩌면 애당초부터 바로 공격을 다른 방향으로 돌렸어야만 했을 것이다. 그녀 자신도 아마 이제야 잘못을 알게 되었을 테지만, 그러나 이제는 더 이상 물러설 수가 없다. 후퇴란 자기 자신을 배반하는 것을 의미하기 때문에, 이제 그녀는 이 요구와 함께 서 있거나 아니면 쓰러져야만 한다.

그녀가 말하는 대로 정말 그녀에게 적들이 있다면, 그들은 손가락 하나 까딱할 필요 없이 기분 좋게 이 싸움을 구경할 수 있을 것이다. 그러나 그녀는 적이 없다. 비록 일부가 때때로 그녀에 대해 이의가 있다 하더라도. 이 싸움은 아무도 즐겁게 해 주지 않는다. 이때 대중이 재판관 같은 차가운 태도를 보이기 때문은 결코 아니다. 이런 태도는 보통 때에는 우리 종족에게서 아주 드물게밖에 볼 수 없다. 그리고 만약 누군가 이 경우에 이러한 태도에 동조하게 된다 하더라도, 대중이 언젠가는 자기 자신에 대해서도 이와 비슷하게 상반되는 태도를 취할 수 있다는 단순한 생각이 당연히 모든 기쁨을 앗아가 버린다. 물론 요구할 때와 마찬가지로 거부할 때에도, 그 일 자체가 문제되는 것이 아니라, 대중이 어떤 동포에게 이해할 수 없는 방식으로 등을 돌릴 수 있다는 것이 문제가 되는 것이며, 그것은 대중이 보통 때 아버지처럼, 아니 아버지보다 더한 마음으로, 겸손하게 그 동포를 돌보는 것보다 훨씬 더 의중을 알 수 없는 그런 일이다.

여기서 대중의 자리에 한 개별 존재를 세워 보기로 하자. 우리는 이 개별자가 이제는 마침내 양보하는 일에 종지부를 찍고 싶다는 열망이 지속적으로 불타고 있으면서도 지금까지 내내 요제피네에 관해 양보해 왔다고 생각할 수도 있을 것이다. 양보라는 것도 그렇지만 아무튼 적당한 한계가 있으리라는 굳은 믿음 속에서 자신이 참으로 엄청나게 많은 것을 양보해 왔다고 말이다. 그렇다. 우리는 그가 오로지 그 일을 빨리 진척하기 위해 필요 이상으로 더 많은 것을 양보했다고 생각할 수도 있다. 단지 요제피네를 제멋대로 놓아두어, 그녀가 정말 이 마지막 요구를 주장하게 될 때까지 언제나 새로운 소망으로 그녀를 몰아가기 위해서, 그런 다음 그는 이미 오랫동안 기다려 왔기 때문에, 이제는 당연히 간단하게 확고한 거절을 결정지을 수 있을 거라고 말이다. 그러나 우리 종족은 틀림없이 그런 태도를 취하지 않을 것이다. 그들은 그런 술수가 필요하지 않다. 게다가 요제피네에 대한 그들의 존경심은 솔직하고 확실하다. 물론 요제피네의 요구는 너무 강렬해서, 선입견이 없는 어린 새끼라면 누구나 그녀에게 결과를 예고해 줄 수도 있을 정도였다. 그렇지만 요제피네가 이 일에 대해 가지고 있는 생각은, 그러한 추측 역시 함께 작용해서 거절당하는 자의 고통에 통렬함을 더해 주게 되리라는 것이다.

그러나 설령 그녀가 그런 추측을 한다 하더라도, 그녀는 결코 그 때문에 겁을 먹고 투쟁을 그만두지는 않는다. 최근에는 심지어 그 투쟁이 더 격렬해지고 있다. 그녀가 여태까지는 말로만 투쟁을 해 왔다면, 이제 그녀는 다른 수단들을 사용하기 시작하고 있다. 그녀의 견해에 따르자면 그것이 훨씬 효과적이라지만, 우리 생각으로는 그녀 자신에게 훨씬 더 위험한 것이다.

일부는 요제피네가 자신이 늙어 가고 있음을 느끼고 목소리가 약해지는 증세를 보이므로, 지금이야말로 자기를 인정받기 위한 마지막 투쟁을 벌여야 할 시기로 생각되기 때문에 그렇게 서두르는 것이라고 생각한다. 나는 그렇게 생각하지 않는다. 만약 이것이 사실이라면, 요제피네는 요제피네가 아닐 것이다. 그녀에게는 늙는다는 것이 없으며, 그녀의 목소리가 약해지는 일도 없다. 만약 그녀가 무엇인가를 요구한다면, 그녀는 외적인 것들 때문이 아니라 내적인 일관성 때문에 그렇게 할 것이다. 그녀는 최고의 월계관을 붙잡으려고 손을 뻗고 있다. 그것이 이 순간 약간 나지막한 곳에 걸려 있기 때문이 아니라 가장 높은 곳에 걸려 있기 때문이다. 그녀는 자신의 힘이 미치기만 한다면 그것을 더 높은 곳에 매달 것이다.

외적인 어려움들을 이렇게 경시하기 때문에 그녀는 아무 방해 없이 가장 치졸한 방법들을 사용한다. 그녀의 정당한 권리가 그녀에게는 의심할 여지가 없는 것이다. 따라서 중요한 것은 그녀가 어떻게 그 권리에 도달하는가이다. 특히나 이 세상에서는 그녀에게 보이는 바대로 고상한 방법들은 거부당할 수밖에 없다. 어쩌면 바로 그 때문에 그녀는 자신의 권리를 위한 투쟁을, 노래의 영역에서 자신에게 별로 중요치 않은 다른 영역으로 바꾸었을지도 모른다. 그녀의 추종자는 그녀의 말을 널리 퍼뜨렸는데, 그 말에 따르면, 그녀는 모든 계층으로부터 숨어 있는 반대편에 이르기까지 모든 대중에게 하나의 진정한 즐거움이 될 그런 노래를 자신이 부를 수 있다고 느낀다는 것이다. 그런데 그 진정한 즐거움이란 대중이 요제피네의 노래에서 오래전부터 느끼고 있다고 주장하는 그런 의미의 즐거움이 아니라 요제피네가 말하는 자신의 갈망으로부터 나오는 즐거움이다. 그러나 거기에 덧붙여, 그녀는 고매한 것을 위조할 수도, 비천한 것에 아첨할 수도 없으므로, 지금의 이 상태 그대로 계속될 수밖에 없다는 것이다. 그러나 노동을 면제받기 위한 그녀의 투쟁은 문제가 다르다. 즉, 이것 역시 그녀의 노래를 위한 투쟁이기는 하지만, 이 문제에서는 그녀가 노래라는 소중한 무기를 직접 사용해서 싸우는 것이 아니므로, 그녀가 사용하고 있는 방법이 어떤 것이라도 아무래도 상관이 없다.

그래서 예를 들면, 만약 우리가 요제피네에게 굴복하지 않으면, 그녀가 의도적으로 콜로라투라*를 단축하려 한다는 그런 소문이 퍼졌다. 나는 콜로라투라에 대해 아는 것이 하나도 없으며, 그녀의 노래에서 콜로라투라 같은 어떤 것을 알아챈 적이 없다. 그러나 요제피네는 콜로라투라를 단축하려고 하는데, 당분간 아예 없애지는 않고, 다만 단축하려고만 한다는 것이다. 그녀는 명목상으로는 자신의 협박을 실행한 것처럼 보였지만, 아무튼 나로서는 그녀의 예전 공연과 어떤 차이가 느껴지지는 않았다. 종족 전체가 콜로라투라에 대해 자신의 견해를 표현하지 않은 채 언제나처럼 말없이 귀를 기울였으며, 요제피네의 요구를 다루는 태도에도 아무 변화가 없었다. 그 밖에 요제피네는 그녀의 모습과 마찬가지로 때로는 그녀의 사고思考에도 정말 어떤 우아함이 있다는 것을 부인할 수 없다. 예를 들면, 그녀는 공연이 끝난 다음에, 콜로라투라에 대한 자신의 결심이 대중에게 너무 가

---

* 콜로라투라coloratura는 음악에서 구슬을 굴리는 것 같은 화려한 소리로 노래하는 선율 또는 그 가수(coloratura soprano)를 일컫는데, 장식적이고 기교적인 노래를 부르는 데에 적당하다.

혹하거나 또는 너무 갑작스러운 것이었기라도 한 것처럼, 다음에는 콜로라투라를 정말 다시 완벽하게 노래하겠노라고 설명했다. 그러나 막상 그다음 음악회가 끝나고 나면 그녀는 또다시 마음이 달라져서, 이제는 위대한 콜로라투라는 완전히 끝났으며, 그녀 자신에게 유리한 결정이 내려지기 전에는 콜로라투라는 다시는 나오지 않을 것이라고 했다. 그러나 대중은, 마치 생각에 잠긴 어른이 아이의 재잘거리는 소리를 흘려듣는 것처럼, 이 모든 설명과 결심 그리고 결심의 변화들을, 근본적으로 호의적이긴 하지만, 받아들일 생각은 없이, 흘려듣고 있다.

요제피네는 그러나 뜻밖에 굴복하지 않는다. 그녀는 예컨대 최근에, 일을 하다가 발을 다쳐 노래 부르는 동안 서 있기 힘들게 되었다는 주장을 했다. 그런데 그녀는 오직 서서 노래할 수 있을 뿐이므로, 이제는 심지어 노래들까지 단축해야만 한다는 것이었다. 비록 그녀가 절룩거리며 동료들의 부축을 받고 있다 하더라도, 아무도 그녀가 실제로 부상을 입었다고는 믿지 않는다. 설령 그 작은 몸의 유별난 민감성을 인정한다고 하더라도, 우리는 아무튼 노동의 종족이며, 요제피네도 그 종족에 속해 있다. 만약 우리가 찰과상 하나하나 때문에 절룩거릴 작정이라면, 전체 종족이 절룩거리는 것을 결코 그쳐서는 안 될 것이다. 그러나 그녀가 스스로 다리가 마비된 여인처럼 행동하고 있고, 또 이러한 자신의 가엾은 모습을 다른 때와 달리 자주 보여주고 있다 하더라도, 대중은 그녀의 노래를 예전과 마찬가지로 감사하는 마음으로 매료되어 듣고 있으며, 노래의 단축 때문에 큰 소란을 피우는 일은 없다.

끊임없이 절룩거릴 수는 없기 때문에 그녀는 다른 구실을 생각해

내는데, 그녀는 피곤한 것처럼, 기분이 나쁜 것처럼, 몸이 허약한 것처럼 짐짓 꾸민다. 우리는 이제 음악회 외에 연극도 보게 되는 셈이다. 우리는 요제피네 뒤에서 그녀의 추종자가 그녀에게 노래를 불러 달라고 간절히 애원하는 모습을 보게 된다. 그녀는 기꺼이 그러고 싶지만 그렇게 할 수가 없다. 우리는 그녀를 위로하고, 그녀에게 온통 아양을 떨고, 그녀가 노래를 부르기로 예정된 이미 예전에 물색해 둔 장소로 그녀를 거의 떠받치듯이 데려간다. 마침내 그녀는 뭐라고 해석할 수 없는 애매모호한 눈물을 보이며 양보한다. 그러나 그녀는 명백히 마지막 의지로 노래를 시작하는 것처럼 보이는데, 기운이 없고, 두 팔은 여느 때와 달리 크게 벌리지 않은 채 오히려 몸에 힘없이 매달려 있다. 이때 그녀의 팔이 어쩌면 약간 너무 짧은 것 아닌가 하는 인상을 받을지도 모른다. 그러나 그녀는 그런 모습으로 노래를 시작하려 하므로, 물론 제대로 되지는 않지만, 머리를 억지로 들어 올리는 것 같은 모습이 보이고, 그녀는 우리 눈앞에서 쓰러져 버린다. 그런 다음 물론 그녀는 다시 벌떡 일어나 노래하는데, 내 생각으로는 평소 때와 별로 크게 다르지 않지만, 만약 가장 세세한 뉘앙스까지도 들을 수 있는 귀가 있다면, 그녀의 노래에서 약간의 특이한 흥분 상태를 느낄 수 있을 테지만, 그러나 그것은 그 일에 오로지 유용할 뿐이다. 그리고 끝에 가서 그녀는 심지어 전보다 피로를 덜 느끼고 있어서, 그녀는, 그녀의 획 지나가는 총총걸음을 이렇게 부를 수 있다면, 확고한 걸음걸이로, 추종자의 모든 도움을 일일이 다 뿌리친 채, 경외심에 가득 차 자신을 피하는 대중을 확인하듯이 차가운 눈빛으로 바라보며, 멀어져 간다.

이것은 결국 아주 최근에 있었던 일인데, 그녀는 자신의 노래가 기대되던 바로 그때 사라져 버렸다. 그녀의 추종자뿐만 아니라 많은 수가 그녀를 찾는 일에 나섰지만 헛수고였다. 요제피네는 사라져 버렸던 것이다. 그녀는 노래를 부르고 싶지 않은 것이고, 두 번 다시 노래를 불러 달라는 부탁을 받고 싶지 않은 것이다. 이번에는 그녀가 우리를 완전히 떠나 버렸던 것이다.

그녀가, 그 영리한 여자가 계산을 잘못했다는 것은 이상한 일이다. 결코 그녀가 계산한 대로가 아니라 우리 세계에서는 오로지 매우 슬픈 운명이 될 수밖에 없는 그런 그녀 자신의 운명에 의해 앞으로도 계속 쫓기듯 내몰릴 거라고 대중이 믿을 정도로 그녀는 아주 잘못 계산한 것이다. 그녀 스스로가 노래를 피해 달아난 것이고, 대중 사이에서 정서적 교감을 통해 얻었던 권력을 스스로 파괴해 버린 것이다. 그녀는 숨어 버리고 노래하지 않지만, 그러나 우리 종족은 편안하고, 실망한 기미도 보이지 않으며, 당당하다. 우리는, 비록 겉모습으로는 그 반대로 보이지만, 내면으로 차분하게 침잠하는 그런 종족, 그야말로 선물을 단지 줄 수만 있을 뿐 요제피네로부터도 결코 받을 수가 없는, 그런 종족으로서 계속해서 자신의 길을 나아가는 것이다.

그러나 요제피네는 내리막길을 걸을 수밖에 없다. 곧 그녀의 마지막 찍찍 소리가 울리다가 그치는 때가 올 것이다. 그녀는 우리 종족의 영원한 역사에서 하나의 작은 에피소드이고, 우리 종족은 그녀를 잃은 손실을 극복할 것이다. 물론 그것이 우리에게는 결코 쉽지는 않을 것이다. 아무 소리도 없는 완전한 침묵 속에서 어떻게 집회가 가능할 것인가? 물론, 요제피네가 함께 있을 때도 집회는 침묵 상태가 아니었던가? 그녀의 실제 찍찍 소리가 그것에 대해 기억하고 있는 것보다 두드러지게 더 크고 생기 넘쳤을까? 그것은 그녀가 여전히 생존했을 때만 해도 그저 단순한 추억 이상의 것이었던가? 우리 종족은 오히려 자신의 지혜 속에서 요제피네의 노래를 그렇게 높은 위치에 세웠던 것은 아닐까? 이런 방식으로 그녀의 노래를 잃지 않을 수 있다는 바로 그 이유 때문에 말이다.

아마 우리는 그러니까 그녀가 없다고 해서 아주 많이 아쉬워하지는 않을 것이다. 그러나 요제피네는, 그녀의 견해에 따르자면 오직 선택받은 자들에게만 마련되어 있는 그런 지상적인 괴로움에서 구원받아, 우리 종족의 무수히 많은 영웅의 무리 속으로 즐겁게 사라질 것이고, 그리고 머잖아 곧, 우리가 역사 서술을 할 수는 없으므로, 그녀의 모든 형제처럼 한층 더 승화된 구원 속에서 잊히게 될 것이다.

II. 카프카에 의해 책으로 발간되지 않고
잡지와 신문에만 산발적으로 발표된 작품들

기도자와의 대화

Gespräch mit dem Beter

　내가 날이면 날마다 어떤 성당에 다니던 시절이 있었는데, 왜냐하면 내가 사랑에 빠졌던 한 소녀가 저녁이면 그곳에서 무릎을 꿇고 반시간쯤 기도를 드리고 있는 동안 그녀의 모습을 조용히 관찰할 수 있었기 때문이다.

　언젠가 그 소녀가 오지 않아 화가 나게 된 내가 기도하는 사람들을 바라보고 있었을 때, 아주 빼빼 마른 모습을 하고 자신의 몸을 바닥 위에 던졌던 한 젊은 사내가 내 눈에 확 띄었다. 때때로 그는 자기 몸의 모든 힘을 머리에 모으고는 그 머리를 한숨을 쉬면서 돌바닥 위에 올려놓은 자신의 손바닥 안에 큰 소리가 나게 내던졌다.

　성당 안에는 단지 늙은 여자들만 몇 사람 있었는데, 그녀들은 그 기도하는 사내 쪽을 바라보기 위해 미사포로 감싼 작은 머리를 자주 옆으로 숙이곤 했다. 이런 관심이 그를 행복하게 한 것 같았는데, 왜 냐하면 경건한 감정을 돌발적으로 쏟아 내는 그 기도를 올리기 전에 그는 매번 눈길을 돌리며, 자기를 바라보는 사람들의 수가 많은지 그렇지 않은지를 살펴보곤 했기 때문이다. 나는 그것을 온당치 않은 무례한 짓이라고 생각해서, 만약 그가 성당에서 나가면 말을 걸어 왜 그런 식으로 기도를 하는지 물어보기로 결심했다. 그렇다, 나는 나의 소녀가 오지 않아서 화가 나 있었던 것이다.

그러나 한 시간 후에야 그는 비로소 일어나더니 신중하게 십자 성호를 한 번 긋고 나서는 느닷없이 성수대聖水臺가 있는 쪽으로 갔다. 나는 그 성수대와 문 사이의 길목에 섰으며, 해명이 없으면 그를 통과시키지 않을 거라는 것을 잘 알고 있었다. 내가 단호하게 말하고자 할 때면 항상 그 사전 준비로 입을 일그러뜨리는 것처럼, 이번에도 나는 입을 일그러뜨렸다. 나는 오른쪽 다리를 앞으로 내딛어 거기에 몸을 버텼고, 반면에 왼쪽 다리는 아무렇게나 발끝으로 지탱했는데, 이런 자세도 나에게 견고한 단호함을 주는 것이었다.

그런데 그 사람은 자기 얼굴에 성수를 뿌렸을 때, 이미 나를 곁눈질로 몰래 흘끔 쳐다보았을 수도 있고, 어쩌면 이미 이전에 나를 알아차리고 걱정을 했을지도 모르겠는데, 왜냐하면 지금 그가 전혀 예기치 못하게 문 쪽으로 달려갔으니까 말이다. 유리문이 쾅 하고 닫혔다. 그리고 그 직후 내가 곧바로 그 문에서 나왔을 때 그는 더 이상 보이지 않았는데, 왜냐하면 그곳에는 좁은 골목길이 몇 개나 있었고 교통이 복잡했기 때문이다.

그 후 며칠 동안 그는 오지 않았으나 나의 소녀는 왔다. 그녀는 양쪽 어깨 위에 투명한 레이스가 달린 검은 옷을 입고 있었는데, 그 레이스 밑으로 반달 모양으로 파진 속옷의 가장자리가 보였으며, 그 레이스 아래쪽 가장자리로부터 잘 재단된 실크 칼라가 내려와 있었다. 그 소녀가 나타났기 때문에 나는 그 젊은이를 잊어버렸고, 심지어 그가 나중에 다시 규칙적으로 와서 자기 습관에 따라 기도를 드렸을 때조차 나는 그에게 신경을 쓰지 않았다. 언제나 그는 급히 서둘러 내곁을 얼굴을 돌린 채 지나갔다. 어쩌면 그것은 내가 언제나 오로지 움직이고 있는 그의 모습만을 생각할 수 있었기 때문일 텐데, 심지어 그는 서 있을 때조차 마치 살금살금 걸어 나간다는 생각이 들 정도였다.

언젠가 나는 방에서 꾸물거리느라 늦은 적이 있었다. 그럼에도 불구하고 나는 성당에 갔다. 나는 소녀가 그곳에 이제 없다는 것을 알고는 집으로 돌아오려고 했다. 그때 거기에 또다시 그 젊은이가 와 있었다. 이제 나의 머릿속에 옛날 사건이 떠올라 나의 호기심을 자극했다.

발끝을 들고 나는 문의 통로로 미끄러지듯 살그머니 가서, 거기에 앉아 있던 눈먼 거지에게 동전 한 닢을 건네주고는, 그의 옆으로, 열린 날개 문의 문짝 뒤에 몸을 바짝 붙였는데, 거기에 나는 한 시간 동안 앉아 있었으며 아마 교활한 표정을 짓고 있었을 것이다. 나는 그곳이 기분 좋게 느껴져서, 비교적 자주 거기에 와야겠다고 마음먹었다. 두 시간이 지나자 나는 그 기도자 때문에 여기 앉아 있는 것은 정신 나간 짓이라고 생각했다. 그렇지만 나는 세 시간째 여전히 거기 앉아 있었고 잔뜩 화가 나서 거미들이 내 옷 위로 기어오르게 내버려두고 있었는데, 그동안 마지막 사람들이 큰 소리로 숨을 쉬면서 성당의 어둠 속을 빠져나오고 있었다.

그때 그도 나왔다. 그는 조심스럽게 걸었는데, 그의 두 발은 땅을 밟기 전에 먼저 땅바닥을 더듬듯 가볍게 건드려 보았다.

　나는 일어서서 큰 걸음으로 똑바로 걸어가서 그 젊은이를 붙잡았다. "안녕하시오" 하고 말하면서 나는 손으로 그의 옷깃을 붙잡고 그를 계단 아래 불빛이 비추는 장소로 밀어붙였다.

　우리가 아래에 있었을 때, 그는 확고한 주관이 전혀 없는 목소리로 말했다. "안녕하세요, 친애하는, 친애하는 선생님, 저에게 화내지 마십시오. 선생님에게 최고로 복종하는 하인인 저에게 말입니다."

　"그래요" 하고 내가 말했다. "이보세요, 당신에게 몇 가지 물어보고자 하오. 지난번에는 당신이 나에게서 빠져나갔소만, 오늘은 거의 그럴 수가 없을 거요."

　"당신은 자비로운 분이십니다, 선생님, 당신은 저를 집에 가도록 해 주실 것입니다. 저는 가엾은 놈입니다. 이것이 진실입니다."

　"아니" 하고 나는 지나가는 전차의 소음 속에 대고 소리를 질렀다. "나는 당신을 놓아주지 않겠소. 바로 그와 같은 이야기들이 내 마음에 드오. 당신은 행운을 붙잡는 사람이오. 나는 자축하는 바이오."

　그때 그가 말했다. "아이고, 선생님은 생동하는 심장과 목석같은 머리를 가지고 계시군요. 선생님은 저를 행운을 붙잡는 사람이라고 부르시는데, 선생님은 틀림없이 굉장히 행복한 분이시겠군요! 왜냐하면 저의 불행은 흔들리는 불행, 가느다란 꼭대기 위에서 흔들리는 불행이기 때문입니다. 그리고 만약 그것을 건드리면 그것이 질문한 사람에게 떨어진답니다. 안녕히 가십시오, 선생님."

　"좋아요" 하고 말하면서 나는 그의 오른쪽 손을 꽉 붙들었다. "만약 당신이 내 말에 대답하지 않는다면, 나는 여기 골목길에서 소리 지르기 시작할 것이오. 그러면 지금 상점에서 나오는 모든 여점원, 그리고 그녀들을 만날 것을 기쁜 마음으로 기대하고 있는 그녀들의 모든 애인이 함께 달려올 거요. 왜냐하면 그들은 합승 마차를 끄는 말이 넘어졌거나 또는 그와 비슷한 일이 일어난 거라고 생각할 테니까 말이오. 그러면 나는 당신을 그 사람들에게 보여 주겠소."

그때 그는 울면서 번갈아 가며 내 두 손에 키스했다. "선생님이 알고 싶어 하시는 것을 선생님에게 말씀드릴 것입니다만, 그러나 제발 부탁인데요, 차라리 저 건너편 골목으로 가시는 것이 더 좋을 것 같습니다." 나는 고개를 끄덕였고, 우리는 그쪽으로 갔다.

그러나 그는 오로지 드문드문 노란색 가로등들만 있는 골목길의 어둠에 만족하지 못하고 나를 어떤 낡은 집의 낮은 복도의 목제 계단 앞에 마치 떨어질 것처럼 매달려 있는 작은 안전등 밑으로 데려갔다.

거기에서 그는 손수건을 무겁다는 듯 천천히 꺼내어 계단 위에 펼쳐 놓으며 말했다. "어서 앉으십시오, 친애하는 선생님. 거기서 더 잘 물어보실 수 있을 겁니다. 저는 서 있겠습니다. 서 있어야 대답을 더 잘할 수 있습니다. 저를 제발 괴롭히지는 말아 주십시오."

그때 나는 앉으면서 눈을 가늘게 뜨고 그를 올려다보며 물었다. "당신은 우스꽝스러운 정신병자요. 그게 바로 당신이오! 성당 안에서 당신이 어떻게 처신하고 있는지! 그게 얼마나 짜증스럽고 보는 사람들에게 얼마나 불쾌한 것인지! 당신을 쳐다볼 수밖에 없다면 사람들이 어떻게 경건하게 기도를 드릴 수가 있겠소."

그는 몸을 벽에 꾹 눌러 대고 있었는데, 단지 머리만은 공중에서 자유롭게 움직였다. "화내지 마세요—선생님은 왜 자신의 일도 아닌 그런 일들에 화를 내셔야 합니까. 제가 미숙하게 처신할 경우 저는 화가 납니다만, 그러나 다른 사람이 잘못 처신할 경우 저는 기뻐합니다. 그러니까 사람들에게 관찰당하는 것이 저의 인생 목적이라고 제가 말씀드리더라도 화내지 마십시오."

"당신 무슨 말을 하는 거요" 하고 내가 그 낮은 통로에서는 너무 큰 소리로 외쳤지만, 그러나 그러고 나서 곧바로 나는 목소리가 약해질까 봐 걱정했다. "정말이지, 지금 무슨 말을 하는 거요. 그래요. 이미 예감했어요, 당신을 처음 보았을 때부터 당신이 어떤 상태에 있는지 나는 이미 알아챘단 말이오. 나는 경험에서 얻은 지식이 있어요. 그것은 단단한 육지 위에서 느끼는 뱃멀미 같은 거라고 내가 말하는 것은 농담으로 하는 말이 아니오. 당신이 사물들의 진짜 이름을 잊어버렸고 이제 그 사물들에 급히 서둘러 우연한 이름들을 마구 쏟아붓고 있다는 것이 그 사태의 본질이에요. 그저 빨리, 그저 빨리! 그러나 당신이 그것들로부터 도망치자마자, 당신은 그것들의 이름을 다시 잊어버렸어요. 당신이 포플러라는 것을 알지 못했거나 또는 알고 싶지 않았기 때문에 '바벨탑'이라고 불렀던 그 들판의 나무는 다시 이름 없이 흔들거리고, 그러면 당신은 틀림없이 그것을 '술에 취했을 때의 노아'라고 부르게 될 거요."

그가 "저는 선생님이 하신 말씀을 이해하지 못해서 기쁩니다" 하고 말했을 때 나는 약간 당황했다.

흥분해서 나는 급하게 말했다. "당신이 그것에 대해 기뻐함으로써 당신은 당신이 그것을 이해했다는 사실을 보여 주는 거예요."

"물론 저는 그것을 보여 드렸습니다만, 자비로운 선생님, 그러나 선생님도 유별나게 말씀하셨습니다."

나는 두 손을 위쪽 계단 위에 올리고 몸을 뒤로 기댔으며, 레슬러들이 자신을 보호하기 위해 사용하는 마지막 수단, 즉 상대방의 공격을 거의 받지 않는 난공불락의 자세로 물었다. "당신은 자신의 상태를 다른 사람들에게서 추측함으로써 자신을 구제하는 재미있는 방법을 한 가지 갖고 있군요."

그 말을 듣자 그는 용감해졌다. 그는 자신의 신체에 통일성을 부여하기 위해 팔짱을 끼더니 가벼운 거부 의사를 보이며 말했다. "아닙니다. 저는 모든 사람을 상대로, 예를 들자면 선생님을 상대로, 그렇게 하지는 않습니다. 왜냐하면 저는 그럴 수가 없기 때문입니다. 그러나 만약 제가 그렇게 할 수 있다면, 저는 기쁠 것입니다. 그러면 저는 성당 안에 있는 사람들의 주의를 더 이상 필요로 하지 않을 테니까 말입니다. 제가 왜 그걸 필요로 하는지 아십니까?"

이 질문을 듣자 나는 어색해졌다. 확실히, 나는 그 이유를 몰랐고, 알고 싶어 하지도 않았던 것이다. 나도 여기에 오고 싶지 않았어, 하고 그 당시 나는 혼잣말을 했는데, 그러나 그 사람은 나로 하여금 자기 말을 귀 기울여 듣도록 강요했다. 그래서 사실 나는 이제, 내가 그 이유를 몰랐다는 걸 그에게 보여 주기 위해, 그저 머리를 설레설레 흔들어 대기만 하면 되었지만, 그러나 나는 머리를 조금도 움직일 수 없었다.

내 맞은편에 서 있었던 그 사람은 미소를 지었다. 그러고 나서 그는 무릎을 굽히고 앉아 졸린 것처럼 찡그린 얼굴로 이야기했다. "제가 저 자신을 통해 저의 인생을 확신했던 때는 결코 없었습니다. 그러니까 저는 제 주변의 사물들을 오로지 몹시 연약한 표상들 속에서 이해하므로, 언제나 저는 그 사물들이 한때는 살아 있었지만 그러나 이제는 몰락하고 있는 것이라고 믿고 있습니다. 언제나, 친애하는 선생님, 저는 사물들이 저에게 자신을 보여 주기 전에 자신의 본성을 그대로 보여 주려고 하는 것과 마찬가지 방식으로 그것들을 보고 싶은 마음이 있습니다. 그때 그것들은 아마도 아름답고 고요할 것입니다. 틀림없이 그럴 것입니다. 사람들이 사물들에 대해 그런 식으로 이야기하는 것을 제가 자주 듣고 있으니까 말입니다."

그때 나는 침묵했지만, 다만 나도 모르는 사이에 무의식적으로 얼굴을 씰룩거림으로써 내가 얼마나 불쾌한가를 나타내고 말았기 때문에, 그가 물었다. "선생님은 사람들이 그렇게 말한다는 것을 믿지 않으십니까?"

나는 고개를 끄덕여야 한다고 생각했지만, 그러나 그럴 수가 없었다.

"정말로 그걸 믿지 않으십니까? 아, 제발 좀 한번 들어 봐 주십시오. 어린 시절 제가 잠깐 낮잠을 자고 나서 눈을 떴을 때, 아직도 완전히 잠에 빠져 있던 상태로 저는, 어머니가 발코니에서 자연스러운 어조로 아래를 향해 '이보세요, 뭘 하세요? 매우 더운 날씨군요' 하고 묻는 소리를 들었습니다. 어떤 부인이 정원에서 '풀밭에서 간식을 먹고 있어요' 하고 대답했습니다. 그녀들은, 마치 각자가 그것을 분명히 예상하고 있었던 것처럼, 곰곰이 생각하지도 않고 아주 명확하지도 않게 말들을 했어요."

나는 내가 질문을 받은 거라고 생각했다. 따라서 나는 바지 뒷주머니에 손을 집어넣고 마치 거기서 무엇인가를 찾는 것처럼 행동했다. 그러나 나는 아무것도 찾는 것이 아니었고, 대화에 나의 관심을 보여 주기 위해 다만 나의 시선을 바꾸려고 했을 뿐이다. 그러면서 나는, 그런 돌발적인 사건은 정말 특이하고, 나는 그것을 전혀 이해하지 못한다고 말했다. 나는 또, 그것의 진실을 믿지 않으며, 그것은 내가 곧바로 알아챌 수 없는 어떤 특별한 목적을 위해 지어낸 이야기임이 틀림없을 거라고 덧붙여 말했다. 그러고 나서 나는, 눈에 통증이 있었기 때문에, 눈을 감았다.

"오, 선생님께서 저와 같은 의견이시라니, 그건 물론 좋은 일입니다. 그리고 그것을 저에게 말씀하시기 위해 저를 멈춰 서게 하신 것이 이기적인 것은 아니었군요. 제가 똑바로 걷지 못하고 힘들게 걸어가는 것, 제가 지팡이로 포장도로를 두드리지 않거나 시끄럽게 떠들며 지나가는 사람들의 옷을 스치지 않는 것을 제가 왜 부끄러워해야 합니까? 또는 우리가 왜 부끄러워해야 합니까? 그렇지 않습니까. 각진 어깨를 가진 저의 그림자가, 때로는 진열창의 유리 속으로 사라지면서 집들을 따라 껑충껑충 뛰며 돌아다니는 것을 오히려 당연히 대담하게 불평하면 안 되는 것입니까.

제가 보내는 날들이 도대체 어떤 종류의 날들인지요! 왜 모든 것이 그렇게 잘못 지어져서, 어떤 외적인 이유를 발견할 수 없는데도 높은 집들이 때때로 붕괴될까요. 그러면 저는 폐허 더미 위로 기어 올라가 내가 만나는 사람마다 물어봅니다. '도대체 어떻게 이런 일이 일어날 수 있었을까요! 우리 도시에서, 어떤 새집이, 그것도 오늘 벌써 다섯 번째나 말입니다. 생각 좀 해 보세요.' 그때 나에게 대답해 줄 수 있는 사람은 아무도 없습니다.

자주 사람들은 골목에서 넘어져 죽은 채로 누워 있습니다. 그러면 모든 상인이 상품들로 매달린 자기 가게 문을 열고 민첩하게 다가와서는 그 죽은 사람을 어떤 집 안으로 들여다 놓고 나서 입과 눈 주위에 미소를 지으며 집 밖으로 나와 말합니다. '안녕하세요—하늘이 흐

릿하군요—저는 두건을 많이 판답니다—그래요. 전쟁이지요.' 저는
집 안으로 껑충껑충 뛰어 들어가서는, 굽은 손가락이 달린 손을 겁에
질려 여러 번 들어 올린 다음에, 마침내 건물 관리인의 작은 창문을
노크합니다. '여보세요' 하고 저는 다정하게 말합니다. '죽은 사람 한
명을 당신에게 데려왔었지요. 그를 저에게 보여 주세요. 부탁드려요.'
그러고 나서 그가 마치 결심을 못 한 것처럼 고개를 흔들면, 저는 단
호하게 말합니다. '이봐요, 난 비밀경찰이오. 나에게 그 죽은 자를 당
장 보여 주시오.'

'죽은 사람요?' 하고 물으면서 그는 거의 모욕감을 느낍니다. '아니
요. 여기는 죽은 사람이 없어요. 이곳은 품위 있는 집안이에요.' 저는
인사를 하고 그 자리를 뜹니다.

그러나 그러고 나서, 큰 광장 하나를 가로질러 가고 나면, 저는 모
든 것을 까맣게 잊어버립니다. 이런 일로 인해 생긴 어려움 때문에
저는 당황합니다. 그러면 저는 자주 곰곰 생각해 봅니다. '만약 사람
들이 오로지 오만 때문에 그렇게 큰 광장들을 짓는 거라면, 왜 그 광
장을 가로지를 수도 있을 그런 돌난간은 세우지 않을까. 오늘은 남서
풍이 불고 있다. 광장 위의 대기는 격앙되어 있다. 시청 탑 꼭대기는
작은 원을 그리고 있다. 왜 사람들은 진퇴양난의 궁지에 빠진 상황에
서 잠자코 있지 않을까? 모든 유리창이 시끄럽게 소리를 내고, 가로
등 기둥들이 마치 대나무처럼 흰다. 기둥 위의 성스러운 마리아의 외
투가 휘감기고, 거친 대기가 그 옷을 잡아 찢는다. 도대체 이것을 보
는 사람이 아무도 없단 말인가? 돌로 된 보도 위를 걸어가야 할 신사
숙녀들이 두둥실 떠다니고 있다. 바람이 한숨을 돌리면, 그들은 멈춰
서서는 서로 몇 마디 말을 주고받으며 머리를 숙여 인사를 하지만,

그러나 바람이 다시 덮쳐 오면, 그들은 견뎌 낼 수가 없고 모두들 동시에 발을 들어 올린다. 물론 그들은 자기 모자를 꽉 붙들고 있지 않으면 안 되지만, 그러나 그들의 눈은 마치 온화한 날씨처럼 즐겁게 바라본다. 오로지 나만 두려워한다.'"

함부로 취급당하는 것 같아 심사가 뒤틀려 내가 말했다. "당신이 아까 들려주었던 당신 어머님과 정원의 그 부인에 관한 이야기를 나는 전혀 기이하다고 생각하지 않아요. 나는 그와 같은 이야기들을 많이 듣고 몸소 체험했을 뿐만 아니라, 많은 경우 심지어 함께 참여하기까지 했소. 그런 일은 정말 무척이나 자연스러운 것이오. 만약 내가 그 발코니 위에 있었더라면 그와 똑같은 말을 할 수 없었을 거라고, 그리고 정원에서 똑같은 대답을 할 수 없었을 거라고 당신은 생각하는 거요? 아주 단순한 돌발적인 사건이에요."

내가 그렇게 말했을 때, 그는 아주 행복한 것처럼 보였다. 그는, 내가 매력적으로 옷을 입고 있으며 내 넥타이가 아주 마음에 든다고 말했다. 그리고 나는 그렇게 생각하지 않지만 내가 얼마나 고운 피부를 지녔는가도 말했다. 또한 고백이란, 우리가 그것을 철회할 경우에, 가장 명백한 것이 된다고도 말했다.

술주정꾼과의 대화
Gespräch mit dem Betrunkenen

내가 보폭이 작은 발걸음으로 집 대문을 나섰을 때, 달과 별들이
떠 있는 거대한 궁륭*의 하늘, 그리고 시청과 마리아 입상과 성당이
있는 원형 광장이 나를 갑자기 덮쳐 왔다.

나는 조용히 그늘진 곳으로부터 달빛이 비치는 곳으로 나와, 오버
코트의 단추를 끄르고 몸을 따뜻하게 했으며, 그리고 나서 두 손을
들어 올림으로써 윙윙거리는 밤의 소리를 잠재우고는 곰곰 생각하기
시작했다.

'너희가 마치 실제로 존재하는 척하다니, 도대체 어떻게 된 거야.
너희는 나로 하여금 초록빛 포장도로 위에 우스꽝스럽게 서 있는 내

---

* Vault, 활이나 무지개처럼 한가운데가 높고 긴 형상. 혹은 그렇게 만든 천장이나 지붕.

가 비현실적인 존재라고 믿게 하고 싶은 것인가? 하지만 너 하늘이여, 네가 실제로 존재했던 것은 정말 이미 오래전부터의 일이고, 너 원형 광장은 결코 한 번도 실제로 존재한 적이 없었다.'

'그건 물론 사실이야, 너희는 여전히 나보다 우월하지만, 그러나 내가 너희를 가만히 놓아둘 때만 그렇단다.'

'참으로 다행스럽게도, 달아, 너는 더 이상 달이 아니지만, 그러나 달이라는 이름으로 정해진 너를 내가 여전히 달이라고 부르는 것은 어쩌면 내가 소홀한 탓인지도 모르겠다. 내가 너를 '희한한 빛깔의 잊혀 버린 종이 초롱'이라고 부르면, 너는 왜 더 이상 그렇게 오만방자하지를 않은 거야. 그리고 내가 너를 '마리아 입상'이라고 부르면, 왜 너는 거의 쑥 물러나 버리는 거야. 그리고 마리아 입상아, 내가 너를 '노란빛을 던지는 달'이라고 부르면, 나는 너의 위협적인 자세를 더 이상 못 보는구나.'

'사람들이 너희에 대해 곰곰 생각하는 것이 너희에게 이롭지 못하다는 것이 사실인 것처럼 보이는구나. 그러면 너희의 용기도 건강도 줄어드니 말이야.'

'그런데, 만약 곰곰이 생각하는 사람이 술주정꾼에게서 배운다면, 틀림없이 엄청 유익할 텐데 말이야!'

'왜 모든 것이 조용해진 것일까. 바람이 더 이상 없는 것 같군. 그리고 마치 작은 바퀴를 달고 있는 것처럼 광장 위를 굴러다니는 자그마한 경비초소들도 아주 단단히 붙어 있군—조용히—조용히—평소 때에는 그 경비초소들을 땅과 구별해 주는 가늘고 검은 선이 전혀 보이지 않는군.'

그리고 나는 달리기 시작했다. 나는 아무런 방해를 받지 않고 그 큰 광장 주위를 빙 둘러 세 번 달렸으며, 술주정꾼을 한 명도 만나지 않았기 때문에, 나는 속도를 늦추지 않고 또 힘든 것을 느끼지도 않으며 카를 골목길을 향해 달렸다. 내 그림자가, 벽과 길바닥 사이의 오목 팬 길을 갈 때 그런 것처럼, 자주 나보다 더 작은 모습으로 내 옆에서 벽에 붙어 달려왔다.

내가 소방서 건물을 지나가고 있었을 때 작은 원형 광장에서 소음이 들려와 그곳으로 접어들자 분수의 격자 울타리에 기대어 어떤 술주정꾼이, 두 팔을 수평으로 유지하고 나막신에 꿰여 있는 두 발을 땅 위로 동동 구르며 서 있는 모습이 보였다.

나는 호흡을 진정시키기 위하여 우선 멈추어 서 있다가 그러고 나서 그에게로 다가가 머리에 쓰고 있던 실크해트를 벗고는 나를 소개했다.

"안녕하십니까, 다정하신 귀족 나리. 저는 스물셋이지만 아직 아무런 명성이 없습니다. 그러나 당신은 이 대도시 파리 태생으로 확실히 놀랄 만한, 정말 노래로 불릴 수 있는 그런 명성을 갖고 계시겠지요. 미끄러지다가 멈추어 서는 프랑스 궁정의 몹시 부자연스러운 냄새가 당신을 둘러싸고 있군요."

"분명히 당신은, 꽉 끼는 코르셋을 입고 높고 밝은 테라스에서 비꼬듯이 뒤돌아보는 저 위대한 귀부인들을 색깔이 번지는 눈으로 보셨겠지요. 그림으로 장식된 그녀들의 아름다운 긴 옷자락 끝은 여전히 정원의 모래 위 계단에 펼쳐진 채 있고요. 여기저기 늘어선 긴 막대 위로 하인들이 대담하게 재단된 회색 연미복과 하얀 바지를 입고서, 두 다리로 장대를 끼지만 상체는 자주 뒤쪽과 옆으로 구부린 채, 기어오르지요. 그렇지 않나요. 그들은 밧줄에 매인 거대한 잿빛 아마

포 천들을 땅에서 들어 올려 공중에 팽팽하게 펴지 않으면 안 되기 때문에 그렇게 한 것인데, 왜냐하면 그 위대한 귀부인이 안개 낀 아침을 원하기 때문이지요." 그가 트림을 했기 때문에 나는 거의 경악하다시피 하며 말했다. "신사 양반, 정말 당신이 우리의 파리, 저 폭풍우 치는 파리에서, 아, 이 미친 듯이 우박이 내리는 궂은 날씨를 뚫고 왔다는 것이 사실인가요?" 그가 다시 트림을 했을 때 나는 당황해서 말했다. "나는 그것이 나에게 큰 영광이라는 것을 알아요."

그리고 나는 손가락을 재빨리 놀려 코트의 단추를 채우고 나서 열심히 그리고 수줍어하며 말했다.

"당신이 나를 대답할 만한 가치가 없는 존재로 여기는 것을 알지만, 그러나 만약 오늘 내가 당신에게 묻지 않으면, 나는 틀림없이 울며 평생을 보내야 할 거예요."

"부탁드리는데, 의상을 멋있게 차려입으신 신사 양반, 사람들이 나에게 해 준 이야기가 사실인지요? 파리에는 오로지 장식이 된 의상으로만 이루어진 사람들이 있나요, 그리고 거기엔 오직 현관밖에 없는 집들이 있나요, 그리고 여름날 하늘은 도망치듯 푸르고, 단지 뭉쳐진 작은 흰 구름들로 아름답게 장식되어 있으며, 그 구름은 모두 하트 모양이라는 게 사실인가요? 그리고 거기엔 대성황을 이루는 진기품 전시실이 있는데, 그곳에는 가장 유명한 영웅들, 범죄자들과 연인들의 이름이 적힌 작은 명판이 매달려 있는 나무들만 서 있다면서요."

"그리고 또 이런 소식도 있어요! 이 명백한 허위 소식 말이에요!"

"파리의 거리들은 갑자기 갈라진다는데 사실 아닌가요, 그 거리들이 불안하다는데 사실 아닌가요? 모든 것이 항상 질서가 잡혀 있는 것은 아니라는데, 어떻게 그럴 수가 있지요! 사고가 한번 나면, 사람들은 포장도로를 거의 건드리지 않는 그런 대도시다운 걸음걸이로 옆길들에서 모여들고, 모두가 물론 호기심에 차 있긴 하지만, 그러나 실망할까 봐 두려워하며, 그들은 숨을 헐떡거리며 작은 머리를 앞으로 내민다지요. 그러나 서로 몸이 닿게 되면, 깊이 머리를 숙여 이렇게 용서를 구한다면서요. '정말 미안합니다—고의로 그런 것은 아닙니다—사람들이 너무 많아 혼잡해서 그런 것이니 제발 용서하세요—제가 아주 서투른 탓입니다—그 점을 인정합니다. 제 이름은요—제 이름은 제롬 파로쉬인데, 카보탱 거리에 있는 향료 상인입니다—제가 내일 점심에 당신을 초대해도 되겠습니까—제 아내도 무척 기뻐할 겁니다.' 이렇게들 그들은 말하는데, 그러나 그동안 좁은 길은 마비되고, 집들 사이로 굴뚝의 연기가 내려앉는다지요. 아무튼 그렇다고 해요. 어느 상류층 고급 주택가의 붐비는 환상 도로에서 자동차 두 대가 멈춰 서는 일이 일어날 수 있지요. 그러면 하인들이 정중하게 문을 엽니다. 족보 있는 시베리아산 사냥개 여덟 마리가 그 뒤를 춤추듯 따라 내려와 짖어 대며 차도로 뛰어오릅니다. 그리고 그때 사람들은, 바로 그들이 파리의 분장한 젊은 멋쟁이들이라고 말한다지요."

그는 두 눈을 꼭 감고 있었다. 내가 입을 다물고 침묵했을 때, 그는 두 손을 입에 집어넣고 아래턱을 잡아당겼다. 그의 옷은 온통 더럽혀져 있었다. 아마도 사람들이 그를 술집에서 밖으로 내던져 버린 것 같은데, 그는 아직도 그것을 확실하게 알지 못하고 있었다.

낮과 밤 사이에는 어쩌면 이런 짧고 아주 조용한 휴식 시간이, 그러니까 우리가 기대하지 않는데 머리가 우리 목덜미에 매달려 있고, 우리가 관찰하지 않기 때문에 우리가 알아채지 못하는 채로 모든 것이 정지해 있다가 그러고 나서 사라져 버리는 이런 시간이 있었을 것이다. 그동안에 우리는 구부러진 몸뚱이로 홀로 남아 있다가 그러고 나서는 주위를 빙 둘러보지만, 더 이상 아무것도 보지 못하며, 대기의 저항도 느끼지 못한다. 그러나 마음속으로는, 지붕들과 다행히 각진 굴뚝들이 있는 집들이 우리와 어느 정도 떨어져 서 있다는 기억에 매달리는데, 어둠은 그 굴뚝들을 통해 집 안으로 흘러들고, 다락방들을 통해 각양각색의 방 안으로 흘러드는 것이다. 그리고 내일이면, 전혀 믿어지지 않는 일이지만, 모든 것을 다 볼 수 있게 될 날이 오리라는 것은 하나의 행운이다.

그때 술주정꾼이 눈썹을 높이 치켜세우자 눈썹과 눈 사이에 어떤 광채가 생겨났는데, 그는 띄엄띄엄 이렇게 설명했다. "그건 그러니까 말이오—나는 그러니까 졸려요, 그래서 나는 자러 갈 거요—벤첼 광장에 내 동서*가 한 명 있어요—그곳으로 난 가요, 왜냐하면 나는 거기 사니까요, 왜냐하면 거기에 내 잠자리가 있으니까요—나 이제 가요—다만 그 동서 이름이 무엇인지 그리고 어디 사는지 그걸 모르겠어요—내가 그걸 잊어버린 것 같아요—그러나 아무 상관 없어요, 왜냐하면 나는 나에게 동서가 도대체 있는지 아닌지조차 사실 전혀 모르니까요—나는 이제 정말 가요—당신은 내가 그 동서를 찾아낼 거라고 생각하시오?"

그 말에 나는 주저하지 않고 말했다. "틀림없이 그럴 거예요. 그렇지만 당신은 객지에서 왔어요. 그리고 당신의 하인들이 우연히 지금 당신 곁에 없는 거예요. 내가 당신을 데리고 가도록 허락해 주세요."

---

* 동서는 Schwager를 번역한 것인데, 매형, 처남, 매제 등으로도 번역 가능하다.

그는 대답하지 않았다. 그때 나는 그가 팔짱을 끼도록 그에게 내 팔을 내어 주었다.

큰 소음

Großer Lärm

나는 집 안 전체의 소음이 한데 모이는 본부인 내 방에 앉아 있다. 모든 문이 부딪치는 소리가 들리는데, 문들이 닫히는 소리 때문에 그 문들 사이를 뛰어가는 사람들의 발자국 소리는 들리지 않지만, 부엌에 있는 아궁이 문이 찰칵 닫히는 소리는 들린다. 아버지는 내 방의 문들을 부수듯이 열어젖히고 질질 끌리는 모닝 가운을 입은 채 내 방을 가로질러 가서는 옆방 난로에서 재를 긁어내고 있으며, 발리는 곁방을 통해 단어를 하나하나 외치면서 아버지 모자를 벌써 손질해 놓았는지를 묻고 있는데, 낮게 언짢아하는 소리가 나에게 친숙해지려다가 대답하는 목소리를 고함 소리로 높인다. 현관문들의 손잡이가 돌려지고, 마치 점막 염증이 있는 목에서 나오는 것처럼, 시끄러운 소리가 나더니, 그리고 나서 문은 계속적으로 어떤 여인의 노랫소리와 함께 열렸다가 마침내 남자의 홱 밀치는 둔탁한 소리와 더불어 닫히는데, 그것이 가장 무자비하게 들려온다. 아버지는 가 버리고, 이제 더 예민하고, 더 방심한, 더 절망적인 소음이 두 마리의 카나리아 소리에 뒤이어 들려오기 시작한다. 이미 예전에 나는 그런 생각을 했는데, 카나리아 덕택에 그 생각이, 그러니까 내가 문들을 작은 틈새가 생길 만큼만 열고 뱀과 흡사하게 옆방으로 기어들어 가 바닥에 엎드린 채 나의 누이들과 그녀들의 여선생님에게 조용히 해 달라고 부탁해야만 하지 않을까 하는 생각이 새롭게 퍼뜩 떠오른다.

양동이 탄 사내

Der Kübelreiter

석탄은 모조리 써 버렸고, 양동이는 비었고, 부삽은 무의미하고, 난로는 냉기를 내뿜고, 방은 온통 서리의 입김으로 가득하고, 창문 앞에는 나무들이 서리 속에 뻣뻣하게 굳어 있고, 하늘은 하늘로부터 도움을 원하는 사람을 막는 은빛 방패이다. 나는 석탄을 갖지 않으면 안 되며, 나는 아무튼 얼어 죽어서는 안 되는데, 내 뒤에는 그 무정한 난로가, 내 앞에는 마찬가지로 무정한 하늘이 있으므로 나는 그 사이를 뚫고 날쌔게 말을 달려, 석탄 가게 한가운데서 도움을 구하지 않으면 안 된다. 나의 일상적인 부탁에 대해 그러나 그 석탄 장수는 이미 둔감해졌으니, 나는 그에게, 내가 티끌만 한 석탄 가루 하나도 더 이상 갖고 있지 않으므로, 따라서 그가 나에게는 바로 창공에 떠 있는 태양을 의미한다는 것을 아주 정확하게 증명하지 않으면 안 된다.

나는 마치 거지처럼, 너무 배가 고픈 나머지 목을 꼴깍거리면서 문지방에서 고통스럽게 죽어 갈 것 같아서 주인집 여자 요리사가 마지막 커피의 침전물을 그자에게 흘려 넣어 주겠다고 결심하게 되는 그런 거지처럼 가지 않으면 안 된다. 마찬가지로 그 석탄 장수 역시 나에게, 격분하면서, 그러나 "살인하지 말라!"는 계명의 빛 아래 석탄을 한 삽 가득 양동이 속에 던져 주지 않으면 안 된다.

내가 탈것을 타고 올라가는 것은 확실히 결정된 것이다. 따라서 나는 양동이를 타고 그곳으로 간다. 양동이 탄 사내로서, 손은 가장 간단한 재갈용 고삐인 손잡이 위를 잡고, 나는 힘겹게 몸을 돌리며 계단 아래로 내려가지만, 아래에서 그러나 나의 양동이는 위로, 현란하게, 현란하게, 올라가 버린다. 바닥에 낮게 엎드려 있다가 인도자의 막대기 아래서 몸을 털면서 일어나는 낙타들도 이보다 더 멋있게 몸을 일으키지는 못할 것이다. 꽁꽁 얼어붙은 골목길을 그것은 균형이 잘 잡힌 총총걸음으로 가로질러 간다. 자주 나는 이 층 건물의 꼭대기까지 몸이 들어 올려지곤 하며, 결코 대문 아래까지 가라앉지 않는다. 그리고 나는 석탄 장수의 지하실 안 둥근 천장 앞에서 지극히 높이 둥둥 떠다니고 있다. 지하실 천장 아래 깊숙한 곳에서는 그가 작은 책상에 웅크리고 앉아서 무엇인가를 쓰고 있다. 지나친 열기를 내보내기 위해 그가 문을 열어 놓았던 것이다.

"석탄 장수!" 하고 나는 너무 추운 나머지 다 타 버린 둔탁한 목소리로, 연기구름을 이룬 입김에 싸인 채 소리친다. "제발, 석탄 장수여, 나에게 약간의 석탄을 주오. 나의 양동이는, 내가 그 위에 탈 수 있을 정도로, 벌써 텅 비어 있소. 호의를 베풀어 주오. 가능하면 빨리 돈을 지불하리라."

석탄 장수가 손을 귀에 갖다 댄다. "내가 제대로 듣고 있는 거요?" 하고 그는 어깨 너머로, 난롯가 긴 의자에서 뜨개질을 하는 아내에게 물었다. "내가 제대로 듣는 거요? 단골인가."

"난 아무 소리도 안 들리는데요" 하고 등이 기분 좋게 따뜻해진 아내가, 뜨개질바늘 위로 편안하게 숨을 내쉬고 들이마시고 하면서, 말했다.

"오, 그래요" 하고 나는 외친다. "바로 나요, 신의 있고 충실한, 오랜 단골. 다만 지금 당장은 빈털터리요."

"여보" 하고 석탄 장수가 말했다. "있어요, 누군가 있어요. 내가 그렇게 많이 착각할 수는 없어요. 어떤 오랜, 아주 오랜 단골이 틀림없어요. 이렇게 나의 가슴에다 이야기할 줄 아는 걸 보니 말이오."

"무슨 일이에요, 여보?" 하고 아내가 말하고는 잠시 쉬면서 뜨개질 거리를 가슴에다 꼭 누른다. "아무도 없어요. 골목이 텅 비어 있어요. 우리 단골들에게는 모두 공급을 했어요. 우리는 며칠 동안 가게를 닫고 푹 쉴 수 있어요."

"그러나 나는 아무튼 여기 양동이 위에 앉아 있소" 하고 나는 소리치며, 추위로 싸늘해진 무감각한 눈물이 나의 두 눈을 뿌옇게 덮는다. "제발 이 위를 좀 보세요. 당신들은 곧장 나를 발견하게 될 거요. 한 삽만 가득히 부탁하오. 만약 두 삽을 준다면, 나는 한없이 기쁠 거요. 다른 단골들에게는 모두 벌써 가져다주지 않았소. 아아, 양동이 안에서 덜거덕거리는 소리를 들을 수만 있다면 얼마나 좋을까!"

"내가 가지요" 하고 석탄 장수가 말하며, 짧은 다리로 벌써 지하실 계단을 올라가려 하지만, 그러나 어느새 아내가 그의 곁에 와서, 그의 팔을 단단히 붙들고 말한다. "당신은 여기 있어요. 당신이 고집을 그만두지 않겠다면 내가 올라가 볼게요. 어젯밤 당신이 해 댄 심한 기침을 기억해 봐요. 그러나 일을 위해서라면, 설령 그것이 그저 망상에 빠진 일에 불과하더라도, 당신은 처자식도 잊어버리고 당신의 폐를 희생하지요. 내가 갈게요."

"그러면 그에게 우리가 창고에 갖고 있는 모든 종류를 말해 줘요. 가격은 내가 당신 등에다 대고 불러 줄게요."

"좋아요" 하고 아내가 말하더니 골목길로 올라간다. 물론 그녀는 곧 나를 보게 된다. "석탄 장수 사모님" 하고 나는 큰 소리로 외친다. "삼가 인사드립니다. 석탄 한 삽만, 바로 여기 이 양동이에 주십시오. 제가 그것을 직접 집으로 가져가겠습니다. 가장 질 나쁜 것으로 한 삽이면 됩니다. 물론 깎지 않고 돈을 다 지불하겠습니다만, 그러나 즉시는 안 됩니다, 즉시는 안 됩니다." '즉시는 안 됩니다'라는 그 두 마디 말은 도대체 어떤 종류의 종소리이며, 그리고 그것이 방금 가까운 교회 탑에서 들려올 수 있는 그런 저녁 종소리와 뒤섞여 얼마나 감각을 혼란스럽게 하는지!

"그러니까 그가 원하는 것이 뭐요?" 하고 석탄 장수가 소리친다. "아무것도 없어요" 하고 아내가 소리쳐 대답한다. "정말 아무것도 없다고요. 아무것도 안 보여요. 아무 소리도 안 들려요. 그저 여섯 시 종소리만 울리고 있어요. 그러니 문을 닫아요. 추위가 엄청나네요. 내일은 아마 틀림없이 일이 훨씬 더 많을 거예요."

그녀는 아무것도 보지 못하고, 아무 소리도 듣지 못하지만, 그런데도 그녀는 앞치마 끈을 풀고 나더니 그 앞치마로 나를 날려 보내 버리려고 시도한다. 유감스럽게도 그것은 성공한다. 탈 수 있는 좋은 동물의 모든 장점을 나의 양동이는 가지고 있다. 그러나 그것은 저항력이 없다. 그것은 너무 가볍다. 부인용 앞치마 한 장이 그것의 다리들을 땅바닥에서 몰아내 버리는 것이다.

"이런 악한 여자" 하고 내가 소리치는 동안 그녀는 가게로 몸을 돌리면서 절반은 경멸적으로 그리고 절반은 만족해하며 손으로 공중을 친다. "이런 악한 여자, 가장 질 나쁜 석탄 한 삽을 내가 부탁했는데, 당신은 그것을 나에게 주지 않았소." 그 말과 함께 나는 빙산 지역으로 올라가서 영원히 다시 보이지 않게 사라져 버린다.

Ⅲ. 카프카 사후 유고집에 수록된 단편들

어느 투쟁의 묘사
Beschreibung eines Kampfes

그리고 그 사람들이 옷을 입고서
저 먼 곳의 언덕들로부터
머나먼 언덕들까지 펼쳐지는
이 거대한 하늘 아래서
비틀거리며 자갈 위에서 산책하러 간다.

I

열두 시경이면 벌써 어떤 사람들은 일어나서 몸을 굽히고 두 손을
나란히 뻗치며 아주 기분이 좋았었다고 말을 하고 나서 옷을 입기 위
하여 큰 문틀을 통해 옆방 대기실로 갔다. 여주인은 방 안 한가운데
서서 경쾌한 몸놀림으로 여러 번 절을 했는데, 그때마다 그녀의 드레
스가 구겨지면서 주름이 잡혔다.

나는 팽팽하고 가느다란 다리 세 개가 달린 작은 탁자에 앉아서 베네
딕트주酒를 작은 잔으로 막 석 잔째 홀짝홀짝 마시고 있었는데, 술을
마시면서 동시에, 세련된 맛이 있었기 때문에 내가 직접 골라내 차곡
차곡 쌓아 두었던 나의 작은 저장품인 구운 과자를 훑어보고 있었다.

그때 내가 새로 알게 된 어떤 지인이 나를 찾아왔는데, 내 소일거리를 보더니 약간 멍한 상태로 미소 지으며 떨리는 목소리로 말했다. "당신에게 와서 죄송해요. 그러나 나는 지금까지 제 여자친구하고만 대기실에 앉아 있었어요. 열 시 반부터니까, 아직 그렇게 오래된 것은 아니에요. 당신에게 이런 말씀을 드려 죄송해요. 우리는 사실 서로 잘 모르는데 말이에요. 그렇잖아요, 우리가 계단에서 만나 서로 공손한 말을 몇 마디 주고받았는데, 이제 내가 당신에게 벌써 내 여자친구에 대해 이야기를 하고 있으니 말이에요. 그러나 당신은 나를, 제발 부탁드리는데, 용서해 주셔야 해요. 그 행복감이 내 안에서 배겨 내지를 못해요. 나는 어찌해야 할 바를 모르겠어요. 게다가 여기에는 내가 믿을 만한 아는 사람이라곤 아무도 없어요."

　　그렇게 그는 말했다. 그러나 나는 그를, 내 입안에 넣고 있던 과일 케이크 조각이 맛이 없었기 때문에, 슬프게 바라보면서 그의 귀엽게 붉게 물든 얼굴에 대고 말했다. "내가 당신에게 믿을 만한 사람으로 보였다니 기쁘지만, 그러나 당신이 그걸 나에게 이야기했다는 것은 슬픈 일이에요. 게다가 당신은, 그렇게 몹시 혼란에 빠져 있는 상태가 아니라면, 혼자 앉아 독한 술을 마시는 사람에게 사랑하는 아가씨에 대해 이야기한다는 것이 얼마나 부적절한 일인지 몸소 느낄 텐데요."

　　내가 그 말을 했을 때 그는 털썩 주저앉아 뒤로 기대면서 두 팔을 축 늘어뜨렸다. 그런 다음 그는 뾰족한 팔꿈치로 뒤를 눌러 대더니 상당히 큰 목소리로 무턱대고 그냥 말하기 시작했다. "우리는 거기 방 안에 단둘이만 있었어요—앉아서—안네를*과 함께요. 그리고 나

* '안나'의 애칭.

420

는 그녀에게 키스했어요—키스를 했다고요—내가—그녀에게—그녀의 입, 그녀의 귀, 그녀의 어깨 위에 말이에요."

어떤 생기발랄한 대화라고 추측한 가까이 서 있던 신사 몇 명이 하품을 하면서 우리에게 다가왔다. 그래서 나는 일어서서 큰 소리로 말했다. "좋아요. 당신이 원한다면 가겠소만, 그러나 지금 라우렌치산에 올라가는 것은 어리석은 짓이에요. 왜냐하면 아직은 날씨가 서늘한 데다 거기에 눈이 약간 내려서 모든 길이 마치 스케이트장 같을 테니까요. 하지만 당신이 원하면 내가 함께 가지요."

맨 처음 그는 놀라서 나를 쳐다보았으며, 두툼하고 붉고 촉촉한 입술이 달린 입을 열었다. 그러나 그러고 나서 그는 이미 아주 가까이에 와 있던 그 신사들을 보았을 때 웃었으며, 일어서더니 말했다. "오 그래요, 그 서늘한 냉기는 좋을 거예요. 우리의 옷들은 열기와 연기로 가득 차 있으며, 나는 술을 많이 마시지는 않았지만, 어쩌면 약간 취한 것 같기도 하군요. 그래요. 우리는 작별 인사를 하고 나서 가지요."

그래서 우리는 여주인에게 갔는데, 그가 그녀의 손에 입을 맞추었을 때, 그녀가 말했다. "정말로 난 기쁘네요, 당신 얼굴이 오늘 그렇게 행복해 보이니 말입니다. 평소에 당신 얼굴은 항상 아주 심각하고 지루해 보였는데 말입니다." 호의적인 이 말이 그를 감동시켰으며, 그는 다시 한번 그녀의 손에 입 맞추었고, 그러자 그녀는 미소를 지어 보였다.

대기실에는 방 청소하는 아가씨가 한 명 서 있었는데, 우리는 그녀를 지금 처음으로 보았다. 그녀는 우리가 코트 입는 것을 도와주고 나서는 작은 손전등을 집어 들더니 우리를 위해 계단 위를 비춰 주었다. 그렇다, 그 아가씨는 아름다웠다. 그녀의 목은 맨살이 드러나 보였고, 다만 턱 밑에만 검은 우단 리본을 매고 있었는데, 그녀가 램프를 아래로 들고 우리 앞에서 계단을 내려갔을 때, 옷을 헐렁하게 입은 그녀의 몸이 아름답게 숙여져 있었다. 그녀는 포도주를 마셨기 때문에 두 뺨이 붉게 물들어 있었고 입술은 반쯤 벌어져 있었다.

아래쪽 계단 옆에서 그녀는 전등을 어떤 계단 위에 내려놓고는 약간 비틀거리면서 내 지인 쪽으로 한 걸음 다가가 그를 부둥켜안고 그에게 키스를 하더니 포옹한 채 그대로 있었다. 내가 그녀 손에 동전한 닢을 놓아 주었을 때에야 비로소 그녀는 나른하게 졸리는 듯 꾸물거리며 그를 안고 있던 팔을 풀어 주었고, 천천히 작은 대문을 열고 우리를 밤 속으로 나가게 해 주었다.

불이 골고루 밝혀진 텅 빈 도로 위에는, 가볍게 구름에 덮여 있다가 점점 넓게 열리는 하늘에 큰 달 하나가 떠 있었다. 땅바닥에는 부드러운 눈이 덮여 있었다. 걸어갈 때 발이 미끄러졌으며, 따라서 잔걸음으로 조심스럽게 걸어가야 했다.

우리가 탁 트인 장소로 나오자마자 나는 명백히 아주 명랑한 기분에 빠졌다. 나는 기분이 들뜬 나머지 두 다리를 들어 올렸고, 재미있게 관절 부러지는 소리가 나도록 했으며, 마치 길모퉁이에서 한 친구가 나로부터 달아나기라도 하는 것처럼, 어떤 이름을 골목 너머로 소리쳐 불렀으며, 뛰어오르면서 모자를 높이 던져 올리고는 뽐내면서 그것을 붙잡기도 했다.

나의 지인은 그러나 내 옆에서 개의치 않은 채 걸어갔다. 그는 머리를 숙이고 있었다. 그는 말도 하지 않았다.

그것을 나는 의아하게 여겼는데, 왜냐하면 나는 만약 그의 주변에 더 이상 사람들이 없으면 그가 엄청 기뻐할 거라고 기대했었기 때문이다. 나는 점점 더 조용해졌다. 내가 그를 기분 좋게 해 주려고 막 그의 등을 한 대 쳤을 때 나는 곧바로 수치감에 사로잡혔으며 그래서 나는 어색하게 손을 다시 원위치로 되돌리고 말았다. 나는 손이 불필요했기 때문에 내 상의 주머니에 손을 찔러 넣었다.

이렇듯 우리는 말없이 걸어갔다. 나는 우리 발자국 소리가 어떻게 울리는지 주의를 기울였고, 내가 나의 지인과 똑같이 보조를 맞추는 것이 불가능하다는 것을 도무지 이해할 수가 없었다. 그것 때문에 나는 약간 흥분했다. 달이 밝았으며, 사방을 분명하게 볼 수가 있었다. 이따금씩 누군가 창가에 기대어 우리를 관찰하고 있었다.

우리가 페르디난트 거리에 들어섰을 때, 나는 내 지인이 어떤 멜로디를 콧노래로 흥얼거리기 시작했다는 걸 깨달았다. 아주 낮은 소리였는데, 나는 그 소리를 들었다. 그것이 나에게는 모욕적이라고 생각했다. 왜 그는 나와 이야기하지 않았을까? 만약 그가 나를 필요로 하지 않았다면, 왜 그는 나를 그냥 내버려 두지 않았을까? 나는 화가 나서, 내가 그 사람 때문에 내 작은 탁자 위에 놓아두고 왔던 그 좋은 달콤한 것을 떠올렸다. 나는 그 베네딕트주도 떠올렸으며, 그러자 기분이 약간 더 즐거워졌는데, 거의 건방지다고 말할 수 있을 정도였다. 나는 두 손으로 허리를 받치고, 나 혼자서 독자적으로 산책을 가는 거라고 상상했다. 나는 사람들 틈에 있었고, 고마움을 모르는 배은망덕한 한 젊은이를 수치로부터 구해 냈으며 이제 달빛 속에서 산책을 하고 있었다. 그 자연스러움이 한계가 없는 한 가지 생활 방식. 낮 동안은 내내 관청에, 저녁때는 사람들 틈에, 밤에는 골목길에, 어느 것도 도에 지나치지는 않게 말이다.

그렇지만 나의 지인은 아직 내 뒤에서 걷고 있었는데, 사실 그는 자신이 뒤처져 있다는 것을 알았을 때 심지어 걸음걸이를 더 빠르게 했으며 마치 그것이 당연한 것처럼 행동했다. 그러나 나는, 아무튼 함께 산책하는 것이 나에게 부여된 의무는 아니었기 때문에, 방향을 바꿔 옆 골목으로 접어든 것은 어쩌면 적합하지 않은 일은 아닐까 하고 곰곰 생각했다. 나는 혼자 집에 갈 수 있었으며 아무도 나를 방해해서는 안 되었다. 내 방에서 나는 탁자 위 철제 버팀대 안에 있는 전기스탠드를 켤 것이고, 찢어진 동양의 카펫 위에 놓여 있는 안락의자에 앉을 것이다─내 생각이 거기까지 미쳤을 때, 무기력한 느낌이 나를 엄습했는데, 내가 다시 내 방으로 들어가 그림이 그려진 벽들 사이에서 그리고 뒷벽에 걸려 있는 금빛 테두리의 거울 속에서 비스듬히 떨어져 내리는 것처럼 보이는 방바닥 위에서 다시 혼자 외롭게 시간을 보내는 것을 생각하지 않을 수 없을 때면, 언제나 이런 무기력감이 나를 엄습하는 것이다. 나의 두 다리가 피곤해졌으며, 이미 나는 아무튼 집으로 가서 침대에 몸을 눕혀야겠다고 결심했을 때, 지금 떠나면서 내 지인에게 인사를 해야 할지 말지 몰라 망설이게 되었다. 그러나 나는 너무 겁이 많아서 인사도 하지 않고 떠나가진 못하며, 그리고 너무 약해서 큰 소리로 소리치며 인사하지도 못하므로, 나는 다시 멈추어 섰고, 달빛이 비치는 집 담장에 기대어 서서 기다렸다.
　나의 지인은 즐거운 발걸음으로 왔는데, 아마 약간은 걱정도 있었을 것이다. 그는 엄청난 준비를 했고, 이제 눈꺼풀을 깜박거렸고, 두 팔을 공중에 수평으로 내뻗었고, 딱딱한 검정색 모자를 쓴 머리를 내 쪽을 향해 위로 격렬하게 치켜들었는데, 그는 그 모든 것으로, 내가 그를 재미있게 해 주려고 여기서 보여 주는 익살의 진가를 자신이 아주 잘 인정할 수 있다는 사실을 보여 주고 싶어 하는 것 같았다. 나는 어찌할 바를 몰라, 나직이 말했다. "오늘은 유쾌한 저녁이군요." 그러면서 나는 어색한 억지웃음을 지었다. 그가 대답했다. "그래요. 그리고 당신은 방 청소하는 아가씨가 나에게 어떻게 키스하는가도 보셨지요?" 나는 목에 눈물이 가득 고여 있었기 때문에 아무 말도 할 수 없었으므로 그냥 말없이 있지 않으려고 마치 우편 마차 나팔처럼 소리를 내려고 애썼다. 그는 처음에는 귀를 기울이더니 나중에는 다정하게 고마워하면서 내 오른손을 잡고 흔들었다. 그 손은 틀림없이 차갑게 느껴졌던 것 같은데, 왜냐하면 그가 곧 그 손을 놓아 버리고 이렇게 말했기 때문이다. "당신 손은 아주 차네요, 청소하는 아가씨의 입술은 더 따스했어요, 오, 정말 그래요." 나는 분별 있게 고개를 끄덕였다. 그러나 나는 사랑하는 하느님께 나에게 의연한 마음을 달라고 비는 동안, 이렇게 말했다. "그래요. 당신이 옳아요. 집으로 가지요. 시간이 늦었고 내일 아침 나는 미사가 있어요. 생각해 보세요. 그곳에서는 물론 잠을 잘 수도 있지만, 그러나 그것은 옳은 일이 아니에요. 당신이 옳아요. 집으로 가지요." 그러면서 나는, 마치 그 일이 번복할 수 없이 최종적으로 처리된 것처럼, 그에게 손을 내밀었다. 그러나 그는 미소를 지으며 내 말투에 반응을 보이듯 따라 했다. "그래요. 당신이 옳아요. 이런 밤은 침대에서 잠이나 자며 놓쳐 버리면 안 되지요. 생각 좀 해 보세요. 만약 홀로 침대에서 잔다면, 얼마나 많은 행복한 생각을 이불로 질식시켜 버릴지 그리고 얼마나 많은 불행한 꿈을 그 이불로 따뜻하게 해 줄지를 말이오." 그리고 이런 기발한 생각이 떠오른 것이 기뻐서 그는 내 상의의 앞가슴 부분을—그는 그것보다 더 높이 닿지는 못했다—힘껏 움켜쥐더니 일시적인 기분으로 나를 흔들어 대고 나서는 눈을 가늘게 뜨고 허물없이 말했다. "당신이 어떤지 아세요? 당신은 우스워요." 그러면서 그는 계속 걸어가기 시작했고 나는, 내가 그를 따라가고 있다는 것도 깨닫지 못한 채, 그를 따라갔는데, 나는 그가 내뱉은 말에 몰두하고 있었던 것이다.

처음에 그 말은 나를 기쁘게 했는데, 왜냐하면 그 말이, 그가 나의 내면에 있는 어떤 것, 그러니까 물론 나의 내면에 있는 것은 아니지만, 그가 그것을 추측함으로써 내가 그의 주목을 끌게 된 그 무언가를 추측하고 있다는 것을 보여 주는 것 같았기 때문이다. 그와 같은 관계는 나를 행복하게 해 준다. 나는 집에 가지 않았던 것에 만족했고, 나의 지인은, 내가 사람들 앞에서 굳이 먼저 가치를 얻을 필요가 없게끔 나에게 가치를 부여해 주는 그림 사람으로서, 나에게 무척 소중한 존재가 되었다. 나는 사랑이 가득 담긴 다정한 눈으로 나의 지인을 쳐다보았다. 머릿속으로 나는 그를 온갖 위험으로부터, 특히 연적들과 질투하는 사내들로부터 지켜 주었다. 그의 삶이 나에게는 나 자신의 삶보다 더 소중한 것이 되었다. 나는 그의 얼굴이 아름답다고 생각했고, 여인들에 대한 그의 행운을 자랑스러워했고, 그리고 그가 이날 저녁에 두 아가씨한테서 받은 키스들을 함께 나누었다. 오, 이날 저녁은 즐거웠다! 내일 내 지인은 안나 양과 이야기를 나눌 것이다. 처음에는 당연히 일상적인 것들에 관해, 그러나 다음에 그는 갑자기 이렇게 말할 것이다. "어젯밤 나는, 사랑스런 안네를, 당신이 분명히 결코 아직 본 적이 없을 어떤 사람과 함께 있었소. 그의 모습은, 어떻게 묘사해야 할까, 마치 흔들거리며 매달려 있는 막대기처럼 생겼는데, 그 위에다 누런 피부에 검은 털이 난 머리를 약간 서투르게 꽂아 놓은 것 같아요. 그의 몸에는 여러 개의 상당히 작은 야한 누르스름한 천 조각들이 치렁치렁 매달려 있었는데, 그 장식물들이, 어젯밤 바람이 잠잠해서 몸에 평평하게 매달려 있었기 때문에, 어제 그를 완전히 뒤덮고 있었소. 그는 부끄러워하며 내 옆에서 걸어갔어요. 나의 사랑스러운 안네를, 그토록 키스를 잘할 줄 아는 당신은, 난 알아요, 약간 웃었을 테고 약간 두려워했을 거예요. 그러나 당신에 대한 사랑이 너무 크기 때문에 영혼이 완전히 흩날려 없어져 버린 나는 그가 있는 것이 기뻤소. 그는 아마 불행할 수도 있고 그 때문에 조용히 침묵하고 있었는지 모르겠지만, 그러나 그의 곁에 있으면 끊이지 않는 행복한 불안 속에 빠지게 되오. 나는 사실 어제 나 자신의 행복에 굴복해서, 당신을 거의 잊어버렸소. 나에게는 마치 별이 반짝이는 하늘의 무뚝뚝한 둥근 천장이 그의 평평한 가슴의 숨결들과 더불어 위로 솟아오르는 것 같았소. 지평선이 무너져 열렸고, 불붙은 구름들 아래로 우리를 행복하게 해 주는 그런 풍경들이 끝없이 보였소—아이고 이런, 내가 안네를 당신을 얼마나 사랑하는지 아시오? 나에게 당신의 키스는 어떤 풍경보다 더 기분 좋아요. 우리 더 이상 그에 대해 이야기하지 말고 서로 사랑하기로 해요."

그러고 나서 우리가 느린 걸음으로 부두를 걸어가고 있었을 때, 나는 물론 내 지인의 키스를 부러워했지만, 그러나 자기 앞에 나타난 내 모습을 보고 그가 아마 틀림없이 나에게 마음속으로 느꼈을 수치심 또한 기쁜 마음으로 느끼고 있었다.

그렇게 나는 생각했다. 그러나 나의 생각들은 그 당시 혼란스럽게 뒤엉켜 있었는데, 왜냐하면 몰다우강과 그 강 다른 쪽 기슭에 면한 도시 구역이 어둠 속에 잠겨 있었기 때문이다. 오직 등불 몇 개만 타올라 그걸 바라보는 눈들과 장난을 치고 있었다.

우리는 난간에 서 있었다. 강에서 바람이 차갑게 불어왔기 때문에, 나는 장갑을 끼고 있었다. 그러고는, 밤에 강 앞에서 사람들이 잘 그러는 것처럼, 까닭 없이 한숨을 내쉬고 나서 계속 가려고 했다. 그러나 내 지인은 강물을 들여다보고 있었는데, 전혀 꿈쩍도 하지 않았다. 그러고 나서 그는 난간에 훨씬 더 가까이 다가가서는 철책에 팔꿈치를 대고 두 손으로 이마를 감쌌다. 그 모습이 나에게는 어처구니없어 보였다. 나는 추워서 상의 깃을 위로 높이 세웠다. 내 지인은 몸을 쭉 뻗더니, 이제 팽팽하게 잡아 편 그의 두 팔 위에 실려 있던 상체를 난간 위에 올려놓았다. 나는 하품을 억누르기 위해 부끄러워하며 서둘러 말했다. "바로 다름 아닌 밤이 우리를 추억 속에 완전히 잠기게 할 수 있다는 것은 정말 이상하군요. 그렇지 않나요. 지금 예컨대 나는 이런 기억이 떠올라요. 언젠가 저녁때 나는 어떤 강기슭의 한 벤치에 부자연스러운 자세로 앉아 있었던 적이 있어요. 나는 벤치의 나무 등받이 위에 팔을 올려놓고 그 팔에 머리를 얹은 채 다른 쪽 강기슭의 구름이 자욱하게 낀 산을 바라보면서, 누군가 강변 호텔에서 연주하는 은은한 바이올린 소리를 듣고 있었어요. 양쪽 강기슭에서는 때때로 번쩍거리는 안개가 밀려왔어요."—나는 이렇게 말했고, 그 말들 뒤에서 진기한 상황들이 있는 연애 이야기를 꾸며 내느라고 필사적으로 애쓰고 있었다. 그 이야기에는 약간의 야비함과 구체적인 성폭행도 빠질 필요가 없었다.

그러나 내가 막 첫 마디 말들을 꺼내자마자, 곧바로 내 지인이 무관심하게, 다만 아직 여기 있는 나를 본다는 사실에 깜짝 놀라면서—나에게는 그렇게 보였다—내 쪽으로 몸을 돌리며 말했다. "보세요. 항상 이렇게 시작되지요. 내가 오늘 꼭 가야 하는 모임에 가기 전에

짬을 내서 저녁 산책을 하려고 층계를 내려왔을 때, 나의 발그스레한 두 손이 하얀 소매 부리 안에서 이리저리 흔들리고 있는 모습, 그리고 그것들이 평소답지 않게 유난히 쾌활하게 그런 짓을 하는 것이 의아했어요. 그때 나는 모험적인 연애 이야기를 기대했어요. 언제나 그렇게 시작되지요." 그는 벌써 걸어가면서 단지 말이 나온 김에 부수적으로, 하나의 작은 관찰로서 이 이야기를 했다.

그러나 그 이야기가 나를 매우 감동시켰고, 나의 키 큰 모습이, 내 옆에 있으면 아마도 그가 너무 작게 보일 테니까, 그에게 어쩌면 기분 나쁠 수도 있을 거라는 생각에 나는 가슴이 아팠다. 물론 밤인 데다가 우리가 거의 아무도 만나지 않았음에도 불구하고, 내가 걸어가면서 내 두 손이 무릎에 닿을 정도로 등을 구부렸을 만큼 이 상황이 나를 괴롭게 했던 것이다. 그렇지만 내 지인이 내 의도를 알아채지 못하게 하려고, 나는 매우 조심스럽게 아주 서서히 자세를 바꾸었으며, 슈첸인젤의 나무들에 관해, 그리고 강물에 비친 다리의 등불에 관해 언급함으로써 그의 주의를 나한테서 딴 데로 돌리려고 시도했다. 그러나 갑작스레 방향을 바꾸어 그는 얼굴을 나를 향해 돌리더니 너그럽게 말했다. "도대체 왜 그렇게 걷고 있어요? 당신은 지금 정말로 몹시 구부리고 있어서 키가 거의 나만큼 작군요!"

그가 호의적으로 그 말을 했기 때문에 나는 이렇게 대답했다. "그럴지도 모르겠군요. 그러나 나는 이 자세가 편해요. 아시잖아요, 난 상당히 허약한 편이에요. 내 몸을 똑바로 유지하기가 너무 힘들어요. 그건 결코 쉬운 일이 아니에요. 나는 키가 몹시 크니까요—"

그가 약간 믿지 못하겠다는 투로 말했다. "그건 그냥 기분이 그런 것뿐이에요. 내 생각에는 당신은 아무튼 예전에는 아주 똑바로 걸었던 것 같은데요. 그리고 모임에서도 당신은 그럭저럭 어지간히 견뎌냈잖아요. 당신은 심지어 춤까지 추었잖아요, 아닌가요? 아니에요? 당신은 아무튼 똑바로 걸었고, 지금도 여전히 그렇게 할 수 있을 거예요."

나는 고집스럽게 손사래를 치며 대답했다. "그래요, 그래, 난 똑바로 걸었어요. 그러나 당신은 나를 과소평가하고 있어요. 나는 무엇이 좋은 행동거지인지를 알고 있고, 그 때문에 구부정하게 걷는 거예요."

그러나 그에게는 그것이 간단한 문제처럼 보이지 않은 것 같았다. 그는 자신의 행운에 당황한 나머지 내가 한 말의 맥락을 이해하지 못한 채 그저 "자, 그러면 당신 하고 싶은 대로"라는 말만 하면서, 벌써 거의 한 시를 가리키고 있던 제분소 탑의 시계를 올려다보았다.

나는 그러나 혼잣말을 했다. "이 사람은 얼마나 무정한가! 나의 겸손한 말에 대한 그의 무관심은 얼마나 독특하고 명백한가! 그는 물론 행복하며, 그리고 그것은 자신의 주변에서 일어나는 모든 일을 자연스러운 것으로 생각하는 행복한 자들의 방식이다. 그들의 행복은 화려하게 빛나는 하나의 연관 관계를 만들어 낸다. 그리고 만약 내가 지금 물속으로 뛰어들었거나 또는 만약 이 아치 밑 여기 포장도로 위, 그의 앞에서 발작을 일으켜 내 몸뚱이가 갈기갈기 찢겨진다 해도, 언제나 나는 평화롭게 그의 행복에 순응할 것이다. 그렇다, 만약 그는 기분이 내키면—행복한 자는 그토록 위험하다는 것은 의심할 여지가 없다—마치 거리의 살인자처럼 나를 때려죽이기도 할 것이다. 그것은 확실하며, 그리고 나는 겁이 많기 때문에, 너무 놀란 나머지 결코 '아이고, 큰일 났네!' 하고 소리 지를 엄두조차 내지 못할 것이다." 나는 불안한 마음으로 주위를 둘러보았다. 검정색 정사각형 유리창이 달린 멀리 떨어진 커피 집 앞에서 한 경찰관이 포장도로 위를 미끄러져 가고 있었다. 검이 그를 약간 방해하자 그는 검을 손에 쥐었고, 이제는 일이 훨씬 더 기분 좋게 풀려 나갔다. 그리고 내가 적당히 떨어져 있는 곳에서도 그가 여전히 약하게 환호성을 지르는 소리를 들었을 때, 나는, 설령 내 지인이 나를 때려죽이려 했다 하더라도, 그가 나를 구하지 못하리라는 것을 확신하고 있었다.

그러나 이제 나도 내가 무엇을 해야 하는지를 알았다. 왜냐하면 섬뜩한 사건들을 바로 목전에 두고서야 비로소 나는 큰 결심에 사로잡히기 때문이다. 나는 도망쳐야만 했다. 그것은 무척 쉬운 일이었다. 이제 왼쪽의 카를 교橋로 접어들 때 나는 오른쪽의 카를 골목길로 뛰어갈 수 있었는데, 그곳에는 굽은 모퉁이가 많았다. 그곳에는 어두운 대문들, 그리고 아직 열려 있는 술집들이 있었다. 나는 실망할 필요가 없었다.

우리가 부두 끝 아치 밑에 나타났을 때, 나는 두 팔을 높이 쳐들고 그 골목으로 뛰어 들어갔다. 그러나 성당의 작은 문 쪽으로 갔을 때 곧바로 나는 넘어졌다. 왜냐하면 그곳에는 내가 미처 보지 못한 계단이 하나 있었기 때문이다. 쿵 소리가 났다. 다음 가로등이 멀리 떨어져 있어서 나는 어둠 속에 누워 있었다. 맞은편에 있는 어떤 술집에서 한 뚱뚱한 여자가, 길거리에 무슨 일이 일어났는지 살펴보기 위하여, 그을린 작은 램프를 들고 나왔다. 피아노 연주가 그쳤고 한 남자가 이제는 반쯤 열린 문을 활짝 열어젖혔다. 그는 어떤 층계 위에다 거만하게 침을 뱉었으며, 그 여자의 두 가슴 사이를 간질이면서, 무슨 일이 일어났든지 간에 아무튼 그것은 중요하지 않다고 말했다. 그러고 나서 그들은 몸을 돌렸으며, 그 문들이 다시 닫혔다.

나는 일어서려고 해 보다가 다시 넘어졌다. "빙판이로군" 하고 말하면서 나는 무릎에 통증을 느꼈다. 그러나 술집에서 나온 사람들이 나를 볼 수 없었다는 것이 기뻤고, 따라서 여기에서 동틀 때까지 누워 있는 것이 나에게는 가장 편할 것 같았다.

내 지인은 나와 헤어진 것을 알아채지 못한 채 아마 틀림없이 혼자서 다리까지 갔었을 것이다. 왜냐하면 그는 한참 후에야 비로소 나한테 왔으니까. 그가 동정심을 보이며 나에게 몸을 숙이고 부드러운 손으로 나를 쓰다듬어 주었을 때, 나는 그가 깜짝 놀라는 것은 못 보았다. 그는 나의 광대뼈를 위아래로 만지고 나서, 두꺼운 손가락 두 개를 나의 낮은 이마 위에 올려놓았다. "아팠지요, 그렇지 않아요? 여기는 빙판이니 조심해야 해요. 머리가 아픈가요? 아니에요? 아, 그럼 무릎이군요." 그는, 마치 이야기를 들려주는 것처럼, 더구나 아주 멀리 떨어져 있는 한쪽 무릎의 통증에 대한 아주 편안한 이야기를 해 주는 것처럼, 노래하는 음조로 말했다. 그도 두 팔을 움직이기는 했지만, 나를 일으켜 세우려는 생각은 하지 않고 있었다. 나는 오른손 위에 머리를 받치고서—팔꿈치는 포석 위에 놓여 있었다—할 말을 잊어버리지 않기 위해 재빨리 말했다. "나는 정말로, 왜 내가 오른쪽 방향으로 달렸는지 모르겠소. 그런데 이 성당의 나뭇잎들 아래로— 이 성당 이름이 뭔지는 모르겠군요. 오, 제발, 용서하세요—고양이 한 마리가 달려가는 게 보였어요. 작은 고양이였는데, 밝은 색 털이었어요. 그래서 내가 그것을 알아봤던 거예요—오, 아니에요, 그게 아니었어요. 죄송해요. 그러나 하루 종일 자기 자신을 다스리는 것은 충분히 힘든 수고예요. 그래서 사람들은 바로 이 노고를 위해 원기를 얻으려고 잠을 자지요. 그러나 잠을 자지 않는다면, 드물지 않게 우리에게 아무 목적 없는 무익한 일들이 생깁니다. 그러나 그것에 대해 떠들썩하게 놀란다면 우리 동반자들이 무례한 일일 거예요."

나의 지인은 두 손을 주머니에 넣고서 텅 빈 다리 너머를 건너다보았다. 그러고 나서 크로이츠헤렌* 성당 쪽을 보고 나서 청명한 하늘을 올려다보았다. 그런 다음, 그는 내 말에 귀 기울이지 않았었기 때문에, 조바심을 내며 말했다. "이봐요, 그런데 당신은 왜 아무 말도 하지 않나요. 어디가 안 좋은가요—정말 도대체 왜 당신은 일어나지 않는 거요—여기는 정말 춥잖아요. 이러다 몸이 식어서 감기 걸릴 거예요. 게다가 우리는 라우렌치산에 갈 작정이었잖아요."

"물론이에요. 용서하세요" 하고 말하며 나는 혼자서 일어났으나 통증이 심했다. 나는 비틀거렸고, 내 입장을 확신하기 위해 카를 4세**의 입상을 뚫어져라 응시해야만 했다. 그러나 달빛은 미숙했으며, 카를 4세도 움직이게 했다. 나는 그것에 깜짝 놀랐고, 내 두 다리는 두려움 때문에 훨씬 더 강하게 되었다. 만약 내가 안정된 자세를 취하지 않는다면, 카를 4세가 넘어질지도 모를 노릇이다. 나중에는 나의 노력이 쓸모없는 짓 같았다. 아름다운 하얀 드레스를 입은 어떤 아가씨한테 내가 사랑을 받게 될 거라는 생각이 내 머릿속에 떠올랐던 바로 그때, 카를 4세가 정말로 떨어져 버렸기 때문이다.

쓸데없는 짓을 하면서 나는 많은 것을 소홀히 하다 놓쳐 버린다.

---

* 십자가의 주님이라는 뜻이다.
** 카를 4세(Karl Ⅳ, 1316~1378)는 보헤미아의 국왕(1346~1355)이자 신성로마제국 황제(1355~1378)이다. 그는 당대의 가장 교양 있고 외교술에 뛰어난 군주로 알려진 인물로, 무력 사용보다는 외교로 원하는 바를 얻었다. 그의 재위 때 프라하는 신성로마제국의 정치, 경제, 문화의 중심지가 되었다.

그 아가씨에 관해 떠올랐던 이 생각은 얼마나 행복한 일이었던가! 그리고 달이 나에게도 비추다니, 저기 저 달은 사랑스러운 존재였다. 나는 달이 모든 것을 비추는 것은 물론 그저 정말 자연스러운 일이라는 것을 깨달았다. 그때 나는 겸손한 마음으로 교량 망루의 아치 아래 서 있고 싶었다. 그래서 나는 달을 온전히 즐기기 위해 기쁜 마음으로 두 팔을 활짝 폈다—그때 나에게 이런 시구가 퍼뜩 떠올랐다.

>   나는 골목길들을 지나 뛰어갔다
>   마치 술에 취해 달리는 사람처럼
>   쿵쿵거리며 공중을 지나가며

　그리고 힘들이지 않은 두 팔로 거뜬히 수영 동작들을 하면서 고통과 노고 없이 앞으로 나가는 것이 나에게 쉬워지게 되었다. 내 머리는 차가운 공기 속에 잘 놓여 있었고, 하얀 옷을 차려입은 아가씨의 사랑이 나를 슬픈 황홀감 속으로 가져갔다. 왜냐하면 내가 마치 사랑하는 여인, 그리고 그녀의 영역인 구름 덮인 산으로부터 헤엄쳐 빠져나오는 것 같았기 때문이다—그리고 나는, 어쩌면 지금도 여전히 내 옆에서 가고 있을 어느 행복한 지인을 언젠가 미워했었다는 것을 기억해 냈는데, 나의 기억력이 이렇게 지엽적인 것들을 간직할 만큼 그렇게 좋다는 것이 기뻤다. 왜냐하면 기억이란 많은 것을 지니고 있어야 하는 것이기 때문이다. 이렇듯 나는 그 모든 수많은 별의 이름을 한 번도 배운 적이 없었음에도 불구하고 갑자기 단번에 알았던 것이다. 그렇다, 그것은 물론 이상한 이름들이어서 머릿속에 간직해 두기가 힘들었지만, 그러나 나는 그것들을 모조리 더구나 아주 정확하게 알고 있었다. 나는 집게손가락으로 높은 하늘을 가리키며 개별적인 별들의 이름을 제각기 크게 불렀다―그러나 나는 별들의 이름을 부르는 것을 더는 할 수 없었는데, 왜냐하면 나는 계속 더 헤엄을 쳐야 했고, 물속에 아주 많이 가라앉고 싶지는 않았기 때문이다. 그러나 사람들이 나중에 나에게 포장도로 위에서는 누구나 다 헤엄칠 수 있으니 그건 이야기할 만한 가치가 없다고 말할 수 없게 하려고, 나는 한번 속도를 내서 다리 난간 위로 날아올랐고, 내가 만났던 모든 성인의 입상 주위를 수영을 하면서 돌았다―다섯 번째 입상에서 내가 뛰어난 날갯짓으로 포장도로 위에 머물고 있었던 바로 그때 내 지인이 내 손을 붙잡았다. 그러자 나는 다시 포장도로 위에 서 있었고 무릎에 통증을 느꼈다. 나는 별들의 이름을 잊어버렸고, 그 사랑스러운 아가씨에 대해서도 그녀가 하얀 드레스를 입었었다는 것만을 알고 있었을 뿐, 심지어 그 아가씨의 사랑을 믿을 만한 어떤 근거들을 내가 갖고 있었는지조차 더는 기억할 수 없었다. 그러자 내 마음속에는 나의 기억력에 대한 매우 근거 있는 큰 분노, 그리고 내가 그 아가씨를 잃어버릴 수도 있다는 두려움이 솟아올랐다. 그래서 나는 긴장해서 그리고 끊임없이 "하얀 드레스, 하얀 드레스" 하고 반복했는데, 그것은 적어도 이런 하나의 표시를 통해 그 아가씨를 마음속에 간직해 두기 위해서였다. 그러나 그것은 아무 소용이 없었다. 내 지인이 말을 하면서 점점 더 가까이 내 쪽으로 밀어닥쳐 왔고, 내가 그의 말을 이해하기 시작한 바로 그 순간 어슴푸레한 하얀 빛이 다리 난간을 따라 우아하게 뛰어올랐고, 교량 망루를 지나가더니 어두운 골목길 안으로 뛰어 들어갔다.

"언제나 나는 사랑했어요" 하고 내 지인은 성 루드밀라 입상을 가리키면서 말했다. "왼쪽, 이 천사의 손을 사랑했어요. 그 손의 부드러움은 끝이 없고, 쭉 펴고 있는 손가락들은 떨고 있어요. 그러나 오늘 저녁부터 이 손들은 나에게 중요하지 않아요. 난 그렇게 말할 수 있어요. 왜냐하면 내가 그 손들에 키스를 했으니까요."—그때 그는 나를 껴안았고, 내 옷에 키스를 해 댔으며, 내 몸에 머리를 부딪쳤다.

내가 말했다. "그래요, 그래, 난 그걸 믿어요. 의심하지 않아요." 그러면서 나는 손가락으로 그를 꼬집었다. 그가 내 손가락을 풀어 자기 장딴지에 놓을 정도로 꽉 꼬집었다. 그러나 그는 그것을 느끼지 못했다. 나는 나 자신에게 말했다. "왜 너는 이 사람과 함께 가는가? 너는 그를 사랑하지도 않고 그를 미워하지도 않는다. 왜냐하면 그의 행복은 오로지 한 아가씨에 있는 것이고, 그녀가 하얀 드레스를 입고 있는지는 결코 확실한 것이 아니다. 따라서 이 사람은 너에게 중요하지 않다—반복하자면—중요하지 않다. 그러나 그는 이미 입증된 것처럼 위험하지도 않다. 그러니까 그와 함께 물론 계속해서 라우렌치산에 가라. 왜냐하면 너는 벌써 아름다운 밤에 길을 가고 있는 중이니까. 그러나 그가 이야기하게 내버려 두어라. 그리고 너는 네 방식대로 즐겨라. 그렇게 함으로써—조용히 말하건대—너는 너 자신을 가장 잘 지키는 것이다."

Ⅱ

오락 또는
사는 것이 불가능하다는 데 대한 증거

1. 목말 타기

이미 나는 비상한 솜씨로 내 지인의 두 어깨 위에 뛰어올라 두 주먹으로 그의 등을 찔러 댐으로써 그로 하여금 가벼운 빠른 걸음으로 걸어가게 했다. 그러나 그가 약간 불쾌하게 발을 쾅쾅 구르거나 때로는 심지어 멈추기까지 했을 때, 나는 그를 더 원기 왕성하게 해 주려고 여러 차례 장화로 그의 배를 걷어찼다. 그게 성공적이어서 우리는 제법 빠른 속도로 크기는 하지만 아직은 미완성 상태인 어떤 지역의 내부로 들어갔는데, 그곳은 저녁이었다.

내가 목말을 타고 간 국도는 돌이 많았고 상당히 가파른 오르막이었다. 그러나 바로 그 점이 내 마음에 들었다. 그래서 나는 그 길을 훨씬 더 돌이 많고 훨씬 더 험한 길이 되게 했다. 내 지인이 비틀거리면 즉시 나는 그의 머리카락을 위로 잡아 뜯었고, 그가 신음 소리를 내자 당장 그의 머리통을 권투하듯 쥐어박았다. 그러면서 나는 이렇게 기분 좋게 저녁에 목말 타기를 하는 것이 얼마나 건강에 좋은가를 느꼈다. 그리고 그를 훨씬 더 거칠게 만들기 위해 나는 우리 내부에 길게 몰아치는 강한 역풍이 일어나도록 했다. 나는 또한 내 지인의 넓은 어깨 위에서 승마의 도약하는 동작도 과시해 보였으며, 그리고 두 손으로 그의 목을 꽉 쥐고 있는 동안 내 머리를 뒤로 활짝 젖혀서 다양한 모양의 구름들을 바라보았는데, 그것들은 나보다 더 약하게, 힘겹게 바람과 함께 흘러가고 있었다. 나는 웃었으며, 용기가 너무 넘쳐서 몸을 바르르 떨었다. 내 상의가 넓게 펼쳐지면서 나에게 힘을 주었다. 그때 나는 두 손을 맞잡고 서로 꽉 쥐었는데, 그렇게 함으로써 마치 내가 내 지인의 목을 조르고 있다는 것을 모르는 것처럼 행동했던 것이다.

나는 길가에 자라게 해 놓은 나무들의 휘어진 가지 때문에 가려서 나에게 점차 보이지 않는 하늘을 향해 열띤 승마의 동작으로 이렇게 소리를 질렀다. "우리가 반해 버린 이야기를 항상 듣는 것과는 다른 어떤 일을 나는 해야 한다. 왜 그가, 사랑에 빠진 이 수다쟁이가 나에게 왔을까? 그들은 모두 행복하고, 어떤 다른 사람이 그것을 알면, 특히 행복해진다. 그들은 행복한 하룻저녁이 되리라고 믿고 있고, 바로 그 때문에 그들은 벌써 미래의 삶을 기뻐하는 것이다."

그때 내 지인이 넘어졌는데, 그를 검사해 본 결과 나는 그가 무릎에 심한 상처를 입었다는 것을 알았다. 그는 더 이상 나에게 쓸모가 없었기에 나는 그를 돌 위에 올려놓고, 그를 감시하기 위해 휘파람을 불어 공중에 떠 있는 독수리 몇 마리를 내려오게 했다. 그놈들은 순종하며 위협적인 부리를 갖고 그의 위에 내려앉았다.

2. 산책

아무 거리낌 없이 나는 계속 걸어갔다. 그러나 보행자로서 산길을 걷는 노고를 두려워했기 때문에 나는 점점 더 평탄한 길을 걷다가 마침내 먼 곳에 있는 낮은 골짜기에 이르렀다.

돌멩이들이 내 의지에 따라 자취를 감추었고 바람이 잠잠해지더니 저녁 속에 사라져 버렸다. 나는 훌륭한 도보 행진을 했으며, 산 아래쪽으로 가는 내리막길이었기 때문에 머리를 들어 올리고 몸을 꼿꼿하게 세우고 두 팔을 머리 뒤에 교차시켜 팔짱을 끼었다. 나는 가문비나무 숲들을 사랑하기 때문에 가문비나무 숲들을 지나갔으며, 별들이 총총한 하늘을 말없이 바라보는 것을 내가 즐겨 하기 때문에 드넓게 펼쳐진 하늘에 나를 위해 별들이, 평소에도 늘 그러는 것처럼, 서서히 그리고 조용히 떠올랐다. 오직 구름이 떠 있던 높이에서만 불던 바람이 대기를 뚫고 몰고 온 넓게 퍼진 구름 몇 조각만 보였을 뿐이다.

내가 가는 길 맞은편 상당히 먼 거리에, 아마 십중팔구는 강 하나를 사이에 두고 나와 떨어진 채, 높은 산 하나가 솟아올라 있었는데, 덤불이 우거진 그 산봉우리는 하늘에 맞닿아 있었다. 나무 우듬지에서 갈라져 나온 잔가지들과 그 움직임도 나는 또렷하게 볼 수 있었다. 이 광경이, 비록 평범한 것이라 할지라도, 나를 매우 기쁘게 해 주었기 때문에 나는 한 마리 작은 새가 되어 이 멀리 떨어져 있는 헝클어진 덤불숲의 가늘고 긴 잔가지에 앉아 몸을 이리저리 흔들면서 달을 떠오르게 하는 것을 까맣게 잊고 있었는데, 이미 그 산 뒤에 있던 달은 떠오르게 하는 것을 내가 지연시킨 것 때문에 아마 틀림없이 화를 냈을 것이다.

이제 그러나 달이 떠오르기 전에 먼저 나타나는 차가운 빛이 그 산 위에 퍼졌으며, 갑자기 달이 불안한 덤불숲들 중 하나의 덤불숲 뒤에서 스스로 떠올랐다. 그렇지만 나는 그동안 다른 방향을 바라보고 있었고 이제 방향을 돌려 이미 거의 완전히 둥근 모습으로 비치고 있는 달을 갑자기 쳐다보았을 때, 흐린 눈을 하고 멈춰 섰는데, 왜냐하면 내가 가고 있던 급경사 길이 곧바로 이 놀라운 달 속으로 죽 나 있는 것 같았기 때문이다.

그러나 잠시 후에 나는 그 달에 익숙해졌으며, 떠오르는 것이 달에게 얼마나 힘든 일인가를 침착하게 관찰했는데, 그러다가 나와 달이 한참 서로 마주 보며 걷고 난 후에 마침내 나는 기분 좋은 졸음을 느꼈다. 내 생각에 그 졸음은, 물론 이제 더 이상 기억해 낼 수 없는, 낮에 치른 나의 노고 때문에 엄습해 오는 것 같았다. 나는 잠시 동안 눈을 감고 걸었는데, 오로지 큰 소리로 규칙적으로 손뼉을 침으로써만 졸음을 이겨 내고 깨어 있는 상태를 유지했다.

그러나 그러고 나서, 발밑의 길이 금방이라도 미끄러질 것 같고 모든 것이 나와 마찬가지로 피곤해져 사라지기 시작했을 때, 나는 길 오른쪽의 언덕을 흥분된 동작으로 서둘러 기어올랐는데, 내가 밤에 잠을 자며 보내고 싶었던 높은 곳에 위치한 헝클어진 가문비나무 숲에 더 늦기 전에 제때에 다다르기 위해서였다. 급히 서두르는 것이 필요했다. 별들이 이미 어둡게 빛나고 있었으며, 달은 마치 물결이 일렁이는 바다에서처럼 하늘에 허약하게 가라앉아 있었다. 산은 이미 밤의 일부였고, 내가 언덕 쪽으로 방향을 바꾼 곳에서 지방도로는 불안하게 끝나고 있었으며, 숲속으로부터 쓰러지는 나무줄기들의 쾅 하는 소리가 점점 더 가까이 들려왔다. 이제 나는 곧장 이끼 위에 몸을 던져 잠을 잘 수 있었으면 하고 바랐지만, 그러나 개미들이 두려웠기 때문에, 나무줄기에 두 발을 감고 어떤 나무 위로 기어 올라갔는데, 그 나무는 바람이 없는데도 벌써 흔들거렸다. 그렇지만 나는 머리를 나무줄기에 받치고 가지 위에 드러누워 서둘러 잠이 들었는데, 그러는 동안 꼬리가 멋진 다람쥐 한 마리가 흔들리는 나뭇가지 끝에 앉아 몸을 흔들었다.

나는 꿈도 꾸지 않고 잠에 푹 빠졌다. 달이 지는 것도, 해가 뜨는 것도 나를 깨우지 않았다. 그리고 심지어 내가 벌써 깨어 있었을 때조차, 나는 "너는 어제 낮에 몹시 애를 썼으니까 너의 잠을 아껴 둬" 하고 말하면서 다시 마음을 진정시키고는 다시 잠이 들었다.

그러나 내가 꿈을 꾸지 않았음에도 불구하고 나의 수면이 어떤 지속적인 나지막한 방해조차 받지 않은 것은 아니었다. 밤 내내 나는 누군가가 내 곁에서 이야기하는 소리를 들었다. "강기슭의 벤치", "구름 덮인 산들", "번쩍이는 연기를 내뿜는 기차들" 같은 개별적인 말들을 제외하면 말 그 자체는 거의 들을 수가 없었고 오직 그 말투의 억양 방식만이 들렸으며, 내가 잠을 자고 있었기 때문에 개별적인 말들을 낱낱이 식별할 필요가 없다는 사실에 너무 기쁜 나머지 잠을 자면서도 여전히 두 손을 비비고 있었다는 것이 기억난다.

자정이 되기 전에 그 목소리는 매우 쾌활했고 귀에 거슬리게 불쾌감을 주었다. 나는 공포에 사로잡혀 몸을 벌벌 떨었다. 왜냐하면 이미 이전부터 흔들거렸던 나무 위에 내가 잠자고 있었는데 그 나무 밑을 누군가가 톱으로 자르고 있다는 생각이 들었기 때문이다―자정이 지나고 나서 그 목소리가 점점 더 진지해지더니 쑥 물러갔고 문장 사이사이에 휴식을 취했던 탓에 마치 그 목소리는 내가 묻지 않은 질문에 대답을 하고 있는 것 같았다. 그때 나는 한층 더 기분 좋게 느껴져 과감하게 몸을 쭉 폈다―새벽녘에 그 목소리는 점점 더 다정해졌다. 말하는 사람의 잠자리가 결코 내 잠자리보다 더 안전한 것처럼 보이지는 않았는데, 왜냐하면 나는 이제 그가 바로 옆에 있는 나뭇가지들에서 말하고 있다는 것을 알아차렸기 때문이다. 그때 나는 대담해져서 그에게 등을 돌리고 누웠다. 그것이 명백히 그를 슬프게 했는데, 왜냐하면 그가 말하는 것을 중단했으며, 그의 나직한 탄식 소리가—나는 이미 이런 소리를 내는 습관을 완전히 버렸기 때문에—오전에 나를 깨울 때까지, 아무 말도 하지 않고 침묵을 지켰기 때문이다.

나는 구름이 덮인 하늘 속을 들여다보았는데, 하늘은 내 머리 위에만 있는 것이 아니고 심지어 나의 주위를 완전히 둘러싸고 있었다. 그 구름들은 몹시 무거워 이끼 위에 낮게 깔리면서 나무들에 부딪히고 나뭇가지들에 걸려 갈기갈기 찢겼다. 일부 구름들은 얼마 동안 땅 위에 떨어져 내리거나 또는 나무들 때문에 꼼짝 못 하고 있었는데, 마침내 더 강한 바람이 불어오자 앞으로 밀려 나갔다. 대부분의 구름들은 전나무의 열매들, 부러진 나뭇가지들, 굴뚝들, 죽은 야생동물, 깃발 조각들, 풍신기, 그리고 어딘가 먼 곳에서 둥실둥실 떠다니며 함께 묻혀 가지고 온 대부분 알아볼 수 없는 다른 것들을 끌고 다녔다.

나는 나뭇가지 위에 웅크리고 앉았으며, 나를 위협하듯 들이닥치는 구름들이 넓어지면 그 구름들을 밀어 날려 버리거나 아니면 그것들을 피할 궁리를 하지 않으면 안 되었다. 그것은 그러나 여전히 반쯤 수면 상태인 데다 여전히 자주 들려오는 것 같은 생각이 드는 탄식 소리 때문에 마음이 불안해 있었던 나에게는 힘든 일이었다. 그렇지만 나는 아무튼, 내 생명이 안전하다고 느끼면 느낄수록, 하늘도 그만큼 더 높고 넓게 펼쳐져서 마침내 나의 마지막 하품 후에는 저녁

녘의 그 지역이 이제 비구름 밑에 놓여 있다는 것을 알 수 있게 되었으며, 그 모습을 놀라운 마음으로 바라보았다.

나의 시야의 폭이 이렇게 신속하게 넓어진 것 때문에 나는 흠칫 놀랐다. 길도 모르는 이 땅에 내가 왜 왔는지 곰곰 생각해 보았다. 내가 꿈속에서 길을 잃고 이곳으로 왔는데 내가 처한 상황이 얼마나 끔찍스러운 것인가를 꿈에서 깨고 나서야 비로소 알게 된 것 같은 생각이 들었다. 그때 나는 다행스럽게도 숲속에서 새 한 마리가 지저귀는 소리를 들었고, 내가 아무튼 나의 즐거움을 위해 이곳으로 왔을 거라는 생각이 퍼뜩 스치자 마음이 가라앉았다.

"너의 삶은 단조로웠어" 하며 나는 그 사실을 확인하기 위해 큰 소리로 말했다. "너를 다른 어떤 곳으로 끌고 가는 것이 정말 필요했어. 너는 만족할 수 있어, 여기는 즐거운 곳이야. 해가 빛나고 있잖아."

그때 해가 비치고 있었고 푸른 하늘에서 비구름들이 하얘지고 가벼워지고 작아졌다. 그 비구름들이 번쩍 빛을 내며 저항했다. 골짜기에서 강이 하나 보였다.

"그래, 그건 단조로웠어. 너는 이런 즐거움을 얻을 만해" 하고 나는 마치 강요당한 것처럼 계속 말했다. "그러나 그것은 위태로운 것도 아니었지." 그때 나는 누군가가 엄청 가까운 곳에서 탄식하는 소리를 들었다.

나는 재빨리 기어 내려가려고 했지만, 그러나 나뭇가지가 내 손처럼 떨렸기 때문에 나는 몸이 뻣뻣하게 굳은 채 공중에서 떨어지고 말았다. 나는 떨어졌지만 무엇에 거의 부딪히지도 않아 아무런 통증도 없었으나 내가 아주 허약하고 불행하다고 느껴져서 얼굴을 숲의 땅바닥에 파묻었는데, 그것은 내 주위에 있는 사물들을 애써 보아야 하는 노력을 견딜 수가 없기 때문이었다. 모든 움직임, 모든 생각이 강요된 것이기 때문에, 따라서 그런 것들로부터 자신을 지켜야 할 것이라고 나는 확신하고 있었다. 반면에 두 팔을 몸에 붙이고 얼굴을 숨긴 채, 여기 풀밭에 누워 있는 것은 가장 자연스러운 일일 거라고 확신하고 있었다. 그리고 나는 내가 이미 이런 자명한 처지에 처해 있는 것은 사실 기쁜 일이라고 나 자신에게 일러 주었는데, 왜냐하면 만약 그렇지 않다면 나는 이런 처지에 이르기 위해서 예컨대 걸음걸이든 말이든, 훨씬 더 힘든 정신적 긴장들을 필요로 했을 것이기 때문이다.

그러나 내가 누운 지 오래되지도 않아서 누군가 우는 소리가 들려왔다. 그 소리는 내 곁 가까운 곳에서 났으며, 그래서 나를 화나게 했다. 몹시 화가 난 나는 우는 사람이 누구일까를 곰곰 생각하기 시작했다. 그렇지만 내가 이것을 곰곰 생각하기 시작하자마자, 나는 분노에 찬 공포 속에서 몹시 난폭하게 뒹굴기 시작했으며 결국 가문비나무 잎으로 완전히 뒤덮인 채 산비탈을 굴러 도로의 먼지 속으로 떨어졌다. 그리고 내가 먼지 낀 뿌연 눈으로 이 모든 것을 다만 상상에 불과한 것이라고 생각하며 바라보았음에도 불구하고, 마침내 유령 같은 그 모든 인간으로부터 피하기 위해 나는 곧장 그 길을 계속 달려갔다.

나는 뛰어가면서 헐떡거렸고 당황한 나머지 자제력을 잃어버렸다. 내 두 다리가 널찍하게 드러난 무릎 종지뼈와 함께 들어 올려지는 모습이 보였으나 더 이상 멈출 수가 없었는데, 왜냐하면 내 두 팔이 마치 매우 유쾌한 외출을 할 때처럼 이리저리 흔들렸으며 나의 머리도 흔들렸기 때문이다. 그럼에도 불구하고 나는 냉정하게 그리고 필사적으로 구조할 방법을 찾아내려고 애썼다. 그때 나는 틀림없이 근처에 있을 강을 기억해 냈고, 기쁘게도 곧바로 옆으로 굽어진 좁은 길이 보였는데, 그 길을 따라 목초지 사이를 몇 번 뛰어넘으니 강기슭에 이르렀다.

강은 넓었으며, 작은 물결들이 시끄러운 소리를 내며 빛나고 있었다. 맞은편 강기슭에도 목초지들이 있었는데, 그것들은 덤불숲으로 바뀌었고 그 뒤로 시야가 멀찍이 펼쳐지면서 초록색 언덕들로 뻗어 있는 밝은 과일나무 길이 보였다.

이 광경을 보고 기뻐하면서 나는 드러누운 채, 두려운 울음소리에 맞서 귀를 막고 있는 동안, 여기서는 만족하게 될 수 있을 것이라고 생각했다. 왜냐하면 이곳은 호젓하고 아름답기 때문이다. 이곳에 사는 것은 많은 용기를 필요로 하지 않는다. 물론 여기서도 다른 어느 곳에서나 마찬가지로 틀림없이 자신을 괴롭힐 수밖에 없을 테지만, 그러나 그러면서 멋있게 행동해야 할 필요는 없을 것이다. 그런 것은 필요하지 않을 것이다. 왜냐하면 거기에는 오직 산들과 큰 강 하나가 있을 뿐이며, 내가 아직은 그것들이 살아 있는 것이 아니라고 여길 만큼 충분히 영리하기 때문이다. 그렇다, 저녁에 혼자 목초지 오르막 길에서 비틀거리며 넘어지는 경우에도 나는 산보다 더 고독하지는 않을 것이다. 물론 내가 그렇게 느끼게 될 것이라는 점만 제외한다면 말이다. 그러나 나는 그 느낌도 곧 사라져 버릴 거라고 생각한다.

이렇듯 나는 나의 미래의 삶과 유희를 즐기며 잊으려고 끈질기게 노력했다. 그때 나는 실눈을 뜨고 엄청나게 행복한 빛깔로 물들어 있는 하늘을 바라보았다. 나는 오랫동안 하늘을 그렇게 바라보지 못했었다. 나는 감동을 받았으며 하늘을 그렇게 바라본다고 믿었던 날들을 하나하나 기억해 냈다. 나는 귀에서 손을 떼어 두 팔을 넓게 벌려 그 팔들을 풀밭으로 떨어뜨렸다.

누군가가 계속해서 약하게 흐느끼는 소리가 들려왔다. 바람이 불어왔으며, 내가 예전에 본 적이 없는 수많은 마른 나뭇잎이 쏴쏴 소리를 내면서 날아올랐다. 과일나무에서 떨어지는 설익은 과일들이 미친 듯이 땅바닥을 두들겨 댔다. 어떤 산 뒤쪽으로부터 험상궂은 구름들이 다가왔다. 강 물결이 일렁이는 소리를 내더니 바람 앞에서 놀라 물러갔다.

나는 재빨리 일어났다. 나의 마음이 아팠는데, 내가 고통에서 벗어나는 것이 이제 불가능한 것처럼 여겨졌기 때문이다. 이미 나는 이 지역을 떠나 예전의 삶의 방식으로 돌아가기 위해 방향을 바꿀 작정이었는데, 그때 '아직 우리의 시대에도 고귀한 사람들이 이처럼 힘든 방법으로 강 너머로 쫓겨난다는 것은 얼마나 기이한 일인가. 이에 대해서는 오랜 관습이라는 것 말고는 다른 설명이 없다'는 생각이 퍼뜩 떠올랐다. 나는 의아하다는 생각이 들었기 때문에 머리를 설레설레 흔들었다.

3. 뚱보 사내

a 경치에 건네는 인사말

다른 편 강기슭의 덤불숲에서 벌거벗은 사내 넷이 거창하게 걸어 나왔는데, 어깨에 나무로 된 가마를 메고 있었다. 가마 위에는 엄청 뚱뚱한 사내 한 명이 동양적인 자세로 앉아 있었다. 그는 덤불숲을 지나 길이 나 있지 않은 곳으로 실려 가고 있었음에도 불구하고, 가시 달린 나뭇가지들을 양쪽으로 헤치지 않은 채, 움직여지지 않는 몸뚱이로 그 가지들과 그대로 부딪치며 유유히 지나갔다. 그의 주름진 비곗덩어리들은 아주 세심하게 펼쳐져 있어서 물론 가마 전체를 덮고 있는 것도 모자라 누르스름한 양탄자의 가장자리 장식과 비슷하게 옆으로 흘러내려 축 늘어져 있기까지 했지만, 그런데도 그에게 지장을 주지 않았다. 머리카락이 없는 그의 머리는 작았으며 노랗게 빛났다. 그의 얼굴은 곰곰 생각에 잠겨 있으면서도 굳이 그것을 감추려고 애쓰지 않는 사람의 소박하고 우직한 인상을 풍겼다. 때때로 그는 눈을 감았는데, 다시 눈을 떴을 때 그의 턱이 일그러졌다.

"경치가 내 사고를 방해한다" 하고 그는 나직이 말했다. "경치는 마치 격노한 물살이 흘러갈 때의 현수교처럼 나의 사려 깊은 생각들을 흔들리게 한다. 경치는 아름답기 때문에 사람들이 구경해 주기를 바란다."

"나는 눈을 감고 말한다. 그대, 물을 향해 굴러가는 암석을 지닌 강변의 푸르른 산이여, 그대는 아름답도다."

"그러나 그 산은 만족하지 않는다. 산은 내가 자기를 향해 눈을 떠 주기를 바라고 있다."

"그러나 만약 내가 눈을 감고 이렇게 말한다면 어떨까. 산이여, 나는 그대를 사랑하지 않는다. 왜냐하면 그대는 나에게 구름들을, 저녁 노을을, 그리고 높아지는 하늘을 상기시키는데, 그런 것들은 나를 거의 울게 하는 것들이며, 작은 가마를 타고서는 결코 닿을 수 없는 것들이기 때문이다. 그러나 그대는 나에게 이것을 보여 주지만, 교활한 산이여, 다른 한편으로는 원경을 가리고 있다. 아름다운 조망 속에서 닿을 수 있는 것을 보여 주는 까닭에 나를 기분 좋게 해 주는 그 원경을 말이다. 그래서 나는 그대를 사랑하지 않는 것이다. 물가의 산이여, 그렇다, 나는 그대를 사랑하지 않는다."

"그러나 내가 눈을 뜨고 말하지 않는다면, 이 말도 내가 앞서 한 말과 마찬가지로 그 산에게는 하나 마나 한 말이 될 것이다. 눈을 뜨고 말하지 않으면 그 산은 만족해하지 않는다."

"그리고 우리는, 우리 두뇌가 뒤죽박죽으로 엉킨 상태에 대해 그토록 변덕스러운 편애를 지닌 산, 그 산을 그저 똑바로 유지하기 위하여 다정하게 유지할 필요는 없다. 그것은 내 위로 톱니 모양의 그림자를 던질 것이고, 그것은 말없고 소름 돋는 벌거숭이 벽들을 내 앞으로 내밀 것이다. 그리고 내 가마꾼들은 길가의 조그만 돌멩이들에 걸려 비틀거리며 넘어질 것이다."

"그러나 오직 산만 그렇게 우쭐대고, 그렇게 성가실 정도로 집요하고, 그렇게 복수심에 불타는 것이 아니라, 다른 것들도 모두 마찬가지이다. 그래서 나는 눈알을 빙빙 돌리며—오, 눈이 아프다—항상 되풀이해 말해야만 한다."

"그렇다, 산이여, 그대는 아름답다. 그리고 그대의 서편 산 중턱의 숲들이 나를 기쁘게 한다—꽃이여, 그대에게도 나는 만족한다. 그대의 장밋빛이 내 영혼을 즐겁게 해 준다—초원의 풀이여, 그대는 벌써 높이 자라 있고 강하고 더위를 식혀 준다—낯선 덤불숲이여, 그대가 그렇게 예기치 못하게 찔러 대니 우리의 생각들이 비약한다. 그러나 그대 강이여, 나는 그대가 무척이나 내 마음에 들어 그대의 부드럽게 굽이치는 물을 지나 나를 실어 가도록 할 것이다."

그는 자신의 몸 가운데 그래도 고분고분한 등 아래로 이런 칭찬을 열 번 큰 소리로 외치고 나서 머리를 떨구었으며 눈을 감고 말했다.

"그러나 이제—나 그대들에게 부탁하노니—산, 꽃, 풀, 덤불 그리고 강이여, 내가 숨 쉴 수 있도록 나에게 약간의 공간을 다오."

그때 주위에 있는 산들이 성급하게 이동하더니 짙게 깔려 있는 안개 뒤에서 서로 충돌했다. 가로수 길들은 물론 흔들림이 없이 확고하게 버티고 서서 길의 폭을 유지하고 있었지만, 그러나 예상보다 너무 일찍 모습이 희미하게 사라져 버렸다. 하늘에 떠 있는 태양 앞에는, 가장자리에서 빛이 은은하게 새어 나오는 그런 습기를 머금은 구름 한 조각이 있었는데, 땅은 그 구름의 그림자 속으로 깊숙이 가라앉았고, 그러는 동안 모든 사물은 자신의 아름다운 경계선을 잃어버렸던 것이다.

가마꾼들의 발걸음 소리가 내가 있는 강기슭까지 들려왔지만, 그러나 그들의 네모난 검은 얼굴에서 아무것도 더 정확하게 구별해 낼수가 없었다. 다만, 그들이 멘 짐이 굉장히 무거워서 머리를 옆으로 비스듬히 숙이고 등을 구부린 모습만이 보였을 뿐이다. 나는 그들 때문에 걱정이 되었다. 왜냐하면 그들이 피곤하다는 것을 내가 알아챘기 때문이다. 나는 긴장해서, 그들이 강기슭의 풀밭으로 들어선 후 여전히 한결같은 걸음걸이로 젖은 모래밭을 지나 드디어 진흙투성이의 갈대밭 속으로 가라앉는 모습을 지켜보고 있었다. 그곳에 이르자, 가마를 수평 상태로 유지하기 위해서 뒤에서 메고 있던 두 사내는 몸을 더 깊숙이 숙였다. 이제 그들은 걸음을 옮길 때마다 발을 높이 들어야만 했으므로, 날씨가 자꾸 변해서 고르지 못한 오후의 차가운 공기 속에서 그들의 몸은 온통 땀에 젖어 번들거리고 있었다.

뚱보 사내는 두 손을 허벅다리 위에 올려놓은 채 조용히 앉아 있었다. 갈대의 긴 줄기 끝이 앞에서 멘 가마꾼들이 지나간 뒤로 튕겨 올라와서 그를 가볍게 스쳤다.

물에 가까워질수록 가마꾼들의 움직임이 점점 더 불규칙해졌다. 가마는 이미 물결 위에 놓여 있는 것처럼 이따금씩 흔들거렸다. 갈대밭의 조그만 웅덩이들을 뛰어넘거나, 아마도 웅덩이가 깊기 때문에, 돌아가야만 하는 경우도 있었던 것이다. 갑자기 야생 오리들이 소리를 지르면서 날아올라 비구름이 있는 곳으로 가파르게 올라갔다. 그때 나는 몸을 잠깐 움직여 그 뚱보 사내의 얼굴을 보았다. 몹시 불안해하고 있었다. 나는 일어서서, 나와 물을 갈라놓고 있는 돌투성이의 산 중턱을 급히 서둘러 거칠게 뛰어넘었다. 나는 그것이 위험하다는 것 따위는 신경 쓰지 않은 채 오로지, 그의 하인들이 그를 운반할 수 없게 될 경우 그 뚱보를 도와주어야겠다는 생각밖에 하지 않았다. 나는 아무 생각 없이 마구 달렸던 터라, 저 아래 물가에서 멈추지 못하고, 물을 튕기며 물속으로 약간 더 뛰어들어 가야만 했고, 물이 무릎까지 닿게 되었을 때에야 비로소 멈춰 섰다.

그러나 저 건너편에서는 하인들이 심하게 몸을 비틀면서 가마를 물속으로 운반했는데, 그들은 요동치는 물 위에서 한 손으로는 몸을 가누는 한편, 털이 많이 난 네 개의 팔로는 가마를 높이 치켜 올려 떠받치고 있어서, 엄청나게 튀어나온 근육이 보였다.

물이 처음에는 턱까지 차더니, 곧 입까지 차올랐다. 가마꾼들의 머리는 뒤로 젖혀졌고, 가마 멜대들이 어깨 위로 내려앉았다. 아직 강 한가운데도 이르지 못했음에도 불구하고 물은 벌써 콧마루 주변에서 출렁이고 있었지만 그들은 포기하지 않고 여전히 애쓰고 있었다. 그때 낮은 물결이 앞서 걷는 두 사내의 머리를 내리치자 네 사내는 아무 소리도 내지 못하고 물속에 잠겼는데, 그러면서 그들은 거친 손으로 자신들과 함께 가마도 아래로 잡아당겼다. 물이 쏜살같이 뒤따라와 그 위를 덮쳤다.

그때 커다란 구름들의 가장자리에서 석양빛이 새어 나와 시야의 한계에 위치한 언덕들과 산들을 아름답게 물들였다. 한편 강과 그 구름 아래 지역은 희미한 빛에 잠겨 있었다.

뚱보 사내는 물결이 밀려오는 쪽에서 서서히 몸을 돌렸는데, 마치 쓸모가 없어져서 강물에 버려진 밝은색 목재로 만든 신상神像처럼, 물살에 실려 강 아래쪽으로 떠내려갔다. 그는 비구름이 반사되고 있는 물 위를 떠내려갔다. 기다란 구름들은 그를 끌어당겼고, 구부러진 작은 구름들은 그를 밀어내서 대단히 큰 혼란이 있었는데, 그 혼란은 나의 무릎에 부딪혀 찰랑대는 물, 그리고 강기슭의 돌을 보고 알아챌 수 있었다.

나는 정말로 그 뚱보 사내를 사랑했기 때문에, 가는 도중에 그와 동반할 수 있기 위하여 재빨리 그 비탈진 곳을 다시 기어올랐다. 그리고 어쩌면 나는, 겉으로 보아서는 안전한 것 같은 육지의 위험성에 대해 어느 정도 경험할 수 있었을 것이다. 그래서 나는 모래 지대 위로 걸어갔다. 우선 그 좁은 모랫길에 익숙해져야만 했다. 두 손을 호주머니에 집어넣고, 얼굴을 강 쪽을 향해 직각으로 돌리고 있었기 때문에 턱이 거의 어깨에 닿을 정도였다.

강기슭의 돌들 위에는 사랑스러운 제비들이 앉아 있었다.

뚱보 사내가 말했다. "강기슭에 계시는 친애하는 신사 양반, 나를 구하려고 하지 마세요. 그것은 물과 바람의 복수예요, 이제 난 끝장이오. 그래요, 그건 복수예요. 왜냐하면 우리가, 그러니까 나와 내 지인인 그 기도자가, 우리의 종소리가 노래할 때, 심벌즈들이 번쩍거리고, 트럼펫 소리가 널리 화려하게 울려 퍼지고, 팀파니가 뛰어오르며 빛을 비추는 가운데, 너무 자주 그것들을 공격했기 때문이에요."

작은 갈매기 한 마리가 날개를 활짝 펴고 그의 복부를 뚫고 날아갔는데, 그 속도는 줄어들지 않았다.

뚱보 사내는 계속해서 이야기했다.

b 시작된 기도자와의 대화*

내가 날이면 날마다 어떤 성당에 다니던 시절이 있었는데, 왜냐하면 내가 사랑에 빠졌던 한 소녀가 저녁이면 그곳에서 무릎을 꿇고 반 시간쯤 기도를 드리고 있는 동안 그녀의 모습을 조용히 관찰할 수 있었기 때문이다.

언젠가 그 소녀가 오지 않아 화가 나게 된 내가 기도하는 사람들을 바라보고 있었을 때, 아주 빼빼 마른 모습을 하고 자신의 몸을 바닥 위에 던졌던 한 젊은 사내가 내 눈에 확 띄었다. 때때로 그는 자기 몸의 모든 힘을 머리에 모으고는 그 머리를 한숨을 쉬면서 돌바닥 위에 올려놓은 자신의 손바닥 안에 큰 소리가 나게 내던졌다.

성당 안에는 단지 늙은 여자들만 몇 사람 있었는데, 그녀들은 그 기도하는 사내 쪽을 바라보기 위해 미사포로 감싼 작은 머리를 자주 옆으로 숙이곤 했다. 이런 관심이 그를 행복하게 한 것 같았는데, 왜 냐하면 경건한 감정을 돌발적으로 쏟아 내는 그 기도를 올리기 전에 그는 매번 눈길을 돌리며, 자기를 바라보는 사람들의 수가 많은지 그

---

* 앞의 「기도자와의 대화」와 부분적으로 단락 나누는 것이 약간 다를 뿐 내용은 똑같다.

452

렁지 않은지를 살펴보곤 했기 때문이다.

나는 그것을 온당치 않은 무례한 짓이라고 생각해서, 만약 그가 성당에서 나가면 말을 걸어 왜 그런 식으로 기도를 하는지 물어보기로 결심했다. 그렇다, 나는 나의 소녀가 오지 않아서 화가 나 있었던 것이다.

그러나 한 시간 후에야 그는 비로소 일어나더니 신중하게 십자 성호를 한 번 긋고 나서는 느닷없이 성수대가 있는 쪽으로 갔다. 나는 그 성수대와 문 사이의 길목에 섰으며, 해명이 없으면 그를 통과시키지 않을 거라는 것을 잘 알고 있었다. 내가 단호하게 말하고자 할 때면 항상 그 사전 준비로 입을 일그러뜨리는 것처럼, 이번에도 나는 입을 일그러뜨렸다. 나는 오른쪽 다리를 앞으로 내딛어 거기에 몸을 버텼고, 반면에 왼쪽 다리는 아무렇게나 발끝으로 지탱했는데, 이런 자세도 나에게 견고한 단호함을 주는 것이었다.

그런데 그 사람은 자기 얼굴에 성수를 뿌렸을 때, 이미 나를 곁눈질로 몰래 흘끔 쳐다보았을 수도 있고, 어쩌면 이미 이전에 나를 알아차리고 걱정을 했을지도 모르겠는데, 왜냐하면 지금 그가 전혀 예기치 못하게 문 쪽으로 달려갔으니까 말이다. 유리문이 쾅 하고 닫혔다. 그리고 그 직후 내가 곧바로 그 문에서 나왔을 때 그는 더 이상 보이지 않았는데, 왜냐하면 그곳에는 좁은 골목길이 몇 개나 있었고 교통이 복잡했기 때문이다.

그 후 며칠 동안 그는 오지 않았으나 나의 소녀는 왔다. 그녀는 양쪽 어깨 위에 투명한 레이스가 달린 검은 옷을 입고 있었는데, 그 레이스 밑으로 반달 모양으로 파진 속옷의 가상자리가 보였으며, 그 레이스 아래쪽 가장자리로부터 잘 재단된 실크 칼라가 내려와 있었다.

그 소녀가 나타났기 때문에 나는 그 젊은이를 잊어버렸고, 심지어 그가 나중에 다시 규칙적으로 와서 자기 습관에 따라 기도를 드렸을 때조차 나는 그에게 신경을 쓰지 않았다. 언제나 그는 급히 서둘러 내 곁을 얼굴을 돌린 채 지나갔다. 어쩌면 그것은 내가 언제나 오로지 움직이고 있는 그의 모습만을 생각할 수 있었기 때문일 텐데, 심지어 그는 서 있을 때조차 마치 살금살금 걸어 나간다는 생각이 들 정도였다.

언젠가 나는 방에서 꾸물거리느라 늦은 적이 있었다. 그럼에도 불구하고 나는 성당에 갔다. 나는 소녀가 그곳에 이제 없다는 것을 알고는 집으로 돌아오려고 했다. 그때 거기에 또다시 그 젊은이가 와 있었다. 이제 나의 머릿속에 옛날 사건이 떠올라 나의 호기심을 자극했다.

발끝을 들고 나는 문의 통로로 미끄러지듯 살그머니 가서, 거기에 앉아 있던 눈먼 거지에게 동전 한 닢을 건네주고는, 그의 옆으로, 열린 날개 문의 문짝 뒤에 몸을 바짝 붙였는데, 거기에 나는 한 시간 동안 앉아 있었으며 아마 교활한 표정을 짓고 있었을 것이다. 나는 그곳이 기분 좋게 느껴져서, 비교적 자주 거기에 와야겠다고 마음먹었다. 두 시간이 지나자 나는 그 기도자 때문에 여기 앉아 있는 것은 정신 나간 짓이라고 생각했다. 그렇지만 나는 세 시간째 여전히 거기 앉아 있었고 잔뜩 화가 나서 거미들이 내 옷 위로 기어오르게 내버려두고 있었는데, 그동안 마지막 사람들이 큰 소리로 숨을 쉬면서 성당의 어둠 속을 빠져나오고 있었다.

그때 그도 나왔다. 그는 조심스럽게 걸었는데, 그의 두 발은 땅을 밟기 전에 먼저 땅바닥을 더듬듯 가볍게 건드려 보았다.

나는 일어서서 큰 걸음으로 똑바로 걸어가서 그 젊은이를 붙잡았다. "안녕하시오" 하고 말하면서 나는 손으로 그의 옷깃을 붙잡고 그를 계단 아래 불빛이 비추는 장소로 밀어붙였다.

우리가 아래에 있었을 때, 그는 확고한 주관이 전혀 없는 목소리로 말했다. "안녕하세요, 친애하는, 친애하는 선생님, 저에게 화내지 마십시오. 선생님에게 최고로 복종하는 하인인 저에게 말입니다."

"그래요" 하고 내가 말했다. "이보세요, 당신에게 몇 가지 물어보고자 하오. 지난번에는 당신이 나에게서 빠져나갔소만, 오늘은 거의 그럴 수가 없을 거요."

"당신은 자비로운 분이십니다, 선생님, 당신은 저를 집에 가도록 해 주실 것입니다. 저는 가엾은 놈입니다. 이것이 진실입니다."

"아니요" 하고 나는 지나가는 전차의 소음 속에 대고 소리를 질렀다. "나는 당신을 놓아주지 않겠소. 바로 그와 같은 이야기들이 내 마음에 드오. 당신은 행운을 붙잡는 사람이오. 나는 자축하는 바이오."

그때 그가 말했다. "아이고, 선생님은 생동하는 심장과 목석같은 머리를 가지고 계시군요. 선생님은 저를 행운을 붙잡는 사람이라고 부르시는데, 선생님은 틀림없이 굉장히 행복한 분이시겠군요! 왜냐하면 저의 불행은 흔들리는 불행, 가느다란 꼭대기 위에서 흔들리는 불행이기 때문입니다. 그리고 만약 그것을 건드리면 그것이 질문한 사람에게 떨어진답니다. 안녕히 가십시오, 선생님."

"좋아요" 하고 말하면서 나는 그의 오른쪽 손을 꽉 붙들었다. "만약 당신이 내 말에 대답하지 않는다면, 나는 여기 골목길에서 소리 지르기 시작할 것이오. 그러면 지금 상점에서 나오는 모든 여점원, 그리고 그녀들을 만날 것을 기쁜 마음으로 기대하고 있는 그녀들의 모든 애인이 함께 달려올 거요. 왜냐하면 그들은 합승 마차를 끄는 말이 넘어졌거나 또는 그와 비슷한 일이 일어난 거라고 생각할 테니까 말이오. 그러면 나는 당신을 그 사람들에게 보여 주겠소."

그때 그는 울면서 번갈아 가며 내 두 손에 키스했다. "선생님이 알고 싶어 하시는 것을 선생님에게 말씀드릴 것입니다만, 그러나 제발 부탁인데요, 차라리 저 건너편 골목으로 가시는 것이 더 좋을 것 같습니다." 나는 고개를 끄덕였고, 우리는 그쪽으로 갔다.

그러나 그는 오로지 드문드문 노란색 가로등들만 있는 골목길의 어둠에 만족하지 못하고 나를 어떤 낡은 집의 낮은 복도의 목제 계단 앞에 마치 떨어질 것처럼 매달려 있는 작은 안전등 밑으로 데려갔다.

거기에서 그는 손수건을 무겁다는 듯 천천히 꺼내어 계단 위에 펼쳐 놓으며 말했다. "어서 앉으십시오, 친애하는 선생님. 거기서 더 잘 물어보실 수 있을 겁니다. 저는 서 있겠습니다. 서 있어야 대답을 더 잘할 수 있습니다. 저를 제발 괴롭히지는 말아 주십시오."

그때 나는 앉으면서 눈을 가늘게 뜨고 그를 올려다보며 물었다. "당신은 우스꽝스러운 정신병자요. 그게 바로 당신이오! 성당 안에서 당신이 어떻게 처신하고 있는지! 그게 얼마나 짜증스럽고 보는 사람들에게 얼마나 불쾌한 것인지! 당신을 처다볼 수밖에 없다면 사람들이 어떻게 경건하게 기도를 드릴 수가 있겠소."

그는 몸을 벽에 꾹 눌러 대고 있었는데, 단지 머리만은 공중에서 자유롭게 움직였다. "화내지 마세요―선생님은 왜 자신의 일도 아닌 그런 일들에 화를 내셔야 합니까. 제가 미숙하게 처신할 경우 저는 화가 납니다만, 그러나 다른 사람이 잘못 처신할 경우 저는 기뻐합니다. 그러니까 사람들에게 관찰당하는 것이 저의 인생 목적이라고 제가 말씀드리더라도 화내지 마십시오."

"당신 무슨 말을 하는 거요" 하고 내가 그 낮은 통로에서는 너무 큰 소리로 외쳤지만, 그러나 그러고 나서 곧바로 나는 목소리가 약해질까 봐 걱정했다. "정말이지, 지금 무슨 말을 하는 거요. 그래요. 이미 예감했어요, 당신을 처음 보았을 때부터 당신이 어떤 상태에 있는지 나는 이미 알아챘단 말이오. 나는 경험에서 얻은 지식이 있어요. 그것은 단단한 육지 위에서 느끼는 뱃멀미 같은 거라고 내가 말하는 것은 농담으로 하는 말이 아니오. 당신이 사물들의 진짜 이름을 잊어버렸고 이제 그 사물들에 급히 서둘러 우연한 이름들을 마구 쏟아붓고 있다는 것이 그 사태의 본질이에요. 그저 빨리, 그저 빨리! 그러나 당신이 그것들로부터 도망치자마자, 당신은 그것들의 이름을 다시 잊어버렸어요. 당신이 포플러라는 것을 알지 못했거나 또는 알고 싶지 않았기 때문에 '바벨탑'이라고 불렀던 그 들판의 나무는 다시 이름 없이 흔들거리고, 그러면 당신은 틀림없이 그것을 '술에 취했을 때의 노아'라고 부르게 될 거요."

그가 "저는 선생님이 하신 말씀을 이해하지 못해서 기쁩니다" 하고 말했을 때 나는 약간 당황했다.

흥분해서 나는 급하게 말했다. "당신이 그것에 대해 기뻐함으로써 당신은 당신이 그것을 이해했다는 사실을 보여 주는 거예요."

"물론 저는 그것을 보여 드렸습니다만, 자비로운 선생님, 그러나 선생님도 유별나게 말씀하셨습니다."

나는 두 손을 위쪽 계단 위에 올리고 몸을 뒤로 기댔으며, 레슬러들이 자신을 보호하기 위해 사용하는 마지막 수단, 즉 상대방의 공격을 거의 받지 않는 난공불락의 자세로 물었다. "당신은 자신의 상태를 다른 사람들에게서 추측함으로써 자신을 구제하는 재미있는 방법을 한 가지 갖고 있군요."

그 말을 듣자 그는 용감해졌다. 그는 자신의 신체에 통일성을 부여하기 위해 팔짱을 끼더니 가벼운 거부 의사를 보이며 말했다. "아닙니다. 저는 모든 사람을 상대로, 예를 들자면 선생님을 상대로, 그렇게 하지는 않습니다. 왜냐하면 저는 그럴 수가 없기 때문입니다. 그러나 만약 제가 그렇게 할 수 있다면, 저는 기쁠 것입니다. 그러면 저는 성당 안에 있는 사람들의 주의를 더 이상 필요로 하지 않을 테니까 말입니다. 제가 왜 그걸 필요로 하는지 아십니까?"

이 질문을 듣자 나는 어색해졌다. 확실히, 나는 그 이유를 몰랐고, 알고 싶어 하지도 않았던 것이다. 나도 여기에 오고 싶지 않아, 하고 그 당시 나는 혼잣말을 했는데, 그러나 그 사람은 나로 하여금 자기 말을 귀 기울여 듣도록 강요했다. 그래서 사실 나는 이제, 내가 그 이유를 몰랐다는 걸 그에게 보여 주기 위해, 그저 머리를 설레설레 흔들어 대기만 하면 되었지만, 그러나 나는 머리를 조금도 움직일 수 없었다.

내 맞은편에 서 있었던 그 사람은 미소를 지었다. 그러고 나서 그는 무릎을 굽히고 앉아 졸린 것처럼 찡그린 얼굴로 이야기했다. "제가 저 자신을 통해 저의 인생을 확신했던 때는 결코 없었습니다. 그러니까 저는 제 주변의 사물들을 오로지 몹시 연약한 표상들 속에서 이해하므로, 언제나 저는 그 사물들이 한때는 살아 있었지만 그러나 이제는 몰락하고 있는 것이라고 믿고 있습니다. 언제나, 친애하는 선생님, 저는 사물들이 저에게 자신을 보여 주기 전에 자신의 본성을 그대로 보여 주려고 하는 것과 마찬가지 방식으로 그것들을 보고 싶은 마음이 있습니다. 그때 그것들은 아마도 아름답고 고요할 것입니다. 틀림없이 그럴 것입니다. 사람들이 사물들에 대해 그런 식으로 이야기하는 것을 제가 자주 듣고 있으니까 말입니다."

그때 나는 침묵했지만, 다만 나도 모르는 사이에 무의식적으로 얼굴을 씰룩거림으로써 내가 얼마나 불쾌한가를 나타내고 말았기 때문에, 그가 물었다. "선생님은 사람들이 그렇게 말한다는 것을 믿지 않으십니까?"

나는 고개를 끄덕여야 한다고 생각했지만, 그러나 그럴 수가 없었다.

"정말로 그걸 믿지 않으십니까? 아, 제발 좀 한번 들어 봐 주십시오. 어린 시절 제가 잠깐 낮잠을 자고 나서 눈을 떴을 때, 아직도 완전히 잠에 빠져 있던 상태로 저는, 어머니가 발코니에서 자연스러운 어조로 아래를 향해 '이보세요, 뭘 하세요? 매우 더운 날씨군요' 하고 묻는 소리를 들었습니다. 어떤 부인이 정원에서 '풀밭에서 간식을 먹고 있어요' 하고 대답했습니다. 그녀들은, 마치 각자가 그것을 분명히 예상하고 있었던 것처럼, 곰곰이 생각하지도 않고 아주 명확하지도 않게 말들을 했어요."

나는 내가 질문을 받은 거라고 생각했다. 따라서 나는 바지 뒷주머니에 손을 집어넣고 마치 거기서 무엇인가를 찾는 것처럼 행동했다. 그러나 나는 아무것도 찾는 것이 아니었고, 대화에 나의 관심을 보여주기 위해 다만 나의 시선을 바꾸려고 했을 뿐이다. 그러면서 나는, 그런 돌발적인 사건은 정말 특이하고, 나는 그것을 전혀 이해하지 못한다고 말했다. 나는 또, 그것의 진실을 믿지 않으며, 그것은 내가 곧바로 알아챌 수 없는 어떤 특별한 목적을 위해 지어낸 이야기임이 틀림없을 거라고 덧붙여 말했다. 그러고 나서 나는, 눈에 통증이 있었기 때문에, 눈을 감았다.

"오, 선생님께서 저와 같은 의견이시라니, 그건 물론 좋은 일입니다. 그리고 그것을 저에게 말씀하시기 위해 저를 멈춰 서게 하신 것이 이기적인 것은 아니었군요.

제가 똑바로 걷지 못하고 힘들게 걸어가는 것, 제가 지팡이로 포장 도로를 두드리지 않거나 시끄럽게 떠들며 지나가는 사람들의 옷을 스치지 않는 것을 제가 왜 부끄러워해야 합니까? 또는 우리가 왜 부끄러워해야 합니까? 그렇지 않습니까. 각진 어깨를 가진 저의 그림자가, 때로는 진열창의 유리 속으로 사라지면서 집들을 따라 껑충껑충 뛰며 돌아다니는 것을 오히려 당연히 대담하게 불평하면 안 되는 것입니까.

제가 보내는 날들이 도대체 어떤 종류의 날들인지요! 왜 모든 것이 그렇게 잘못 지어져서, 어떤 외적인 이유를 발견할 수 없는데도 높은 집들이 때때로 붕괴될까요. 그러면 저는 폐허 더미 위로 기어 올라가 내가 만나는 사람마다 물어봅니다. '도대체 어떻게 이런 일이 일어날 수 있었을까요! 우리 도시에서, 어떤 새집이, 그것도 오늘 벌써 다섯 번째나 말입니다. 생각 좀 해 보세요.' 그때 나에게 대답해 줄 수 있는 사람은 아무도 없습니다.

자주 사람들은 골목에서 넘어져 죽은 채로 누워 있습니다. 그러면 모든 상인이 상품들로 매달린 자기 가게 문을 열고 민첩하게 다가와서는 그 죽은 사람을 어떤 집 안으로 들여다 놓고 나서 입과 눈 주위에 미소를 지으며 집 밖으로 나와 말합니다. '안녕하세요—하늘이 흐릿하군요—저는 두건을 많이 판답니다—그래요. 전쟁이지요.' 저는 집 안으로 껑충껑충 뛰어 들어가서는, 굽은 손가락이 달린 손을 겁에 질려 여러 번 들어 올린 다음에, 마침내 건물 관리인의 작은 창문을 노크합니다. '여보세요' 하고 저는 다정하게 말합니다. '죽은 사람 한 명을 당신에게 데려왔었지요. 그를 저에게 보여 주세요. 부탁드려요.' 그리고 나서 그가 마치 결심을 못 한 것처럼 고개를 흔들면, 저는 단호하게 말합니다. '이봐요, 난 비밀경찰이오. 나에게 그 죽은 자를 당장 보여 주시오.'

'죽은 사람요?' 하고 물으면서 그는 거의 모욕감을 느낍니다. '아니요. 여기는 죽은 사람이 없어요. 이곳은 품위 있는 집안이에요.' 저는 인사를 하고 그 자리를 뜹니다.

그러나 그러고 나서, 큰 광장 하나를 가로질러 가고 나면, 저는 모든 것을 까맣게 잊어버립니다. 이런 일로 인해 생긴 어려움 때문에 저는 당황합니다. 그러면 저는 자주 곰곰 생각해봅니다. '만약 사람들이 오로지 오만 때문에 그렇게 큰 광장들을 짓는 거라면, 왜 그 광장을 가로지를 수도 있을 그런 돌난간은 세우지 않을까. 오늘은 남서풍이 불고 있다. 광장 위의 대기는 격앙되어 있다. 시청 탑 꼭대기는 작은 원을 그리고 있다. 왜 사람들은 진퇴양난의 궁지에 빠진 상황에서 잠자코 있지 않을까? 모든 유리창이 시끄럽게 소리를 내고, 가로등 기둥들이 마치 대나무처럼 휜다. 기둥 위의 성스러운 마리아의 외투가 휘감기고, 거친 대기가 그 옷을 잡아 찢는다. 도대체 이것을 보는 사람이 아무도 없단 말인가? 돌로 된 보도 위를 걸어가야 할 신사 숙녀들이 두둥실 떠다니고 있다. 바람이 한숨을 돌리면, 그들은 멈춰서서는 서로 몇 마디 말을 주고받으며 머리를 숙여 인사를 하지만, 그러나 바람이 다시 덮쳐 오면, 그들은 견뎌 낼 수가 없고 모두들 동시에 발을 들어 올린다. 물론 그들은 자기 모자를 꽉 붙들고 있지 않으면 안 되지만, 그러나 그들의 눈은 마치 온화한 날씨처럼 즐겁게 바라본다. 오로지 나만 두려워한다.'"

함부로 취급당하는 것 같아 심사가 뒤틀려 내가 말했다. "당신이 아까 들려주었던 당신 어머님과 정원의 그 부인에 관한 이야기를 나는 전혀 기이하다고 생각하지 않아요. 나는 그와 같은 이야기들을 많이 듣고 몸소 체험했을 뿐만 아니라, 많은 경우 심지어 함께 참여하기까지 했소. 그런 일은 정말 무척이나 자연스러운 것이오. 만약 내가 그 발코니 위에 있었더라면 그와 똑같은 말을 할 수 없었을 거라고, 그리고 정원에서 똑같은 대답을 할 수 없었을 거라고 당신은 생각하는 거요? 아주 단순한 돌발적인 사건이에요."

내가 그렇게 말했을 때, 그는 아주 행복한 것처럼 보였다. 그는, 내가 매력적으로 옷을 입고 있으며 내 넥타이가 아주 마음에 든다고 말했다. 그리고 나는 그렇게 생각하지 않지만 내가 얼마나 고운 피부를 지녔는가도 말했다. 또한 고백이란, 우리가 그것을 철회할 경우에, 가장 명백한 것이 된다고도 말했다.

c 기도자의 이야기

그러고 나서 그는 내 곁으로 앉았는데, 왜냐하면 내가 쑥스러워져서 머리를 옆으로 숙이고 그에게 자리를 마련해 주었기 때문이다. 그럼에도 불구하고 나는, 그 역시 아무튼 당황해서 앉아 있었고 나와는 항상 약간 거리를 유지하려고 애썼으며 그리고 힘겹게 이런 말을 하는 모습을 놓치지 않았다.

"내가 도대체 어떤 날들을 보내고 있는지요!"

어제저녁 나는 한 사교 모임에 참석했다. 가스 불빛 아래서 나는 어느 아가씨 앞에 고개를 숙이고 "벌써 겨울이 가까워지고 있어서 나는 정말 기쁘군요—" 하며 인사했다. 이 말을 하며 고개 숙여 인사하던 바로 그 순간 나는 내 오른쪽 위 허벅다리 관절이 삐어 있음을 알고는 불쾌한 기분이었다.

그래서 나는 자리에 앉아, 나는 언제나 내 문장들에 대한 개요를 유지하려고 애쓰기 때문에, 이렇게 말했다. "왜냐하면 겨울엔 힘이 훨씬 덜 들기 때문이지요. 더 가볍게 처신할 수 있고, 자신이 하는 말에 그렇게 신경 쓸 필요가 없지요. 그렇지 않은가요, 친애하는 아가씨? 바라건대 내 이야기가 옳았으면 하오." 그때 내 오른쪽 다리가 나를 몹시 짜증 나게 했다. 처음에는 그것이 산산조각으로 부서지는 것 같았는데, 힘을 꽉 주어 누르고 상태에 맞추어 적당히 밀어 위치를 바로잡아 줌으로써 비로소 점차 반쯤 정상 상태로 돌려놓을 수가 있었기 때문이다.

그때 나를 동정하는 마음에서인지 그 자리에 함께 앉아 있었던 그 아가씨가 나직이 말하는 소리가 들려왔다. "아니에요. 당신은 나에게 전혀 감탄을 자아내지 못하고 있어요. 왜냐하면—"

"잠깐 기다려요." 나는 만족하고 기대에 가득 차 말했다. "친애하는 아가씨, 나와 이야기를 나누는 데 단 오 분도 소비하지 않을 거예요. 말하는 사이사이에 드세요, 부탁해요."

그러면서 나는 팔을 뻗어서, 청동으로 된 날개 달린 소년이 떠받치고 있는 접시에서 주렁주렁 달린 포도송이를 집어 잠깐 동안 공중에 들고 있다가 파란 테두리의 작은 접시 위에 다시 내려놓고는 어느 정도 우아하게 그 아가씨에게 내밀었다.

"당신은 나에게 전혀 감탄을 자아내지 못한다니까요" 하고 그녀가 말했다. "당신이 말하는 것이 모두 다 지루하고 무슨 말인지 이해할 수가 없어요. 게다가 진실하지도 않아요. 말하자면 내 생각은요, 이보세요, 신사 양반, 그러니까—왜 당신은 나를 언제나 친애하는 아가씨라고 부르세요?—내 생각은요, 당신은 진실이 너무 힘들다는 오직 그 이유 때문에 진실에 종사하지 못하는 거예요."

오, 저런, 그때 나는 얼마나 기분이 좋았던가! "그래요, 아가씨, 아가씨," 나는 거의 외치고 있었다. "참으로 지당한 말이오! 친애하는 아가씨, 이해하겠어요, 그것을 노린 것도 아닌데 그렇게 이해된다면 그야말로 확 열리는 기쁨이지요."

"이보세요, 진실이 당신에겐 그러니까 너무 힘들기 때문이에요. 도대체 당신이 정말 어떤 모습인지! 당신은 당신 전체 길이에 따라 박엽지*, 노란 박엽지로 오려 낸 모습이에요. 그렇게 실루엣처럼 말이에요. 당신이 걸어가면 당신이 내는 주름 구겨지는 소리를 틀림없이 들을 거예요. 따라서 당신의 태도나 견해에 대해 흥분하는 것도 부당한 일이에요. 왜냐하면 당신은 바로 방 안의 외풍 쪽으로 몸을 구부려야 하니까요."

"나는 무슨 말인지 모르겠소. 여기 방 안에는 물론 몇 사람이 어슬렁거리고 있어요. 그들은 의자 등받이를 팔로 휘감고 있거나 또는 피아노에 몸을 기대거나 또는 망설이면서 잔을 들어 입에 대거나 또는 두려워하며 옆방으로 가고, 그리고 어둠 속에서 어떤 상자에 어깨를 부딪혀 오른쪽 어깨에 부상을 입고 나서는, 열린 창문 곁에서 숨

---

* 얇고 투명한 종이.

을 내쉬며 이런 생각을 하지요. '저기에 샛별 금성이 있구나. 그러나 나는 이 사교 모임에 와 있다. 그것이 연관이 있어도 난 그것을 이해하지 못하겠다. 그러나 연관성이 있는지 없는지조차 난 전혀 모르겠다.'—이봐요. 친애하는 아가씨, 자신들의 애매모호한 성격에 걸맞게 그렇게 결단을 내리지 못하고 정말로 우스꽝스럽게 행동하는 이 사람들 중에서 오로지 나 혼자만 나에 관해 아주 분명한 이야기를 들을 자격이 있는 것 같소. 그 이야기가 아무튼 기분 좋은 내용으로 가득 차 있도록 풍자적으로 이야기해 줘요. 그러면 마치 내부가 불타 버린 어떤 집의 중요한 벽들이 남게 되는 것처럼, 무언가가 눈에 띄게 남게 되겠지요. 시야는 이제 거의 방해받지 않고 있어요. 낮에는 큰 창구멍들을 통해 하늘의 구름을, 밤에는 별을 볼 수 있지요. 그러나 아직도 구름들은 자주 잿빛 바위들에 의해 잘려지고, 별들은 자연스럽지 않은 형상들을 이루고 있어요—살고자 하는 사람들이 모두 언젠가는, 당신이 말한 대로, 노란 박엽지를 실루엣처럼 오려 내 만든 것 같은 내 모습처럼 보이게 될 거라는 데 대한 감사의 마음을 당신에게 내가 털어놓으면 어떨까요? 그들이 걸어가면 주름 구겨지는 소리가 들리게 될 거예요. 그들은 지금과 다르지 않을 테지만, 그러나 모습은 그렇게 보일 거예요. 심지어 당신조차도, 친애하는—"

그때 나는 아가씨가 더는 내 곁에 앉아 있지 않다는 것을 알아챘다. 마지막 말을 하고 나서 틀림없이 곧바로 가 버린 것이다. 왜냐하면 그녀는 이제 나한테서 멀리 떨어진 어느 창가에서, 높이 올린 하얀 칼라 위로 얼굴을 내밀고 담소를 나누는 세 젊은이에 둘러싸여 있었기 때문이다.

그 후 나는 즐겁게 포도주 한 잔을 마시고는 피아노 연주자에게 갔는데, 그는 다른 사람들과 아주 멀리 떨어져서 머리를 끄덕이며 바로 슬픈 작품을 연주하고 있었다. 나는 그가 놀라지 않도록 조심스럽게 그의 귀에 닿을 만큼 몸을 굽혀, 그 곡의 멜로디에 맞춰 나직이 말했다.

"존경하는 신사 양반, 죄송합니다만, 제가 지금 연주하도록 해 주시면 안 될까요? 저는 바야흐로 행복해지려는 참이니까요."

그가 내 말을 듣지 않았기 때문에 나는 한참 동안 당황해서 서 있었으나, 그러다가 나의 부끄러움을 억누르면서, 이 손님 저 손님에게, 이왕 말이 나온 김에 덧붙여 말했다. "저는 오늘 피아노를 연주할 것입니다. 그래요."

모두들 내가 그럴 수 없다는 것을 아는 것 같았는데, 그러나 자신들의 대화가 기분 좋게 중단되었기 때문에 의외로 친절하게 웃었다. 하지만 내가 아주 큰 소리로 피아노 연주자에게 "존경하는 신사 양반, 죄송합니다만, 제가 지금 연주하도록 해 주시면 안 될까요? 저는 그러니까 바야흐로 행복해지려는 참이니까요. 승리의 환희를 맛보고 싶습니다" 하고 말했을 때에야 비로소 그들은 완전히 주의를 기울였다.

피아노 연주자는 물론 연주를 그쳤지만 그러나 자신의 갈색 의자를 떠나지 않았으며, 내 말을 이해하지도 못한 것 같았다. 그는 한숨을 내쉬더니 긴 손가락들로 자신의 얼굴을 가렸다.

여주인이 한 무리의 사람들과 함께 그곳으로 왔을 때 이미 나는 약간 동정심을 느끼고 있었던 터라 그가 다시 연주하도록 격려해 줄 작정이었다.

"재미있고 기발한 착상이군" 하고 그들은 말하면서, 마치 내가 아주 부자연스러운 짓을 감행하려고 하는 것처럼 그들은 큰 소리로 웃어 젖혔다.

그 아가씨도 건너와서 나를 경멸하듯이 쳐다보며 말했다. "제발, 인자하신 사모님, 그에게 연주하도록 해 주십시오. 그는 아마도 아무튼 흥을 돋우는 데 한몫 거들고 싶어 하는 것 같습니다. 칭찬받을 일입니다. 제발 부탁입니다, 인자하신 사모님."

모두들 떠들썩하게 기뻐했는데, 그들도 분명히 나와 마찬가지로, 그것이 반어적으로 한 말이라고 믿고 있었기 때문이다. 오직 피아노 연주자만 잠자코 있었다. 그는 머리를 숙이고 왼쪽 집게손가락으로, 마치 모래 위에 그림을 그리는 것처럼, 의자의 나무를 쓰다듬었다. 나는 몸을 떨었다. 나는 그것을 숨기려고 두 손을 바지 주머니에 찔러 넣었다. 나도 더는 명확하게 말할 수가 없었는데, 왜냐하면 나의 얼굴이 온통 울음을 터뜨릴 것 같았기 때문이다. 그래서 나는 청중에게 내가 울 것이라는 생각이 우스꽝스럽게 여겨질 수밖에 없도록 그렇게 말을 가려서 해야만 했다.

"인자하신 사모님," 하고 내가 말했다. "이제 연주를 해야겠습니다. 왜냐하면—" 나는 그 이유를 잊어버렸었기 때문에, 생각지도 않게 피아노를 치려고 앉았다. 그때 나는 새삼스레 내가 처한 상황을 이해했다. 피아노 연주자는 일어서더니 상냥하게 의자 위로 넘어갔다. 내가 그의 길을 막고 있었기 때문이다. "제발, 불을 좀 꺼 주십시오. 저는 오직 어두운 곳에서만 연주할 수 있습니다" 하고 말하며 나는 일어섰다.

그때 두 신사가 의자를 잡더니, 어떤 노래를 휘파람으로 부르면서 그리고 나를 약간 흔들면서, 나를 피아노에서 아주 멀리 떨어진 식탁으로 옮겼다.

모두가 인정하고 갈채를 보내는 것 같아 보였고 그 아가씨가 말했
다. "그것 보십시오, 인자하신 사모님, 그는 아주 멋있게 연주해 냈습
니다. 저는 그럴 줄 알았습니다. 그런데 사모님께서는 공연히 염려하
셨습니다."

나는 연주가 성공리에 끝났음을 알고 허리를 굽혀 감사의 인사를
했다.

누군가 나에게 레몬주스를 따라 주었고, 내가 주스를 마실 때 빨간
입술의 아가씨가 그 잔을 들어 주었다. 여주인이 달걀 흰자위에 설탕
을 섞어 만든 과자를 은쟁반에 담아 나에게 건네자, 새하얀 드레스를
입은 한 아가씨가 그것을 내 입안에 넣어 주었다. 숱이 많은 금발 머
리의 한 풍만한 아가씨가 내 머리 위로 포도송이를 들고 있어서 나는
그냥 따 먹기만 하면 되었는데, 그러는 동안 그녀는 눈길을 피하는
내 눈을 빤히 들여다보고 있었다.

모든 사람이 나에게 그렇게 잘 대해 주었기 때문에, 내가 다시 피
아노로 가려고 했을 때 그들이 하나같이 나를 만류하는 데 대해 내가
놀랐음은 물론이다.

"이제 그만하면 충분해요" 하고 남자 주인이 말했다. 나는 그때까
지 그가 있는지조차 몰랐었다. 그가 밖으로 나가더니 곧바로 엄청 큰
실크해트와 꽃무늬가 있는 구릿빛 오버코트를 갖고 들어왔다. "자,
당신 것이오."

그것은 물론 내 것이 아니었지만, 그러나 나는 그에게 다시 한번
확인하는 수고를 끼치고 싶지 않았다. 남자 주인이 몸소 그 오버코트
를 나에게 입혀 주었는데, 그것은 내 마른 몸에 착 달라붙는 것처럼
아주 꼭 맞았다. 선한 얼굴을 한 어떤 숙녀가 천천히 몸을 굽히면서

그 코트를 죽 따라 내려가며 단추를 끼워 주었다.

"그럼 안녕히 가세요" 하고 여주인이 말했다. "그리고 곧 다시 오세요. 언제나 환영이에요, 아시겠죠." 그때 그 자리에 모여 있던 사람들이 모두, 마치 그럴 필요가 있기라도 한 것처럼, 허리를 굽혀 절을 했다. 나도 그러려고 했으나, 코트가 너무 몸에 꼭 맞아 꽉 조였다. 그래서 나는 모자를 들고는 그냥 문을 나섰는데, 그런 버릇없는 내 모습이 아마 틀림없이 너무 어색했을 것이다.

그러나* 내가 보폭이 작은 발걸음으로 집 대문을 나섰을 때, 달과 별들이 떠 있는 거대한 궁륭의 하늘, 그리고 시청과 마리아 입상과 성당이 있는 원형 광장이 나를 갑자기 덮쳐 왔다.

나는 조용히 그늘진 곳으로부터 달빛이 비치는 곳으로 나와, 오버코트의 단추를 끄르고 몸을 따뜻하게 했으며, 그러고 나서 두 손을 들어 올림으로써 윙윙거리는 밤의 소리를 잠재우고는 곰곰 생각하기 시작했다.

'너희가 마치 실제로 존재하는 척하다니, 도대체 어떻게 된 거야. 너희는 나로 하여금 초록빛 포장도로 위에 우스꽝스럽게 서 있는 내가 비현실적인 존재라고 믿게 하고 싶은 것인가? 하지만 너 하늘이여, 네가 실제로 존재했던 것은 정말 이미 오래전부터의 일이고, 너 원형 광장은 결코 한 번도 실제로 존재한 적이 없었다.'

'그건 물론 사실이야, 너희는 여전히 나보다 우월하지만, 그러나 내가 너희를 가만히 놓아둘 때만 그렇단다.'

'참으로 다행스럽게도, 달아, 너는 더 이상 달이 아니지만, 그러나

* 이후로 「C 기도자의 이야기」 끝까지 앞의 「술주정꾼과의 대화」가 그대로 반복된다.

달이라는 이름으로 정해진 너를 내가 여전히 달이라고 부르는 것은 어쩌면 내가 소홀한 탓인지도 모르겠다. 내가 너를 '희한한 빛깔의 잊혀 버린 종이 초롱'이라고 부르면, 너는 왜 더 이상 그렇게 오만방자하지를 않은 거야. 그리고 내가 너를 '마리아 입상'이라고 부르면, 왜 너는 거의 쑥 물러나 버리는 거야. 그리고 마리아 입상아, 내가 너를 '노란빛을 던지는 달'이라고 부르면, 나는 너의 위협적인 자세를 더 이상 못 보는구나.'

'사람들이 너희에 대해 곰곰 생각하는 것이 너희에게 이롭지 못하다는 것이 사실인 것처럼 보이는구나. 그러면 너희의 용기도 건강도 줄어드니 말이야.'

'그런데, 만약 곰곰이 생각하는 사람이 술주정꾼에게서 배운다면, 틀림없이 엄청 유익할 텐데 말이야!'

'왜 모든 것이 조용해진 것일까. 바람이 더 이상 없는 것 같군. 그리고 마치 작은 바퀴를 달고 있는 것처럼 광장 위를 굴러다니는 자그마한 경비초소들도 아주 단단히 붙어 있군―조용히―조용히―평소 때에는 그 경비초소들을 땅과 구별해 주는 가늘고 검은 선이 전혀 보이지 않는군.'

그리고 나는 달리기 시작했다. 나는 아무런 방해를 받지 않고 그 큰 광장 주위를 빙 둘러 세 번 달렸으며, 술주정꾼을 한 명도 만나지 않았기 때문에, 나는 속도를 늦추지 않고 또 힘든 것을 느끼지도 않으며 카를 골목길을 향해 달렸다. 내 그림자가, 벽과 길바닥 사이의 오목 팬 길을 갈 때 그런 것처럼, 자주 나보다 더 작은 모습으로 내 옆에서 벽에 붙어 달려왔다.

내가 소방서 건물을 지나가고 있었을 때 작은 원형 광장에서 소음이 들려와 그곳으로 접어들자 분수의 격자 울타리에 기대어 어떤 술주정꾼이, 두 팔을 수평으로 유지하고 나막신에 꿰어 있는 두 발을 땅 위로 동동 구르며 서 있는 모습이 보였다.

나는 호흡을 진정시키기 위하여 우선 멈추어 서 있다가 그러고 나서 그에게로 다가가 머리에 쓰고 있던 실크해트를 벗고는 나를 소개했다.

"안녕하십니까, 다정하신 귀족 나리. 저는 스물셋이지만 아직 아무런 명성이 없습니다. 그러나 당신은 이 대도시 파리 태생으로 확실히 놀랄 만한, 정말 노래로 불릴 수 있는 그런 명성을 갖고 계시겠지요. 미끄러지다가 멈추어 서는 프랑스 궁정의 몹시 부자연스러운 냄새가 당신을 둘러싸고 있군요."

"분명히 당신은, 꽉 끼는 코르셋을 입고 높고 밝은 테라스에서 비꼬듯이 뒤돌아보는 저 위대한 귀부인들을 색깔이 번지는 눈으로 보셨겠지요. 그림으로 장식된 그녀들의 아름다운 긴 옷자락 끝은 여전히 정원의 모래 위 계단에 펼쳐진 채 있고요. 여기저기 늘어선 긴 막대 위로 하인들이 대담하게 재단된 회색 연미복과 하얀 바지를 입고서, 두 다리로 장대를 끼지만 상체는 자주 뒤쪽과 옆으로 구부린 채, 기어오르지요. 그렇지 않나요. 그들은 밧줄에 매인 거대한 잿빛 아마포 천들을 땅에서 들어 올려 공중에 팽팽하게 펴지 않으면 안 되기 때문에 그렇게 한 것인데, 왜냐하면 그 위대한 귀부인이 안개 낀 아침을 원하기 때문이지요." 그가 트림을 했기 때문에 나는 거의 경악하다시피 하며 말했다. "신사 양반, 정말 당신이 우리의 파리, 저 폭풍우 치는 파리에서, 아, 이 미친 듯이 우박이 내리는 궂은 날씨를 뚫고 왔다는 것이 사실인가요?" 그가 다시 트림을 했을 때 나는 당황해서 말했다. "나는 그것이 나에게 큰 영광이라는 것을 알아요."

그리고 나는 손가락을 재빨리 놀려 코트의 단추를 채우고 나서 열심히 그리고 수줍어하며 말했다.

"당신이 나를 대답할 만한 가치가 없는 존재로 여기는 것을 알지만, 그러나 만약 오늘 내가 당신에게 묻지 않으면, 나는 틀림없이 울며 평생을 보내야 할 거예요."

"부탁드리는데, 의상을 멋있게 차려입으신 신사 양반, 사람들이 나에게 해 준 이야기가 사실인지요? 파리에는 오로지 장식이 된 의상으로만 이루어진 사람들이 있나요, 그리고 거기엔 오직 현관밖에 없는 집들이 있나요, 그리고 여름날 하늘은 도망치듯 푸르고, 단지 뭉쳐진 작은 흰 구름들로 아름답게 장식되어 있으며, 그 구름은 모두 하트 모양이라는 게 사실인가요? 그리고 거기엔 대성황을 이루는 진기품 전시실이 있는데, 그곳에는 가장 유명한 영웅들, 범죄자들과 연인들의 이름이 적힌 작은 명판이 매달려 있는 나무들만 서 있다면서요."

"그리고 또 이런 소식도 있어요! 이 명백한 허위 소식 말이에요!"

"파리의 거리들은 갑자기 갈라진다는데 사실 아닌가요, 그 거리들이 불안하다는데 사실 아닌가요? 모든 것이 항상 질서가 잡혀 있는 것은 아니라는데, 어떻게 그럴 수가 있지요! 사고가 한번 나면, 사람들은 포장도로를 거의 건드리지 않는 그런 대도시다운 걸음걸이로 옆길들에서 모여들고, 모두가 물론 호기심에 차 있긴 하지만, 그러나 실망할까 봐 두려워하며, 그들은 숨을 헐떡거리며 작은 머리를 앞으로 내민다지요. 그러나 서로 몸이 닿게 되면, 깊이 머리를 숙여 이렇게 용서를 구한다면서요. '정말 미안합니다—고의로 그런 것은 아

닙니다—사람들이 너무 많아 혼잡해서 그런 것이니 제발 용서하세
요—제가 아주 서투른 탓입니다—그 점을 인정합니다. 제 이름은
요—제 이름은 제롬 파로쉬인데, 카보탱 거리에 있는 향료 상인입니
다—제가 내일 점심에 당신을 초대해도 되겠습니까—제 아내도 무
척 기뻐할 겁니다.' 이렇게들 그들은 말하는데, 그러나 그동안 좁은
길은 마비되고, 집들 사이로 굴뚝의 연기가 내려앉는다지요. 아무튼
그렇다고 해요. 어느 상류층 고급 주택가의 붐비는 환상 도로에서 자
동차 두 대가 멈춰 서는 일이 일어날 수 있지요. 그러면 하인들이 정
중하게 문을 엽니다. 족보 있는 시베리아산 사냥개 여덟 마리가 그
뒤를 춤추듯 따라 내려와 짖어 대며 차도로 뛰어오릅니다. 그리고 그
때 사람들은, 바로 그들이 파리의 분장한 젊은 멋쟁이들이라고 말한
다지요."

　그는 두 눈을 꼭 감고 있었다. 내가 입을 다물고 침묵했을 때, 그는
두 손을 입에 집어넣고 아래턱을 잡아당겼다. 그의 옷은 온통 더럽혀
져 있었다. 아마도 사람들이 그를 술집에서 밖으로 내던져 버린 것
같은데, 그는 아직도 그것을 확실하게 알지 못하고 있었다.

　낮과 밤 사이에는 어쩌면 이런 짧고 아주 조용한 휴식 시간이, 그
러니까 우리가 기대하지 않는데 머리가 우리 목덜미에 매달려 있고,
우리가 관찰하지 않기 때문에 우리가 알아채지 못하는 채로 모든 것
이 정지해 있다가 그러고 나서 사라져 버리는 이런 시간이 있었을 것
이다. 그동안에 우리는 구부러진 몸뚱이로 홀로 남아 있다가 그러고
나서는 주위를 빙 둘러보지만, 더 이상 아무것도 보지 못하며, 대기
의 저항도 느끼지 못한다. 그러나 마음속으로는, 지붕들과 다행히 각
진 굴뚝들이 있는 집들이 우리와 어느 정도 떨어져 서 있다는 기억에

매달리는데, 어둠은 그 굴뚝들을 통해 집 안으로 흘러들고, 다락방들을 통해 각양각색의 방 안으로 흘러드는 것이다. 그리고 내일이면, 전혀 믿어지지 않는 일이지만, 모든 것을 다 볼 수 있게 될 날이 오리라는 것은 하나의 행운이다.

그때 술주정꾼이 눈썹을 높이 치켜세우자 눈썹과 눈 사이에 어떤 광채가 생겨났는데, 그는 띄엄띄엄 이렇게 설명했다. "그건 그러니까 말이오—나는 그러니까 졸려요, 그래서 나는 자러 갈 거요—벤첼 광장에 내 동서가 한 명 있어요—그곳으로 난 가요, 왜냐하면 나는 거기 사니까요, 왜냐하면 거기에 내 잠자리가 있으니까요—나 이제 가요—다만 그 동서 이름이 무엇인지 그리고 어디 사는지 그걸 모르겠어요—내가 그걸 잊어버린 것 같아요—그러나 아무 상관 없어요, 왜냐하면 나는 나에게 동서가 도대체 있는지 아닌지조차 사실 전혀 모르니까요—나는 이제 정말 가요—당신은 내가 그 동서를 찾아낼 거라고 생각하시오?"

그 말에 나는 주저하지 않고 말했다. "틀림없이 그럴 거예요. 그렇지만 당신은 객지에서 왔어요. 그리고 당신의 하인들이 우연히 지금 당신 곁에 없는 거예요. 내가 당신을 데리고 가도록 허락해 주세요."

그는 대답하지 않았다. 그때 나는 그가 팔짱을 끼도록 그에게 내 팔을 내어 주었다.

d 뚱보 사내와 기도자 사이의 계속된 대화

나는 그러나 한참 동안 기분 전환을 하려고 애썼다. 나는 몸을 문지르며 혼잣말로 중얼거렸다.

"네가 말할 때가 왔어. 너는 벌써 정말 당황하고 있구나. 궁지에 몰린 느낌을 받고 있니? 좀 기다려 봐! 넌 사실 이런 상황이 어떤 건지 알고 있잖아. 서두르지 말고 곰곰 생각해 봐! 주위 사람들도 기다려 줄 거야."

"지난주 모임에서와 마찬가지군. 베낀 것을 누군가 낭독하고 있다. 한 쪽 분량은 그의 부탁을 받고 내가 직접 베낀 것이다. 나는 그가 쓴 여러 쪽의 글을 읽고는 깜짝 놀란다. 그것은 줏대가 없는 글이다. 사람들은 책상 위에 놓인 세 쪽짜리 문건 너머로 몸을 구부린다. 나는 그것이 내가 쓴 글이 아니라고 울면서 맹세한다."

"그러나 왜 그것이 오늘 것과 비슷해야 한다는 걸까. 울타리를 친 은밀한 대화가 이루어지는 것은 오직 너의 마음에 달린 문제이다. 모든 것이 평온하군. 이봐, 너 제발 좀 노력해 봐!—너는 물론 항변할 구실을 찾게 될 거야—너는 '나는 졸리다. 머리가 아프다. 안녕' 하고 말할 수 있어. 그러니까 빨리 서둘러, 서두르라고. 남의 이목을 끌어 봐!—그게 뭐야? 다시 산 넘어 또 산이라고? 넌 무엇을 회상하니?—난 지상의 방패인 거대한 하늘을 향해 솟아 있던 고원을 회상하고 있어. 난 산에서 그 고원을 바라보면서 그곳을 편력할 준비를 했네. 나는 노래 부르기 시작했지."

입술이 말라 제대로 말을 할 수 없는 내가 겨우 말했다.

"달리 살아갈 수는 없을까요?"

"그럼요" 하고 그는 마치 묻듯이 미소를 지으며 말했다.

"그런데 왜 그들은 저녁에 성당에서 기도를 하지요?" 하고 내가 물었다. 그때까지 마치 잠자는 것처럼 무의식적으로 내가 지지해 주었던 모든 것이 나와 그 사이에서 무너져 버렸던 것이다.

"아니에요. 왜 우리가 그런 이야기를 해야 하나요. 저녁에는 말이에요, 혼자 사는 사람은 아무도 책임을 지지 않아요. 인간은 두려워하는 것이 많지요. 그래서 육체 같은 구체적인 것이 어쩌면 사라져버리지는 않을까, 인간들이란 어스름한 황혼 녘에 보이는 모습이 실제의 모습이어서 지팡이 없이 걸어 다녀서는 안 되지 않을까, 다른 사람들에게 모습을 보이고 육체를 얻기 위하여 성당에 가서 소리를 지르며 기도를 올리는 것이 아마 좋지 않을까 하고 생각들 하는 거지요."

그렇게 이야기하고 나서 그가 입을 다물어 버렸기 때문에 나는 호주머니에서 내 빨간 손수건을 꺼내 몸을 구부리고 울었다.

"왜 우는 거요? 당신은 키가 크고, 그 점이 난 좋아요. 당신의 손은 길고, 그 손을 거의 당신이 마음먹은 대로 쓸 수 있어요. 그런데 왜 당신은 이런 것을 기뻐하지 않지요. 충고하겠는데요, 소맷자락 색이 어두운 그런 옷을 항상 입고 다녀요—아니—내가 당신에게 아양 떨고 있는데도 당신은 울고 있단 말이오? 인생의 이런 어려움을 당신은 정말 무척이나 이성적으로 견뎌 내는군요."

"우리는 도대체 아무 쓸모도 없는 전쟁 무기들, 탑들, 장벽들, 비단 커튼들 따위를 만들어 내고 있으며, 시간적 여유가 있다면 그것에 대해 많이 놀라워할 수도 있을 거예요. 그리고 우리는 공중에 떠 있는 상태를 유지하고 있으며, 비록 우리가 박쥐보다도 더 추한 모습이긴 하지만, 우리는 추락하지 않고, 날개를 파닥거리고 있어요. 그리고 어느 아름다운 날 누군가가 '오 이런, 오늘은 아름다운 날이군요' 하고 말하는 것을 방해할 수 있는 사람은 거의 아무도 없어요. 왜냐하면 우리는 이미 지상에 적응되어 있고 상호 양해를 토대로 살고 있으니까요."

"우리는 말하자면 마치 눈밭의 나무줄기 같은 존재예요. 그것들은 물론 겉으로 보기에는 그냥 미끄러질 것처럼 놓여 있어서 조금만 밀쳐도 밀어내 버릴 수 있을 것 같지요. 그러나 아니에요, 땅바닥과 단단히 결합되어 있기 때문에, 그럴 수가 없어요. 보세요, 심지어 그것조차 단지 표면상으로만 그렇게 보일 뿐이라고요."

'밤이니까 아무도 내가 지금 말할 수도 있는 것으로 내일 나를 비난하지는 않을 거야. 지금 하지 않으면 잠을 자면서도 말할 수 있을 테니까 말이야.' 이런 생각을 곰곰 하다 보니 울음이 멈추었다.

그러고 나서 나는 말했다. "예, 그렇지요. 그러나 우리가 도대체 무슨 이야기를 하고 있는 건가요. 우리는 어떤 현관의 깊은 곳에 서 있기 때문에 하늘의 빛에 관해서는 물론 이야기할 수가 없었겠지요. 그래요. 그렇지만 그 이야기를 할 수도 있었을지 모르겠네요. 우리는 대화 속에서 완전히 독립적이지는 않아요. 왜냐하면 우리는 어떤 목표나 진리에 도달하려고 하는 것이 아니라 그저 농담과 환담만을 위해 대화를 하기 때문이지요. 나한테 정원에 있던 그 부인에 관한 이야기를 다시 한번 해 주실 수 없을까요? 그 부인은 얼마나 경탄할 만하고 얼마나 영리한지요! 우리는 그녀를 본보기로 삼아 처신해야 해요. 내가 그녀를 얼마나 좋아하는지! 그러니 내가 당신을 만나 이렇게 붙잡아 둔 것도 잘된 일이에요. 당신과 이야기를 나눈 것이 나에게는 큰 기쁨이었어요. 내가 지금까지 어쩌면 의도적으로 모르고 지낸 몇 가지 이야기를 듣게 되어 기쁘군요."

그는 만족스러워 보였다. 사람 몸과 접촉하는 것이 나에게는 항상 괴로운 일임에도 불구하고 나는 그를 끌어안아야만 했다.

그런 다음에 우리는 현관을 벗어나 야외로 나왔다. 내 친구가 흩어져 있는 작은 구름 조각들을 불어서 날려 버리자 이제 끝없는 별들의 평원이 우리에게 펼쳐졌다. 내 친구는 힘겹게 걸어갔다.

4. 뚱보 사내의 몰락

그때 모든 것이 속도라는 놈에 붙들려 먼 곳으로 떨어져 내렸다. 강물이 낭떠러지로 끌려 내려오다가 멈춰 서려고 안간힘을 썼으며, 부서진 모서리에서 여전히 갈 곳을 정하지 못하고 주저했지만 결국 산산이 부서져 물보라를 내뿜으며 떨어져 내렸다.

뚱보 사내는 말을 계속할 수가 없었다. 그는 몸을 돌리더니 큰 소리를 내며 급하게 떨어져 내리는 폭포 속으로 사라져야만 했다.

그토록 많은 즐거움을 경험했던 나는 강기슭에 서서 그 모습을 바라보았다. "우리의 폐는 무엇을 해야 한단 말인가." 나는 외치고, 또 외쳤다. "당신이 빠르게 숨을 쉬면, 당신은 내부의 독들로 스스로 질식할 것이고, 숨을 천천히 쉬면, 숨을 쉴 수 없는 공기로, 격분한 사물들로 인해 질식할 것이오. 그러나 만약 당신의 속도를 찾으려고 시도한다면 찾다가 벌써 그 때문에 멸망할 것이오."

그때 강기슭이 한없이 넓어졌는데, 나는 저 멀리 떨어져 있는 조그만 도로 표지판의 쇠를 손바닥으로 만져 보았다. 나로서는 전혀 이해할 수 없는 일이 일어났던 것이다. 나는 키가 작았으며, 거의 보통 키보다도 더 작았다. 아주 빠르게 흔들거리는 하얀 들장미로 덮인 덤불 숲이 내 키를 훌쩍 넘어 우뚝 솟았다. 나는 그 덤불숲이 잠깐 전에 내 곁에 가까이 있었기 때문에 그것을 보았던 것이다.

그러나 그럼에도 불구하고 나는 잘못 생각했었던 것이다. 왜냐하면 내 두 팔은 장마 구름만큼이나 컸기 때문이다. 다만 그것들이 더 성급했다. 나는 왜 그것들이 나의 가엾은 머리를 으깨려고 했는지 그 이유를 모르겠다.

내 머리는 마치 개미 알만큼이나 작았다. 다만, 약간 손상을 입어서 이제 완전히 둥글지는 않았다. 나는 머리를 돌려 간청했다. 왜냐하면 나의 눈이 표현하는 것은 사람들이 알아볼 수 없었을 것이기 때문이었다. 내 눈은 그렇게나 작았던 것이다.

그러나 나의 두 다리, 도저히 있을 수 없는 특이한 다리는 숲이 우거진 산 위에 놓여서 마을의 골짜기들에 그림자를 드리우고 있었다. 다리는 자라고 또 자랐던 것이다! 이미 다리는 전혀 풍경이 없는 공간 속으로 솟아올랐고, 벌써 오래전에 다리의 길이가 내 시력의 범위를 벗어나 버렸다.

그러나 아니다, 그렇지 않다―나는 물론 키가 작지만, 일시적으로 작은 것이다―나는 굴러간다―나는 굴러간다―나는 산의 눈사태다! 제발, 지나가는 사람들이여, 제발 부탁인데, 내가 얼마나 큰지 나에게 좀 말해 주시오. 나의 이 두 팔, 이 두 다리를 재어 주시오.

Ⅲ

"대체 어찌 된 일이오?" 나와 함께 모임을 빠져나와 라우렌치산으로 가는 길을 내 곁에서 조용히 걷고 있던 내 지인이 물었다. "내가 그것에 관해 명확하게 이해하도록, 잠시만 좀 멈춰 서요―아시다시

피 나는 끝내야 할 일이 있어요. 몹시 힘이 드네요—이렇게 기분 좋게 쌀쌀하고 빛이 환한 밤이지만, 그러나 심지어 가끔씩 저 아카시아 나무들의 위치까지 바꾸어 버리는 것 같은 이 불만을 품은 바람 말이에요."

정원사 집을 비추던 달그림자가 약간 불룩한 도로 위에 펼쳐져 있었고, 얼마 남아 있지 않은 눈으로 장식되어 있었다. 나는 문 옆에 있는 벤치를 보았을 때 손을 높이 들어 그것을 가리켰으며, 용기도 없고 비난을 예상했기 때문에, 왼손을 가슴에 얹었다.

그는 진저리를 내며 자신의 아름다운 옷에 개의치 않고 앉았다. 그가 팔꿈치로 허리를 누르면서 구부러진 손가락 끝으로 이마를 감쌌을 때 나는 깜짝 놀랐다.

"그래요, 이제 말하겠소. 당신도 알다시피 나는 규칙적인 생활을 하지요. 아무것도 중단되어서는 안 돼요. 필연적이고 널리 인정받는 일은 모두 일어나는 법이에요. 내가 나가는 모임에서 우리가 익숙해진 불행은, 주변 사람들과 내가 만족스럽게 생각하는 꼴을 가만히 놔두지 않으면서 또 그 일반적인 행복 역시 억제되지 않았고 나 자신도 그 작은 서클 안에서 그 행복에 대해 말할 수가 있었다는 거예요. 좋아요, 나는 여태껏 정말 한 번도 사랑에 빠져 본 적이 없어요. 나는 가끔 그것을 유감스럽게 생각했지만, 그러나 필요할 때면 항상 상투적인 미사여구를 이용했어요. 자, 이제는 말씀드려야겠네요. 그래요, 난 사랑에 빠져 있고, 너무나 사랑에 빠진 나머지 아마 틀림없이 몹시 흥분되어 있을 거예요. 나는 아가씨들이 바라는 그런 정열적인 애인이에요. 그러나 바로 이런 예전의 결함이 나의 연애 상황에는 하나의 예외적이고 쾌활한, 유달리 쾌활한 방향 전환을 시켜 주었다는 점을 염두에 두지 말았어야만 하지 않았을까요?"

"제발 조용히, 조용히 좀 있어요." 나는 무관심하게, 오로지 나 자신만을 생각하며 말했다. "당신 애인은 내가 들은 바대로 물론 아름답군요."

"그래요, 그녀는 아름다워요. 그녀 곁에 앉아 있을 때면 항상 나는 이런 생각만 했어요. '이 대담한 모험—그리고 난 그렇게나 대담하다—그때 나는 항해를 감행한다—장식용 끈이 붙어 있는 포도주를 마신다.' 그러나 그녀는 웃을 때, 기대와는 달리 치아를 드러내지 않으며, 오직 어둡고 좁고 구부러진 입만 보일 뿐이에요. 그래서 그녀가 웃으면서 머리를 뒤로 젖힐 때면, 간교하고 노파처럼 나이 들어 보이지요."

"그것을 부인할 수 없네요" 하고 나는 한숨을 내쉬며 말했다. "나도 십중팔구 그런 모습을 보았던 것 같네요. 왜냐하면 그게 틀림없이 눈에 띌 테니까요. 그러나 그것만이 아니에요. 통틀어, 아가씨의 아름다움! 아름다운 몸매들 위에 아름답게 걸친 옷들, 주름과 술 등 다양한 장식물이 달린 그런 옷을 보면서 나는 가끔 이렇게 생각하지요. '그 옷들은 그런 상태가 오랫동안 유지되지 못할 것이며, 다려도 더는 펼 수 없는 주름이 생기고, 장식 안에 더는 제거할 수 없는 그런 먼지가 두껍게 쌓일 것이다. 그래서 아무도 날마다 아침에 그 값비싼 옷을 입었다가 저녁에 다시 벗는, 자기 자신을 서글프고 우스꽝스럽게 만드는 그런 짓은 하지 않을 것이다.' 그렇지만 나는, 정말 아름다우며, 매력적인 온갖 근육과 작은 뼈마디들, 팽팽한 피부, 숱이 많은 가는 머리카락을 보여 주고, 물론 날마다 자연스러운 가장무도회복을 입고 나타나며, 항상 똑같은 얼굴을 똑같은 손바닥에 대고 자기의 거울에 비치는 자기의 모습을 바라보는 그런 아가씨들을 보게 되지요. 오직 가끔씩, 그 아가씨들이 밤늦게 축제가 끝나 집으로 돌아올 때에만, 거울 속에 비친 그들의 모습은, 온몸이 망가져 버린 것 같고, 탱탱 부어 있고, 먼지투성이에, 모든 사람에게 이미 다 보여져 이제 더는 몸을 거의 지탱할 수 없는 것처럼 보이지요."

"그런데 길을 가는 도중에 내가 자주 당신에게, 그 아가씨를 아름답다고 생각하는지 물어보았는데, 그러나 당신은 그때마다 항상 나에게 대답은 하지 않고 다른 쪽으로 몸을 돌려 버렸어요. 말해 보세요, 당신은 뭔가 나쁜 일을 계획하고 있나요? 왜 나를 위로해 주지 않나요?"

나는 두 발로 그림자 있는 곳을 파듯이 툭툭 치면서 정중하게 말했다. "당신은 위로받을 필요가 없지요. 당신은 아무튼 사랑을 받고 있으니까요." 그러면서 나는 감기에 걸리지 않도록, 청포도 송이 문양이 있는 손수건으로 입을 가렸다.

이제 그는 나에게 몸을 돌리고 통통한 얼굴을 벤치의 나지막한 등받이에 기댔다. "그런데 아시다시피, 대체로 난 아직 시간적 여유가 있어서, 이렇게 싹트기 시작한 사랑을 언제라도 항상, 부끄러운 행동이나 부정한 짓 때문에, 또는 멀리 떨어진 나라로 여행을 떠남으로써 당장 끝낼 수 있어요. 사실인즉, 이렇게 흥분해야 하는가에 대해 내가 매우 회의하고 있기 때문이에요. 아무것도 확실한 것은 없고, 아무도 방향과 지속 기간을 확실하게 정할 수 없어요. 취하려는 의도로 일부러 술집에 들어가면, 하루 저녁은 술에 취하리라는 것을 난 알지만, 그러나 그것은 내 경우일 따름이에요! 일주일 후에 우리는 친하게 지내는 어느 가족과 여행을 갈 작정이에요. 여행을 가면 이 주일

동안은 마음속에 격렬한 분노의 폭발이 없지요. 오늘 저녁 키스를 하면 나를 졸리게 해서, 길들여지지 않은 제멋대로의 꿈을 꿀 수 있는 그런 여지를 줄 거예요. 나는 그것을 이겨 내려고 밤에 산책을 나가는데, 그때 나는 끊임없이 마음의 동요가 일어나고, 얼굴은 마치 돌풍이 지나간 후처럼 차갑고 후끈거려서, 내 호주머니 안에 있는 장밋빛 리본을 계속 만져야 하며, 나에 대해 극도의 의구심을 갖지만 그러나 그 생각에 전념할 수는 없어요. 더군다나 당신은, 이봐요, 내가 당신과 평소에 분명히 별로 오랫동안 이야기를 나누지 못하게 될 동안에도, 참고 견뎌요."

나는 무척 추웠고, 벌써 하늘은 약간 희끄무레한 빛으로 기울어졌다. "그때는 부끄러운 행동, 부정한 짓, 먼 나라로 떠나는 여행, 그 어떤 것도 아무런 도움이 되지 않을 거예요. 당신은 틀림없이 스스로 목숨을 끊게 될 거요" 하고 말하며 게다가 빙그레 웃기까지 했다.

우리 맞은편 가로수 길의 다른 쪽 가장자리에 덤불숲이 두 개 있고 그 덤불숲 뒤 아래쪽에 도시가 있었다. 그것에는 아직 약간 불빛이 남아 있었다.

"좋아요" 하고 소리치면서 그는 작고 단단한 주먹으로 벤치를 내리쳤으나 곧바로 그만두고는 말했다. "그러나 당신은 살아 있어요. 자살하지 않고 말이오. 아무도 당신을 사랑하지 않아요. 당신은 아무것도 얻지 못해요. 그다음 순간을 당신은 다스릴 수 없어요. 그때 나에게 그렇게 이야기하다니, 당신은 비열한 인간이오. 당신은 사랑할 수가 없고, 불안 말고는 아무것도 당신의 마음을 움직일 수 없어요. 제발 내 가슴을 좀 들여다봐요."

그때 그는 신속하게 자신의 상의, 자신의 조끼 그리고 자신의 속옷을 열어젖혔다. 그의 가슴은 정말 넓고도 아름다웠다.

내가 이야기하기 시작했다. "그래요, 그런 반항적인 상태들이 때때로 우리를 엄습하지요. 이번 여름 어느 마을에 있을 때 내가 그랬어요. 그 마을은 강가에 있었어요. 아주 정확하게 기억나네요. 나는 자주 강기슭에 있는 어떤 벤치 위에 부자연스러운 자세로 앉아 있었어요. 그곳에는 강변 호텔도 있었어요. 자주 바이올린 연주 소리가 들려왔지요. 힘이 넘치는 젊은이들이 정원에서 테이블에 앉아 맥주를 앞에 두고 사냥과 모험에 대해 이야기하고 있었어요. 그리고 다른 편 강기슭에는 구름 낀 산들이 있었어요."

나는 생기 없이 일그러진 입 모양을 하고 일어나 벤치 뒤의 잔디밭으로 걸어가 눈으로 덮여 있는 잔가지들을 몇 개 부러뜨리고는 내 지인의 귀에 대고 말했다. "고백하건대, 나는 약혼했어요."

내 지인은 내가 일어나 있었다는 사실에 대해 놀라지 않았다. "당신이 약혼했다고요?" 그는 정말로 오로지 등받이에만 몸을 의지한 채 아주 허약한 모습으로 앉아 있었다. 그러고 나서 그는 모자를 벗었고, 나는 그의 머리카락을 바라보았다. 그것은 좋은 냄새를 풍겼고 멋있게 빗질이 되어 있었으며, 목덜미 위의 둥근 머리를 예리한 선으로 빙 둘러싸고 있었는데, 이번 겨울에 유행하는 헤어스타일이었다.

나는 그에게 그렇게 재치 있게 대답한 것이 기뻤다. "그래" 하고 나는 혼잣말을 했다. "그가 그 사교 모임에서 유연한 목과 자유로운 팔로 여기저기 돌아다니는 모습은 정말 볼만할 거야. 그는 훌륭한 대화 솜씨로 한 숙녀를 홀 한가운데로 이끌 수 있는 능력이 있다. 그리고 집 앞에 비가 내리든, 또는 거기에 어떤 수줍어하는 사내가 서 있든, 또는 그 밖에 어떤 마음 아픈 일이 일어나든 그는 전혀 불안해지지 않는다. 그래, 그는 불안해하지 않아, 그는 숙녀들 앞에서 한결같이 절을 한다. 그러나 그런 그가 지금 여기 앉아 있는 것이다."

내 지인은 고급 삼베로 만든 손수건으로 이마를 문질렀다. "제발," 하고 그가 말했다. "당신 손을 내 이마 위에 잠깐만 얹어 줘요. 부탁이에요." 내가 곧장 그렇게 하지 않자, 그는 두 손 모아 빌었다.

마치 우리의 근심 걱정이 모든 것을 어둡게 만들어 버리기라도 한 것처럼 우리는 산 위에 앉아 있었다. 이미 이른 새벽에 아침의 빛과 바람을 느꼈음에도 불구하고 우리가 마치 어떤 작은 방 안에 앉아 있는 것 같았다. 우리는 서로 전혀 좋아하지 않았음에도 불구하고 가까이 함께 있었다. 벽들이 정말로 단단히 죄고 있기 때문에 서로 멀리 떨어져 있을 수 없었던 것이다. 그러나 우리는, 우리 위에 있는 나뭇가지들과 맞은편 나무들에게 부끄러워할 필요는 없었기 때문에, 인간의 품위 따위는 무시하고 우스꽝스럽게 행동할 수 있었다.

그때 내 지인은 서슴지 않고 호주머니에서 칼 하나를 꺼내 조심스럽게 펴더니 마치 장난할 때처럼, 왼쪽 상박上膊을 찌르고는 빼내지 않고 그대로 두었다. 곧바로 피가 흘렀다. 그의 둥근 두 뺨이 창백했다. 나는 칼을 뽑아내서 겨울 상의와 연미복 소매를 잘라 내고, 속옷 소매를 잡아 찢었다. 그러고 나서 혹시 나를 도와줄 수 있을 사람이 아무도 없나 보려고, 짧은 거리의 길을 위아래로 오르내리며 뛰어다녔다. 나뭇가지들은 모두 거의 눈부실 정도로 환하게 보였고 꿈쩍도 하지 않았다. 그러고 난 다음 나는 깊은 상처를 약간 빨아 주었다. 그때 정원사의 작은 집이 기억났다. 나는 그 집 왼쪽 높은 잔디밭으로 나 있는 계단을 뛰어 올라갔다. 나는 급히 그 창문들과 문들을 조사했는데, 그 집에는 사람이 살고 있지 않다는 것을 곧바로 알아챘음에도 불구하고, 격분한 채 발을 구르며 초인종을 눌렀다. 그런 후에 상처를 쳐다보았더니, 피가 가느다란 강물처럼 콸콸 흐르고 있었다. 나는 그의 수건을 눈밭에 넣어 적셔서 엉성한 대로 그의 팔을 동여맸다.

"이봐요, 이봐요" 하고 내가 말했다. "나 때문에 당신이 당신 몸을 상하게 했군요. 친절한 사람들에게 둘러싸여 있는 당신의 처지는 아주 좋은 편이에요. 세심하게 차려입은 많은 사람의 모습이 테이블 사이로, 또는 언덕길 위에서 멀리 그리고 가까이 보이는 그런 환한 대낮에 산책을 할 수가 있으니 말이에요. 이른 봄에 우리가 과수원으로 드라이브하게 될 모습을 좀 생각해 봐요. 아니에요, 우리가 가는 게 아니에요. 정말 유감스럽지만 사실이에요. 그러나 안네를과 함께라면 당신은 기쁘게 빠른 속도로 드라이브하게 되겠지요. 오, 그래요. 내 말을 믿어 줘요. 제발 부탁해요. 태양은 당신을 모든 사람에게 가장 아름답게 보이도록 해 줄 거예요. 오, 거기에는 음악이 있고, 멀리 말발굽 소리가 들리는군요. 아무 걱정 할 필요 없어요. 떠들썩한 외침 소리가 들리고, 가로수 길에서 아코디언 연주 소리가 들리는군요."

"아, 이런" 하며 그는 말하면서 일어나 나에게 기댔으며 우리는 그 상태로 걸어갔다. "정말 아무 도움이 안 되는군요. 내가 기뻐할 수가 없네요. 용서하세요. 벌써 이렇게 늦은 시간이 되었나요? 아마도 내일 아침에는 내가 무슨 일인가를 해야 할 것 같네요. 아. 이런!"

담장 가까이 위에 매달려 있는 등불 하나가 타오르면서 길과 하얀 눈 위에 나무줄기들의 그림자가 지게 했다. 한편 휘어지고 꺾어진 온갖 형태의 잔가지들 그림자가 산비탈 위에 걸려 있었다.

시골에서의 결혼 준비

Hochzeitsvorbereitungen auf dem Lande

I

에두아르트 라반이 복도를 지나 대문의 입구를 나섰을 때, 비가 내리는 것이 보였다. 비가 조금 내리고 있었다.

그의 바로 앞 인도에는 많은 사람이 다양한 걸음걸이로 걷고 있었다. 이따금씩 앞으로 나와 차도를 가로질러 가는 사람도 있었다. 한 작은 소녀가 두 손을 앞으로 뻗친 채 지친 강아지 한 마리를 잡고 있었다. 두 신사가 서로 이야기를 주고받고 있었다. 그중 한 신사는 두 손을 손바닥을 펴서 위로 올려놓고서는, 마치 짐을 들고 있는 것처럼, 일정하게 위아래로 움직였다. 그때 한 숙녀의 모습이 보였는데, 그 숙녀의 모자는 리본들과 핀들과 꽃들로 장식되어 있었다. 그리고 한 젊은이가 가느다란 지팡이를 들고 급히 지나갔는데, 왼쪽 손이 마비라도 된 것처럼 가슴에 바짝 대고 있었다. 때때로 남자들이 지나가기도 했는데, 그들은 담배를 피우면서 작고 기다란 연기를 수직으로 내뿜었다. 세 신사가, 둘은 굽은 아래팔에 가벼워 보이는 외투를 걸치고 있었는데, 주택의 담장에서 자주 인도로 걸어 나와 거기에서 일어나고 있는 광경을 바라보고는, 서로 말을 건네면서 다시 뒤로 물러갔다.

지나가는 사람들 틈 사이로 일정한 간격으로 이어져 있는 차도의 석판이 보였다. 그때 목을 앞으로 쑥 내민 말들이 부드럽고 높은 바퀴가 달린 마차들을 끌고 가고 있었다. 쿠션이 달린 좌석에 기댄 사람들이 보행자들, 상점들, 발코니들 그리고 하늘을 말없이 바라보고 있었다. 한 마차가 다른 마차를 추월하려고 하자, 말들이 서로 몸이 바짝 달라붙었고 가죽띠 편물이 흔들흔들 늘어뜨려졌다. 그 짐승들이 끌채를 잡아당기자 마차가 갑자기 급하게 흔들거리며 굴러갔으며 마침내 앞선 마차 주변에 호弧가 완성되었는데, 말들은 서로 다시 떨어졌으나 끄떡없는 길쭉한 머리만은 여전히 서로 맞대고 있었다.

몇 사람이 재빨리 집의 대문 쪽으로 다가와 마른 모자이크 바닥 위에 멈춰 서 있다가 서서히 몸을 돌려, 이 좁은 골목길로 억지로 밀어 넣듯 어지럽게 쏟아지는 빗속을 바라보고 있었다.

라반은 피곤을 느꼈다. 그의 입술은 마치 자기가 매고 있는 무어 양식의 두꺼운 색 바랜 빨간색 넥타이처럼 창백했다. 건너편 문의 돌 곁에서 꽉 끼는 스커트 아래로 다 보이는 구두를 지금까지 내려다보며 서 있던 숙녀가 이제 그를 바라보았다. 그녀는 무관심하게 바라보았다. 어쩌면 그녀는 라반 앞에 떨어지는 빗줄기 또는 그의 머리카락

위의 문에 붙어 있는 작은 회사 간판들을 쳐다보았을지도 모른다. 라 반은 그녀가 놀란 눈으로 쳐다본다고 생각했다. '그러니까,' 하고 그 는 생각했다. '내가 그녀에게 이런 이야기를 해 줄 수 있다 해도, 그녀 는 전혀 놀라지 않을 거야. 관청에서 아주 과도하게 일한 탓에 너무 피곤해서 심지어 휴가조차 즐길 수가 없을 정도이다. 그러나 어떤 일 을 해도 모든 사람에게 애정으로 대해 달라는 요구를 하지 못하고, 오히려 홀로 외롭고, 완전히 낯선 존재이며, 그저 호기심의 대상일 뿐이다. 그리고 네가 '나'라고 말하는 대신 '세인'*이라고 말하는 한, 그것은 아무것도 아니며, 세인은 이 이야기 읽는 것을 그만둘 수 있 다. 네가 뜻밖에 너 자신이 바로 그 세인이라고 고백하면 바로 그 즉 시 너는 정말 속이 빤히 드러날 것이고 직위를 빼앗기게 될 것이다.'

그는 체크무늬 천으로 기워 만든 손가방을 내려놓으면서 무릎을 굽혔다. 어느새 빗물이 거의 팽팽한 가늘고 긴 띠 모양을 이루며 차 도 가장자리에서 깊게 팬 하수구로 흘러내려 가고 있었다.

'하지만 설령 내가 세인과 나를 구분한다고 해서, 어떻게 내가 다 른 사람들에 대해 불평을 늘어놓을 수 있겠는가. 그들은 십중팔구는 부당하지 않을 테지만, 그러나 나는 너무 피곤해서 모든 일을 낱낱이 들여다볼 수가 없다. 나는 너무 지쳐 있어서, 심지어 정말로 짧은 거 리에 있는 기차역도 힘들이지 않고는 갈 수가 없을 정도이다. 왜 나 는 나의 지친 심신을 회복하기 위해 이 짧은 휴가 동안 도시에 머무

---

* '나'는 독일어 'ich'를, '세인'은 독일어 'man'을 번역한 것이다. Man은 문맥에 따라 '(세 상)사람들, 우리, 나' 등 여러 가지로 옮길 수 있는 단어이다. 독일 철학자 하이데거Martin Heidegger가 사용한 용어인 세인das Man과 자기]das Selbst와 관련해서 보자면, '나'는 본래적인 나 자신을 가리키는 '자기'로, '세인'은 본래적인 자기를 상실하고 세상 사람의 눈을 의식하고 세상의 뜻에 따라 사는 그런 존재로 볼 수 있다.

르려고 하지 않을까? 나는 정말로 어리석어—이 여행이 나를 아프게 하리라는 것을 물론 난 잘 알고 있어. 내 방은 충분히 쾌적하지도 않을 것이고, 시골에서 그것이 달리 가능할 리도 없지. 얼마 전에 유월 초순이었지만 시골은 아직도 공기가 자주 서늘해. 물론 나는 옷을 조심스럽게 입고 있지만 그러나 저녁 늦게 산책하는 사람들 틈에 끼어 한 패거리가 되어야 할 거야. 그곳엔 연못들이 있어서, 그 연못들을 따라 산책을 하게 될 거야. 그러면 난 분명히 감기가 들 거야. 그 대신 나는 대화에서는 별로 두각을 나타내지 못할 거야. 나는 그 연못을 어느 멀리 떨어진 곳에 있는 다른 연못들하고는 비교할 수가 없을 거야. 그도 그럴 것이 난 한 번도 여행을 해 본 적이 없으니까 말이야. 그렇다고 또 달 이야기를 하거나, 행복감을 느끼거나, 우르르 떼를 지어 짚더미 위에 오르기에는, 나이가 너무 들어서 그런 짓을 하면 남들의 웃음거리가 될 거야.'

사람들은 머리를 약간 수그린 채 지나가고 있었는데, 머리 위로는 검은 우산들을 느슨하게 받쳐 들고 있었다. 짐마차 한 대도 달려가고 있었는데, 짚으로 꽉 채운 마부석에는 한 사내가 몹시 단정하지 못한 자세로 두 다리를 쭉 뻗고 있었다. 한쪽 다리는 거의 땅에 닿을 정도였고, 반면에 다른 쪽 다리는 짚과 넝마 조각 위에 잘 놓여 있었다. 그 모습은 마치 화창한 날씨에 들판에 앉아 있는 것처럼 보였다. 그렇지만 그가 정신을 집중해서 고삐를 잡고 있어서, 마차는, 위에 있는 쇠기둥들이 마주 두드렸는데도, 인파 사이를 헤치고 잘 나아갔다. 축축하게 젖은 땅 위로 쇠기둥에 반사된 빛이 줄줄이 늘어선 돌 위를 지나 선회하면서 서서히 미끄러져 나가는 모습이 보였다. 맞은편 숙녀 곁에 서 있는 작은 소년은 마치 늙은 포도 재배인 같은 옷차림을 하고 있었다. 그의 구겨진 옷은 아랫부분이 큰 원을 그리고 있었고 겨드랑이 아래쪽은 거의 가죽 벨트 하나만으로 둘러싸여 있었다. 테가 없고 차양이 달려 있는 반원 모양의 모자는 눈썹까지 와 닿았는데, 장식용 술 하나가 꼭대기에서 왼쪽 귀밑까지 늘어져 있었다. 비가 그를 기쁘게 했다. 그는 대문 밖으로 달려 나왔고 더 많은 빗물을 움켜잡기 위하여 두 눈을 뜬 채로 하늘을 쳐다보았다. 그가 자주 높이 뛰어오르자 물방울이 잔뜩 튀어서 행인들이 그를 몹시 꾸짖었다. 그때 숙녀가 그를 부르더니 손으로 계속 붙들고 있었지만, 그는 울지 않았다.

라반은 그때 소스라치게 놀랐다. 시간이 벌써 이렇게 늦었나? 외투와 상의 단추를 잠그지 않고 있었기 때문에 그는 재빨리 손을 뻗어 시계를 잡았다. 시계가 가지 않았다. 짜증을 내며 그는 복도의 약간 깊숙한 안쪽에 서 있던 옆 사람에게 시간을 물었다. 그는 대화를 하면서 아직도 틈틈이 폭소를 터뜨리고 있었는데, "아, 네 시가 지났군요" 하고 말하더니 몸을 돌렸다.

라반은 신속하게 우산을 펴 들고는 트렁크를 손에 들었다. 그런데 그가 거리로 나서려고 했을 때, 급히 지나가고 있던 몇몇 여인들로 길이 막히게 되자 그들이 먼저 지나가게 했다. 그때 그는 어느 작은 소녀의 모자를 내려다보고 있었는데, 붉은 빛깔의 짚으로 엮어 만든 그 모자의 물결 모양 가장자리에는 작은 초록색 꽃 한 송이가 달려 있었다.

그는 자신이 가려고 했던 방향으로 약간 오르막이었던 그 거리에 있을 때만 해도 여전히 회상에 잠겨 있었다. 그러나 그러고 나서 이제 그 작은 트렁크도 들고 가기에 가볍지 않았고 자신을 향해 맞바람이 불어와 상의가 나부껴서 우산대를 앞으로 미느라 약간 애를 써야만 했기 때문에, 그는 그것을 까맣게 잊어버리고 말았다.

그는 심호흡을 해야 했다. 저 아래쪽 가까운 광장에 있는 시계가 네 시 십오 분을 가리키고 있었다. 그는 우산 밑으로 맞은편에서 걸어오는 사람들의 가볍고 빠른 걸음들을 보았고 브레이크를 거는 마차의 삐걱거리는 바퀴 소리를 들었는데, 말들은 서서히 몸을 돌리면서 마치 알프스의 산양처럼 가느다란 앞다리를 쭉 펴고 있었다.

그때 라반은 자신이 앞으로 장장 이 주 동안의 불쾌한 시간도 견디어 낼 것 같았다. 그것은 단지 이 주일이라는 제한된 시간에 불과했기 때문이다. 그리고 설령 화가 점점 더 많이 치밀어 오르게 된다 하더라도 자신이 견디어 내어야 할 시간은 물론 줄어들 것이다. 따라서 의심할 여지 없이 용기가 더 커지는 것이다. '나를 괴롭히려고 했으며 이제는 내 주변의 공간을 모조리 차지해 버린 그 모든 사람도 이 날들이 하루하루 잘 흘러감에 따라 내가 그들을 조금도 도와줄 필요도 없이 아주 서서히 물러서게 될 거야. 그리고 당연한 결과로서 나타나게 될 테지만, 나는 약하고 조용하지만 모든 일을 스스로 해 나가게 될 것이고, 그저 세월이 흐르기만 하면 물론 만사가 잘 풀리게 될 거야.

그런데 어렸을 때는 늘 해냈던 위태로운 일을 지금은 할 수 없는 걸까? 나 자신이 직접 시골로 갈 필요는 결코 없어, 그건 필요 없는 짓이야. 옷을 걸친 내 몸뚱이를 보내는 거야. 만약 그 몸뚱이가 밖으로 나오려고 내 방의 문을 향해 비틀거리며 발버둥 친다면, 그것은 두려움이 아니라 바로 자신의 무가치함을 보여 주는 거야. 층계 위로 비틀거리며 오르거나, 흐느끼면서 시골로 가 거기에서 울면서 저녁

492

식사를 하는 것도 흥분 때문이 아니야. 왜냐하면 난 말이야, 난 그럭저럭 잠자리에 들어 약간 열린 방으로 들어오는 공기를 쐬면서 황갈색 이불을 꼭 덮고 누워 있을 테니까. 내가 아직 꿈을 꾸고 있기 때문에, 골목길의 마차들과 사람들은 번들거리는 땅바닥 위에서 머뭇거리며 가고 있는 거야. 마부들과 산책하는 사람들은 수줍어하며, 나를 볼 때마다 매번 나한테 먼저 가라고 양보하는군. 내가 그들을 격려하자 그들은 거리낄 것이 없어.

침대에 누워 있는 내 모습이 한 마리의 커다란 딱정벌레나 하늘가재 아니면 쌍무늬바구미 같다는 생각이 드는군.'

비에 젖은 유리창 뒤편 막대 위에 작은 중절모들이 걸려 있는 한 진열장 앞에 멈춰 서서 그는, 입술을 뾰족하게 하고서 그 안을 들여다보았다. '글쎄, 이번 휴가에는 이 모자로 충분할 거야' 하고 생각하며 그는 계속 걸었다. '이 모자 때문에 아무도 날 참고 받아들일 수 없다면, 그만큼 더 좋은 거지, 뭐.

한 마리 딱정벌레의 커다란 모습이군그래. 나는 겨울잠이라도 자는 것처럼 불룩한 몸뚱이에 내 가느다란 작은 다리들을 갖다 댔지. 그리고 나는 몇 마디 말을 소곤거리는데, 그건 허리를 굽히고 내 곁에 바짝 붙어 있는 나의 슬픈 몸뚱이에 대한 지시 사항들이다. 곧바로 나는 만반의 준비가 다 되어 있다—몸뚱이가 허리를 굽혀 절을 하고 스치듯 달아난다. 내가 편안히 쉬고 있는 동안 몸뚱이가 모든 일을 최고로 잘해 나갈 거야.'

그는 아치형을 이룬 텅 빈 성문에 이르렀는데, 그 성문은 가파른 골목길 꼭대기에서 이미 불을 환히 밝힌 많은 상점으로 둘러싸인 어느 작은 광장으로 길이 나 있었다. 주변의 불빛 때문에 약간 어두워진 그 광장 한가운데에는 사색에 잠겨 앉아 있는 어떤 사람의 낮은 기념비가 서 있었다. 사람들은 마치 길고 가느다란 블라인드 조각처럼 불빛 앞에서 움직이고 있었고, 빗물이 고인 웅덩이들에 반사되어 모든 불빛이 멀리 그리고 깊이 사방으로 퍼졌기 때문에 광장의 모습이 시시각각으로 변했다.

라반은 광장 안으로 제법 깊숙이 들어섰으나, 달려오는 마차를 잽싸게 피해 군데군데 놓인 마른 돌에서 또다시 마른 돌들로 껑충 뛰어가면서 주변 광경을 모두 빙 둘러보기 위하여 펼친 우산을 든 손을 높이 쳐들고 있었다. 마침내 그는 작은 사각의 보도블록 위에 세워진 전차 정류장의 가로등 기둥 곁에 멈춰 섰다.

'시골에선 나를 기다리고들 있겠지. 벌써 걱정을 하고 있는 건 아닐까? 하기야 그녀가 시골에 간 후 일주일 동안이나 내가 편지 한 통 안 쓰다가 오늘 아침에야 겨우 썼으니. 틀림없이 나의 모습을 결국 달리 상상할 거야. 내가 누군가에게 호소할 마음이 들면 달려올 거라고들 아마 생각하겠지만, 그러나 그건 내 습성이 아니야. 또는 내가 도착하면 포옹하리라고 아마 생각들 하겠지만 그런 일도 나는 하지 않아. 그녀를 달래려고 하면 그녀를 화나게 할 거야. 아, 그녀를 달래려다 괜히 그녀를 정말 화나게 할 수도 있을 텐데, 어쩌지.'

그때 무개 마차 한 대가 빠르지 않게 지나갔는데, 타고 있는 두 개의 등불 뒤로 숙녀 두 명이 검은 가죽 벤치에 앉아 있는 모습을 볼 수 있었다. 한 숙녀는 뒤로 기댄 채 베일과 모자의 그림자로 얼굴을 가리고 있었다. 그런데 다른 숙녀는 상체를 꼿꼿이 세우고 있었는데, 모자는 작았으며 테두리는 가느다란 깃털로 장식되어 있었다. 누구든지 그녀의 모습을 볼 수 있었다. 그녀의 아랫입술은 약간 일그러져 있었다.

마차가 라반 곁을 막 지나쳤을 때, 기둥 하나가 마차 오른쪽 말의 시야를 가렸다. 그러자 굉장히 높은 마부석에 앉아 있던 어떤 마부— 그는 커다란 실크 모자를 쓰고 있었다—몸이 그 숙녀들 앞으로 쑥 밀려갔다. 마차는 이미 멀리 가 있었다. 이제 눈에 확 띄게 된 어떤 작은 집 모퉁이를 돌아 마차는 시야에서 사라져 버렸다.

라반은 고개를 갸우뚱하게 숙이고 그 마차의 뒷모습을 바라보았는데, 더 잘 보려고 우산대를 어깨에 기대었다. 오른쪽 엄지손가락을 입에 물고서는 거기에 이빨들을 문질러 댔다. 그의 트렁크는 그의 옆, 땅 위에 옆으로 눕힌 채 놓여 있었다.

마차들은 서둘러 골목에서 골목으로 광장 너머로 달려갔고, 말들의 몸뚱어리는 수평을 이루어 마치 미끄러지듯 쏜살같이 날아가고 있었다. 그러나 말 머리와 목이 끄덕거리는 모습은 그렇게 세차게 움직이는 것이 얼마나 힘겨운 일인가를 드러내 주었다.

이곳에서 세 갈래 길이 한곳으로 모이는 인도의 모퉁이 주변에는 아무 일도 않고 빈둥거리는 사람들이 빙 둘러서 있었는데, 작은 지팡이로 포장도로를 두드리고 있었다. 그 무리들 사이에는 작은 탑들이 있었는데, 그 안에서 아가씨들이 레몬수를 팔고 있었고, 그다음에는 가느다란 장대 위에 걸린 무거운 노상 시계, 그다음에는 다채로운 철자로 오락 행사를 알리는 큰 광고판을 가슴과 등에 짊어진 사내들, 그다음에는 짐꾼들……

[2쪽 탈락]

……소규모 사교 모임이 있었다. 광장을 가로질러 내리막 골목길로 달려온 화려한 마차 두 대가 이 모임의 신사 몇 명을 붙잡아 두고

있었다. 그 신사들은 이미 첫 번째 마차가 지나간 후 조바심을 내며 다른 그룹과 한패를 이루려고 했었지만 뜻을 이루지 못했고 두 번째 마차가 지나간 후에야 한패를 이루어 긴 행렬을 지어 인도로 들어선 다음, 입구 위에 달린 전구들의 불빛을 받으며 한 커피숍 문으로 밀려들어 갔다.

전차들이 으스대며 가까이 지나갔고, 다른 전차들은 멀리 떨어진 채 도로에 희미한 모습으로 조용히 서 있었다.

'그녀는 허리가 몹시 구부러져 있군.' 라반은 막 사진을 들여다보 았을 때 이렇게 생각했다. '결코 한 번도 그녀는 똑바로 선 적이 없어. 아마도 등이 둥글게 굽은 모양이야. 그걸 많이 유념해야 할 것 같군. 그리고 입은 이렇게 쩍 벌어져 있고 여기 아랫입술은 의심의 여지 없이 툭 튀어나왔고, 그래, 지금 이제 그것도 기억나는군. 그리고 이 옷! 물론, 나야 옷에 대해 아무것도 모르지만, 이 꽉 끼게 바느질된 이 소매는 확실히 보기 흉해. 마치 붕대처럼 보이는군. 그리고 이 모자는, 그 테두리마다 빙 둘러 얼굴에서 빠져나와 위로 치솟아 있군. 하지만 그녀의 눈은 아름다워. 내가 착각한 게 아니라면, 갈색이야. 모두 그녀의 눈이 아름답다고들 하지.'

전차 한 대가 라반 앞에 멈춰 섰을 때, 그의 주위에서 서로 떠밀며 많은 사람이 전차 승강구 계단으로 우르르 몰려들었는데, 모두들 어깨에 바짝 닿을 정도인 손에 약간 펴진 뾰족한 우산을 똑바로 받쳐 들고 있었다. 팔 밑에 가방을 끼고 있던 라반은 인도에서 아래쪽으로 끌어당겨져서 보이지 않는 물구덩이를 세게 밟아 버렸다. 전차의 긴 의자에 한 소년이 무릎을 꿇고 앉아 마치 떠나가 버린 누군가와 작별 인사라도 하는 것처럼, 두 손의 손가락 끝으로 입술을 누르고 있었다. 일부 승객들은 혼잡에서 벗어나려고 전차에서 내려 전찻길을 따라 걸어야만 했다. 그러고 나서 한 숙녀가 첫 계단을 밟고 전차에 올라탔는데, 그녀가 두 손으로 움켜쥔 질질 끌리는 긴 옷자락이 다리 위에 바싹 치켜져 있었다. 한 신사가 놋쇠 기둥에 몸을 기댄 채 머리를 들고 그 숙녀에게 몇 마디 이야기했다. 전차에 타려던 승객들은 모두 초조했다. 차장이 소리를 질렀다.

이제 전차를 기다리던 사람들 곁에 서성이며 서 있던 라반은, 누군가 자신의 이름을 불렀기 때문에 몸을 돌렸다.

"아, 레멘트" 하고 느리게 말하면서 라반은 우산을 들고 있던 손의 새끼손가락을 다가오는 젊은이에게 내밀었다.

"그러니까 자기 신부에게 가는 신랑이군그래. 소름 끼칠 만큼 엄청 사랑에 빠진 사람 같아 보이네" 하고 말하고 나서 레멘트는 입을 다물고 웃었다.

"그래, 내가 오늘 떠나는 걸 용서하게." 라반이 말했다. "오후에 자네에게 편지를 썼네. 물론 난 자네와 함께 내일 떠나고 싶었는데, 하지만 내일은 토요일이라, 모두가 초만원일 거야. 갈 길도 멀고."

"정말 괜찮네. 자네가 물론 나한테 약속은 했지만, 그러나 사랑에 빠지면— 어차피 난 혼자 타고 가야 할 거야." 레멘트는 한쪽 발은 인도에, 다른 쪽 발은 차도에 올려놓고 있었으며, 상체를 때로는 한쪽 다리에, 때로는 다른 쪽 다리에 의존하고 있었다.—"자네 지금 전차에 타려고 했잖아. 곧바로 떠날 텐데. 자 우리 걸어가세나. 내가 동행하겠네. 아직 시간은 충분해."

"이런, 참, 벌써 늦은 것은 아닐까?"

"자네가 불안해하는 것도 전혀 이상한 일이 아니네만, 그러나 자네

는 정말 아직 시간이 있어. 난 별로 불안하지 않아. 그래서 나도 약속
에도 불구하고 지금 길레만을 만나지 못했네만."

"길레만? 그도 교외에서 살고 있는 거 아닌가?"

"그래, 부인과 함께 살고 있는데, 다음 주에 그 친구 부부가 밖으
로 나갈 작정이라고 하더군. 그래서 길레만에게 오늘 그가 사무실에
서 퇴근하면 만나겠다고 약속했네. 그가 나에게, 그들의 주거 시설
에 관하여 몇 가지 조언을 해 주겠다고 해서 그를 만나기로 되어 있
었는데, 어찌하다 보니 내가 늦게 도착해 버렸어. 처리할 일들이 있
었어. 그 친구네 집으로 가야 하나 어쩌나 곰곰 생각하던 때 바로 자
네를 보게 된 건데, 그 트렁크를 보고 깜짝 놀라 자네를 부르게 된 거
야. 자, 이제는 그 친구를 찾아가기에는 이미 너무 늦은 저녁 시간이
야. 이제야 길레만에게 간다는 것은 불가능한 일이야."

"물론이야. 그러니까 아무튼 나도 교외에 아는 사람들이 생길 모양
이군. 그건 그렇고, 난 길레만 부인을 아예 본 적이 없네."

"근데 그 부인 아주 아름다워. 그녀는 금발 머리야. 그런데 병을 앓
고 나서는 이제 창백해. 그녀의 눈은 내가 본 눈 중에 가장 아름다
워."

"아름다운 눈은 어떤 모습이야? 말 좀 해 주게. 눈빛이 아름답다는
건가? 난 눈이 아름답다고 생각해 본 적이 한 번도 없네."

"그래, 내가 아마도 약간 과장을 한 것 같네. 그녀는 정말 예쁜 여인
이야."

일 층 커피숍의 유리창 사이로, 사람들이 창가에 놓인 삼면으로 된
테이블에 비집고 앉아 신문을 보거나 식사를 하는 모습이 보였다. 어
떤 사람은 테이블 위에 신문을 내려놓고 커피 잔을 집어 든 채 곁눈

으로 골목길을 바라보고 있었다. 이 창가 테이블들 뒤 넓은 홀 안의 가구와 집기는, 작은 원을 그리며 서로 나란히 앉아 있는 손님들에 가려 보이지 않았다.

[2쪽 탈락]

"불쾌한 일이 결코 우연히 일어나는 것은 아니군, 그렇지 않은가. 많은 사람이 이런 부담은 받아들이리라고 난 생각하네."

그들은 상당히 어두운 광장에 발을 들여놓았는데, 그들이 걸어가는 쪽 광장은 맞은편 도로에 면한 쪽이 멀리 튀어나와 있었기 때문에 더 일찍 어두워지기 시작했다. 그들이 계속 따라 걸어가고 있던 광장 쪽에는 집들이 끊임없이 줄을 이어 늘어서 있었다. 그곳으로부터 서로 멀리 떨어져 두 갈래로 난 집들이 저 멀리까지 뻗쳐 있었으며, 그 멀리에서 다시 합쳐진 것처럼 보였다. 대부분 작은 집들 옆으로 비좁은 인도가 나 있었고, 가게라곤 꼴도 보이지 않았으며, 이곳에는 마차도 다니지 않았다. 그들이 빠져나온 골목길 끝 가까이에 보이는 쇠기둥에는 램프가 수평으로 나란히 걸린 두 개의 고리에 고정된 상태로 몇 개 달려 있었다. 사다리꼴 불꽃이 서로 끼워 맞춘 유리판 사이에 탑 모양으로 넓게 퍼진 어둠 속에서 마치 작은 방 안에서처럼 활활 타고 있었는데, 그 불빛에서 몇 발자국 떨어진 곳에 어둠이 생겨났다.

"이젠 확실히 이미 너무 늦었어. 자네가 나에게 그걸 숨기고 알리지 않았고, 난 기차를 놓치게 된 거야. 왜지?"

[4쪽 탈락]

"그래, 기껏해야 피르커스호퍼라는 자야. 글쎄, 그자 말일세."

"그 이름은, 내 생각으로는, 베티의 편지들에 나온 것 같아. 그는 철도국 임용 후보자야. 안 그런가?"

"그래, 철도국 임용 후보자고 기분 나쁜 인간이야. 자네가 그 녀석의 작고 뭉뚝한 주먹코를 보았더라면 내 말이 옳다고 수긍할 거야. 그런데 있잖아, 만약 그자와 함께 지루한 들판을 지나간다면, 그러면 말일세…… 그건 그렇고, 그가 벌써 전근을 갔다는데, 내 생각에, 또 그러기를 바라네만, 다음 주에 그곳에서 떠나게 될 거네."

"잠깐 기다려 봐, 자네 아까 나한테 오늘 밤 여기에 머무르는 것이 좋겠다고 했잖아. 곰곰 생각해 보았는데, 그건 어려울 것 같네. 실은 내가 오늘 저녁에 갈 거라고 편지를 썼거든. 그들이 날 기다릴 거야."

"그렇지만 그건 간단해. 전보를 치게."

"그래, 그럴 수도 있겠지. 하지만 내가 가지 않는 것은 예의에 어긋난 일이 될 거야. 나도 피곤하긴 하네만, 그래도 아무튼 가야 할 거야. 전보까지 보내면 그들이 깜짝 놀랄 거네. 뭐 하러 어딜 가겠다고, 굳이 그럴 게 뭐가 있겠는가?"

"그렇다면 자네가 가는 게 정말 더 좋겠군. 나는 그런 생각은 못 하고 그저…… 자네한테 이야기한다고 해 놓고 늦잠을 자는 바람에 깜빡 잊고 말을 못 했네만, 나도 오늘 자네와 함께 갈 수 없을 거 같네. 나도 이제는 작별 인사를 해야 할 것 같아. 비 내리는 공원을 자네와 더 이상 거닐고 싶은 생각도 없고, 또 물론 길레만 집에도 가서 확인해 보고 싶은 게 있어서 말이야. 다섯 시 사십오 분이군. 아직 이 시간에는 잘 알고 지내는 사이니까 방문할 수 있을 거야. 안녕. 여행 잘하고 모두에게 내 안부 전해 주게!"

레멘트가 방향을 오른쪽으로 돌려 작별의 표시로 오른쪽 손을 내밀자 라반은 잠시 동안 그가 내민 팔 쪽을 향해 걸어갔다.

"안녕." 라반이 말했다.

조금 떨어진 곳에서 레멘트가 아직도 외치고 있었다. "이봐, 에두아르트. 자네 내 말 들리나. 우산을 접어. 오래전부터 비가 내리지 않고 있어. 자네한테 이 이야기를 미처 못 했네그려."

라반은 대꾸를 하지 않고 우산을 접었는데, 그의 머리 위로 하늘이 희미하고 흐리게 어두워졌다.

'만약 내가 최소한,' 하고 라반은 생각했다. '엉뚱한 기차라도 타게 된다면 좋을 텐데. 그러면 나에게는 마치 그 계획이 아무튼 이미 시작된 것처럼 보이게 될지도 모를 일이고, 나중에 엉뚱한 기차를 탔다는 잘못이 밝혀진 후 다시 이 역으로 돌아오면 아무튼 기분이 훨씬 더 나아질 텐데. 그러나 그 지역이, 레멘트가 말한 것처럼, 지루하다고 해서 그게 꼭 단점은 아니야. 오히려 방 안에 더 많이 처박혀 있게 될 거고, 다른 사람들이 모두 다 어디 있는지 틀림없이 모를 테니까. 주변에 폐허라도 하나 있으면 아마 사람들은, 얼마 전에 이미 틀림없이 그렇게 하자고 약속한 대로, 그 폐허로 함께 산책을 하게 될 테니까 말이야. 그러면 사람들은 틀림없이 기쁜 마음으로 기대에 들뜨게 될 거고, 그 좋은 볼거리를 결코 놓치는 일이 있어서는 안 될 거야. 그러나 그런 볼만한 구경거리가 없으면, 사전에 아무런 논의도 없지. 왜냐하면 사람들이 관례와는 달리 갑자기 제법 먼 여행을 좋다고 여기면, 모두가 쉽사리 모이게 되리라고 기대할 테고, 그 경우 하녀를 남의 집으로 보내기만 하면 될 테니까 말이야. 그 집 안에 앉아 편지나 책을 읽고 있던 사람들은 이 소식을 들으면 기뻐 날뛰겠지. 이러한 초대들을 받지 않도록 자기 몸을 보호하는 것은 어려운 일이 아니지. 그렇지만 내가 그렇게 할 수 있을지는 모르겠군. 내 생각으로는 그게 그렇게 쉬운 일 같지가 않아. 여전히 나 혼자고, 내가 원하면, 여전히 모든 일을 다 할 수 있고, 여전히 돌아올 수도 있을 테니까 말이야. 그곳에는 내가 원할 때 방문할 수 있는 사람이 아무도 없고, 그곳에서 곡물 상태나 자신이 운영하는 채석장을 나에게 보여 주고 비교적 힘들고 귀찮은 여행을 나와 함께 갈 수 있을 사람이 아무도 없기 때문이지. 심지어 오래 알고 지내던 사람도 전혀 확실한 건 아니니까. 레멘트만 해도 오늘 나에게 친절하지 않았어. 그렇지만 그는 물론 나에게 몇 가지를 설명해 주었고, 그것이 나에게 어떻게 보일지 모조리 이야기해 주었어. 그는 나에게 말을 걸어왔고, 그러고 나서, 나한테서 듣고 싶은 이야기도 없었고 심지어 다른 볼일이 있었음에도 불구하고 나와 동행해 주었어. 그러나 그는 뜻밖에도 갑자기 가 버렸고, 난 물론 그 친구 마음을 상하게 할 만한 말을 한 마디도 할 수 없었어. 나는 이 도시에서 저녁을 함께 보내자는 제의를 거절했지만, 그러나 그것은 아무튼 당연한 일이었어. 그는 이성적인 사람이니까, 그것이 그에게 모욕감을 주지는 않았을 거야.'

기차역 시계가 다섯 시 사십오 분을 가리키고 있었다. 라반은 가슴이 두근거리는 것을 느꼈기 때문에 멈춰 서 있다가, 공원 연못을 따라 다시 급히 걸었고, 큰 관목들 사이로 난 조명이 흐릿한 좁은 길로 접어들었다가, 작은 나무들 곁에 빈 벤치들이 많이 기대서 있는 광장으로 갔다가, 그러고는 더 천천히 격자문을 밀치고 거리를 향해 달려갔으며, 거리를 가로질러 역의 문 안쪽으로 뛰어들고 나서, 잠시 후 매표소를 발견하고 양철 폐쇄 장치를 몇 번 두드려야 했다. 매표소 직원이 밖을 내다보더니, 시간을 딱 맞추어 왔다고 말하면서, 지폐를 받고는 라반이 요구하는 기차표와 거스름돈을 매표대 위에 큰 소리가 나게 던졌다. 거스름돈을 더 많이 돌려받아야 한다고 생각한 라반이 이제 신속하게 거스름돈이 맞는지 다시 계산해 보려고 했는데, 그러나 근처를 지나가던 용인 한 사람이 유리문을 통해 그를 플랫폼으로 밀어냈다. 라반은 그 용인에게 "고마워요, 고마워요!"를 외치면서 사방을 둘러보다가, 차장을 찾을 수가 없었기 때문에 혼자서 바로 옆 차량 계단 위로 올라서서, 계단에 트렁크를 먼저 올려놓고 한 손으로는 우산을 받쳐 들고 다른 손으로는 트렁크 손잡이를 잡고서 트렁크를 계속 한 계단씩 위로 들어 올리면서 기차에 올라탔다. 그가 들어선 차량 안은 그가 서 있던 역의 홀에서 비치는 수많은 불빛으로 환했다. 꼭대기까지 모두 닫힌 많은 유리창 앞에는 바람에 살랑거리는 아치형 등불 하나가 가까이 눈에 띄게 달려 있었고, 창유리에 부딪히는 수많은 하얀 빗방울들이 자주 한 방울씩 주르르 흘러내리곤 했다. 라반이 차량의 문을 닫고 연한 갈색의 마지막 빈 좌석에 앉았을 때도 여전히 플랫폼에서 떠드는 소리가 들려왔다. 그는 승객들의 그 많은 등과 뒤통수를 보았고 그 사이로 건너편 의자 위에 몸을 기대고 앉은 얼굴들도 보았다. 몇 군데에서는 파이프와 여송연에서 뿜어내는 연기가 맴돌다가 한 소녀의 얼굴을 한 차례 맥없이 스쳐 지나갔다. 승객들은 자주 자리를 바꾸거나, 또는 바꾸자고 서로 이야기하거나, 또는 좌석 위 공중에 걸려 있는 좁은 푸른 그물 안에 놓여 있던 짐을 다른 그물로 옮기기도 했다. 지팡이나 또는 트렁크의 쇠 장식 모서리가 불거져 나와 있을 경우에는 주인에게 주의를 환기시키기도 했다. 그러면 그 주인이 그쪽으로 가서 다시 정리를 했다. 라반도 심사숙고를 한 끝에 트렁크를 자기 좌석 밑으로 밀어 넣었다.

창가 쪽 왼쪽 좌석에 두 신사가 마주 앉아 물가物價 이야기를 나누고 있었다. 라반은 '업무상 출장 가는 사람들이군' 생각하고는 규칙적으로 숨을 쉬며 그들을 쳐다보았다. '상점 주인이 그들을 시골로 보내고, 그들은 시킨 대로 따른 거군. 그들은 기차를 타고 가면서 내리는 마을마다 이 가게 저 가게에 들르겠지. 때로는 마을과 마을 사이를 마차를 타고 가기도 하겠지. 어느 곳에서도 오래 머무를 필요가 없어. 매사가 신속하게 처리되어야 하고, 늘 해야 하는 이야기란 것이 고작 물건에 관한 것뿐일 테니까 말이야. 저렇게 기분 좋은 직업 같으면 얼마나 기쁜 마음으로 온 힘을 다 쏟아 일할 수 있을까!'

더 젊은 신사가 바지 뒤쪽 호주머니에서 수첩을 꺼내더니 혓바닥에 대고 침을 묻힌 집게손가락으로 재빨리 넘기면서, 그러는 동안에 손톱으로 훑어 내리며 한 쪽을 읽어 내려갔다. 그러다가 그가 무심코 고개를 들었을 때 라반을 보게 되었는데, 그는 연사練絲 가격에 대해 이야기하면서도, 마치 하고 싶은 말을 하나도 잊어버리지 않기 위해서 어딘가에 시선을 고정한 것처럼, 라반에게서 눈길을 떼지 않고 있었다. 그는 그러면서 눈썹을 아래 눈 쪽으로 내리눌렀다. 그는 반쯤 닫은 수첩을 왼손에 들고 방금 읽은 쪽에 엄지손가락을 끼우고 있었는데, 필요할 때 쉽게 찾아보기 위해서였다. 수첩을 들고 있는 팔이 아무 데도 의지하고 있지 않아서, 달리는 기차가 해머처럼 철로 위에서 두드리고 있었기 때문에, 수첩이 떨렸다.

다른 출장 점원은 등을 기댄 채 귀를 기울이며 일정한 간격을 두고 머리를 끄덕거리고 있었다. 그는 모든 일에 결코 맞장구를 치는 법이 없고 늦게야 자신의 의견을 밝히는 그런 사람처럼 보였다.

라반은 움푹 들어간 손바닥을 무릎 위에 올려놓고 허리를 구부린 채 여행객들의 머리 사이로 창문을 보고 있었는데, 그 창문을 통해 불빛들을, 지나가는 불빛과 멀리 뒤로 날아가 버리는 다른 불빛을 바라보고 있었다. 여행객들이 하는 말을 그는 한 마디도 알아들을 수가 없었으며, 상대방이 대답을 해도 그것이 무슨 말인지 알아듣지 못할 것이다. 여기 있는 사람들은 젊은 시절부터 상품을 거래해 온 사람들이기 때문에 우선 상당한 사전 준비가 필요할 것이다. 그러나 이미 그렇게 자주 연사 꾸러미를 손에 들고 고객에게 넘겨준 적이 있다면, 가격을 알 것이고 가격에 대해 흥정할 수도 있을 것이다. 그사이에 마을들이 다가왔다가 다시 재빨리 사라져 갔고, 그러고는 낮은 지대로 접어들면서 마을들이 우리의 시야에서 사라졌다. 그러나 그 마을에도 사람은 살고 있고, 아마 그곳에서도 여행객들은 이 가게 저 가게를 다니며 거래할 것이다.

다른 쪽 끝 차량의 모서리 앞에 몸집 큰 남자 한 명이 일어섰는데, 그는 손안에 게임용 카드를 들고는 이렇게 소리쳤다. "이봐요, 마리, 당신 세모사 내복도 함께 꾸려 넣었소?"

"그럼, 물론이죠" 하고 라반 맞은편에 앉아 있던 아낙네가 말했다. 그녀는 약간 잠이 들었던 탓인지, 그 질문으로 잠이 깼을 때, 마치 라반에게 말을 하는 것처럼 앞을 향해 말했다. "당신은 융분츨라우 장에 가시지요. 그렇지 않아요?" 하고 활달한 출장 점원이 그녀에게 물어보았다.

"그래요. 융분츨라우로 가요."

"이번에는 큰 장이 서겠지요. 안 그렇소?"

"그래요. 큰 장이지요." 그녀는 졸음이 와서 왼쪽 팔꿈치를 하늘색 보따리 위에 괴었다. 손이 무거운 머리를 떠받치고 있었다. 그녀의 손은 볼에 붙은 살 속의 광대뼈까지 누르고 있었다. "저 여인은 무척 젊군요" 하고 그 출장 점원이 말했다.

라반은 매표원에게서 받은 돈을 조끼 주머니에서 꺼내어 다시 검산해 보았다. 그는 엄지손가락과 집게손가락 사이에 오랫동안 동전을 하나하나 고정하고는 집게손가락 끝으로 엄지손가락 안쪽에서 이리저리 돌려 보았다. 그는 동전에 새겨진 황제의 초상을 오랫동안 들여다보았는데, 그러자 황제의 뒷머리에 꽉 고정시킨 리본의 매듭과 나비 모양의 장식이 달린 월계관이 눈에 확 들어왔다. 마침내 그는 액수가 맞는다는 것을 알고는, 커다란 검은색 돈주머니에 그 돈을 집어넣었다. '저 사람들 부부지요, 당신은 그렇게 생각하지 않아요?' 하고 라반이 그 점원에게 말하려고 했을 때 기차가 정거했다. 기차가 운행할 때 나는 소음이 멎었고 차장이 어떤 곳의 이름을 외쳐 댔으며, 라반은 아무 말도 하지 않았다.

기차가 아주 느리게 달리기 시작해서 기차 바퀴가 도는 것을 상상할 수 있을 정도였으나, 곧바로 그 기차는 내리막길로 접어들었으며, 창 앞에 바라보이는 다리의 긴 난간 기둥들이 마치 아무 준비 없이 찢기고 서로 밀리는 것처럼 보였다.

라반은 기차가 그렇게 빨리 달리는 것이 마음에 들었다. 왜냐하면 지나쳐 온 곳에 그가 머무르고 싶지 않아서였기 때문이었던 것 같다. '그곳이 어둡고, 그곳에 아무도 아는 사람이 없고, 집에서 아주 멀리 떨어진 곳이라면. 그러면 낮에도 틀림없이 무서울 거야. 그런데 바로 다음 정거장, 또는 이전의 정거장들이나 나중의 정거장들, 또는 내가 기차를 타고 가는 마을은 뭐가 다를까?'

그 출장 점원이 갑자기 더 큰 소리로 말했다. '그래, 아직 한참 남았겠지' 하고 라반은 생각했다. "선생, 물론 당신도 나만큼 잘 알고 있겠지만, 제조업자들은 직원들을 가장 작은 벽지 마을에까지 출장 보내지요. 가장 건방진 소매상한테까지 그들은 비굴하게 굴며 파고들어요. 당신은 그들이 소매상인들에게 우리 도매상인들에게 주는 가격과는 다른 가격으로 준다고 생각해요? 선생, 말이 나왔으니 말이지 완전히 똑같은 가격으로 넘기고 있어요. 어제야 비로소 인쇄된 서류를 보고 그 사실을 분명하게 알게 되었지요. 철면피 같은 짓이지요. 우리를 쥐어짜는 거예요. 오늘날 같은 상황에서는 우리로서는 간단히 말해서 장사한다는 것이 불가능해요. 우리를 쥐어짜고 있다고요." 또다시 그는 라반을 바라보았다. 그는 두 눈에 고인 눈물을 부끄러워하지 않았다. 그는 입술이 떨렸기 때문에 왼손의 손가락 마디로 입술을 지그시 눌렀다. 라반은 등을 기대고는 왼손으로 자기 수염을 약하게 잡아당겼다.

맞은편에 있던 여자 소매상인이 눈을 떴고 미소를 지으며 두 손으로 이마를 문질렀다. 그 출장 점원은 더 나직이 말했다. 그 여자는 마치 잠을 청해 보려는 것처럼 다시 한번 자세를 고쳐 뒤로 물러나 앉으면서 반쯤 누운 자세로 보따리에 몸을 기대고는 한숨을 쉬었다. 그녀의 오른쪽 히프 위로 스커트가 팽팽해졌다.

그녀 뒤쪽에는 머리에 중절모를 쓴 한 신사가 앉아 큰 신문 한 장을 읽고 있었다. 그의 맞은편에는 십중팔구 그의 친척인 것 같은 소녀가, 오른쪽 어깨 쪽으로 머리를 수그리고는, 너무 더우니까 문을 열어 달라고 그에게 부탁하고 있었다. 그는 그 소녀를 쳐다보지 않고서, 곧 그렇게 해 주겠다고, 그러나 그 전에 신문의 한 단락만 끝까지 읽으면 된다고 말하면서, 그 소녀에게 자신이 어느 기사를 두고 하는 말인지 그 부분을 가리켰다.

그 여자 소매상인은 더 이상 잠이 들 수가 없었던지, 상체를 반듯이 일으키고 앉아서 창밖을 내다보더니, 객차 천장에 노랗게 타고 있는 석유등의 불길을 오랫동안 바라보고 있었다. 라반은 잠시 눈을 감았다.

그가 쳐다보았을 때, 여자 소매상인은 갈색 마멀레이드로 겉을 입힌 과자를 씹고 있었다. 그녀 곁에 놓인 보따리가 열려 있었다. 출장 점원은 말없이 여송연을 피우고 있었는데, 마치 마지막 재를 다 털어내 버리려는 것처럼 계속 재를 털고 있었다. 또 다른 출장 점원은 나이프의 끝으로 회중시계의 태엽 감는 톱니바퀴 장치를 사람들 귀에 들릴 정도로 이리저리 휘감고 있었다.

거의 감긴 눈으로 라반은 중절모를 쓴 신사가 창문 벨트를 잡아당기는 모습을 어렴풋하게 보았다. 써늘한 공기가 안으로 몰아치자, 못에 걸려 있던 밀짚모자 하나가 떨어졌다. 라반은, 자신이 깨어 있다고, 그래서 두 뺨이 아주 시원하다고, 또는 누군가 문을 열어 놓고 자신을 방 안으로 끌어 넣은 것 같다고, 또는 이것은 어쩌면 착각일지도 모른다고 생각했다. 그러다가 그는 깊은 숨을 내쉬며 금방 잠이 들었다.

II

라반이 기차에서 내리려고 차량의 계단을 딛었을 때 그것은 여전히 약간 떨고 있었다. 차량의 공기를 쐬다 빠져나온 그의 얼굴에 빗방울이 때리자 그는 눈을 감았다─정거장 건물 앞의 양철 지붕 위로 비가 요란스럽게 내리고 있었지만, 비는 멀리 떨어진 땅으로만 떨어지고 있어서 규칙적으로 불어오는 바람소리가 들린다는 생각이 들었다. 한 소년이 맨발로 이쪽으로 달려와, 라반은 그가 어디에서 뛰어왔는지 보지 못했는데, 숨이 차서 헐떡거리며, 라반에게 비가 내리니 자기가 트렁크를 들고 가게 해 달라고 부탁했으나 라반은 이렇게 대답했다. "그래, 비가 오는구나. 그러니 난 합승 마차를 타고 갈 거다. 난 네가 필요 없어." 그 말을 듣자 소년은 얼굴을 찡그렸다. 마치 합승 마차를 타고 가는 것보다는 트렁크를 자기에게 들게 하고 빗속을 걸어가는 편이 더 고상하다고 여기는 것 같았다. 곧장 소년은 몸을 돌려 뛰어가 버렸다. 라반이 그 소년을 부르려고 했으나 이미 너무 늦었다.

두 개의 등불이 타고 있는 것이 보였고, 역무원 한 명이 문 밖으로 나왔다. 그는 망설이지 않고서 빗속을 뚫고 기관차가 있는 곳으로 걸어가더니 팔짱을 끼고 말없이 멈춰 서서는, 기관사가 난간에 허리를 굽히고 그에게 말을 걸어올 때까지 기다렸다. 용인 한 명이 부름을 받고 왔다가 다시 돌아갔다. 기차의 많은 창가에 승객들이 서 있었는데, 그들은 평소에 늘 보는 익숙한 역 청사를 보아야만 했기 때문에, 그들의 눈빛은 아마 틀림없이 침울했을 것이고, 기차를 타고 오는 동안 그랬던 것처럼, 눈꺼풀들은 서로 가까이 붙어 있었다. 국도로부터 꽃무늬 양산을 쓰고 급히 서둘러 플랫폼으로 달려온 한 아가씨가 양산을 편 채로 땅바닥에 세워 놓고 앉아서 스커트가 더 잘 마르도록 두 다리를 쭉 펴고는, 손가락 끝으로 팽팽하게 펴진 스커트 위를 훑고 있었다. 두 개의 등불만 타고 있어서 그녀의 얼굴이 불분명하게 보였다. 옆을 지나가던 용인이 양산 아래 웅덩이가 생긴다고 투덜거리면서 그 웅덩이에 고인 물의 크기를 보여 주기 위해 두 팔을 앞으로 내밀어 원을 그려 보이고 나서는, 그 양산 때문에 통행이 방해받는다는 것을 명확하게 보여 주기 위해 두 손을 공중에다 대고 마치 제법 깊은 물속으로 가라앉는 물고기처럼 앞뒤로 뻗쳐 보였다.

기차가 출발했고, 마치 기다란 미닫이문처럼 사라져 갔는데, 기찻길 저편에 있는 포플러들 뒤편으로 밀집 지역들이 보여 숨이 턱턱 막힐 지경이었다. 흐릿한 조망 때문에 그러든, 아니면 그것이 숲이든, 연못이든, 아니면 사람들이 이미 잠들어 있던 집이든, 교회 탑이든, 아니면 언덕 사이로 난 골짜기든, 아무도 감히 그곳에 갈 엄두를 내지 못할 것이다. 그러나 누가 자제할 수 있었을까?

그리고 라반이 그 역무원을 보았을 때, 그는 벌써 자기 사무실 계단 앞에 서 있었는데, 그 앞으로 달려가 그를 멈추어 세웠다. "정말 죄송한데요, 마을은 여기서 먼가요? 제가 그곳으로 가려고 하거든요."

"아니에요. 십오 분 거리예요. 그러나 합승 마차를 타면, 비가 오고 있잖아요, 오 분이면 도착할 수 있어요. 그렇게 하세요."

"비가 오네요. 아름다운 봄날은 아니군요." 라반이 말했다.

그 역무원은 오른손을 허리에 댔으며, 라반은 팔과 몸 사이에 생겨난 세모꼴 사이로, 양산을 이미 접어 들고 벤치에 앉아 있는 그 아가씨를 보았다.

"지금 피서지에 가 그곳에 머물러야 한다면, 틀림없이 후회할 거예요. 실은 누군가가 나를 기다리고 있을 거라고 생각했어요." 그는 자기 말이 믿음직스럽게 보이게 하려는 것처럼 주위를 빙 둘러보았다.

"당신이 합승 마차를 놓치지나 않을까 걱정되는군요. 마차는 별로 오래 기다리지 않아요. 고마워할 필요 없어요. 저기 울타리 사이로 길이 나 있어요."

역전 거리에는 불빛이 없었고, 단지 그 단층 건물의 창문 세 군데에서 안개처럼 흐릿한 불빛이 새어 나오고 있을 뿐이었는데, 그러나 그 불빛도 먼 곳까지는 미치지 못했다. 라반은 발끝으로 살금살금 오물을 지나 걸으며 "마부!", "이봐요!", "합승 마차!" 그리고 "여기예요" 하며 여러 번 소리쳤다. 그러다 그는 어두운 도로 한쪽에 거의 잇따라 패어 있는 웅덩이에 빠져 버렸고, 온통 구두 바닥으로 저벅저벅 걸어갈 수밖에 없었다. 그런데 그때 축축하게 젖은 말 주둥이가 갑자기 그의 이마에 와 닿았다.

합승 마차가 와 있었던 것이다. 그는 급히 서둘러 비어 있는 칸막이 안으로 올라타 마부석 뒤쪽의 유리창 옆에 자리를 잡고 앉아 모서리에다 등을 굽혔는데, 왜냐하면 자기로서는 필요한 일을 다 했기 때문이었다. 이제는 그러니까 마부가 잠자고 있는 거라면 아침에는 깨어날 것이고, 마부가 죽었다면 새로운 마부가 오거나 아니면 여관집 주인이라도 오든지, 그렇지 않으면 새벽 기차를 타고 승객들이, 갈 길 급한 사람들이 소란을 피우며 올 것이다. 아무튼 편안한 마음으로 있어도 된다. 심지어 창문 앞 커튼을 끌어당겨 닫아도 되고, 이 마차가 출발할 때 틀림없이 나게 될 덜거덩 소리를 기다려도 되었던 것이다.

'그래, 내가 이미 계획했던 그 많은 일도 다 끝낸 후니까 확실히 내일은 베티와 엄마에게 가게 될 거고, 이걸 방해하는 사람은 아무도 없을 거야. 이것은 틀림없는 사실이고, 내 편지가 내일에야 비로소 도착하리라는 것도 예상할 수 있었어. 그러니까 그 도시에서 머물렀더라면 정말 좋았을 테고, 그다음 날 할 일을 걱정하며 나의 즐거운 마음을 망쳐 버릴 필요도 없이, 엘비와 함께 기분 좋은 하룻밤을 보낼 수 있었을 텐데. 이런, 이거 보게, 내 발이 흠뻑 젖었군.'

그는 조끼 주머니에서 타다 남은 양초를 끄집어내어 불을 붙여서 맞은편 벤치 위에 세워 놓았다. 그것으로 충분히 밝았다. 마차 밖은 어두워서, 창유리가 달리지 않은 검게 칠한 합승 마차의 벽들이 보였다. 따라서 바닥 밑에 바퀴가 달려 있고 앞쪽에는 고삐에 매달린 말이 있다는 사실을 곧바로 생각할 필요는 없었다.

라반은 두 발을 벤치 위에서 철저하게 비벼 댄 후에 산뜻한 양말을 다시 신고 똑바로 앉았다. 그때 누군가가 역 쪽에서 "헤이!" 하고 부르는 소리가 들렸는데, 만약 합승 마차에 손님이 있으면 연락할 수 있다는 소리였다.

"예, 예. 그리고 어서 갔으면 하는데요" 하며 라반은 열려 있는 창문 밖으로 몸을 수그리면서 대답했다. 오른손으로는 기둥을 꽉 잡고 있었고, 벌린 왼손은 입 가까이에 있었다.

그의 양복 칼라와 목덜미 사이로 빗물이 급격하게 흘러들고 있었다.

찢어진 아마포 자루 두 개를 감고서 마부가 이쪽으로 건너왔는데, 마구간용 안전 램프의 반사된 불빛으로 그는 발아래 물웅덩이를 건너뛸 수가 있었다. 그는 짜증을 내며 변명조의 설명을 이렇게 늘어놓기 시작했다. 자기는 레베다와 카드놀이를 하고 있었는데, 한창 열을 올리고 있을 때 기차가 도착했다. 그래서 확인해 본다는 것이 사실 자기로서는 정말 불가능한 일이었지만, 자기 말이 무슨 뜻인지 알아듣지 못하는 사람을 욕할 생각은 없다. 게다가 이곳은 제한 없이 지저분한 곳이라, 이런 훌륭한 신사분이 이런 곳에서 무슨 일을 할 수밖에 없으리라고는 미처 생각도 못 했으며, 그렇지만 지금 온 것은 충분히 일찍 온 것이니 불평을 늘어놓아서는 안 된다. 그때야 비로소 이제 바로 사무관 보좌인 그 피르커스호퍼 씨가 와서 당신 생각으로는 키 작은 금발 신사 한 분이 합승 마차를 타려고 했다고 말했다는 것이다. 그러면서, 그런데 그가 곧바로 물어보았는지, 아니면 곧바로 물어보지 않았는지를 물었다.

등불이 끌채 끝에 고정되어 있었고, 말은 둔탁한 목소리로 내리는 명령에 따라 마차를 끌기 시작했는데, 그때 합승 마차 지붕 위에 출렁이는 물이 틈바구니를 통해 서서히 마차 안으로 방울져 떨어졌다.

길이 산악 지역처럼 험한 것 같았다. 수레바퀴 안으로 오물이 튕겨 들어오는 것이 분명했다. 웅덩이에 괸 물이 돌아가는 바큇살 뒤쪽으로 소리를 내며 튕겨 올랐다. 마부는 느슨하게 고삐를 잡고 비에 흠뻑 젖은 말을 몰고 있었다―이 모든 것을 라반에 대해 퍼붓는 비난으로 써먹을 수는 없었을까? 끌채에 매달려 떨고 있는 등불 때문에 많은 물웅덩이가 예기치 않게 환하게 보였으며 바퀴 아래에서 물결을 이루며 갈라졌다. 그것은 오직 라반이 자신의 새색시, 예쁜 노처녀인 베티를 찾아가는 길이기 때문에 일어나는 일이었다. 그리고 만약 이 이야기를 하려고 하면, 라반이 이와 관련하여 세운 공의 가치를 과연 누가 인정해 줄까? 물론 아무도 드러내 놓고 그에게 말할 수 없는 그런 비난들을 견뎌 내는 것이 유일한 공일지도 모른다. 물론 그는 기꺼이 그 일을 했다. 베티는 그의 새색시였으며, 그는 그녀를 사랑했다. 만약 그녀가 그것에 대해 그에게 고마워한다면, 그것은 구역질 나는 일일 것이다. 그러나 아무튼 그는 그녀를 사랑한다.

라반은 자기도 모르게 자주 머리로 자신이 기대앉은 벽에다 부딪치고 나서 잠시 천장을 올려다보았다. 갑자기 그의 오른손이 의지하고 있었던 허벅지로부터 미끄러져 내렸다. 하지만 양쪽 팔꿈치는 배와 다리 사이의 모서리에 그대로 있었다.

어느새 합승 마차가 집들 사이를 누비며 달리고 있었다. 그 집들의 어떤 방에 켜져 있는 불빛이 때때로 마차 안을 비추곤 했다. 층계 하나가, 그 첫 번째 계단을 보기 위해 라반은 몸을 일으켜야만 했는데, 성당을 향해 세워져 있었다. 공원의 큰 문 앞에는 램프 하나가 커다란 불꽃으로 타오르고 있었다. 그러나 성인聖人의 입상 하나가 오직 어떤 구멍가게의 불빛만으로 시커멓게 모습을 드러내고 있었다. 이제 라반은 다 타 버린 촛불을 바라보았다. 초가 녹아서 생긴 촛농이 벤치 밑에 흘러 꿈쩍 않고 매달려 있었다.

마차가 여관 앞에 멈춰 섰을 때, 억세게 쏟아지는 빗소리를 들을 수 있었다. 그리고 십중팔구는 창문이 열려 있기 때문인지 손님들의 목소리도 들을 수 있었다. 그때 라반은 마차에서 곧바로 내리는 것과 주인이 올 때까지 기다리는 것 중에서 어느 편이 더 나을까 하고 스스로에게 물어보았다. 이 작은 도시의 관습이 어떤지를 그는 몰랐지만, 그러나 확실히 베티가 자신의 신랑에 대해 이미 말했을 것이고, 그녀가 화려한 모습으로 나타나느냐, 아니면 빈약한 모습으로 나타나느냐에 따라 이곳에서 그녀가 차지하는 명망이 더 크거나 더 작아지게 될 것이며, 그에 따라 라반 자신의 명성도 더 커질 수도 있고 더 작아질 수도 있을 것이다. 그러나 그로서는, 그녀의 명망이 지금 어느 정도인지도, 그리고 그녀가 자기에 대해 어떤 이야기를 퍼뜨렸는지도, 알 수가 없었기 때문에 그만큼 더 기분이 언짢았고 마음이 복잡했다. 아름다운 도시와 아름다운 귀향길! 그곳에선 비가 오면 전차를 타고 축축한 돌바닥을 지나 집으로 가면 되는데, 이곳에서는 수레에 타고 진창을 뚫고 여관으로 가야 한다. '고향 도시는 여기에서 멀리 떨어져 있어. 설령 내가 지금 향수병으로 당장 죽게 생겼어도 오늘 나를 고향 집에 데려다줄 사람은 아무도 없을 거야―그래, 설마 향수병으로 죽지는 않을 거야―그러나 고향 집이라면 오늘 저녁을 위해 예상된 식사를 대접받겠지. 접시 뒤 오른쪽에는 신문이 놓이고, 왼쪽에는 전등이 놓이겠지. 여기서는 불쾌할 정도로 기름진 음식이 제공되겠지―내 위장이 약하다는 것을 모를 테니까. 설령 안다고 해도 마찬가지겠지만 말이야―낯선 신문 한 장, 내가 이미 들어서 알고 있는 많은 사람이 그 자리에 있을 것이고 그들 모두를 위해 등불 하나가 타오르겠지. 등불은 어떤 종류의 밝기를 제공할 수 있을까? 카드놀이 하기에는 충분하겠지만 신문을 읽기에는 어떨까?

여관 주인이 오지 않고 있어. 손님들이 그에게는 아무것도 아니군. 그는 십중팔구 불친절한 사람일 거야. 아니면 내가 베티의 신랑이라는 것을 알고 있을까? 그것이 그에게 나한테 오지 않아도 될 한 가지 근거라도 제공하는 걸까? 마부가 역에서 나를 오랫동안 기다리게 한 것도 그 때문일지 모르겠군. 베티는 사실 자주, 자신이 음탕한 사내들 때문에 얼마나 많은 시달림을 받았으며, 그들의 성화를 어떻게 물리쳐야만 했던가를 이야기했었지. 어쩌면 여기에서도 그런 짓이……'

[원고는 중단되어 있다]

두 번째 원고

에두아르트 라반이 복도를 지나 대문의 입구를 나섰을 때, 비가 내리는 것을 볼 수 있었다. 비가 조금 내리고 있었다.

그의 바로 앞, 높지도 않고, 낮지도 않은 인도에는 비가 내리는데도 많은 행인이 있었다. 이따금씩 앞으로 나와 차도를 가로질러 가는 행인도 있었다.

한 작은 소녀가 앞으로 뻗친 두 팔로 회색 개 한 마리를 안고 있었다. 두 신사가 어떤 일에 대해 서로 이야기를 주고받고 있었는데, 그들은 가끔씩 서로 얼굴을 빤히 마주 바라보다가 다시 천천히 돌리곤 했으며, 그것은 바람에 열린 문들을 떠오르게 했다.

그중 한 신사는 두 손을 손바닥을 펴서 위로 올려놓고서는, 마치 무게라도 달아 보기 위해 짐을 들고 있는 것처럼, 일정하게 위아래로 움직였다.

그러고 나서 어느 날씬한 숙녀의 모습이 보였는데, 그녀의 얼굴이 마치 별빛처럼 가볍게 실룩거렸고, 그녀가 쓴 납작한 모자에는 식별하기 어려운 물건들이 가장자리까지 높다랗게 달려 있었다. 그녀는 지나가는 모든 행인에게 그럴 의도는 아니었는데, 마치 어떤 법칙 때문에 그런 것처럼, 낯설게 보였다. 그리고 한 젊은이가 가느다란 지팡이를 들고 급히 지나갔는데, 왼쪽 손을 마비라도 된 것처럼 가슴에 바짝 대고 있었다.

많은 사람이 볼일을 보러 가는 길이었다. 그들이 빨리 걸어갔음에도 불구하고 다른 사람들보다도 그들을 더 오랫동안 볼 수 있었는데, 그들은 때로는 인도 위를, 때로는 아래쪽 차도를 걸어갔다. 입고 있는 상의가 그들에게 잘 어울리지 않았지만, 그들에게는 옷맵시가 전혀 중요하지 않았다. 그들은 지나가는 행인들과 서로 밀리기도 하고 밀기도 했다. 세 신사가, 둘은 굽은 아래팔에 가벼워 보이는 외투를 걸치고 있었는데, 차도와 맞은편 인도에서 일어나는 일들을 바라보기 위해, 주택의 담장에서 인도로 걸어 나왔다.

지나가는 사람들 틈 사이로 일정한 간격으로 이어져 있는 차도의 석판을 한번은 겉핥기식으로 짧게, 그리고 나서는 편안하게 바라보았다. 그 위를 마차들이 바퀴 위에서 흔들리며 목을 앞으로 쑥 내민 말들에 의해 신속하게 끌려가고 있었다. 쿠션이 달린 좌석에 기댄 사람들이 보행자들, 상점들, 발코니들 그리고 하늘을 말없이 바라보고 있었다. 한 마차가 다른 마차를 추월하려고 하자, 말들 몸이 서로 바짝 달라붙었고 가죽띠 편물이 흔들흔들 늘어뜨려졌다. 그 짐승들이 끌채를 잡아당기자 마차가 갑자기 급하게 흔들거리며 굴러갔으며 마침내 앞선 마차 주변에 호가 완성되었는데, 말들은 서로 다시 떨어졌으나 끄떡없는 길쭉한 머리만은 여전히 서로 맞대고 있었다.

한 중년 신사가 재빨리 집의 대문 쪽으로 다가와 마른 모자이크 바닥 위에 멈춰 서 있다가 몸을 돌려, 이 좁은 골목길로 억지로 밀어 넣듯 어지럽게 쏟아지는 빗속을 바라보고 있었다.

그는 검은색 천으로 기워 만든 손가방을 내려놓으면서 오른쪽 무릎을 약간 굽혔다. 어느새 빗물이 거의 팽팽한 가늘고 긴 띠 모양을 이루며 차도 가장자리에서 깊게 팬 하수구로 흘러내려 가고 있었다.

그 중년 신사는 손에 아무것도 들지 않은 채, 나무 문짝에 몸을 기대고 있던 라반 곁에 서 있었는데, 덧붙여 말하자면, 목을 급격하게 돌려야 할 때마다 이따금씩 라반 쪽을 바라보았다. 그렇지만 그는 이런 행동을 그저 자연스러운 욕구에서, 그러니까 일단은 할 일이 없으니까 모든 것을, 최소한 자신의 주변에 있는 것이라도, 정확하게 관찰하겠다는 그런 욕구에서 했던 것이다. 이처럼 아무 목적도 없이 여기저기 쳐다본 결과, 그는 아주 많은 것을 알아차리지 못하고 놓칠 수밖에 없었다. 이렇듯 그는, 라반의 입술이, 예전에는 눈에 확 띄던 무어 양식의 빨간색 넥타이가 퇴색해 버린 것에 못지않게, 아주 창백해 있다는 것도 놓치고 말았던 것이다. 만약 그가 그것을 알아챘더라면, 마음속으로 틀림없이 정말 비명을 지르기 시작했을 것이다. 그러나 그것도 정확하게 옳은 것은 아니었을 텐데, 왜냐하면 라반은, 비록 최근에 몇 가지 일 때문에 특히 피로했을 수는 있지만, 평소에도 언제나 창백했기 때문이다.

"이것도 날씨라고"하며 그 신사는 나직하게 말하고 나서, 물론 의식적이긴 하지만, 그러나 약간 노인 티를 내면서 머리를 설레설레 흔들었다.

"그래요, 그래, 이런 날씨에 여행을 해야만 한다니 말입니다"하고 말하며 라반은 재빨리 똑바로 섰다.

"그런데 좋아질 날씨가 아니군요." 그 신사는, 모든 것을 마지막 순간에 다시 한번 확인해 보기 위하여, 몸을 굽혀 한번은 골목 위를, 그러고는 아래를, 그러고 나서 하늘을 쳐다보며 말했다. "며칠, 아니 몇 주일 동안 이런 날씨가 계속될 수 있겠어요. 내가 기억하기로는, 유월과 칠월 초에도 날씨가 더 좋아질 것 같지 않다는 일기예보가 있었어요. 자, 이건 아무에게도 기쁜 소식이 아니에요. 예컨대 나는, 건강을 위해 지극히 중요한 산책을 포기할 수밖에 없거든요."

그러고 나서 그는 하품을 했는데, 맥이 풀려 축 늘어져 버린 것 같왔다. 그는 라반의 목소리도 들었고 대화를 나누기도 했지만 이제 아무것에도 더 이상 관심이 없었으며 특히 대화에는 결코 관심조차 보이지 않았던 것이다.

그것은 라반에게 상당히 강한 인상을 남겼다. 왜냐하면 아무튼 그 신사가 그에게 먼저 말을 건네 왔기 때문이다. 그래서 라반은, 비록 상대방이 알아채지 못하게 은연중에 그러기는 했지만, 약간 자기 자랑을 하려고 했던 것이다. "옳은 말씀이십니다" 하고 그는 말했다. "도시에서는 몸에 좋지 않은 일을 아주 잘 포기할 수가 있습니다. 만약 포기하지 않으면, 그 나쁜 결과들 때문에 오로지 자기 자신을 비난할 수가 있습니다. 그러면 후회하게 될 것이고, 그렇게 함으로써 비로소, 다음번에는 어떻게 처신해야 할지 그야말로 제대로 알게 될 것입니다. 그리고 그것이 설령 개인의 경우라 하더라도……

[2쪽 탈락]

……다른 뜻이 있어서 하는 말은 아닙니다. 아무 뜻 없이 하는 말입니다" 하고 라반은 급히 말했다. 사실 그는 아직은 약간 자기 자랑을 더 늘어놓고 싶었기 때문에, 그 신사의 산만한 마음 상태를 어떻게든 이해해 줄 준비가 되어 있었던 것이다. 그는 말을 이었다. "모든 것이 최근에 제가, 다른 사람들과 마찬가지로, 저녁마다 읽은, 이미 앞에서 언급한 책에 나온 이야기입니다. 저는 대부분 혼자였습니다. 가정 사정 때문이었습니다. 그러나 다른 모든 것은 제쳐 놓고, 좋은 책은 제가 저녁 식사 다음으로 가장 좋아하는 것입니다. 이미 오래전부터 그랬습니다. 최근에 어떤 선전 책자에 실린 어느 작가의 말을 인용한 글을 읽은 적이 있습니다. '좋은 책은 가장 좋은 친구이다.' 정말 맞는 말입니다. 좋은 책이야말로 가장 좋은 친구입니다."

"젊다면 그렇기도 하지요—"하고 그 신사가 말했는데, 그것은 별다른 뜻에서 한 말이 아니라, 다만 비가 다시 더 세게 내려서 전혀 그칠 것 같지 않다며 비 내리는 모습을 표현하고 싶었을 뿐이다. 그러나 라반에게는 그 말이, 마치 그 신사가 육십 세인 자기 자신은 아직도 싱싱하고 젊다고 여기는 반면에, 삼십 세인 라반은 아무것도 아닌 존재로 여기는 소리처럼 들렸으며, 그 밖에도 허용되는 한에 있어서는, 자기가 삼십 대에는 라반보다 더 분별이 있었다고 말하고 싶어 하는 것처럼 보였다. 그리고 그 신사는, 설령 다른 할 일이 없다고 하더라도 늙은 자신이 예컨대 여기 복도에 서서 비 내리는 것을 보는 것은 시간을 낭비하는 짓이라고, 더구나 쓸데없는 잡담으로 시간을 보내는 것은 시간을 이중으로 낭비하는 짓이라고 생각하는 것 같았다.

이제 라반은, 다른 사람들이 자신의 능력이나 견해에 대하여 말하는 것이 얼마 전부터 자신의 마음을 전혀 움직일 수 없다고 생각했으며, 오히려 자신은 완전히 몰두해서 모든 것에 귀 기울여 듣던 그런 입장을 그야말로 벗어났다고 생각했다. 그러므로 다른 사람들이 자기한테 반대하든 찬성하든 간에 그것은 마치 허공에 대고 떠드는 것이라고 생각했다. 그래서 그는 이렇게 말했다. "어르신이 제가 말씀드리고 싶은 이야기를 기대하지 않으셨기 때문에 이렇게 여러 가지 이야기를 하고 있는 것입니다."

"자, 자, 말씀하세요"하고 그 신사가 말했다.

"그런데, 별로 중요한 것은 아닙니다"하고 라반이 말했다. "저는 단지, 책이란 어느 모로 보나 유용하며, 예상하지 않은 데에서 특히 그렇다는 점을 말씀드리는 것뿐입니다. 왜냐하면 만약 우리가 어떤 사업을 계획할 경우, 그 사업과는 전혀 공통점이 없는 바로 그런 책들이 가장 유용하기 때문입니다. 그도 그럴 것이, 물론 그 사업을 도모할 생각이 있는 독자는 그러니까 어떻게든 흥분해서 달아오르면 (그런 흥분에 이르게 할 수 있는 책의 영향은 단지 형식적인 것에 불과하지만) 그 책을 통해 자신의 사업과 관련이 있는 생각을 하도록 자극을 받게 될 것이기 때문입니다. 그런데 이 경우에는 책의 내용이 무엇이든 그건 아무 상관이 없으므로, 독자는 그런 생각 속에서 전혀 방해받지 않고 그런 생각과 더불어 책 한가운데를, 옛날 언젠가 유대 민족이 홍해를 건너듯이, 지나가는 것입니다. 이렇게 말씀드리고 싶습니다."

그 노신사의 전인격이 이제 라반이 볼 때는 불쾌한 표정을 띠고 있었다. 마치 그 노신사가 자신에게 유난히 더 가까이 다가온 것 같은 생각이 들었지만, 그것은 그저 대수롭지 않은 일에 불과했다.

[2쪽 탈락]

⋯⋯"신문도 그렇습니다—그러나 제가 말씀드리려고 했던 것은, 제가 그냥 아무튼 시골로 가고 있다는 것입니다. 이 주일 예정으로 말입니다. 휴가를 얻었습니다. 상당히 오랜만에 처음으로 얻은 것인데, 이것은 물론 필요한 일입니다. 그런데 이미 말씀드린 대로 예컨대 제가 최근에 읽은 책 한 권은 제 짧은 여행에 대해 어르신이 상상하실 수 있는 것보다 더 많은 것을 가르쳐 주었습니다."

"듣고 있어요" 하고 그 신사가 말했다.

라반은 말없이 똑바로 선 채로 외투의 위쪽 주머니 속에 두 손을 약간 집어넣었다.

잠시 후에야 비로소 그 노신사가 말했다. "이 여행이 당신에게는 특별히 중요한 것 같군요."

"그런데 말입니다, 어르신" 하고 말하면서 라반은 다시 대문에 몸을 갖다 댔다. 이제야 비로소 그는 현관이 사람들로 꽉 차 있다는 것을 알았다. 심지어는 건물 계단 앞에도 사람들이 서 있었으며, 라반이 세 들어 살고 있는 여자 집에 함께 방 하나를 세 들어 살고 있는 한 관리가 계단을 내려오면서 서 있는 사람들에게 자리를 비켜 달라고 부탁했다. 그러더니 그는, 이제 모두 라반 쪽으로 몸을 돌리고 있던 몇 사람의 머리 너머로 그저 손으로 비를 가리키고 있는 라반에게 "행복한 여행 되세요"라는 말을 건네고는, 분명히 예전에 했던 약속인데 새삼스럽게, 다음 일요일에 틀림없이 라반을 방문하겠다는 약속을 또 했다.

[2쪽 탈락]

……예전부터 자신이 기대했던 마음에 드는 자리에 그는 만족해하고 있다. 그는 매우 끈기가 있고 쾌활한 성격이라 환담하는 데 다른 사람이 필요하지 않지만, 그러나 모두가 그를 필요로 한다. 언제나 그는 건강했다. 아, 말씀하지 마십시오.

"난 말다툼하지 않을 거요" 하고 그 신사가 말했다.

"어르신은 말다툼을 하시지 않을 것입니다만, 그러나 잘못도 인정하시지 않을 것입니다. 도대체 왜 그렇게 고집을 부리시는 겁니까. 어르신이 지금 아직도 아주 뚜렷하게 기억하고 계시지만, 내기를 해도 좋습니다만, 그와 이야기를 나누게 되면 분명 모든 것을 까맣게 잊어버리실 것입니다. 어르신께서는 제가 지금 어르신 말씀을 더 잘 반박하지 못했다고 저를 비난하실 것입니다. 그가 책에 대해 이야기만 하면 말입니다. 모든 아름다운 것에 그는 즉시 감격해 버립니다."
……

시골 학교 선생[*]
Der Dorfschullehrer

작은 보통 두더지 한 마리만 보아도 섬뜩하게 싫어하는 사람들은
─나도 그런 사람들 축에 속한다─만약 몇 년 전에 어느 작은 마을
근처에서 관찰된 그 거대한 두더지를 보았더라면 십중팔구는 혐오감
으로 죽을 맛이었을 것이다. 그 두더지 때문에 어떤 일시적인 명성을
얻게 되었던 그 마을은 이제는 물론 벌써 오래전에 다시 잊혀 버렸
고, 그 모든 현상이 온전히 설명되지 않은 채 남게 된 것은 그저 불명
예스러운 일일 뿐이다. 사람들은 그 현상을 설명해 보려고 별로 애쓰
지도 않았으며, 그 문제에 당연히 신경을 썼어야만 했는데도 쓰지 않
고 실제로 훨씬 더 사소한 일들에 신경을 쓰는 그 지역 사람들의 도

* 막스 브로트는 이 작품의 제목을 「거대한 두더지Der Riesenmaulwurf」라고 붙였다.

무지 이해할 수 없는 태만한 무관심 때문에 더 자세한 연구는 해 보지도 못한 채 그 모든 현상이 잊혀 버렸던 것이다. 그 마을이 철도로부터 멀리 떨어져 있다는 사실에서 아무튼 그것에 대한 변명거리를 찾을 수는 없다. 수많은 사람이 호기심 때문에 멀리에서부터 왔으며, 심지어 외국에서도 왔는데, 다만, 호기심 이상의 관심을 보여 주어야 했던 그런 사람들만은 오지 않았다. 그렇다, 아주 단순한 개개인들, 즉 일상적인 하루 일과 때문에 거의 편안하게 숨 쉴 여유조차 없는 그런 사람들은 아무 사심 없이 그런 일에 신경 쓸 겨를이 없었을 것이며, 그 현상에 관한 소문은 십중팔구 가장 가까운 인근 지역에도 거의 미치지 못했을 것이다. 심지어 보통 때 같으면 물론 거의 끊임없이 퍼져 나갈 그런 소문조차 이번 경우는 솔직히 답답할 만큼 느릿느릿 퍼졌다는 사실이 인정되어야만 할 것이다. 만약 그 소문을 정식으로 확실하게 말하지 않았다면 그 소문은 널리 퍼지지도 않았을 것이다. 그러나 그것 역시 확실히 그 일에 전념하지 않는 이유는 아니었고, 정반대로, 이러한 현상 역시 여전히 연구되어야만 했었을 것이다. 그런데 그 대신, 사례를 학술적으로 분석한 유일한 문건이 그 나이 많은 시골 학교 선생에게 넘겨졌는데, 그는 물론 직업상으로는 뛰어난 사람이었지만, 기초 지식과 마찬가지로 능력도 부족해서 앞으로도 계속 사용할 수 있는 철저한 기록을 제공할 수 없었으니, 하물며 어떤 설명을 제공할 수 없었다는 것은 말할 필요조차 없다. 그 소책자는 인쇄되어 그 당시 마을을 방문한 사람들에게 많이 팔렸고, 어느 정도 인정도 받았다. 그러나 그 선생은, 아무의 도움도 받지 못한 채 자신이 산발적으로 애쓴 노력들이 근본적으로 가치가 없다는 것을 분간할 정도로는 충분히 분별이 있었다. 그런데도 만약 그가 그런 수고를 멈추지 않았고, 그 일의 성격상 한 해 한 해 세월이 흐르면서 상황이 점점 더 절망적으로 되어 갔음에도 불구하고, 그 일을 자기 필생의 과업으로 삼았다면, 그것은 한편으로는 그 효과가 얼마나 컸던가를 증명하는 것이며, 다른 한편으로는 주목을 받지 못한 한 늙은 시골 학교 선생의 내면에 어떤 고통스러운 노력과 신념에 충실한 마음가짐이 존재할 수 있는가를 증명해 주는 것이기도 하다. 그러나 그는 권위 있는 인사들의 거부적인 태도 때문에 심하게 고통을 받았는데, 이런 사실은 그가 자신의 소책자에 뒤이어 추가로 쓴 작은 보충 문건이 증명하고 있다. 물론 그 보충 문건은 소책자가 나오고 몇 년 후에야 비로소, 그러니까 여기에서 다루던 내용이 무엇이었는지 거의 아무도 더 이상 기억해 낼 수 없었던 바로 그런 시기에 나온 것이다. 이 보충 문건에서 그는, 아마도 숙달된 솜씨 때문이 아니라 성실성 때문에 설득력 있게, 전혀 그러지 않으리라고 기대하고 만났던 사람들의 몰이해에 대해 한탄하고 있다. 이런 사람들에 대해 그는 적절하게 "내가 아니라 그들이 옛날 시골 학교 선생들처럼 이야기한다"고 말하고 있다. 그러면서 그는 특히 자신이 일을 하는 데 목표로 삼았던 어느 학자의 진술을 인용하고 있다. 그 학자의 이름이 누구라고 거론되지는 않았지만, 그러나 여러 가지 부수적인 정황으로 보아 그가 누구였는지 추측할 수는 있다. 그 선생은 학자에게서 방문해도 좋다는 전반적인 허락을 얻어 내는 큰 어려움들을 극복하고 난 뒤, 인사할 때에 벌써 자기 자신의 일에 관해 그 학자가 도저히 극복할 수 없는 편견에 사로잡혀 있다는 사실을 알았다. 선생이 자신이 작성한 문건을 보며 했던 장시간의 보고를 학자가 얼마나 멍한 상태에서 부주의하게 듣고 있었는가는 학자가 겉보기에는 어느 정도 숙고하고 나서 했던 다음의 언급 속에 잘 드러났다. "그러나 그것들이 사는 지역의 땅은 물론 유난히 검고 눅눅하오. 자, 그러므로 그 땅은 두더지들에게도 특별히 기름진 영양분을 주게 되어 그놈들이 이례적으로 엄청 크게 된 것이오."

"그러나 그렇게까지 큰 것은 아니잖습니까?" 하고 그 선생은 외치면서, 자신이 화나 있음을 약간 과장하면서, 벽에다 이 미터의 치수를 재어 보였다. "아, 물론이오" 하고 학자는 대답했는데, 그에게는 그모든 것이 명백히 아주 재미있는 농담으로 여겨졌던 것이다. 이러한 입장을 전해 듣고 그 선생은 집으로 돌아갔다. 그는, 눈이 내리는 저녁 국도에서 자신의 아내와 여섯 자식들이 자신을 어떻게 기다리고 있었던가, 그리고 자신의 희망들이 결국 실패로 돌아갔음을 그들에게 어떻게 고백해야만 했던가를 이야기하고 있다.

선생에 대한 학자의 태도에 관해 읽었을 때만 해도 나는 아직 선생의 주요 저작물을 전혀 모르고 있었다. 그러나 나는, 즉시 그 사건에 관해 알아낼 수 있는 것을 나 자신이 모조리 수집하여 정리하겠다고 결심했다. 내가 그 학자의 얼굴 앞에 대고 주먹질을 할 수는 없었기 때문에, 적어도 나의 문건은 선생의 입장을 변호하게 될, 아니 그보다는 이렇게 표현하는 것이 더 나을 것 같은데, 성실하지만 그러나 영향력이 없는 한 사람의 선한 의도를 변호하게 될 것이었다. 고백하건대, 나중에 나는 이런 결정을 내렸던 것을 후회했는데, 왜냐하면 내가 곧바로, 그의 작업이 나를 어떤 놀라운 상황으로 몰고 갈 수밖에 없었다는 것을 느꼈기 때문이다. 한편으로는 그 선생을 위해 학자의 마음을 돌리거나 또는 여론을 돌리기에는 나의 영향력도 턱없이 부족했으며, 다른 한편으로 선생은, 내가 자신의 생각과는 달리,

그의 주요 의도, 즉 그 커다란 두더지의 현상을 증명하는 것보다 그 선생이 생각하기에는 자명한 것이어서 어떤 변호도 필요하지 않은 것처럼 보이는 자신의 고결함을 변호하는 것이 더 중요하다고 생각했다는 것을 알아챘어야 했다. 선생과 나 자신을 연결하고자 했던 나는 따라서 그에게서 어떤 이해도 얻지 못했고, 십중팔구 도움을 받기는커녕 나에게 새로운 조력자가 필요하게 될 그런 지경에 이르게 될 수밖에 없었는데, 그런 조력자가 나타난다는 것은 거의 있을 수 없는 일이었다. 그 밖에도 나는 내 결심과 더불어 한 가지 큰일을 짊어지게 되었다. 만약 내가 증명하고자 한다면, 사실상 증명할 수 있는 능력이 없었던 그 선생을 증인으로 세워서는 안 되었다. 그의 문건이 주는 지식이 나를 그냥 헷갈리게만 할 수도 있으므로 나는 나 자신의 작업을 마치기 전에는 그 문건을 읽는 것을 피했다. 그렇다, 나는 그 선생과 결코 연관을 맺지 않았다. 물론 그는 중개자를 통해 나의 연구에 대해 알고 있었지만, 그러나 내가 그의 생각에 벗어나지 않게 일을 하고 있는지, 아니면 그의 생각과 반대로 일하고 있는지는 알지 못했다. 그렇다, 비록 그가 나중에 부인하기는 했지만, 그는 십중팔구 심지어 후자, 즉 내가 자신의 생각과 반대로 일하고 있다고 추측했을 것이다. 왜냐하면 내 일에 그가 온갖 방해 공작을 해 왔었다는 증거를 내가 갖고 있기 때문이다. 그 일을 그는 아주 쉽게 할 수 있었을 것이다. 왜냐하면 나는 정말이지 그가 이미 실행했던 모든 연구를 다시 한번 시도해야만 했고, 따라서 그는 항상 나를 앞지를 수 있었기 때문이다. 그것은 내 방식에 당연히 쏟아질 수 있었던 유일한 비난이었는데, 아무튼 불가피한 그런 비난은 그러나 신중함을 통해, 사실상 내가 내린 결론들의 자기희생을 통해 매우 무력해졌다. 그러나 그 밖의 점에 있어서 나의 문건은 그 선생의 모든 영향권에서 벗어나 있었으며, 어쩌면 이런 점에서 나는 심지어 너무나 큰 고통을 입증했었는지도 모르겠다. 마치 지금까지 아무도 그런 경우를 연구한 적이 없는 것처럼, 마치 내가 목격자들과 청취자들을 심문한 첫 번째 사람인 것처럼, 진술들을 나란히 병렬시키는 첫 번째 사람인 것처럼, 결론을 내린 첫 번째 사람인 것처럼, 완전히 그렇게 보일 정도였다. 내가 나중에 선생의 문건을 읽었을 때, 거기엔 '아무도 아직 본 적이 없을 정도로 그렇게 큰 두더지'라는 자세한 제목이 달려 있었는데, 실제로 내가 발견한 것은, 비록 우리 두 사람이 주요 사항, 즉 그 두더지의 존재를 증명했다고 생각했음에도 불구하고, 본질적인 점에서는 서로 일치하지 않는다는 사실이었다. 아무튼 저 개별적인 의견 차이들 때문에 내가 원래 그 모든 것에도 불구하고 기대했던 선생과의 우의 돈독한 관계 조성이 방해를 받았다. 선생 쪽에서는 거의 어떤 적의가 명백해졌다. 그는 언제나 나에게 겸손하고 고분고분했지만, 그러나 그러면 그럴수록 더욱더 뚜렷하게 나는 그의 실제 분위기를 알아챌 수 있었다. 더 자세히 말하자면, 그는 내가 그 일로 자신에게 처음부터 끝까지 철저하게 해를 끼쳤다고 생각하고 있고, 그에게 도움이 되었다거나 또는 도움이 될 수 있었으리라고 생각하는 나의 믿음이란 것이 기껏해야 천진난만한 생각이거나 십중팔구는 주제넘은 불손한 짓 또는 음흉한 술책이라고 생각하고 있는 것이다. 무엇보다도 그는 자주, 그의 지금까지의 모든 적은 적대감을 결코 보인 적이 없거나, 또는 단둘이서만 비밀리에, 또는 적어도 그냥 구두로만 입장을 설명했는데, 반면에 나는 내가 쓴 모든 것을 곧바로 인쇄하도록 하는 것이 필요하다고 여겼다는 점을 언급했다. 그 밖에 그 일에, 비록 피상적이기는 하지만, 실제로 관여했던 몇 안 되는 적대자들은, 스스로 의견을 개진하기 전에, 물론 적어도 자기, 즉 그 선생의 의견, 그러니까 여기에서 결정적인 권위가 있는 의견을 경청했는데, 그러나 나는 체계 없이 수집되고 부분적으로는 잘못 이해된 진술들로부터 결론들을 끄집어내었다는 점을, 그리고 설령 그 결론들이 주안점에서는 옳다고 하더라도, 그것은 물론 대중들뿐만 아니라 교양 있는 사람들에게도 의심하도록 하는 영향을 미칠 수밖에 없었다는 점을 지적했다. 아무리 약한 기미라도 그것이 믿을 만한 가치가 없다는 기미가 보이면 그것은 여기에서 일어날 수 있었던 최악의 경우일 것이라는 점을 지적했다.

비록 드러내 놓고 한 것은 아니지만 이런 비난들에 대해 나는, 예컨대 바로 그의 문건이야말로 아마도 다분히 신뢰할 수 없는 것의 정점을 나타냈다면서, 그에게 쉽게 대답할 수 있었을 것이다. 그러나 그가 품고 있는 그 밖의 의심에 맞서 싸우는 것은 그것보다 더 쉽지 않은 일이었는데, 바로 이 점이 내가 전면적으로 그와 맞서는 것을 무척 자제한 이유였다. 그러니까 더 자세하게 말하자면, 그는 암암리에, 두더지의 최초 공식 대변자이고자 한 자신의 명성을 내가 빼앗으려고 했었다고 믿었던 것이다. 그 개인에게는 물론 명성이라는 것이 결코 없었고 단지 조롱거리만 될 뿐이었다. 물론 그를 조롱하는 무리가 점점 더 줄어들기는 했지만 나는 단연코 그런 조롱거리가 되고 싶지는 않았다. 그러나 그 밖에도 나는 내가 쓴 문건의 서문에서, 그 선생이 영원히 그 두더지의 발견자로 여겨져야 한다는 입장—그러나 그는 결코 발견자는 아니었다—그리고 선생의 운명에 참여하게 됨으로써 그 문건을 작성하고 싶은 충동을 느끼게 되었다는 점도 명확하게 밝혔었다. "이 문건의 목적은 바로,"—이렇게 내가 너무 격앙된 상태로 끝맺고는 있으나, 그것은 나의 그 당시 흥분 상태를 잘 반영하고 있었다—"선생의 문건을 그 공로에 합당하게 널리 전파하는 것을 돕는 것이다. 이 일이 성공하면, 일시적이고 단지 피상적으로만 이 일에 연루된 내 이름은 즉각 거기에서 삭제될 것이다." 따라서 나는 그 일에 더 깊숙이 관여하는 것을 꺼렸는데, 그것은 마치 내가 어찌 됐든 믿을 수가 없는 그 선생의 황당무계한 비난을 미리 예감한 것 같은 꼴이었다. 그럼에도 불구하고 그는 바로 이 부분에서 나를 반박할 수 있는 구실을 찾아냈다. 그가 여러 가지 면에서 자신의 문건에서보다는 나를 반박하는 데 명민한 통찰력을 거의 더 많이 보여 주었다는 사실이 내 눈에 대체로 몇 차례 확 띄었던 것처럼, 그가 말했거나 또는 말했다기보다는 오히려 암시했던 것 속에 겉보기에는 그럴싸한 정당성의 흔적이 담겨 있었다는 사실을 내가 부인하는 것은 아니다. 더 정확히 말하자면, 그는 나의 서문이 표리부동하다고 주장했다. 만약 나에게 정말 중요한 것이 오직 그의 문건을 널리 알리는 일뿐이었다면, 왜 내가 오로지 그와 그리고 그의 문건만을 다루지 않았고, 왜 내가 그 문건의 장점들, 그 문건의 논박할 수 없는 완벽성을 보여 주지 않았으며, 왜 내가 그 발견의 의미를 두드러지게 강조하고 납득시키는 일에만 국한하지 않았으며, 왜 내가 오히려 그 문건은 완전히 무시한 채 그 발견 자체에만 파고들었단 말인가. 그 발견은 이미 대충 끝난 것이 아니었던가? 예컨대 이와 관련해서 여전히 해야 할 어떤 일이 남아 있었다는 말인가? 만약 내가 정말로 다시 한번 그 발견을 해야 한다고 생각했다면, 왜 나는 서문에서 그 발견을 포기하겠다고 그토록 엄숙하게 선언했던 것인가? 그것은 위선적인 겸손일 수도 있었지만, 그러나 몹시 기분 나쁜 일이었다. 나는 발견의 가치를 깎아내렸으며, 그 발견에 주의를 기울인 것은 오직 그 가치를 절하할 목적에서 그랬을 뿐이다. 그러는 동안 그 선생은 물론 그 발견을 탐구하다가 그냥 방치해 두고 있었다. 아마도 이 문제를 둘러싼 주변 상황이 약간 더 잠잠해졌을 텐데, 그런데 이제 내가 다시 소란을 일으켰으며, 그것은 동시에 그 선생의 입장을 예전의 상태보다 더 어렵게 만들었다. 명예를 지킨다는 것이 도대체 그 선생에게는 무슨 의미였을까. 그 일, 오로지 그 일만이 그에게는 중요했다. 그러나 나는 그 일을 저버리는 배신행위를 했는데, 왜냐하면 내가 그 일을 이해하지 못했고, 왜냐하면 내가 그 일을 올바로 평가하지도 못했으며, 왜냐하면 내가 그 일에 대해 아무런 분별력도 없었기 때문이다. 그 일은 나의 오성을 하늘만큼이나 높이 훨씬 능가하는 것이었다. 그는 내 앞에 앉아서, 늙고 주름진 얼굴로 나를 잠자코 쳐다보았는데, 물론 오직 그 얼굴만이 그의 의견이었다. 그렇지만 그에게 오직 그 일만이 중요했다는 것은 물론 옳지 않은 말이었으며, 그는 그뿐만 아니라 심지어 정말 공명심도 있었고 또한 돈을 벌고 싶어하기도 했는데, 그것은 그에게 딸린 많은 가족을 고려하면 충분히 이해할 만했다. 그럼에도 불구하고 그에게는 그 일에 대한 나의 관심이 자신과 비교해 보자면 매우 경미한 것처럼 보여서, 그가 자기 자신을 완전히 사심 없는 사람으로 자칭하는 것이 허무맹랑한 거짓말을 하는 것은 아니라고 믿을 정도였다. 그가 이런저런 비난들을 받은 까닭은 근본적으로 그가, 말하자면, 자신의 두더지를 두 손으로 꽉 쥐고 있을 때, 누구든 가까이 와서 그냥 손가락으로 그것에 손을 대려고만 하면 그 사람을 배신자라고 불렀던 일로 거슬러 올라가는데, 내가 이런 말을 입 밖에 꺼낸 것은 정말이지 내 마음에는 결코 흡족하지가 않았다. 그의 행동은 탐욕으로, 적어도 탐욕만으로는 설명될 수가 없었고, 오히려 그의 힘겨운 노력들에도 불구하고 그 노력이 완전히 실패로 돌아갔기 때문에 마음속에 일어난 그런 과민한 분노로 설명될 수 있었다. 그러나 그런 분노의 감정도 모든 것을 설명하지는 못했다. 어쩌면 그 일에 대한 나의 관심이 실제로 너무 적었는지도 모르겠다. 그 선생에게는 낯선 사람들에 대한 무관심이 사실 보통 있는 일이었으며, 그는 일반적으로는 그 일로 시달렸지만, 그러나 개별적으로는 더 이상 그러지 않았다. 그런데 여기에 마침내 어떤 사람이 나타나 그 일을 특별한 방식으로 몸소 떠맡게 되었는데, 그런데 심지어 그 사람조차 그 일을 파악하지 못했다. 언젠가 한번 이 방향으로 파고든 적이 있었다는 것을 나는 전혀 부인하고 싶지 않았다. 나는 동물학자가 아니지만, 만약 나 자신이 그 두더지를 발견했더라면 마음속 깊이 이 사건에 열중했었을 테지만, 그러나 나는 그것을 발견하지 못했었던 것이다. 그렇게 큰 두더지란 확실히 진기한 것이지만, 특히 두더지의 존재가 아무런 이의 없이 완벽하게 확인되어 있지도 않고 아무튼 우리가 그것을 끌어내 보여 줄 수 없다면, 그것에 대한 전 세계의 지속적인 관심을 요구해서는 안 된다. 그리고 나는 또한, 설령 내가 발견자였다고 하더라도, 내가 선생을 위해 기꺼이 그리고 자발적으로 일했던 것처럼 그렇게 두더지를 위해 십중팔구 결코 전력투구하지는 않았을 것이라는 점을 자백했다.

만약 나의 문건이 성공을 거두었더라면, 나와 선생 사이의 의견 불일치는 십중팔구 해소되었을 것이다. 그러나 하필 바로 이러한 성공이 이루어지지 않았다. 아마도 문건이 훌륭하지 않았던 것 같고, 내

용도 충분한 설득력이 없었을 것이다. 나는 장사치인지라, 비록 거기에 필요한 모든 지식에서 물론 내가 선생보다 훨씬 더 뛰어났지만, 그와 같은 문건의 작성이 아마도 선생의 경우보다 내 경우에 주어진 영역을 훨씬 더 넘어서는 것 같다. 또한 실패의 원인도, 문건이 출판된 시점이 아마도 불리했던 것 같다는 식으로, 다르게 해석될 수도 있었다. 사람들의 머릿속에 파고들 수가 없었던 두더지의 발견은 한편으로는 사람들이 그것을 완전히 까맣게 잊어버릴 정도로 그러니까 내 문건으로 인해 정말 깜짝 놀랄 정도로 그렇게 아주 오래전에 있었던 일은 아니었지만, 다른 한편으로는 그러나 원래 있었던 미미한 관심을 몽땅 소진해 버릴 정도로는 충분히 시간이 흘렀던 그런 오래전의 일이기도 했다. 나의 문건에 대해 통틀어 이런저런 생각들을 했던 사람들은, 암울한 절망감으로 서로 이야기를 나누었는데, 이런 절망감이 이미 수년 전부터, 이 지겨운 일을 위해 노력해 왔는데 또다시 쓸데없는 헛수고를 시작해야 하는가라는 논쟁을 지배해 왔으며, 일부 사람들은 심지어 나의 문건을 선생의 문건과 혼동하기도 했다. 어느 유력한 농업 잡지에 다음과 같은 소견이 실려 있었는데, 다행스럽게도 다만 결론 부분에만 작게 인쇄되어 있었다. "그 거대한 두더지에 관한 문건이 우리에게 또다시 송부되어 왔다. 이미 수년 전에 한번 우리는 그것을 정말 실컷 비웃은 적이 있었음을 기억한다. 그 이래로 그 문건이 더 나은 지식을 제공하게 된 것도 아니고, 우리가 더 어리석어진 것도 아니었다. 우리는 두 번씩이나 그냥 웃고 넘길 수만은 없다. 그 대신 우리는 우리의 교원 단체들에, 시골 학교 선생 같은 사람이 거대한 두더지들을 쫓아다니는 것보다 더 유익한 일을 찾을 수는 없는지 문의해 보겠다." 도저히 용서할 수 없는 혼동이다! 사람들은 첫 번째 문건도 두 번째 문건도 읽지 않았는데, 서두르다가 우연히 문득 엿듣게 된 '거대한 두더지'와 '마을 선생'이라는 두 개의 시시한 말들이 스스로를 인정받은 관심의 대표자로서 무대에 올려놓고 싶어 하던 그 신사분들을 만족시켜 주었다. 그 대신에, 확실히 여러 가지가 성공적으로 시도될 수도 있었을 테지만, 그러나 그 선생과 의사소통의 부족으로 타협이 잘 이루어지지 않아 나는 그렇게 하지 못했다. 나는 오히려 가능한 한 그에게 그 잡지 건을 비밀로 해 두려고 했다. 그러나 그는 그 잡지를 곧바로 발견했으며, 나는 그 사실을, 그가 크리스마스 축제 기간에 나를 방문하겠다고 약속한 편지에 언급한 내용을 보고 이미 알아챘다. 그는 거기에서 "세상이 나빠요. 사람들이 세상을 쉽게 나쁘게 만들고 있어요"라고 쓰고 있었는데, 그것으로 그가 표현하고 싶었던 것은, 내가 그런 나쁜 세계에 속해 있으며, 그러나 나는 내 마음속에 깃들어 있는 그 나쁜 것에 만족하지 못한 채 세상마저 쉽게 여전히 나쁘게 만들고 있다는 것인데, 즉 내가 전반적인 나쁜 일을 유인해 내어 그 나쁜 것이 승리하도록 도와주는 짓을 하고 있다는 것이었다. 이제 나는 이미 필요한 결심들을 했었고, 그가 도착하는 모습, 심지어는 평소보다 더 무례하게 인사하는 모습, 그가 말없이 내 맞은편에 앉아 있는 모습, 원래 솜을 댄 자신의 상의 주머니에서 조심스럽게 그 잡지를 끄집어내어 그것을 펼친 채로 내 앞으로 내미는 모습 등을 조용히 기다리고 조용히 바라볼 수 있었다. "난 그것을 알고 있습니다" 하고 말하며 나는 그 잡지를 읽지 않은 채 밀어서 되돌려 주었다. "당신은 알고 있단 말이지요" 하고 그는 한숨을 내쉬며 말했는데, 그는 다른 사람의 대답을 반복하는 교사들의 오랜 습성을 지니고 있었던 것이다. "난 그것을 물론 거부감 없이 받아들이기는 어려울 것 같소" 하고 그는 계속 말하면서 격앙한 채 손가락으로 그 잡지를 툭툭 치더니, 마치 내가 자기와 상반되는 의견이기라도 한 것처럼, 나를 날카롭게 쩨려보았다. 그는 내가 무슨 말을 하려고 하는지를 아마 충분히 예감하고 있었을 것이다. 그 밖에도 나는, 그의 언어에서와 마찬가지로 그 외의 기호들에서도, 그가 자주 나의 의도들에 대해 무척 정확한 느낌을 갖고 있었지만, 그러나 그 느낌에 빠지지 않고 자기 관심을 다른 쪽으로 돌렸다는 것을 알아챘다고는 별로 생각하지 않았다. 나는 그 당시 내가 그에게 했던 말을 거의 그대로 충실하게 재현할 수 있다. 왜냐하면 내가 회담 직후 곧바로 대화 내용을 메모해 두었기 때문이다. "당신이 원하는 대로 하십시오" 하고 내가 말했다. "우리의 길은 오늘부터 서로 갈라집니다. 그것은 당신이 전혀 예상하지 못한 일도, 듣기 거북한 일도 아닐 거라고 생각합니다. 여기 잡지에 실린 짤막한 기사가 내가 결심하게 된 원인은 아닙니다. 그 기사는 단지 최종적으로 결심을 견고하게 했을 뿐입니다. 본래의 원인은 처음에 내가 나의 등장을 통해 당신에게 도움을 줄 수 있을 거라고 믿었던 데 있습니다. 그런데 이제 내가 당신에게 여러 면에서 피해를 입혔다는 것을 볼 수밖에 없습니다. 왜 그것이 그렇게 반대 방향으로 바뀌게 되었는가는 모르겠습니다. 성공과 실패의 이유들은 언제나 여러 의미로 해석될 수 있는 애매모호한 것이니, 나에게 반대하는 입장을 밝히는 그런 해석들만 찾아내지는 마십시오. 당신을 생각해 보십시오. 전체적으로 보자면, 설령 당신이 아무리 좋은 의도를 가졌다 하더라도, 실패한 것입니다. 농담으로 하는 말이 아닙니다. 만약 나와의 관계 또한 유감스럽게도 당신의 실패에 속하는 것이라고 내가 말한다면, 그것은 물론 나 자신의 생각에 반하는 것입니다. 내가 이제 그 일에서 물러나는 것은 비겁한 짓도 배신행위도 아닙니다. 더구나 자기 극복 없이는 그런 일이 일어나지 않습니다. 내가 당신의 인격을 얼마나 많이 존경하는가는 이미 나의 문건에 분명히 나타나 있습니다. 당신은 어떤 점에서는 나에게 스승 같은 존재가 되었던 셈이며, 심지어 두더지조차 나에게 거의 사랑스러운 존재가 되었습니다. 그럼에도 불구하고 나는 옆으로 물러섭니다. 당신이 발견자인데, 나도 발견자의 역할을 하려고 했던 까닭에, 나는 당신이 명성을 얻을 수 있는 것을 늘 방해하고, 반면에 실패를 끌어당겨 당신에게 옮기고 있습니다. 적어도 이것이 당신의 의견입니다. 이것으로 충분하니 그만둡시다. 내가 감수할 수 있는 유일한 속죄는 당신에게 용서를 비는 것입니다. 그리고 당신이 바란다면, 내가 여기에서 당신에게 한 고백을 공개적으로도, 예를 들면 이 잡지에 똑같이 반복할 것입니다."

이것이 바로 그 당시에 내가 한 말들이었는데, 그 말들은 속마음을 숨김없이 털어놓은 완전히 솔직한 것은 아니었지만, 그러나 거기서 솔직한 점을 쉽게 끄집어낼 수는 있었다. 나의 설명은 그에게 내가 대충 기대했던 것만큼의 효과가 있었다. 대부분의 늙은 사람들은 더 젊은 사람들에 비해 그 본성 속에 사람을 속이는 어떤 믿을 수 없는 면, 어떤 거짓된 면을 갖고 있는데, 사람들은 조용히 그들 곁에서 계속 살아남으며, 그 관계가 확실하다고 믿고 있고, 유력한 의견들을 알고 있고, 지속적으로 평화의 비준서들을 얻으며, 모든 것을 자명하고도 갑작스러운 것으로 여긴다. 그러나 만약 어떤 결정적인 일이 일어나 아주 오래전부터 마련되어 온 안정이 작용되어야 할 경우에는, 이 늙은 사람들은 마치 이방인들처럼 들고일어나며, 더 깊고 더 강력한 의견들을 가지며, 이제야 비로소 그야말로 제대로 자신들의 깃발을 펼치는데, 사람들은 그 깃발 위에 적힌 새로운 격언을 경악하는 마음으로 읽는다. 이러한 경악이 생기는 까닭은 무엇보다도 특히, 늙은 사람들이 지금 말하고 있는 내용이 실제로 훨씬 더 정당하고, 훨씬 더 의미가 깊으며, 마치 자명한 것이 증대하기라도 한 것처럼, 훨씬 더 자명하기 때문이다. 그러나 거기에는 도저히 비할 바 없을 그런 엄청난 거짓된 면이 있는데, 그것은 그들이 지금 이야기하고 있는 것을 근본적으로 항상 이야기해 왔다는 것이다. 나는 이런 시골 학교 선생의 마음속 깊이 뚫고 들어가야 했으므로 이제 나는 그에게 전혀 놀라지 않았다. "이봐요" 하면서 그는 내 손 위에 자기 손을 얹고는 다정하게 쓰다듬으며 말했다. "당신은 도대체 어떻게 이 일에 관여할 생각을 하게 된 거요?—맨 처음 그 이야기를 듣자마자 곧바로 나는 내 아내와 그것에 관해 이야기를 했어요." 그는 탁자로부터 물러나 두 팔을 활짝 벌리더니, 마치 거기 아래에 그의 아내가 아주 작은 몸집을 하고 서 있는 것처럼, 그래서 그 아내와 이야기를 나누기라도 하는 것처럼, 바닥을 내려다보고 있었다. "그렇게 수많은 세월 동안" 하고 그가 아내에게 말하듯이* 말을 이어갔다. "우리 둘이만 외롭게 싸워 왔는데, 그러나 이제 이 도시에 우리를 위해 고귀한 후견인 한 분이 나타난 것 같소. 성함이 조운트조**라는 도시 상인이오. 이제 정말로 매우 기뻐해야 할 일이오, 그렇잖소? 도시의 상인이라면 상당히 영향력이 있어요. 만약 누더기를 걸친 어떤 초라한 농부가 우리를

---

* 독일어 텍스트에는 'sagte ich zu ihr(내가 그녀에게 말했다)'라고 되어 있는데, 이는 명백하게 잘못된 것이다.

** 조운트조so und so는 원래 '이러저러한'의 뜻인데, 여기서는 실명을 밝히지 않은 채 아무개라는 뜻으로 쓰고 있다.

믿고 그런 말을 한다면, 그건 우리에게 아무런 도움이 될 수 없을 거요. 왜냐하면 농부가 하는 것은 언제나 예의가 없기 때문이오. 농부가 이제 '그 늙은 시골 학교 선생이 옳다'고 말하든 아니면 어쩌다 부적절하게 불쑥 말을 내뱉든, 어느 쪽이든 둘 다 효과에서는 서로 같아요. 그리고 그 한 사람의 농부 대신에 수만 명의 농부들이 일어선다면 그 효과는 아마 훨씬 더 나쁠 거요. 반면에 도시 상인이라면 사정이 다르오. 그런 사람은 이런저런 연줄이 있고, 심지어 그저 곁들여 부수적으로 하는 말도 널리 소문이 퍼지고, 새로운 후견인들은 그 일을 진지하게 받아들여요. 어떤 사람이 예컨대 '시골 학교 선생들로부터도 우리는 배울 수 있다'고 말하면, 바로 그다음 날 벌써 많은 사람이, 겉으로 보아서는 결코 그러지 않을 것 같은 사람들조차 그것을 서로 수군거리게 되지요. 이제 그 일에 필요한 자금이 마련되고, 한 사람은 돈을 모으고 다른 사람들은 그의 손에 돈을 지불하고, 사람들은 시골 학교 선생을 반드시 마을에서 끌어와야 한다고 말들 하지요. 사람들이 오는데, 그의 외모에는 신경을 쓰지 않고, 그를 한가운데로 맞아들이는데, 그의 부인과 자식들이 그에게 매달리기 때문에, 그들도 함께 받아들이지요. 당신은 도시 출신의 사람들을 관찰해 본 적이 있소? 그들은 한시도 쉬지 않고 재잘거리지요. 그들이 함께 늘어서 있으면, 오른쪽에서 왼쪽으로 그리고 다시 되돌아서 그리고 이리저리로 재잘거리는 것이오. 이렇게들 재잘거리면서 그들은 우리를 들어 올려 마차에 태우며, 우리는 모두에게 고개 숙여 인사할 시간도 거의 없소. 마부석 위에 앉은 신사가 코안경을 올바른 위치로 바로잡고 채찍을 휘두르면 우리는 떠나오. 마치 우리가 아직 마을에 있는 것처럼, 그리고 그 도시 사람들 한가운데에 앉아 있지 않은 것처럼,

모두가 작별을 위해 마을 쪽으로 손을 흔들고 있소. 특히 참을성 없는 사람들을 태운 마차 몇 대가 도시로부터 우리를 향해 오고 있소. 우리가 가까이 가자 그들이 자리에서 일어나 우리를 보기 위해 몸을 쭉 펴오. 돈을 모았던 사람이 모든 것을 질서정연하게 정숙하라고 경고를 하고 있소. 우리가 마차를 타고 도시로 들어갈 때는 이미 많은 마차가 대열을 이루고 있소. 우리는 인사가 이미 다 끝난 것으로 생각했지만, 그러나 이제 음식점 앞에서 비로소 인사가 시작되오. 도시에서는 소집령을 한번 내리면 즉시 아주 많은 사람이 모여들게 되오. 한 사람이 무언가에 신경을 쓰면 즉각 다른 사람도 신경을 쓰게 되오. 그들은 서로 목청을 높여 다른 사람들의 의견을 훔쳐서 불법적으로 제 것으로 만들어 버리지요. 이 사람들 모두가 마차를 타고 갈 수는 없으니, 그들은 음식점 앞에서 기다리지요. 다른 사람들은 물론 타고 갈 수도 있을 테지만, 그들은 자의식 때문에 그런 짓을 하지 않아요. 이들도 기다리지요. 돈을 모았던 사람이 어떻게 모든 상황을 다 파악하는지 도무지 이해할 수 없는 일이오."

나는 그의 말을 조용히 귀 기울여 들었다. 그렇다, 나는 그가 말하고 있는 동안 점점 더 조용해졌다. 나는 탁자 위에 내가 아직 소지하고 있던 아주 많은 부수의 내 문건을 모두 쌓아 놓았었다. 나는 최근에 회람을 통해 내가 예전에 발송했던 문건들을 모두 다 다시 돌려달라고 요구해서 단지 아주 적은 부수의 문건들만 받지 못하고 대부분의 문건들은 받아 냈던 것이다. 여러 곳으로부터 나에게, 그런 문건을 받았다는 것이 전혀 기억나지 않는다, 그리고 설령 그런 문건이 물론 왔다 하더라도 유감스럽지만 틀림없이 잃어버린 것 같다는 아무튼 매우 정중한 내용의 답신들이 왔었다. 내가 근본적으로 다른 아무엇도 원하지 않았다는 것도 옳은 말이었다. 오직 한 사람만 나에게 그 문건을 자신이 진기한 골동품처럼 간직할 수 있도록 허락해 달라고 청했으며, 내가 보낸 회람의 뜻에 어긋나지 않게 그 문건을 향후 이십 년 동안 아무에게도 보여 주지 않겠노라고 굳게 다짐했다. 이 회람을 그 시골 학교 선생은 결코 한 번도 본 적이 없었다. 그 회람의 말들이 내가 그에게 그 회람을 보여 주는 것을 아주 쉽게 해 주어서 나는 기뻤다. 내가 아무 걱정 없이 그 회람을 보여 줄 수 있었던 그 밖의 이유도 있었는데, 나는 그것을 무척 조심스럽게 작성했고 그 시골 학교 선생과 그 일에 대한 관심을 결코 고려하지 않은 적이 없었던 것이다. 글의 주된 내용은 다음과 같은 것이었다. "제가 그 문건을 되돌려 달라고 요청드리는 이유가, 제가 예컨대 그 문건에서 주장된 견해들을 버렸다거나 또는 그 문건이 개별적인 부분에서 틀린 것으로 또는 단지 증명할 수 없는 것으로 여겨지기 때문은 아닙니다. 저의 요청은 오로지 개인적인, 물론 매우 부득이한 이유들이 있으며, 그 일에 대한 저의 입장을 말한다면 저의 요청은 당연히 털끝만큼의 귀납적 추론도 허용하지 않습니다. 이 점에 특히 유념해 주시기를, 그리고 좋으시다면, 이 점을 널리 전파해 주시기도 요청드립니다."

잠시 나는 이 회람을 여전히 두 손으로 덮은 채로 있다가 말했다. "일이 그렇게 진척되지 않았기 때문에 당신은 나를 질책하려 하시지요? 왜 그런 생각을 하시는 겁니까? 견해가 서로 어긋난다고 아무튼 서로 불쾌하게 하지는 마십시다. 그러니까 결국, 물론 당신이 한 가지 발견을 했다는 사실, 그러나 그 발견이란 게 예컨대 다른 모든 것을 능가하는 것은 아니라는 사실, 따라서 당신에게 일어나고 있는 부당함 역시 다른 모든 것을 능가하는 그런 부당함이 아니라는 사실을 통찰하도록 해 보십시오. 나는 학술 단체들의 규약은 모릅니다만, 당신이 어쩌면 당신의 가엾은 부인에게 편지로 썼던 것처럼, 대체로 오로지 저 학술 단체들에만 제공되었을 그런 환대가, 심지어 아주 잘되었을 경우에도, 당신에게 베풀어졌을 거라고는 생각하지 않습니다. 만약 나 자신이 그 문건의 효과를 어느 정도 기대했다면, 나는, 어쩌면 어떤 교수가 우리의 일에 주목을 했었을 수도 있으며, 그러면 그는 어떤 젊은 대학생에게 그 일을 조사해 보라고 부탁했을 것이고, 이 대학생이 당신을 찾아와 그곳에서 당신과 나의 연구들을 다시 한번 자기 나름의 방식으로 점검해 볼 테고, 그리고 그는 마침내, 여기에서 젊은 대학생들은 모두 의심에 가득 차 있다는 사실을 확인할 수 있습니다만, 만약 그 결과가 언급할 만한 가치가 있는 것처럼 보이면, 당신이 썼던 글의 내용을 학문적으로 뒷받침해 줄 그런 자기 자신의 문건을 출판하게 될 것입니다. 그렇지만 설령 이러한 희망이 이루어졌다 하더라도 여전히 목표에 충분히 도달한 상태는 아니었을 것입니다. 그런 특별한 한 가지 경우를 옹호했었을 그 대학생의 문건은 아마도 우스꽝스러운 조롱거리가 되어 버렸을 테니 말입니다. 당신은 여기 이 농업 잡지의 예에서 그런 일이 얼마나 쉽게 일어날 수 있는가를 보시는데, 이런 점에서 학술 잡지들이 훨씬 더 무분별한 것입니다. 그 교수들이 자기 자신 앞에서, 학문 앞에서, 후세 앞에서 많은 책임감을 짊어지고 있다는 것, 그리고 그들이 새로운 발견에 대해 매번 곧바로 자랑을 늘어놓을 수 없다는 것은 당연한 일입니다. 그들과 다른 우리는 그들에 비해 그 점에서는 유리한 위치에 있습니다. 그러나 나는 그것을 도외시하고, 그 대학생의 문건이 확고한 지위를 얻었을 거라고 이제 가정하고자 합니다. 그러면 무슨 일이 일어났을

까요? 당신의 이름이 아마 몇 차례 명예롭게 거명되었을 것이고, 그
것은 십중팔구 당신의 위상에도 도움이 되었을 것이며, 사람들은 '우
리의 시골 학교 선생님은 열린 눈을 가지고 있다'고 말했을 것입니
다. 또한 사람들은, 만약 잡지들이 기억력과 양심이 있다면, 그 잡지
는 여기에서 당신에게 부당하게 가한 잘못에 대해 반드시 공식적으
로 사과했어야 마땅하다고, 당신이 학술 연구 지원금을 얻도록 영향
력을 행사하는 그런 호의적인 교수도 있었을 것이라고, 당신을 도시
로 옮겨 가 당신에게 도회지 초등학교에 자리를 하나 마련해 주고 그
도시가 제공하는 학술 보조 자료들을 당신의 추가 교육을 위해 사용
할 수 있는 기회를 주려고 했던 시도도 실제로 있을 수 있는 일이라
는 말도 했을 것입니다. 그러나 만약 터놓고 솔직히 말씀드린다면,
사람들이 실제로 그렇게 했던 것이 아니라 단지 그런 시도만 했을 뿐
이라고 나는 생각한다고 말하지 않을 수 없습니다. 사람들이 당신을
이곳으로 초빙해서 당신도 여기로 왔을 테고, 그것도 물론 수백의 사
람들과 마찬가지로 성대한 환영 파티도 없이 평범한 청원자로서 왔
을 것입니다. 사람들은 당신과 이야기를 했을 테고, 당신의 성실한
노력을 인정했을 테고, 그러나 물론 그와 동시에, 당신이 늙은 사람
이라는 사실, 이 나이에 어떤 학술 연구의 시작은 전망이 없으며, 당
신은 무엇보다도 특히 계획적이라기보다는 오히려 우연히 당신의 발
견에 이르게 되었다는 사실, 그리고 이 개별적인 특수한 경우를 넘어
서 계속 작업을 해 나갈 의도가 결코 있지 않다는 사실을 알았을 것
입니다. 사람들이 아마 이런 이유로 당신을 시골에 남겨 두었을지도
모릅니다. 당신의 발견은 물론 계속 진척될 수도 있었을 텐데, 왜냐
하면 그 발견이 한번 인정받고는 언젠가 잊혀 버릴 수 있을 만큼 그

렇게 사소한 발견이 아니기 때문입니다. 그러나 당신은 그 발견에 대해 더 이상 많은 것을 듣지 못했을 것이고, 그리고 당신이 듣게 되었더라도 거의 이해하지 못했을 것입니다. 각각의 발견은 모두 곧바로 학문 전체로 유도되며, 그로써 대체로 발견이기를 그만둡니다. 발견은 전체로 나타나다가 사라져 버리며, 우리는 그 발견을 나중에 인식하기 위해 학문적으로 훈련받은 시각을 가져야만 합니다. 그 발견은 우리가 그 현존에 대해 전혀 들어 본 적이 없는 그런 기본 원칙들과 즉시 연결되며, 그리고 학문적인 논쟁에서 발견이란 이런 기본 원칙들에서 저 구름 높이까지 잡아당겨집니다. 어떻게 우리는 그것을 파악하려는 걸까요? 우리가 학술적인 토론들을 경청할 경우, 우리는 예컨대 발견이 중요한 문제라고 생각하지만, 토론이 진행되는 사이에 전혀 다른 것이 중요한 문제라고 생각하게 됩니다. 그리고 다음번에는 발견이 아닌 다른 것이 중요한 문제라고 생각하다가, 그러나 어느새 곧바로 발견이 중요한 문제라고 생각합니다.

당신은 이것을 이해하겠습니까? 당신은 마을에 남아 있었을 것이고, 받은 돈으로 가족을 약간 더 잘 먹이고 더 잘 입히게 되었을 테지만, 그러나 당신의 발견은 당신에게서 벗어나 버렸을 것이며, 그렇게 되면 당신은 그것에 어떤 권한으로도 맞설 수가 없었을 것입니다. 왜냐하면 그 발견은 도시에서야 비로소 그 실제적인 효력을 발휘했기 때문입니다. 그리고 어쩌면 사람들은 당신에게 배은망덕한 짓은 결코 하지 않았을 것입니다. 사람들은 예컨대 그 발견이 이루어졌던 자리에 작은 박물관 하나를 세우게 했을 테고, 그것은 그 마을의 명소가 되었을 테고, 당신은 열쇠 보관자가 되었을 테고, 그리고 외적인 명예 훈장도 결여되지 않도록 하려고 사람들이 당신에게, 학술 연구소의 봉사자들이 흔히 달고 다니는 것 같은, 가슴에 달고 다닐 수 있는 그런 종류의 작은 훈장을 하나 수여했을 것입니다. 그 모든 것이 가능했을 것입니다. 그것이 바로 당신이 원했던 것 아닙니까?"

대답을 하느라 시간을 허비하는 대신에 그는 아주 정식으로 이의를 제기했다. "그렇다면 당신은 나를 위해 그 목적을 달성하려고 힘썼소?"

"어쩌면," 하고 내가 말했다. "나는 그 당시에, 지금 당신에게 분명하게 대답할 수 있을 정도로 그렇게 심사숙고해서 행동하지는 않았을 것입니다. 나는 당신을 도우려고 했지만 그러나 의외로 실패하고 말았습니다. 심지어는 내가 일찍이 했던 일 가운데 가장 큰 실패작이었습니다. 그러므로 나는 이제 그 일에서 뒤로 물러나 나의 힘이 미치는 한, 원상으로 되돌리려고 합니다."

"그렇다면 좋소" 하고 말하며 그 시골 학교 선생은 파이프를 꺼내더니 주머니마다 풀어 놓은 채 넣고 다니는 담뱃잎을 거기에 채우기 시작했다. "당신은 자원해서 보람도 없는 그 일을 떠맡더니 이제 또 자원해서 물러나는군요. 매사가 정말 그렇군요!"

"나는 고집 센 사람이 아닙니다" 하고 내가 말했다. "당신은 혹시 나의 제안을 비난하시는 겁니까?"

"아니요. 전혀 그렇지 않아요" 하고 시골 학교 선생은 말했는데, 그의 파이프 담배가 벌써 연기를 내뿜고 있었다. 나는 그 담배 냄새를 참을 수가 없었기 때문에 일어나서 방 안을 빙빙 돌아다녔다. 나는 이미 예전의 협의들에서, 그 시골 학교 선생이 나에게 무척 과묵했으며, 그가 한 번 왔을 때마다 언제나, 물론 나의 방에서 떠날 생각도 하지 않았다는 사실에 익숙해 있었다. 그의 그런 태도가 이따금 나를 무척 당혹하게 하고 불쾌한 느낌을 주었다. 그럴 때마다 늘 나는 그가 나에게 아직 무언가를 원하고 있다고 생각하고는 그에게 돈을 내놓았는데, 그는 그 돈도 규칙적으로 꼬박꼬박 받아 챙겼다. 그러나 바로 자리를 뜨지도 않았고, 언제나 마음이 내킬 때에야 비로소 자리를 떴었다. 자리를 뜰 때면 대개 그는 파이프 담배를 다 피우고 나서, 자신이 단정하고 공손하게 탁자 곁으로 밀어 놓은 안락의자 주위를 이리저리 왔다 갔다 하다가 구석에 놓아둔 마디 많은 지팡이를 붙잡으려고 손을 뻗치고 나서 나와 열렬하게 악수하고는 떠나갔다. 오늘은 그가 그렇게 말없이 거기 앉아 있는 것이 나는 정말로 부담스러웠다. 내가 그랬던 것처럼, 만약 언젠가 우리가 누군가에게 마지막 작별을 고한다면, 그리고 이것이 그 다른 사람에게 매우 적절하게 보인다면, 그러면 우리는, 아직 함께 끝마쳐야 할 얼마 안 되는 일을 가능한 한 빨리 끝내는데, 이것은 그 다른 사람이 말없이 그 자리에 있는 것에 스스로 부담을 느끼게 하려는 그런 목적이 없지는 않다. 만약 누군가 나의 탁자 곁에 앉아 있는 이 작고 끈질긴 노인의 모습을 뒤에서 바라보았다면, 그를 방에서 서둘러 내보내는 것이 도무지 가능하지 않으리라는 말을 믿을 수 있었을 것이다.

중년의 노총각 블룸펠트
Blumfeld, ein älterer Junggeselle

중년의 노총각 블룸펠트는 어느 날 저녁 자신이 사는 집으로 올라
갔는데, 칠 층에 살고 있었으므로 그것은 힘든 일이었다. 올라가는
동안 그는, 요즈음 자주 그랬던 것처럼, 완전히 고독한 이 생활이 정
말 괴로운 일이라는 것, 위에 있는 자신의 빈방에 도착해 거기에서
남몰래 나이트가운을 입고, 파이프에 불을 붙이고, 몇 년 전부터 구
독하고 있는 프랑스 신문을 조금 읽고, 또 자기가 만든 체리 브랜디
를 맛보고, 어떠한 충고도 통하지 않는 하녀가 언제나 그녀 자신의
기분에 따라 내던져 놓는 이부자리의 위치를 완전히 바꾸고 나서 결
국 반 시간 후에는 자러 가기 위해, 이 칠 층짜리 건물을 남몰래 올라
가야만 한다는 것을 생각했다. 이러한 행위들에 동반자나 구경꾼이
있다면 블룸펠트는 무척 환영했을 것이다. 그는 이미 작은 개 한 마

리를 사야 하지 않을까 하고 생각한 적이 있다. 그런 동물은 기뻐 어쩔 줄 몰라 하고, 무엇보다도 배은망덕하지 않고 충직하다. 블룸펠트의 동료 한 명에게 그런 개 한 마리가 있는데, 그 개는 자기 주인 말고는 아무도 따르지 않으며, 주인을 잠시라도 못 보면, 곧장 큰 소리로 짖으면서 주인을 맞이하는데, 그렇게 함으로써 특별한 은인인 자기 주인을 다시 찾게 되었다는 데 대한 기쁨을 명백히 표현하고자 하는 것이다. 그러나 개도 물론 단점이 있다. 설령 아무리 깨끗이 기른다 해도 개는 방을 더럽힌다. 그것은 결코 피할 수 없는 일이다. 개를 방 안으로 들여놓기 전에 매번 뜨거운 물로 목욕을 시킬 수는 없으며, 그것이 가능하다 해도 개의 건강이 견디어 내지 못할 것이다. 방이 불결한 것은 그러나 블룸펠트가 견디지 못하는데, 방의 청결은 그에게는 필수 불가결한 것이어서, 일주일에 몇 번씩이나 그는 이 점에서 유감스럽게도 별로 면밀하지 않은 하녀와 말다툼을 하는 것이다. 그녀가 잘 듣지 못하기 때문에, 그는 청결 문제로 항의하기 위해 통상적으로 그녀를 팔을 당겨서 방 안의 어떤 장소들로 데리고 간다. 그는 이렇게 엄격하게 함으로써 방 안의 정돈 상태가 자신이 원하는 수준에 대충이나마 일치하도록 했다. 그러나 만약 개를 들여오게 되면 바로 그 순간, 그때까지 그토록 세심하게 신경을 써서 막아 냈던 불결함을 그의 방 안으로 끌어들이게 될 것이다. 개의 지속적인 동반자인 벼룩들도 모습을 나타낼 것이다. 그러나 일단 벼룩이 한번 생기게 되면, 블룸펠트가 그의 쾌적한 방을 개에게 내주고 다른 방을 구하게 될 순간도 별로 멀지 않을 것이다. 불결함은 그러나 개의 단점들 가운데 하나일 뿐이다. 개도 병이 들고, 또 개의 병을 아는 사람은 사실 아무도 없다. 병이 들면 이 동물은 한 모퉁이에 쭈그리고 앉아 있거나 절룩거리며 돌아다니고, 낑낑거리고, 잔기침을 하고, 고통을 억지로 삼키기도 한다. 사람들은 개를 담요로 감싸 주고, 개에게 휘파람을 불어 주고, 우유를 밀어 주고, 요컨대 그것이 일시적인 고통이기를 바라면서 개를 보살펴 준다. 그것은 일시적인 병일 수도 있지만, 심각하고 지긋지긋한 전염병일 수도 있다. 설령 개가 건강하게 산다 하더라도 언젠가 나중에는 결국은 늙게 될 것이고, 그러면 사람들은 그 충직한 동물을 제때에 내맡기는 결정을 내릴 수가 없는데, 그러면 눈물을 흘리는 개의 눈에서 자기 자신의 노령을 바라보게 되는 시기가 온다. 그러면 사람들은 눈이 반쯤 보이지 않는, 폐가 약한, 너무 지방이 끼어 거의 움직이지 못하는 그 동물 때문에 고생함으로써 그 개가 예전에 주었던 기쁨에 대한 비싼 대가를 치러야 한다. 그러니까 블룸펠트는 지금은 기꺼이 개 한 마리가 있었으면 하지만, 나중에 자기보다 더 크게 헐떡거리며, 몸을 질질 끌며 자기 곁에서 한 계단 한 계단씩 올라가는 그런 늙은 개 때문에 부담스럽게 되는 대신에, 차라리 앞으로 삼십 년 동안 혼자서 층계를 올라가기를 원하는 것이다.

그러니까 블룸펠트는 물론 혼자 살 것이다. 그에게는 예컨대 말 잘 듣는 어떤 살아 있는 존재를 자기 곁에 두고 싶어 하는 노처녀의 강렬한 욕망 같은 것이 없다. 그녀는 그것을 보살펴 줄 수 있고, 그녀는 그것을 애정을 듬뿍 담아 귀여워해 줄 수 있고, 계속 돌봐 주고 싶어 하는 것인데, 그런 목적을 위해서라면 고양이 한 마리나 카나리아 한 마리 또는 심지어 금붕어들로도 충분할 것이다. 그리고 그럴 수가 없다면, 그녀는 심지어 창 앞의 꽃들로도 만족스럽다. 이와 반대로 블룸펠트는 그저 한 마리 반려 동물을, 자신이 별로 많이 신경을 쓰지 않아도 되는 동물, 이따금 발로 밟아도 상처를 입지 않고, 필요한 경우에는 골목길에서도 밤을 지낼 수 있고, 그러나 블룸펠트가 원하면, 당장 짖으면서 뛰어오르고, 손을 핥으면서 달려드는 그런 동물을 갖고 싶은 것이다. 이런 종류의 어떤 동물을 블룸펠트는 원하고 있는 것인데, 그가 잘 알고 있듯이, 엄청 큰 불이익들을 감수하지 않고서는 그런 동물을 가질 수 없기 때문에 그는 그것을 단념한 것이다. 그러나 그는 자신의 철저한 천성에 걸맞게 때때로, 예를 들면 오늘 저녁에, 다시 똑같은 생각으로 되돌아가곤 한다.

그가 위층에 있는 자신의 방문 앞에 이르러 열쇠를 호주머니에서 꺼낼 때, 방에서 어떤 이상한 소리가 들린다. 어떤 특이한 달그락 소리인데, 매우 생기 있고 매우 규칙적이었다. 블룸펠트는 즉각 개를 떠올렸는데, 그것은 그에게 개가 앞발을 교대로 바꾸어 가며 바닥을 칠 때 내는 소리를 떠올리게 했다. 그러나 앞발은 달그락 소리를 내지 않으므로, 그것은 발소리가 아니다. 그는 급히 서둘러 문을 열고 전깃불을 켰다. 이런 광경을 볼 준비가 그는 되어 있지 않았다. 그것은 정말이지 마술이었다. 파란 줄무늬의 작고 하얀 셀룰로이드 공 두 개가 널마루에서 오르락내리락 튀고 있었다. 하나가 바닥을 치면 다른 하나는 공중으로 솟으면서, 그것들은 지칠 줄 모르고 놀이를 계속하고 있었다. 언젠가 한번 김나지움에서 블룸펠트는 어느 유명한 전기 실험에서 아주 작은 공들이 이와 비슷하게 튀어 오르는 것을 본 적이 있었다. 그러나 이것들은 비교적 큰 공이고, 빈방에서 튀어 오르고 있으며, 어떤 전기 실험을 하는 것도 아니었다. 블룸펠트는 그것들을 자세히 살펴보기 위해 허리를 굽혔다. 그것들은 의심의 여지 없이 평범한 보통 공인데, 그것들은 아마 틀림없이 내부에 더 작은

공이 몇 개 들어 있을 것이고, 바로 그것들이 달그락거리는 소리를
낼 터였다. 블룸펠트는 그것들이 줄에 매달려 있는 것인지 아닌지를
확인해 보려고 공중에 손을 대어 보았는데, 아니었다. 그것들은 완전
히 독자적으로 움직이고 있었다. 블룸펠트는 자기가 작은 어린애가
아닌 것이 안타까웠다. 그와 같은 두 개의 공은 어린애한테는 즐거
운 놀라움이었을 텐데, 반면에 그에게는 지금 이 모든 것이 더 기분
나쁜 인상을 주고 있다. 주목받지 못하는 한 노총각이 그저 남모르게
살고 있다는 것이 물론 완전히 무가치한 일은 아니다. 그런데 지금
어떤 누군가가, 누구든 상관없는 일이지만, 이 비밀을 들추어내서 그
에게 이 이상한 공 두 개를 들여보낸 것이다.

그는 공을 하나 잡으려 하지만 그것들은 뒤로 물러나서는, 방 안에
서 그에게 뒤쫓아 오라고 유혹한다. 이렇게 공 뒤를 쫓아서 뛰어가다
니 정말 너무 바보 같군, 하고 생각하면서 그는 멈춰 서더니 눈으로
그것들을 따라간다. 그가 추격을 포기한 것 같기 때문에 그것들도 움
직이지 않고 같은 자리에 그대로 머물러 있다. 그래도 아무튼 나는
저것들을 잡으려고 할 거야, 하고 다시 생각하면서 그는 그것들 쪽으
로 급히 서둘러 간다. 즉각 그것들은 달아나지만, 블룸펠트는 다리를
벌린 채 그것들을 방 한구석으로 몰아, 거기 있는 트렁크 앞에서 공
하나를 잡는 데 성공한다. 그것은 차가운 작은 공으로, 그의 손 안에
서 돌고 있으며, 빠져나가려고 안간힘을 쓰고 있다. 그리고 다른 공
도, 마치 자기 동료의 고난을 보고 있는 것처럼, 이전보다 더 높이 튀
어 오르고, 또 튀어 오르는 높이를 블룸펠트의 손이 닿는 곳까지 확
장한다. 그것이 그의 손을 치는데, 점점 더 빨리 튀어 오르면서 치며,
공격 지점들을 바꾸고, 그러고 나서는, 다른 공을 움켜쥐고 있는 손

에는 아무 짓도 할 수 없기 때문에, 아마 틀림없이 블룸펠트의 얼굴에 닿으려고 하는 것처럼, 훨씬 더 높이 튀어 오른다. 블룸펠트는 이 공도 잡을 수 있을 것이고, 공 두 개를 어딘가에 가두어 놓을 수도 있을 것이지만, 그러나 그 순간, 공 두 개를 그렇게 처리한다는 것은 자신의 품위를 손상시키는 일처럼 보인다. 그런 공을 두 개 소지하고 있는 것도 물론 재미있는 일이고, 그것들 역시 곧 서랍장 밑으로 굴러 들어가 조용해질 정도로 충분히 지치게 될 것이다. 이런 생각에도 불구하고 블룸펠트는 일종의 분노를 느끼며 공을 바닥에 내던져 버린다. 그런데도 그 약하고 거의 투명한 셀룰로이드 껍질이 부서지지 않는다는 것은 기적 같은 일이다. 두 개의 공은 아무 변화 없이 이전에 했던 서로 잘 조화된 낮은 튀어 오르기를 다시 시작하고 있다.

블룸펠트는 조용히 옷을 벗어 장롱에 정리한다. 그는 하녀가 모든 것을 잘 정리해 두었는지 항상 자세하게 확인하는 습관이 있다. 한두 번 그는 어깨 너머로 공들을 바라보는데, 그것들은 쫓기는 것이 아니라 이제는 심지어 그를 쫓는 것처럼 보이며, 뒤에서 그를 밀치고 있고, 이제는 그의 뒤에 바짝 붙어 튀어 오르고 있다. 블룸펠트는 나이트가운을 입고 맞은편 벽 쪽으로 가 그곳 선반에 걸려 있는 파이프 가운데 하나를 가져오려고 한다. 그는 몸을 돌리기 전에 무의식적으로 한 발을 뒤쪽을 향해 뻗지만, 공들은 피할 수 있어서 그것에 맞지 않는다. 그가 파이프 주변으로 가자 공들이 즉각 바짝 따라붙는다. 그가 슬리퍼를 질질 끌며 불규칙하게 걸음을 떼어 놓으면, 한 걸음 걸을 때마다 거의 쉬지 않고 공들이 그를 치면서 떨어지는 일이 뒤따라 그의 발걸음을 멈추게 한다. 블룸펠트는 공들이 어떻게 그런 일을 할 수 있는지 보기 위해 돌연히 몸을 돌린다. 그러나 그가 몸을 돌리자마자 공들은 반원을 그리며 벌써 그의 등 뒤로 돌아가 있으며, 몸을 돌릴 때마다 그 일이 반복된다. 마치 종속된 수행원들처럼 그것들은 블룸펠트 앞에 멈춰 서는 것을 피하려고 애쓰고 있다. 지금까지 그것들은 겉으로 보아서는 단지 그에게 자신들을 소개하기 위해 감히 그런 짓을 한 것 같은데, 이제는 그것들이 자신들의 임무를 시작한 것이다.

그때까지 블룸펠트는 자신의 힘이 미치지 못하는 예외적인 경우에 언제나, 그 상황을 극복하려고 마치 자신이 아무것도 알아채지 못한 것처럼 행동하는 그런 임시방편의 수단과 방법을 택했다. 그것은 자주 도움이 되었고 대부분 최소한 그 상황을 개선했다. 따라서 그는 지금도 그러한 태도를 취하고 있는 것이다. 그는 파이프 진열대 앞에 서서 입술을 쑥 내밀고 파이프 한 개를 골라, 준비된 담배쌈지를 꺼내 특별히 철저하게 그 파이프를 채우면서, 아무 거리낌 없이 자기 뒤에서 공들이 계속 튀어 오르게 내버려 둔다. 다만 탁자로 가는 것을 망설이는데, 그 공들이 똑같은 박자로 튀어 오르는 소리와 자기 자신의 발걸음 소리를 듣는 것이 그를 고통스럽게 하는 것이다. 그래서 그는 서서 파이프를 필요 없이 괜히 오랫동안 채우고 있으며, 자기와 탁자가 떨어져 있는 거리가 어느 정도인가 가늠해 본다. 그러나 마침내 자신의 약점들을 극복하고 공 소리가 전혀 들리지 않을 만큼 발로 쾅쾅 밟으면서 탁자까지 나아간다. 그가 앉자, 공들은 물론 다시 그의 의자 뒤에서 다시 이전처럼 분명하게 들을 수 있는 소리를 내면서 튀고 있다.

탁자 위쪽 벽에는 손에 잡힐 정도로 가까운 곳에 선반이 설치되어 있는데, 그 위에는 체리 브랜디 술병 하나가 작은 잔들에 둘러싸

552

여 서 있다. 그 옆에는 프랑스 신문 더미가 놓여 있다. (바로 오늘 온
새 신문을 블룸펠트는 끌어 내린다. 그는 브랜디를 까맣게 잊고 있으
며, 그 스스로도 오늘은 그저 위안받고 싶은 마음에 평소에 해 왔던
일상적인 소일거리 때문에 방해받지 않을 것 같은 느낌이 든다. 물론
그가 반드시 읽어야 할 실제적인 필요성도 없다. 그는 신문을 펼치는
데, 한 장 한 장 세심하게 넘기는 자신의 평소 습관과는 다르게, 임의
로 아무 데나 펼치고 큰 그림 한 장을 발견한다. 그는 억지로 그것을
좀 더 자세히 바라본다. 그것은 러시아 황제와 프랑스 대통령의 만남
을 보여 주고 있다. 그 만남은 어느 배에서 열리고 있다. 그 배 주위
에는 멀리까지 다른 배들이 많이 보였고, 연통에서 나오는 연기가 밝
은 하늘로 날아가 사라져 버린다. 그 두 사람, 황제와 대통령은 서로
상대방을 향해 성큼성큼 급히 서둘러 가서, 곧바로 서로의 손을 잡는
다. 대통령 뒤와 마찬가지로 황제 뒤에도 각각 두 명의 신사가 서 있
다. 희색이 만면한 황제와 대통령의 얼굴 맞은편 수행원들의 얼굴이
매우 진지하고, 각각의 수행원단의 시선은 자신들의 통치자에게 집
중되어 있다. 행사는 분명히 배의 가장 높은 갑판에서 진행되고 있는
데, 저 멀리 아래쪽에는 그림 가장자리에서 잘려 나간, 길게 도열하
여 경례를 하는 선원들이 서 있다. 블룸펠트는 그 그림을 점점 더 관
심 있게 관찰하고 나서 그것을 약간 멀리 붙잡고 눈을 가늘게 뜨고
바라본다. 그는 언제나 그런 성대한 장면을 즐겨 보는 취미가 있다.
그 주요 인물들이 그렇게 구김살이 없이 진심으로 그리고 가벼운 마
음으로 손을 잡는 것을 그는 매우 진실에 입각한 것이라고 생각한다.
덧붙이자면, 수행원들도 물론 매우 고귀한 신사들로서 이름이 아래
적혀 있는데, 그들의 태도 속에 역사적인 순간의 진지함을 간직하고

있는 것 또한 마찬가지로 틀림없는 사실이다.)

자신에게 필요한 것을 모두 아래로 내리는 대신에, 블룸펠트는 조용히 앉아, 불을 붙이지 않은 파이프 대통 안을 들여다본다. 그는 벼르고 있다가 갑자기 전혀 예기치 못하게 뻣뻣한 몸을 부드럽게 풀고 단숨에 의자와 함께 몸을 휙 돌린다. 그러나 그 공들도 그와 마찬가지로 깨어 있거나 또는 아무 생각 없이 자신들을 지배하는 법칙을 따르고 있으며, 블룸펠트가 몸을 돌림과 동시에 그것들 역시 장소를 바꾸고 그의 등 뒤로 숨어 버린다. 이제 블룸펠트는 불이 꺼진 차가운 파이프를 손에 든 채 탁자에 등을 돌리고 앉아 있다. 공들은 이제 탁자 밑에서 튀고 있으며, 그곳에는 양탄자가 깔려 있으므로, 소리가 조금밖에 들리지 않는다. 그것은 큰 이점으로, 아주 약하고 둔탁한 소리가 있을 뿐이므로, 청각을 이용해서 그것을 붙잡기 위해서는, 매우 주의를 기울여야만 한다. 블룸펠트는 물론 매우 주의를 기울이고 그 소리를 정확하게 듣는다. 그러나 그것은 오직 지금뿐으로, 잠시 후에는 거의 틀림없이 그것들의 소리를 전혀 들을 수 없을 것이다. 공들이 양탄자 위에서는 남의 시선을 거의 끌 수 없다는 것이 블룸펠트 생각에는 그것들의 큰 약점인 것 같았다. 그것들 밑으로 단지 양탄자 한 장만 넣어 주면 되는데, 두 장 넣어 주면 물론 더 좋다. 그러면 그것들은 거의 무력해질 터였다. 물론 단지 어떤 일정한 시간에 국한된 이야기이다. 그 밖에 그것들의 존재는 이미 어떤 힘을 의미하는 것이다.

블룸펠트는 개 한 마리를 잘 써먹을 수도 있을 것이다. 그렇게 젊고 사나운 짐승은 그 공들을 곧장 끝장낼 수 있을 것이다. 그는, 개가 앞발로 그것들을 붙잡으려고 애쓰는 모습, 그것들을 있는 자리에서 몰아내는 모습, 그리고 그것들을 사방팔방으로 방을 가로질러 몰아대다가 드디어 그것들을 이빨 사이에 물게 되는 모습을 머릿속에 그려 본다. 블룸펠트가 빠른 시간 안에 개 한 마리를 사는 것은 쉬운 일일 것이다.

그러나 당분간은 공들이 오직 블룸펠트만을 두려워해야 하며, 그는 이제 그것들을 때려 부수고 싶은 마음이 없는데, 어쩌면 그는 단지 결단력이 부족한 것인지도 모른다. 저녁에 지쳐 일터에서 돌아오면 그가 휴식을 필요로 하는 곳에 이 놀라운 일이 준비되어 있다. 그는 그제야 비로소 자신이 정말 얼마나 피곤한지를 느낀다. 그는 물론 공들을 틀림없이, 그것도 물론 아주 빠른 시간 안에, 때려 부수게 되겠지만, 그러나 지금 당장은 아니고, 아마 십중팔구는 내일이나 되어야 비로소 그럴 것이다. 만약 이 모든 일을 선입견 없이 바라본다면, 그 공들은 충분히 겸손하게 처신할 것이다. 예컨대 그것들은 가끔씩 튀어나와 모습을 보이고는 다시 자신들의 자리로 되돌아갈 수 있을 것이며, 또는 그것들은 더 높이 튀어 올라 탁자를 두드려서, 양탄자 때문에 약화된 소리를 보상해 줄 수도 있을 것이다. 그러나 그런 짓을 그것들은 하지 않는다. 그것들은 블룸펠트를 불필요하게 자극할 마음이 없는 것이다. 그것들은 자신의 일을 명백하게 오로지 꼭 필요한 것으로만 제한하고 있는 것이다.

블룸펠트가 탁자 옆에 머무는 일이 싫어지게 하는 데는 물론 그것만으로도 충분하다. 그는 겨우 몇 분 동안 그곳에 앉아 있지만, 벌써 자러 갈 생각을 하고 있다. 그렇게 하는 동기들 가운데 하나는 이곳에서 담배를 피울 수 없다는 것이다. 성냥을 침실의 탁자 위에 놓아두었기 때문이다. 그러니까 그는 그 성냥을 가져왔어야만 했던 것인데, 일단 침실용 탁자 옆에 가게 되면, 아마 거기 머물러 몸을 눕히는 편이 더 나을 것이다. 그에게는 또 다른 속셈이 있었는데, 맹목적으로 언제나 그의 뒤에만 머무르려 하는 공들은 침대 위로 튀어 오를 것이고, 그런 다음 그가 누우면, 의도적이든 아니든 그것들을 눌러 터뜨리게 될 거라고 믿었던 것이다. 터져 버린 공의 파편들 역시 튀어 오를 수도 있다는 항변을 그는 거부한다. 특별한 것도 한계가 있어야 하는 것이다. 공은 보통, 비록 지속적이지 않더라도, 그 전체가 튀어 오르는데, 파편 조각들은 결코 튀지 않으므로, 따라서 여기서도 튀어 오르지 않을 것이다.

　이런 생각을 하다 보니 거의 변덕스러워진 그는 "위로 튀어!" 하고 소리치면서 뒤에 공들을 거느리고 침대로 쿵쿵거리며 걸어간다. 그가 일부러 침대에 바짝 가까이 다가서자 그의 소원이 옳다는 것이 확인되는 것 같았다. 공 하나가 즉시 침대 위로 튀어 올랐던 것이다. 반면에 다른 공이 침대 밑으로 들어가 버리는 전혀 예기치 못한 일이 일어난다. 공이 침대 밑에서도 튀어 오를 수 있는 가능성에 대해 블룸펠트는 전혀 생각하지 못했다. 그는 바로 그 공에 대해 격분하는 것이 매우 부당하다고 느끼면서도 격분하는데, 왜냐하면 침대 밑에서 튀어 오름으로써 어쩌면 그 공이 침대 위의 공보다 과제를 훨씬 더 잘 수행하고 있는 건지도 모르기 때문이다. 이제 모든 것은 그 공들이 어느 장소를 정하는가에 달린 문제이다. 왜냐하면 블룸펠트는, 그 공들이 오랫동안 서로 떨어진 채로 일할 수 있다고는 생각하고 있지 않기 때문이다. 그런데 실제로 바로 그다음 순간 밑에 있던 공도 침대 위로 튀어 오르는 것이다. 이제 저것들을 잡았군, 하고 블룸펠트는 생각하면서 너무 기쁜 나머지 흥분 상태에 빠졌다. 그는 나이트가운을 황급히 벗어 던지고는 침대 속으로 몸을 던졌다. 그러나 바로 그때 그 공이 다시 침대 밑으로 튀어 내려가는 것이다. 엄청 실망한 나머지 블룸펠트는 그야말로 털썩 주저앉아 버린다. 그 공은 아마틀림없이 침대 위를 그냥 죽 둘러보고 마음에 들지 않은 모양이었다. 그리고 이제 다른 공도 그 공을 따라 물론 아래쪽에 머물러 있는데, 왜냐하면 아래가 더 좋기 때문이다. '이제 북 치는 소리를 내는 이 녀석들과 밤새 함께 있게 되겠군' 하고 생각하며 블룸펠트는 입술을 깨물고 머리를 떨군다.

그는, 그 공들이 밤에 그에게 무엇으로 피해를 입힐 수 있을지 도무지 알지 못한 채 슬프다. 그는 아주 깊이 잠드는 편이라 작은 소리는 쉽게 이겨 낼 것이다. 확실히 해 두기 위해 그는 이미 터득한 경험에 따라 그 공들 밑으로 두 개의 양탄자를 밀어 넣는다. 마치 그에게 부드러운 잠자리를 마련해 주고 싶은 작은 개 한 마리가 있는 것 같은 모습이다. 그리고 공들도 피로하고 졸음이 오는지 튀어 오르는 것이 점차 전보다 더 낮아지고 느려진다. 블룸펠트는 침대 앞에 무릎을 꿇고 침실용 전등으로 아래를 비추면서 그 공들이 양탄자 위에 영원히 놓여 있으리라고 가끔 생각해 본다. 그것들은 그렇게 약하게 떨어지고, 그렇게 느리게 약간의 짧은 구간을 굴러간다. 그러고 나서 그것들은 다시 의무적으로 솟아오른다. 그러나 블룸펠트가 만약 일찍 침대 밑을 들여다본다면, 거기에서 해롭지 않은 어린이용 공 두 개를 쉽게 발견할 수 있을 것이다.

그러나 그것들은 튀어 오르기를 아침까지 지속할 수 없을 것 같아 보이는데, 왜냐하면 블룸펠트가 침대에 누워 있을 때 벌써 공의 소리가 전혀 들리지 않기 때문이다. 그는 안간힘을 써서 어떤 소리를 들으려고 하며, 몸을 침대 밖으로 숙여서 귀를 기울이지만, 아무 소리도 들리지 않는다. 그렇게나 강력하게 양탄자가 작용할 수는 없으며, 공들이 더 이상 튀지 않는다는 것이 유일한 설명이다. 그것들이 부드러운 양탄자 때문에 충분히 부딪히지 못해 일시적으로 튀어 오르기를 포기했거나 그게 아니면 그것들이 이제 다시는 튀어 오를 것 같지 않다는 것이 더욱더 그럴듯해 보인다. 블룸펠트는 일어나서 그것이 어떻게 된 것인지 확인해 볼 수도 있지만, 마침내 평온한 고요가 찾아왔다는 만족감 때문에 차라리 누워 있고 싶다. 그는 그 조용해진 공들을 눈길로라도 결코 건드리고 싶지가 않다. 그는 담배 피우는 것조차 기꺼이 단념하고, 옆으로 돌아누워 곧바로 잠이 든다.

그렇지만 그는 방해받지 않는 상태로 있지 못한다. 평소 때 언제나 그런 것처럼, 그는 이번에도 꿈을 꾸지 않고 잠을 잔다. 그러나 매우 뒤숭숭하다. 밤중에 그는 마치 누군가 문을 두드리는 것 같은 착각 때문에 깜짝 놀라 셀 수 없이 여러 번 깨어난다. 그는 아무도 문을 두드리지 않는다는 것을 분명히 알고 있다. 누가 밤에, 그것도 고독한 총각인 그의 문을 두드리겠는가. 그러나 그는 분명히 알고 있음에도 불구하고 또다시 깜짝 놀라 일어나 한순간 긴장해서, 입을 벌리고 눈을 크게 뜬 채 문 쪽을 바라본다. 그리고 그의 머리카락 다발은 젖은 이마 위에서 흔들리고 있다. 그는 자신이 얼마나 자주 깨어났는지 횟수를 세려고 시도해 보지만, 그러나 그 어마어마한 횟수에 정신을 잃고, 다시금 잠 속으로 빠져든다. 그는 그 두드리는 소리가 어디서 나는지 안다고 믿는데, 그것은 아무튼 문에서 나는 소리가 아니라 어딘가 전혀 다른 곳에서 나는 소리이다. 그러나 그는 잠에 사로잡혀 있어서 자신의 추측들이 무엇에 근거하고 있는지 기억해 낼 수가 없다. 그는 다만, 크고 강하게 두드리는 소리가 나기 전에, 아주 작고 불쾌한 수많은 두드리는 소리가 모인다는 사실만 알고 있을 뿐이다. 그는 그 크게 두드리는 소리를 피할 수만 있다면, 작게 두드리는 소리가 일으키는 모든 불쾌감을 견디어 낼 수 있을 것이다. 그러나 그것은 어떤 이유에서인지 너무 늦은 일이다. 그는 지금 손을 댈 수가 없다. 그것을 놓쳐 버린 것이다. 그는 결코 말조차 담지 못한다. 단지 말없이 하품을 하느라고 입을 열 뿐이다. 그리고 그것에 화가 치밀어 얼굴을 베개 속으로 처박는다. 그렇게 밤이 지나간다.

아침에 하녀가 문을 두드리는 소리가 그를 깨운다. 소리가 잘 들리지 않는다고 언제나 불평하던 그녀의 조용한 노크 소리에 그는 구원의 탄식과 함께 인사를 보내며, 벌써 "들어와요" 하고 소리치려고 한다. 그때 그는 또 하나의 활기차고, 물론 약하기는 하지만 그야말로 전투적인 노크 소리를 듣는다. 그것은 바로 침대 밑에 있는 공들이 내는 소리이다. 그것들이 깨어났다는 말인가? 그것들이 그와는 달리 밤새 새로운 힘을 모았다는 것인가? "곧 가요" 하고 블룸펠트는 하녀에게 대답을 보내고 침대에서 벌떡 일어난다. 그러나 아주 조심해서 공들이 언제나 등 뒤에 있도록 하고, 등을 언제나 그것들을 향한 채 바닥에 내려서서 고개를 돌려 그것들을 바라본다. 그러고는 거의 욕을 퍼붓고 싶은 심정이다. 마치 밤중에 귀찮은 이불을 밀어내는 아이들처럼 공들도 아마 밤새도록 지속된 작은 움직임으로 침대 밑에서 양탄자를 앞으로 멀리 밀어내서, 또다시 자기 밑에 맨바닥을 갖게 되었고 소음을 만들어 낼 수 있게 되었을 것이다. "양탄자 위로 돌아가!" 하고 블룸펠트는 화난 얼굴로 말한다. 그리고 공들이 양탄자 때문에 다시 조용해지고 나서야 비로소 그는 하녀를 안으로 불러들인다. 뚱뚱하고 둔감하고 언제나 뻣뻣이 똑바로 걸어가는 이 여자가 상 위에 아침밥을 차리고 몇 가지 일을 도와주는 동안 블룸펠트는 공들을 밑에 묶어 두려고 나이트가운을 입은 채 꿈쩍 않고 자기 침대 옆에 서 있다. 그는 하녀가 혹시 무언가 낌새를 알아채지는 않았는지 확인하기 위해 눈으로 그녀를 좇고 있다. 귀가 잘 들리지 않는 그녀가 뭔가 눈치챘다는 것은 거의 있을 수 없는 일이다. 그래서 블룸펠트는 하녀가 여기저기에 멈춰 서서 어떤 가구에 몸을 기대고는 눈썹을 치켜세운 채 귀를 기울이는 것을 본다고 생각될 때마다, 그것을 불면으로 인한 자신의 신경과민 탓으로 돌린다. 하녀로 하여금 그녀가 할 일을 약간 더 빨리 서두르도록 할 수 있다면 그는 행복할 텐데, 그녀는 평상시보다도 대충 더 꾸물거리고 있다. 쓸데없이 번거롭게 그녀는 블룸펠트의 옷과 장화를 들고 그것을 복도로 끌고 가면서 오랫동안 멀리 떨어져 오지 않고 있다. 그녀가 밖에서 그 옷들을 손질하느라고 두드리는 소리가 단조롭고 매우 산발적으로 들려온다. 그리고 그동안 내내 블룸펠트는 침대 위에서 참고 견뎌야 한다. 그가 공들을 자신의 뒤로 끌고 다니기를 원하지 않는다면 몸을 움직이면 안 되고, 가능한 한 뜨겁게 마시고 싶은 커피는 식게 내버려 두어야 하고, 창문의 내려뜨려진 커튼을 뚫어지게 쳐다보는 것밖에는 달리 아무것도 할 것이 없다. 커튼 뒤로는 날이 희미하게 밝아 오고 있다. 마침내 하녀가 일을 끝내고 좋은 아침이 되기를 바란다는 아침 인사말을 하고는 벌써 가려 한다. 그러나 그녀는 결국 떠나기 전에 문가에 잠깐 멈춰 서서 입술을 약간 움직이며 블룸펠트를 지긋한 눈빛으로 바라본다. 블룸펠트는 그녀에게 해명을 요구하려고 하고 있는데, 그녀는 벌써 가 버리고 없다. 블룸펠트는 문을 열어젖히고 그녀를 향해 그녀가 얼마나 멍청하고 늙고 둔한 여자인지 소리를 지르고 싶은 마음이 정말 굴뚝같다. 그러나 그가 그녀에게 사실 무엇 때문에 반론을 제기하려 하는지 곰곰 생각해 보니, 그녀가 의심의 여지 없이 아무것도 눈치채지 못했으면서도 마치 무언가를 눈치챈 척하려고 했다는 모순만을 찾아낸 것이다. 그의 생각이 얼마나 뒤죽박죽인가! 그리고 그것은 오직 밤에 잠을 제대로 못 잔 탓이다! 잠을 잘 못 잔 것에 대해 그는, 어제저녁 평소 습관에서 벗어나 담배도 피우지 않고 브랜디도 마시지 않았기 때문이라는, 한 가지 사소한 해명거리를 찾아낸다.

그는 이제부터 좋은 컨디션을 유지하도록 더 신경을 쓸 것이다. 그래서 그는 침실용 탁자 위에 걸려 있는 그의 가정상비약 상자에서 솜을 꺼내 작은 공을 두 개 만들어 그것으로 귀 안을 막는 일부터 시작한다. 그런 다음 일어나서 그는 시험적으로 발걸음을 떼어 본다. 공들이 물론 따라오기는 하지만, 그러나 그것들의 소리는 거의 들리지 않자, 솜을 좀 더 귀 안으로 밀어 넣음으로써 그것들의 소리를 완전히 차단해 버린다. 블룸펠트는 몇 걸음 더 걸어가 보는데, 특별한 불편이 없다. 블룸펠트나 공들이나 다 마찬가지로 모두 제각각으로, 그들은 물론 서로 연결되어 있기는 하지만, 그러나 서로 방해하지 않는다. 다만 블룸펠트가 몸을 더 재빨리 돌리고 공 하나가 충분히 신속하게 반동할 수 없을 때 블룸펠트의 무릎이 그 공과 부딪히는 것일 뿐이다. 그것이 유일한 돌발 사건이며, 그 밖엔 블룸펠트는 편안하게 커피를 마시고, 그는 마치 밤에 잠을 못 잔 것이 아니라 먼 여행을 한 것처럼 배가 고프며, 기분을 상쾌하게 해 주는 찬물로 몸을 씻고 옷을 입는다. 여태까지 그는 커튼을 걷어 올리지 않고 조심하느라 그냥 어스름한 어둠 속에 있었다. 그 공들을 낯설게 볼 눈이 그는 필요하지 않다. 그러나 이제 나갈 준비가 되자 그는, 공들이 자신을 골목길에까지 감히 따라 나올 거라고 생각하지는 않지만, 만약의 경우를 대비해 공들에 대한 조치를 취해야만 한다. 그는 묘안이 하나 있다. 그는 큰 장롱을 열고 그쪽을 향해 등을 대고 선다. 공들이 마치 그 의도된 바가 무언지 예감하기라도 한 것처럼 장롱 안으로 들어가지 않으려 경계한다. 그것들은 블룸펠트와 장롱 사이에 있는 모든 작은 자리를 모조리 이용하고 어쩔 수가 없을 때는 한순간 장롱 속으로 뛰어 들었다가는 곧바로 어둠을 피해 다시 도망쳐 나온다. 그것들을 장롱의 문턱을 넘어 더 깊숙이까지는 결코 들여놓을 수가 없다. 그것들은 차라리 자신들의 의무를 위반하고, 블룸펠트 옆자리를 거의 지키다시피 하고 있다. 그러나 그것들의 잔꾀들도 도움이 될 수 없다. 왜냐하면 블룸펠트가 직접 장롱 속으로 뒷걸음쳐 올라갔고 그것들도 이제는 아무튼 따라가야만 하기 때문이다. 그러나 그로써 공들에 대한 결정이 내려진 셈인데, 왜냐하면 장롱 바닥에는 장화, 상자, 작은 트렁크 같은 온갖 잡다한 물건이 놓여 있는데, 그것들은 모두 물론 정리가 잘되어 있기는 하지만―지금 블룸펠트는 그것을 유감스럽게 생각한다―그러나 공들에게는 아무튼 무척 방해가 되기 때문이다. 그리고 그사이에 장롱 문을 끌어당겨 거의 닫고 있던 블룸펠트가 한 걸음 크게 뛰어―그는 몇 년 사이 그런 일을 해 본 적이 없었다―장롱을 나와 문을 눌러 닫고 열쇠를 돌리자, 공들이 안에 갇히게 되었다. '이제 성공이군' 하고 생각하며 블룸펠트는 얼굴에서 땀을 닦아 낸다. 공들이 장롱 안에서 얼마나 시끄러운 소리를 내는가! 마치 공들이 절망하고 있는 것 같은 인상을 준다. 그와 반대로 블룸펠트는 매우 만족스럽다. 그는 방을 벗어나고, 썰렁한 복도조차 그에게 유쾌한 기분을 불러일으킨다. 솜을 꺼내 두 귀를 자유롭게 하자, 깨어나는 집의 수많은 소음이 그를 매혹한다. 사람들은 거의 보이지 않는다. 아직은 아주 이른 새벽이다.

아래쪽 현관, 하녀의 지하실 거처로 들어가는 낮은 문 앞에 그녀의 열 살짜리 어린 아들이 서 있다. 자기 어머니를 판에 박은 듯 닮은 아이, 그 아이의 얼굴에도 늙은 어머니의 추한 모습이 잊히지 않은 채 그대로 남아 있었다. 휜 다리에 손은 바지 주머니에 찌른 채 그 아이는 거기 서서 쉭쉭거리고 있었는데, 어린 나이에 벌써 갑상샘종이 있어서 숨쉬기가 힘들기 때문이었다. 블룸펠트는 평소에 그 소년을 길에서 만나면 가능한 한 그 광경을 보지 않으려고 발걸음을 더 재촉해서 서둘러 걸어가는 반면에, 오늘은 그의 곁에 거의 서 있고 싶은 마음이다. 비록 그 소년이 그 여자에 의해 이 세상에 나왔고 자신의 근원인 그 여자의 모든 특징을 다 가지고 있다 하더라도, 그는 아무튼 당분간은 어린애고, 그 볼품없는 머릿속에는 물론 어린애들의 생각이 들어 있어서, 만약 사람들이 그에게 사려 깊게 말을 걸고 어떤 것을 물어본다면, 그 아이는 십중팔구 밝은 목소리로, 순진하고 공손하게 대답할 것이고, 사람들은 약간 자제하고 나서는 그 아이의 뺨을 쓰다듬어 줄 수도 있을 것이다. 그렇게 생각하지만, 블룸펠트는 그냥 지나친다. 골목길에서 그는 날씨가 자신이 방 안에서 생각했던 것보다 더 푸근하다는 것을 깨닫는다. 아침 안개가 갈라지고 거센 바람이 휩쓸고 지나간 자리에 푸른 하늘이 모습을 나타낸다. 블룸펠트는 평소보다 훨씬 더 일찍 방을 나올 수 있었던 것은 공들 덕분이라고 생각한다. 그는 심지어 신문도 읽지 않은 채 탁자 위에 두고는 잊어버리고 왔지만, 아무튼 그 때문에 많은 시간을 벌게 되어 이제 천천히 갈 수 있는 것이다. 그가 공들을 자신에게서 떼어 놓은 후, 그것들이 그에게 조금밖에 걱정거리가 되지 않는다는 것은 신기한 일이다. 그것들이 그의 뒤에 가까이 있었던 한은, 그것들은 그에게 속해 있는 어떤 것, 즉 그의 인격을 판단할 때 어떻게든 함께 관련되어야만 하는 어떤 것으로 간주될 수 있었다. 이와 반대로 지금 그것들은 그저 집에 있는 상자 속의 장난감에 불과했다. 그리고 이때 블룸펠트의 뇌리에, 공들의 피해를 없앨 수 있는 가장 좋은 방법은 자신이 그것들을 원래의 용도로 이끄는 것뿐이라는 생각이 퍼뜩 떠오른다. 거기 현관에는 아직 소년이 서 있다. 블룸펠트는 그에게 그 공들을 선물할 텐데, 그것도 물론 빌려주는 것이 아니라, 명확하게 선물하는 것이다. 그것은 그것들을 없애라는 명령과 확실히 같은 의미이다. 설령 그것들이 훼손되지 않고 온전하게 남아 있게 된다 하더라도, 그것들은 상자 속에 있을 때보다는 소년의 손안에 있을 때에 훨씬 더의미가 없다. 집 전체가 소년이 어떻게 공들을 가지고 노는지, 그 모습을 볼 것이다. 다른 아이들도 끼어들게 될 것이다. 여기에서 문제가 되는 것은 놀이 공이지 블룸펠트의 인생 동반자가 아니라는 일반적인 견해는 확고부동하게 흔들리지 않을 것이며 뿌리칠 수 없을 만큼 매우 매력적이 될 것이다. 블룸펠트는 뛰어서 다시 집 안으로 들어간다. 소년은 막 지하 계단을 내려가 밑에서 문을 열려고 한다. 블룸펠트는 그러므로 그 소년을 불러야 하며, 소년과 연관되는 모든 것과 마찬가지로 우스꽝스러운 그 소년의 이름을 소리 내어 말해야 한다. "알프레트, 알프레트" 하고 그가 부른다. 소년은 오랫동안 망설인다. "자, 이리 와 봐!" 하고 블룸펠트가 부른다. "내가 너에게 어떤 것을 줄게." 건물 관리인의 작은 두 딸이 맞은편 문에서 나와서 호기심으로 가득 차 블룸펠트의 오른쪽과 왼쪽에 선다. 그들은 소년보다 훨씬 더 빨리 알아듣고, 왜 그 소년이 곧장 오지 않는지 이해하지 못한다. 그들은 그에게 손짓하면서 블룸펠트한테는 눈을 떼지 않고 있지만, 그러나 어떤 종류의 선물이 알프레트를 기다리고 있는지는 밝혀낼 수가 없다. 호기심 때문에 그들은 안달이 나서 두 발을 번갈아 가며 동동 구른다. 블룸펠트는 그들뿐만 아니라 소년도 비웃는다. 소년이 마침내 모든 것을 제대로 해석한 것 같다. 그는 뻣뻣하고 답답하게 느릿느릿 계단을 올라온다. 걸어오면서 그는 아래 지하실 문에 모습을 나타낸 어머니를 결코 모른 척하지 못한다. 블룸펠트는, 하녀도 자신의 말을 알아듣게 하려고, 그리고 자신이 지시한 사항의 이행을, 만약 필요한 경우에는, 감독하게 하려고, 엄청 큰 소리로 외친다. "저위" 하고 블룸펠트가 말한다. "내 방에 예쁜 공 두 개가 있단다. 너 그걸 가지고 싶니?" 소년은 그저 입만 삐죽거릴 뿐, 도대체 어떻게 해야 좋을지 몰라 하면서, 몸을 돌리고는 어머니에게 물어보려는 듯 아래를 내려다본다. 그러나 소녀들은 곧 블룸펠트 주위를 펄쩍펄쩍 뛰기 시작하면서 그 공들을 달라고 부탁한다. "너희도 그것을 가지고 놀아도 된단다" 하고 블룸펠트는 그들에게 말하면서, 소년의 대답을 기다린다. 그는 곧바로 그 공들을 소녀들에게 선물할 수도 있다. 그러나 그들은 너무 경솔해 보이고, 그는 지금 소년에게 더 많은 신뢰감을 갖고 있다. 아이는 그사이에 아무 말도 주고받지 않았지만 어머니한테 조언을 구했고 블룸펠트의 새로운 질문에 고개를 끄덕여 동의한다. "그럼, 조심해!" 하고 블룸펠트는 말한다. 그는 자신의 선물에 대해 아무런 감사를 받지 못하리라는 것을 기꺼이 모른 척 무시해 버린다. "내 방 열쇠는 네 어머니가 가지고 계셔. 너는 어머니에게서 그 것을 빌려야 해. 여기 너에게 나의 옷장 열쇠를 주마. 그리고 그 옷장 안에 공이 들어 있단다. 옷장과 방을 다시 조심해서 닫아라. 그렇지만 공들은 네가 원하는 대로 해도 좋아. 다시 돌려줄 필요 없단다. 내 말 알아들었니?" 그러나 유감스럽게도 소년은 무슨 말인지 알아듣지 못했다. 블룸펠트는 말귀를 못 알아듣는 이 엄청 우둔한 존재에게 특별히 모든 것을 이해할 수 있게 설명하려고 했다. 그러나 바로 이런 의도 때문에 모든 것을 너무 자주 반복해서 말하다 보니, 열쇠와 방과 옷장을 너무 자주 번갈아 말하게 되어 오히려 헷갈리게 만들었다. 그 결과 소년은 그를 은인이 아니라 마치 자기를 유혹하는 악마처럼 노려본다. 소녀들은 물론 곧바로 모든 것을 알아듣고, 블룸펠트에게 몰려들어 열쇠를 향해 손을 뻗는다. "좀 기다려" 하고 말하며 블룸펠트는 벌써 모든 것에 대해 화가 난다. 시간도 지나고 있고, 그는 이제 더는 오래 거기에 머무를 수가 없다. 하녀라도 그의 말을 이해하고 소년을 위해 모든 것을 제대로 처리하겠다고 말해 준다면 얼마나 좋을까. 그러나 그의 기대와는 달리 그녀는 그러기는커녕, 귀가 어두워 창피한 척 싱긋이 웃으면서, 여전히 저 아래 문가에 그대로 서 있다. 그녀는 어쩌면 블룸펠트가 위에서 자기 아들의 매력에 갑자기 마음을 빼앗겨 그에게 구구단 같은 기본 상식을 물어보고 있는 것쯤으로 생각하고 있을지도 모르겠다. 그러나 블룸펠트 역시 지하 계단을 내려가 하녀의 귀에 대고, 제발 신의 자비로 그녀의 아들이 그를 공들로부터 해방시킬 수 있게 해 달라는 부탁을 큰 소리로 말할 수 없음은 물론이다. 만약 그가 자신의 옷장 열쇠를 온종일 이 가족에게 믿고 맡기려 한다면, 그는 이미 충분히 자제했던 것이다. 그가 직접 소년을 위로 데리고 가서 그곳에서 그에게 공들을 넘겨주는 대신 그에게 열쇠를 건네주는 것은 자신의 수고를 아끼기 위해서가 아니다. 그러나 물론 그는 위에서 그 공들을 먼저 줘 버릴 수는 없는데, 그러면 그 결과가 뻔히 예견되는 바대로, 그가 그것들을 마치 시종처럼 자기 뒤로 끌어당기게 됨으로써 그것들을 소년으로부터 곧 다시 받게 되는 것이다. 블룸펠트는, 자신이 새로운 설명을 시도했지만, 그것이 소년의 텅 빈 눈빛 아래서 금방 다시 깨어지고 나자, 거의 애처로운 어조로 "그러니까 넌 아직도 내 말을 이해 못 하는 거니?" 하고 묻는다. 그런 텅 빈 눈빛은 사람을 무방비 상태로 만들어 버린다. 그 눈빛은, 오로지 이 공허를 이해력으로 채우기 위해서, 사람들로 하여금 하고 싶은 말보다 더 많은 말을 하도록 유혹할 수도 있다.

"우리가 걔한테 그 공들을 가져다줄게요" 하고 소녀들이 외친다. 그들은 영리해서, 공을 아무튼 오로지 소년의 중재를 통해서만 얻을 수 있다는 것, 그러나 이러한 중재도 스스로가 성취해 내야 한다는 것을 알아차렸던 것이다. 건물 관리인의 방에서 시계가 울리면서 블룸펠트에게 서두르라고 경고한다. "그럼 너희가 열쇠를 받아라!" 하고 블룸펠트는 말한다. 그런데 그가 열쇠를 준다기보다는 오히려 열쇠가 그의 손에서 잡아채어진다. 만약 그가 소년에게 열쇠를 주었다면 지금과는 비교할 수 없을 만큼 훨씬 더 안심할 수 있었을 것이다. "방 열쇠는 아래에 있는 부인에게서 가져와라!" 하고 블룸펠트는 다시 말한다. "그리고 너희가 공을 가지고 돌아오면, 두 열쇠를 그 부인에게 드려야 한다."

"네, 네" 하고 소녀들은 소리치고, 계단 아래로 뛰어 내려간다. 그들은 모든 것을, 철저하게 모든 것을, 알고 있으며, 블룸펠트는, 마치 소년의 모자란 이해력에 전염되기라도 한 것처럼, 소녀들이 어떻게 그렇게 빨리 자신의 설명을 모조리 끌어낼 수 있었는지, 이제 스스로가 이해를 하지 못하고 있다.

이제 소녀들은 벌써 아래에서 하녀의 치마를 힘껏 잡아당기고 있다. 그러나 블룸펠트는 그들이 의무를 행하는 모습을, 그것이 아무리 유혹적일지라도, 더 이상 오랫동안 그대로 두고 볼 수만은 없다. 그것은 물론 이미 늦은 시각이기 때문이기도 하지만, 만약 공들이 바깥으로 나온다면 그것들과 맞부딪치고 싶지 않기 때문이기도 하다. 그는 소녀들이 위층 자기 방문을 열 때에는 이미 자신이 골목길 몇 개를 지나 멀리 떨어져 있기를 심지어 바라고 있다. 그는 자신이 공에 대해서 아직도 무엇을 기대할 수 있는지 정말로 전혀 모른다. 그리고 그렇게 그는 이날 아침에 두 번째로 바깥으로 나간다. 그는 하녀가 소녀들에게 제대로 맞서고, 소년이 어머니를 도우러 가려고 휜 다리를 움직이는 모습을 보았다. 블룸펠트는, 왜 하녀 같은 그런 사람들이 이 세상에서 번성하고 번창하는지 이해하지 못한다.

블룸펠트가 직원으로 일하고 있는 내복 공장으로 가는 동안, 점차 그 일에 대한 생각이 다른 모든 것을 압도해 버린다. 그 생각이 그의 걸음걸이를 빠르게 재촉해서, 소년 때문에 지체했음에도 불구하고 그는 사무실에 맨 먼저 도착한다. 이 사무실은 유리로 칸을 막은 하나의 공간으로, 블룸펠트를 위한 책상 하나, 그리고 블룸펠트 아래에서 일하는 실습생들을 위한 스탠드 책상 두 개가 있다. 서서 작업하도록 되어 있는 이 책상은, 마치 초등학생들을 위한 것처럼 작고 좁은데도 불구하고, 사무실이 매우 비좁아 실습생들은 앉으면 안 되는데, 그들이 앉게 되면 블룸펠트의 의자를 놓을 공간이 없기 때문이다. 그래서 그들은 하루 종일 그들의 책상을 누르면서 서 있는 것이다. 그들이 몹시 불편한 것은 확실한데, 그 때문에 블룸펠트 역시 그들을 보면 마음이 무겁다. 자주 그들은 열심히 책상 가로 몰려드는데, 그러나 예컨대 일을 하려고 그런 것이 아니라, 서로 쑥덕거리거나 또는 심지어는 꾸벅꾸벅 졸기 위해서 그러는 것이다. 블룸펠트는 그들에게 무척 화가 나 있는데, 부과된 엄청난 양의 일을 하는 자신을 그들이 충분히 도와주지 않기 때문이다. 그에게 맡겨진 일은 공장이 발주한 특정 고급 제품의 제작에 종사하는 가내 여성 노동자들과 전체 물건 및 금전 거래를 처리하는 일이다. 이 일의 규모를 판단할 수 있기 위해서는 전체 상황을 더 자세히 들여다보아야 한다. 그러나 블룸펠트의 직속상관이 몇 년 전에 죽고 나서부터는 전체 상황을 들여다볼 수 있는 능력을 가진 사람이 더 이상 아무도 없다. 그 때문에 블룸펠트 역시 자신의 일에 대한 판단 권한을 아무에게도 양도할 수가 없다. 예를 들자면, 공장주 오토마 씨는 블룸펠트의 일을 공공연하게 과소평가한다. 물론 그는 블룸펠트가 지난 이십 년 동안 공장에서 세운 공적들을 인정한다. 그런데 그가 그것을 인정하는 것은, 단지 그가 그렇게 해야 하기 때문일 뿐만 아니라, 또한 블룸펠트를 성실하고 신뢰할 만한 사람으로 평가하고 있기 때문이기도 하다. 하지만 그는 블룸펠트의 일을 과소평가하고 있다. 말하자면 그는 그 일을 블룸펠트가 하는 것보다 훨씬 더 간단하게 처리할 수 있기 때문에 모든 면에서 더 유리하게 처리할 수 있으리라고 믿고 있는 것이다. 그래서 사람들은, 오토마가 블룸펠트의 부서에 거의 모습을 나타내지 않는 까닭이 블룸펠트의 작업 방식을 보면 생기는 화를 삭이기 위해 그런 거라고 말하고 있으며, 그것은 상당히 믿을 만한 이야기일 것이다. 그렇게 오해를 받는다는 것은 블룸펠트로서는 확실히 서글픈 일이지만, 그러나 그것을 시정할 아무런 대책이 없다. 왜냐하면 블룸펠트가 오토마에게, 대략 한 달 동안 자신의 부서에 계속 머무르면서, 여기에서 처리해야 하는 다양한 종류의 일을 연구하고, 오토마 자신이 더 좋다고 추정하는 방법들을 적용해서 그것이 필연적으로 일으킬 이 부서의 파산을 통해 블룸펠트 자신이 옳다는 것을 확인해 보라고 강요할 수는 없기 때문이다. 그러니까 이 때문에 블룸펠트는 자신의 일을 예전과 마찬가지로 아무 동요 없이 맡아 하고 있으며, 오랜만에 한번 오토마가 나타나면 약간 놀라서, 부하 직원의 의무감으로 오토마에게 이런저런 시설을 설명하려는 시시한 시도를 하는 것이다. 그러면 오토마는 눈을 내리깔고 아무 말 없이 고개를 끄덕이며 멈추지 않고 계속 간다. 그 밖에 덧붙이자면, 블룸펠트는 자신이 오해받는 것보다 다음과 같은 생각, 즉 자신이 언젠가 자리에서 물러나야 할 텐데, 공장에서 자신을 대체해서 자신의 자리를 물려받아 수개월에 걸쳐 닥치게 될 가장 힘든 영업 부진 상태만이라도 피할 수 있는 사람이 없기 때문에, 그것의 즉각적인 결과는 아무도 해결할 수 없는 큰 혼란 상황이리라는 생각을 할 때가 더 고통스럽다. 만약 사장이 누군가를 과소평가한다면, 직원들은 물론 가능한 한 사장보다 한층 더 과소평가하려고 애쓴다. 따라서 누구 할 것 없이 모든 직원이 블룸펠트의 일을 과소평가하고, 아무도 자신의 직업교육을 위해 얼마 동안 블룸펠트의 부서에서 일하는 것을 필요하다고 여기지 않으며, 그리고 신입 직원들이 채용이 되면, 아무도 자발적으로 블룸펠트에게 배정되지 않는다. 이 때문에 블룸펠트의 부서를 위한 후임 직원이 없는 것이다. 그때까지, 오직 용인 한 명의 지원을 받아,

부서의 모든 일을 혼자 도맡아 해 왔던 블룸펠트가 실습생 한 명을 보충해 줄 것을 요구했을 때가 가장 힘든 투쟁의 주간들이었다. 거의 매일 블룸펠트는 오토마의 사무실에 가 그에게 왜 그 부서에 실습생이 필요한가를 조용히 그리고 상세히 설명했다. 블룸펠트는, 실습생이 필요한 까닭이, 자신의 수고를 아끼려고 그런 것이 아니라는 것을 설명했으며, 자신은 수고를 아끼려 하지도 않으며, 엄청난 양의 일을 할 것이고 그 일을 멈추는 일이 없도록 유념하겠노라고 했지만, 그러나 오토마 씨는 오로지 시간이 지남에 따라 사업이 어떻게 진척되었는가, 모든 부서가 그에 상응하여 확장되었는데 오직 블룸펠트의 부서만이 언제나 없는 것처럼 잊히고 있다는 것만 곰곰 생각하는 것 같았다. 그러나 바로 그곳에서 일이 얼마나 증대했는가! 블룸펠트가 입사했을 때를 오토마 씨는 분명히 더 이상 기억할 수도 없을 텐데, 그때 그곳에는 여자 재봉사들 약 열 명이 일하고 있었지만, 오늘날에는 그 숫자가 오십에서 육십 사이를 오간다. 이와 같은 일은 힘을 요구하는데, 블룸펠트는 자신이 이 일을 위해 완전히 힘을 다 쏟을 수 있음을 보증할 수도 있다고 했지만, 그러나 이제부터는 자신이 그 일을 완전히 압도하게 될지에 대해서는 더 이상 보증할 수가 없다고 했다. 그런데 사실 오토마 씨는 한 번도 블룸펠트의 청원을 단도직입적으로 거절한 적이 없었다. 그는 나이 든 직원에 대해 그렇게 할 수는 없었지만, 거의 귀 기울여 듣지 않고, 부탁하는 블룸펠트 저 너머로 다른 사람들과 이야기하면서, 반승낙을 했다가 며칠 후에 다시 모든 일을 잊어버리는 식이었다—정말 모욕적이었다. 블룸펠트는 공상가가 아니다. 그런 블룸펠트에게 명예와 인정은 사실상 그리 아름다운 것은 아니다. 블룸펠트는 그것들 없이도 지낼 수 있으며, 이 모든 것에도 불구하고 어떻게든 그럴 수 있는 동안에는 참고 견딜 것이며, 아무튼 자신은 정당하며, 그리고 자신의 정당함은, 비록 때로는 시간이 오래 걸리기는 해도, 결국은 인정을 받을 수밖에 없다. 그래서 블룸펠트는 마침내 실습생을 두 명이나 얻게 되었지만, 형편없는 실습생들이었다. 오토마가 실습생을 거절하는 것보다 오히려 이런 실습생들을 허락함으로써 이 부서에 대한 자신의 경멸을 훨씬 더 명료하게 나타낼 수 있다는 점을 통찰한 것이라고 사람들은 믿었을 수도 있었을 것이다. 심지어 오토마가 그런 실습생 두 명을 찾으려 했지만, 오랫동안 발견할 수 없었다는, 납득할 수 있는 이유를 대서 그토록 오랫동안 블룸펠트에게 희망을 주어 달랬다는 것도 가능한 일이었다. 이제 블룸펠트는 불평할 수 없었으며, 대답은 물론 예견된 것이었다. 그는 실습생을 그저 한 명만 원했는데도 두 명을 얻었던 것이다. 모든 것이 오토마에 의해 능수능란하게 도입되었다. 블룸펠트는 불평을 하고 있지만, 단지 궁지에 몰린 나머지 그가 그렇게 절박하기 때문이지, 지금도 여전히 대책을 바라고 있기 때문은 아니었다. 그는 강력하게 불평하는 것이 아니라 적당한 기회가 생겼을 때, 그냥 그 기회에 덧붙여 말하는 것뿐이었다. 그럼에도 불구하고 악의를 품은 동료들 사이에는 즉각 다음과 같은 소문이 퍼졌다. 누군가가 오토마에게, 이제 아무튼 그렇게 특별한 보조를 얻은 블룸펠트가 여전히 언제나 불평을 늘어놓는 것이 가당한 일인지를 물었다. 그 질문에 대해 오토마는, 그것은 정당하다고, 블룸펠트가 여전히 언제나 불평을 늘어놓고 있지만 그러나 정당한 일이라고 대답했다. 자기는, 그러니까 오토마는 마침내 그것을 깨달았으며, 그래서 블룸펠트에게 점차 각 여자 재봉사에 실습생 한 명, 그러니까 도합 약 육십 명을 배속

시킬 생각이다. 그러나 이것도 충분하지 않다면 그는 더 많이 내보낼 것이고, 벌써 몇 년 전부터 블룸펠트의 부서에서 진척되어 온 정신병원이 완성되기 전에는 그 일을 일찍 그만두지는 않을 것이다. 물론 이 발언에는 오토마의 어투가 잘 모방되어 있었지만, 오토마 자신은 블룸펠트에 대한 자신의 견해를 그냥 비슷한 방식으로라도 표명하는 일을 멀리하고 있었으며, 그것에 대해 블룸펠트는 의심하지 않았다. 이 모든 것은 이 층 사무실들에 있는 게으른 건달들이 날조한 허구였다. 블룸펠트는 그것을 대수롭지 않게 넘겨 버렸는데, 그가 실습생들의 존재에 대해서도 그렇게 아무렇지 않게 편하게 무시할 수만 있었다면 좋았을 것이다. 그러나 그자들은 거기에 서서 더 이상 다른 곳으로 움직일 생각도 하지 않고 있었다. 창백하고 허약한 어린애들. 그들의 서류에 따르면 그들은 이미 학교를 끝마친 연령에 도달했겠지만, 실제로는 그것을 전혀 믿을 수가 없었다. 그렇다, 그들은 선생에게 맡길 생각도 못 했을 정도로 아직은 분명히 어머니 손에 맡겨져야 알맞을 정도로 그렇게 어렸다. 그들은 아직은 신중하고 분별 있게 움직일 수가 없었으며, 오랫동안 서 있는 일은 특히 처음에는 그들을 엄청 지치게 했다. 주의를 기울여 그들을 지켜보지 않으면, 그들은 비실비실한 상태로 금방 무릎이 꺾이고, 한쪽 구석에 비스듬히 몸을 구부리고 서 있었다. 블룸펠트는 그들에게, 그들이 언제나 그렇게 편안함의 유혹에 굴복해 게으르게 일한다면 평생 동안 사람 구실 제대로 못 하는 불구자처럼 지내게 되리라는 것을 이해시키려고 애썼다. 그 실습생들에게 약간이라도 움직이도록 위임하는 것은 과감하다 할 만큼 위험한 것이었다. 언젠가 한번은 한 실습생이 그저 두세 발자국만 떼어 놓아야 했었는데, 지나치게 열성적으로 뛰어가다가 무릎을 책상에 부딪혀 상처가 난 일이 있었다. 그 방은 여자 재봉사들로 꽉 차 있었고, 책상은 물건들로 가득했지만, 그러나 블룸펠트는 그 모든 것을 무시해 버리고, 울고 있는 그 실습생을 사무실로 데리고 가서 그에게 작은 붕대를 감아 주어야 했다. 그러나 실습생들의 이러한 열의도 단지 겉으로만 그렇게 보일 뿐이었다. 그들은 마치 진짜 아이들처럼 가끔은 두각을 나타내고 싶어 했지만, 그러나 그보다 훨씬 더 자주, 아니 오히려 거의 언제나, 그들은 단지 직장 상사의 관심을 잘못 생각하고 상사를 속이려고만 들었다. 언젠가 가장 큰 일감이 들어왔을 때 블룸펠트는 땀을 뻘뻘 흘리며 그들 곁으로 쫓기듯 급하게 뛰어간 적이 있었는데, 그때 그들이 고리짝들 사이에 숨어서 쿠폰을 교환하고 있다는 것을 알게 되었다. 그는 두 주먹으로 그들의 머리통을 내려치고 싶었다. 그런 짓에는 그것이 유일하게 가능한 처벌이었을 테지만, 그들은 어린애들이었고, 물론 블룸펠트는 아이들을 때려죽일 수 없었다. 그런 식으로 그는 그들 때문에 계속 괴로워했다. 원래 그는 실습생들이 직접적인 조력을 통해 자신을 지원해 주리라고 상상했었다. 물건 분배 시에는 많은 노력과 주의를 기울여야 하므로 그런 조력이 요구되었던 것이다. 그는 실습생들이 자신의 명령에 따라 이리저리 뛰어다니고 모든 것을 분배할 동안, 자신은 예컨대 책상 뒤 한가운데에 서서 언제나 모든 것에 대해 일목요연하게 파악하고 기입하는 일을 처리하게 되리라 생각했었다. 그는 자신이 아주 엄격하게 감독하기는 하지만, 그런 혼잡한 상황에는 충분할 수가 없기 때문에 실습생들의 세심한 주의를 통해 보완될 것이고, 이 실습생들은 점차 경험을 축적해서 모든 일에서 하나하나 세세하게 자신의 명령에 의존하는 상태로 머무르는 것이 아니라 마침내 스스로가 상품 수요 및 신용도와 관련해서 재봉사들 간의 차이를 구별하는 법을 배우게 될 것이라고 상상했었다. 하지만 이 실습생들을 평가해 볼 때, 그것은 완전히 헛된 희망 사항이었다. 블룸펠트는 그들을 여자 재봉사들과 이야기하도록 놔두어서는 결코 안 된다는 것을 곧 깨닫게 되었다. 그들은 일부 여자 재봉사들에게는 처음부터 아예 가지도 않았는데, 왜냐하면 그 여자 재봉사들에 대해서는 혐오감이나 두려움이 있었기 때문이었다. 반면에 자신들이 특별히 편애하는 다른 여자 재봉사들에게는 자주 문까지 뛰어가곤 했다. 이 여자 재봉사들에게는 실습생들이 자신들이 원하는 것만을 가져와, 이들이 당연히 수령할 권리가 있을 때조차도, 그것을 일종의 은밀한 방식으로 이들의 손에 꼭 쥐여 주었다. 실습생들은 비어 있는 한 선반 속에 자신이 좋아하는 여자 재봉사들을 위해 다양한 천 조각들, 쓸모없는 자투리들, 그러나 아직 쓸 만한 작은 물건들도 함께 모았으며 그것들을 손에 들고, 벌써 블룸펠트의 등 뒤 멀리서부터 이들을 향해 기쁨에 넘쳐 흔들어 댔는데, 그 대신 그들은 사탕을 얻어 입에 넣었다. 블룸펠트는 물론 이러한 폐해를 곧장 끝장나게 했으며, 여자 재봉사들이 오면, 그들을 칸막이 방 안으로 몰아넣었다. 그들은 오랫동안 그것을 엄청 부당한 행태로 여기고, 반항했으며, 펜을 악의적으로 때려 부수고, 때로는 물론 감히 고개를 들 엄두는 내지 못했지만, 그들의 생각으로는 블룸펠트에 의해 당해야만 했던 부당한 처우에 대해 여자 재봉사들의 눈길을 끌기 위해, 유리창을 크게 두드리기도 했다.

그들 스스로가 저지르고 있는 부당한 짓, 그것을 그들은 깨닫지 못하고 있다. 그래서 그들은, 예를 들자면, 거의 언제나 사무실에 너무 늦게 온다. 그들의 상사인 블룸펠트는 아주 이른 젊은 시절부터 적어도 사무실이 시작되기 삼십 분 전에 나타나는 것을 당연하다고 여겨 왔다. 야심이 아니라, 과장된 책임 의식이 아니라, 오로지 예의범절이 그로 하여금 그렇게 하도록 했던 것이다. 블룸펠트는 대부분 한 시간 이상 그의 실습생들을 기다려야만 한다. 그는 보통 아침 식사로 작고 둥근 빵 제멜을 씹으면서 홀의 책상 뒤에 서서 여자 재봉사들의 작은 장부들에 기록된 계산을 마무리한다. 곧 그는 일에 깊이 빠져들어 다른 것은 아무것도 생각하지 않는다. 그때 그는 갑자기 손에 잡고 있는 펜이 잠깐 동안 떨릴 정도로 소스라치게 놀란다. 한 실습생이 마치 쓰러질 것처럼 허둥지둥 뛰어들어 와, 한 손으로는 몸 어딘가를 꽉 잡고 다른 손으로는 가쁘게 숨을 몰아쉬는 가슴을 누른다. 그러나 이 모든 것은 그가 너무 늦게 출근해서 죄송하다는 의미일 뿐 다른 아무 의미도 없다. 그 죄송하다는 표현 방식이 우스꽝스러워, 블룸펠트는 일부러 못 들은 척 흘려들어 버리는데, 그렇게 하지 않으면 그는 그 소년을 응당 두드려 팰 수밖에 없기 때문이다. 그래서 그는 소년을 잠시 동안만 쳐다보고 나서, 손을 뻗쳐서 칸막이 방을 가리키고는 다시 자신의 하던 일로 돌아간다. 이제는, 그 실습생이 상사의 호의를 알아차리고 자신의 자리로 서둘러 갈 것이라고 물론 그런 기대를 할 수도 있을 법하다. 그러나 아니다. 그는 급히 서두르지 않으며, 그는 춤추는 듯한 걸음으로 사뿐사뿐 걸어가며, 그는 발끝으로 이제 한 발짝씩 앞으로 걸어간다. 그가 상사를 비웃고 싶어 하는 것인가? 그것도 아니다. 그것은 단지 두려움과 자기 만족감이 뒤섞인 것에 불과한 것으로, 그것을 막을 만한 뾰족한 방법은 없다. 만약 그런 감정이 뒤섞인 행동이 아니라면, 블룸펠트 자신이 아무튼 평소와 달리 늦게 사무실에 온 오늘 오래 기다린 후 지금—그는 작은 장부들을 확인하고 싶은 마음이 나지 않는다―무분별한 용인이 그 앞에서 빗자루로 공중 높이 피워 올리고 있는 먼지 구름 사이로, 실습생 두 명이 골목길에서 무사태평하게 다가오는 모습을 보는 것을 달리 어떻게 설명할 수 있겠는가. 그들은 서로 얼싸안고 꼭 붙어서, 중요한 이야기를 나누고 있는 것처럼 보이지만, 그러나 그것은 확실히 사무와는 아무 상관 없는 기껏해야 금지된 내용의 이야기일 것이다. 그들은 유리문에 가까이 오면 올수록, 그만큼 더 걸음을 늦춘다. 마침내 그 중 한 명이 문의 손잡이를 잡고는 있지만, 그것을 내리누르지를 않은 채, 여전히 그들은 서로 이야기를 하고 들으면서 웃고 있다. "우리의 신사들을 위해 문을 열어 드리게" 하고 블룸펠트는 손을 높이 쳐들고 용인에게 소리친다. 그러나 실습생들이 들어오자 블룸펠트는 더 이상 야단치지 않고, 그들의 인사말에도 대꾸하지 않은 채 자신의 책상으로 간다. 그는 계산하기 시작하다가, 실습생들이 무엇을 하는지 보려고 이따금씩 눈을 들어 쳐다본다. 한 명은 몹시 피곤한 것 같아 보이고, 눈을 비벼 대고 있다. 그는 외투를 못에 걸 때 그 기회를 이용해서 잠시 벽에 몸을 기대고 있다. 골목길에서는 팔팔했지만, 일 가까이에 있으니 피곤해진 것이다. 다른 실습생 한 명은 그와 반대로 일하고 싶은 마음은 있지만, 그러나 하고 싶은 일이 몇 가지밖에 없다. 오래전부터 그의 소원은 청소하는 것이다. 그러나 그것은 그에게 당연하게 주어지는 그런 일이 아니다. 청소는 오직 용인의 권한에 속하는 일이다. 블룸펠트 자신으로서는 실습생이 청소하는 것에 대해 물론 반대하지 않을 것이다. 실습생이 청소를 하게 된다면 용인보다 더 잘못할 수도 없을 것이다. 그러나 만약 그 실습생이 청소를 원한다면, 그는 용인이 청소를 시작하기 전에 그보다 더 일찍 와야 하고, 오로지 사무실 작업만 해야 할 의무가 있을 때는 청소하는 데 시간을 소비해서는 안 될 것이다. 그 용인은 반쯤 눈이 먼 노인으로, 사장은 그 노인이 블룸펠트의 부서 이외에 다른 어느 부서에서도 일하는 것을 분명히 견뎌 내지 못할 것이다. 그 노인은 오로지 신과 사장의 은총으로 살고 있는 셈이었다. 적어도 이런 용인이 양보해서 잠깐 동안 소년에게 빗자루를 넘겨줄 수도 있을 것이다. 그러나 그 어린 소년이 모든 분별 있는 생각에 하나하나 낱낱이 미치지 못하면, 아무튼 여러 가지로 서툰 그 소년은 곧바로 청소하고 싶은 마음을 잃어버릴 것이고, 다시 그 용인에게 청소를 하도록 하려고 빗자루를 들고 그에게 뛰어갈 것이다. 그런데 용인은 바로 자신이 청소에 대해 특별한 책임감을 느끼고 있는 것 같다. 그 소년이 그에게 가까이 가자마자 그가 떨리는 손으로 빗자루를 잘 잡으려고 애쓰는 모습을 볼 수 있다. 그는 모두의 주의가 빗자루를 쥐고 있는 것에 쏠리도록 하려고 차라리 조용히 서서 빗자루 청소를 멈춰 버린다. 그 실습생은 이제 말로 부탁하지 않는데, 왜냐하면 그는 계산하고 있는 것처럼 보이는 블룸펠트를 두려워하기 때문이다. 또한 용인은 오직 아주 큰 소리로 외쳐야만 들을 수 있기 때문에 평범하게 말하는 것은 아무 소용이 없을 것이다. 그 실습생은 그래서 우선 용인의 소매를 잡아당긴다. 용인은 물론 무엇 때문에 그러는 것인지 모른다. 그는 실습생을 수상쩍다는 듯이 쳐다보고, 머리를 흔들며 빗자루를 가슴 가까이까지 끌어당긴다. 이제 실습생은 두 손을 벌리고 간청한다. 그는 물론 간청을 통해 무언가를 얻을 수 있으리라는 희망이 있는 것은 아니고, 단지 간청하는 것이 그를 즐겁게 해서 간청하는 것이다. 다른 실습생이 조용히 웃으면서 그 사태의 진전에 함께하는데, 그는 분명히, 비록

578

도저히 이해할 수 없기는 하지만, 블룸펠트가 그의 말을 듣고 있지 않다고 생각한다. 용인에게 그 간청은 털끝만큼의 인상도 주지 않는다. 그는 몸을 돌리고, 이제는 빗자루를 안심하고 다시 사용할 수 있으리라고 생각한다. 그러나 실습생은 발끝으로 껑충껑충 뛰면서, 두 손을 애원하듯이 비벼 대면서, 그를 뒤쫓아 가더니 이제는 간청한다. 용인의 이런 방향 전환과 실습생이 껑충 뛰며 뒤를 따라가는 것이 여러 번 반복된다. 마침내 용인은 사방에서 갇힌 것처럼 느끼며, 자신이 실습생보다 더 일찍 지치게 되리라는 것을 깨닫는다. 그것은 악의 없이 그저 별것 아닌 약간 천진난만한 장난으로 시작된 처음부터 곧바로 알아챌 수도 있었을 텐데 그러지 못했다. 그 결과 그는 다른 사람의 도움의 손길을 구하는데, 손가락으로 실습생들을 위협하면서 블룸펠트를 가리킨다. 실습생이 그만두지 않으면 그는 블룸펠트에게 불평을 늘어놓을 것이다. 실습생은 자신이 빗자루를 정말 얻고 싶으면 매우 서둘러야 한다는 것을 깨닫고는, 과감하게 빗자루를 향해 손을 뻗친다. 다른 실습생의 무의식적인 외침만이 다가오는 결정을 암시한다. 물론 용인은 이번에는, 뒤로 한 걸음 물러나면서 그 빗자루를 끌어당김으로써, 겨우 그것을 지켜 낸다. 그러나 실습생이 이제 더는 양보하지 않고, 입을 벌리고 눈을 번뜩이면서 앞으로 덤벼들자 용인은 도망치려 해 보지만, 그의 늙은 두 다리는 뛰는 대신 비틀거리고, 실습생이 빗자루를 잡아챈다. 설령 그가 그것을 잡지 못한다 하더라도, 빗자루가 떨어져서 용인이 그것을 놓쳐 버리게 하는 데는 아무튼 성공한다. 물론 그 실습생도 사정은 마찬가지인 것처럼 보였는데, 왜냐하면 빗자루가 떨어지면서, 이제 블룸펠트가 모든 것을 알게 될 것이 확실한 터인지라, 우선 세 명, 실습생들과 용인 모두가 뻣뻣하게 굳어졌기 때문이다. 실제로 블룸펠트는 엿보는 창에서 쳐다보고 있는 것이다. 그는 마치 이제야 비로소 알아챈 것처럼, 그리고 조사하는 것 같은 엄격한 눈길로 한 사람 한 사람을 똑똑히 쳐다보고 있으며, 바닥에 있는 빗자루 역시 그의 눈길에서 벗어나지 못한다. 침묵이 너무 오래 지속되어서 그러는지, 잘못을 저지른 실습생이 청소에 대한 욕망을 억제할 수 없어서 그러는지, 아무튼 그는 몸을 숙여서 빗자루를 마치 빗자루를 잡으려고 그러는 것이 아니라 어떤 동물을 잡으려고 그러는 것처럼 손을 뻗쳐서 매우 조심스럽게 집어서 그것으로 바닥을 쓸다가, 블룸펠트가 벌떡 일어나 칸막이 방에서 나오자, 깜짝 놀라 그것을 곧바로 내동댕이쳐 버린다. "두 사람은 일하러 가. 그리고 더는 투덜거리지 마" 하고 소리치며 블룸펠트는 손을 뻗어 실습생 두 명에게 그들의 책상으로 가는 길을 가리킨다. 그들은 그 말에 곧장 따르지만, 그러나 머리를 숙이며 부끄러워하는 것이 아니라, 오히려 몸을 꼿꼿하게 돌리고 블룸펠트 곁을 지나가며 그의 눈을 뚫어져라 쳐다본다. 그렇게 함으로써 블룸펠트가 자신들을 때리는 것을 제지하려는 것처럼 보였다. 그렇지만 그들은 블룸펠트가 근본적으로 결코 때리지 않는다는 사실을 경험을 통해 충분히 배울 수도 있었을 것이다. 그러나 그들은 지나치게 불안해하고 있으며, 언제나 그리고 전혀 분별없이 그들의 실제적인 또는 피상적인 권리를 지키려고 애쓰고 있다.

다리

Die Brücke

나는 딱딱하고 차가웠다. 나는 하나의 다리였는데, 어떤 심연 위 공중에 나는 놓여 있었다. 이편에는 발끝들이, 저편에는 손들이 구멍을 뚫고 들어가 있었으며, 잘게 부스러지는 점토 속에 나는 헤어나지 못할 정도로 깊이 빠져 있었다. 내 상의 옷자락들이 양쪽 옆구리에서 나부끼고 있었다. 저 아래 깊은 곳에는 송어들이 뛰노는 얼음 같은 시냇물이 큰 소리를 내고 있었다. 그 어떤 관광객도 통행하기 힘든 이 높은 곳에서는 아무도 길을 잃지 않았고, 다리는 지도에 아직 기입되어 있지 않았다—이렇게 나는 놓여 기다렸는데, 나는 기다려야만 했던 것이다. 한번 설치된 다리는 부서지지 않고서는 다리를 그만둘 수가 없다.

언젠가 저녁 무렵이었는데—그것이 첫 번째였는지, 그것이 천 번째였는지 나는 모르겠다—나의 생각은 언제나 뒤죽박죽 혼돈 속에 빠져들어 빙빙 맴돌고 있었다. 여름날 저녁 무렵, 시냇물이 더 몽롱하게 쏴쏴 소리를 내고 있었는데, 그때 나는 어떤 사내의 발걸음 소리를 들었던 것이다! 내게로, 내게로 오고 있었다—몸을 죽 뻗으라, 다리야, 그 자리에 앉아라, 난간 없는 다리야. 너에게 맡겨진 자를 꼭 붙잡아라. 그의 걸음걸이의 불안정감이 눈에 띄지 않게 균형을 잡으면 좋으련만, 그러나 그가 비틀거리면, 그러면 네가 있음을 알아채도록 마치 산신령처럼 그를 땅에 내동댕이쳐 버려라.

그가 와서는, 지팡이의 쇠로 된 뾰족한 끝으로 나를 두드려 보면서 검사하고 나서 그것으로 나의 옷자락들을 들추어 보더니 내 위에서 잘 정돈했다. 나의 덥수룩한 머리카락 속을 그는 그 지팡이 끝으로 더듬고 지나갔으며, 십중팔구 거친 눈길로 주위를 둘러보면서, 그 지팡이 끝을 오랫동안 내 머릿속에 놓아두었다. 그러나 그러고 난 다음—바로 그때 나는 그를 뒤따르며 산과 골짜기를 꿈꾸었다—그는 두 발로 내 몸뚱이 한가운데로 뛰어올랐다. 나는 아무런 영문도 전혀 모른 채 격렬한 고통으로 몸을 떨었다. 그것은 누구였을까? 한 아이? 한바탕의 꿈? 어떤 노상강도? 어떤 자살자? 어떤 유혹자? 어떤 파괴자? 나는 그를 보기 위하여 몸을 돌렸다—다리가 몸을 돌린 것이다! 나는 아직 몸을 돌린 적이 없었는데, 그때 나는 무너져 내렸고, 나는 쿵 하고 넘어졌으며, 갈기갈기 찢겼으며, 미친 듯이 빠르게 흘러가는 물속에서 언제나 그토록 평화롭게 나를 바라보았던 뾰족한 자갈돌들에 의해 찔렸던 것이다.

사냥꾼 그라쿠스

Der Jäger Gracchus

두 소년이 부두 방파제에 앉아 주사위 놀이를 하고 있었다. 한 사내가, 칼을 휘두르는 영웅의 그림자가 비치는 기념 동상의 층계 위에서, 신문을 읽고 있었다. 우물가에는 한 소녀가 자신의 나무 물통 속에 물을 가득 채우고 있었다. 한 과일 장수는 자기가 파는 상품 옆에 누워서 저 멀리 호수 위를 바라보고 있었다. 어느 선술집 안쪽에서는 텅 빈 문구멍과 창구멍을 통해 술판을 벌인 두 사내가 보였다. 주인은 앞쪽 탁자에 앉아 졸고 있었다. 작은 항구에는 거룻배 한 척이 마치 물 위에 실려 가는 것처럼 둥실둥실 떠다녔다. 푸른색 작업복을 걸친 한 사내가 육지에 내려서는 밧줄을 고리에 걸어 당기고 있었다. 은단추가 달린 검정색 윗옷을 입은 두 명의 다른 사내가 사공 뒤에서 들것을 나르고 있었는데, 그 위에는 꽃무늬가 새겨지고 술이 달린 큰 비단보에 덮여 분명히 한 사람이 누워 있었다.

　부두의 아무도 막 도착한 이 사람들을 신경 쓰지 않았는데, 심지어 그들이 아직도 밧줄 작업을 하고 있던 사공을 기다리기 위하여 들것을 내려놓을 때조차 아무도 그들에게 다가가지 않았고, 아무도 그들에게 질문 한 마디 던지지 않았고, 아무도 그들을 더 자세하게 쳐다보지도 않았다.

　맨 앞쪽에서 들것을 나르던 사내가, 품 안에 어린애를 껴안고 머리를 풀어헤친 채 지금 막 갑판 위에 모습을 드러낸 어떤 여인 때문에 약간 멈칫거렸다. 그러고 나서 사공이 다가와 물가와 바짝 가까운 왼쪽에 우뚝 솟아 있는 어떤 노르스름한 색깔의 삼층집을 가리켰다. 그러자 들것을 나르는 사람들이 짐을 들어 올리더니, 나지막하지만 날렵한 기둥들로 지어진 대문을 지나 그 짐을 옮겼다. 작은 소년 한 명이 창문을 열고는 유심히 바라보다가 사람들이 집 안으로 사라지는 것을 알아채자마자 곧바로 창문을 다시 황급히 닫았다. 대문도 이제 닫혔는데, 그것은 검정색 떡갈나무로 정성껏 붙여 만든 것이었다. 그때까지 종탑 주위를 날고 있었던 비둘기 떼가 이제 집 앞에 내려앉았다. 마치 그 집 안에 자기들 모이가 보관되어 있기라도 한 것처럼, 비둘기들이 대문 앞에 모여들었다. 그중 한 마리는 이 층까지 날아올라 와 유리창들을 쪼아 댔다. 그것들은 보살핌을 잘 받아 온, 생기에 넘치는, 밝은 빛깔의 짐승들이었다. 거룻배에서 나온 그 여인이 팔을 휘저으며 곡식알들을 뿌리자 비둘기들이 그 위로 모여들었다가 이윽고 그 여인 쪽으로 날아갔다.

　상장喪章이 달린 실크해트를 쓴 남자 한 명이, 항구로 나 있는 가파르고 좁은 골목길들 가운데 한 골목길을 내려오고 있었다. 그는 주의를 기울이며 세심하게 사방을 둘러보았는데, 모든 것이 그를 슬프게 했으며, 한쪽 구석에 버려진 오물을 보자 그의 얼굴이 일그러졌다. 동상의 층계들 위에는 과일 껍질들이 널려 있었는데, 그는 지나가면서 자신의 지팡이로 그것들을 아래로 밀쳐 내렸다. 방문 앞에서 노크함과 동시에 그는 검은 장갑을 낀 오른손에 실크해트를 벗어 들었다. 곧장 문이 열렸고 오십 명가량 되는 소년들이 긴 복도 양쪽에 늘어서서 허리를 굽혀 절을 했다.

사공이 층계를 내려와서는 그 신사를 반갑게 맞아들이더니 위로 인도했다. 사공은 그와 함께 이 층에서 간편하게 지어진 예쁜 베란다로 둘러싸인 뜰을 돌고 나서 집 뒤쪽에 자리 잡은 서늘한 큰 홀 안으로 들어섰는데, 소년들은 존경심으로 가득 차 두 사람과 거리를 두고 뒤에서 우르르 밀고 들어왔다. 그 집 맞은편에는 집이 한 채도 없었고 오직 풀 한 포기 나지 않은 민숭민숭한 암회색 암벽만 있었다. 들것을 운반해 온 사람들이 그 들것 머리맡에다 긴 양초를 몇 개 세워놓고 불을 붙이는 일에 전념하고 있었지만, 그러나 그것으로는 환한 불빛이 생겨나지 않았고, 단지 그야말로 이전에 깃들어 있던 어두운 부분만 사라졌을 뿐, 불빛이 암벽 위로 펄럭거리며 가물거릴 뿐이었다. 들것을 덮었던 천이 벗겨져 뒤로 젖혀져 있었다. 거기에 머리카락과 수염이 마구 뒤엉키고 피부는 갈색으로 그을린, 예컨대 사냥꾼과 비슷한 모습의 사내가 한 명 누워 있었다. 그는 꿈쩍도 하지 않고, 겉으로 보기에는 숨을 쉬지 않고 두 눈을 감은 채 거기에 누워 있었다. 주변 정황이 그것이 어쩌면 죽은 사람의 시체일지도 모른다는 암시를 주었다.

신사가 들것 쪽으로 다가가 거기 누워 있는 사내의 이마 위에 한 손을 올려놓더니 무릎을 꿇고 기도를 올렸다. 사공이 들것을 날랐던 사람들에게 방에서 나가라는 손짓을 보내자 그들이 방 밖으로 나갔다. 그들은 밖에 모여 있던 소년들을 몰아내고는 문을 닫았다. 그러나 신사에게는 그러한 정적도 여전히 충분하지 않은 것 같았다. 그가 사공을 쳐다보자, 사공이 그 뜻을 알아차리고 곁문을 통해 옆방으로 나갔다. 그러자 곧바로, 들것 위에 있던 사내가 눈을 떴으며, 고통스럽게 미소를 지으면서 얼굴을 신사에게 돌리며 말했다. "당신은 누구십니까?" 신사는 별로 놀라는 기색이 없이 무릎을 꿇었던 자세에서 몸을 일으켜 세우며 대답했다. "리바시의 시장이오."

들것 위의 사내가 알았다는 듯이 고개를 끄덕이고는 힘없이 팔을 뻗어서 안락의자를 가리켰는데, 시장이 자기가 권하는 대로 순순히 따르자 말했다. "사실 잘 알고 있었습니다, 시장님. 그러나 맨 처음 순간에는 언제나 모든 것을 까맣게 잊어버렸답니다. 모든 것이 제 머릿속에서 빙빙 돌다가는 더 나아집니다. 저는 모든 것을 다 알고 있음에도 불구하고 묻고 있는 것입니다. 시장님도 십중팔구는 제가 사냥꾼 그라쿠스라는 사실을 알고 계실 것입니다."

"물론이오" 하고 시장이 말했다. "당신이 온다는 예고를 지난밤에야 받게 되었소. 우리는 한참 잠을 자고 있었소. 그때 자정 무렵에 아내가 '살바토레'—그것이 내 이름입니다—'창가의 비둘기를 좀 봐요!' 하고 외쳤소. 그것은 정말 실제로 비둘기였는데, 그러나 크기가 수탉만큼이나 컸어요. 그것이 내 귓가로 날아와 '내일, 죽은 사냥꾼 그라쿠스가 오니, 도시의 이름으로 그를 영접하라!' 하고 말했어요."

사냥꾼이 고개를 끄덕이더니 입술 사이로 혀끝을 내밀며 말했다. "그렇습니다. 비둘기란 놈들이 나보다 앞서 이리로 날아왔습니다. 그런데 시장님은 제가 리바에 머물러야 한다고 생각하고 계십니까?"

"그것은 아직 말할 수가 없군요" 하고 시장은 대답하고는 물었다.

"당신은 죽은 것이오?"

"그렇습니다" 하고 사냥꾼이 말했다. "보시는 바와 같습니다. 지금부터 여러 해 전에, 틀림없이 아주 여러 해 전일 것입니다. 저는 슈바르츠발트에서, 그건 독일에 있습니다만, 알프스산양 한 마리를 쫓다가, 어떤 바위에서 떨어졌습니다. 그때부터 줄곧 저는 죽어 있습니다."

"그러나 물론 살아 있기도 한 거고요" 하고 시장이 말했다.

"어느 정도는," 하고 사냥꾼이 말했다. "어느 정도는 살아 있기도 합니다. 제가 탄 죽음의 나룻배가 항로를 잘못 들어서, 그러니까 키를 잘못 틀어, 사공이 부주의한 바로 그 순간, 아름다운, 저의 무척이나 아름다운 고향을 영영 벗어나게 되어 버린 것입니다. 저도 뭐가 뭔지 모르겠습니다. 제가 아는 것이라곤 오로지, 제가 이 지상에 머물러 있었다는 사실, 그리고 그때부터 줄곧 제가 탄 나룻배가 이승의 물 위를 항해하고 있다는 사실뿐입니다. 이렇듯, 오로지 산속에서만 살고자 했던 제가 죽고 난 이후에는 이 지상의 모든 나라를 두루 여행하고 있는 것입니다."

"그러면 저승에서의 당신 몫은 전혀 없다는 건가요?" 하며 시장이 이마에 주름살을 지으면서 물었다.

"저는," 하고 사냥꾼이 말했다. "언제나, 위로 올라가는 큰 계단 위에 있습니다. 이 한없이 넓은 옥외 계단 위에서 정처 없이 떠돌아다니고 있는 것입니다. 때로는 위로, 때로는 아래로, 때로는 오른쪽으로, 때로는 왼쪽으로 언제나 움직이고 있다는 말씀입니다. 사냥꾼에서 한 마리의 나비가 되어 버린 것입니다. 웃지 마십시오."

"웃는 게 아니오"하고 시장이 항의했다.

"통찰력이 대단하시군요"하고 사냥꾼이 말했다. "저는 항상 움직이고 있습니다. 그러나 제가 가장 크게 비약을 하면 어느새 벌써 저 위에 있는 대문이 저에게 환히 빛을 비추고, 저는 어느 지상의 물 가운데 황량하게 처박혀 버린 저의 오랜 나룻배 위에서 깨어납니다. 내가 옛날에 죽었다는 그 근본적인 잘못이 선실 안 사방에서 나를 둘러싸고 입을 비죽거리며 비웃고 있습니다. 사공의 아내인 율리아가 문을 두드리고는, 우리가 막 그 해안을 지나고 있는 나라의 음료수를, 제가 누워 있는 들것으로 가져옵니다. 저는 나무 간이침대에 누워─저 자신을 눈여겨 바라보는 것은 즐거운 일이 아닙니다─지저분한 수의를 입고 있으며, 회색과 검정색의 머리카락과 수염은 한데 엉망으로 뒤엉켜 있고, 두 다리는 꽃무늬가 있고 긴 술이 달린 여성용 큰 비단 보자기로 덮여 있습니다. 제 머리맡에는 교회당 양초 하나가 놓여 저에게 빛을 밝혀 줍니다. 제 맞은편 벽에는 작은 그림 한 장이 걸려 있고, 부시맨이 분명해요. 그놈은 창을 들어 나를 겨누고 있는데, 요란하게 그려진 어떤 방패 뒤에 숨어 가능한 한 몸을 감추고 있습니다. 배를 타다 보면 형편없는 그림들을 만나게 되는 법입니다만, 그것은 정말 가장 형편없는 그림들 가운데 하나였습니다. 그 밖에 또, 나무로 만든 제 새장은 텅 비어 있습니다. 측벽의 채광창을 통해 남녘의 따스한 밤공기가 들어오고, 낡은 거룻배의 뱃전에 물결이 철썩이는 소리도 들립니다.

저는 이곳에, 제가 아직 살아 있는 사냥꾼 그라쿠스로서 고향 슈바르츠발트에서 알프스산양을 쫓다가 떨어졌던 그 당시부터, 줄곧 누위 있는 것입니다. 모든 일이 순서대로 일어났습니다. 저는 뒤쫓았고, 추락했고, 어떤 골짜기에서 피투성이가 되었고, 죽었고, 그리고 이 나룻배가 저승으로 데려가도록 예정되어 있었습니다. 제가 여기 나무 간이침대 위에서 맨 처음으로 몸을 쭉 뻗었을 때 얼마나 기뻤는지 지금도 기억이 생생합니다. 결코 한 번도 그 산들은, 그 당시만 해도 여전히 어스름하던 여기 이 네 개의 벽이 들었던 것과 같은 그런 나의 기쁨에 찬 노래를 들어 본 적이 없습니다.

저는 즐겁게 살았고 또 기꺼이 즐겁게 죽었습니다. 다행스럽게도 저는, 이 갑판에 발을 들여놓기 전에, 제가 항상 자랑스럽게 들고 다니던 상자, 가방, 사냥총 따위의 넝마들을 내던져 버리고, 마치 아가씨가 혼례복을 입는 것처럼, 수의 속으로 슬그머니 들어간 것입니다. 여기서 저는 누워서 기다렸습니다. 그러고 나서 그 불행한 사고가 일어났던 것입니다."

"아주 좋지 못한 운명이군요." 시장은 재난을 막으려는 듯 손을 치켜들며 말했다. "그런데 당신은 거기에 아무 책임도 없나요?"

"없습니다," 하고 사냥꾼이 말했다. "저는 사냥꾼이었는데, 혹시 그것이 죄일까요? 당시만 해도 아직 늑대들이 들끓는 슈바르츠발트에서 저는 사냥꾼으로 배치되어 있었습니다. 저는 매복해서 기다렸고, 총을 쏘았고, 명중시켰고, 가죽을 벗겼는데, 그게 죄입니까? 저의 일은 축복을 받았습니다. 저는 '슈바르츠발트의 위대한 사냥꾼'이라고 불렸습니다. 그것이 죄입니까?"

"나는 그것을 결정하라고 부름을 받은 것이 아니에요" 하고 시장이 말했다. "그렇지만 내가 보기에도, 그것이 죄는 아닌 것 같소. 그러나 그러면 도대체 누가 책임을 지지요?"

"사공입니다" 하고 사냥꾼이 말했다. "아무도 제가 여기에 쓰고 있는 것을 읽지 않을 것입니다. 아무도 저를 도우러 오지 않을 것입니다. 만약 저를 도우라는 과제가 주어진다면 모든 집의 모든 문이 닫힌 채로 있을 것이며, 창문들도 모조리 닫혀 있을 것입니다. 모두들 침대 속에 누워 이불을 머리 위까지 뒤집어쓸 것이고, 이 지구는 온통 캄캄한 한밤중의 숙소일 것입니다. 이것은 좋은 의미입니다. 왜냐하면 아무도 저에 관해 모르고, 설령 안다고 하더라도 제가 체류하는 곳을 모를 것이고, 설령 체류하는 곳을 안다 하더라도, 저를 그곳에서 붙잡을 수는 없을 것이기 때문입니다. 이렇듯 어떻게 하면 저를 도와줄 수 있는지 그 방도를 모르는 것입니다. 저를 도와주고 싶다는 생각은 일종의 병이니, 병상에서 치료를 받아야만 합니다.

이 사실을 저는 알고 있으므로, 비록 예컨대 바로 지금처럼 자신을 억제하지 못하고 아주 강하게 소리 지르고 싶은 순간들이 있기는 하지만, 저는 도움을 청하려고 소리를 지르지는 않습니다. 그런 생각들을 몰아내는 데는, 사방을 둘러보면서 제가 어디에 있으며, 이런 주장을 해도 될 것 같은데요, 수 세기 전부터 거주해 온 곳이 어디인가를 머릿속에서 생생하게 그려 보는 것만으로도 충분합니다."

"대단하시군요" 하고 시장이 말했다. "대단하세요. 그런데 이제 저희 리바에 머무르실 생각이신지요?"

"저는 그럴 생각이 없습니다" 하며 사냥꾼은 빙긋이 웃으며 말했는데, 그 비웃음을 만회하기라도 하려는 것처럼, 그는 시장의 무릎 위에 손을 올려놓았다. "저는 지금 여기에 있으며, 저는 더 이상은 모르고, 더 이상 할 수 있는 일이 없습니다. 제 거룻배는 키가 없어, 죽음의 가장 낮은 지역들에서 불어오는 바람에 실려 가고 있습니다."

만리장성의 축조 때

Beim Bau der Chinesischen Mauer

만리장성은 그 최북단 지점에서 마무리되었다. 남동쪽과 남서쪽에서 축조가 시작되어 서로 접근하다가 여기서 하나로 합쳐진 것이다. 이 부분 축조 체계는 동쪽 부대와 서쪽 부대로 이루어진 두 개의 대규모 작업 부대 내부에서도 하나하나 샅샅이 지켜졌다. 그것은 대략 이십 인의 인부들로 한 개 작업조가 편성되고, 한 작업조가 약 오백 미터 길이의 성벽 일부를 쌓아 올리면, 인접 작업조가 똑같은 길이의 성벽을 맞은편에서 쌓아 오는 식으로 이루어졌다. 그러나 하나로 합쳐지는 작업이 완성된 후에는 예컨대 둘이 합해진 일천 미터 끝에서 축조 공사가 다시 진척되는 것이 아니라 오히려 장성 축조를 위해 작업대들을 또다시 전혀 다른 지방으로 보냈다. 공사를 이런 방식으로 하다 보니 물론 큰 틈들이 많이 생겨났다. 그 틈들은 겨우 차례차례

서서히 메워지기는 했지만, 일부는 심지어 장성 축조가 이미 완성된 것으로 공포되고 나서야 비로소 메워진 것도 있었다. 실제로는, 도대체가 아예 쌓지도 않은 그런 틈들도 있다고 한다. 물론 이것은 아마도 이 축조를 둘러싸고 생긴 많은 전설에 속할 수 있는 하나의 주장에 불과하며, 적어도 개별적인 인간의 입장에서는, 그 축조물의 광대한 영역 때문에 자신의 육안이나 척도로는 사실 여부를 확인할 수가 없다.

그런데 애당초부터 사람들은, 장성을 연결해서 쌓는 것이, 또는 적어도 두 주요 부분 안에서만이라도 연결해서 쌓는 것이 어느 모로 보나 더 유리했을 거라고 믿을 것이다. 하지만 장성은, 일반적으로 전파되고 알려져 있듯이, 북방 민족들을 막기 위해 생각된 것이다. 그러나 연결해서 쌓지 않은 장성이 어떻게 방어를 해 줄 수 있겠는가. 그렇다, 사실 그런 성벽은 방어 역할을 할 수 없을 뿐만 아니라, 축조 자체가 지속적인 위험 상태에 처해 있는 것이다. 황량한 지역에 외따로 서 있는 이런 성벽의 일부는 언제나 거듭 유목민들에 의해 쉽게 파괴될 수 있으며, 특히 그 당시 유목민들은 장성 축조로 불안해하고 있었고 상상할 수 없을 만큼 엄청 신속하게 마치 메뚜기 떼처럼 거주 지역을 옮겨 다녔기 때문에, 어쩌면 축조의 진척을 심지어 건설자인 우리보다도 더 잘 조망하고 있었을지도 모른다. 그럼에도 불구하고 아마도 축조는 실제 이루어졌던 것과 다르게 이루어질 수는 없었을 것이다. 그것을 이해하려면 우리는 다음을 고려해야만 한다. 장성은 수 세기 동안 방어 기능을 해야 하므로 매우 세심한 축조, 알려져 있는 모든 시대와 모든 민족의 지혜로운 건축술의 이용, 축조하는 사람들 개개인의 지속적인 책임감 등이 그러니까 작업에 절대 필요한 전제였다. 하급 수준의 작업들에 대해서는 물론 무지한 날품팔이꾼들을, 남녀노소 할 것 없이 좋은 품삯을 받으려고 나서는 백성들 가운데서 뽑아 쓸 수 있었다. 그러나 날품팔이꾼 네 명을 관리하려면 이미 건축 분야에서 교육을 받은 분별 있는 사람, 그러니까 여기에서 무엇이 중요한가를 가슴 깊이 공감할 수 있는 그런 사람이 필요했다. 그리고 업적이 크면 클수록 그만큼 더 요구도 컸다. 그리고 이런 사람들은, 비록 이 축조에서 소모하고 버릴 만큼의 엄청난 숫자는 아니라 하더라도, 사실상, 거의 쓰고 싶은 만큼 마음대로 쓸 수 있을 정도로 많은 숫자였다.

이 일을 경솔하게 시작했던 것은 아니다. 축조 시작 오십여 년 전 성벽으로 둘러싸이게 될 중국 전역에서는 건축술, 특히 미장 기술이 가장 주요한 학문으로 천명되고 그 밖의 다른 모든 것은 오직 그것과 연관되는 한에서만 인정되었다. 나는 아직도 아주 잘 기억하고 있다. 다리를 겨우 가눌 수 있을 정도로 어린애였을 때 우리는 선생님의 작은 정원에 서서 자갈로 일종의 벽을 쌓아야 했는데, 선생님은 웃옷 소매를 걷어붙이시고는 벽 쪽으로 달려가서 물론 모든 것을 뒤엎어 버리셨고, 쌓아 놓은 것이 약하다는 이유로 우리를 질책하셨는데, 그 질책이 너무 심한 나머지 우리는 엉엉 울며 사방으로 부모에게로 흩어져 갈 정도였다. 그것은 아주 사소한 돌발 사건이지만, 시대정신을 특징적으로 잘 보여 주고 있다.

나는 스무 살에 최저 단계 학교의 최고 단계 시험을 마치고 나서 곧바로 장벽 축조 작업을 시작할 수 있는 행운을 얻었다. 내가 행운이라고 말한 까닭은, 예전에 자신들이 받을 수 있었던 교육의 최고 단계에까지 도달했던 많은 사람이 몇 년 동안이나 자신들의 지식으로 아무것도 시작할 수 없었고, 머릿속에는 매우 대단한 건축 설계도가 있으면서도 쓸모없이 빈둥거리고 돌아다니면서 엄청 허랑방탕하게 지냈기 때문이다. 그러나 마침내 비록 가장 말단 직급이라 하더라도 토목 현장 감독으로서, 공사를 하러 온 사람들은 모두 다 실제로 그럴 만한 가치가 있었다. 그들은 축조에 대해 많이 생각했었고, 또 끊임없이 생각하는 바로 그런 미장이들, 자신들이 땅바닥에 놓은 첫 돌과 더불어 자기 자신을 축조와 한 몸으로 느끼는 그런 미장이들이었다. 그러나 그러한 미장이들의 마음을 움직인 것은 물론 매우 철저하게 일하려는 욕구와 더불어 건물이 드디어 완성된 모습으로 일어서는 것을 보고 싶다는 조급한 마음이었다. 날품팔이꾼은 이러한 조급한 마음을 알 리 없었으며, 그들을 움직이는 것은 오직 품삯뿐이었다. 상급 감독관들, 아니 심지어 중간 감독들만 해도, 축조 공사의 광범위한 진척 상황을 충분히 알고 있으며, 그렇게 함으로써 정신적으로 힘을 유지할 수 있다. 그러나 외적으로는 사소한 자신들의 책무를 정신적으로는 훨씬 넘어서 있는 그런 하급직 사람들에 대해서는 미리 다른 대비책이 마련되어 있어야만 했다. 그런 사람들을, 예컨대 그들의 고향으로부터 수백 마일 떨어진, 사람도 살지 않는 그런 산골에서 몇 달, 심지어 몇 년 동안 벽돌을 하나하나 끼워 맞추며 쌓게 할 수는 없었다. 아무리 부지런히 기나긴 세월 동안 일을 해도 목적에 이르지 못하는 그런 작업의 희망 없음이 그들을 절망하게 했을 것이고, 무엇보다도 특히 작업에 대해 더 무가치하게 느끼게 했을 것이다. 이런 이유 때문에 부분 축조 체계를 채택한 것이다. 오백 미터는 약 오 년이면 완성될 수 있었지만, 그러고 나서 물론 감독들은 보통 너무 지쳐 기진맥진해 있었고, 자기 자신, 축조, 세계에 대한 모든 신뢰를 상실해 버린 상태였다. 따라서 그들은, 여전히 일천 미터로 결합되는 축제의 감격에 젖어 있는 동안, 멀리멀리 보내어졌는데, 여행중에 여기저기 장성의 완성된 부분들이 솟아 있는 것을 보았고, 그들에게 훈장을 주었던 더 높은 지휘관들이 있는 숙영宿營들 곁을 지나갔고, 여러 지방의 오지에서 몰려든 새로운 작업대들의 환호성을 들었고, 장성 건축 작업을 위한 비계로 정해져 있던 숲들이 쓰러져 있는 것을 보았고, 성 쌓는 데 쓰는 돌을 얻기 위해 산들이 망치질로 깨지는 모습을 보았고, 신성한 장소들에서는 축조의 완성을 기원하는 신앙심 깊은 사람들의 노랫소리를 들었다. 이 모든 것이 그들의 조급한 마음을 진정시켜 주었다. 얼마 동안 보낸 고향의 조용한 생활이 그들에게 힘을 주었고, 축조하는 모든 사람이 받았던 존경, 그들이 하는 보고들을 귀 기울여 듣는 사람들의 믿음이 깊은 겸손함, 소박하고 말없는 백성이 언젠가는 이루어질 장성의 완성에 거는 믿음, 그 모든 것이 그들의 영혼의 현絃을 팽팽하게 죄어 주었다. 마치 영원히 희망하는 아이들처럼 그들은 그러고 나서 고향에 작별을 고했고, 또 다시 그 국민적 작업을 하고 싶은 마음을 억누를 수가 없게 되었다. 그들은 필요 이상으로 일찍 고향을 떠났는데, 마을 사람 절반이 먼 거리까지 그들을 배웅해 주었다. 거리마다 무리를 지은 사람들과 세모꼴의 작은 기들과 깃발들이 넘쳤다. 여태껏 그들은 자신들의 나라가 이토록 크고 부유하고 아름다우며 사랑스러운 모습을 결코 본 적이 없었다. 동향인이면 누구나 다 한 형제, 자신을 위해 방벽을 쌓아주면 물심양면을 다 바쳐 평생 동안 그것에 감사하는 그런 형제였다. 통일! 통일! 가슴에 가슴을 맞대고, 민족의 윤무輪舞, 피, 이젠 더 이상 육신의 보잘것없는 순환에 갇혀 있지 말고, 광대무변한 중국을 두루 즐겁게 굴러다니고 다시 돌아오라.

그러니까 이로써 부분 축조 체계는 이해될 수 있지만, 그러나 물론 분명히 또 다른 이유들이 있을 것이다. 내가 이 물음을 이렇게 오랫동안 시시콜콜 논하는 것은 하등 이상할 것이 없다. 이것은 비록 맨 처음에는 그렇게 중요한 것으로 보이지 않음에도 불구하고 전체 장성 축조의 핵심적인 물음인 것이다. 내가 그 시대의 생각들과 체험들을 전달하고 이해시키고자 하면, 바로 이 문제에 대해 충분히 깊이 꼬치꼬치 캐물을 수가 없다.

우선 사람들은 물론 아마 틀림없이, 그 당시에 바벨탑 축조에도 거의 뒤지지 않는 그런 업적들이 이루어졌고, 아무튼 신의 호감을 산다는 측면에서 보자면, 적어도 인간적인 평가로는, 바로 바벨탑과 정반대의 것을 나타내는 업적이라고, 말할 것이다. 내가 이런 언급을 하는 것은, 그 공사가 시작될 무렵에 한 학자가 이런 비교들을 아주 상세하게 해 놓은 책을 썼기 때문이다. 그는 그 책에서, 바벨탑 축조가 결코 일반적으로 주장되는 그런 이유들 때문에 목표에 도달하지 못한 것은 아니라는 점, 아니면 적어도 그 최초의 이유들은 그 잘 알려진 이유들에 있지 않다는 점을 증명하고자 했다. 그의 증명들은 문서들과 보고서들로만 이루어진 것이 아니었다. 그는 몸소 현장 조사도 했으며, 거기서 탑이 기반이 약해서 무너졌으며 무너질 수밖에 없었다는 것을 발견했다. 이 점에서 물론 우리 시대는 저 오래전에 지나간 이전 시대보다 훨씬 더 우월했다. 교육을 받은 거의 모든 동시대인이 전문적인 미장이였고 기초 쌓는 문제에서는 틀림이 없었다. 그러나 그 학자는 그런 것까지 목표로 삼은 것이 결코 아니었으며, 그는, 비로소 그 장성이 인류 역사상 맨 처음으로 새로운 바벨탑을 위한 확실한 토대를 마련한 것이라고 주장했다. 그러니까 우선은 장성이고, 그다음에 탑이었다. 그 책은 그 당시 모든 사람의 손에 다 있었으나, 나는 오늘날까지도, 그가 어떻게 그런 탑을 생각했는지 정확하게 이해하지 못하고 있음을 시인하는 바이다. 원圓 하나는커녕 그저 일종의 4분의 1 원 또는 반원을 이루었던 장벽이 과연 어떤 탑의 기초가 될 수 있을까? 그것은 다만 정신적인 관점에서만 생각될 수 있었다. 그러나 그렇다면 무엇 때문에 아무튼 어떤 사실적인 것, 수십만의 노고와 삶의 결과물인 장성이 필요했단 말인가? 그리고 무엇 때문에 그 공사에서는 많은 도면, 아무튼 안개에 싸인 것처럼 불명료한 탑의 도면들이 그려졌으며, 강력한 새 공사에서 인력을 어떻게 통합해야 할 것인가 하는 제안들이 하나하나 상세하게 제시되어 있었단 말인가?

이 책은 그저 하나의 예에 불과할 뿐으로, 그 당시에는 두뇌의 많은 혼란이 있었으니, 그 이유는 아마도 바로, 그토록 수많은 사람이 하나의 목적에 정신을 집중하려 했기 때문일 것이다. 인간 존재란 그 근본에 있어서 경박하고, 날아다니는 먼지의 천성이 있어서, 아무런 속박도 견뎌 내지 못한다. 만약 그 본성이 자승자박한다면, 그것은 곧바로 미친 듯이 그 속박을 흔들어 대기 시작할 것이고, 장벽, 사슬 그리고 자기 자신을 사방으로 찢어발길 것이다.

또한 작업 수행에 관한, 장성 축조에 심지어 상반되는 이러한 고려들이 부분 축조를 확정할 때 참작되지 않은 것은 아니었을 수도 있다. 나 자신은 여기서 많은 사람의 이름으로 이야기하고 있는 터라, 우리는, 실은 최고 지휘부의 지시들을 철자대로 따라 적으면서 비로소 서로 아는 사이가 되었으며, 만약 지휘부가 없었더라면 우리가 학교에서 얻어들은 지식도, 우리의 상식도 우리가 커다란 전체 안에서 맡은 그 작은 직책에도 충분히 미치지 못했을 거라고 생각했다. 지휘부가 어디에 있으며 누가 그 자리에 앉아 있는가 하고 내가 물어보았지만 예나 지금이나 그것을 아는 사람은 아무도 없는데, 그 지휘부의 방 안에서는 아마도 인간의 모든 사고와 소망이 빙글빙글 돌고 있었을 것이며, 또한 인간의 모든 목표와 성취가 그 대립 원을 그리고 있었을 것이다. 그러나 창문을 통해 신적인 세계들의 반사된 빛이 도면을 그리는 지휘부의 손등에 비치고 있었다.

그리고 그 때문에, 설령 지휘부가 진정으로 원했다고 하더라도, 상호 연관된 장성 축조에 방해가 되는 저 난점들을 지휘부가 극복할 수 없었을 것이라는 추론은 매수되지 않은 관찰자에게는 도무지 이해가 가지 않는다. 그렇다면 지휘부가 의도적으로 부분 축조를 꾀했다는 추론만 남게 된다. 그러나 부분 축조는 임시적인 응급조치였고 목적에 부합하지 않은 것이었다. 지휘부가 무언가 목적에 부합하지 않은 것을 원했다는 추론이 남게 된다—이상한 추론이다!—확실히, 그래도 그것은 물론 다른 측면에서도 그 자체에 많은 정당성이 있다. 오늘날에는 어쩌면 아무 위험 부담 없이 이 이야기를 할 수 있을 것이다. 당시에는, 많은 사람의, 심지어 가장 뛰어난 사람들의 은밀한 원칙은 다음과 같은 것이었다. 너의 모든 힘을 다하여 지휘부의 지시사항들을 이해하려고 애쓰되, 그러나 다만 일정 한계까지만 그렇게 하고, 그다음에는 곰곰 생각하는 것을 그만두라. 이것은 매우 분별 있는 하나의 원칙으로, 그것은 아무튼 나중에 자주 반복되는 비교 가운데 여전히 계속 다르게 해석되었다. 계속 곰곰 생각하는 것을 그만두는 것이 너를 해롭게 할 수 없을 테니까 그만두라. 그것이 너에게 해를 입히리라는 것도 물론 전혀 확실하지 않은 것이다. 여기서는 도대체가 해롭다는 이야기도 해롭지 않다는 이야기도 할 수가 없다. 그것은 마치 봄에 강물이 그러는 것처럼 너에게 자연스럽게 일어날 것이다. 봄이 되면 강물은 불어 점점 거세지고, 그 긴 양쪽 강가에 펼쳐진 땅에 더 힘차게 자양분을 주고, 자기 자신의 본질을 보존한 채 바닷속으로까지 지니고 가서 바다와 더 동등한 위치에 서게 되고 더 환영받게 되는 것이다—여기까지만 지휘부의 지시 사항들을 곰곰 생각해 보라—그러나 그걸 넘어서면 강물은 그 둑을 넘고, 윤곽과 형상을 잃어버리고, 하류로의 흐름을 느리게 하고, 천명天命에 어긋나게 내륙 안에 작은 바다를 이루고, 경작지를 손상시키고, 그러나 물론 이 확산을 지속적으로 유지하지는 못하고, 다시 그 강둑 안으로 합쳐 들어가, 심지어는 다음에 오는 뜨거운 계절에 사실상 비참하게 말라 버리지 않는가?—여기까지는 지휘부의 지시 사항들을 곰곰 생각하지 말라.

그런데 이 비교는 장성 축조 동안에는 이상하게 잘 적중했을지 모르지만 나의 지금의 보고에 대해서는 적어도 오직 제한적으로만 유효한 것이다. 나의 연구는 물론 다만 하나의 역사적인 연구일 뿐이다. 이미 오래전에 흘러가 버린 뇌우 구름에서는 더 이상 번개가 치지 않는 법이다. 따라서 나는 사람들이 그 당시에 만족스럽게 여겼던 것으로 전해지는 그 부분 축조에 대해 하나의 설명을 구하고자 해도 될 것이다. 나의 사고력이 나에게 지어 놓은 한계는 물론 매우 좁지만, 그러나 여기서 헤매야 할 영역은 무한한 것이다.

이 거대한 장성이 누구를 막아 줄 것인가? 북방 민족들이다. 나는 중국 남동부 출신이다. 그곳에서는 어떤 북방 민족도 우리를 위협할 수 없다. 우리는 옛날 책들에서 그들에 관해 읽게 되는데, 그들이 본성에 따라 자행하는 잔혹한 짓들은 평화로운 정자에 있는 우리를 탄식하게 한다. 예술가들이 현실에 충실하게 그린 그림들에서 우리는 그 저주받은 얼굴들, 딱 벌린 아가리들, 날카로운 이빨들이 비죽이 솟아 있는 턱, 아가리로 짓찧고 으스러뜨리게 될 약탈물을 벌써 사납게 흘겨보는 것 같은 찡그린 눈들을 본다. 아이들이 버릇없이 굴면 우리는 이 그림들을 들이대고, 그러면 아이들은 금방 울음을 터뜨리며 날아오는 것처럼 우리 목을 껴안는다. 그러나 우리는 더 이상은 이 북방 민족들에 관해 아는 게 없다. 그들을 본 적이 없거니와 우리는 우리 마을에만 머물러 있으니, 설령 그들이 거친 말들을 타고 똑바로 우리를 향해 질주해 와 사냥을 한다 하더라도, 앞으로도 결코 보지 못할 것이다. 이 나라는 너무 광대해서 그들을 우리에게 오게 하지 않는다. 그들은 그릇된 방향으로 빠져들어 마침내 허공 속으로 빠져들게 될 것이다.

사정이 그러할진대, 그렇다면 왜 우리는 고향을, 강물과 다리들을, 어머니와 아버지를, 눈물 흘리는 아내를, 배움이 필요한 자식들을 버리고 먼 도시의 학교로 갔으며, 우리의 생각은 여전히 계속 북쪽의 장성 곁에 머물러 있는 것인가? 왜? 지휘부에 물어보라. 지휘부는 우리를 알고 있다. 어마어마한 걱정거리들을 이리저리 따져 보는 지휘부는 우리에 관해 알고 있으며, 우리의 작은 벌이를 알고 있고, 우리가 모두 낮은 오두막집에 모여 함께 앉아 있는 것을 보며, 가장이 저녁에 가족들과 둘러앉아 올리는 기도가 그 지휘부의 마음에 들기도 하고 안 들기도 한다. 그리고 내가 지휘부에 대해 이런 생각을 품어도 된다면 꼭 해야 할 말이 있는데, 내 생각으로는 지휘부가 이미 예전에 존속하기는 했으나 모이지는 않았다는 것이다. 예컨대 청나라의 고관들은 아침에 꾼 아름다운 꿈에 자극받아 황급히 회의를 소집하고 황급히 결정하며, 이 결정 사항들을 실행하기 위해 저녁이면 벌써 북을 울려 백성들을 잠자리에서 깨우는데, 그것은 어제 그 고관나리들에게 호의를 보였던 어떤 신을 기리기 위한 등화 장식을 준비시키려는 것 때문이기도 하고, 또는 아직 그 등화들이 꺼지기도 전인 새벽에 어두운 구석에서 그들을 마구 두드려 패기 위해서이기도 하다. 오히려, 지휘부는 오래전부터 있었고, 장성 축조 결정도 마찬가지였다. 자신들이 장성 축조 결정을 야기했다고 믿은 순진한 북방 민족들, 자신이 장성 축조를 지시했다고 믿은 존경할 만한 순진한 황제. 우리는 장성 축조에 관해 다르게 알고 있는데도 침묵하고 있다.

나는, 장성 축조가 이루어지던 그 당시 이미, 그리고 그 후 오늘날까지 거의 전적으로 여러 민족의 역사 비교에 몰두해 왔는데, 이런 수단만으로도 어느 정도 핵심에 접근할 수 있는 어떤 물음들이 있다. 나는, 우리 중국인들이 어떤 국민적 및 국가적 장치들은 유례없이 투명하게, 또 다른 장치들은 유례없이 불투명하게 소유하고 있다는 것을 발견했다. 그 이유들, 특히 후자의 현상의 이유들을 추적하는 것이 언제나 나의 마음을 매료시켜 오고 있으며, 장성 축조 또한 본질적으로는 이 물음들과 연관되어 있다.

아무튼 황제 제도는 우리의 가장 불투명한 장치들 가운데 하나이다. 북경에서야 물론, 더군다나 궁정 사회 안에서야, 비록 실제로 그런 것이라기보다는 외관상 그런 것에 불과하더라도, 그것에 관해 어느 정도 투명함이 있다. 고등교육기관의 국법國法 선생들과 역사 선생들도, 이 문제들에 대하여 자세한 가르침을 받았으며 이 지식을 학생들에게 전수할 수 있다고 사실과 다른 거짓 주장을 하고 있다. 하급 학교로 내려가면 갈수록 당연히 자기 자신의 지식에 대한 의심이 그만큼 더 많이 사라지고 있으며, 그리고 얼치기 교육이 수세기에 걸쳐 주입된 몇 안 되는 명제들을 중심으로 산처럼 높이 넘실거렸는데, 그 명제들은 물론 영원한 진실은 전혀 잃지 않았지만, 그러나 이 연무와 안개 속에 묻혀 영원히 인정받지 못하고 있는 그런 것이다.

그러나 바로 황제 제도야말로 나의 견해로는 백성에게 묻는 것이 좋을 것 같은데, 왜냐하면 백성이야말로 황제 제도의 마지막 버팀목이기 때문이다. 여기서 나는 물론 또다시 오로지 나의 고향 이야기만을 할 수 있다. 들의 신들과 일 년 내내 변화무쌍하고 아름답게 이루어지는 그 신들에 대한 봉사를 제외하면 우리의 생각은 오로지 황제에게 쏠려 있다. 그러나 현재의 황제에게 쏠려 있는 것은 아니다. 아니, 그보다는 이렇게 말하는 편이 더 나을 것 같은데, 만약 우리가 현재의 황제를 알았거나 또는 그에 관해 확실한 것을 알았더라면, 우리의 생각이 그에게 쏠렸을 것이다. 우리는 물론 그런 종류의 것에 관해 어떤 무언가를 알기 위해 언제나 애썼는데, 그것이 우리의 마음을 가득 채운 유일한 호기심이었다. 내 이야기가 아주 이상하게 들리겠지만, 어떤 이야기를 듣는 것이 거의 불가능했는데, 가까운 마을들이나 먼 마을들이 아니라 정말로 수많은 나라를 두루 돌아다닌 순례자들에게서도, 우리의 작은 강뿐만 아니라 신성한 대하大河들을 항해하는 사공들로부터도 듣지 못했다. 우리는 물론 이야기를 듣기는 많이 들었지만, 그러나 그 많은 것에서 아무것도 끌어낼 수가 없었던 것이다.

우리의 땅은 워낙 광대해서, 어떤 동화童話도 그 크기에는 미치지 못하고, 하늘도 거의 다 덮을 수가 없을 정도이다. 북경은 다만 하나의 점일 뿐이고 그리고 황성皇城은 더 작은 점일 뿐이다. 황제 그 자체는 아무튼 세계의 모든 층을 뚫고 우뚝 솟아 있을 만큼 위대하다. 그러나 우리와 같은 인간인 살아 있는 황제는 우리와 비슷하게, 물론 넉넉하게 계산되기는 했으나 어쩌면 필시 좁고 짧을 뿐일 그런 휴식용 침상에 누워 있다. 우리처럼 그는 때로는 팔다리를 쭉 뻗기도 하고, 몹시 피곤하면 예쁘게 그려진 입으로 하품을 하기도 한다. 그러나 거의 티베트고원에 접경해 있는 우리가 수천 마일 남쪽에서 그 이야기를 어떻게 듣는다는 말인가? 게다가 어떤 소식이든, 설령 그 소식이 우리에게 당도한다 하더라도, 너무 늦게 올 것이고, 오래전에 낡은 소식이 되어 버렸을 것이다. 황제 주변에는 반짝거리지만 그러나 어두운 궁정의 무리들이—시종과 친구의 옷을 입은 악의와 적의가—몰려들며, 독화살로 황제를 쏘아 그의 저울판에서 떨어뜨리려고 호시탐탐 노리는 황정皇政의 반대편 평형추가 그들이다. 황제 제도는 영원불멸하지만, 그러나 개별적인 황제는 쓰러지고 추락하며, 심지어는 전체 왕조들이 마침내 가라앉아 오로지 단 한 번 그르렁거리며 힘겹게 호흡함으로써 잠깐 숨을 돌린다. 이러한 투쟁들과 고난들에 관해 백성들은 결코 듣지 못할 것이다. 그들은, 멀리 떨어진 저 앞쪽 광장 한가운데서 자신들의 주인의 처형이 이루어지는 동안, 사람들이 빽빽이 들어찬 옆 골목 끝에서 싸 온 음식을 조용히 먹으면서, 마치 너무 늦게 온 사람들처럼, 마치 도시가 낯선 사람들처럼 서 있다.

이 관계를 잘 표현한 전설*이 하나 있다. 이런 이야기가 전해져 온다. 황제가, 개인에 불과한 그대에게, 태양 같은 존재인 황제 앞에서 아주 먼 곳으로 도망친 왜소한 그림자 같은 초라한 신하, 바로 그런 존재인 그대에게, 황제가 임종의 침상에서 칙명을 보냈다. 그 칙사를 황제는 침대 옆에 무릎을 꿇게 하고는 그의 귀에 대고 그 칙명을 속삭이듯 말했다. 그 칙명이 황제에게는 매우 중요했으므로, 황제는 칙사에게 그 칙명을 자신의 귀에 반복해 보라고 시켰다. 머리를 끄덕임으로써 황제는 그 말이 틀림없이 맞는다고 인정했다. 그리고 그의 임종을 지켜보는 모든 사람 앞에서—방해가 되는 벽들은 모두 허물어지고, 멀리까지 높이 뻗어 있는 옥외 계단 위에는 그 나라의 위대한 인물들이 빙 둘러서 있다—이 모든 사람 앞에서 그는 칙사를 떠나보냈다. 칙사는 곧바로 길을 떠났다. 그는 강건하고 지칠 줄 모르는 사내였다. 한 번은 이 팔을 한 번은 다른 팔을 번갈아 앞으로 내뻗으면서 그는 군중 사이를 뚫고 나아갔다. 만약 제지를 받으면 그는 태양 표지가 있는 자기 가슴 위를 가리킨다. 그는 다른 사람들과는 달리 쉽게 앞으로 나아간다. 그러나 군중의 규모가 매우 방대하고, 그들의 주거지는 끝이 없다. 만약 탁 트인 들판이 열린다면 그는 마치 날듯이 빠르게 갈 것이고 그대는 곧 그의 두 주먹이 그대의 문을 쾅쾅 두드리는 굉장한 소리를 듣게 될 것이다. 그러나 그런 일을 하는 대신 그는 아무 쓸데 없이 헛수고만 하고 있다. 그는 여전히 가장 깊은 구중궁궐의 방들을 억지로 무리하게 지나가고 있다. 결코 그는 그 방들을 벗어나지 못할 것이고, 설령 그가 벗어나는 데 성공한다 하더라도 얻는 것이 아무것도 없을 것이다. 층계들을 내려갈 때 그는 자기 자신과 싸우지 않으면 안 될 것이고, 그리고 설령 그것이 성공한다 하

* 이 전설은 앞에 실린 「황제의 칙명」과 내용이 똑같다.

더라도 얻는 것이 아무것도 없을 것이다. 궁궐 안의 마당들은 가로질러 갈 수도 있을 것이다. 그러나 그 궁정宮庭들을 지나고 나면 에워싸는 두 번째 궁궐이 있고, 또다시 층계들과 궁정들, 그리고 또다시 하나의 궁궐, 계속 그러다 보면 수천 년이 걸릴 것이다. 그래서 마침내 그가 가장 바깥쪽 성문에서 뛰쳐나가면—그러나 그런 일은 결코, 결코 일어날 수 없다—비로소 군주의 거처가 있는 수도가, 세계의 중심이, 가득 쏟아 놓은 침전물들로 높이 쌓인 채, 그의 눈앞에 펼쳐질 것이다. 아무도, 심지어 죽은 자의 칙명을 지니고 있어도, 결코 이곳을 뚫고 나가지는 못한다. 그러나 그대는, 저녁이 오면, 그대의 창가에 앉아 그 칙명이 그대에게 오기를 꿈꾼다.

정확히 그렇게, 그토록 절망적이고 또 그토록 희망에 가득 차, 우리 백성은 황제를 바라본다. 백성은 어떤 황제가 통치하는지를 모르며, 심지어 왕조 이름조차 확실하지 않고 의심스럽다. 학교에서 그 비슷한 것을 많이 순서대로 배우지만, 그러나 이 점에 관해서는, 너나 할 것 없이 일반적인 불확실성이 워낙 커서, 가장 우수한 학생조차 그런 불확실성 속에 빠져들게 된다. 이미 오래전에 죽은 황제들이 우리 마을에서는 옥좌에 앉혀지고, 오직 노래 속에서만 살아 있는 존재가 조금 전에 포고를 발하여 그것을 제관祭官이 제단 앞에서 읽어 준다. 우리의 아주 오랜 역사의 싸움들이 이제 비로소 벌어지게 되고, 그리고 이글거리는 얼굴로 이웃 사람이 그 소식을 가지고 당신 집으로 뛰어든다. 비단 금침에 파묻혀 호의호식하며 사는, 교활한 내시들에 의해 고귀한 법도로부터 멀어진, 야심찬 지배욕에 가득 찬, 탐욕에 들뜬, 음탕함으로 널리 알려진, 황제의 여인들은 여전히 새롭게 거듭 비행을 자행하고 있다. 시간이 지나면 지날수록, 모든 빛깔은 그만큼 더 소름 끼치게 빛을 발한다. 수천 년 전의 어느 황후가 남편의 피를 천천히 들이켰다는 이야기를 들으면서 우리 마을은 언젠가는 큰 소리로 고통스러운 비명을 지르게 될 것이다.

그러니까 백성들은 과거의 지배자들을 이런 식으로 대하게 되고, 현재의 지배자들을 죽은 사람들 사이에 섞기도 한다. 한 번, 한 세대에 한 번, 지방을 순시하는 황제의 관리가 우연히 우리 마을에 오게 되면, 조정朝廷의 이름으로 어떤 요구들을 하고, 조세 명부를 검사하고, 학교 수업을 참관하고, 제관에게 우리의 일거일동을 묻고 나서, 가마에 오르기 전에, 훈계를 길게 늘어놓으며 모여든 지역 사람들에게 모든 것을 요약해서 말하면, 그러면 모두의 얼굴에 미소가 번졌으며, 어떤 사람은 다른 사람을 힐끔힐끔 훔쳐보며 그 관리로부터 관찰당하지 않으려고 어린애들에게로 몸을 숙이기도 한다. 그 관리가 이미 죽은 황제 이야기를 하면서 마치 살아 있는 사람처럼 이야기를 하면, 사람들은 속으로 이렇게 생각한다. 이 황제는 벌써 오래전에 세상을 떠났고 왕조는 해체되었는데, 저 관리 나리가 우리를 놀리고 있지만, 그러나 우리는 관리의 마음을 상하지 않게 하려고 마치 우리가 이런 사실을 모르는 것처럼 처신할 것이다. 우리가 진지하게 복종할 사람은 오로지 우리의 현재 주인밖에 없는데, 왜냐하면 다른 모든 것은 죄를 범하는 일이 될 것이기 때문이다. 그리고 서둘러 떠나는 그 관리의 가마 뒤에서, 이미 깨져 버린 유골 단지에서 누구든 임의로 일으켜진 자가 발을 구르면서 그 마을의 주인으로 부상한다.

이와 비슷하게 우리 지역 사람들은 국가적 격변이나 동시대의 전쟁들에 의해 불행한 일을 당하는 일이 일반적으로 별로 없다. 젊은 시절의 사건 하나가 기억난다. 어떤 이웃 동네, 그러나 아무튼 상당히 멀리 떨어진 지방에서 폭동이 일어났었다. 폭동의 원인들이 더 이상 기억나지도 않지만, 그 원인들은 여기서는 중요하지 않다. 폭동의 원인들은 그곳에서는 매일 아침마다 생기는데, 그것은 바로 흥분한 백성인 것이다. 그런데 언젠가 한번, 폭동을 일으킨 사람들의 전단傳單한 장이, 그 고장을 거쳐 온 어느 거지를 통해, 내 아버지 집에 들어오게 되었다. 때마침 휴일이어서 손님들이 우리 집 방들을 가득 메우고 있었고, 그 한가운데 제관이 앉아 그 전단을 연구하듯 들여다보고 있었다. 갑자기 모두가 웃어 젖히기 시작했고, 그 전단은 밀치락달치락하는 통에 갈기갈기 찢어져 버렸고, 아무튼 이미 넉넉하게 받아 챙겼던 거지는 걷어차여 방 밖으로 쫓겨났고, 모든 사람은 아름다운 날을 즐기려고 뿔뿔이 흩어져 버렸다. 왜 그랬을까? 이웃 지방의 사투리가 우리의 사투리와는 본질적으로 다르고, 그것 역시 우리에게는 고색창연한 문자의 느낌을 주는 일종의 문어체로 표현되어 있었던 것이다. 이제 제관이 그런 글의 두 쪽을 읽자마자 사람들은 이미 입장이 단호했다. 옛날부터 들어온, 옛날에 체념한 케케묵은 소리들. 그리고 내가 기억하기로는 그런 것 같은데, 비록 그 거지의 행색에서 지독하게 힘든 삶의 모습이 반박할 수 없이 드러나고 있었음에도 불구하고, 사람들은 웃으면서 고개를 흔들며 아무 말도 더는 들으려고 하지 않았다. 이렇게 우리 지방 사람들은 현재를 지워 버릴 준비가 되어 있는 것이다.

이러한 현상들로부터 우리는 근본적으로 결코 황제가 있지 않다는 결론을 내리더라도 진실로부터 멀리 떨어진 것은 아닐 것이다. 언제나 거듭 나는, 남쪽에 있는 우리처럼 황제에 충성하는 백성도 아마 없을 테지만, 그러나 그 충성이 황제에게 도움이 되지 않는다는 사실을 말해야만 한다. 물론 마을 출구의 작은 기둥 위에는 신성한 용이 선 채로 황제에게 충성을 맹세하며 유사 이래로 정확하게 북경 방향으로 불타는 숨결을 뿜고 있기는 하지만, 그러나 북경 자체는 마을 사람들에게 저승의 삶보다 훨씬 더 낯선 것이다. 집들이 들판을 뒤덮은 채 따닥따닥 붙어 서 있고 언덕에서 내려다보는 시야보다 더 멀리 뻗어 있으며, 그 집들 사이로 사람들이 밤낮없이 서로 머리를 맞대고 붙어 서 있는 그런 마을이 정말 있단 말인가? 우리에게는 그런 도시를 상상해 보는 것보다는 오히려 북경과 그곳의 황제가 하나라고, 예컨대 조용히 태양 아래서 시간이 흐름에 따라 모습을 바꾸어 가는 구름 같은 것이라고 믿는 편이 더 쉽다.

그런데 그러한 생각들의 결과는 어느 정도 자유로운, 제어되지 않는 삶이다. 그러나 결코 풍기가 문란하지는 않으며, 나는 여행 중에 내 고향에서와 마찬가지로 그렇게 미풍양속이 보존된 그런 곳을 거의 한 번도 만나 본 적이 없었다―그러나 그것은 물론 결코 현재의 법 체계 안에 있는 삶이 아니고, 오로지 옛날부터 우리에게 전해 내려오는 지시와 경고만을 따르는 삶인 것이다.

나는 나 자신이 일반화의 오류에 빠지지 않도록 경계하며, 우리 지방의 만 개나 되는 모든 촌에서 또는 심지어 중국의 오백 개나 되는 지방 모두에서 사정이 그렇다고 주장하는 것은 아니다. 그러나 나는, 어쩌면 이 대상에 대해 내가 읽었던 수많은 문헌을 근거로, 또한 나 자신의 관찰을 근거로, 특히 장성 축조 때의 인적 자원은, 느낄 수 있는 자에게는, 거의 모든 지방의 사람들을 두루 경험할 수 있는 기회를 부여했기 때문에, 그 모든 것을 근거로, 나는 어쩌면, 황제에 관한 지배적인 견해는 언제나 어디서나 나의 고향에서의 견해와 어떤 공통적인 하나의 기본적 특징을 보여 주고 있다고 말해도 좋을 것 같다. 그런데 나는 결코 그 견해를 하나의 장점으로 인정하려는 것이 아니라 그 반대이다. 물론 그 견해의 주된 책임은, 지상에서 가장 오래된 제국에서 오늘날까지 황제 제도가 제국의 가장 멀리 떨어진 변경에서까지 직접적으로 끊임없이 영향력을 행사할 정도의 투명함을 지니도록 훈련시킬 능력이 없었거나 또는 다른 일 때문에 이를 소홀히 했던 조정에 있다. 그러나 다른 한편으로는 백성들의 상상력이나 신앙의 힘이 허약한 탓도 물론 있다. 그러니까 백성들이 황제 제도를 북경의 쇠퇴와 타락으로부터 끌어내어, 온갖 생동감과 생생한 현재성 가운데, 무엇보다도 언젠가 한번 황제 제도와 접촉을 느끼고 그런 접촉을 하며 죽는 것이 최고의 소원이 되는 그런 신하의 가슴으로까지 끌어당기지는 못한 것이다.

그러니까 이런 견해가 아마 분명히 장점은 아닐 것이다. 그러나 그래서 더더욱 눈에 띄게 두드러지는 것은 바로 이러한 약점이야말로 우리 민족을 통합시키는 가장 중요한 수단 가운데 하나처럼 보인다는 것이다. 그렇다, 감히 이렇게까지 표현해도 된다면 바로 우리가 살고 있는 이 땅도 그러하다. 여기서 한 가지 단점의 이유를 상세하게 밝히는 것은 우리의 양심이 아니라, 훨씬 더 지독한 것, 즉 우리의 두 다리를 흔드는 것을 의미한다. 따라서 나는 이 문제에 대한 연구를 당분간은 더 이상 계속하지 않을 작정이다.

마당 문을 두드림

Der Schlag ans Hoftor

어느 더운 여름날이었다. 나는 집으로 돌아오는 길에 누이동생과 어떤 마당 문가를 지나가고 있었다. 나는 여동생이 의도적으로, 아니면 딴생각을 하다 부주의해서 문을 두드렸는지, 또는 결코 두드린 것이 아니라 그저 주먹으로 막 두드리려고 했을 뿐인지 모르겠다. 왼편으로 굽어진 지방 도로를 따라 백 보쯤 걸어가니 마을이 시작되었다. 우리가 모르는 마을이었는데, 우리가 첫 번째 집을 지나자 곧장 사람들이 앞으로 나와서 우리에게, 다정하게 또는 경고하는 것처럼 손짓을 해 보였다. 그들은 매우 놀란 것처럼 보였는데, 너무 놀란 나머지 몸을 구부리고 있었다. 그들은 우리가 지나왔던 마당을 가리켰고 우리에게 그 문을 두드린 것을 상기시켰다. 그 마당의 주인들이 우리를 고발할 것이고, 곧 수사가 시작되리라는 것이다. 나는 매우 안심

610

하고 있었으며, 여동생도 불안해하지 말라며 안심시켰다. 아마도 여동생은 전혀 두드리지 않았을지도 모를 일이고, 설령 그랬다 하더라도 이 세상 어디에서도 그 때문에 어떤 증거가 제시되지는 않을 것이다. 나는 우리를 빙 둘러싸고 있던 사람들에게도 그것을 이해시키려고 애썼는데, 그들은 내 말에 귀를 기울이기는 했으나 섣불리 의견을 제시하지 않고 선고를 유보했다. 나중에 그들은, 내 여동생뿐만 아니라 오빠인 나까지도 고소당할 것이라고 말했다. 나는 빙긋이 웃으며 고개를 끄덕였다. 우리 모두는 마당 쪽을 향해 돌아서서, 사람들이 먼 곳에서 피어오르는 연기구름을 관찰하며 불꽃을 기다리는 모습을 바라보았다. 그리고 실제로, 곧 우리는 기마병들이 활짝 열린 마당 문안으로 말을 타고 들어오는 것을 보았다. 먼지가 뿌옇게 일어나더니 모든 것을 덮었으며, 다만 높이 쳐든 창의 뾰족한 끝만이 번쩍거렸다. 그리고 그 기마 부대가 마당에서 사라져 모습이 보이지 않다가 곧장 말을 반대 방향으로 돌리는가 싶더니 우리에게 달려오는 중이었다. 나는 여동생을 밀쳐 냈다. 나는 모든 것을 혼자 해결할 생각이었던 것이다. 여동생은 나 혼자 그냥 내버려 두는 것을 거부했다. 나는 여동생에게, 그 주인들 앞에 더 좋은 옷을 입고 나서려면 적어도 옷을 갈아입고 오라고 말했다. 마침내 여동생은 내 말에 따랐으며 집을 향해 먼 길을 떠났다. 말 탄 그 사람들이 이미 내 곁에 와 있었는데, 그들은 여전히 말에 탄 채 위에서 내려다보며 내 여동생에 대해 물었다. 그녀는 지금 이곳에 없지만 그러나 나중에 올 거예요, 하고 나는 잔뜩 겁먹은 목소리로 대답했다. 그 대답은 아무래도 상관없는 것으로 받아들여졌다. 그들은 나를 발견했다는 사실이 무엇보다도 중요한 것 같아 보였다. 그들 중 두 신사, 즉 활달한 젊은이인 재판관,

그리고 아스만이라고 불리는 그의 조용한 조수가 핵심 인사였다. 나는 농가의 방 안으로 들어가라는 요구를 받았다. 천천히, 머리를 흔들며, 바지 멜빵을 만지작거리며 나는, 그 신사들이 날카로운 눈길로 지켜보는 가운데 걷기 시작했다. 그때만 해도 여전히 나는, 도시 사람인 내가 체면을 구기지 않고 이 농민들로부터 풀려나는 데는 한마디 말이면 충분하리라고 믿고 있었다. 그러나 내가 그 방 문지방을 넘어섰을 때, 이미 앞으로 뛰어나와 나를 기다리고 있던 그 재판관이 나에게 말했다. "이 사람 안됐군." 그가 한 그 말이 나의 현재 상황을 의미한 것이 아니라 앞으로 나에게 일어날 일을 의미한다는 것은 의심의 여지가 전혀 없었다. 그 방은 농가의 방이라기보다는 오히려 교도소 감방과 더 비슷해 보였다. 커다란 석판石板, 어둡고, 장식 하나 없이 아주 삭막한 벽, 벽을 쌓을 때 끼워 놓은 쇠로 된 고리 하나, 방 한가운데는, 절반은 간이침대, 절반은 수술대 같은 것이 놓여 있었다.

내가 감방 속의 공기와는 다른 공기를 맛볼 수 있는 가능성이 아직은 있을까? 그것이 큰 문제이다. 아니 그보다는 오히려, 내가 아직은 석방될 전망이 있는 것인지 아닌지, 그것이 큰 문제일 것이다.

이웃 사내
Der Nachbar

나의 사업은 완전히 나의 어깨에 달려 있다. 사무원 아가씨 두 명이 타자기와 영업 장부들과 함께 대기실에 있고, 나의 방에는 책상, 계산대, 상담용 탁자, 쿠션이 붙은 고급 안락의자 그리고 전화기가 있는데, 이것이 나의 사무 집기 전부이다. 그래서 전체를 파악하기도 무척 간단하고 취급하기에도 무척 쉽다. 나는 아주 젊고, 사업상 처리할 일들이 내 앞으로 굴러 오고 있다. 나는 불평하지 않는다. 나는 불만을 늘어놓지 않는다.

새해부터 한 젊은 사내가, 내가 괜히 쓸데없이 아주 오랫동안 세 주는 것을 망설여서 비워 둔 채 있었던 작은 옆집에 아무 거리낌 없이 세를 들어왔다. 대기실이 딸린 방 하나, 게다가 또 부엌도 하나 있었다. 사무원 아가씨 두 명이 가끔씩 일 때문에 과도한 스트레스를 받는다고 느끼니까 방과 대기실은 내가 어쩌면 필요할 수도 있었을 테지만, 그러나 부엌이 나에게 무슨 도움이 되겠는가? 이 좀스러운 생각 탓에 내가 그 집을 세 내어 주게 되었던 것이다. 이제 그곳에는 그 젊은 사내가 앉아 있다. 그는 하라스라고 불린다. 그가 거기서 도대체 무엇을 하는지 나는 모른다. 그러나 문에는 '하라스, 사무실'이라고 쓰여 있다. 나는 이런저런 문의를 통해 조사들을 했는데, 사람들은 나에게 그의 사무실이 나의 사무실과 비슷하다고 알려 왔다. 신용 대출을 경계하라는 말을 사람들은 곧바로 할 수는 없었을 것이다. 왜냐하면 성공하려고 애쓰는 한 젊은 사내, 그의 일이 어쩌면 장래성이 있을 수도 있는 그런 젊은 사내가 문제가 되고 있었기 때문이다. 그렇지만 바로 신용 대출을 해 주라고 충고할 수도 없었을 것이다. 왜냐하면 현재로서는 추측건대 겉으로 보아서는 아무 재산도 없기 때문이다. 이것은 사람들이 아무것도 모를 때 제공하는 통상적인 정보이다.

이따금 나는 층계에서 하라스를 만나는데, 그는 언제나 틀림없이 유난히 바쁜 것 같다. 그는 내 곁을 정말이지 휙 스치듯 지나가 버렸다. 나는 아직도 그를 자세히 본 적이 없다. 그는 이미 손에 사무실 열쇠를 미리 준비해 들고 있었던 것이다. 순식간에 그는 문을 열었다. 마치 쥐꼬리처럼 그는 안으로 미끄러져 들어갔고, 나는 다시 '하라스, 사무실'이라는 팻말, 읽을 만한 가치가 있는 것도 아닌데, 내가 필요 이상으로 무척이나 자주 읽은 그 팻말 앞에 서 있다.

성실하게 근무하는 사람은 드러내 주지만 불성실한 사람은 덮어 주는 엄청 얇은 벽들. 나의 전화기는 나를 이웃 사내와 분리시키는 내벽에 설치되어 있다. 그렇지만 물론 나는 이것을 다만 특별히 아이로니컬한 사실로서만 강조할 뿐이다. 설령 그것이 반대편 벽에 걸려 있다 하더라도, 옆집에서 모든 소리를 다 들을 수 있을 것이다. 나는 전화 통화를 할 때 고객의 이름을 부르는 나쁜 습관을 없애 버렸다. 그러나 통화를 할 때 특징적이지만 그러나 불가피하게 사용할 수밖에 없는 관용적 표현을 듣고 이름을 알아맞히는 것은 물론 별로 영리한 것에 속하지 않는다. 가끔 나는 수화기를 귀에 대고, 불안 때문에 마치 가시에 찔린 것처럼, 발끝으로 춤추듯 전화기 주위를 빙빙 돌지만 그렇다고 비밀들이 희생되는 것을 방지할 수가 없다.

물론 그로 인해 나의 사업상 결정들은 불확실하게 되어 버리고, 나의 목소리는 떨리게 된다. 내가 전화하는 동안 하라스는 무엇을 할까? 우리는 명확성을 얻기 위해 자주 과장하지 않으면 안 될 때가 있는데, 심하게 과장해 보자면 나는 이렇게 말할 수 있을 것이다. 하라스는 전화기가 필요 없다. 그는 내 것을 사용하니까. 그는 자신의 긴 안락의자를 끌어다 벽에 붙여 놓고 귀를 기울여 엿듣는다. 그와 반대로 나는 전화벨이 시끄럽게 울리면 전화 쪽으로 달려가 고객들이 원하는 사항들을 접수하고, 무겁고 중대한 결정들을 내리고 대규모의 설득들을 하지 않으면 안 된다. 그러나 무엇보다도 이 모든 일이 진행되는 동안 내벽을 통해 하라스에게 보고를 해 주어야만 하는 셈인 것이다.

어쩌면 그는 결코 통화가 끝나기를 기다리지도 않고, 그에게 이 일에 대해서 충분히 주지시킨 통화 장소를 향하여 일어설지도 모를 노릇이다. 그러고는 습관대로 도시를 가로질러 획 지나갈 것이고, 내가 수화기를 놓기도 전에 어쩌면 벌써 나를 저지하려고 나에게 반대 행동을 취하기 시작할 것이다.

어느 튀기
Eine Kreuzung

나는 진기한 동물 한 마리가 있는데, 절반은 작은 고양이이고 절반은 양이다. 그놈은 내 아버지 소유였던 것을 오래전에 내가 상속받은 것이다. 그러나 그놈이 이런 모습으로 된 것은 내가 데리고 있던 시절에 비로소 이루어진 일이고, 예전에는 작은 고양이보다는 양의 모습이 훨씬 더 많이 있었다. 그러나 이제는 양쪽 요소가 아마도 똑같은 정도로 있는 것 같다. 고양이로부터는 머리와 발톱을, 양으로부터는 크기와 모습을, 양쪽 모두로부터는 불꽃이 너울대며 타오르는 것 같은 야성적인 눈, 부드러우면서도 가죽에 착 달라붙은 털, 그리고 껑충 뛰는 동작임과 동시에 살금살금 걷는 동작이기도 한 몸놀림을 물려받았다. 창턱 위에 내리쬐는 햇볕 속에서는 몸을 동그랗게 오그리고 기분이 좋아 목에서 그르렁거리는 소리를 울리고, 풀밭에서는 미친 듯이 내달려 거의 붙잡을 수가 없다. 그놈은 고양이들 앞에서는 도망치고, 양들을 보면 덮치려 든다. 달밤이면 처마가 그놈이 가장 좋아하는 길이다. 그놈은 야옹 소리는 낼 수 없으며 쥐들을 몹시 싫어한다. 닭장 옆에서 몇 시간이고 매복할 수는 있지만, 살해의 기회를 이용한 적은 아직 결코 한 번도 없다.

나는 그놈에게 달콤한 우유를 먹이는데, 우유가 그놈 입맛에는 가장 잘 맞는다. 그놈은 우유를 그 맹수 이빨 저 너머 배 속에다 길게 쭉 단숨에 들이마신다. 물론 그놈은 아이들에게는 큰 구경거리이다. 일요일 오전이 방문 시간이다. 나는 그 작은 동물을 품에 안고 있고 온 동네 아이들이 내 주위를 빙 둘러싸고 서 있다.

그때 어느 누구도 대답할 수 없는 매우 놀라운 온갖 질문들이 다 나온다. 왜 오직 그 동물밖에 없는가, 왜 하필 내가 그놈을 가지고 있는가, 그놈 이전에도 이미 그런 동물이 있었는가, 그놈이 죽은 다음에는 어떻게 될 것인가, 그놈이 외롭다고 느끼는가, 왜 새끼가 없는가, 이름은 무엇인가 기타 등등.

나는 대답하려고 애쓰지 않고, 더 상세하게 설명하지 않은 채 내가 갖고 있는 것을 가리키는 것으로 만족한다. 이따금씩 아이들은 고양이들을 데려오곤 하는데, 언젠가 한번은 심지어 양 두 마리를 데려오기도 했다. 그러나 그 아이들의 기대와는 달리 동물들끼리 서로를 알아보는 장면은 벌어지지 않았다. 그 동물들은 서로를 조용히 동물의 눈으로 바라보고 있었다. 그리고 자신들의 현존現存을 신성한 사실로서 상호 간에 받아들이고 있음이 명백했다.

내 품 안에 있으면 그 동물은 불안도 추격하려는 욕망도 모른다. 그놈은 나한테 착 달라붙어 있으면 최상의 컨디션을 느낀다. 그놈은 자신을 먹이고 키워 준 가족과 가까이 지낸다. 그것은 아마도 그 어떤 특별한 충직함은 아닐 것이고, 이 지상에서 인척이야 무수히 많지만 아마 단 하나의 피붙이도 없을, 따라서 우리 집에서 찾아낸 보호를 성스럽게 생각하는 한 동물이 지닌 올바른 본능일 것이다.

이따금씩 나는, 그놈이 내 주위를 돌면서 코를 킁킁거리며 냄새를 맡고, 내 다리 사이로 몸을 비틀어 구부리며 비집고 나가고, 도저히 나한테서 떼어 놓을 수가 없을 때면, 웃지 않을 수가 없다. 양이면서 고양이인 것으로도 모자라 그놈이 또 개도 되겠다는 거나 다름없으니 말이다. 언젠가 한번은 내가, 어느 누구에게나 그런 일이 일어날 수 있듯이, 나의 사업 및 이와 연관된 모든 것에 빠져 헤어날 길을 찾지 못한 채, 망하든 말든 만사를 내팽개치고 싶은 그런 기분으로 집에서 그 동물을 품에 안은 채 흔들의자에 누워 있었다. 그때 우연히 내가 한번 내려다보았더니 그놈의 수북한 수염의 털에서 눈물이 뚝뚝 떨어지고 있었다. 그것이 나의 눈물이었을까, 그놈의 눈물이었을까? 양의 영혼을 지닌 이 고양이가 인간의 공명심도 가졌단 말인가? 내가 아버지로부터 많은 것을 물려받은 것은 아니지만, 이 유산은 정말 볼만하다.

그놈은 두 가지 종류의 불안, 그러니까 그 종류가 무척이나 다른, 고양이의 불안과 양의 불안을 내면에 지니고 있다. 그런 까닭에 그놈한테는 자기 껍질이 너무 꽉 끼어 답답한 것이다. 이따금씩 그놈은 내 곁에 있는 안락의자로 뛰어올라 앞발을 내 어깨에 대고 버티면서 주둥이를 내 귀에 갖다 댄다. 그놈이 마치 나에게 무엇인가 말을 하는 것 같다. 그리고 그런 다음에 실제로 몸을 앞으로 구부리고는 자기가 한 말이 나에게 어떤 인상을 주었는지를 관찰하기 위해 내 얼굴을 들여다본다. 그리고 나는 그놈의 마음에 들기 위해 무언가 알아들었다는 듯이 행동하며 고개를 끄덕인다. 그런 다음 그놈은 바닥으로 뛰어 내려가 춤추듯 껑충껑충 뛰며 돌아다닌다.

어쩌면 그 동물에게는 푸주한의 칼이 하나의 구원일지도 모르겠다. 하지만 상속받은 그놈에게 나는 그런 구원을 허용해서는 안 된다. 따라서 그놈은 숨이 저절로 다할 때까지 기다리지 않으면 안 된다. 제아무리 그놈이 마치 이따금 분별 있는 행동을 해 달라고 요청하는 그런 분별 있는 인간의 눈으로 보기라도 하는 것처럼 나를 물끄러미 쳐다본다고 할지라도 말이다.

일상적인 혼란
Eine alltägliche Verwirrung

일상에서 갑자기 생긴 사건을 견디어 내는 것은 일상적인 혼란을 초래한다. A는 H 출신 B와 어떤 중요한 사업을 마무리 짓지 않으면 안 된다. 그는 사전 협의를 위해 H로 가는데, 가는 길과 오는 길에 각각 십 분이 채 걸리지 않으며, 집에 와서는 이러한 특별한 신속함을 자랑한다. 다음 날 그는 다시 H로 가는데, 이번에는 최종적인 사업 체결을 위해서이다. 이 일이 아마도 몇 시간은 걸릴 것으로 예상되기 때문에 A는 새벽 일찍이 출발한다. 그러나 모든 부수적인 정황이, 적어도 A의 견해에 따르자면, 전날과 완전히 똑같은데도 불구하고, 이번에는 그가 H로 가는 데 열 시간이 걸린다. 완전히 지쳐 저녁에 그곳에 도착하자 사람들은 그에게, B는 기다리던 A가 오지 않기 때문에 화가 나서 반 시간 전에 A를 만나러 그의 마을로 갔으니 그들이 도중에서 틀림없이 서로 만났을 거라고 말한다. 사람들은 A에게 기다리라고 충고한다. 그러나 A는 사업 때문에 마음이 불안하여 즉시 밖으로 나가 서둘러 집으로 간다.

이번에는 그는 돌아오는 길에 대해 특별히 신경을 쓰지 않고서 곧바로 한순간에 그 길을 돌아온다. 집에 와서 그는 이야기를 듣는데, B는 A가 길을 떠나자마자 곧바로 일찍이 왔으며, B가 대문에서 A를 만났으며 그에게 사업을 상기시키지만 A가 자기는 지금 시간이 없노라고, 지금 서둘러 급히 가지 않으면 안 된다고 말했다는 것이다.

A의 이처럼 이해할 수 없는 태도에도 불구하고 그러나 B는 A를 기다리기 위하여 여기에 머물러 있었다는 것이다. 그가 A가 이미 다시 되돌아오지 않았느냐고 물론 벌써 자주 물어보기는 했으나 그러나 아직 위층 A의 방에 있다는 것이다. B와 지금도 여전히 이야기를 나눌 수 있고 그에게 모든 것을 다 설명해 줄 수 있다는 사실에 기뻐하며 A는 계단을 뛰어 올라간다. 그는 위층에 거의 다 올라가는 참에 발이 걸려 비틀거리다 관절이 삐어 너무 심한 고통으로 거의 실신할 지경이 되어 심지어 비명조차 지르지 못하고 어둠 속에서 그저 끙끙대면서, B가—아주 멀리에서인지 아니면 바로 곁에서인지는 불분명하지만—격분해서 계단을 쿵쿵 디디며 내려가 최종적으로 사라져 버리는 소리를 듣는다.

산초 판자에 관한 진실
Die Wahrheit über Sancho Pansa

세월이 흐르는 동안 저녁과 밤 시간에 수많은 기사 소설과 도둑 소설을 곁에 두고 읽었으면서도 그렇지만 그것을 한 번도 자랑삼아 이야기한 적이 없는 산초 판자는, 그가 나중에 돈키호테라는 이름을 붙여 주었던 악마로 하여금 절제 없이 가장 미친 짓들을 행하게 함으로써 그 악마를 자신으로부터 떼어 놓을 수가 있었다. 그러나 그 미친 짓들이란 것이 미리 정해진 대상이 없었으므로, 물론 바로 산초 판자는 어쩔 수 없이 그런 대상이 되어야 했겠지만, 아무도 해치지는 않았다. 자유로운 인간인 산초 판자는 무관심하게, 아니 어쩌면 어느 정도의 책임감에서, 원정에 나선 돈키호테를 따라나섰으며 생을 마칠 때까지 거기서 크고 유익한 즐거움을 맛보았다.

세이렌들의 침묵
Das Schweigen der Sirenen

불충분한, 아니 유치한 수단들도 생명을 구하기 위해 쓰일 수 있다
는 사실에 대한 증거.

세이렌*으로부터 자신을 보호하기 위해 오디세우스는 귀에 밀랍을
틀어막고 자신을 돛대에 찰싹 달라붙도록 단단히 묶게 했다. 물론 그
이전부터 모든 여행자는, 세이렌들이 벌써 멀리서부터 유혹해 버린
사람들을 제외하고는, 이와 비슷한 조처를 취했을 수도 있었으리라.
그러나 그런 조처가 아무런 도움도 될 수 없었다는 것은 온 세상에
잘 알려진 일이었다. 세이렌들의 노래는 무엇이든 다 꿰뚫고 들어갔
으며, 유혹당한 사람들의 격정은 사슬과 돛대보다 더한 것이라도 깨

* 그리스 신화에서 뱃사람들을 유혹했다는 바다의 요정.

뜨려 버렸을 것이다. 그러나 오디세우스는 그것을 생각하지 않았다. 어쩌면 그런 이야기를 들었음에도 불구하고 그는 한 줌의 밀랍과 한 다발 사슬을 완벽하게 믿었고 자기가 찾은 작은 도구에 대한 순진한 기쁨에 차서 세이렌들을 마주 향해 나갔던 것이다.

그런데 세이렌들은 노래보다 더욱 무서운 무기가 있었으니, 그것은 바로 그들의 침묵이다. 그런 일이 없었기는 하지만, 누군가 혹 그녀들의 노래로부터 목숨을 건졌으리라는 것은 생각해 볼 수 있는 일이겠지만, 분명 그녀들의 침묵으로부터는 목숨을 건질 수 없다. 자기 힘으로 그녀들을 이겼다는 감정, 거기에 이어지는 만인을 감동시키는 자부심에는 이 지상의 그 무엇도 맞설 수가 없는 법이다.

그리고 실제로 오디세우스가 왔을 때 그 강력한 가희歌姬들은 노래를 부르지 않았다. 이 적수에게는 침묵이어야 필적할 수 있겠다고 믿었기 때문이든, 아니면 오로지 밀랍과 쇠사슬 생각뿐인 오디세우스의 얼굴에 넘치는 행복감을 보자 그녀들이 노래를 모조리 잊어버렸기 때문이든 말이다.

그러나 오디세우스는, 이렇게 표현해 보자면, 그녀들의 침묵을 듣지 않았으며, 그녀들이 노래를 하는데 오직 자신만은 그 노래를 못 듣도록 보호받고 있다고 믿었던 것이다. 맨 처음에 그는 힐끗 그녀들의 고개 돌림, 깊은 숨결, 눈물이 가득 고인 눈, 반쯤 벌어진 입을 보았는데, 그러나 그는 그것이 자기 주변을 감돌다가 들리지 않게 사라지는 아리아의 일부라고 믿었다. 그러나 그의 시선이 먼 곳을 향하자 그 모든 것은 곧바로 미끄러지듯 그의 시야에서 벗어나 버렸다. 세이렌들은 그야말로 그의 결단성 앞에서 사라졌던 것이다. 그리하여 그가 바로 그녀들 가장 가까이에 갔을 때는 그는 이제 그녀들에 대해서 더 이상 아무것도 몰랐던 것이다.

그러나 그녀들은 그 어느 때보다도 더 아름답게 몸을 뻗치고 틀었으며, 그 소름 끼치는 머리카락을 온통 바람결에 나부끼며 바위 위에서 발톱을 드러내 놓고 단단히 힘을 주고 있었다. 그녀들은 더 이상 유혹하려 하지 않았으며, 다만 오디세우스의 커다란 눈에서 뿜어져 나오는 광채를 가능하면 오랫동안 붙들어 두고 싶어 했을 뿐이었다.

만약 세이렌들이 의식이 있었더라면 그 당시에 모두 근절되고 말았을 것이다. 그러나 그녀들은 그렇게 남아 있었고, 오로지 오디세우스만 그들을 벗어났다.

아무튼 여기에 덧붙여진 이야기 하나가 더 전해져 내려온다. 오디세우스는 워낙 책략이 풍부한 여우 같은 사람이라 심지어 운명의 여신조차 그의 가장 깊은 마음속은 꿰뚫고 들어갈 수 없었다고들 한다. 어쩌면 그는, 비록 인간의 오성으로는 도저히 알 도리가 없으나, 세이렌들이 침묵했다는 것을 정말로 알아차렸을지도 모르며, 그래서 전술한 가상의 과정을 다만 어느 정도 방패로서 세이렌들과 신들을 향해 내밀었을지도 모를 일이다.

프로메테우스
Prometheus

프로메테우스에 관해 이야기하는 네 가지의 전설이 있다.

첫 번째 전설에 따르면 그는 인간들에게 신들의 비밀을 누설했기 때문에 캅카스산에 쇠사슬로 단단히 묶였고, 신들이 독수리들을 보내어 끊임없이 항상 자라는 그의 간을 쪼아 먹게 했다고 한다.

두 번째 전설에 따르면 프로메테우스는 쪼아 대는 부리가 주는 고통 때문에 점점 깊이 바위에 몸을 눌러 마침내 바위와 하나가 되었다고 한다.

세 번째 전설에 따르면 수천 년이 지난 후에 그의 배반은 잊히게 되었는데, 신들도 잊었고 독수리도, 그 자신도 잊어버렸다고 한다.

네 번째 전설에 따르면 한도 끝도 없이 이루어지는 것에 사람들이 지쳤다고 한다. 신들이 지치고, 독수리가 지치고, 상처도 지쳐 아물었다고 한다. 남은 것은 그 수수께끼 같은 바위산이었다—전설은 그 수수께끼를 설명하려 한다. 전설이란 진실의 바탕에서 비롯되는 것이므로 전설은 다시금 수수께끼 가운데서 끝나야 한다.

도시의 문장
Das Stadtwappen

처음 바벨탑을 쌓을 때에는 모든 것에 어지간한 질서가 있었다. 아니, 그 질서가 어쩌면 너무 방대했을지도 모른다. 마치 자유로운 작업 가능성의 세기世紀들을 눈앞에 두고 있는 것처럼 사람들은 도로 표지판들, 통역관들, 노동자 숙소들, 연결 도로들에 대해 너무 많이 생각했다. 그 당시 지배적인 의견은 심지어, 아무리 천천히 지어도 전혀 충분할 수 없다는 지경에까지 이르렀다. 이 의견을 과장할 필요가 전혀 없었으며, 정말 기초를 놓기도 무서워서 뒤로 물러설 정도였던 것이다. 그래서 사람들은 다음과 같이 논거를 대었다. 이 모든 기획의 본질적인 것은 하늘까지 이르는 하나의 탑을 쌓으려는 생각이었다. 이 생각 이외의 다른 모든 것은 부수적인 것이다. 일단 그 크기에 사로잡힌 생각은 사라질 수가 없는 법이다. 인간이 존재하는 한,

탑을 끝까지 쌓겠다는 그 강한 소원 또한 존재할 것이다. 그러나 이런 관점에서 우리는 미래 때문에 걱정할 필요는 없으며, 반대로 인류의 지식이 증진되고 건축술이 진보했으며 또한 앞으로 계속 진보해나갈 것이다. 우리가 지금 일 년이 걸리는 작업이 백 년 후에는 아마도 반년이면, 그리고 게다가 보다 더 낫고 보다 더 견고하게 이루어질 것이다. 그렇다면 왜 오늘날 벌써 기력의 한계에 이르기까지 지치도록 일한단 말인가? 그것은 탑을 한 세대의 시간 안에 세우기를 바랄 수 있을 때에만 오로지 의미를 갖게 될 것이다. 그러나 그것은 그어떤 방식으로도 기대할 수 없는 것이었다. 차라리, 다음 세대가 그들의 완벽해진 지식으로 이전 세대가 해 놓은 작업을 형편없다고 여기고, 새롭게 시작하기 위하여, 쌓아 놓은 것을 헐어 버리게 될 것이라는 생각이 들 수 있었다. 그러한 생각들이 힘을 위축시켰으며, 그리고 사람들은 탑 쌓는 일보다는 오히려 노동자 도시의 건설에 더 신경을 썼다. 어느 동향인들이나 모두 가장 멋진 숙소를 차지하려고 했고, 그 때문에 다툼이 일어났으며, 피투성이의 전투로까지 치달았다. 이러한 전투들은 결코 중단되질 않았다. 지휘관들에게 그러한 전투들은, 필요한 결집이 결여되었으므로 탑은 서서히 아니면 차라리 공동 평화조약 후에나 지어져야 한다는 데 대한 새로운 논거였다. 그렇지만 사람들이 오로지 전투만으로 시간을 보냈던 것은 아니고, 쉬는 동안에는 도시를 아름답게 꾸몄으며, 그렇게 함으로써 또다시 새로운 질투와 새로운 전투들이 생겨났다. 이렇게 제일 세대의 시간은 지나갔으나 그 뒤를 잇는 세대들도 전혀 다를 바가 없었으며, 단지 교묘한 기술만이 끊임없이 늘어 갔고, 그와 더불어 전투에 대한 병적인 욕구 또한 늘어 갔다. 제이 또는 제삼 세대는 이미 하늘에 닿는 탑을 건설하는 것이 무의미하다는 것을 인식하게 되었지만, 사람들은 도시를 떠나기에는 이제 이미 너무나 서로 결속되어 있었다.

전설들과 노래들에서 보면 이 도시에서 생겨난 모든 것은, 이 도시가 다섯 번 짧게 계속되는 어떤 거인의 주먹질에 의해 박살 나게 될 것이라는 어느 예언된 날에 대한 동경으로 가득 차 있다. 이 때문에 이 도시 또한 문장 안에 주먹이 그려져 있다.

포세이돈
Poseidon

포세이돈이 자신의 작업 책상에 앉아 계산을 하고 있었다. 모든 하천을 관할하는 관청이 그에게 끝없이 많은 일을 주었다. 그는 원하면 원하는 수만큼 조수들을 둘 수도 있었을 것이고, 실제로도 매우 많은 조수를 데리고 있었지만, 그러나 그는 자신의 직무를 매우 신중하게 받아들이고 있었기 때문에, 모든 일을 다시 한번 꼼꼼히 철저하게 계산했던 터라 조수들은 거의 도움이 되지 못했다. 그 일이 그를 기쁘게 했다고는 말할 수 없으며, 단지 그 일이 자신에게 부과되었기 때문에 그것을 행한 것일 뿐이고, 그가 한 말을 빌려 말하자면, 사실상 이미 자주 좀 더 즐거운 일을 얻으려고 노력했었지만, 그러나 그런 후 사람들이 그에게 여러 가지 제의를 할 때마다 언제나, 그가 지금까지 맡아 온 직무만큼 그에게 맞는 일은 도대체 아무것도 없다는 것이 드러났던 것이다. 그를 위해 어떤 다른 일을 찾아내는 것 또한 매우 어려운 일이었다. 예컨대 그에게 어느 특정한 바다를 지정해 줄 수는 없었다. 이곳에서는 계산하는 일이 작은 일이 아니라 단지 시시한 일이었다는 점을 제외하고는, 위대한 포세이돈은 물론 언제나 오로지 지배하는 자리만을 얻을 수 있었다. 그리고 사람들이 그에게 물 바깥에 있는 자리를 제공하면, 그는 그 생각만으로도 벌써 불쾌해졌으며, 그의 신 같은 호흡이 무질서하게 흐트러졌고, 그의 단단한 흉곽이 흔들렸다. 게다가 사람들은 그의 불평을 정말 심각하게 받아들이지 않았다. 만약 어떤 힘 있는 자가 귀찮게 들볶으면, 설령 아무리 가망이 없는 경우라 할지라도, 겉으로는 그에게 복종하려고 노력하는 척이라도 하지 않으면 안 된다. 포세이돈이 자신의 직책을 정말로 그만두리라고는 아무도 생각하지 않았다. 태초부터 줄곧 그는 바다의 신으로 정해져 있었으며, 그리고 그것은 유지되어야만 했다.

그는 사람들이 자신에 대해 어떤 생각을 하고 있는가를 듣게 되면, 대체로 화를 냈는데—그리고 이것은 주로 직무에 대한 불만 때문에 야기되는 것이었다—화가 나면 그는 예컨대 쉬지 않고 끊임없이 삼지창으로 큰 물결들을 휘구었다. 그럼에도 불구하고 그는 여기 대양의 심연에 앉아 쉬지 않고 계산을 했는데, 이따금씩 유피테르(제우스)에게 가는 여행만이 단조로움을 깨는 유일한 중단이었다. 그렇지만 그는 그 여행에서 대부분 격분한 채로 돌아왔다. 그래서 그는 바다들을 거의 보지를 못했던 것인데, 다만 올림포스산으로 급히 올라갈 때 슬쩍 지나칠 뿐, 정말 결코 한 번도 바다를 두루 항해해 보지 못했다. 그는, 자신은 세계가 몰락할 때까지 여행할 기회를 기다리고 있다고, 세계가 몰락하고 나면 아마 자신에게 조용한 순간이 생기게 될 것이고, 종말이 오기 바로 직전에 마지막 계산을 죽 훑어보고 난 후 신속하게 작은 일주 여행을 한번 할 수 있게 될 거라고 말하곤 했다.

공동체
Gemeinschaft

　우리 다섯 친구들은 언젠가 어떤 집에서 한 사람씩 차례대로 나오게 되었는데, 맨 먼저 한 친구가 나와서 대문 옆에 섰고, 그다음엔 두 번째 친구가 대문에서 나와서 또는 아니 그보다는 오히려, 마치 수은 방울이 미끄러지듯 아주 가볍게, 미끄러져서, 첫 번째 친구로부터 멀지 않은 곳에 섰고, 그다음엔 세 번째, 그다음엔 네 번째, 그다음엔 다섯 번째 친구가 나와 섰다. 결국 우리 모두는 한 줄로 서 있었다. 사람들이 우리에게 주의를 기울이게 되었고, 우리를 가리키며 이렇게 말했다. "이 다섯이 지금 이 집에서 나왔다." 그때부터 줄곧 우리는 함께 살고 있는데, 만약 여섯 번째가 쉴 새 없이 자꾸 끼어들지만 않는다면 평화스러운 생활일 것이다. 그는 우리에게 아무 짓도 하지 않지만, 그러나 그는 우리에게 귀찮은 존재이며, 그걸로 충분히 무슨 짓인가를 한 셈이다. 아무도 그를 원하지 않는데, 왜 그는 끼어들려고 할까? 우리는 그를 모르며, 우리에게 받아들이고 싶지도 않다. 우리 다섯도 예전에는 서로 잘 몰랐으며, 굳이 달리 표현하자면, 지금도 우리는 서로 잘 모른다. 그러나 우리 다섯에게는 가능하고 참고 견딜 일이 저 여섯 번째에게는 가능하지도 않고 참고 견딜 수도 없다. 더군다나 우리는 다섯이며, 우리는 여섯이고 싶지 않다. 그리고 이렇게 지속적으로 밀집해 모여 있는 생활이 도대체 어떤 종류의 의미가 있을 것이며, 우리 다섯에게도 이것은 아무 의미가 없지만, 우리는 이미 함께 모여 살고 있으며, 이것은 변함없을 것이지만, 그러나 하나의 새로운 통합을 우리는 원하지 않는데, 이것은 물론 우리의 경험들을 토대로 한 것이다. 어떻게 그 모든 것을 여섯 번째에게 가르쳐야 한다는 말인가. 긴 설명을 늘어놓으면 그것이 이미 그를 우리 그룹에 받아들인다는 것을 의미하는 것이나 다름없을 터이니, 우리는 차라리 아무 설명도 하지 않고 그를 받아들이지도 않을 것이다. 그가 아무리 입술을 비쭉 내민다 할지라도 우리는 그를 팔꿈치로 밀쳐 내겠지만, 그러나 우리가 그를 아무리 밀쳐 내도 그는 다시 온다.

밤에
Nachts

밤에 빠져 있다. 곰곰이 생각하기 위하여 가끔 머리를 떨구는 것같이 그렇게 밤에 아주 흠뻑 빠져 있는 것이다. 주위에는 사람들이 잠들어 있다. 그들이 집 안에서, 견고한 침대 안에서, 견고한 지붕 밑에서, 매트리스 위로 몸을 쭉 뻗거나 아니면 오그린 채로, 시트 안에서, 이불 아래에서 잠자고 있다는 것은 거짓으로 꾸민 한바탕의 작은 연극, 순진한 자기기만이며, 사실상 그들은 옛날 그 어느 때 또는 나중에 그런 것처럼 황량한 지역에 함께 있었으니, 허허벌판의 야영지에서, 이루 헤아릴 수 없이 많은 사람, 한 떼의 무리, 하나의 민족이 차가운 땅 위 차가운 하늘 아래서, 이마는 팔에 박고 얼굴은 땅바닥을 향한 채, 조용히 숨을 쉬면서, 이전에 서 있던 곳에 내던져진 채, 있었던 것이다. 그리고 너는 깨어 있으며, 파수꾼들 가운데 하나이며,

네 옆에 있는 부러진 나뭇가지 더미에서 불타는 장작을 한 개 꺼내
흔들어서 바로 옆 사람을 찾고 있다. 왜 너는 깨어 있는가? 누군가
한 사람은 깨어 있지 않으면 안 된다고 한다. 한 사람은 거기 있어야
만 한다.

거부

Die Abweisung

우리의 소도시는 국경선에 결코 인접해 있지 않으며, 도저히 인접해 있다고 할 수 없다. 국경선까지는 아주 멀어서 아마도 이 소도시 출신 어느 누구도 아직 그곳에 가 본 적이 없을 것이며, 황량한 고원지대를, 그러나 드넓은 비옥한 땅도 가로질러 지나가지 않으면 안 된다. 우리는 그 여정의 일부만 상상해 보아도 피곤해지며, 한 부분 이상은 전혀 상상해 볼 수가 없다. 가는 도중에 큰 도시들도 있는데, 우리의 소도시보다 훨씬 더 크다. 그 근처에는 우리 도시와 같은 작은 도시 열 개가 나란히 위치해 있고, 고원지대로부터 역시 열 개의 그러한 도시들이 억지로 다닥다닥 붙어 있기는 해도, 아직까지 그러한 거대하고 비좁은 조밀한 도시를 형성하고 있지는 않다. 그곳으로 가는 도중에 길을 잃지 않는다면, 그 도시들에서 길을 잃을 것이 확실하며, 그리고 그 도시들을 피해 간다는 것은 그 거대한 크기 때문에 불가능하다.

그러나 국경선까지 가는 것보다 훨씬 더 먼 거리도 있는데, 설령 우리가 그러한 거리들을 비교할 수 있다 하더라도—그것은 마치 삼백 살 먹은 사람이 이백 살 먹은 사람보다 더 늙었다고 말하는 것과 같은 것이다—그러니까 우리의 소도시로부터 수도까지의 거리가 국경선까지의 거리보다 훨씬 더 멀다. 국경에서 벌어지는 전쟁들에 관한 소식을 물론 이따금씩 전해 듣는 동안, 우리는 수도로부터는 거의 아무것도 전해 듣지 못한다. 내 말은 우리 시민들이 그렇다는 것인데, 왜냐하면 정부 관리들은 아무튼 수도와 아주 좋은 연락 관계를 맺고 있기 때문이다. 두세 달이면 그곳으로부터 소식을 들을 수 있다고 적어도 그들은 그렇게 주장하고 있다.

그런데, 어떻게 우리가 이 작은 도시에서 수도로부터 지시가 내려온 모든 것을 조용히 따르고 있는지, 그것은 이상한 일이고, 나는 그것에 대해 언제나 거듭 새삼스레 의아하게 생각한다. 수 세기 전부터 우리에게는 시민들 자신으로부터 시작된 정치적 변화가 한 번도 일어나지 않았다. 수도에서는 높으신 통치자들이 서로 교체되거나, 정말이지 심지어는 왕조들조차 아예 사라져 버리거나 또는 중단되고 나서 새로운 왕조들이 시작되었으며, 지난 세기에는 심지어 수도 자체가 파괴되었고, 그곳으로부터 멀리 떨어진 곳에 새로운 수도가 세워졌다가 나중에는 이것도 파괴되었고, 옛날 수도가 다시 복원되었는데, 그것은 우리의 소도시에는 아무 영향도 미치지 않았다. 우리의 관리 체계는 항상 그 지위에 따라 정해져 있었는데, 최고위 관리들은 수도에서 왔고, 중간계급의 관리들은 적어도 외부에서 왔으며, 가장 낮은 직급의 관리들은 우리 가운데에서 나왔다. 언제나 그러했고, 또 그것으로 우리는 충분했다. 최고위 관리는 세무서장인데, 그는 군대의 대령 직위가 있으며 또한 그렇게 불리기도 한다. 오늘날 그는 노인이지만, 그러나 나는 그를 이미 수년 전부터 알고 있는데, 왜냐하면 그는 나의 어린 시절에 이미 대령이었기 때문이다. 그는 처음에는 매우 급속한 출세를 했으나 그다음에는 출셋길이 막혔던 것처럼 보인다. 하지만 그의 직위는 우리의 소도시에서는 충분한 것으로, 우리 소도시에서는 그보다 더 높은 지위를 결코 수용할 수 없을 것이다. 내가 그의 모습을 상상해 보려고 애쓰면, 광장에 있는 그의 집 베란다에서 입에 파이프를 물고 몸을 뒤로 기댄 채 앉아 있는 모습이 보인다. 그의 머리 위 지붕에는 제국의 국기가 바람에 나부끼고 있고, 가끔 소규모 군사 훈련도 개최되는 넓은 베란다 옆쪽에는 빨래를 말리려고 널어놓았다. 예쁜 비단옷을 입은 손자들이 그의 주위를 맴돌며 놀고 있다. 이 아이들은 저 밑 광장으로 내려가서는 안 된다. 다른 아이들은 그들과 어울릴 자격이 없다. 그러나 물론 광장이 그들을 유혹하는지라 그들은 최소한 난간의 창살 사이로 머리를 내민다. 그리고 다른 아이들이 아래에서 서로 싸우면, 그들은 위에서 함께 싸운다.

이 대령이 그러니까 이 도시를 다스리고 있는 것이다. 그런데 나는, 그가 그 도시를 통치할 자격을 정당화한 서류를 아직 아무에게도 제시한 적이 없다고 생각한다. 그는 아마 틀림없이 그런 서류가 하나도 없을 것이다. 그러나 고작 그것이 전부일까? 그것이 그로 하여금 행정 관청의 모든 분야를 통치할 수 있는 권한을 줄까? 그의 직무는 물론 국가를 위해 매우 중요하지만, 그러나 시민을 위해서는 아무튼 가장 중요한 것은 아니다. 우리 도시에서는 사람들이 마치 이렇게 말하고 있는 것 같은 거의 그런 인상을 받고 있다. "자, 당신은 우리가 가진 것을 우리한테서 모조리 빼앗아 갔으니, 이왕 빼앗아 간 김에 제발 우리 자신도 빼앗아 가라." 왜냐하면 사실상 그는 예컨대 통치권 자체를 강탈하지도 않았고, 또한 독재자도 아니기 때문이다. 옛날부터 세무서장은 일품 관리로 정해져 내려왔고, 대령 역시 우리와 다르지 않게 그 전통을 따르고 있는 것이다.

그러나 그가 직위에 따른 품위의 과다한 차이 없이 우리 사이에서 살고 있음에도 불구하고, 그는 평범한 일반 시민들과는 뭔가 사뭇 다르다. 만약 우리를 대표해서 파견된 일행이 어떤 청탁을 하러 그의 앞에 가면 그는 거기에 마치 세계의 장벽처럼 서 있다. 그의 뒤에는 더 이상 아무것도 없고, 사람들은 그곳에서 그야말로 두서넛의 목소리들이 속삭이는 소리를 여전히 불안한 예감을 떨치지 못한 채 듣는데, 그러나 그것은 십중팔구 착각일 것이다. 그는 아무튼 적어도 우리에게는 모든 것의 종결을 의미한다. 사람들은 틀림없이 그런 접견 시에나 그를 보았을 것이다. 나는 어린아이였을 때 한 번 그 자리에 함께 있었던 적이 있다. 가장 가난한 도시 구역이 완전히 불타 버렸기 때문에 시민 대표로 파견된 인사가 정부의 지원을 요청하는 자리였다. 말굽에 대어 붙이는 편자를 만드는 대장장이인 나의 아버지는 그 지방에서는 존경받는 명망가로서 대표의 일원이었는데, 나를 데리고 가셨다. 그것은 특별히 이상한 일이 아니었다. 그런 구경거리에는 모두들 몰려드는 법이고, 사람들은 군중들 틈바구니에서 원래의 실제 대표단 일행을 거의 알아보지도 못한다. 그런 접견들은 대부분 베란다에서 행해지기 때문에, 광장으로부터 사다리를 타고 위로 기어 올라와 난간을 넘어가 위에서 벌어지는 그 일들에 참여하는 사

람들도 있다. 그 당시 예컨대 베란다의 사 분의 일은 그를 위해 남겨
두도록 설치되었고, 나머지 부분은 사람들이 꽉 메우고 있었다. 군
인 몇 명이 이 모든 것을 감시했는데, 그들은 반원을 그리며 그를 에
워싸는 일도 맡고 있었다. 근본적으로, 이 모든 것을 위해 군인 한 명
이면 족했을 터인데, 그 정도로 그들에 대한 우리의 공포는 컸던 것
이다. 나는 이 군인들이 어디에서 왔는지 정확하게는 모르지만, 아무
튼 먼 곳으로부터 왔으며, 그들은 모두가 서로 아주 비슷해서 결코
제복이 필요 없을 것이다. 그들은 작고 강하지는 않지만 민첩한 사람
들인데, 그들에게서 가장 눈에 띄는 것은 특히 입을 가득 채우고 있
는 억센 치아, 그리고 가늘고 작은 눈들에서 뿜어져 나오는 불안하
게 씰룩거리는 번쩍임이다. 이것 때문에 그들은 아이들의 공포의 대
상이자, 그렇지만 또한 호기심의 대상이기도 한데, 왜냐하면 아이들
은 끊임없이 필사적으로 도망치면서도 이런 치아와 눈들에 소스라치
게 놀라고 싶어 하기 때문이다. 어린 시절의 이러한 공포는 아마 십
중팔구는 어른이 되어서도 사라지지 않을 것이며, 적어도 그 영향이
나중까지 미칠 것이다. 물론 그것은 다르게 추가되어 나타나기도 한
다. 그 군인들은 우리 중 한 사람에게 전혀 알아들을 수 없는 사투리
로 말을 하고, 우리에게 거의 친숙해질 수가 없으며, 그 때문에 그들
에게 어떤 폐쇄적인 느낌, 가까이 접근할 수 없다는 거리감이 생기는
데, 이것은 그 밖에 그들의 성격과도 일치한다. 그들은 그렇게 조용
하고, 진지하고, 완고하다. 그들은 원래 악한 짓을 전혀 하지 않지만,
그런데도 나쁜 의미에서는 거의 참을 수 없는 사람들이다. 예를 들자
면, 한 군인이 어떤 가게에 들어가 작은 물건을 하나 사고는 계산대
에 기대어 선 채로 사람들이 주고받는 이야기에 귀를 기울이지만 십

중팔구 그것을 알아듣지 못하나 마치 알아들은 척하며, 자기 자신은 한 마디도 하지 않고, 그저 말하는 사람을 멍하게 쳐다본 후 다시 그 이야기를 듣는 사람들을 쳐다보고 나서는 손을 자신의 허리띠에 있는 긴 칼의 손잡이 위에 올려놓는다. 그것은 구역질 날 정도로 역겨운 짓이라, 사람들은 담소를 할 마음을 잃어버리고, 가게는 텅 비며, 그리고 가게가 완전히 텅 비게 되면 비로소 그 군인도 가 버린다. 따라서 군인들이 나타나는 곳에서는 우리 활기찬 백성도 말없이 잠잠해지는 것이다. 그 당시에도 그러했다. 모든 성대한 행사 때와 마찬가지로 대령은 똑바로 서서 두 팔을 앞으로 뻗어 긴 대나무 장대를 잡고 있었다. 그것은 오래된 풍습으로, 그는 그렇게 법을 지지하고, 법은 그렇게 그를 지지한다는 대충 그런 의미이다. 이제 누구나 다 무엇이 저 위 베란다에서 그를 기다리고 있는지 알고 있지만, 사람들은 언제나 거듭 새삼스레 놀라곤 한다. 그 당시에도 연설자로 정해진 사람이 연설을 시작할 마음이 없이 대령과 마주 보고 서 있었는데, 그러자 연설할 용기가 사라져 버렸고, 온갖 핑계를 대면서 서둘러 군중 틈으로 돌아가 버렸다. 게다가, 물론 부적합한 사람들 몇 명이 나서기는 했지만, 말할 준비가 되어 있는 마땅한 사람을 찾을 수도 없었다. 큰 혼란이 일어났고, 여러 다양한 시민들에게 그리고 유명한 연설가들에게 사신들을 보냈다. 그 시간 동안 내내 대령은 꼼짝 않고 거기 서 있었는데, 숨 쉴 때 가슴이 눈에 띄게 내려앉았다. 그것은 그가 결코 힘들게 숨을 쉬어서가 아니었을 터인데, 그는, 예를 들면 마치 개구리들이 항상 숨 쉴 때 그러는 것처럼 그렇게 지극히 분명히 드러나게 숨을 쉬었지만, 여기서는 그것이 특이해 보였을 뿐이다. 나는 어른들 사이를 몰래 살금살금 빠져나가 두 군인 사이의 틈으로,

군인 한 명이 나를 무릎으로 옆으로 밀어낼 때까지 오랫동안 그를 관찰했다. 그사이에 원래 연설자로 정해진 사람이 정신을 집중해 생각을 가다듬었고, 양쪽에 동료 시민 두 사람의 부축을 받으며 인사말을 했다. 큰 불행을 이야기하는 아주 심각한 연설을 하는 동안 내내 시종일관 미소를 띤 그의 모습은 감동적이었다. 그것은 무척 겸손한 미소였는데, 그 미소를 보고 대령의 얼굴에도 단지 가벼운 미소라도 비치게 하려고 애썼지만 허사였다. 마침내 그는 부탁을 간명하게 이야기했는데, 내 생각에, 그는 다만 일 년 동안의 세금 면제를, 그리고 또 어쩌면 황제의 숲에서 더 값싼 건축 목재를 얻을 수 있도록 해 달라고 부탁했을 것이다. 그러고 나서 그는 대령, 군인들 그리고 뒤편에 있는 몇몇 관리들을 제외한 다른 모든 사람과 꼭 마찬가지로, 허리를 깊이 숙여 절을 하고 허리를 숙인 채로 있었다. 그들이 이 결정적인 휴식 시간 동안 자신의 모습을 보이지 않게 하려고 베란다 가장자리에 달려 있는 사다리 위에서 디딤판을 두서너 개 내려오고, 또 그냥 호기심에서 바로 베란다 바닥 위를 이따금씩 훔쳐보는 모습은 어린 아이인 나에게 우스꽝스럽게 보였다. 그런 상황이 잠시 동안 지속되고 나서 작은 남자 관리 한 명이 대령 앞으로 가서 발꿈치를 들고 그를 향해 몸을 높이려고 애썼다. 그는 여전히 숨을 깊이 쉬며 꿈쩍하지 않은 채로 있는 대령으로부터 무언가 귓속말을 듣고는 손뼉을 쳤고, 그 소리를 듣고 모두가 몸을 일으키자 공표했다. "부탁은 거부되었다. 모두들 물러가라." 부인할 수 없는 어떤 안도감이 군중들 사이를 뚫고 지나갔다. 모두가 바깥으로 밀려 나가고 있었다. 형식적으로 다시 우리 모두와 똑같이 한 인간이 되어 버린 대령에 대해 거의 아무도 특별히 신경 쓰지 않았다. 나는 단지, 그가 참으로 기진맥진해서 그 쓰러지는 장대들을 놓아 버리고 관리들이 끌고 온 어떤 안락의 자에 주저앉아 황급히 파이프 담배를 입에 밀어 넣는 모습을 바라보았을 뿐이다.

이런 모든 돌발적인 사건은 따로따로 산발적으로 일어나는 것은 아니지만, 대체로 이런 식으로 진행된다. 이따금 사소한 부탁이 실현되는 일이 물론 일어나기는 하지만, 그러나 그것은 마치 대령이 막강한 사인私人으로서 자기 자신의 책임하에 행하는 것 같은 그런 식이었다. 그래서 그것은, 확실히 명시적으로 표출된 것은 아니지만 분위기에 따르자면, 공식적으로는 정부에 비밀에 부쳐지지 않으면 안 된다. 그런데 우리가 판단할 수 있는 바로는, 우리 소도시에서 대령의 두 눈이 정부의 눈이기도 한데, 그러나 아무튼 이 경우 완전히 꿰뚫어 볼 수 없는 어떤 차이가 생기는 것이다.

중대한 사안들의 경우에는 그러나 시민들은 거부당하는 것을 언제나 확실히 믿을 수가 있다. 그리고 사람들이 이러한 거부가 없으면 아무튼 일을 제대로 꾸려 나갈 수 없다는 것은 정말 매우 이상한 일이다. 그리고 그런 경우 이렇게 가서 거부 소식을 가져오는 일은 결코 형식적인 일이 아니다. 언제나 거듭 신선하고 진지하게 사람들은 가고 나서 다시 그곳에서 오는데, 물론 바로 힘차고 행복한 모습으로 오는 것은 아니지만, 그러나 그렇다고 결코 실망하고 지친 것도 아니다. 나는 아무한테도 이런 일들에 관해 물어볼 필요가 없다. 나는 모든 사람과 마찬가지로 나 자신의 마음속으로 느낀다. 그러나 이런 일들의 연관성을 밝히려고 추적하고 싶어 하는 어떤 호기심도 결코 가져서는 안 된다.

나의 관찰들이 미치는 한에 있어서, 만족하지 못하는 어떤 특정한 연령층이 물론 있는데, 대략 열일곱에서 스무 살 사이의 젊은이들이다. 그러니까 가장 보잘것없는 생각, 마치 맨 처음처럼 완전히 혁명적인 어떤 생각이 미치는 영향력의 범위를 먼 곳에서 예감할 수조차 없는 그런 아주 젊은 녀석들이다. 그리고 바로 그들 사이에 불만감이 슬그머니 스며들고 있다.

법에 대한 의문

Zur Frage der Gesetze

    우리의 법들은 일반적으로 알려져 있지 않으며, 그 법들은 우리를 통치하는 소수 귀족계급의 비밀이다. 우리는 이 오랜 법들이 정확하게 지켜지고 있다고 확신하고 있지만, 그러나 우리가 알지도 못하는 그 법들에 의해 통치당하고 있다는 것은 아무튼 지극히 고통스러운 일이다. 만약 법의 해석에 전체 민족이 아니라 오로지 개인만이 개별적으로 참여할 수 있도록 허용되는 것이라면, 이 경우에 나는 다양한 해석의 가능성들과 그것이 가져오는 불이익들에 대해서는 생각하지 않고 있다. 그 불이익은 아마도 결코 그렇게 크지 않을지도 모른다. 그 법들은 정말 아주 오래된 것이고, 수 세기 동안 그에 대한 해석이 이루어져 왔으며, 이 해석도 어쩌면 이미 법이 되었을 것이고, 물론 법을 해석할 때 가능한 재량들이 여전히 존재하고 있기는 하지만, 그러나 매우 제한되어 있는 것이다. 그 밖에도 귀족이 법을 해석할 때 자신의 개인적인 관심이나 이해관계 때문에 우리에게 불리하게 영향을 미치게 할 하등의 이유가 없다는 것은 명백한데, 왜냐하면 법이란 사실상 처음부터 귀족을 위해서 정해졌고, 귀족은 법 밖에 서 있으며, 그리고 바로 이런 이유 때문에 법이 오로지 귀족의 손에 독점적으로 주어진 것처럼 보이기 때문이다. 그 법 안에는 물론 지혜가 들어 있다. 누가 그 옛날 법들의 지혜를 의심한단 말인가? 그러나 십중팔구 그것에 접근할 수 없다는 것, 그것도 우리에게는 고통스러운 일인 것이다.

게다가 외면상 법처럼 위장된 이런 엉터리 법들도 사실상 그저 추측될 수 있을 뿐이다. 이 법들이 있으며 귀족에게 비밀로서 맡겨져 있다는 것은 하나의 전통이지만, 그러나 그것은 오래된, 그 연륜으로 보아 믿을 만한 전통 그 이상의 것이기도 하고 또 그렇지 않을 수도 있는데, 왜냐하면 이 법들이 자체의 존속에 대한 비밀 유지도 요구하는 특성을 지니고 있기 때문이다. 그러나 만약 우리가 민족 가운데에서 아주 오랜 옛날부터 줄곧 귀족의 행동들을 주의 깊게 추적해 오고 그것에 관한 우리 조상들의 기록들을 소지하고서 그것들을 계속 양심적으로 써 나감으로써, 이런저런 역사적인 규정을 성립시킨 무수한 사실들 안에서 어떤 일정한 방침들을 인식한다고 믿는다면, 그리고 우리가 이렇게 매우 신중하게 걸러지고 정리된 결론들에 따라 우리의 현재와 미래에 어느 정도 대비하려고 노력한다면, 그러면 이 모든 것은 불확실하며, 어쩌면 단지 이성의 유희에 불과할 터인데, 왜냐하면 우리가 여기서 추측으로 알아내려고 애쓰는 이 법들은 도대체가 존재하지 않을지도 모르기 때문이다. 만약 법이 있다면 그것은 단지 '귀족이 행하는 것이 법이다'라는 것을 의미할 뿐이라는 의견을 갖고 있고 그것을 증명하려고 애쓰는 작은 파당派黨이 실제로 존재한다. 이 파당은 오직 귀족의 자의적 행위만을 보고 이 민족의 전통을 비난하는데, 그들의 의견에 따르자면 이 전통은 다만 극히 적은 우연한 유익함을 가져올 뿐이고 반면에 대부분은 손실을 가져온다는 것이다. 왜냐하면 그것은 그 민족에게 앞으로 다가올 일들에 대해 어떤 잘못된, 기만적인 확신을 주어 결국은 경솔한 결과에 이르게 되기 때문이다. 이러한 손실을 부인할 수는 없지만, 그러나 우리 민족의 훨씬 압도적인 다수는 그 원인이, 전통이 아직은 충분하지 않고, 따라서 그 전통 속에서 앞으로 훨씬 더 많은 연구가 이루어져야 하며, 물론 그 자료 역시 아주 엄청나게 많아 보이지만 아직은 너무 적은 실정이고, 그것이 충분해지려면 아직도 수 세기가 더 지나야 한다는 데 있다고 보고 있다. 현재로서는 암울한 이러한 전망을 밝게 해 주는 것은, 언젠가는 전통과 그것의 연구가 안도의 한숨을 내쉬며 마침표를 찍게 되고, 모든 것이 분명해져서, 법은 오직 민족의 소유일 뿐이고 귀족이 사라져 버리는 그런 때가 오리라는 믿음뿐이다. 귀족에 대한 미움 때문에 그렇게 말하는 것은 아니며, 결코 그렇지 않고, 아무도 그렇지 않다. 오히려 우리는 우리 자신을 미워하는데, 왜냐하면 우리는 여전히 법의 진가를 평가할 수 없기 때문이다. 그리고 그런 까닭에 어떤 의미에서는 사실상 아무튼 매우 미혹하는 저 당파는 원래의 법을 믿지 않고 있는 것이며, 귀족과 그의 존속의 권리를 완전히 인정하고 있기 때문에, 그렇게 소수로 머물러 있는 것이다.

그것은 사실상 오직 일종의 모순 속에서만 표현될 수 있다. 법에 대한 믿음 이외에 귀족도 비난할 어떤 파당이 있다면, 그 파당은 즉시 전체 민족의 지지를 받게 될 테지만, 그러나 그러한 파당은 생겨날 수가 없는데, 왜냐하면 어느 누구도 감히 귀족을 비난할 엄두를 내지 못하기 때문이다. 우리는 마치 칼날 위에 선 것처럼 아슬아슬하게 살고 있는 것이다. 한 저술가가 이런 상황을 언젠가 다음과 같이 요약한 적이 있다. 우리에게 부여되어 있는 그 유일한, 가시적인, 의심의 여지가 없는 법은 바로 귀족인데, 이 유일한 법을 우리 스스로가 잃어버리기를 바라는 일이 과연 있게 될까?

징병
Die Truppenaushebung

징병은, 국경에서 전쟁들이 결코 멈추지 않기 때문에 자주 필요한
데, 다음과 같은 방법으로 이루어진다.

어느 정해진 날 어느 정해진 도시 구역에서 남자, 여자, 아이 할 것
없이 모든 주민은 자기 집 안에 머물러 있어야 한다는 명령이 공표된
다. 대체로 정오 무렵이 되어서야 비로소 징병을 담당할 젊은 귀족이
그 도시 구역의 입구에 나타나는데, 거기에는 한 군부대인 보병들과
기병들이 이미 동틀 무렵부터 기다리고 있다. 징병관은 젊은 남자로,
날씬하고, 키가 크지 않고, 허약하고, 옷을 아무렇게나 걸치고 있으
며, 두 눈은 피로해 보인다. 마치 환자에게 오한이 엄습하듯이, 그에
게 불안감이 끊임없이 엄습하고 있다. 아무도 쳐다보지 않은 채 그가
자신의 유일한 장비인 채찍 하나로 신호를 보내자 군인 몇 명이 그를

뒤따르고, 그는 첫 번째 집 안으로 들어간다. 이 도시 구역의 거주자 모두를 개인적으로 알고 있는 한 군인이 그 집 동거인 명부를 큰 소리로 읽으며 점호를 한다. 대개의 경우 전원이 다 있는데, 그들은 마치 자기들이 군인이라도 되는 것처럼 벌써 일렬로 방 안에 서서, 그 귀족에게 매달리는 눈길을 보낸다. 그러나 가끔 누군가가 빠지는 일이 일어날 수도 있는데, 빠진 것은 언제나 남자들이었다. 그러면 아무도 감히 핑계를 대거나 거짓말을 늘어놓을 엄두를 내지 못한다. 사람들은 침묵을 지키고, 눈을 아래로 떨구고, 이 집에서 어긴 명령의 압력을 거의 견뎌 내지 못한다. 그러나 그 귀족이 침묵을 지키고 그 자리에 있으므로 모두들 제자리에 꼼짝 않고 있다. 귀족이 신호를 보내는데, 그것은 결코 고개를 끄덕이는 것이 아니라, 그것은 오직 그의 눈에서 읽어 낼 수 있을 뿐이다. 그러면 군인 두 명이 그 자리에 없는 자를 찾기 시작한다. 그것은 전혀 수고할 만큼 힘든 일이 아니다. 결코 그는 집 밖에 있은 적이 없고, 결코 그는 한 번도 실제로 군 복무를 회피하려는 의도를 가진 적이 없다. 그를 그 자리에 오지 못하게 한 것이 그러나 복무에 대한 공포도 아니다. 자기 자신의 모습을 보여 주는 것이 정말 너무나 두렵고 싫어서 그런 것이다. 명령이 그에게는 확실히 너무 위대한 것, 두려움을 불러일으킬 만큼 위대한 것이어서, 그는 자신의 혼자 힘으로는 올 수가 없다. 그러나 그 때문에 도망가지는 않으며, 다만 숨어 있는 것뿐이다. 그 귀족이 집 안에 있는 소리를 들으면, 그는 거의 틀림없이 은닉처로부터 슬금슬금 기어 나와 방문 쪽으로 슬그머니 다가가다가, 걸어 나오는 군인들에게 곧바로 붙잡힌다. 그는 귀족 앞으로 끌려가고, 한 손으로는 도무지 아무것도 할 수가 없을 정도로 몹시 허약한 그 귀족은 두 손으로 채찍을 잡고 그 남자를 때린다. 그것은 큰 고통을 주는 일은 거의 없는데, 아무튼 그러고 나면 귀족은 반은 기진맥진하기 때문에, 반은 내키지 않기 때문에, 채찍을 내려놓고, 맞은 자는 채찍을 주워 들어 올려 귀족에게 가져다주어야 한다. 그런 후에야 비로소 그 남자는 나머지 사람들의 줄에 끼어 들어가도 된다. 덧붙여 말하자면, 그 남자가 징병 검사를 받지 않게 되리라는 것은 거의 확실하다. 명부에 기록된 수보다 더 많은 사람이 있는 경우도 있는데 사실 이런 경우가 더 빈번하다. 예를 들면, 거기에 한 낯선 아가씨가 있어서 귀족을 쳐다보는데, 그녀는 외지에서, 아마도 시골에서 왔을 것이다. 징병이 그녀를 이곳으로 오도록 유혹한 것이다. 집 안에서의 징병과는 매우 다른 의미를 지니는 그러한 낯선 징병의 유혹을 견디지 못하는 여자들이 많이 있다. 그리고 그것은 특이하다. 만약 어떤 여자가 이러한 유혹에 굴복한다면, 그것을 치욕적인 것으로 보지 않는데, 반대로 많은 사람의 견해에 따르자면, 그것은 여자들이 겪어야만 하는 그런 어떤 것, 여자들이 자기 종족에게 갚는 빚이다. 그것은 언제나 매우 비슷하게 진행된다. 그 아가씨 또는 그 여인은 친척들이나 친구들과 있는 자리에서, 어디에선가, 어쩌면 아주 먼 곳에서, 징병이 있다는 소식을 듣게 되고, 가족들에게 여행을 떠나도록 허락해 달라고 요청한다. 그러면 그것을 거절할 수는 없으니 허락을 한다. 그녀는 자신이 갖고 있는 옷 중에서 가장 좋은 옷을 입고, 보통 때보다 더 명랑하고, 평온하며, 비록 평소 때에는 무관심함에도 불구하고, 다정하며, 그 모든 평온함과 다정함 뒤에는 전혀 다른 모습, 그러니까 자신의 고향으로 돌아가서는 더 이상 다른 아무것도 생각하지 않는 그런 완전히 낯선 여인처럼 가까이하기 어려운 무뚝뚝한 모습이 있다. 징병이 이루어지게 될 가정에서 그녀는 보통 손님과는 전혀 다르게 대접을 받게 되는데, 모두가 그녀에게 아양을 떨며 달라붙고, 집의 모든 공간을 그녀는 지나가야 하고, 모든 창문 밖으로 몸을 굽혀야 하며, 그리고 그녀가 누군가의 머리 위에 손을 얹으면, 그것은 신부神父의 축복보다 더한 것이다. 그 가족이 징병 준비를 마치면 그녀는 가장 좋은 자리를 차지하는데, 그것은 문 가까이 있는 자리이다. 그녀가 귀족의 눈에 가장 잘 띄는 자리이자 또 그녀가 그를 가장 잘 보게 되는 자리인 것이다. 그러나 그녀는 단지 귀족이 들어올 때까지만 그렇게 존경을 받는다. 귀족이 들어오는 때부터 그녀는 시든 꽃처럼 빛을 잃어버린다. 귀족은 다른 사람들을 보는 것과 똑같이 그녀를 별로 보지 않으며, 심지어 그가 누군가에게 눈길을 돌릴 때조차도 이 사람은 자신이 존경받고 있다는 느낌을 받지 못한다. 이런 것을 그녀는 기대하지 않았다. 아니, 오히려 그녀는 틀림없이 그것을 기대했을 것이다. 왜냐하면 그럴 수밖에 없을 테니까. 그러나 상대방의 기대는 그녀가 좇던 그런 기대가 아니었다. 그것은 단지 지금은 아무튼 끝장나 버린 그런 어떤 것에 불과하다. 그녀는 우리의 여자들이 아마 한 번도 느껴 보지 못했을 그런 수치심을 느낄 것이다. 그제야 비로소 그녀는 자신이 낯선 징병에 끼어들어 경쟁했다는 사실을 깨닫는다. 군인이 명부를 읽어도 그녀의 이름은 나오지 않았다. 한순간 침묵이 있고 나서 그녀는 몸을 부들부들 떨면서 구부린 채 문밖으로 도망쳐 나가다가 등에 군인의 주먹을 한 대 얻어맞는다.

만약 남아도는 것이 남자라면 그는, 비록 이 집안에 속하지 않음에도 불구하고, 징집당하는 것 외에 다른 아무것도 원하지 않는다. 물론 이것도 사실상 전혀 가망이 없다. 그렇게 남아도는 인력이 징집당

한 적은 결코 한 번도 없었으며, 그와 같은 일은 앞으로도 결코 일어
나지 않을 것이다.*

---

* 카프카 단편집의 편저자인 파울 라베Paul Raabe는 미완성 단편인 이 「징병」 역시 「황제의 칙
명」과 마찬가지로 「만리장성의 축조 때」의 일부를 이룬다고 주장했다.

시험
Die Prüfung

나는 하인인데, 할 일이 아무것도 없다. 나는 겁이 많고 소심하여 괜히 주제넘게 쓸데없이 사람들 앞에 나서지 않으며, 밀치고 들어가 다른 사람들과 함께 어깨를 나란히 견주는 일도 하지 않는다. 그러나 그것은 내가 일에 종사하지 않는 데 대한 다만 한 가지 원인일 뿐이다. 그것은 내가 일에 종사하지 않는 것과 아무 상관이 없을 수도 있다. 아무튼 중요한 것은, 나는 근무하라는 부름을 받지 않는다는 것이다. 다른 하인들은 불려 가기 때문에 일자리를 얻으려고 나보다 더 노력하지도 않았다. 사실 그들은 어쩌면 불려 가고 싶다는 소망을 결코 한 번도 가진 적이 없었을 것이다. 반면에 나는 최소한 가끔씩은 그런 소망을 아주 강하게 갖고 있다.

그래서 나는 이렇듯 하인방에 있는 간이침대에 누워 천장의 대들보를 올려다보고, 잠이 들다가 깨어나고 또다시 벌써 잠이 든다. 이따금 나는 시큼한 맥주를 파는 술집으로 건너가기도 하고, 때로는 너무 역겨운 나머지 한 잔을 쏟아 버리고 나서 다시 마시기도 한다. 나는 그곳에 앉아 있기를 좋아하는데, 왜냐하면 닫힌 작은 창문 뒤에서 어느 누구한테도 발각되지 않고 우리 집 창문들을 건너다볼 수 있기 때문이다. 나는, 사실 그곳에서는 도로 건너편 이곳에 있는 것들이 많이 보이지는 않을 것이고, 단지 복도의 창문들만 보일 뿐, 그 밖에 주인집들로 통하는 저쪽 현관의 창문들은 보이지 않을 것이라고 생각한다. 그렇지만 내가 잘못 생각한 것일 수도 있다. 언젠가 어떤 누군가가, 내가 자기에게 물어보지 않았을 텐데도, 그렇게 주장한 적이 있었으며, 그리고 이 집의 정면의 일반적인 인상이 이를 증명한다. 아주 드물게 창문들이 열리는데, 그런 일이 생긴다면, 그것은 어떤 하인이 하는 것이고 그러고 나서 그는 어쩌면 잠시 동안 아래를 내려다보려고 창문턱에 기대어 있을 것이다. 그러니까 그것은 그가 깜짝 놀라지 않을 수 있는 복도인 것이다. 덧붙여 말하자면, 나는 이 하인들을 모른다. 상시적으로 위에서 일하는 하인들은 내 방이 아닌 다른 곳에서 잠을 잔다.

언젠가 내가 술집에 들어갔을 때, 나의 관찰 장소에 벌써 어떤 손님이 앉아 있었다. 나는 자세히 쳐다볼 엄두를 내지 못하고 곧장 문으로 가서 몸을 돌려 나가려고 했다. 그러나 그 손님이 나를 자기 쪽으로 오라고 불렀다. 그도 하인이라는 사실이 드러났다. 일찍이 어디에선가 이미 본 적은 있었지만 그때까지 함께 이야기를 나눈 적은 없는 사람이었다.

"왜 도망치려 하는 거야? 이리 와 앉아서 마시게! 내가 한잔 사겠

네!" 그래서 나는 앉았다. 그가 나에게 몇 가지 질문을 했지만, 그러나 나는 대답할 수가 없었다. 사실 나는 그 질문조차 결코 이해하지 못했다. 그래서 나는 말했다. "아마도 자네 날 초대했던 걸 지금 후회하고 있겠지. 그러면 난 가겠네." 그러고 나서 나는 일어서려고 했다. 그러나 그는 탁자 너머로 손을 뻗쳐서 나를 주저앉혔다. "그냥 있게" 하고 그가 말했다. "사실 이건 단지 하나의 시험에 불과한 거였네. 질문들에 대답하지 않는 자가 그 시험에 합격한 거야."

독수리
Der Geier

　독수리 한 마리가 있었는데, 그놈이 내 두 발을 쪼았다. 장화와 양
말은 이미 다 찢어졌는데, 어느덧 발까지 쪼아 댔다. 그놈은 자꾸 달
려들었다가는 불안하게 몇 번씩 내 주위를 날고 나서 다시 작업을
계속했다. 어떤 신사분이 지나가다 잠시 보더니 왜 독수리에게 당하
고 있느냐고 물었다. "저는 정말 무방비 상태예요" 하고 내가 말했다.
"저놈이 와서 쪼아 대기 시작했을 때, 저는 물론 저놈을 쫓아 버리려
고 했고, 심지어 저놈의 목을 조르려고까지 해 봤는데, 저런 짐승은
워낙 힘이 센 데다 제 얼굴에마저 뛰어들려고 했어요. 그래서 저는
차라리 두 발을 제물로 바친 거랍니다. 이제 발이 거의 갈기갈기 찢
어져 버렸습니다."

　"당신은 그렇게 심하게 고통을 당하고 있군요" 하고 신사가 말했

다. "한 방이면 그 독수리는 끝장나지요."

"그렇습니까?" 하고 내가 물었다. "그러면 선생님께서 처리 좀 해 주시겠습니까?"

"기꺼이요," 하고 신사가 말했다. "내가 집에 가서 총을 가져오기만 하면 되지요. 반 시간쯤 기다릴 수 있겠어요?"

"잘 모르겠습니다만," 하며, 한참 동안 너무 고통스러운 나머지 몸이 굳어져서 뻣뻣하게 서 있다가 나는 이렇게 말했다. "무슨 일이 있어도 아무튼 제발 그렇게 해 주십시오."

"좋아요," 하고 신사가 말했다. "서두르도록 할게요." 그 독수리는 우리가 이야기를 나누는 동안 조용히 귀 기울여 듣다가 나와 신사에게 번갈아 눈길을 보냈다. 이제 나는 독수리가 모든 것을 이해했다는 것을 알았는데, 그놈은 날아오르고 나서, 몸을 뒤로 활짝 젖히더니 마치 창 던지는 사람처럼 그 부리를 곧장 나의 입을 통해 내 몸 깊숙이 찔러 넣었다. 뒤로 넘어지면서 나는, 그 독수리가 모든 심연을 채우고 모든 강둑을 넘쳐흐르는 나의 피 속에서 헤어날 길 없이 완전히 빠져 죽어 갈 때, 속박에서 자유로워지는 그런 해방감을 느꼈다.

키잡이
Der Steuermann

"내가 키잡이가 아닌가?" 하고 나는 소리쳤다. "네가?" 하고 어떤 시커멓고 키 큰 사내가 묻더니 마치 어떤 꿈을 쫓아 버리려는 것처럼 손으로 두 눈 위를 가볍게 스치듯 쓰다듬었다. 나는 어두운 밤에 키를 잡고 서 있었다. 약하게 비치는 등불이 내 머리 위 허공에 걸려 있었는데, 이 사내가 오더니 나를 옆으로 밀어내려고 했다. 그런데 내가 물러나려 하지 않았기 때문에 그는 내 가슴에 발을 올려놓고 나를 서서히 짓밟았다. 그동안 나는 여전히 키의 핸들을 꼭 붙들고 매달려 있었는데, 내가 넘어질 때 핸들이 갑자기 홱 돌아 버렸다. 그러나 그때 그 사내가 그것을 잡아 제자리로 돌려놓더니, 나를 내팽개쳤다. 그렇지만 나는 물론 곧바로 정신을 차렸고, 선원들의 방으로 통하는 채광창으로 달려가 소리쳤다. "어이, 친구들, 빨리 와! 낯선 놈이 나를 조타기에서 쫓아 버렸어!" 그들은 천천히 왔다. 피곤한지 거대한 몸집을 비틀거리면서 배의 사닥다리에서 올라왔다. 나는 "내가 키잡이지?" 하고 물었다. 그들은 고개를 끄덕였지만, 그러나 눈길은 오로지 그 낯선 놈만 쳐다보고 있었고, 반원을 그리며 그를 빙 둘러싸고 서 있었다. 그러나 그가 명령하듯이 "나를 방해하지 마" 하고 말했을 때, 그들은 한곳으로 모이더니 나에게 고개를 끄덕이고는, 다시 배의 사닥다리 밑으로 사라졌다. 무슨 저런 족속이 다 있어! 그들도 생각이라는 것을 할까, 아니면 발을 질질 끌며 그저 무의미하게 땅 위를 걸을 뿐일까?

팽이

Der Kreisel

한 철학자가 언제나 아이들이 놀고 있는 곳을 떠돌아다녔다. 그러다가 그는 팽이를 하나 가지고 있는 한 소년을 보고는 숨어서 기다렸다. 팽이가 돌기 시작하자마자 그 철학자는 팽이를 잡기 위하여 소년을 쫓아갔다. 아이들이 소리를 지르며 자신들의 장난감에서 그를 떼어 놓으려고 애쓰는 것에 그는 신경 쓰지 않았으며, 팽이가 여전히 돌고 있는 동안에 그 팽이를 잡았고 그는 행복했다. 그러나 그것도 단지 한순간뿐이었다. 그는 팽이를 땅바닥에 던지고 가 버렸다. 말하자면 그는 보편적인 것에 대한 인식을 위해서는 모든 사소한 것, 그러니까 예를 들면 돌고 있는 하나의 팽이에 대한 인식으로 충분하다고 믿고 있었기 때문이다. 그러므로 그는 큰 문제들에 몰두하지 않았는데, 그것이 그에게는 비경제적으로 보였던 것이다. 만약 가장 작은 사소한 것이 실제로 인식되었다면, 모든 것이 다 인식되었던 것이고, 따라서 그는 오직 돌고 있는 팽이에만 몰두했다. 그리고 팽이를 돌리기 위한 준비가 끝날 때마다 언제나 그는, 이제는 그것이 성공할 것이라는 희망을 가졌으며, 팽이가 돌면, 그것을 쫓아 숨 가쁘게 달려가면서 희망은 확실한 것이 되었지만, 그러나 그러고 나서 그가 그 멍청한 나무토막을 손에 잡으면 메스꺼운 기분이 들고 여태까지 듣지 못했던 아이들의 울부짖음 소리가 갑자기 그의 귓속으로 파고들며 그를 계속 쫓아왔다. 그러자 그는 마치 서투른 채찍 아래 있는 팽이처럼 몸을 가누지 못하고 비틀거렸다.

작은 우화
Kleine Fabel

"아" 하고 쥐가 말했다. "세상이 날마다 점점 더 좁아지는구나. 맨 처음에는 내가 겁먹을 정도로 세상이 너무나 넓었는데, 계속 달리다 보니 마침내 저 멀리 오른쪽과 왼쪽에 벽들이 보여 행복했다. 하지만 이 긴 벽들이 양쪽에서 서로 아주 빨리 좁혀 들어오는 탓에 나는 어느새 벌써 마지막 방에 와 있다. 그리고 저기 저 귀퉁이에 덫이 있는데, 나는 그 안으로 달려 들어가고 있구나."—"너는 단지 달리는 방향을 바꾸기만 하면 되는 거야" 하며 고양이가 쥐를 잡아먹어 버렸다.

귀가
Heimkehr

나는 돌아왔다. 나는 평야를 지나왔으며 주위를 둘러본다. 그것은 아버지의 오래된 농장이다. 한가운데에 있는 웅덩이. 쓸모없는 낡은 기구가 서로 뒤죽박죽 뒤섞여 있어 다락방으로 통하는 계단으로 가는 길을 가로막고 있다. 고양이가 난간 위에 숨어 기다리고 있다. 언젠가 놀면서 어떤 막대기에 감았었던 찢어진 천 조각 하나가 바람결에 날아오른다. 나는 도착했다. 누가 나를 맞아 줄 것인가? 누가 부엌문 뒤에서 기다리고 있는가? 굴뚝에서는 연기가 솟아오르고 있는데, 저녁 식사를 위해 커피를 끓이고 있는 것이다. 너에게 친숙하고, 네가 집에 온 느낌이 드는가? 나는 모르겠다, 나는 몹시 불확실하다. 나의 아버지의 집이지만, 그러나 그것은, 마치 모든 것이 제각기 자기 자신의 용무에만 몰두해 있기라도 한 것처럼, 한 조각 한 조각씩 따로 차갑게 서 있다. 나는 그 용무들 중 일부는 잊어버렸고, 일부는 결코 알았던 적이 없다. 설령 내가 아버지, 그러니까 옛 농장주의 아들이라 하더라도, 내가 그것들에게 무슨 쓸모가 될 수 있을까, 나는 그것들에게 어떤 존재일까? 그리고 나는 감히 부엌문을 노크하지 못하고, 엿듣고 있는 나 때문에 놀라는 일이 없도록, 단지 먼 곳에 서서 엿듣고 있을 뿐이다. 그런데 내가 먼 곳에서 엿듣고 있기 때문에 나는 아무것도 알아듣지 못하고, 다만 조용한 시계 치는 소리만을 들을 뿐이다. 아니, 어쩌면 이편으로 건너온 어린 시절의 기억으로부터, 그것을 듣고 있다고 그냥 믿고 있는지도 모른다. 그 밖에 부엌에서 일어나는 일은 거기에 앉아 있는 사람들의 비밀인데, 그들은 내가 그 비밀을 알지 못하게 지키고 있다. 문 앞에서 오랫동안 망설이면 망설일수록 우리는 그만큼 점점 더 낯설어지는 법이다. 만약 지금 누군가가 문을 열고 나에게 무언가를 물어보면 어떻게 될까? 그러면 나 자신은 자기 비밀을 지키고자 하는 그런 사람과는 같지 않을 것이다.

돌연한 출발
Der Aufbruch

나는 말을 마구간에서 가져오라고 명령했다. 하인은 내가 한 말을 알아듣지 못했다. 나는 몸소 마구간으로 들어가 안장을 얹고 올라탔다. 멀리서 트럼펫 부는 소리가 들려와 나는 하인에게 그 소리가 무엇을 의미하는가 물었다. 그는 아무것도 몰랐으며 아무 소리도 듣지 못했다. 대문에서 그가 나를 멈추어 세우고는 물었다. "주인 나리, 말을 타고 어디로 가십니까?"

"모르겠다" 하고 나는 말했다. "그냥 이곳에서 떠날 뿐이다, 그냥 이곳에서 떠날 뿐이야. 끊임없이 이곳에서 떠나는 거야, 오직 그래야만 나는 나의 목표에 도달할 수 있다."

"그러시다면 나리께서는 목표를 알고 계시는 건가요?" 하고 그가 물었다. "그렇다." 내가 대답했다. "내가 말하지 않더냐. '이곳에서 떠나는 것', 그것이 나의 목표다."

"나리께서는 어떤 예비 식량도 갖고 계시지 않으신데요." 그가 말했다. "나는 그따위 것 필요 없다." 내가 말했다. "여행이 몹시 긴 터라 길 가는 도중에 아무것도 얻지 못한다면, 나는 분명 굶어 죽고 말 것이다. 예비 식량도 나를 구할 수는 없다. 실로 다행스럽게도 정말 엄청난 여행이라는 것이다."

변호사

Fürsprecher

나에게 변호사가 있는지 없는지는 매우 불확실했으며, 나는 그것
에 대해 아무것도 자세한 이야기를 들을 수 없었다. 모든 얼굴은 나
를 거부하는 표정이었고, 나를 향해 오는 대부분의 사람들, 그리고
내가 통로에서 거듭하여 만났던 사람들은 마치 늙고 뚱뚱한 여자들
처럼 보였다. 그녀들은 몸 전체를 덮은, 암청색과 흰색 줄무늬가 쳐
진 큰 앞치마를 두르고 있었는데, 배를 쓰다듬으면서 몸을 이리저리
로 느릿느릿 돌리고 있었다. 나는 우리가 법원 청사 안에 와 있는지
조차 도무지 알아낼 수가 없었다. 일부 사람들은 법원 청사에 와 있
는 것이 맞는다고 말했고, 또 다른 많은 사람은 아니라고 했다. 온갖
개별적인 것들 너머, 나에게 법정이라는 것을 가장 많이 떠올리게 해
준 것은 먼 곳으로부터 끊임없이 들려오는, 굉장히 시끄럽게 울려 퍼

지는 소리였다. 그 굉음이 어느 방향에서 오는 것인지는 말할 수 없었는데, 그것은 모든 공간을 아주 가득 메우고 있어서, 그것이 사방에서 오거나 또는, 이것이 훨씬 더 옳은 것처럼 보였는데, 우연히 서 있게 된 바로 그 장소가 이 굉음의 원래 장소라고 추측할 수 있었다. 그러나 확실히 그것은 착각이었는데, 왜냐하면 그것은 먼 곳으로부터 오고 있었기 때문이다. 이 복도들, 좁고, 단순한 아치 모양의 천장에, 완만한 갈림길들로 이어지고, 검소하게 치장된 높은 문들이 있는 이 복도들은 심지어 깊은 침묵을 위해서 만들어진 것처럼 보이기조차 했다. 그것은 박물관이나 또는 도서관에서 볼 수 있는 그런 복도였다. 그러나 만약 그것이 법정이 아니었다면, 왜 나는 이곳에서 변호사를 찾고 있었을까? 왜냐하면 나는 도처에서 변호사를 찾고 있었기 때문이다. 변호사는 도처에서 필요한 존재이다. 그렇다, 법정에서보다 다른 곳에서 변호사를 더 필요로 한다. 왜냐하면 법정은 법에 따라 판결을 내리기 때문이다. 우리는 이런 전제를 받아들이는 편이 좋을 것이다. 만약 여기에서 일이 부당하게 또는 가볍게 처리되고 있다는 전제가 받아들여진다면 물론 우리는 도저히 살아갈 수가 없을 것이다. 우리는 법정에 대해, 법정이 법의 존엄성을 온전히 가능하게 한다는 믿음을 가져야 한다. 왜냐하면 그것이 법정의 유일한 사명이기 때문이다. 그러나 법 자체 안에는 고작해야 고소, 변론 그리고 판결이 전부이므로, 인간의 독자적인 개입은 여기서는 법을 모독하는 불법 행위일 것이다. 그러나 판결의 사실 구성요건은 사정이 전혀 다르다. 이것은 여기저기의 조사와 검증, 즉 친척들과 낯선 사람들, 친구들과 적들, 가족과 공공 사회, 도시와 시골, 요컨대 도처에서 이루어진 조사와 검증을 근거로 하고 있다. 여기서는 변호사를 두는 일이 시급히 필요하다. 다수의 변호사들, 서로서로 긴밀하게 붙어 있는 가장 좋은 변호사들, 하나의 살아 있는 벽 같은 변호사가 필요한 것이다. 왜냐하면 변호사들은 본성상 움직이기 힘들기 때문이다. 그렇지만 고소한 원고들, 이 교활한 여우들, 이 날렵한 족제비들, 눈에 보이지 않는 이 작은 쥐새끼들은 아무리 작은 구멍이라도 뚫고 미끄러져 나와, 변호사들의 가랑이 사이로 재빨리 빠져나가 버린다. 그러니까 조심! 그 때문에 물론 내가 여기에 와 있는 것이며, 나는 변호사들을 모으고 있다. 그러나 나는 아직 한 명도 발견하지 못했으며, 오로지 이 늙은 여자들만이 항상 계속해서 왔다 갔다 할 뿐이다. 만약 내가 찾는 작업을 하는 중이 아니라면, 나는 잠들어 버리고 말 것이다. 나는 올바른 장소에 와 있지 않다. 유감스럽게도 나는 내가 올바른 장소에 와 있지 않다는 인상을 감출 수가 없다. 나는 서로 다른 지역에서 온, 모든 신분의, 모든 직업의, 다양한 연령층의 각양각색의 사람들이 다 모이는 장소에 있어야만 할 것이다. 나는, 그 많은 사람 중에서 나에게 눈길을 주는 쓸모 있는 사람들, 친절한 사람들을 신중하게 골라낼 수 있는 가능성을 가지고 있어야 할 것이다. 그것을 위해서는 아마 일 년에 한 번 서는 대목 장터가 가장 좋을 것이다. 그런 곳 대신에 나는 이 복도들 위에서 떠돌아다니고 있는 것이다. 이 복도들에서 나는 단지 늙은 여자들만 볼 수 있는데, 그것도 많은 숫자도 아니고 변함없이 항상 똑같은 숫자이며 심지어 그 얼마 안 되는 여자들조차, 그녀들의 느린 움직임에도 불구하고, 나는 멈추어 세울 수가 없다. 그녀들은 나로부터 미끄러지듯 사라져 버리고, 마치 두둥실 떠다니는 비구름처럼 서서히 움직이며, 도무지 알 수 없는 일들로 무척이나 바쁘다. 왜 나는 도대체 맹목적으로 바삐 서둘러 어떤 집 안으로 들어와, 대문 위의 명패도 읽지 않고, 곧바로 이 통로들 위에 있는 것일까. 왜 나는 그런 옹고집을 부려 그 결과 내가 언젠가 집 앞에 있었는지, 언젠가 층계를 올라왔었는지조차 전혀 기억할 수 없을 정도로 여기에 자리를 잡고 있는 것일까? 그러나 나는 되돌아가서는 안 된다. 이러한 시간의 손실, 길을 잘못 들었다는 오류를 인정한다는 것은 나로서는 견딜 수 없는 일일 것이다. 어떻게 그럴 수 있겠는가? 견딜 수 없는 굉음이 수반되는 이 급히 서두르는 짧은 삶 속에서 한 계단을 뛰어내리는 것이 가능하겠는가? 그것은 불가능하다. 너에게 할당된 시간이 아주 짧아서, 만약 네가 일 초를 잃어버리면, 그 결과 너는 벌써 너의 삶 전체를 잃어버리는 것이다. 왜냐하면 삶은 네가 잃어버리는 시간보다 더 긴 것이 아니라, 항상 바로 그 시간과 똑같은 길이에 불과하기 때문이다. 그러므로 만약 네가 어떤 하나의 길을 시작했다면, 어떤 상황 아래서도 계속 그 길을 가라. 너는 단연코 승리자가 될 수밖에 없으며, 아무런 위험에도 빠지지 않을 것이다. 어쩌면 너는 결국은 넘어지게 될지도 모른다. 하지만 네가 이미 첫걸음을 떼어 놓자마자 뒤돌아서 층계를 내려왔다면, 너는 처음에 곧바로 아마도, 아니 틀림없이 넘어졌을 것이다. 그러니까 만약 네가 여기 복도들 위에서 아무것도 발견하지 못하면 문들을 열어라. 네가 이 문들 뒤에서 아무것도 발견하지 못하면 새로운 층들이 있다. 네가 위에서 아무것도 발견하지 못하면 그것은 곤란한 일이 아니다. 새로운 계단들로 뛰어올라라. 네가 올라가는 것을 멈추지 않는 한, 그 계단들은 멈추지 않으며, 계단을 올라가는 너의 발밑에서 위쪽으로 쑥쑥 자라날 것이다.

어느 개의 연구

Forschungen eines Hundes

나의 생활은 얼마나 많이 변했으며, 그러나 근본적으로는 얼마나 변하지 않았는가! 이제 내가 옛날을 회상하면서, 내가 아직 개의 종족, 즉 견족犬族 한가운데서 여러 개들 가운데 한 마리 개로서, 견족이 신경을 쓰는 모든 일에 관여했던 그 시절들을 기억 속에 되살려 보면, 아무튼 더 자세히 관찰해 보면, 이곳에는 옛날부터 어떤 것은 조화를 이루지 못했다는 것, 하나의 작은 균열이 존재했다는 것, 가장 신성한 종족 행사의 한가운데에서 어떤 가벼운 불쾌감이 나를 엄습했다는 것, 가끔 심지어 친밀한 동료들 틈에 끼어 있을 때조차, 아니, 가끔이라기보다는 매우 자주, 내 마음에 드는 동료 개 한 마리가, 아무튼 새로 보이면, 그냥 그 모습을 보는 것만으로도 내가 당황하고 놀라고 어찌할 바를 몰라 하면서 사실 절망적이기까지 했다는 것을 나는 발견하게 된다. 나는 어떻게든 마음을 가라앉히려고 애썼고, 내가 이런 사실을 털어놓았던 친구들이 나를 도와주어 다시 비교적 평안한 시간들이 찾아왔다. 물론 이 시기에도 뜻밖의 놀라운 일들이 없지는 않았지만, 그러나 나는 비교적 덤덤하게 받아들였고 비교적 덤덤하게 그런 생활에 적응했으며, 어쩌면 그 놀라운 사건들이 나를 슬프고 지치게 했을지도 모르나 아무튼 나를, 물론 약간 냉정하고 수줍어하고 지나치게 꼼꼼하고 계산적이지만 그러나 전체적으로 보자면 당당한 한 마리 개로서 존속하도록 해 주었다. 만약 심신을 회복하는 이런 중간 휴식 시기가 없었다면 지금 내가 향유하고 있는 이 나이에 어떻게 이를 수가 있었겠으며, 젊은 시절의 놀라움을 고요히 정관하고 노년의 놀라움을 견디도록 해 주는 이 평온한 마음을 어떻게 얻을 수 있었겠으며, 내가 인정한 바대로 나의 불행한, 또는 더 신중하게 표현하자면, 그다지 행복하지는 않은 그런 처지로부터 결론을 끌어내, 거의 전적으로 그 결론에 따라 살아가는 결과에 어떻게 이를 수가 있었겠는가. 세상과 관계를 끊은 채 외롭게, 가망은 없으나 나에게는 반드시 필요한 나의 작은 연구들에만 오로지 종사하면서 그렇게 나는 살아가고 있지만, 그러나 그러면서도 먼발치에서 나의 종족에 대해 조망하는 자세를 잃지 않았으며, 온갖 소식이 자주 나에게 전해져 오고 나 역시 여기저기에서 나에 관한 이야기를 듣게 된다. 모두들 나를 존경하는 마음으로 대하고, 나의 생활 방식을 이해하는 것은 아니지만 그렇다고 나쁘게 받아들이는 것도 아니다. 그리고 나는 젊은 개들이 이리저리 뛰면서 지나가는 모습을 먼발치에서 보는데, 그 유년 시절에 관해 내가 겨우 어렴풋이 기억하는 새로운 세대인 그 젊은 개들조차 나에게 경의에 찬 인사를 아낌없이 보낸다.

모두에게 잘 알려져 있는 나의 이상한 면들에도 불구하고, 그러나 내가 결코 우리 종족과 전혀 다른 변종變種이 아니라는 점을 고려하지 않아서는 안 된다. 곰곰이 생각해 보면—나는 곰곰 생각할 만한 시간적 여유와 의향과 능력이 있다—사실 견족이란 대체로 희한한 종족이기는 하다. 우리 개들 외에도 주변에는 여러 종류의 생물들, 그러니까 가엾은, 비천한, 또 말을 못 하여 극히 제한된 소리밖에 내지 못하는 그런 생물들이 존재하는데, 우리 개들 중에는 이런 생물들을 연구하는 자가 많이 있어서 그 생물들에게 이름을 붙여 주었고, 그것들에게 도움을 주고 그것들을 교육하고 세련되게 순화하는 따위의 노력을 하고 있다. 나는 이런 생물들이 아무튼 나를 방해하려고 하지 않는 한, 전혀 신경을 쓰지 않으며, 그것들을 곧잘 혼동하며, 그것들을 못 본 척하고 일부러 무시해 버린다. 그러나 너무 눈에 띄어 내가 도저히 그냥 보아 넘길 수 없는 그런 일이 한 가지 있는데, 그것은 그것들이 우리 개들에 비해 상호 협력하는 정신이 너무 조금밖에 없다는 것, 서로 만날 때에도 생판 모르는 것처럼 어색하게 아무 말도 하지 않고 심지어는 어떤 적개심조차 품고 지나쳐 버린다는 것, 오직 가장 저속한 이해관계만이 외적으로 그것들을 서로 약간 연결시켜 줄 수 있다는 것, 심지어 이러한 이해관계 때문에 그것들 사이에 자주 증오와 싸움이 일어난다는 것이다. 우리 개들은 이와 정반대이다! 우리는 오랜 세월이 흐르는 동안 생겨난 헤아릴 수 없이 많은 심한 차이 때문에 서로가 구분은 되지만, 그래도 우리 모두가 참으로 확실히 한 덩어리가 되어 살아가고 있다고 해도 결코 지나친 말이 아니다. 모두가 한 덩어리로 말이다! 우리는 서로 밀쳐 대며, 이런 밀치기에 만족하는 우리를 막을 수 있는 것은 아무것도 없다. 우리의 모든 법과 제도는, 내가 아직 알고 있는 몇 가지 또는 내가 까맣게 잊어버린 수많은 것은, 그 근원이 우리가 누릴 수 있는 가장 위대한 행복, 그러니까 그 따스한 공동생활에 대한 동경으로 거슬러 올라간다. 그러나 이와 정반대의 경우도 있다. 내가 알기로는 그 어떤 생물도 우리 개들처럼 아주 널리 흩어져 살고 있지 않으며, 그 어떤 생물도 그 계급, 종류, 직무의 차이가 결코 극복할 수 없을 만큼 현저하게 크지는 않다. 함께 뭉쳐 살기를 원하는 우리—그 모든 극단적인 순간에도 아무튼 언제나 거듭 우리는 그 일에 성공하고 있지만—바로 그런 우리가, 자주 이웃 개도 모르는 그런 독특한 직업들에 종사하면서, 견족의 규정이 아니라 사실상 오히려 그 반대되는 방향의 규정들을 고수하면서, 서로서로 멀리 떨어진 채로 살아가고 있는 것이다. 이것은 참으로 어려운 문제들이다. 차라리 건드리지 않는 편이 더 나은 그런 문제들이고, 나도 이런 입장을 이해하고 있으며, 나 자신의 입장보다도 더 잘 이해하고 있다. 그렇지만 나는 물론 이 문제에 완전히 빠져 옴짝달싹하지도 못할 지경이다. 왜 나는 다른 자들처럼 하지 않는 것일까. 나는 나의 종족과 일치단결하여 사이좋게 살아가고, 일치단결을 방해하는 것을 아무 소리 않고 잠자코 받아들이면서 큰 계산에서의 작은 잘못으로 그냥 무시하고 넘어가 버린다. 그리고 언제나 나는 우리를 행복하게 묶어 주는 것으로 향해 있고, 우리 종족의 영역으로부터 우리를 끌어내려는 것, 물론 그것은 항상 거역할 수 없는 힘으로 거듭 닥쳐오긴 하지만, 그것에 대해서는 등을 돌린다.

　나는 젊은 시절의 한 사건을 회상해 본다. 그 당시 나는, 그 또래에는 누구나 체험하는 그런 행복한, 뭐라고 설명할 수 없는 흥분 상태에 빠져 있었다. 나는 아직 무척 젊은 개였는데, 모든 것이 마음에 들었고, 모든 것이 나와 연관되어 있었다. 나는, 내 주변에는 큰 놈들이 앞장서서 가고 있고, 그들의 우두머리는 바로 나이며, 내가 그들을 대변해 주어야 한다고 생각했다. 비참한 꼴을 하고 땅바닥에 누워 있어야만 했던 놈들도 있었는데, 그들을 위해 달리지 못할 때면 나는 그들을 위해 내 몸을 흔들어 보였다. 그것은 어린것들의 상상력의 산물로서 이제 세월의 흐름과 함께 사라져 버리고 없다. 그러나 그 당시 그 환상들은 강력해서 나는 그 마력에 완전히 매료되어 있었고, 또 실제로도 그와 같은 억제되지 않은 기대들에 정당성을 부여하는 것처럼 보이는 어떤 특이한 일들도 물론 일어났다. 그것은 그 자체로는 결코 특이한 일이 아니었고, 나는 나중에 그런 일뿐만 아니라 그보다 훨씬 더 특이한 일도 충분할 만큼 자주 보았는데, 그러나 그 당시로서는, 뒤이어 일어날 많은 일의 방향을 정해 주는 맨 처음 일이라는 결코 지울 수 없는 강한 인상을 받았다. 그러니까 나는 개의 한 작은 집단을 만났던 것인데, 아니, 내가 그들을 만났다기보다는 오히려 그들이 나를 향해 왔다는 편이 더 옳은 말일 것 같다. 나는 그 당시 오랫동안 어둠을 뚫고 달리고 있었다. 큰 사건들에 대한 예감을 한 채—나는 항상 예감을 하고 있었기 때문에 물론 나를 쉽게 실망시킨 그런 예감이었다—오랫동안 어둠을 뚫고 달리고 있었던 것이다. 갈피를 잡지 못하고 이리저리, 모든 것에 귀와 눈이 먼 채 맹목적으로 무감각하게, 오로지 어떤 막연한 요구에 끌려, 문득 이곳이 바로 그곳이구나 하는 느낌이 들어 멈추어 서서 위를 올려다보았더니 너무 밝은 날이었는데, 다만 약간 안개가 끼어 있었고 모든 것을 온통 뒤섞어 흠뻑 취하게 하는 냄새들이 넘실거리고 있었다. 내가 당황한 목소리로 아침 인사를 했더니, 그때—마치 내가 그들을 주문呪文

으로 불러내기라도 한 것처럼—어떤 어두운 곳으로부터 내가 여태 껏 한 번도 들은 적이 없는 그런 엄청난 소리를 지르면서 개 일곱 마리가 나타났다. 만약 내가, 그것이 개들이라는 것, 그리고 그 개들이 어떻게 그런 소음을 내는지 알 수 없었음에도 불구하고, 바로 그 개들이 그런 소음을 낸 당사자라는 사실을 분명하게 알 수 없었다면, 나는 즉시 뛰어 달아났을 테지만, 그러나 나는 그 자리에 그대로 있었다. 그 당시만 해도 아직 나는 오로지 견족에게만 부여된 창조적인 음악성에 대해 거의 아무것도 모르고 있었다. 그때까지 비로소 서서히 발달하고 있던 나의 관찰력으로는 당연히 그 음악성을 알아채지 못했는데, 그러나 사실상 음악은 이미 나의 젖먹이 시절부터 나에게 자명하고도 필수 불가결한 삶의 기본 요소로서 나를 에워싸고 있었고, 이런 음악을 나의 음악 외의 삶으로부터 강제로 격리하는 것은 아무것도 없었으며, 천진난만한 이해력에 알맞게 다만 암시적으로만 나에게 그것을 알려 주려고 했었던 터라, 저 일곱 마리의 위대한 음악가들은 나에게는 그만큼 더 놀랍고도 그야말로 큰 충격을 주었던 것이다. 그들은 말하는 것도, 노래 부르는 것도 아니었으며, 대체로 거의 뾰로통한 표정을 지은 채 침묵했지만, 그러나 마법의 힘으로 그 텅 빈 공간으로부터 음악이 솟아나게 하고 있었다. 그들이 발을 올리고 내리는 것, 머리를 어떤 방향으로 돌리는 것, 그들의 달리기와 그들의 멈춤, 그들이 서로에게 취하는 자세들, 그들이 상호 간에 취하는 규칙적인 결합 형태들, 이 모든 것이 다 음악이었다. 예컨대 한 마리가 앞발을 다른 개의 등 위에 얹고 난 다음 그들 모두가 나란히 정렬함으로써, 그 결과 첫 번째 개가 똑바로 서서 다른 모든 개의 무게를 지탱하거나, 또는 땅바닥에 닿을 만큼 가까이 몸을 질질 끄는 복잡하게 얽히고설킨 형상들을 이루면서도 그들은 헷갈리는 일이 결코 한 번도 없었다. 물론 여전히 약간 불안정한 맨 마지막 개가 언제나 곧바로 다른 개들과 연결되는 것은 아니었고, 멜로디가 울리는 소리에 이따금씩 몸이 어느 정도 흔들리기도 했지만, 그러나 물론 불안정하다는 것은 다만 다른 개들의 뛰어난 안정감에 비해 볼 때만 그렇다는 것이지, 설령 그 불안정감이 훨씬 더 큰 경우, 아니 완전히 불안정한 경우라 하더라도, 다른 위대한 명견들이 한 치의 흔들림도 없이 그 박자를 유지해 주고 있었으므로, 그 어떤 것도 그 대형을 망쳐 버릴 수는 없었을 것이다. 그러나 나는 그들의 모습을 정말 거의 보지 못했고, 그들 모두의 모습을 정말 거의 보지 못했던 것이다. 그들이 나타났을 때 나는, 비록 그들과 함께 나타난 시끄러운 소리에 물론 혼란에 빠지기는 했지만, 그들 역시 아무튼 나와 너와 같은 개들인지라, 마음속으로 개들로서의 그들에게 인사를 보냈다. 나는 마치 그들이 내가 길에서 만나는 그런 개들인 것처럼 습관적으로 그 개들을 관찰하고 있었으며, 그들에게 가까이 다가가 인사를 나누고 싶었다. 그 개들은 그만큼 무척 가까이 있었는데, 물론 나보다 훨씬 더 늙었고, 나처럼 길고 부드러운 털이 많이 난 그런 종은 아니었지만, 그러나 크기와 형태로 보면 아무튼 아주 심하게 낯설지는 않았던 터라 나는 오히려 꽤나 친밀감을 느꼈는데, 나는 그런, 또는 그와 비슷한 종류의 많은 개를 알고 있었던 것이다. 그러나 내가 여전히 이런 생각들에 빠져 있는 동안, 점차 그 음악이 만연하게 되어, 나를 그야말로 제대로 붙잡았고, 나를 이런 실제의 작은 개들로부터 완전히 떼어 내 버렸으며, 나는 마치 고통에 빠진 것처럼 울부짖으며 온 힘을 다해 저항해 보지만, 내 의지와는 반대로 부득이, 음악 이외의 그 어떤 것에도 몰두할 수가 없게 되어 버렸다. 음악은 사방팔방에서, 높은 곳에서, 낮은 곳에서, 도처에서 와서는 그 음악을 듣는 나를 음악 한가운데로 끌어들이고, 내 위로 쏟아붓고, 나를 숨 막히게 했는데, 그러고는 나라는 존재가 말살된 단계를 지나 음악이 매우 가까이 있다가 이내 멀어지더니 트럼펫 부는 소리도 거의 들리지 않았다. 다시 나는 그 음악에서 풀려나게 되었는데, 왜냐하면 음악을 계속 듣고 있기에는 내가 벌써 너무 지쳐 버렸고, 너무 무너져 버렸고, 너무 허약했기 때문이다. 음악에서 풀려나자 나는, 그 작은 개 일곱 마리가 행렬을 짓고 뛰어오르는 것을 보았으며, 비록 그들은 매우 거부하는 몸짓을 보였지만, 그들을 불러 가르침을 부탁하고 싶었으며 그들이 여기에서 도대체 무엇을 하고 있는지 묻고 싶었다—나는 어린 강아지였던 터라 아무 때나 그리고 누구든 상관없이 아무에게나 질문을 해도 좋다고 생각했던 것이다—그러나 내가 질문을 시작하자마자, 내가 그 일곱 마리 개들과 좋고 친밀하고 개 같은 결합을 느끼자마자, 또다시 그들의 음악이 들려와 나를 의식이 혼미하게 만들었고, 마치 나 자신이 그 음악가들 가운데 하나이기라도 한 것처럼, 나의 주위를 빙빙 돌고 있었지만 나는 물론 단지 그 음악의 희생 제물일 뿐이었으며, 내가 그토록 자비를 청했음에도 불구하고, 그 음악은 나를 이리저리 내동댕이쳤으며, 아무렇게나 쌓아 올린 목재 속으로 나를 몰아넣음으로써 결국은 그 자체의 폭력으로부터 나를 구해 주었다. 그 근처에는 목재가 높게 쌓여 있었는데, 나는 그때까지 그것을 모르고 있었던 것이다. 그 목재들이 이제 나를 꼭 안아 주었고 내 머리를 숙이게 했으며, 저기 바깥 탁 트인 곳에서는 여전히 음악이 쾅쾅거리고 있었지만, 나는 약간 숨을 돌릴 수가 있게 되었다. 진실로 나는, 그 일곱 마리 개들의 예술 그 자체보다—그 예술은 나에게는 불가사의한 것이며, 또한 내 능력들이 미치는 영역 밖의 것이기 때문에 나와는 도저히 연결될 수가 없는 그런 것이었으므로—자신이 만들어 낸 것에 스스로를 온전히 그리고 숨김없이 내맡기는 그들의 용기, 그리고 자신들의 줏대를 꺾지 않고서 조용히 견디어 나가는 그들의 역량에 오히려 더 많이 놀랐다. 내가 피난처의 구멍을 통해 더 자세하게 관찰한 바에 따르면, 물론 나는 그들이 그렇게 안정된 상태에서가 아니라 극도의 긴장감에 사로잡혀 작업을 하고 있었다는 것을 깨달았다. 겉으로 보기에는 그렇게 매우 안정적으로 움직이는 것 같은 발들이, 매번 내디딜 때마다 잔뜩 겁먹은 채 끊임없는 경련을 일으키며 덜덜 떨었고, 마치 절망에 빠질 때처럼 몸이 뻣뻣하게 굳어져서 서로들을 바라보고 있었으며, 언제나 거듭 압도당한 혓바닥은 물론 곧바로 주둥이로부터 다시 축 늘어져 있었다. 성공을 위한 불안이 그들을 그렇게 흥분하게 한 것은 아니었을 것이다. 그런 일을 감행했던 자, 그런 일을 성취해 냈던 자는 더 이상 아무런 불안감을 가질 수가 없었다—도대체 무엇에 대한 불안이었을까? 도대체 누가 그들이 여기에서 그런 행동을 하도록 강요했단 말인가? 그리고 나는, 특히 그들이 이제 도저히 이해할 수 없을 정도로 그렇게 도움을 필요로 하는 것처럼 보였기 때문에, 더 이상 자제할 수가 없었다. 그래서 나는 모든 소음을 뚫고 큰 소리로 답변을 요구하며 질문을 던졌다. 그러나 그들은—도저히 이해할 수 없게! 도저히 이해할 수 없게!—대답을 하지 않았고, 마치 내가 거기에 없는 것처럼, 그렇게 행동했다. 개들이 개들의 부름에 대해 전혀 대답하지 않는 것은 우리의 미풍양속을 거스르는 짓이며, 가장 작은 개든 가장 큰 개든 어떤 상황하에서도 용서받지 못한다. 그렇다면 그들이 예컨대 정말로 개가 아니었단 말인가? 그러나 도대체 어떻게 그것이 개가 아닐 수가 있단 말인가? 이제 내가 물론 귀를 기울여 더 자세하게 들어 보니 심지어 나직하게 부르는 소리까지도 들렸는데, 그들은 낮은 소리로 서로를 격려하고, 서로 어려운 일들에 대해 주의를 환기해 주고, 서로에게 잘못을 저지르지 않게 조심하라고 경고해 주고 있었다. 대부분의 부름을 받고 있던 맨 끝의 가장 작은 개가, 마치 나에게 대답하고 싶은 마음이 굴뚝같지만 대답하는 것이 허용되지 않기 때문에 자제하고 있기라도 한 것처럼, 자주 나를 힐끔힐끔 쳐다보는 것을 물론 나는 보았다. 그러나 왜 대답이 허용되지 않았을까? 우리의 법이 무조건 언제나 요구하는 그것이 도대체 왜 이 경우에는 허용되지 않았단 말인가? 그러자 내 마음속에 분노가 들끓었고, 나는 그 음악을 거의 까맣게 잊어버렸다. 여기에 있는 이 개들은 법을 어기고 있었던 것이다. 비록 아무리 위대한 마법사들이라 할지라도 그들에게도 법은 적용된다는 것은 어린 강아지인 나도 벌써 아주 정확하게 이해하고 있었다. 그리고 나는 그때부터 훨씬 더 많은 것을 인지했다. 만약 그들이 죄책감 때문에 침묵했던 것이라고 가정한다면, 그들은 실제로 침묵할 만한 이유가 있는 것이다. 그들이 어떻게 처신하고 있었는가를 너무나 소란스러운 음악 때문에 나는 여태껏 미처 알아채지 못했지만, 그들은 정말로 수치심을 모조리 던져 버렸으며, 그 불쌍한 놈들이 동시에 가장 우스꽝스럽고 가장 상스러운 짓을 했던바, 그들은 뒷다리로 똑바로 서서 걸어갔던 것이다. 퉤, 저 망할 놈의 것! 그들은 벌거벗었으며 자신들의 알몸을 뽐내며 과시하고 다녔다. 그들은 이런 짓을 실컷 즐겼다. 그리고 만약 한번 순간적으로 선한 충동에 따라 무의식중에 앞발을 아래로 내리게 되면 그들은 마치 그것이 잘못인 것처럼, 마치 그 본성이 잘못인 것처럼, 그들은 참으로 깜짝 놀라면서 다시 그 앞발을 신속하게 들어 올렸는데, 그때 그들의 눈길은 마치 자신들이 약간이라도 죄악에 빠져들 수밖에 없었던 데 대해 용서를 구하는 것처럼 보였다. 세상이 거꾸로 뒤집혀 있었단 말인가? 나는 어디에 있었는가? 도대체 무슨 일이 일어났단 말인가? 여기에서 나는 나 자신의 존속을 위해서 더는 머뭇거려서는 안 되었던 터라, 나를 둘러싸고 있던 목재들에서 빠져나와 단숨에 뛰어나갔으며 그 개들에게로 가려고 했다. 어린 학생인 내가 교사가 되어야 했으며, 그들에게 할 일이 무엇인가를 납득시키고 그들이 더 이상 죄를 범하지 않도록 해야만 했던 것이다. "그렇게 늙은 개들이, 그렇게 늙은 개들이!" 하고 나는 쉬지 않고 반복해서 중얼거렸다. 그러나 내가 몸이 자유로워져서 불과 두세 번 도약하면 그 개들에게 닿을 수 있는 거리에 이르자마자, 또다시 그 소음이 들려왔는데 그것은 나를 지배하는 힘을 지니고 있었다. 만약 맑고 강렬하고 항상 동일한 상태로 머무는, 그야말로 아주 먼 곳으로부터 변함없이 가까이 다가오는 어떤 소리, 어쩌면 그 소음 한가운데에 있는 본래적인 멜로디일 수도 있을 그 소리가, 무서울 만큼 어마어마하기는 하지만 그러나 아마도 물론 극복될 수는 있었을 그 풍부함을 통해 나를 굴복시키지 않았다면, 어쩌면 나는 흥분한 상태에서, 물론 이미 익히 알고 있던 그 소음에도 심지어 맞섰을지도 모르겠다. 아, 이 개들은 도대체 어떤 종류의 현혹하는 음악을 하고 있었단 말인가! 비록 그들이 계속 다리를 벌리고 서서 죄악을 저지르고 다른 개들을 말없이 방관하는 죄악으로 유혹한다고 하더라도, 나는 그들을 계속 가르칠 수도 없었고 더 이상 가르치고 싶지도 않았다. 나는 아주 어린 강아지였는데, 누가 나에게 그렇게 어려운 일을 요구할 수 있었단 말인가? 나는 본래 내 몸보다 훨씬 더 작게 몸을 웅크리고는 낑낑거리며 울었다. 만일 그 개들이 나에게 그것에 대해 의견을 물었다면, 나는 아마도 그들이 옳다고 인정했을지도 모르겠다. 그러나 오래 지나지 않아 그들은 자신들이 왔었던 어둠 속으로 모든 소음, 모든 빛과 함께 사라져 버렸다.

내가 이미 말한 바대로, 이 모든 사건은 특별히 이상한 점이 하나도 없었다. 오랜 삶이 지나가는 가운데 우리는, 맥락에서 벗어나 있으며 어린 강아지의 눈으로 보자면 이보다 훨씬 더 놀랄 만한 그런 여러 가지 일들을 만나게 된다. 그 밖에도 우리는 물론—이에 대한 적절한 표현을 빌리자면—모든 것과 마찬가지로 "무심코 비밀을 누설할" 수도 있는데, 그러면, 여기에 일곱 마리의 음악가들이 아침의 고요한 적막함 속에서 음악을 연주하려고 모였는데, 그 자리에 강아지 한 마리가 길을 잃고 예기치 못하게 끼어들게 되자 그 음악가들이 특별히 무시무시한 또는 숭고한 음악으로 그 귀찮은 방청객인 강아지를 내쫓으려 했으나 유감스럽게도 헛수고에 그쳐 버린 사건의 전말이 드러나는 것이다. 그 강아지가 질문들을 통해 그들을 방해했는데, 그 낯선 개가 있다는 것만으로도 이미 충분히 방해를 받았던 그들이 이 귀찮은 질문 공세에 맞장구를 치며 대답함으로써 그 방해를 더 크게 해야 했다는 말인가? 그리고 비록 법이 '누구에게나 대답하라'고 명하고 있다 하더라도, 그런 아주 작은 길 잃은 강아지 한 마리가 도대체 과연 이렇다 할 만한 그런 존재일까? 그리고 아마도 음악가들은 그 강아지가 무슨 말을 하는지 전혀 알아듣지 못했을 것이다. 그 강아지는 물론 멍멍 짖어 대며 질문을 해 댔지만 무슨 뜻인지 정말 이해할 수가 없었을 것이다. 또는 그 음악가들은 자제하면서 어쩌면 강아지 말을 잘 알아듣고 대답했을 테지만, 그러나 음악에 익숙하지 않은 그 강아지는 그 대답과 음악을 분간할 수가 없었던 것이다. 그리고 뒷다리에 관해 말하자면, 아마도 그들은 정말 예외적으로 오직 뒷다리로만 걸었던 것인데, 그건 죄악이다, 참으로! 그러나 오로지 그들만, 친구들 가운데 친밀한 일곱 친구들만이 은밀하게 자리를 함께하고 있었으며, 그러니까 대체로 자신들의 네 개의 벽 안에, 말하자면 완전히 그들끼리만 있었던 것인데, 왜냐하면 친구들이란 물론 일반 대중이 아니고, 일반 대중이 전혀 없는 곳에서는 호기심 많은 거리의 작은 강아지 한 마리 역시 일반 대중을 만들어 내지는 못하기 때문이다. 그러나 이 경우에는 어떤가. 여기에서 마치 아무 일도 일어나지 않은 것처럼 그럴 수는 없지 않을까? 완전히 그런 것은 아니지만 그러나 거의 그에 가까운 것이며, 부모들은 자신의 어린 자식들을 덜 싸돌아다니도록, 그 대신에 더 잘 침묵하고 늙은 개를 존경하는 것을 가르치는 것이 좋을 것이다.

이 정도로 그 경우는 마무리된 셈이다. 물론 어른 개들에게는 마무리된 일이지만, 그러나 어린 개들에게는 아직 다 끝난 것이 아니다. 나는 이리저리 뛰어다녔고 이야기를 들려주며 질문을 했고, 죄를 고발하며 진상을 조사했고, 모든 사건이 일어났던 현장으로 누구든 모두 데리고 가고 싶었고, 누구나에게 어디에 내가 서 있었는지, 어디에 그 일곱 마리 개가 있었는지, 그리고 어디에서 어떻게 그들이 춤을 추고 음악을 연주했는지 보여 주고 싶었고, 만약 누군가, 나를 귀찮다고 뿌리치거나 비웃으며 놀려 대는 대신에 나와 함께 가 주었다면, 그러면 나는 분명히 죄 없는 순수함을 희생했을 테고, 모든 일을 정확하게 설명하기 위해 뒷다리로 서는 것도 시도했을 것이다. 자, 그런데, 어린 강아지가 하는 일은 일단 모조리 나쁘게 받아들이지만 그러나 결국엔 모든 것을 다 용서해 주는 법이다. 그러나 나는 이 강아지다운 천진난만한 본질을 간직한 채로 그사이에 늙은 개가 되어 버렸다. 그 당시에 나는 끊임없이, 물론 오늘날에는 내가 훨씬 더 낮게 평가하는 그 사건을, 시끄럽게 비평을 해 대고, 그 사건의 구성 요소들을 분석하고, 내가 다른 모든 개와 꼭 마찬가지로 번거롭다고 생각한 그 일에만 오로지 몰두하면서 몸담고 있던 사회는 고려하지 않은 채 참석한 개들을 기준으로 삼아 사건을 측정하는 일을 꾸준히 했었다. 그러나 나는—그것이 차이점이었다—평범하고 조용하며 행복한 삶을 볼 줄 아는 판단력을 마침내 다시 얻기 위해, 바로 그 이유 때문에, 철저하게 계속 연구를 통해 그것을 해결하고 싶어 했던 것이다. 그 당시와 완전히 똑같이 나는, 비록 그 수단들은 덜 천진난만한 것이기는 하지만—그러나 그 차이점은 그다지 크지는 않았다—그 이후에도 작업을 해 왔으며 오늘날에도 계속 멈추지 않고 있다.

그러나 저 음악 연주로부터 그것은 시작되었다. 나는 그것을 슬피 여겨 탄식하는 것은 아니고, 여기서 작용하는 것은 나의 타고난 본성이며, 이 본성은, 만약 그 연주가 없었더라면, 어떤 다른 기회에 나타났을 것이다. 다만 그 본성이 나타나는 일이 그처럼 곧바로 일어나, 예전에 이따금씩 나를 유감스럽게 했던 것뿐이지만, 나는 유년 시절 대부분의 기간 동안 이 본성 때문에 죽을 지경이었으며, 많은 개의 경우 몇 년 동안 더 늘어날 수 있었던 그 젊은 개들의 기쁨이 넘치는 삶이 나에게는 겨우 몇 달이라는 짧은 기간밖에 지속되지 않았다. 그러나 그건 아무래도 좋다. 유년 시절보다 더 중요한 것들이 있다. 그리고 어쩌면, 힘든 삶을 거치면서 얻은 이 노경에 이른 나에게, 정말 어린 강아지라면 견뎌 낼 수 없는 그런 더 천진난만한 행복이 나에게 손짓을 보내고 있는 것인지도 모른다. 그리고 나중에 나는 그런 행복을 견뎌 낼 수 있는 힘을 갖게 될 것이다.

나는 그 당시에 가장 간단한 문제들로부터 내 연구를 시작했는데, 연구 재료는 부족하지 않았으며, 유감스럽게도, 암담한 시간들에는 나를 절망하게 할 만큼 넘칠 정도로 많았다. 나는 '견족은 무엇을 먹고 사는가?' 하는 문제를 연구하기 시작했다. 그것은 물론 결코 간단한 문제가 아니며, 그것은 우리가 옛날부터 몰두해 온 것으로 우리가 심사숙고해 온 중심 주제이고, 이 분야의 관찰들과 탐구들과 견해들은 셀 수 없을 정도로 많아서 그것은 하나의 학문이 되었으며, 이 학문의 규모가 엄청나게 커서 개별적 학자의 이해력을 넘어설 뿐만 아니라 전체 학자의 이해력도 넘어설 정도이며, 오로지 다른 누군가가 아닌 바로 전체 견족에 의해서만 지탱될 수가 있는데, 심지어 이 전체 견족조차 그저 탄식만 쏟아 내며 그것을 온전히 완벽하게 지탱할 수는 없으며, 옛날부터 소유해 온 재산인 이 학문이 언제나 거듭해서 부서지므로 힘겹게 보완이 되어야만 한다. 내 연구의 어려운 점들과 거의 충족될 수 없는 전제 조건들에 대해서는 아예 아무 말도 하지 않겠다. 이 모든 것에 대해 나에게 이의를 제기하지는 말아 주기 바라는데, 그냥 평균적인 수준의 개만 되면 다 알고 있듯이, 나는 그 모든 것을 다 알고 있다. 내가 그 진정한 학문에 참견한다는 것은 꿈에도 생각하지 못할 일로, 나는 그 학문에 대해 온갖 경외감을 갖고 있으며, 그것은 경외의 대상이 되어야 마땅하다. 그러나 나는 그 학문을 증대시킬 수 있는 지식도, 근면함도, 안정된 마음도 없으며, 그리고—특히 몇 년 전부터는—그것을 음식처럼 내 안에 받아들이고 싶은 욕망도 없다. 나는 학문이라는 그 음식을 꿀꺽꿀꺽 삼켜 아래쪽으로 내려보내기는 하지만, 그러나 그것을 먹기 전에 체계화된 농업적 고찰을 아주 조금만이라도 할 만한 그런 가치가 나에게는 없다. 이와 관련해서 나로서는, 모든 학문의 정수인 작은 규칙, 즉 어미 개들이 어린 강아지들을 젖에서 떼어 내어 세상의 삶 속에 내보낼 때에 "네가 할 수 있는 한 무엇이든 모조리 적셔라" 하는 말로 충분하다. 여기에 사실상 거의 모든 것이 다 포함되어 있지 않을까? 우리 조상들에 의해 시작된 연구에 도대체 무엇을 첨가해야 결정적으로 본질적인 것이 될까? 개별적인 것들, 개별적인 것들이 있지만 그 모든 것은 얼마나 불확실한 것인가. 그러나 이 규칙은, 우리가 개인 동안에는, 존속할 것이다. 그것은 우리의 주식主食에 관한 규칙이다. 분명히 우리는 물론 다른 보조 수단들도 있지만, 그러나 비상시 그리고 상황이 너무 나쁘지 않은 그런 해들에는 이 주식으로 살아갈 수가 있을 테고, 이 주식을 우리는 땅 위에서 발견하는데, 그러나 땅은 우리의 오줌을 필요로 하고, 오줌에서 양분을 취하며, 그리고 오직 이런 대가를 지불해야만 땅은 우리에게 우리의 식량을 제공해 주는 것이며, 그리고 잊어서는 안 되는 사실이 또 있는데, 어떤 주문呪文, 노래, 동작 등을 통해 식량 수확을 촉진할 수 있다는 것이다. 그러나 내 생각으로는, 이것이 전부이며, 이런 면에서는, 이 일에 대해 근본적으로 더 이상 할 말은 없다. 이 점에서는 나 역시 거의 대부분의 견족과 의견을 함께하며, 이런 관점에서 이단적인 견해들을 모조리 나는 엄격하게 저버릴 것이다. 진실로, 이상한 짓이나 독선은 내가 취할 태도가 아니며, 만약 내가 동족들과 의견이 일치할 수 있고 이번 경우에 그런 일이 생긴다면, 그것으로 나는 행복하다. 그러나 나 자신의 연구들은 방향이 다르다. 그 학문의 규칙들에 따라 땅에 물을 뿌리고 경작을 하면, 그 학문에 의해 마찬가지로 전부 또는 부분적으로 확인된 법칙들이 요구하는 대로, 물론 일정한 질과 일정한 양과 일정한 종류의 식량이 일정한 장소에서 일정한 시간에, 그 땅이 식량을 공급해 준다는 것은 눈으로 보아서 알 수 있다. 이것을 나는 인정하는 바이지만, 그러나 "땅은 이 식량을 어디에서 얻는가?" 하는 것이 나의 질문인 것이다. 이런 질문을 하면 대체로 무슨 말인지 이해할 수 없다고 거짓말로 둘러대며 회피해 버리며, 나에게 기껏해야 "네가 먹을 것이 충분하지 않으면 우리가 너에게 우리 것을 나누어 줄게" 하며 대답한다. 이 대답에 주목하라. 우리가 일단 얻은 식량을 분배하는 것은 견족의 장점에 속하지 않는다는 사실을 나는 알고 있다. 삶은 힘들고, 땅은 거칠고, 학문은 인식은 풍부하지만 그러나 실용적인 성과는 빈약하기 짝이 없다. 음식을 가진 자는 그걸 간직한 채 내놓지 않는데, 이것은 사리사욕이 아니라 그 반대로서 개들의 법도이며, 동족들이 만장일치로 결의한 것으로, 그 음식을 소유한 자들은 물론 언제나 소수이기 때문에, 사리사욕의 극복에서 나온 것이다. 따라서 "네가 먹을 것이 충분하지 않으면 우리가 너에게 우리 것을 나누어 줄게"라는 대답은 언제나 상투적으로 늘어놓는 일종의 미사여구이거나 일종의 농담 아니면 일종의 조롱인 것이다. 나는 그것을 잊지 않고 있었다. 그러나 내가 의문들을 품고 세상을 떠돌아다니던 그 당시에 그들이 나에 대해 조롱을 하지 않았다는 사실은 나에게는 한층 더 큰 의미가 있었다. 그들은 나에게 물론 여전히 먹을 것을 아무것도 주지 않았다—그들이라고 어디에서 당장 먹을 것을 얻어야 했겠는가?—그리고 설령 곧바로 우연히 먹을 것을 가졌다고 하더라도, 그들은 당연히 미치도록 배가 고픈 상태에서 다른 일은 모조리 까맣게 잊어버리고 말았다. 그러나 그들은 음식을 내놓는 것을 진지하게 생각했기 때문에, 나는 가끔은 실제로, 내가 충분히 잽싸게 그 음식을 잡아챈 경우에는, 아주 하찮은 음식 한 점을 얻기도 했다. 어떻게 그들이 나에게만 그렇게 특별한 태도를 취하고 나를 소중하게 보살펴 주고 나를 우대했을까? 내가 잘 못 먹어 영양 상태가 나쁘고 먹는 것에는 너무 신경을 쓰지 않은 탓에 빼빼 마른 허약한 개이기 때문이었을까? 그러나 영양 상태가 나쁜 수많은 개가 이리저리 돌아다니고 있으며, 그들은 가능하기만 하면, 심지어 이 개들이 입에 물고 있는 지극히 초라한 먹이조차 빼앗아 버리는데, 자주 탐욕 때문이 아니라 대체로 원칙 때문에 그러는 것이다. 그렇다, 그들은 나를 우대했으며, 이 사실을 나는 개별적인 예들로 입증할 수 있었던 것은 아니고 오히려 확실히 그렇다는 인상을 받았다. 그렇다면 그들은 나의 질문들에 대해 기뻐했고, 나의 질문들을 굉장히 현명한 것이라고 판단했을까? 아니다, 그들은 기뻐하지 않았으며, 그 질문들을 모조리 어리석은 것으로 여겼다. 그런데 물론 내가 주목받게 된 것은 오로지 그 질문들 때문이었을 수도 있다. 그들은 내 질문을 참고 견디느니 차라리 터무니없는 짓을—그들은 실제로 그렇게 하지는 않았으나 그것을 원했다—즉 음식으로 내 입을 틀어막는 일을 하고 싶어 했다. 그러나 내 질문을 참을 수 없었다면 나를 내쫓아 버리거나 내 질문들을 아예 사절해 버리는 편이 물론 더 나았을 수도 있었을 것이다. 아니다, 그것을 그들은 원하지 않았다. 그들은 물론 내가 하는 질문들을 듣고 싶어 하지 않았지만, 그러나 바로 나의 이 질문들 때문에 그들은 나를 내쫓고 싶어 하지 않았던 것이다. 나는 아주 많이 그들의 웃음거리가 되었고, 어리석은 작은 짐승으로 취급당했고, 이리저리 떠밀려 나기도 했으나, 참으로 내가 가장 큰 명성을 얻은 시기였으니, 그 후에 그런 시기는 결코 반복되지 않았다. 나는 어디든 마음대로 드나들었고, 아무것도 거칠 것이 없었으며, 그들은 나를 거칠게 다룬다는 핑계를 대면서도 실제로는 몸을 비벼 대며 쓰다듬어 주었다. 그리고 이 모든 것의 원인은 그러니까 물론, 오직 나의 질문들, 나의 조급함, 나의 연구에 대한 욕구 때문이었다. 그들이 그렇게 함으로써 나를 달래 진정시키려고 했을까, 그들이 폭력 없이, 거의 사랑하는 마음으로 나를 어떤 잘못된 길, 즉 폭력을 사용하는 것을 허용해도 될 정도로 거의 의심의 여지 없이 잘못된 그런 길로부터 좋은 길로 끌어들이고 싶어 했을까?—어떤 존경심과 두려운 마음도 폭력 사용을 저지했다. 나는 그 당시에 이미 그런 어떤 것을 어렴풋이 느끼고 있었지만, 오늘날은 그것을 정확하게 알고 있으며, 그 당시에 그것을 했던 당사자들보다도 훨씬 더 정확하게 알고 있는 것이다. 그들이 나를 꾀어내 나의 길에서 이탈하게 하려고 했던 것은 사실이다. 그것은 성공하지 못했고, 그들은 정반대의 결과에 도달했으며, 나의 주의력은 날카로워졌다. 나에게는 심지어, 그 다른 놈들을 꾀어내고자 했던 것이 바로 나였으며, 그리고 실제로 내가 그 꾀어내는 일을 어느 정도까지 성공했다는 사실이 밝혀졌다. 견족의 도움으로 비로소 나는 나 자신의 질문들을 이해하기 시작했다. 만약 내가 예를 들면 "땅은 이 식량을 어디에서 얻는가?" 하고 질문했다면, 그 경우 겉으로 보기에는, 내가 관심을 가졌던 것은 땅처럼 보이지만, 예컨대 땅에 대한 근심이 내 관심사였을까? 전혀 그렇지 않으며, 내가 곧바로 알게 되었던 것처럼, 그런 것은 나와는 완전히 거리가 먼 것이었고, 나의 관심을 끌었던 것은 오직 개들이었을 뿐, 결코 그 밖에는 아무것도 없었다. 그도 그럴 것이 개들 이외에 도대체 무엇이 존재한단 말인가? 이 넓고 허전한 세상에서 그 외에 누구를 부를 수 있단 말인가? 모든 지식, 모든 질문과 모든 대답을 다 합한 전체가 개들 안에 들어 있다. 만약 이 지식이 효력을 발생하도록 할 수만 있다면, 만약 그것을 백일하에 드러낼 수만 있다면, 만약 그들이 시인하는 것보다, 그들이 스스로에게 고백하는 것보다 그렇게 엄청나게 훨씬 더 많은 것을 알지 못했다면 얼마나 좋았을까. 아무리 수다 떠는 것을 좋아하는 개라도, 가장 좋은 음식들이 있는 장소들에서는 늘 입을 다물던 것보다 입을 더 꾹 다물고 있다. 그들은 동료 개들의 주위를 살살 살금살금 다니며, 욕망 때문에 입에 거품을 물고, 자기 꼬리로 자기 자신의 몸뚱이를 때리고, 물어보고, 간청하고, 짖어 대고, 물어뜯으며 얻는다—그때그때마다 매번 힘들이지 않고도 얻게 될 그런 것을 얻는데, 깊은 애정으로 귀 기울여 듣는 것, 다정하게 접촉하는 것, 존경심에 가득 차 킁킁거리며 냄새 맡는 것, 진심으로 포옹하는 것 등이 그것이다. 나와 너의 짖는 소리가 뒤섞여 하나가 되고, 모든 것이 황홀경, 망각 그리고 발견이 하나 되어 있는 그런 목표를 향하고 있지만, 그러나 우리가 무엇보다도 도달하고자 했던 그 한 가지는 바로 지식의 고백인데, 그것은 이루어지지 않은 채로 있다. 소리 없이 하든 큰 소리로 하든 아무튼 부탁한 데 대한 대답이라는 것이 기껏해야, 아무리 극도로 유혹의 손길을 뻗쳐 보아도, 오로지 무감각한 얼굴 표정, 비뚤어진 눈길, 눈꺼풀이 덮여 가려진 흐릿한 두 눈뿐이다. 이것은 강아지였던 내가 그 음악견音樂犬들을 부르자 그들이 침묵했던 그 당시와 많이 다르지 않다.

이렇게들 말할 수도 있을 것이다. "너는 네 동족 개들에 대해, 결정적인 문제들에 관한 그들의 침묵에 불평을 늘어놓고 있으며, 너는 '그들은 자신들이 자백하는 것보다, 그리고 생활 속에서 인정하고 싶어 하는 것보다 더 많이 알고 있으며, 이 침묵, 그러니까 그 침묵의 이유와 비밀에 대해서도 물론 함께 입 다물어 버리는 이 침묵이 독처럼 생활을 해치며, 너에게 삶을 견딜 수 없게 하며, 너는 삶을 바꾸거나 또는 삶을 버려야 한다'고 주장하고 있다. 그럴지도 모르지만, 그러나 너 자신도 물론 한 마리의 개인지라, 너 역시 개의 지식을 갖고 있으니, 자 이제 그 지식을 질문의 형식으로서뿐만 아니라 대답으로서도 소리 내어 표현하라. 네가 그것을 표현한다면 누가 너에게 이의를 제기하겠는가? 마치 그것을 기다리고 있기라도 했던 것처럼 갑자기 견족의 대합창이 시작될 것이다. 그러면 너는 네가 원하는 만큼, 진리, 명석함, 고백의 심정을 얻게 된다. 네가 그렇게나 아주 나쁜 것이라고 험담하는 이 저급한 삶의 천장이 열리게 될 것이고, 우리 개들은 모두 다 둘씩 짝을 지어, 저 높은 자유의 세계로 올라가게 될 것이다. 그리고 설령 그 마지막 일이 성공하지 못한다 하더라도, 이제까지보다 상황이 더 악화된다 하더라도, 전체의 진리가 절반의 진리보다 더 견딜 수 없게 된다 하더라도, 침묵하는 자들이 삶을 보존하는 자로서 정당하다는 사실이 입증된다 하더라도, 우리가 지금도 여전히 품고 있는 그 약한 희망마저 완전한 절망으로 변해 버린다 하더라도, 네가 너 자신에게 허용된 방식대로 사는 것을 원하지 않기 때문에, 그 말은 물론 시도해 볼 만한 가치가 있는 것이다. 자 그러니까, 왜 너는 남들을 침묵한다는 이유로 비난하면서 너 자신은 침묵하는가?" 대답은 쉽다. 내가 개이기 때문이라고 대답하면 된다. 본질적으로 다른 개와 완전히 똑같이, 마음을 터놓지 않은 채 과묵하게, 나 자신의 질문들에 저항하며 불안 때문에 딱딱하게 굳어 있다. 엄밀하게 말하자면, 적어도 내가 어른이 된 이래로, 내가 도대체 견족에게, 그들이 나에게 대답한다는 이유 때문에, 질문을 한단 말인가? 내가 그토록 어리석은 희망들을 갖고 있다는 말인가? 우리의 삶의 토대를 보고 있고, 그 토대의 깊이를 어렴풋이 짐작하며, 그 토대를 건설하는 암담한 작업에 종사하는 개들을 보고 있는 내가, 내 질문으로 이 모든 것이 끝장이 나고, 파괴되고, 버려질 것이라고 여전히 변함없이 기대하고 있다는 말인가? 아니다, 나는 진실로 더는 그런 기대를 하고 있지 않다. 나는 그들을 이해하며, 나는 그들의 피, 그러니까 그들의 불쌍한, 언제나 거듭 젊은, 언제나 거듭 갈망하는 피와 같은 혈통이다. 그러나 우리는 단지 그 피만 공통으로 갖고 있는 것이 아니라, 그 지식도, 아니 그 지식뿐만이 아니라 그 지식에 이르는 열쇠도 갖고 있다. 나는 그것을 다른 개들 없이는 소지하지 못하며, 그들의 도움 없이는 그것을 가질 수가 없다―모든 개가 달려들어 모든 이빨로 한꺼번에 물어뜯어야 가장 고귀한 골수가 함유된 무쇠처럼 단단한 뼈들을 얻을 수 있는 것이다. 이것은 물론 단지 하나의 비유에 불과하며, 과장된 말이다. 만약 모든 이빨이 준비되어 있다면, 그 개들은 더 이상 물어뜯을 필요가 없을 테고, 그 뼈가 저절로 열릴 것이고 그 골수는 가장 허약한 강아지라도 혼자 힘으로 빨아먹을 수 있을 것이다. 내가 이런 비유 안에 여전히 머물러 있다면, 나의 의도, 나의 질문들, 나의 연구는 물론 어떤 터무니없을 만큼 엄청난 것을 목표로 삼고 있는 것이다. 나는 모든 개를 강제로 모이게 하고 싶고, 그들이 갖추고 있는 준비 상태의 압력을 받아 그 뼈가 저절로 열리도록 하고 싶고, 그러고 나면 그들이 좋아하는 생활로 그들을 돌려보내고 싶고, 그러고는 홀가분하게 나 혼자, 주변에 아무도 없이 나 혼자, 그 골수를 홀짝거리며 빨아 먹고 싶다. 이것은 터무니없는 소리처럼, 마치 내가 단지 어떤 뼈 한 개의 골수에서가 아니라 견족 자체의 골수에서 먹이를 취하고 싶어 하는 것 같은 거의 그런 소리처럼 들린다. 그러나 이것은 단지 비유일 뿐이다. 여기에서 말하는 골수는 음식이 아니라, 그와 정반대의 것, 바로 독毒이다.

내 질문들로 나는 여전히 스스로를 그저 몰아세우고 있을 뿐인데, 내 주위를 홀로 차지한 채 여전히 나에게 대답하는 저 침묵을 통해 나는 나 자신을 격려하고 싶다. 네가 너의 연구를 통해 점점 더 많이 의식하게 되는 바와 같이 견족이 침묵하고 있으며 언제나 침묵하게 되리라는 사실을 너는 얼마나 오랫동안 견뎌 낼 것인가? 네가 그것을 얼마나 오랫동안 견뎌 낼 것인가? 이것이야말로 모든 개별적 질문을 초월한, 나의 사활이 걸린 매우 중요한 본래 질문이다. 그것은 오직 나에게만 던져진 질문이므로 다른 아무도 괴롭히지 않는다. 유감스럽게도, 나는 개별적 질문들보다 이 질문에 더 쉽게 대답할 수 있다. 나는 예측건대 내가 자연사할 때까지는 그것을 견디어 낼 텐데, 불안에 찬 질문들에 대해서는 노년의 평온한 마음이 점점 더 많이 견뎌 나갈 것이다. 나는 십중팔구는 침묵을 지키게 될 것이고, 침묵에 둘러싸인 채, 거의 평화롭게 죽을 것이며, 나는 태연하게 그때를 기다리고 있다. 가히 경탄할 만하게 강한 심장, 때가 되기 전에는 결코 망가져 버리는 일이 없는 폐, 이런 것은 우리 개들에게 마치 어떤 악의에서 주어진 것 같으며, 우리는 모든 질문에 대해, 심지어 우리 자신의 질문에도 저항한다. 침묵의 보루, 그것은 바로 우리인 것이다.

　요즈음 점점 더 많이 나는 나의 삶을 곰곰이 생각해 보는데, 내가 아마 저질렀을 수도 있을, 모든 일에 책임이 있는 그런 결정적인 잘못을 찾아보려고 하지만 찾아낼 수가 없다. 그러나 나는 틀림없이 그런 잘못을 저질렀을 텐데, 왜냐하면 만약 내가 그 잘못을 저지르지 않았고 긴 생애 동안 성실한 작업을 해 왔음에도 불구하고 원했던 것을 이루지 못했다면, 내가 원했던 것은 불가능한 일이었고 따라서 완전히 절망적인 결과가 생기게 되리라는 것은 입증되어 있는 것과 마찬가지일 터이기 때문이다. 네 생애에 한 일을 보라! 맨 먼저, 땅은 우리를 위한 이 식량을 어디에서 얻는가? 하는 질문에 관한 연구는 어떤가. 근본적으로 물론 탐욕적이고 삶을 즐기는 쾌활한 젊은 개였던 나는, 모든 향락도 포기하고 모든 유흥도 모조리 멀리했으며, 그 어떤 유혹 앞에서도 머리를 두 다리 사이에 파묻은 채 일에 열중했다. 그것은 박학다식함과 관련해서도, 그 방법들과 그 의도와 관련해서도 결코 학자의 일은 아니었다. 그것은 아마도 다분히 오류들이 있었을 텐데, 그러나 결코 결정적인 오류는 아니었을 것이다. 나는 조금밖에 배우지를 못했는데, 왜냐하면 나는 어려서부터 일찍 어머니를 떠나 곧바로 독립생활에 익숙해져 자유로운 삶을 영위하고 있었고, 너무 조기에 이루어진 독립생활은 체계적인 학습에 해로운 것이었기 때문이다. 그러나 나는 많이 보고 들었으며, 아주 다양한 직업을 가진 아주 다양한 종種의 개들과 이야기를 나누기도 했던 터라, 내가 생각하기에는 모든 것을 이해하는 능력도 별로 나쁘지 않았고 개별적으로 관찰한 것들을 연결하는 능력도 별로 나쁜 편이 아니어서, 이것이 박학다식함을 약간 대신해 주었다. 그 밖에도 독립생활이란 것이 비록 학습에는 불리할지 모르지만 독자적인 연구에는 확실히 유리한 점이 있다. 그 독립생활은 내 경우에는, 내가 학문 본래의 방법들을 따를 수 없었던 만큼, 말하자면 전임자들의 연구 결과들을 이용하고 동시대의 학자들과 결합할 수 없었던 만큼, 더욱더 필요했던 것이다. 나는 전적으로 오직 나 자신에게만 의지하고 있었으며, 그야말로 맨 처음부터, 내가 찍게 될 그 우연한 마침표가 틀림없이 최종적인 마침표일 것이라는 의식, 그러니까 젊은이에게는 기쁨을 주지만, 그러나 늙은이에게는 지극히 풀이 죽게 만드는 그런 의식으로 시작했다. 그런데 내가 과연 실제로 그때부터 지금까지 줄곧, 그렇게 나 홀로 외롭게 나의 연구를 해 온 것일까? 그렇기도 하고 아니기도 하다. 개별적인 개들이 여기저기에서 예나 지금이나 언제나 나 같은 처지에 놓여 있지 않다는 것은 불가능하다. 내 형편이 그렇게 나쁠 수는 없는 것이다. 나는 개라는 존재에서 털끝 하나만큼도 벗어나 있지 못하다. 어떤 개나 모두 나처럼 묻고 싶은 충동이 있으며, 그리고 나는 모든 개와 마찬가지로 침묵하고 싶은 충동이 있다. 누구나 다 묻고 싶은 충동이 있는 것이다. 만약 그렇지 않다면 내가 나의 질문들을 통해, 자주 황홀감, 과도한 황홀감으로 볼 수 있도록 허락받은 그런 가장 가벼운 충격만이라도 과연 받을 수가 있었을 것이며, 만약 내가 처한 사정이 그렇지 않았다면, 훨씬 더 많은 충격을 받을 필요가 없었을 것이다. 그리고 내가 침묵하고 싶은 충동이 있다는 사실은 유감스럽게도 특별한 증명이 필요하지 않다. 그러니까 나는 근본적으로 다른 모든 개와 다르지 않으며, 따라서 누구나 나를, 비록 나와 의견이 다르고 나에게 혐오감을 느낀다 하더라도, 근본적으로 인정해 줄 것이며, 나 역시 모든 개와 다르게 행동하지는 않을 것이다. 다만 우리를 이루는 요소들의 혼합 상태만 다를 뿐으로, 이것은 개별적으로 보면 아주 크지만, 종족 전체로 보면 의미가 없는 사소한 차이이다. 그렇다면 과거와 현재의 범주 안에서 언제나 있어 온 이 요소들의 혼합 상태가, 나의 혼합 상태와 비슷하게, 없었던 적은 결코 한 번도 없었다는 말인데, 만약 나의 혼합 상태를 불행이라고 부르고자 한다면, 종족 전체를 이루는 이 요소들의 혼합 상태가 훨씬 더 불행한 것이 아니었을까? 그것은 여타의 모든 경험과 상반될 것이다. 우리 개들은 아주 놀라운 기이한 직업들에 종사하고 있다. 만약 그것에 관해 가장 신뢰할 만한 소식들이 없다면 우리가 전혀 믿지 않을 그런 직업들이다. 여기서 내가 가장 기꺼이 생각하고 싶은 것은 공중견空中犬의 예이다. 나는 그런 개에 관한 이야기를 처음 들었을 때 웃어 댔고 어떻게 해도 결코 믿을 수가 없었다. 어떻게 믿을 수 있겠는가? 아주 작은 견종이 있다고들 했는데, 내 머리보다 훨씬 더 크지는 않고, 아무리 나이가 들어도 키가 더 크지 않으며, 그리고 이 개는 당연히 허약하고, 겉모습으로 보면 부자연스럽고 발육이 부진하고 지나치게 세심하게 머리 모양을 다듬은 형상이며, 제대로 뛰어오를 수 있는 능력도 없고, 이 개는, 들리는 소문으로는, 대부분 공중 높은 곳에서 떠돌아다니면서 그러나 눈에 띄는 일을 하지는 않고 조용히 쉬고 있다고들 했다. 아니다, 그런 것들을 나에게 믿게 하려는 것은 어느 것에도 얽매이지 않은 젊은 개의 자유분방함을 너무나 철저하게 이용해 먹으려는 속셈일 거라고 나는 믿었다. 그러나 그 직후 나는 다른 쪽으로부터 어떤 다른 공중견에 관해 이야기하는 것을 듣게 되었다. 모두들 나를 놀려 먹으려고 한통속이 되었다는 말인가? 그러고 나서 나는 음악견들을 보게 되었는데, 그때부터 나는 불가능한 일은 없다고 생각했으며, 선입견 때문에 이해력이 제한받는 일도 없었으며, 아무리 터무니없는 소문들이라도 추적해 힘닿는 데까지 철저하게 조사했으며, 내게는 이런 터무니없는 것이 이 얼토당토않은 삶에서 그 의미심장한 것보다 더 있을 법한 것으로, 그리고 내 연구를 위해 유난히 생산적인 것으로 보였다. 공중견의 경우에도 이와 마찬가지였다. 나는 그들에 관해 여러 가지를 들어 알게 되었는데, 물론 나는 오늘날까지도 그들을 한 마리도 보지는 못했지만, 그러나 그 존재에 대해서는 벌써 오래전부터 굳게 확신하고 있었고, 나의 세계상 속에서 그들은 중요한 위치를 차지하고 있다. 대체로 그렇듯이 여기에서도 나를 생각에 깊이 잠기게 하는 것은 물론 그들의 기예技藝가 아니다. 이 개들이 공중에 둥실둥실 떠 있을 수 있는 능력을 갖고 있다는 것은 놀라운 일이며, 누가 이를 부정할 수 있겠는가. 나도 견족과 함께 이런 능력에 놀라워하고 있었다. 그러나 나의 감정상 훨씬 더 놀라운 것은 이들의 존재가 터무니없는 허튼소리라는 사실인데, 그 사실을 침묵하고 있다는 것이다. 일반적으로 그들이 존재한다는 것은 전혀 근거를 댈 수 없는 것으로, 그들은 공중에 떠 있고, 그 상태가 계속 유지되며, 그런 삶이 계속 자기 길을 가고, 여기저기에서 가끔씩 산발적으로 우리는 그런 기예와 그런 기예를 가진 개들을 화제로 삼으며, 고작 이것이 전부이다. 그러나 왜 지극히 선량한 견족, 왜 그 개들만 유독 둥둥 떠다니는 것일까? 그들의 소명召命은 어떤 종류의 것일까? 왜 그들로부터 설명을 한 마디도 들을 수 없는 것일까? 왜 그들은 저 위 공중에 둥둥 떠다니며, 개의 자랑인 다리들을 발육이 정지되도록 하며, 식량을 주는 땅과 분리된 채, 씨를 뿌리지 않으면서도 물론 거두어들이기는 하며, 심지어는 견족의 희생으로 특별히 잘 먹고 지내는 것일까? 나는 이 일들에 대한 나의 질문들을 통해 물론 약간의 동요를 일으켰다고 자부할 수 있다. 우리는 이유를 들어 설명하기 시작하고, 모두 함께 서둘러 지껄여 대면서 그 설명이 옳다는 일종의 이유 제시를 시작하는데, 이처럼 시작은 했으나 물론 앞으로도 이 시작을 넘어서지는 못할 것이다. 그러나 그것은 아무튼 사실상 이렇다 할 의미 있는 일이다. 그리고 그 일을 하면서 물론 결코 진리가 드러날 리는 만무하지만—우리는 결코 거기까지는 이르지 못할 것이다—그러나 허위라는 깊은 혼란 상태로부터 아무튼 무엇인가가 드러나게 되는 법이다. 우리네 삶의 어처구니없는 모든 현상, 그리고 가장 어처구니없는 현상들은 특히나 말하자면 그 존재 이유가 있는 것이다. 물론 완벽하게 그런 것은 아니지만—완벽하다고 말하는 것은 고약한 위트이다—그러나 저 괴로운 성가신 질문으로부터 나를 지켜 내는 데는 이것으로 충분하다. 그 공중견들을 다시 예로 들어 보기로 하자. 맨 처음에는 모두들 그들이 매우 거만하다고 생각할 수도 있겠지만 사실은 전혀 그렇지 않으며, 그들은 오히려 동료 개들을 특히나 필요로 하고 있다. 그들의 입장이 되어 보려고 하면 그것을 이해할 수 있다. 그들이 공개적으로 말하는 것은 침묵의 의무를 위반하는 행위일 것이다. 따라서 그들은 만약 공개적으로 말할 수 없으면, 아무튼 어떤 다른 방식으로라도 사실상 자신들의 생활 방식에 대해 양해를 구하려고 하거나 또는 적어도 다른 개들의 관심을 그런 생활 방식으로부터 딴 데로 돌려 그것을 잊어버리게 해야 하는데, 내가 이야기 들은 바로는, 그들은 거의 참을 수 없는 요설饒舌이라는 수단을 통해 그 일을 해낸다고 한다. 쉬지 않고 끊임없이 그들은 이야기를 해야만 하는데, 일부는 그들이 육체적인 노고는 완전히 단념했기 때문에 지속적으로 전념할 수 있는 철학적인 성찰들에 대해, 일부는 자신들의 높아진 위치에서 행하는 관찰들에 대해 이야기해야만 하는 것이다. 그럼에도 불구하고 이와 같은 방탕한 생활을 하면 자명한 것이지만, 그들이 정신력으로 아주 두드러지게 뛰어난 것도 아니고, 그들의 철학은 그들의 관찰들과 마찬가지로 가치가 없고, 학문은 그것으로부터 거의 아무것도 이용할 수 없으며, 그와 같은 초라한 참고 문헌들에 도무지 의존할 수가 없었는데, 그렇지만 만약 공중견들이 도대체 하려고 하는 것이 무엇인가 하고 물으면, 언제나 거듭, 그들은 학문에 많은 기여를 하고 있다는 대답을 듣게 된다. "옳은 말이야" 하고 그 대답에 대해 말들을 한다. "그러나 그 기여들은 무가치하고 거추장스러운 것이야." 어깨를 으쓱 추켜올리거나, 눈길을 딴 쪽으로 돌리거나, 화를 버럭 내거나 웃어 대는 것이 계속 이어지는 대답인데, 잠시 후에 다시 물으면, 또다시 물론, 그들이 학문에 기여하고 있다는 말을 듣게 되며, 그리고 이내 마지막으로 질문을 받으면, 별로 자제를 하지 못하고, 똑같은 대답을 한다. 그리고 너무 고집 부리지 않고 현상에 순응하는 것, 이미 존속하고 있는 공중견의 삶의 권리를 인정하는 것을 불가능하더라도 참고 받아들인다는 것도 어쩌면 좋은 일일지 모른다. 그러나 더 많은 요구를 해서는 안 되며 그것은 지나친 일이 될 텐데도 그러나 모두 그것을 요구하고 있다. 언제나 위로 올라오는 새로운 공중견들에 대해 관대하게 인내할 것을 요구받는다. 그들이 어디에서 오는 것인지는 결코 정확하게 알 수가 없다. 그들은 생식生殖을 통해 증가하는 것일까? 그들은 도대체 아직도 생식 능력이 있기는 할까, 그들은 사실상 한 장의 아름다운 모피와 거의 다름없는 존재인데, 여기에서 무엇이 번식한단 말인가? 설령 도저히 있을 법하지 않은 그런 일이 실제로 가능하다 하더라도, 언제 그런 일이 일어나게 된단 말인가? 언제나 그들이 물론 자기들끼리만 저 위 공중에서 자족하는 모습을 볼 수 있는데, 비록 그들이 언젠가 한번 몸을 땅 위로 끌어 내려 뛰어다니는 일이 있다고 하더라도, 그것은 단지 아주 짧은 순간의 일에 불과하다. 그들은 짐짓 부자연스럽게 억지로 몇 발짝 앞으로 나아가며, 언제나 거듭 정말 엄격하게 혼자 있으며, 설령 그들이 아무리 애를 쓴다 하더라도, 결코 빠져나올 수 없는 이른바 사색이라는 것에 잠겨 있다. 적어도 그들은 그렇게 주장하고 있는 것이다. 그런데 만약 그들이 자기 생식을 하지 않는다면, 자발적으로 지면과 똑같은 높이의 땅 위의 생활을 단념하고, 자발적으로 공중견이 되어, 쾌적한 편리함과 어떤 숙련된 기예를 버린 대가로, 그곳 공중의 요 위에서 사는 이 황량한 생활을 택하는 그런 개들이 있다는 것도 아마 생각해 볼 수 있지 않을까? 그것은 생각할 수 없는 일로서, 생식도 생각할 수 없는 일이고 자발적인 합병도 생각할 수 없는 일이다. 그러나 현실은, 물론 언제나 거듭 새로운 공중견들이 있다는 사실을 보여 주고 있다. 이 사실로부터 다음과 같은 결론을 끌어낼 수 있다. 비록 우리의 오성으로는 극복할 수 있을 것 같지 않은 그런 장애물들이 있음에도 불구하고, 아무튼 일단 발생한 견종은, 설령 그것이 아주 이상한 변종이라 할지라도, 적어도 모든 종 안에는 오랫동안 성공적으로 자기 방어를 하는 무언가가 없지는 않기 때문에, 결코, 적어도 쉽게는, 절멸되지 않는다.

만약 그것이 공중견처럼 그렇게 유별나고 무의미하고 지극히 이상하고 생활 능력이 없는 그런 종에게 유효한 것이라면, 내가 그것을 내 종에도 받아들이면 안 되는가? 하기야 나는 겉모습으로는 전혀 이상한 데라곤 없으며, 적어도 이곳 지역에서는 아주 흔히 볼 수 있는 평범한 중산층 개로서 특별히 뛰어난 것도 없고 특별히 멸시받을 만한 것도 없으며, 나의 청년기와 부분적으로는 장년기에도 여전히, 내가 외모에 신경을 쓰고 운동을 많이 했던 동안에는, 나는 심지어 정말 매력적인 개였다. 특히 나의 정면 모습은 칭찬을 받았는데, 날씬한 다리, 아름다운 머리 자세, 그리고 오직 털끝에서만 둘둘 말린 회색-흰색-노란색의 털가죽은 무척 호감을 주는 것이었다. 이 모든 것은 이상한 것이 아니며, 이상한 것은 오직 나의 존재뿐인데, 그러나 이것 역시, 내가 결코 고려하지 않으면 안 되는 바대로, 일반적인 개의 존재 속에 근거를 두고 있는 것이다. 심지어 공중견이라 해도 혼자만 머무르지 않고 개들의 큰 세계에서 여기저기에 언제나 거듭 누군가가 있고, 심지어는 무無에서 언제나 거듭 젊은 후진을 데려온다면, 나 역시 쓸모없는 몰락한 자는 아니라는 확신을 하며 살 수 있을 것이다. 물론 나와 동종의 개들은 틀림없이 어떤 특별한 운명을 지니고 있으며, 그들의 존재가 나에게 결코 가시적으로 도움이 되지는 않을 것인데, 그렇지만 내가 그들의 존재를 볼 때마다 거의 매번 알아보지 못할 것이기 때문에 그런 것은 아니다. 우리는 침묵의 고통스러운 압박을 받고 있는 존재들로, 참으로 산소 결핍증 때문에 그 침묵을 깨뜨려 버리려고 하는 것이며, 이것이 다른 개들에게는 침묵 속에 잘 지내고 있는 것처럼 보이는 것이다. 하지만 겉으로 보기에는 평온하게 음악을 연주하는 것 같지만 그러나 실제로는 매우 흥분하고 있었던 저 음악견들의 경우와 마찬가지로, 물론 단지 겉으로만 그렇게 보일 뿐이지만, 그러나 이 겉모습이 강해서, 모두들 그것에 맞서려고 시도하지만, 그것은 그런 공격이 있을 때마다 매번 얕잡아 보며 비웃는다. 그렇다면 나와 동종의 개들은 어떻게 서로를 도울 것인가? 아무튼 살아보려는 그들의 시도는 어떤 모습으로 보일까? 그것은 여러 가지일 것이다. 젊은 시절 동안 나는 질문을 함으로써 살아보려고 했다. 따라서 나는 어쩌면 질문을 많이 하는 자들을 믿고 그들에게 의지할 수 있을 것이며, 그러고 나면 나와 동종의 개들을 갖게 될 것이다. 나 역시 한동안 극기克己하는 마음으로 인내하며 그런 시도를 했는데, 극기라고 한 것은, 왜냐하면 무엇보다도 특히 내 질문에 대답을 해야 하는 놈들이 나를 괴롭혔기 때문이며, 대부분 내가 대답할 수 없는 질문들로 나의 질문을 끊임없이 중단시켰던 그런 자들이 나는 싫었다. 젊은 시절에는 도대체 누가 질문하는 것을 좋아하지 않을까? 그런데 그 많은 질문에서 나는 어떻게 올바른 질문들을 찾아내야 한단 말인가? 어느 질문이나 모두 그 질문이 그 질문인 것처럼 들리는데, 질문의 의도가 중요한 문제이지만, 그러나 그것은 그 질문자에게도 자주 숨겨져 있다. 그건 그렇고 일반적으로 말해서 질문은 사실상 견족의 한 가지 특성으로, 모두들 뒤죽박죽으로 질문을 해 대는데, 마치 그렇게 함으로써 올바른 질문들의 흔적을 아예 말끔히 지워 버릴 것처럼 보인다. 아니다, 질문을 하는 젊은 개들 가운데에서 나는 나와 동종의 개를 찾지 못하며, 그리고 지금 내가 속해 있는 그 침묵하는 개들, 늙은 개들 중에도 마찬가지로 찾지 못하고 있다. 그러나 그 질문들이 원하는 것은 도대체 무엇인가? 나는 사실 그 질문들로 좌절하고 있는데, 나의 동료들은 십중팔구 나보다 훨씬 더 현명할 테고, 그들은 이 삶을 견뎌 내기 위해 전혀 다른 탁월한 수단들을 사용하고 있다. 그 수단들은 물론, 내 입장에서 덧붙여 말하자면, 아마도 부득이한 경우 임시방편으로 그들을 도와주고, 마음을 진정시키고, 안심시키고, 변종을 일으키는 작용을 할지도 모르지만, 그러나 일반적으로 나의 수단들과 마찬가지로 무력한 것인데, 왜냐하면, 내가 전망한 바로는, 그런 방법은 전혀 성공을 거두지 못하기 때문이다. 내가 염려하는 것은, 내가 그 성공이 아니라 오히려 다른 모든 것에서 나와 동종의 개들을 식별하게 될 것이라는 점이다. 그런데 나와 동종의 개들은 도대체 어디에 있는가? 그렇다, 이것은 탄식조의 푸념, 바로 그것이다. 그들은 어디에 있는가? 어디에나 있고 어디에도 없다. 어쩌면 그것은 나와 세 번 도약하면 닿을 수 있는 거리에 떨어져 있는 이웃 개일지도 모르는데, 우리는 서로 자주 소리쳐 부르지만, 설령 그가 나에게 건너오더라도, 나는 그에게 가지 않는다. 그 이웃이 나와 동종의 개인가? 나는 모르겠다. 나는 물론 그에게서 그와 같은 점을 아무것도 식별하지 못하지만, 그러나 나와 동종의 개일 수도 있다. 그것이 가능한 일이기는 하지만, 그러나 물론 이보다 더 믿을 수 없는 황당무계한 것은 아무것도 없다. 만약 그가 먼 곳에 있으면 나는 장난삼아 모든 환상의 도움을 빌려 그에게서, 나에게 마치 집에 온 것처럼 수상쩍게 아늑한 느낌이 나게 하는 많은 것을 찾아낼 수 있지만, 그러나 그가 내 눈앞에 서 있으면 내가 허구로 꾸며 낸 그 모든 것이 다 웃음거리가 되어 버린다. 거의 중간 크기도 안 되는 나보다도 약간 더 작은 늙은 개인 그는 갈색이고 털이 짧고, 머리는 피곤에 지쳐 내려뜨리고, 발을 끌며 걷는 걸음걸이에, 게다가 왼쪽 뒷다리를 질병 때문에 약간 질질 끌고 있다. 벌써 오래전부터 내가 그 친구만큼 그렇게 가깝게 교제한 개는 아무도 없으며, 내가 그를 물론 아직은 어지간히 견뎌 내고 있어서 기쁘다. 그리고 그가 떠나갈 때면 나는, 그의 뒤에 대고 소리를 지르며 가장 다정한 말들을 내뱉는데,

물론 애정 때문에 그런 것이 아니라 나 자신에게 화가 치밀어 그러는 것이다. 왜냐하면 그를 뒤쫓을 때면 나는 그가 다리를 질질 끌고 궁둥이 쪽을 너무 낮춘 채 달아나듯 살금살금 가 버리는 모습을 보게 되는데, 그것은 언제 봐도 새삼 완전히 역겹다는 생각이 들기 때문이다. 내가 그를 머릿속에서 나의 동료라고 부르는 것이 마치 나 자신을 우롱하려는 것 같은 생각이 들 때가 가끔 있다. 우리의 대화 가운데에도 그는 나와 어떤 동류라는 점을 하나도 드러내지 않는데, 물론 그는 영리하고, 여기 우리의 상황에서는, 교양도 충분히 있어 내가 그에게서 많은 것을 배울 수 있을 테지만, 그러나 내가 구하는 것이 영리함과 교양인가? 우리는 통상적으로 장소 문제들에 대해 환담을 하는데, 그때 나는, 고독하게 살기 때문에 이 문제에 관련하여 사태를 꿰뚫어 보는 투시 능력이 더 생긴 상태에서, 심지어 평범한 개한테도, 심지어 평균적으로 그다지 불리하지 않은 상황에서도, 삶을 유지해 나가고 흔히 일어나는 가장 큰 위험으로부터 자신을 지키기 위해서는, 얼마나 많은 지력智力이 필요한 것인가를 알고는, 깜짝 놀라게 된다. 학문은 물론 규칙들을 제공하지만, 그러나 그 규칙들을 그냥 멀리서 그리고 단지 중요한 특징들만 대충 이해하는 것마저도 결코 쉬운 일이 아닌데, 그리고 그 규칙들을 이해하고 나면 그때야 비로소, 더 자세히 말하자면 그것을 장소 문제에 관한 상황에 적용하는 진짜 어려운 본래의 문제가 닥치는 것이다—이 문제는 거의 아무도 도움을 줄 수 없으며, 거의 매시간 새로운 과제들이 생기며, 새로운 땅뙈기는 제각기 특수한 문제를 안고 있다. 자신은 오랜 기간 지속적으로 어딘가에서 살고 있을 것이라고, 자신의 삶은 이제 저절로 흘러가는 것이라고, 어느 누구도 자신에 대해 그렇게 주장할 수는 없으며, 여러 욕망들이 그야말로 날이 갈수록 틀림없이 줄어들어 가는 나 역시 마찬가지이다. 그런데 끝없는 이 모든 노력은 무슨 목적을 위한 걸까? 그것은 물론 오로지 스스로를 언제나 그대로 계속 침묵 속에 묻어 두기 위해서이며, 앞으로도 결코 그리고 누구에 의해서도 더 이상 거기에서 끄집어내어질 수 없도록 하기 위해서일 뿐이다. 시간이 지나면서 이루어진 견족의 일반적인 진보는 자주 칭찬의 대상이 되는데, 그것이 의미하는 바는 다분히 주로 학문의 진보이다. 확실히, 학문은 진보하는 것이며, 그것은 끊임이 없고, 학문은 심지어 가속도가 붙어 점점 더 빠르게 진보하는 것이지만, 그러나 여기에 칭찬받을 만한 점이 무엇이 있다는 말인가? 이것은 마치 누군가가 해가 갈수록 더 늙어 가고, 그 결과 죽음이 점점 더 빨리 다가오기 때문에 그 누군가를 칭찬하려고 하는 것과 마찬가지처럼 보인다. 그것은 자연스러운 과정이며 게다가 싫은 과정이므로, 그 과정에서 나는 칭찬거리를 하나도 찾을 수가 없다. 나는 오로지 쇠퇴만을 볼 뿐이지만, 그러나 그렇다고 예전의 세대들이 본질적으로 더 낫다는 뜻은 아니고, 그들이 다만 더 젊었다는 뜻으로 한 말인데, 이것이 그들의 큰 장점이었고, 그들의 기억은 아직 오늘날의 기억처럼 그렇게 부담을 과도하게 안고 있지는 않았고, 그들을 말하게 하는 것이 훨씬 더 쉬웠고, 설령 아무도 그 일을 해내지 못했다 하더라도, 그 가능성은 더 컸고, 바로 이 더 큰 가능성이, 우리가 정말로 단순하기 짝이 없는 옛날이야기를 들을 때 우리를 그렇게 무척 흥분하게 하는 것이다. 가끔 우리는 그것을 암시하는 것 같은 어떤 말을 듣는데, 만약 우리가 수 세기에 걸쳐 우리에게 가해진 부담을 느끼지 않는다면, 거의 깡충 뛰어오르고 싶을 것이다. 아니다, 내가 비록 나의 시대에 대해 불평할 수밖에 없다고는 하지만, 구세대들이 신세대들보다 더 나은 것은 아니었고, 사실 어느 의미에서는 구세대들이 훨씬 더 나쁘고 나약했다. 물론 그 당시에도 놀라운 놈들이 골목길을 지나 손만 뻗으면 닿는 곳까지 제멋대로 싸돌아다니지는 않았지만, 그러나 개들은, 나는 이를 달리 표현할 수가 없는데, 오늘날처럼 그렇게 개답지가 않았고, 견족의 조직은 여전히 느슨한 상태였으며, 진실한 말은 그 당시만 해도 아직 관여하여 영향을 미치고, 구조를 정하고, 그 기능을 바꾸고, 각자의 소망에 따라 변화시키고, 방향을 반대로 돌릴 수도 있었을 것이다. 그런 진실한 말이 그때는 있었고, 적어도 가까이에는 있었는데, 혀끝에서 뱅뱅 돌고 있어서 누구나 다 그것을 경험할 수 있었다. 그것이 오늘날에는 어디로 가 버렸는지, 내장 속에 손을 집어넣어도 찾아내지를 못할 것이다. 우리 세대는 어쩌면 몰락해 있을지 모르겠지만, 그러나 그 당시의 세대보다 더 타락한 것은 아니다. 나의 세대의 망설임을 나는 이해할 수 있는데, 그것은 사실상 더는 전혀 망설임이 아니고, 그것은 수천 번이나 밤마다 꾸고도 잊어버린 어떤 꿈에 대한 망각이다. 그런데 누가 바로 이 수천 번째의 망각 때문에 우리에게 화를 내려 하겠는가? 그러나 우리 선조들의 망설임도 나는 이해한다고 믿고 있는데, 우리는 십중팔구는 달리 행동할 수 없었을 테고, 나는 거의 이렇게 말하고 싶다. 우리에게 죄를 뒤집어씌워야만 한 것은 우리가 아니었으며, 이미 남들에 의해 어두워진 어떤 세계에서 거의 죄 없는 침묵 가운데 죽음을 향해 길을 재촉하는 것이 우리에게 허용되어 있다. 우리 선조들은 길을 잘못 들었을 때 아마도 끝없이 길을 잃고 헤매리라고는 거의 생각하지 못했을 것이고, 그들의 눈에는 참으로 중요한 갈림길인 십자로가 여전히 보였던 터라, 언제라도 되돌아가는 것은 쉬웠으며, 만약 그들이 되돌아가는 것을 주저했다면 그 까닭은 오로지 그들이 짧은 시간이나마 여전히 개의 삶을 즐기고 싶었기 때문이었는데, 그것은 아직 결코 개의 고유한 삶이 아니었지만 이미 그들을 도취하게 할 만큼 아름답게 보였다. 실제로는 틀림없이 나중에야 비로소, 그러니까 적어도 아직은 짧은 시간이 지나고 나서야 비로소 그 삶이 그렇게 아름답게 되었던 것만큼 그들은 얼마 동안 계속 방황했다. 그들은, 우리가 역사의 흐름을 고찰할 때 어렴풋이 예감할 수 있는 것, 즉 영혼이 삶보다 더 일찍 바뀐다는 사실, 그러니까 그 영혼이 개의 삶을 즐기기 시작했을 때, 그들은 이미 어떤 진짜 옛날 개의 영혼을 갖고 있어야만 했으며, 그들에게 보인 것처럼 또는 개로서의 모든 기쁨에 도취해 있는 눈이 그들을 믿게 하려고 한 것만큼, 그들은 이제 더 이상 결코 출발점에 그렇게 아주 가까이 있지 않다는 사실을 모르고 있었던 것이다—누가 오늘날 여전히 젊은 시절을 이야기할 수 있단 말인가. 그들은 본래 젊은 개였으나 그들의 유일한 공명심이 목표로 삼은 것은 유감스럽게도 늙은 개가 되는 것이었던바, 그것은, 모든 후속 세대, 특히 마지막 세대인 우리 세대가 가장 잘 입증하고 있듯이, 물론 실패할 수가 없는 그런 목표였다.

이 모든 일에 대해 나는 물론 이웃 개와 이야기하는 것은 아니지만, 그러나 내가 이 전형적인 늙은 개와 마주 앉아 있을 때면, 또는 벗겨진 가죽에서 냄새를 풍기기 시작하는 그의 모피 속에 코와 입 부분을 파묻고 있으면, 나는 자주 이 일들을 생각할 수밖에 없다. 그것들에 관해 그와, 또한 다른 누구와도 이야기를 나누는 것은 무의미한 짓이리라. 나는 그 대화가 어떻게 진행되어 나갈 것인가를 안다. 그는 이따금씩 두서너 번 사소한 이의를 제기하겠지만 결국은 동의할 것이다―동의야말로 가장 좋은 무기이다―그러면 그 일은 묻혀 있을 텐데, 도대체 왜 그때야 비로소 그것을 묻혀 있던 무덤에서 파내려고 애쓰겠는가? 그럼에도 불구하고, 아마도 내 이웃 개와는 단순한 말들을 넘어서는 더 깊은 의견의 일치가 물론 있는 것 같다. 비록 그것에 대한 증거들이 있는 것도 아니고, 또한 그는 내가 오랫동안 교제해 오고 있는 유일한 개인지라 따라서 나는 그에게 의지할 수밖에 없기 때문에, 어쩌면 단지 단순한 착각일 수 있음에도 불구하고, 나는 이렇게 주장하는 것을 그만둘 수가 없다. '너는 아무튼 너 나름대로는 나의 동료 아닌가? 그리고 모든 일을 다 실패했다고 너는 부끄러워하는가? 이봐, 괜찮아, 나도 마찬가지였네. 나는 혼자 있을 때면 그 일로 울부짖는다네. 자, 이리 와. 둘이 있으면 기분이 더 좋을 거야.' 가끔씩 이런 생각을 하면서 나는 그의 얼굴을 뚫어져라 쳐다본다. 그러고 나면 그는 내 눈길을 피해 내려다보지는 않지만, 그러나 나는 그의 눈길에서 아무런 정보도 끄집어낼 수 없다. 그는 나를 흐리멍덩하게 쳐다보면서, 왜 내가 침묵하고 있고 우리의 대화를 중단해 버린 것인지 의아해한다. 그러나 어쩌면 바로 이런 눈길이 그의 질문 방식일지도 모르며, 그가 나를 실망시키는 것과 마찬가지로 나도 그를 실망시킨다. 나는 젊을 때였다면, 만약 그 당시에 나한테 다른 질문들이 더 중요하지 않았고 나 혼자서 충분히 만족해하지 않았다면, 나는 아마도 큰 소리로 그에게 질문했을 테고, 그가 침묵하기 때문에, 어떤 시원찮은 동의를, 그러니까 오늘날보다 더 적은 동의를 얻어 냈을 것이다. 그러나 모두가 다 마찬가지로 침묵하는 것은 아니지 않은가? 무엇이 나로 하여금 모두가 내 동료라는 사실을 믿지 못하게 방해하는가. 보잘것없는 성과로 몰락하고 잊힌, 그리고 그 시대들의 어둠 또는 현재의 진퇴양난의 어려움 때문에 내가 어떤 방법으로도 더는 접근할 수 없는 그런 동료 연구자를 나는 여기저기에 두고 있을 뿐만 아니라, 오히려 예전부터 모든 방면에 나는, 모두 나름대로 노력은 하고 있지만, 그러나 가망 없는 연구의 결과가 그렇듯이, 나름대로의 성과는 없고, 모두 침묵하거나 또는 교활하게 나름대로 수다를 떠는 그런 동료들을 두고 있는데, 무엇이 나로 하여금 이런 사실들을 믿지 못하게 방해하는가. 만약 내가 그런 사실들을 믿었더라면 나는 아무튼 고립될 필요도 전혀 없었을 테고, 다른 동료들 사이에 조용히 머무를 수 있었을 테고, 마치 버릇없는 강아지처럼 어른들의 대열을 뚫고 바깥으로 나갈 필요도 없었을 것이다. 사실은 어른들도 나와 꼭 마찬가지로 바깥으로 나가고 싶어 하지만, '아무도 바깥으로 나가지 않으며, 강한 충동은 모조리 어리석다'고 자신들에게 말하는 어른들의 오성, 오직 이것만이 나를 혼란스럽게 한다.

이런 생각들은 물론 명백하게 내 이웃 개의 영향인데, 그는 나를 당황하게 하고, 그는 나를 우울하게 한다. 그리고 그는 그 자체로는 충분히 유쾌하다. 적어도 나는 그가 자기 영역에서 소리를 지르고 노래를 부르는 것을 듣는데, 그것이 나는 괴롭고 불쾌하다. 이 마지막 교제도 포기해 버리고, 아무리 단단하게 단련한다 하더라도 개의 교우에는 으레 따르기 마련인 그 막연한 몽상에 젖는 일도 중단하고, 남은 시간을 오로지 내 연구에만 바치는 것은 좋은 일일 것이다. 나는, 그가 다음에 찾아오면, 살살 기어들어 가 잠을 자는 척할 것이며, 그가 오는 일을 그만둘 때까지 그렇게 오랫동안 그 짓을 반복할 것이다.

또한 내 연구도 혼란에 빠지게 되었는데, 나는 느슨해지고, 지쳐 싫증을 내며, 활기에 넘쳐 뛰어다니던 내가 그저 기계적으로 무거운 발걸음으로 느릿느릿 걷는다. 나는 '땅은 우리의 식량을 어디에서 얻는가?'라는 질문을 내가 연구하기 시작했던 그 시절을 회상해 본다. 물론 나는 그 당시 종족 한가운데서 살고 있었고, 개들이 가장 밀집한 곳에 밀치고 들어갔으며, 모든 개를 내 일들을 증언하는 자로 삼고 싶었으며, 이 증언은 나에게는 심지어 나의 일 자체보다 더 중요했다. 나는 사실상 여전히 어떤 일반적인 효과를 기대하고 있었기 때문에, 그 증언으로 크게 고무를 받았는데, 이제 외롭게 혼자 지내는 나에게는 그것은 다 끝나 버린 일이다. 그러나 그 당시에 나는 매우 강했으므로 전대미문의 엄청난 어떤 일을 해냈는데, 그것은 우리의 모든 원칙에 어긋나는 것으로, 그 당시 증언을 한 자라면 누구나 확실히 어마어마한 사건으로 기억하고 있을 것이다. 나는 보통은 무한한 전문화를 향해 나아가는 학문 속에서, 어떤 관점에서는, 하나의 단순화 경향이 있음을 발견했다. 학문은 주로, 땅이 우리의 식량을 생산한다는 사실을 가르치고, 그러고 나서는, 이 사실을 전제 조건으로 제시한 다음에, 최고의 품질과 최대의 충족감을 지닌 각양각색의 음식을 만들어 낼 수 있는 방법들을 제시한다. 땅은 이 식량을 어디에서 얻는가? 땅이 식량을 생산한다는 것은 물론 옳은 말이며, 거기에는 아무런 의심이 있을 수 없지만, 그러나 그 밖의 상세한 연구는 모조리 제외한 채 통상적으로 제시되고 있는 것처럼 그렇게 간단한 문제는 아니다. 날마다 반복되는 가장 원시적인 사건들만을 그냥 예로 들어 살펴보기로 하자. 지금 내가 거의 그러고 있듯이 만약 우리가 전혀 아무 일도 하지 않고, 땅을 잠시 일시적으로 경작하고 나서 몸을 둘둘 말 채로 무언가가 나오기를 기다리고 있다고 해도, 물론 우리는, 일반적으로 어떤 결과가 발생하리라는 것을 전제로, 땅 위에서 식량을 발견하게 될 것이다. 그러나 그것은 물론 통상적인 경우가 아니다. 학문에 대해 선입견이나 편견 없는 자세를 단지 약간만 지니는 자라면—그리고 학문이 끌어들이는 영역이 점점 더 커지기 때문에, 그런 자들은 물론 조금밖에 없다—설령 그가 특별한 관찰을 노리는 것이 아니라 하더라도, 땅 위에 놓여 있는 식량의 주성분이 위에서 아래로 내려온다는 것쯤은 쉽게 알아챌 것인데, 우리는 사실상 우리의 숙련도와 욕망의 정도에 따라, 대부분의 식량을 심지어 그것이 땅에 닿기도 전에 탈취해 버린다. 이 말로써 내가 학문에 반대하는 말을 하는 것은 전혀 아니며, 땅은 물론 이 식량도 생산해내는 것이다. 땅이 어떤 식량은 그 자체로부터 끌어내거나, 또는 다른 식량은 위로부터 아래로 불러 내리는데, 이것은 사실 아마도 본질적인 차이가 아닐 것이며, 두 경우 모두 경작이 필요하다고 단언하고 있는 학문은, 아마도 틀림없이 그런 식으로 구분 짓는 일은 하지 않을 것이다. 이런 말이 있다. "입안에 먹이가 있으면 너는 이번에는 일단 모든 문제를 해결한 셈이다." 나에게는 그저, 학문은 은폐된 형식으로 물론 적어도 부분적으로는 이 일들에 몰두하고 있는 것처럼 보일 뿐인데, 왜냐하면 학문은 물론 확실히 식량 생산의 두 가지 중요한 방법, 즉 본래적인 경작과 또 주문呪文, 춤, 노래의 형식으로 된 보충-정제-작업을 알고 있기 때문이다. 이 안에서 나는 물론 완전하지는 않지만 그러나 명백하고 나의 구분과 일치하는 양분兩分을 발견한다. 경작은, 내 생각으로는, 두 가지 식량을 얻는 목적 달성에 쓰이며, 언제나 없어서는 안 되는 필수적인 요소이다. 그러나 주문, 춤, 노래 등은 더 좁은 의미의 경작과는 별로 상관이 없고, 주로 위로부터 식량을 끌어 내리는 데 이용된다. 나의 이런 견해를 전통이 지지해 주고 있다. 여기에서 우리 종족은 그 사실도 알지 못한 채 학문을 정정하는 것처럼 보이며, 그 결과 학문은 감히 저항할 엄두도 내지 못하고 있는 것이다. 만약, 학문이 원하는 바대로, 식량을 위로부터 가져오는 힘을 땅에 주기 위하여, 저 의식儀式들이 오로지 땅에 바쳐져야 한다면, 그 의식들은 물론 사리에 맞게 모조리 땅에서 행해져야만 할 것인즉, 모든 것이 땅에게 속삭이고, 땅 앞으로 뛰어나오고, 땅에게 춤을 추어 보여야만 할 것이다. 내가 알기로는 학문도 다른 것이 아니라 바로 이것을 요구하고 있을 것이다. 그런데 진기한 현상이 있는데, 그것은 우리 종족이 모든 의식을 행할 때 그 의식들과 더불어 높은 곳을 향한다는 것이다. 이것이 결코 학문을 손상하는 것은 아니고, 학문은 그것을 금지하지 않고, 그 점에 있어서 농부에게 자유를 용인하며, 학문은 가르칠 때 오로지 땅만을 생각하며, 그리고 농부가 땅과 관련된 학문의 가르침을 실천에 옮기면 학문은 만족하지만, 그러나 내 생각으로는, 학문의 사고 과정은 사실상 그 이상의 것을 요구하는 것이다. 그리고 나는, 결코 한 번도 학문에 깊은 조예가 있어본 적이 없었던 나는, 우리 종족이 열정적으로, 하늘을 향해 주문들을 외치고, 우리의 옛 민요들을 공중에다 탄식하듯 구슬프게 불러 대고, 마치 땅을 잊어버린 채 영원히 높이 솟아오르기라도 하려는 것처럼 도약하는 춤을 추는 것을, 그 학자들이 어떻게 허용할 수 있는지 도저히 상상조차 할 수가 없다. 이 모순들을 강조하는 것으로 나는 시작했고, 학문의 가르침들에 따라 수확기가 가까이 다가올 때마다 나는 나 자신을 모조리 땅에 내맡기고 그걸로 만족했다. 나는 춤을 추면서 땅을 긁어 댔고, 가능한 한 오직 땅과 가까이 있으려고 나는 머리를 비비 틀기도 했다. 나중에 나는 코와 입 부분이 들어갈 만큼의 땅에 구멍을 파고는, 오직 땅만 들을 수 있도록, 내 옆이나 위에 있는 그 밖의 어느 누구에게도 들리지 않게, 노래를 부르고 낭송을 했다.

그 연구 성과들은 보잘것없었다. 이따금 나는 음식을 얻지 못했지만 나의 발견에 대해 벌써 환호하고자 했다. 그러나 그러고 나서 물론 다시 음식이 나왔는데, 마치 우리 종족이 맨 처음에는 나의 이색적인 공연公演 행위에 현혹되어 헷갈리는 것 같았으나 이제 이 공연이 가져오는 이점을 알아차리고는 나의 외침과 도약을 기꺼이 포기하는 것 같았다. 자주 그 음식이 심지어 예전보다 더 풍성하게 나왔으나, 그러고 나서는 물론 또다시 완전히 자취를 감추고 말았다. 나는 젊은 개들에게는 그때까지 알려진 적이 없었던 그런 부지런한 노력으로 나의 모든 실험의 계획을 주도면밀하게 세웠고, 때로는 나를 계속 인도할 수도 있을 어떤 실마리를 발견했다고 확실하게 생각한 적도 있었지만, 그러나 그러고는 그 실마리가 물론 다시 끊기고 막연한 것으로 흘러가 버리고 말았다. 이 경우 나의 불충분한 학문적 준비 역시 나의 계획을 방해했다는 것은 논쟁의 여지가 없이 확실하다. 예컨대 음식의 중단도 나의 실험 때문이 아니라 비학문적인 경작 때문에 초래된 것임을 보증해 줄 담보를 내가 어디에 갖고 있었는가? 내가 그 담보를 갖고 있지 않다는 전제가 옳다면, 나의 추론들은 모조리 근거가 없는 것이었다. 어떤 일정한 조건들 아래서는, 그러니까 만약 내가, 전혀 경작을 하지 않은 채—한번 오직 위쪽을 향해 거행하는 의식만을 통해 음식을 아래로 끌어 내리는 데 성공한 다음, 오직 지상의 의식만을 통해 그 음식의 공급 중단이라는 결과에 이르는 데 성공했다면, 나는 거의 완벽하게 정확한 실험에 도달할 수 있었을 것이다. 나도 이런 종류의 실험을 해 보았는데, 그러나 확고한 믿음도 없었고, 실험 조건들이 완전한 것도 아니었다. 왜냐하면 나의 확고한 생각으로는, 적어도 어떤 일정한 경작은 항상 필요한 것이고, 설령 이것을 믿지 않는 이단자들이 옳다고 하더라도, 땅에 물을 뿌리는 행위는 어떤 충동하에서 일어나며 어느 한계 안에서는 결코 피할수 없는 것이므로, 이단자들의 생각은 물론 입증될 수 없는 것이다. 나는 어떤 다른, 아무튼 약간은 정상에서 벗어난 독특한 실험을 예상보다 더 잘 해냈고, 그 때문에 상당한 주목을 받게 되었다. 보통 행해지는 공중에서 식량을 탈취하는 것과 연계하여 나는, 그 식량을 물론 아래로 끌어 내리면서도, 그러나 그것을 탈취하지는 않겠다고 결심했다. 이 목적을 위해 나는, 식량이 나타날 때면 언제나, 가벼운 공중 도약을 했지만, 그러나 그 도약은 충분한 높이까지 이르지 못하게 항상 미리 계산되어 있었다. 그러면 대부분의 경우, 식량은 물론 무감각하고 무관심하게 땅바닥에 떨어졌는데, 그러면 나는 분노하며 그 식량에 몸을 던졌다. 그것은 단지 굶주림의 분노였을 뿐만 아니라 실망의 분노이기도 했다. 그러나 산발적인 경우들을 보면 물론 어떤 다른 일, 참으로 놀라운 어떤 일이 일어났는데, 음식이 땅에 떨어지지 않고 공중에서 나를 따라왔던 것이다. 그러니까 음식이 굶주린 자를 따라왔던 것이다. 그 일은 오랫동안 일어난 것은 아니고, 다만 짧은 구간에서만 일어났는데, 그러고 나서 그 음식은 물론 땅에 떨어지거나 또는 몽땅 사라져 버리거나 또는—이것이 가장 자주 있는 경우이다—내 욕구가 조기에 그 실험을 끝내 버리고 내가 그것을 다 먹어치워 버렸던 것이다. 아무튼 나는 그 당시 행복했는데, 나의 주위를 뚫고 어떤 속삭임 같은 소리가 지나갔으며, 모두들 불안에 빠져 있었고 세심하게 주의를 기울였다. 나와 알고 지내는 자들이 내 질문들을 마음을 열고 더 잘 받아들이는 것을 알 수 있었고, 그들의 눈동자에 도움을 구하는 어떤 눈빛이, 비록 그것이 나 자신의 시선의 반영에 지나지 않은 것이라 하더라도, 보였던 터라 나는 다른 아무것도 원하지 않았으며, 나는 만족하고 있었다. 그러나 나중에 물론 나는, 이 실험이 학문에서는 오래전부터 기술되어 있었고, 내가 성공한 것보다 훨씬 더 거창하게 성공을 거두었다는 사실, 그리고 이 실험이 요구하는 자제의 어려움 때문에도 물론 오랫동안 행해질 수가 없었지만, 그러나 이른바 학문적인 무의미함 때문에도 다시 반복될 필요가 없었다는 사실을 알게 되었고, 다른 자들도 나와 함께 이 사실을 알게 되었다. 이 사실은, 모두들 이미 알고 있던 사실, 즉 땅은 식량을 위로부터 아래쪽으로 수직으로뿐만 아니라 비스듬히도, 심지어는 그야말로 나선형으로도 가지고 온다는 것을 단지 입증하고 있을 뿐이라는 것이다. 거기서 나는 멈춰 서 있었지만, 그러나 사기가 꺾였던 것은 아니었는데, 그러기에는 나는 아직 너무 젊었고, 의욕을 잃기는커녕 정반대로, 이 실패를 통해 내 생애에서 아마도 가장 위대한 업적이 될 그런 일을 하도록 고무되었다. 나는 내 실험의 학문적인 평가절하를 믿지 않았지만, 그러나 여기에는 믿음이란 것은 아무런 도움이 되지 않고 오직 증명만이 도움이 되는 까닭에, 나는 그 증명을 시작하고 싶었고, 그렇게 함으로써 본래 약간 부적절했던 이 실험을 온전히 해석하고 연구의 중심으로 삼고 싶었던 것이다. 내가 식량을 피해 물러났을 때, 땅이 그 식량을 비스듬하게 아래로 끌어당겼던 것이 아니라, 그것이 내 뒤로 따라오게 유인한 것이 바로 나라는 사실을 나는 입증하고 싶었다. 이 실험을 나는 물론 더는 확장해 나갈 수가 없었는데, 눈앞에 둔 먹이를 보면서 그것을 학문적으로 실험하는 것을 지속적으로 견뎌 낼 수는 없었던 것이다. 그러나 나는 다른 방법을 써 보려고 했는데, 내가 참을 수 있는 데까지는 철저하게 단식을 하면서, 물론 그때, 식량을 보는 것도 피하고, 모든 유혹을 피하고자 했던 것이다. 만약 내가 외부와 일체의 접촉을 끊고 물러나, 밤이나 낮이나 눈을 감고서 드러누운 채, 식량을 들어 올리는 일에도 식량을 가로채는 일에도 전혀 관심을 두지 않고, 감히 주장을 내세울 엄두도 내지 못하고, 그 밖의 다른 어떤 조처도 취하지 않고, 오직 땅에 물을 주는 그 불가피하고 비합리적인 일만을, 그리고 주문들과 노래들을 조용히 읊조리는 일만 (몸이 허약해지지 않으려고 나는 춤은 그만두고 싶었다) 조용히 바라고 있다면, 그리고 만약 식량이 위로부터 저절로 내려와, 땅 같은 것에는 신경 쓰지 않은 채 내 몸 안으로 들어오려고 나의 이빨을 두드린다면—만약 이런 일이 일어난다면, 그러면 학문은 물론, 예외들과 특수한 개별 경우들에 대한 융통성을 충분히 갖게 되기 때문에, 자가당착에 빠지지 않을 테지만, 그러나 다행히도 융통성을 그렇게 많이 갖고 있지 않은 우리 종족은 무슨 말을 할 것인가? 이것은 사실 역사가 전해 주고 있는 바와 같은 경우, 그러니까 예컨대 누군가 신체적 질병 또는 우울한 기분 때문에 식량을 마련하고 찾고 받아들이는 것을 거부하게 되면, 견족은 판에 박힌 주문의 문구들 안에서 하나가 되고 이로써 식량이 길을 잃고는 통상적으로 다니던 길에서 벗어나 그 병든 개의 입안으로 곧바로 들어가게 된다는 그런 예외적인 경우와는 그 성질상 전혀 다른 것일 것이다. 그와 반대로 나는 힘이 넘쳤고 무척 건강했으며, 내가 온종일 식욕 말고 다른 것은 생각하지 못할 정도로 식욕도 왕성했다. 이런 내가, 남들이 믿거나 말거나, 단식하는 일을 자원해서 떠맡았던 것이다. 나 스스로, 식량이 아래로 내려오도록 할 수 있는 능력도 있었고, 또 그렇게 하고 싶은 생각도 있었지만, 그러나 나는 견족의 협조도 필요로 하지 않았으며, 심지어 나에게 그런 협조를 하는 것을 매우 단호하게 금지했다.

  나는 음식에 관한 대화도, 쩝쩝거리며 먹는 소리도, 뼈를 딱 하고 깨뜨리는 소리도 들리지 않을 어느 한적한 숲속의 적당한 장소를 찾아내려 했으며, 다시 한번 배가 터져라 먹고 나서는 벌렁 드러누워 버렸다. 나는 가능한 한, 그 모든 시간을 눈을 감고 보내려고 했다. 음식이 나타나지 않는 한, 이런 상태가 며칠 또는 몇 주가 지속되든, 나에게는 끊임없이 밤이 계속되는 것과 마찬가지였다. 그때 나는, 식량을 아래로 끌어 내리는 주문을 외워야 했을 뿐만 아니라, 잠을 잠으로써 식량의 도착을 잊어버리는 일이 없도록 경계도 해야 했기 때문에, 조금밖에 잠을 못 자거나 또는 아예 한숨도 못 자기도 했는데, 아무튼 나한테는 이것이 어려움을 크게 가중하는 일이었다. 다른 한편으로 잠은, 내가 깨어 있을 때보다 잠을 자고 있으면 훨씬 더 오래 단식할 수 있을 것이기 때문에, 매우 환영할 일이기도 했던 것이다. 이런 이유들 때문에 나는, 신중하고 세밀하게 시간을 분할하고 잠을 많이 자더라도 그러나 항상 단지 아주 짧은 시간 동안만 자려고 결심했다. 나는, 잘 때에는 언제나 머리를 약한 나뭇가지에 기댔는데, 곧 그 가지가 구부러져 꺾이면 나를 깨어나게 함으로써, 그 목적을 이룰 수 있었다. 그렇게 나는 누워 있거나, 잠을 자거나 또는 깨어 있기도 하고, 꿈을 꾸거나 또는 혼자 조용히 노래를 부르기도 했다. 맨 처음 시기에는 아무 일도 없이 지나갔는데, 식량이 나오는 출처인 그곳이 아마도 그때만 해도 아직은 어떻게 해서든 남의 눈에 띄지 않았던 것 같고, 그래서 내가 이곳에서 사건들의 진행에 강력하게 저항했을 정도로, 그렇게 모든 것이 고요했다. 이렇게 애쓰고 있던 나를 약간 귀찮게 방해하는 것은 두려운 우려, 그러니까 그 개들이 내가 없음을 깨닫고 곧바로 나를 찾아내고는 나에게 무슨 일을 꾸미지는 않을까 하는 바로 그런 우려였다. 두 번째 우려는, 물 뿌리는 작업을 했을 뿐인 땅, 그 땅은 학문에 따르자면 불모지임에도 불구하고, 그 땅이 이른바 우연한 식량을 생산하여, 그 냄새가 나를 유혹하리라는 것이었다. 그러나 당장은 그런 일이 일어나지 않았으며, 나는 계속 단식할 수가 있었다. 이런 우려들을 제외하고는, 내 마음이 당분간은, 여태껏 한 번도 느껴 본 적이 없는 그런 편안한 상태로 있었다. 나는 사실은 이곳에서 학문을 폐기하는 작업을 하고 있었음에도 불구하고, 내 마음을 가득 채워 준 것은 쾌적한 기분, 그리고 학문적인 노동자의 거의 격언처럼 되어 버린 그런 평안함이었다. 나는 몽상 속에서 학문으로부터 용서를 얻었는데, 그 학문 안에는 내 연구들을 위한 여지도 있었던 것이다. 내 귀에 위로해 주는 말이 들려왔는데, 비록 나의 연구들이 아무리 성공적이 된다 하더라도, 특히 그러고 나면, 내가 결코 개의 삶에 도움이 되지 못하지는 않을 것이고, 학문이 나에게 다정하게 호의를 보일 것이고, 학문 스스로 나의 성과들을 해석하기 시작할 것이고, 이 약속은 이미 그 실현 자체를 의미하는 것이고, 내가 지금까지 내면의 가장 깊은 곳에 스스로를 추방당했다고 느끼며 나의 종족의 장벽들을 마치 야수처럼 공격하던 동안에, 나는 큰 존경 속에 영접을 받게 될 것이고, 내가 열망해 마지않던, 모인 개들의 몸뚱이의 따스함이 나의 주변을 감싸며 흐를 것이고, 나는 나의 종족의 어깨 위에 억지로 무등 태워져 비틀비틀 흔들거리리라는 것이었다. 최초의 굶주림의 기묘한 효과, 나의 업적이 무척 대단한 것처럼 여겨지자 나는 감동에 벅찼고 나 자신에 대한 동정심을 느꼈기 때문에, 나는 조용한 덤불숲 속에서 울기 시작했는데, 그것은 물론 완전히 이해될 수 있는 일은 아니었으니, 그도 그럴 것이, 만약 내가 받아야 마땅한 보수를 기대했다면, 왜 내가 울었단 말인가? 다분히 그저 기분이 좋았기 때문이었을 것이다. 내가 기분이 좋은 경우는 충분히 드문 일이었지만, 나는 기분이 좋을 때면 언제나 울었다. 이 기분은 그러고 나서 물론 곧 사라져 버렸다. 그 아름다운 영상들은 굶주림이 심각해짐에 따라 점차 사라져 버렸으며, 오래 지나지 않아 나는, 모든 환상과 감동으로부터 빠른 작별을 고하고 난 다음, 내장 속에서 타는 듯이 화끈거리는 허기와 더불어 완전히 혼자 남아 있었다. "이것이 굶주림이라는 것이다." 나는 그 당시 수없이 나 자신에게, 마치 내가 나 자신에게, 굶주림과 나는 언제나 여전히 서로 별개인 둘이므로 그 굶주림을 귀찮게 구애하는 자처럼 뿌리칠 수 있다는 사실을 믿게 하고 싶어서 그런 것처럼, 그렇게 말했지만, 그러나 실제로는 우리는 지극히 고통스러운 하나였으며, 내가 나에게 "이것이 굶주림이라는 것이다"라고 설명했다면, 그렇게 말하고 또 그렇게 말함으로써 나를 비웃은 것은 사실인즉 바로 그 굶주림인 것이다. 악한, 실로 악한 시절이었던 것이다! 나는 그 시절을 생각하면 몸서리가 쳐지는데, 그것은 물론 그 당시에 내가 겪었던 고통 때문만은 아니고, 무엇보다도 특히 그 당시 내가 준비되어 있지 않았기 때문이기도 하며, 그리고 내가 오늘날도 여전히 오직 굶주림만이 내 연구의 가장 강력한 최후의 방법이라고 여기고 있으므로, 만약 내가 무엇인가를 이루려면,

다시 한번 그 고통을 겪어야만 할 것이기 때문이기도 하다. 굶주림을 뚫고 길은 나 있으며, 최고의 것은, 만약 그것이 도달 가능한 것이라면, 오직 최고의 실행으로만 도달될 수 있으며, 그리고 이 최고의 실행은 우리에게는 자유의지에 의한 단식이다. 따라서 그 시간들을 곰곰 생각할 때면—그리고 내 목숨을 걸고 맹세코 나는 그 시간들을 기꺼이 온통 파헤치고 싶다—나는 앞으로 곧 다가올 시간들도 주도면밀하게 생각해 본다. 그와 같은 시도로부터 회복하려면 거의 한평생의 시간이 흘러가야 할 것 같은데, 나의 전체 장년 시기가 나를 저 단식과 분리시키고 있지만, 나는 여전히 회복을 못 한 상태인 것이다. 만약 내가 다음에 단식을 시작하게 된다면, 나의 경험도 더 풍부해지고 그 시도의 불가피성에 대한 통찰력도 더 나아졌기 때문에, 아마도 나는 예전보다 더 많은 결연한 의지를 갖게 될 테지만, 그러나 나의 힘들이 그 당시보다 더 줄어들어 있는 상태여서, 적어도 그 익숙한 두려움을 그냥 기다리는 것만으로도 벌써 지쳐 나자빠지게 될 것이다. 나의 더 약해져 있는 식욕도 나에게 도움을 주지는 못할 것인데, 그것은 그 단식 시도의 가치를 그저 약간 깎아내릴 뿐이고, 나로 하여금 십중팔구는 그 당시에 필요했던 것보다 더 오랫동안 단식하도록 여전히 강요할 것이다. 이 전제들과 다른 전제들에 대해 나는 분명히 알게 되었다고 생각한다. 물론 그 중간의 긴 시간 동안 예비 시도가 없지는 않았으며, 충분할 만큼 자주 나는 굶주림 자체를 물어뜯기도 했지만, 그러나 내가 아직은 최고 수준으로 강하지는 못한 상태였고, 젊은이의 거침없는 공격욕은 물론 영원히 사라져 버리고 없었다. 그 공격욕은 그 당시 단식하던 중에 이미 사라지고 없었다. 갖가지 생각이 나를 괴롭혔다. 우리 조상들이 협박하는 모습으로 나에게 나타났다. 나는, 비록 감히 공개적으로 말할 용기는 없지만, 그 조상들이 물론 모든 것에 책임이 있다고 여기며, 그들은 개의 삶에 잘못을 저지른 책임이 있으므로 나는 그들의 협박에 대해 쉽게 협박으로 맞대응할 수 있지만, 그러나 그들의 지식 앞에서는 몸을 굽히는데, 그 지식은 우리가 더 이상 알지 못하는 그런 출전出典들에서 나왔던 것이기 때문에, 그들에 맞서 싸우고 싶은 충동이 아무리 강하게 인다 하더라도, 나는 그들의 법들을 단도직입적으로 벗어나는 일을 결코 하지 않을 것이며, 내가 가지고 있는 특별한 후각을 통해 알아낼 수 있는 그 법의 미비한 틈새들을 통해서만 벌 떼처럼 그들에게 달려든다. 단식과 관련하여, 나는 그 유명한 대화를 인용하고자 하는데, 그 대화의 진행 중에 우리의 현자들 가운데 한 현자가 단식을 금지하겠다는 의도를 밝히자, 이에 대해 두 번째 현자가 "누가 도대체 언젠가 단식을 하게 될까?"라는 질문으로 단식 금지를 하지 않도록 충고했고, 첫 번째 현자는 설득을 당해서 그 금지 계획을 철회했다는 것이다. 자, 그런데 여기에 또다시 다음과 같은 질문이 생긴다. "그런데 단식은 사실상 원래 금지되어 있는 것이 아니란 말인가?" 과반수의 많은 주석자는 이 질문을 부정하며, 단식을 자유롭게 선택할 수 있는 것으로 간주하고, 두 번째 현자의 편에 서며, 따라서 어떤 틀린 주석에서 나오는 좋지 않은 결과들도 우려하지 않는다. 나는 단식을 시작하기 전에 이런 점을 잘 알고 있었다. 그러나 이제, 내가 굶주림 가운데 몸을 비비 꼬며 몸부림쳤을 뿐만 아니라, 벌써 약간의 정신착란 속에서 내 뒷다리에서 줄곧 구원을 찾으려 하면서 그 뒷다리를 절망적으로 핥아 대고 물어뜯고 빨아 대다가, 나중에는 그 짓거리들을 엉덩이까지 하게 되었을 때, 나에게는 그 대화의 일반적인 해석이 모조리 거짓으로 여겨졌고, 나는 그 논평적인 학문을 저주했고, 그 해석 때문에 길을 잘못 들어섰던 나는 나 자신을 저주했다. 그 대화는 사실상, 어린 강아지라도 알 수밖에 없었던 바대로, 물론 오직 단식 금지라는 유일한 금지령 이상의 내용을 담고 있다. 첫 번째 현자는 단식을 금지하고자 했는데, 현자가 하고자 한 일은 이미 일어나 있었으니, 단식이 그러니까 금지되어 있었던 것이다. 두 번째 현자는 그의 의견에 동의했을 뿐만 아니라 단식을 심지어 불가능한 것이라고까지 여겨서 첫 번째 금지령에다 또 두 번째 것, 즉 개의 본성 자체에 대한 금지령을 얹어 놓았고, 첫 번째 현자는 이를 인정했으며 그 명시적인 금지령을 철회했는데, 즉 그는 그 개들에게 그 모든 것을 설명하고 나서 통찰을 행하도록 그리고 스스로 단식을 금지하도록 촉구했던 것이다. 그러므로 항간의 하나로 된 금지령 대신에 삼중으로 된 금지령인 셈인데, 나는 이 금지령을 위반했던 것이다. 아무튼 적어도 이제 늦게나마 나는 그 금지령에 복종하여 단식하는 것을 중단할 수도 있었을 테지만, 그러나 단식 때문에 고통을 당하는 중에도 단식을 더 계속하고 싶은 유혹을 느꼈으며, 마치 모르는 개의 뒤꽁무니를 밟을 때처럼 음탕한 욕망으로 그 유혹에 따랐다. 나는 단식을 중단할 수가 없었는데, 아마도 나는 이미 너무 허약해져 있어서 몸을 일으킬 기운도 없었고 거주 지역으로 가서 내 목숨을 건질 수도 없었을 것이다. 나는 숲속의 마른 낙엽 위를 이리저리 뒹굴었고, 더 이상 잠을 잘 수도 없었으며, 사방에서 시끄러운 소리가 들려왔는데, 내가 이제까지 살아오는 동안 잠자고 있던 세계가 내 단식을 통해 눈을 뜨고 깨어난 것 같았다. 내가 더 이상 아무것도 먹을 수 없을 것이라는 생각도 들었는데, 왜냐하면 내가 먹게 되면, 자유롭게 풀려나 시끄러운 소리를 내는 그 세계를 틀림없이 다시 침묵하게 할 것 같았기 때문이다. 그리고 나는 그런 일을 할 수 없을 것이다. 가장 큰 소음은 물론 내 배 속에서 들려왔으며, 나는 자주 귀를 배에 대 보았는데, 내가 들은 소리를 거의 믿을 수가 없었기 때문에, 나는 틀림없이 깜짝 놀란 눈을 했을 것이다. 그리고 이제 그 소리가 너무 심해졌기 때문에, 몽롱한 흥분 상태가 내 본성에도 엄습해 오는 것 같았고 내 본성은 어리석은 구출을 시도했는데, 내가 음식, 내가 오랫동안 더 이상 먹어 본 적이 없었던 그런 정선精選된 음식 냄새를 맡기 시작했던 것이다. 나는 유년 시절의 기쁨들을 냄새 맡았던 것이니, 정말로 나는 어머니 젖가슴의 향기를 맡았고, 나는 냄새들에 저항하겠다는 나의 결심을 까맣게 잊어버렸으며, 아니 이렇게 말하는 편이 더 옳은데, 내가 그 결심을 잊어버린 것은 아니고, 결심은 하고 있었지만, 마치 그 결심이 냄새의 일부를 이루고 있는 것 같은 그런 결심으로, 나는 사방팔방으로 힘들게 몸을 질질 끌며 걸어 다녔으나 언제나 그저 두서너 발자국밖에 떼어 놓지 못했고, 마치 오로지 그 냄새들로부터 나를 지키기 위해 그 음식을 원하는 것처럼 냄새를 맡으려고 쿵쿵거렸던 것이다. 나는 아무것도 찾아내지 못했다는 것에 실망하지 않았는데, 음식들은 거기에 있었지만, 다만, 언제나 두서너 발자국 너무 멀리 떨어져 있었을 뿐이고, 내 다리들은 걷기도 전에 미리 꺾여 있었다. 물론 동시에 나는, 거기에는 전혀 아무것도 없다는 것을, 내가 더 이상 떠날 수가 없을 어떤 장소에서 마침내 최종적으로 주저앉아 쓰러져 버리는 것을 두려워한 나머지 그냥 작은 움직임들을 보였던 것에 불과하다는 것을 알고 있었다. 그 마지막 희망들, 마지막 유혹들이 사라져 버리고 없었으니, 비참하게 나는 여기에서 몰락해 갈 텐데, 나의 연구,

즉 행복한 유년 시절의 강아지다운 순진무구한 시도들은 어떻게 되어야 할 것이며, 여기에 그리고 지금은 진지함이 있었고, 여기에서 그 연구는 스스로의 가치를 입증할 수 있었을 텐데, 그러나 그 연구는 어디에 있었단 말인가? 이곳에는 오직 어찌할 바 모른 채 허공을 물어뜯고 있는 한 마리 개만 있었을 뿐인데, 그 개는 물론 여전히 경련을 일으키며 급하게, 자신은 그것을 알지 못한 채, 끊임없이 땅에 오줌을 누었지만, 그러나 자신의 기억 속에 남아 있는 혼란스러운 주문들로부터 아무것도 더 이상 찾아낼 수가 없었고, 갓 태어난 강아지들이 어미의 배 아래에 몸을 구부리고 있을 때 내는 짤막한 소리도 찾아낼 수 없었다. 나는 마치 이곳에서 내가 형제들과 짧은 거리에 떨어져 살고 있는 것이 아니라 모든 개로부터 한없이 멀리 떨어져 있는 것 같았으며, 내가 사실은 결코 굶주림 때문이 아니라 쓸쓸함 때문에 죽어 가는 것 같았다. 나에게 관심을 가져 주었던 자는, 땅 밑에 있는 자든, 땅 위에 있는 자든, 공중 높은 곳에 있는 자든, 아무튼 아무도 없었다는 것은 물론 명백한 사실이었으며, 나는 그들의 무관심 때문에 몰락했던 것인데, 그들의 무관심이 "그는 죽는다"고 말한다면, 그런 일이 일어날 것이다. 그리고 내가 이것에 동의하지 않았던가? 나도 똑같은 말을 하지 않았던가? 내가 이렇게 버림받기를 원하지 않았었던가? 아마 그럴 것이다. 그대 개들이여, 그러나 여기에서 그렇게 끝내기 위해서가 아니라, 허위의 원주민인 나를 비롯하여 진실을 들려줄 수 있는 자가 아무도 없는 이 허위의 세계로부터 벗어나 저 너머 진실로 건너가기 위해서 그런 것이다. 어쩌면 진실은 그렇게 멀리 떨어진 것에 있지는 않았을 것이며, 따라서 나도 내가 생각했던 것처럼 그렇게 남들로부터 버림받았던 것은 아니고, 오직 나 자신,

즉 거부하고 죽었던 나 자신에게만 버림받았던 것이다.

그러나 신경이 예민한 어떤 개가 생각하는 것처럼 개는 그렇게 급히 죽는 것이 아니다. 나는 그저 일시적으로 기절했을 뿐이며, 깨어나서 눈을 들어 보니, 내 앞에 낯선 개 한 마리가 서 있었다. 나는 시장기를 느끼지 않았고, 나는 매우 힘이 넘쳤으며, 비록 내가 일어섬으로써 관절을 시험해 보려는 시도를 하지 않았음에도 불구하고, 내 생각으로는 관절이 탄력 있게 움직이고 있었다. 나는 평소 때보다 더 많은 것을 보지는 않았는데, 아름답기는 하지만 그렇다고 엄청 이례적이지는 않은 개 한 마리가 눈앞에 서 있었고, 나는 그놈만 보았을 뿐 다른 것은 아무것도 보지 못했다. 그렇지만 나는 그 개를 보면서 평소 때보다 더 많은 것을 본다고 생각하고 있었다. 내 아래에 피가 있었는데, 그 피를 처음 본 순간 나는 그것이 음식물일 거라고 생각했지만, 그러나 곧바로 나는 그것이 내가 토해 냈던 피라는 것을 알게 되었다. 나는 그것으로부터 몸을 돌려 그 낯선 개 쪽으로 향했다. 그 개는 마르고, 긴 다리에, 여기저기에 흰 반점이 있었고, 아름답고 강력하며 탐구하는 시선을 갖고 있었다. "너 여기서 뭐 하고 있어?" 하고 그가 말했다. "너 여기서 떠나 주어야겠는데."

"난 지금은 떠날 수가 없어." 나는 더 이상의 설명 없이 말했는데, 그것은 아무리 그가 급한 것처럼 보이기는 하지만 내가 그에게 모든 것을 다 시시콜콜 설명해야 하는 까닭은 없기 때문이었다. "제발 좀 떠나 줘" 하고 말하며 그는 불안에 가득 찬 채 한 다리, 그리고 다른 다리를 차례로 들어 올렸다. "내버려 둬" 하고 내가 말했다. "저리 가, 그리고 나한테는 신경 꺼 줘. 다른 개들도 나한테 신경 안 쓰잖아."

"다 너를 생각해서 그러는 거야" 하고 그가 말했다. "네가 원한다면,

728

어떤 이유 때문에 그런지 말해 봐" 하고 내가 말했다. "설령 내가 그러고 싶다고 해도 난 걸을 수가 없어."

"그럴 힘이 없는 건 아니지." 그가 미소 지으며 말했다. "넌 걸을 수 있어. 네가 약한 것 같아 보이기 때문에 부탁하는 건데, 지금 천천히 떠나 달라는 거야. 만약 네가 우물쭈물하면 나중엔 뛰어가야 할 거야."

"내 걱정은 그만둬" 하고 내가 말했다. "그것은 내 걱정이기도 해" 하고 그가 나의 완강한 고집 때문에 슬프게 말했는데, 이제 보니 명백히 그는 당장은 나를 여기에 그대로 놓아두지만, 그러나 나중에 기회를 이용해서 기꺼이 내 곁으로 다가오려고 하는 것 같았다. 다른 때 같으면 그 아름다운 개가 하는 짓을 기꺼이 참고 견뎌 냈을 테지만, 그러나 그 당시에는 왜 그런지 이유는 알 수 없었지만 나는 아무튼 경악을 금치 못했다. "꺼져!" 하며, 나는 달리 나를 지켜 낼 수 있는 방법이 없는 만큼 더욱더 소리를 질러 댔다. "그래, 네 마음대로 해" 하고 그는 천천히 뒤로 물러나며 말했다. "너 이상하구나. 내가 그렇게도 네 맘에 안 들어?"

"만약 네가 떠나고 나를 내버려 둔다면, 네가 내 마음에 들 거야" 하고 나는 말했지만, 그러나 나는 그가 내 말을 믿게 할 만큼 그런 확실한 자신감이 더는 없었다. 내가 단식 때문에 날카로워진 나의 감각들로 그에게서 보고 들었던 그 어떤 무엇, 그것이 처음에는 겨우 있었다가, 그것이 커졌으며, 그것이 가까이 다가왔을 때, 나는 이미, 비록 나도 어떻게 내가 언젠가 일어서게 될 수 있을 것인가를 아직은 상상할 수조차 없음에도 불구하고, 이 개가 아무튼 확실히 나를 쫓아낼 힘이 있다는 것을 알았다. 그리고 나는, 나의 막돼먹은 대답에 그저 부드럽게 머리를 설레설레 흔들어 대기만 했었던 그를 점점 더 커지는 열망의 눈길로 바라보았다. "넌 누구야?" 하고 내가 물었다. "난 사냥개야" 하고 그가 말했다. "그런데 왜 넌 날 여기에 가만 놔두려고 하지 않는 거야?" 하고 내가 물었다. "네가 날 방해하고 있어" 하고 그가 말했다. "네가 여기 있으면 난 사냥을 할 수 없어."

"사냥을 해 봐" 하고 내가 말했다. "아마도 넌 물론 사냥할 수 있을 거야."

"안 된다니까" 하고 그가 말했다. "미안하지만, 그러나 네가 떠나야 해."

"오늘은 사냥을 그만둬!" 하고 내가 부탁했다. "안 돼" 하고 그가 말했다. "난 사냥을 해야 해."

"내가 떠날 수밖에 없군. 넌 사냥을 해야 하니까" 하고 내가 말했다. "꼭 해야 한다. 넌 왜 우리가 꼭 해야 하는지 그 이유를 이해하고 있어?"

"아니" 하고 그가 말했다. "그러나 그런 건 굳이 이해하고 말 것도 없잖아. 자명하고도 당연한 일이니까."

"그렇지 않아" 하고 내가 말했다. "네가 나를 몰아내는 것을 미안한 일이라고 하면서도 넌 그런 짓을 하고 있잖아."

"그건 그래" 하고 그가 말했다. "그건 그래" 하고 나는 화가 나서 그 말을 그대로 되풀이하고는 말했다. "그건 대답이 아니야. 사냥을 포기하는 것과 나를 쫓아내는 것을 포기하는 것 중에서 어느 것이 너에게 더 쉬운 일인 것 같니?"

"사냥을 포기하는 것이지" 하고 그는 망설임 없이 말했다. "그런데 그러면" 하고 내가 말했다. "여기에는 분명히 하나의 모순이 있어."

"도대체 어떤 종류의 모순이지?" 하고 그가 말했다. "사랑스러운 작은 개인 너, 넌 내가 반드시 해야 할 일을 도대체가 정말로 이해하지 못하고 있는 거니? 넌 도대체가 그 당연한 일을 이해하지 못하는 거야?" 나는 더 이상 대꾸하지 않았는데, 왜냐하면 내가, 아마도 나 말고는 아무도 알아챌 수 없었을 그런 일, 도무지 믿을 수 없는 그런 불가해한 개별적인 일들에서, 그 개가 가슴속 깊은 곳으로부터 노래 한 곡을 부르기 시작한다는 것을 알아챘기 때문이다. 그러자 그때 새로운 생명력이, 두려움이 불어넣은 것 같은 그 생명력이 내 몸을 관통하며 지나갔다.

"너 노래를 부를 거구나" 하고 내가 말했다. "그래" 하면서 그가 진지하게 말했다. "노래를 부를 거야, 곧 말이야, 그러나 아직은 아니야."

"넌 벌써 시작하고 있어" 하고 내가 말했다. "아니야" 하고 그가 말했다. "아직은 아니야. 하지만 들을 준비는 하고 있어."

"너는 부인하지만, 나는 벌써 그 노랫소리가 들려" 하고 내가 떨면서 말했다. 그는 침묵하고 있었다. 그리고 그때 나는, 그때까지 일찍이 어떤 개도 보거나 들은 적이 없는 어떤 것, 적어도 전승傳承된 것에서는 가장 경미한 암시조차 없는 그런 어떤 것을 깨달았다고 믿었으며, 나는 끝없는 불안과 수치심에 사로잡혀 내 앞의 흥건한 피바다 속에 서둘러 얼굴을 처박았다. 내가 그렇게 한 까닭은 말하자면 내가, 그 개가 자신이 노래 부른다는 사실을 전혀 모른 채 노래를 부르고 있을 뿐만 아니라, 그 개로부터 떠나 흘러나온 노래 멜로디가 그 자체의 독자적인 법칙을 따라 공중으로 두둥실 떠돌아다니고, 마치 그와는 아무 상관이 없는 것처럼, 그는 완전히 제쳐 둔 채 오로지 나,

나만 목표로 삼아 들려오는 것을 알아챘다고 믿었기 때문이다. 오늘날 물론 나는 그와 같은 모든 인식을 부인하고 있으며, 그 당시에 내가 신경이 과민한 탓으로 돌리고 있지만, 그러나 비록 그것이 어떤 오류였다고 하더라도, 그 오류는 물론 어떤 훌륭한 웅대함을 지니며, 비록 그것이 내가 저 단식 시절로부터 구해 내 이 세계에 가지고 온 그저 가상적인 현실에 불과한 것이라 할지라도, 그것이 유일한 현실이고, 그것은 적어도, 우리가 놀라서 완전히 제정신이 아닌 상태였을 때 얼마나 멀리까지 도달할 수 있는가를 보여 준다. 보통의 상황이었다면 나는 심한 중병을 앓고 있어서 몸을 움직일 수조차 없었을 테지만, 그러나 그 개가 이제 방금 자기 자신의 것으로 받아들인 것 같아 보인 그 멜로디에 나는 도저히 저항할 수가 없었다. 그 멜로디는 점점 더 강해졌다. 그것의 성장은 아마도 한계가 없는 것 같았고 이제 벌써, 거의 내 청력을 파괴해 버릴 지경이었다. 가장 심각하게 나쁜 것은, 그 멜로디가 오직 나만을 위해 존재하는 것처럼 보인다는 점이었다. 그 소리의 숭고함 앞에 숲이 침묵하고 있는데, 그 소리가 오직 나 때문에 존재하는 것처럼 보였던 것이다. 그런데 여전히 여기에 감히 머무른 채 나 자신의 오물과 피에 젖어 그 멜로디 앞에서 주제넘게 으스대던 나는 과연 누구였던가. 비틀거리면서 나는 일어섰고, 내 몸을 아래쪽으로 훑듯이 내려다본다. 이런 몸으로 물론 달리지는 않을 거야, 하고 나는 여전히 그런 생각을 하고 있었는데, 그러나 나는 어느새 벌써, 그 멜로디에 쫓겨 굉장히 훌륭한 도약을 하면서 날아가듯이 뛰고 있었다. 내 친구들에게는 아무 이야기도 하지 않았는데, 내가 도착한 직후였다면 십중팔구 모든 이야기를 다 했을 테지만, 그러나 그때는 내가 몸이 너무 허약했고, 나중에는 또 전달할 수 없을 것 같아 보여 이야기하지 않았다. 내가 자제하지 못하고 암시 조의 이야기를 할 때도 있었지만 그러나 그것은 대화 도중에 흔적도 없이 사라져 버렸다. 나는 신체적으로는 아무튼 불과 몇 시간 만에 회복되었지만 정신적으로는 오늘날에도 여전히 나에게 그 후유증이 남아 있다.

　나는 나의 연구를 또다시 개들의 음악에까지 넓혀 갔다. 학문은 이 방면에서도 확실히 활동이 없었던 것은 아니었는데, 음악에 관한 학문은, 내가 알고 있는 것이 맞는다면, 아마도 식량에 관한 학문보다 훨씬 더 광범위할 것이고, 아무튼 기초가 훨씬 더 탄탄하게 다져져 있다. 그것은 음악 영역이 식량의 영역보다 더 냉정하고 객관적으로 연구될 수 있다는 사실, 그리고 음악 영역은 순전히 관찰과 체계화가 더 중요한데, 반면에 식량 영역은 무엇보다도 실용적인 결론이 더 중요하다는 사실을 통해 설명될 수 있다. 이것은, 음악학에 대한 존경심이 식량학에 대한 경우보다 더 크지만, 그러나 음악학이 식량학처럼 민중 속에 결코 한 번도 그렇게 깊이 침투할 수 없었다는 사실과 연관이 있다. 나도 숲속에서 그 목소리를 듣기 전에는 음악학이 다른 어떤 학문보다도 더 낯설었다. 물론 음악견과의 체험이 이미 나에게 이 학문에 대한 주의를 환기해 주었지만, 그러나 그 당시만 해도 나는 아직 너무 젊었다. 또한 이 학문에 그냥 접근하는, 가까이 접근하는 것만도 쉽지 않은 일이어서, 음악학은 특별히 어려운 것으로 여겨지며, 고상하게 일반 대중과 관계를 끊고 있다. 물론 그 음악견들의 음악은 처음에 귀를 확 사로잡는 것이기는 했지만, 그러나 그 음악보다도 그 개들의 침묵을 지키는 개로서의 본질이 나에게는 더 중요한 것처럼 보였다. 그들의 섬뜩한 음악에 대해 그와 유사한 음악이 아마

다른 어디에서도 도무지 없었을 것이고, 나도 차라리 그들을 무시해 버릴 수도 있었지만, 그러나 나는 그 당시부터 그들의 본질을 도처에서 모든 개의 안에서 만났던 것이다. 그러나 나에게는, 그 개들의 본질을 파헤치는 데는 식량에 관한 연구가 가장 적절하고 우회하지 않은 채 목표에 이르는 방법처럼 보였다. 어쩌면 나의 이런 생각이 틀렸을지도 모르겠다. 그 두 학문 사이의 한 경계 영역이 물론 그 당시에 벌써 나로 하여금 나 자신에게 의혹을 품게 했다. 그것은 식량을 아래로 불러 내리는 노래에 관한 학설이다. 그런데 또다시 이 경우에도 나를 아주 성가시게 방해하는 것이 있었는데, 그것은 내가 지금까지 음악학에 결코 진지하게 파고들어 본 적이 없었고, 이런 점 때문에, 학문에 의해 언제나 유난히 경멸받았던 그런 사이비 학자들 축에도 결코 낄 수가 없었다는 점이다. 이것은 틀림없이 언제나 나에게 생생한 기억으로 살아남아 있을 것이다. 만약 내가 어떤 학자 앞에 서게 된다면, 나는 유감스럽게도 그것에 대한 증거들도 있는데, 아무리 쉬운 학문적인 시험을 보더라도 합격하기가 무척 어려울 것이다. 이것은 물론 그 원인이, 이미 언급된 생활환경은 그만두고라도, 우선 나의 학문적인 무능력, 부족한 사고력, 나쁜 기억력, 그리고 무엇보다도 특히 학문적인 목적을 내가 늘 유념하지 않는다는 데 있다. 이 모든 것을 나는, 심지어 어떤 기쁜 마음으로, 솔직하게 고백하는 바이다. 왜냐하면 내 학문적인 무능력의 더 깊은 원인이, 내가 보기에는, 어떤 본능, 진실로 나쁘지는 않은 어떤 본능에 있는 것 같기 때문이다. 만약 내가 허풍을 떨고 싶은 마음이 있다면, 나는 바로 이 본능이 나의 학문적인 능력들을 파괴했노라고 말할 수도 있을 텐데, 왜냐하면 확실히 가장 단순하지는 않은 평범한 일상적인 생활환경 속에서 그럭저럭 봐 줄 만한 어느 정도의 사고력을 보여 준 내가, 그리고 무엇보다도, 나의 결과들에서 확인될 수 있듯이, 비록 학문은 아니지만 그러나 학자들은 무척 잘 이해하는 내가, 그런 내가 본래부터 앞다리를 학문의 최초 단계에마저도 끌어 올릴 수 있는 능력이 없었다고 하는 것은 정말로 적어도 매우 이상한 현상일 터이기 때문이다. 오늘날 행해지는 학문과는 다른 어떤 학문, 어떤 궁극적인 학문, 아마도 바로 그 학문을 위해 나에게 다른 모든 것보다 자유를 더 높이 평가하도록 한 것은 바로 그 본능이었다. 자유! 물론 오늘날 가능한 자유는 작고 연약한 식물 같은 빈약한 것이다. 그러나 아무튼 자유이기는 하며, 아무튼 하나의 재산인 것이다.

부부

Das Ehepaar

전반적인 영업 상황이 매우 나쁠 경우 나는 가끔씩, 만약 사무실에서 시간이 남으면, 고객들을 방문하기 위해 직접 견본 가방을 들고 나서기도 한다. 다른 무엇보다도 나는 벌써 오래전에 N.에게 한번 가 보려는 생각을 하고 있었다. 예전에는 그 사람과 지속적으로 사업 관계를 가졌었는데, 그러나 나로서는 알 수 없는 이유 때문에 지난해에는 그 관계가 거의 끊어져 버렸다. 그렇게 중단된 데에 무슨 실질적인 이유가 있는 것은 틀림없이 전혀 아닐 것이다. 오늘날의 불안정한 상황에서는 아무것도 아닌 어떤 일이, 어떤 분위기가 결정적인 작용을 할 때가 자주 있으며, 마찬가지로 그러다가 아무것도 아닌 어떤 일이, 말 한마디가 또다시 전체가 정상 상태가 되도록 해 줄 수도 있다. 그러나 N.에게 다짜고짜 밀고 들어가는 것은 약간 성가신 일이다.

736

그는 노인이고 근래에는 무척 허약한 데다, 게다가 설령 그가 사업상의 일들을 자신의 손안에 한데 모아 두고 있다 하더라도 그 자신이 직접 회사에 나오는 일은 이제 더 이상 거의 없을 것이다. 그러니 그와 이야기하고 싶으면 그의 집으로 가야 하는데, 그런 종류의 업무상 외출은 기꺼이 연기하고 싶은 것이다.

어제저녁 여섯 시 이후에 아무튼 나는 길을 떠나게 되었는데, 물론 더 이상 통상적인 방문 시간은 아니었으나, 이 일은 당연히 사교적으로가 아니라 상업적으로 판단되어야 한다. 나는 운이 좋았다. N.이 집에 있었던 것이다. 내가 대기실에서 들은 바로는, 그가 방금 부인과 산책에서 돌아와 지금은 아들 방에 있는데, 그 아들은 몸 상태가 좋지 않아 침대에 누워 있었다. 나도 그곳으로 함께 갔으면 좋겠다는 요청을 받았을 때 나는, 처음에는 망설였지만, 그러나 그 후 이 귀찮은 방문을 가능한 한 빨리 끝내고 싶다는 열망이 더 커져서, 외투를 입은 채 모자와 견본 가방을 손에 들고서, 어두운 방 하나를 지나 흐릿하게 불을 밝히는 어떤 방으로 따라 들어갔는데, 그 안에는 몇 안 되는 사람이 모여 있었다.

아마 거의 본능적으로 나의 눈길은 맨 먼저, 내가 너무나도 잘 알고 있으며 부분적으로는 나의 경쟁자인 어떤 영업 대리인을 향했다. 이렇듯 그 대리인은 여전히 내 앞에서 몰래 살금살금 다가왔던 것이다. 그는, 마치 자신이 의사라도 되는 것처럼, 환자의 침대 바로 옆에 바짝 붙어 편안히 있었다. 그는 부풀어 오른 멋진 외투를 앞을 열어젖힌 채 입고서 당당하게 거기 앉아 있었는데, 그의 뻔뻔스러운 무례함은 도무지 비할 데가 없었다. 열 때문에 뺨이 약간 불그스레해진 채 거기 누워서 그를 바라보고 있던 환자도 아마 이와 비슷한 생각을 했을 것이다. 그런데 환자인 아들은 이제 더 이상 어린애가 아니라 내 나이 또래의 사내였으며, 병 때문에 턱과 뺨에 온통 짧은 수염이 약간 거칠게 나 있었다. 키 크고 어깨가 떡 벌어진 사람이지만, 그러나 놀랍게도 만성적인 고통 때문에 완전히 말라 있고, 등은 구부정하고, 자신을 잃고 불안하게 되어 버린 그 늙은 N.은, 지금 막 돌아온 모습 그대로 여전히, 모피 옷을 입고 거기에 서서 아들을 향해 무어라고 중얼거렸다. 그의 부인은 몸집이 작고 허약해 보였지만, 비록 오로지 남편에 관한 일에 국한해서라고는 하지만 지극히 생기가 넘쳤으며, 남편 아닌 우리 다른 사람들은 쳐다보지도 않은 채 그에게서 모피 옷 벗기는 일에만 열중해 있었는데, 그 일은 두 사람의 신장 차이 때문에 약간 어려움이 있었지만, 그래도 결국 그녀는 그 일을 해냈다. 그런데 그녀가 그 일을 하는 데 겪은 실제적인 어려움은 아마도 N.이 몹시 참을성이 없었고, 계속 손을 짚고서 안절부절못하고 안락의자를 찾는 데 있었을 것이다. 그의 부인은 모피 옷을 벗기고 난 후 그 의자를 재빨리 그에게 밀어주었었다. 그녀 자신은 모피 옷을 받아 들고서, 모피 옷에 가려 거의 모습이 감추어진 채로 그것을 들고 나가 버렸다.

이제 드디어 나의 시간이 온 것 같았는데, 아니 그보다는 오히려, 나의 시간은 오지도 않았으며, 어쩌면 여기서는 결코 오지 않을지도 모를 터였다. 만약 내가 무슨 일인가를 하려고 했다면, 그 일은 틀림없이 곧장 일어났을 터인데, 왜냐하면 나의 느낌으로는 여기에서 사업상의 의견을 꺼내기 위한 전제 조건들이 오로지 점점 더 나빠지기만 했기 때문이었다. 그러나 그 대리인이 의도했던 바와 같이, 이곳에 나를 한없이 눌러 앉혀 놓는 것, 그것은 나의 방식이 아니었으며,

게다가 나는 그를 털끝만큼도 고려하고 싶지 않았다. 그래서 나는, N.이 바로 그때 자신의 아들과 이야기를 약간 나누고 싶어 한다는 것을 알아챘음에도 불구하고, 즉각 나의 일을 이야기하기 시작했다. 유감스럽게도 나는, 약간 흥분 상태에서 이야기할 경우 일어서는 버릇, 또 이야기하는 동안 왔다 갔다 하는 버릇이 있으며, 나의 이런 버릇은 이야기를 시작하면 아주 곧장 나타나는데, 이 병실에서는 평소 때보다 더욱더 빨리 나타났다. 자기 자신의 사무실에서는 이것이 정말 좋은 습관이겠지만, 다른 사람의 집에서는 아무튼 약간 부담스러운 것이다. 그러나 나는 자제할 수가 없었는데, 왜냐하면 나에게 특히나 습관이 되어 있는 담배가 없었기 때문이다. 아무튼 누구나 다 나쁜 습관들이 있는 법인데, 그 대리인의 나쁜 습관들과 비교해 보면 그래도 나의 습관들을 긍정적으로 평가하는 바이다. 예컨대 그는 무릎에 올려 두고 있는 자신의 모자를 무릎 위에서 천천히 밀었다 당겼다 하다가, 이따금 갑작스럽게, 전혀 예기치 못하게 모자를 쓰기도 하고, 마치 어떤 실수를 저지르기라도 한 것처럼, 그것을 물론 곧 다시 벗기는 하지만, 아무튼 그 전에 잠시 동안 그것을 머리 위에 쓰고 있었고, 그리고 그는 때때로 그 동작을 거듭 반복하는데, 이런 경우에 사람들은 무어라고 말할까. 이와 같은 행동에 대해 무어라고 이름 붙이는 것은 아무튼 정말로 허용되지 않는다. 그것이 나를 방해하지는 않으며, 나는 이리저리 왔다 갔다 하고, 나의 일에 완전히 얽매여 있고, 그를 아예 못 본 척 무시해 버리지만, 그러나 이 모자로 하는 요술 때문에 완전히 평정심을 잃고 당황 할 사람이 있을지도 모른다. 하지만 나는 열심히 그러한 방해뿐만 아니라 어떤 사람도 전혀 주목하지 않는다. 나는 일어나고 있는 일을 물론 보기는 하지만, 그러나 내가 만반의 준비가 다 되어 있지 않는 한, 또는 내가 지금 막 이의 제기를 듣지 않는 한, 말하자면 어떤 의미에서는 그것을 알지 못하는 것이다. 예컨대 나는, N.이 받아들일 수 있는 수용력이 아주 적다는 것을 알아챘는데, 두 손을 팔걸이에 대고서, 그는 심기가 불편한 듯 이리저리 몸을 돌렸고, 나를 쳐다보는 것이 아니라 무의미하게 허공을 바라보면서 무엇인가를 찾고 있었고, 그의 얼굴은 마치 내가 하는 말의 소리, 심지어는 내가 있다는 느낌조차 전혀 받아들이지 않는 것처럼 그렇게 무관심해 보였다. 나에게 거의 희망을 주지 않는 이 모든 병적인 태도를 나는 물론 보고 있었지만, 그러나 그럼에도 불구하고 나는, 마치 내가 아직도, 나의 말을 통해서, 나의 유리한 제공을 통해서, 나는 내가 해 준 양보들, 아무도 요구하지 않았던 양보들에 대해 스스로 깜짝 놀라면서, 결국 모든 것을 다시 균형 상태로 되돌릴 수 있는 그런 전망을 갖고 있는 것처럼, 계속 말을 했다. 내가 잠깐 스치듯 보니까 그 대리인은 마침내 자신의 모자를 가만히 내버려 두고 가슴 위로 팔짱을 끼고 있었는데, 그것은 나에게는 어떤 만족스러운 보상이었다. 부분적으로는 사실 그를 염두에 두고 계산되었던 나의 상세한 이야기들이 그의 계획들에 따끔한 일침을 주었던 것 같다. 그리고 나는, 만약 내가 여태까지 부차적인 인물 정도로 여겼던 그 아들이 갑자기 침대에서 몸을 반쯤 일으켜 주먹으로 위협하면서 나를 침묵하도록 하지 않았다면, 그 일로 인해 생긴 쾌감 속에서 어쩌면 한참 더 오랫동안 떠들어 댔을 것이다. 그 아들은 분명히 무언가를 더 말하고자 했고 무언가를 보여 주고 싶어 했으나 그럴 만한 충분한 힘이 없었다. 나는 그 모든 것을 처음에는 단지 고열로 인한 환각이라고 생각했으나, 곧바로 나도 모르게 늙은 N.을 바라보았을 때 그것을 더 잘 이해할 수 있었다.

N.은 오로지 그 순간만을 위해 아직 쓸모가 있는, 무표정하고 부풀어 오른 두 눈을 뜨고 거기 앉아 있었는데, 마치 누군가가 그의 목덜미를 쥐고 있거나 때리고 있는 것처럼, 몸을 부들부들 떨며 앞으로 기울인 채였고, 아랫입술, 심지어 잇몸이 활짝 드러난 아래턱조차 주체할 수 없을 정도로 축 처져 있었다. 그의 얼굴은 온통 엉망진창이 되어 있었다. 비록 힘이 들기는 하지만 그는 아직 숨을 쉬고 있었으나, 그러고 나서 그는 마치 구속에서 풀린 듯이 몸을 뒤로 젖히며 안락의자로 떨어졌고, 두 눈을 감았고, 큰 피로감이 그의 얼굴을 스치고 지나갔으며, 그러고는 끝이었다. 재빨리 나는 그에게로 뛰어가 생기 없이 매달려 있는, 차가운, 나를 소름 돋게 하는 그 손을 잡았는데, 더 이상 맥박이 뛰지 않고 있었다. 자 그렇다면, 이제 다 끝나 버린 것이다. 물론, 늙은이니까. 그 죽음이 우리에게 더 큰 부담이 되지 않기를 바랄 뿐이다. 이제 해야 할 일이 얼마나 많은가! 무엇이 맨 먼저 급한 일일까? 나는 도움의 손길을 찾아보지만, 그러나 아들이란 작자는 이불을 머리 위로 끌어당겨 뒤집어쓰고 있었으며, 그의 끊임없이 흐느끼는 소리가 들렸다. 그 대리인은 개구리처럼 차갑게 자신의 안락의자에 찰싹 붙어 앉아 있었는데, N.과 두 걸음 정도 떨어져 마주보고 있었고, 시간 가기만을 기다리는 것 이외에는 아무것도 하지 않을 결심을 한 것이 눈에 띄게 완연했다. 따라서 무엇인가를 할 사람은 오직 나밖에 없었다. 지금 당장 가장 어려운 일은 부인에게 어떻게든 이 상황을 견뎌 낼 수 있는 방식으로, 그러니까 이 세상에는 존재하지 않는 그런 어떤 방식으로, 그 소식을 전하는 일이었다. 그때 벌써 옆방으로부터 황급한, 질질 끄는 발걸음 소리가 들려왔다.

옷 갈아입을 시간이 없었던 까닭에 여전히 외출복 차림을 하고 있던 그녀는 난로 위에 걸어 놓아 완전히 따뜻해진 잠옷을 가져와 이제 그것을 남편에게 입히려고 했다. 그녀는 우리가 아주 조용히 있다고 생각했을 때, "그이가 잠이 들었군요" 하면서 미소를 짓고는 고개를 설레설레 흔들었다. 그러고는 순진무구한 사람의 무한한 신뢰감으로 그녀는 내가 방금 불쾌감과 두려움으로 잡고 있었던 바로 그 손을 잡더니, 마치 부부간의 소꿉장난처럼 그 손에 입을 맞추었다. 그것을 우리 다른 세 사람은 어떤 심정으로 바라보았겠는가? — N.이 몸을 움직였고, 큰 소리로 하품을 했으며, 잠옷을 입히게 했으며, 화가 나고 빈정거리는 얼굴을 한 채, 너무 긴 산책을 해서 과로했기 때문이라고 나무라는 부인의 애정 어린 잔소리를 참고 있었다. 그리고 부인과는 반대로, 자신이 잠이 들었던 이유를, 이상하게도 약간 지루했기 때문이라며, 다르게 말했다. 그리고 나서 그는, 다른 방으로 가는 도중에 몸이 식어 감기에 걸리는 일이 없게 하려고, 임시로 우선 아들 침대에 누웠다. 그러자 부인은 쿠션 두 개를 서둘러 가져와서는 아들의 발 옆자리에 눕힌 그의 머리를 받쳐 주었다. 나는 앞서 일어났던 일 이후에 뒤이은 특별한 일을 더 이상 전혀 발견하지 못했다. 이제 그는 석간신문을 요구했고, 손님들에 대한 배려가 전혀 없이 그것을 얼굴 앞으로 옮겼으나 읽지는 않고, 단지 신문을 이리저리 들여다볼 뿐이었다. 그러면서 그는 놀라울 정도로 날카로운 사업적인 안목으로 우리가 제안한 물품들에 대해서 몇 가지 정말 불쾌한 이야기를 했는데, 그동안에 그는 계속해서 빈손으로 계속 던지는 동작을 하면서 입을 쩝쩝거림으로써 우리의 영업 태도가 자기 입맛에 맞지 않는다는 것을 암시했다. 그 대리인은 억제할 수 없었던지 몇 가지 부적절한 의견들을 제시했는데, 그는 이곳에서 일어났었던 일에 대해 어떤 보상이 이루어져야 할 것이라는 막된 생각까지 하고 있었던 것 같다. 그러나 그런 그의 방식으로는 물론 가장 좋지 않은 결과만이 나왔을 뿐이다. 나는 이제 재빨리 작별을 고했으며, 나는 그 대리인에게 거의 고마움을 느꼈는데, 만약 그가 없었더라면, 내가 그렇게 빨리 떠나야겠다는 결단력을 보일 수는 없었을 것이다.

대기실에서 나는 N.의 부인을 만났다. 그녀의 가엾은 모습을 본 바로 그 순간, 나는 그녀가 나의 어머니를 약간 떠오르게 한다는 나의 생각을 말했다. 그런데 그녀가 아무 말이 없었기 때문에 나는 이렇게 덧붙였다. "거기에 덧붙여 말하고 싶은 것은, 어머니가 기적을 행할 수 있었다는 거예요. 우리가 이미 파괴해 버린 것을 어머니는 다시 좋게 만들었어요. 나는 어머니를 이미 어린 시절에 잃었답니다." 나는 일부러 과장해서 천천히 그리고 명료하게 말했는데, 왜냐하면 그 늙은 부인이 잘 듣지 못할 것이라고 내가 추측했기 때문이다. 그러나 그녀는 아마도 귀가 완전히 먼 것 같았는데, 왜냐하면 내 말에 답하는 과정도 거치지 않고 곧바로 물어 왔기 때문이었다. "그런데 제 남편은 어때 보이던가요?" 그런데 몇 마디 작별 인사에서 나는 그녀가 대리인과 나를 혼동하고 있다는 것을 알아챘다. 만약 그렇지 않았다면 그녀가 더 거리낌 없이 친밀하게 대했을 거라고 나는 기꺼이 믿고 싶었다.

그러고 나서 나는 계단을 내려갔다. 내리막길은 앞서 오르막길보다 더 힘이 들었는데, 그렇다고 오르막길도 결코 쉬운 것은 아니었다. 아, 업무상의 방문이 실패로 돌아가는 경우가 얼마나 많은가. 그러나 앞으로 그 부담을 계속 떠안고 가지 않으면 안 된다.

포기하라!

Gibs auf!

　매우 이른 아침이었다. 거리는 깨끗하고 텅 비어 있었다. 나는 기차역으로 갔다. 탑시계와 내 시계를 비교해 보았을 때, 생각했던 것보다 이미 상당히 늦었다는 것을 알았다. 나는 몹시 서둘러야만 했다. 이 사실에 놀란 나머지 나는 길을 확실히 알 수가 없었다. 나는 이 도시를 아직 그다지 잘 알고 있지 못했다. 다행히도 근처에 보안 경찰이 있었다. 나는 그에게 달려가 숨 가쁘게 길을 물었다. 그는 미소를 지으며 말했다. "당신은 나에게서 길을 알려고 하는가요?"

　"네" 하고 나는 말했다. "나 스스로는 길을 찾을 수가 없으니까요."

　"포기해라, 포기해!" 하고 말하면서 그는, 마치 웃으면서 혼자 있고 싶어 하는 사람들처럼, 거만하게 몸을 돌렸다.

비유들에 관하여
Von den Gleichnissen

　많은 사람이, 현인들의 말씀들은 언제나 변함없이 단지 비유일 뿐이라고, 우리에게는 단지 일상생활만 있을 뿐인데, 그 말씀들은 일상생활에서는 적용될 수 없는 그런 비유일 뿐이라고, 불평을 늘어놓는다. 만약 현인이 "저편으로 건너가라"라고 말한다면, 만약 그 길의 결과가 가치 있는 것이라면 사람들은 아무튼 그것을 실행할 수 있을 터임에도 불구하고, 그의 말뜻은 우리한테 저 다른 쪽으로 건너가라는 것이 아니라, 우리가 알지 못하는 그 어떤 것이고, 그것조차도 더 이상 자세하게 표현할 수 없는, 그래서 우리에게 전혀 도움을 줄 수 없는 그 어떤 것이지만 그 어떤 전설적인 저편을 뜻하고 있는 것이다. 이 모든 비유는 본래 파악할 수 없는 것은 파악할 수 없다는 것을 말할 뿐이고, 우리는 그 사실을 알고 있었다. 그러나 우리가 날마다 애쓰는 일은 다른 것들이다.

이에 관해 어떤 한 사람이 말했다. "너희는 왜 거부하는가? 만약 너희가 그 비유들을 따른다면, 너희 자신이 비유가 될 것이고, 그로써 너희는 일상의 노고에서 자유롭게 될 것이다."

다른 한 사람이 말했다. "그것 역시 하나의 비유라는 것에 내기를 해도 좋소."

첫 번째 사람이 말했다. "당신이 이겼소."

두 번째 사람이 말했다. "하지만 유감스럽게도 단지 비유 속에서 그럴 뿐이오."

첫 번째 사람이 말했다. "아니오. 현실 속에서는 이긴 것이지만, 비유 속에서는 당신이 진 것이오."

굴

Der Bau

내가 그 굴을 만들었는데, 잘 만들어진 것 같다. 밖에서 보면 실제로는 오로지 큰 구멍 하나만 보일 뿐이지만, 이 구멍은 사실 그 어디로도 통해 있지 않아 몇 걸음만 가면 금새 단단한 자연석과 만나게 된다. 내가 고의로 이런 술수를 부렸노라고 자랑하려는 것은 아니다. 그것은 오히려 허사가 되어 버린 수많은 시도 중 하나의 잔재이지만, 이런 구멍 하나를 묻어 버리지 않고 그대로 놔둔 것이 결국 나에게는 유리한 일이었던 것 같다. 물론 많은 술수가 자멸할 정도로 매우 교활하다는 사실을 나는 다른 어느 누구보다 더 잘 알고 있으며, 아무튼 이 구멍을 통해 여기에 탐구할 만한 가치가 있는 어떤 것이 존재할 수 있는 가능성에 대한 주의를 환기한다는 것은 확실히 기발하고 대담한 것이다. 그렇지만 누군가 내가 겁이 많으며 아마도 단지 비겁하기 때문에 내 굴을 구축한다고 믿는다면, 그것은 나를 잘못 안 것이다. 이 구멍으로부터 수천 걸음 떨어진 곳에, 걷어 낼 수 있는 이끼층으로 엄폐된, 굴로 통하는 진짜 통로가 있는데, 그것은 세상에서 안전할 수 있는 것이 있다면 그것만큼이나 매우 안전하며, 확실히, 누군가 이끼를 밟거나 밀어닥칠 수도 있는데, 그러면 내 굴이 드러나게 될 것이고, 누군가 그러고 싶은 마음이 있다면, 물론 그러려면 아주 흔하지는 않은 어떤 능력들이 필요하다는 점은 유념해야 하지만, 밀고 들어올 수도 있고 모든 것을 영원히 파괴할 수도 있다. 이 사실을 나는 잘 알고 있으며, 나의 삶은 심지어 정점에 이른 지금에조차 완전히 평온한 시간이 거의 없으며, 나는 언젠가 저기 어두운 이끼낀 저 자리에서 죽어야 할 것이며, 꿈속에서는 그곳에서 자주 탐욕적인 코를 끊임없이 킁킁거리며 냄새를 맡는다. 또한 언제나 그저 약간만 애를 쓰면, 새로운 출구를 만들기 위해서, 위쪽은 단단한 흙이 얇은 층을 이루고 아래쪽은 부스러지기 쉬운 흙으로 된 이 출입구 구멍을 나 자신이 무너뜨려 막아 버렸을 거라고 생각할 것이다. 그렇지만 그것은 도저히 있을 수 없는 일이고, 바로 그 신중함이 요구하는 것은 내가 당장이라도 밖으로 뛰쳐나갈 수 있는 가능성을 갖는 것이며, 바로 그 신중함이, 유감스럽게도 그토록 자주, 생명을 잃을 위험을 요구하는 것이다. 그 모든 것이 참으로 힘든 계산을 필요로 하는 것이어서, 명석한 두뇌가 스스로에 갖는 기쁨 그 자체가 때로는 계속 계산해 나가는 유일한 원인이 되기도 한다. 나는 즉각 도망칠 수 있는 가능성이 있어야 하는데, 내가 제아무리 주의 깊게 경계를 늦추지 않고 있다 하더라도 전혀 예기치 못한 쪽에서 공격을 받게 될 수도 있지 않은가? 내가 나의 집 안 가장 깊숙한 곳에서 평화롭게 살고 있는 사이에 서서히 그리고 소리도 없이 적이 그 어디에선가 나를 향하여 뚫고 들어오는 것이다. 나는 그자가 나보다 더 좋고 예민한 감각을 지니고 있다고는 말하지 않겠다. 어쩌면 그자 역시 내가 그를 모르는 것처럼 나를 모르고 있을 것이다. 그렇지만 맹목적으로 흙을 파뒤집는 격정적인 도둑들이 있는 법이다. 나의 굴은 엄청나게 길어서 그들도 어디선가는 나의 여러 길 중 하나와 맞닥뜨리게 되리라는 희망이 있다. 물론 나는 내 집 안에 머물러 있으며 모든 길과 방향을 정확하게 알고 있다는 이점이 있다. 그 도둑놈은 아주 쉽게 내 제물, 그것도 달콤한 맛이 나는 먹이가 될 수 있다. 그렇지만 나는 늙어 가고 있으니, 나보다 더 원기 왕성한 자들은 많고 적들도 수없이 많으니까 내가 어떤 적 앞에서 도망치다가 다른 적의 올가미로 달려들어 가는 일이 생길 수도 있을 것이다. 아, 무슨 일인들 생기지 않을 수 있는 일이 있겠는가! 아무튼 나는, 예컨대 아무리 가볍게 쌓아 놓은 것이라 하더라도 내가 그곳을 절망적으로 파고 있는 동안 갑자기—제발 그런 일은 없기를 부디 바라는 바이다!—추적자의 이빨을 나의 허벅지에서 느끼는 일이 없도록, 밖으로 나가기 위해 더 이상 작업하지 않아도 되는, 쉽게 도달할 수 있으며 완전히 열려 있는 출구가 그 어딘가에 있다는 확신이 반드시 있어야 한다. 그리고 나를 위협하는 것은 단지 외부의 적들만이 아니다. 땅속에도 적들이 있다. 내가 아직 그들을 결코 직접 본 적은 없으나 그들에 관한 전설이 있으며 나는 그것을 굳게 믿고 있다. 그들은 땅속의 존재들인데, 전설에도 그 모습은 묘사되지 않는다. 심지어는 그들의 먹이가 된 자 역시 그들을 거의 본 적이 없다. 그들의 원소인 흙 속에서 희생자 바로 아래로 그들의 발톱 긁는 소리가 들리면 그들이 오고 있는 것이고, 그 소리를 듣는 순간 희생자는 벌써 사라져 버린다. 따라서 자기 집에 있다기보다는 오히려 그들의 집에 있는 셈이다. 그들로부터는 저 출구도 나를 구하지 못하고, 사실 그 출구라는 것은 도대체가 나를 구하지 못할 것이고, 나를 파멸시키지만, 그러나 그 출구는 하나의 희망이며 나는 그것 없이는 살 수가 없다. 이 큰길 외에도 바깥세상과 나를 긴밀하게 연결해 주는 매우 비좁지만 상당히 안전한 길들이 있는데, 그 길들은 나에게 숨 쉬기에 좋은 공기를 마련해 준다. 그 길들은 들쥐들이 놓은 것이다. 나는 그 길들을 내 굴에다 제대로 포함시킬 수가 있었다. 그 길들은 또한 나에게 멀리까지 후각이 미칠 수 있게 해 주었고, 그렇게 나에게 보호 수단을 마련해 주었던 것이다. 또한 그 길들을 통해 오는 온갖 작은 종족을 내가 잡아먹음으로써 나는 굴을 떠나지 않고서도 어느 정도 검소한 생활을 이어 가기에는 충분한 저급한 수준의 사냥을 할 수 있어서 그것은 물론 매우 가치 있는 일이다.

내 굴에서 가장 멋진 점은 그런데 그 정적이다. 물론, 그 정적이란 믿을 것이 못 된다. 갑자기 한번에 깨어져 버릴 수 있고 그러면 모든 것이 끝장이다. 그러나 일시적이긴 하지만 거기에 아직은 정적이 감돌고 있다. 몇 시간 동안 나의 통로들을 살금살금 걸어 다녀도 내가 곧바로 이빨들 사이에 넣어 조용하게 만드는 어떤 작은 동물들의 사각거리는 소리와 어떤 보수의 필요성을 나타내는 흙의 졸졸 떨어지는 소리 말고는 그 밖에는 어떤 소리도 들리지 않고 고요하다. 숲의 공기가 들어오는데, 그것은 따스하면서도 동시에 서늘하다. 나는 가끔씩 몸을 쭉 펴고 기분이 좋아져 통로 안에서 몸을 이리저리 굴리기도 한다. 다가오는 노후에 대비하여 이런 굴을 갖고 있다는 것, 가을이 시작되면 지붕 아래에서 안전하게 보호받는다는 것은 근사한 일이다. 나는 백 미터마다 통로들을 넓혀 조그마한 둥근 광장을 만들어 놓았으며 그곳에서 편안하게 몸을 둥글게 말아 체온으로 몸을 녹이며 휴식을 취할 수 있다. 거기서 나는 평화의 단잠을, 욕구가 충족된 단잠을, 그리고 자가 소유라는 달성된 목표의 단잠을 잔다. 내 잠을 깨우는 것이 옛 시절의 습관인지 아니면 이 집의 상당히 큰 위험들인지는 모르겠지만, 규칙적으로 가끔씩 나는 깊은 잠에서 깜짝 놀라 뛰어 일어나며, 밤낮으로 이곳에 변함없이 온통 감도는 정적을 거듭 귀 기울여 듣다가 안심하여 미소를 짓는데 그러고 나면 사지에 맥이 풀린 채 더욱더 깊은 잠에 빠진다. 기껏해야 낙엽 더미 속이나 또는 동료들의 무리 속으로 기어들어 가거나, 세상천지의 온갖 부패에 내던져진 채로 들길이나 숲속을 방황하는 집 없는 저 불쌍한 떠돌이들! 나는 사방이 안전한 여기 광장에 누워 있고—내 굴에는 이런 곳이 오십여 군데나 있다—꾸벅꾸벅 졸거나 정신없이 자는 사이에 시간이 가는데, 그 시간마저도 나는 마음 내키는 대로 선택할 수 있다.

그러나 곧바로 추적을 당하는 것은 아니더라도 포위를 당하는 극도로 위험한 경우에 대비해 심사숙고한 끝에, 굴의 한가운데를 약간 벗어난 곳에 중앙 광장이 위치해 있다. 다른 모든 것이 어쩌면 육체노동이라기보다 오히려 과도하게 혹사당한 정신노동이었던 반면에 이 성곽 광장은 내 온몸을 있는 대로 다 써서 이룬 너무나도 힘든 노동의 결과물이다. 몇 차례 나는 몸이 너무 피로하여 절망한 나머지 만사를 팽개쳐 버리고자 했으며, 벌렁 드러누워 뒹굴었고 굴에 저주를 퍼부어 댔으며 굴이 열린 채로 내버려 둔 채 몸을 질질 끌고 밖으로 나가 버렸다. 내가 그렇게 할 수 있었던 것은 다시는 그곳으로 되돌아가지 않으려 했기 때문이었는데, 그러고 나서 몇 시간 또는 며칠

이 지나면 후회를 하며 되돌아왔으며 그러면 굴이 상하지 않은 것이 기뻐서 거의 노래가 나올 지경이었고 참으로 즐거워하며 새롭게 일을 시작했다. 하필이면 계획대로 되어야 할 바로 그 부분에 이르러 지반이 약하고 모래투성이여서 천장이 둥글고 아름다운 큰 원형의 광장을 만들려면 바로 그 부분 땅을 단단하게 다져야 했으므로, 성곽 광장의 작업은 불필요하게도 (불필요하다는 것은 헛된 작업에서 건축이 진정한 이득을 얻지 못했음을 말하고자 하는 것이다) 더 힘겹게 되었다. 그런데 그와 같은 작업을 위하여 내가 가진 것은 이마밖에 없었다. 따라서 그 이마로 나는 수천수만 번을 몇 날이고 몇 밤이고 돌진하여 땅에다 짓찧었으며, 이마가 깨어져 피가 흐르면 행복했는데, 왜냐하면 그건 벽이 단단해지기 시작한다는 증거였기 때문이다. 누구나 나에게 그럴 만하다고 인정하듯이, 그렇게 나는 성곽 광장을 얻었던 것이다.

이 성곽 광장에 나는 저장품을 모아 두는데, 당장 필요한 생필품 외에도 굴 내부에서 포획한 것, 그리고 굴 밖에서 내가 사냥해 온 것을 모두 다 여기에 쌓아 두는 것이다. 광장은 아주 커서 반년 치 저장물로도 다 채울 수가 없다. 그래서 나는 그것들을 죽 늘어놓고 그 사이를 왔다 갔다 하면서 그것들을 가지고 놀기도 하고, 그 엄청난 양과 갖가지 냄새를 즐기며 언제나 그 현황을 정확하게 조망할 수 있다. 나는 그러니까 또한 언제든 계절 따라 새로운 배치를 해 볼 수도 있고, 필요한 예산들도 사냥 계획들도 짜 볼 수가 있다. 이렇듯 미리 비축이 매우 잘되어 있어서 그 결과 도대체 먹는 것에 무관심해져서 이 주변을 돌아다니는 조그마한 놈들은 아예 손도 대지 않을 때가 있는데, 그것은 아무튼 다른 이유들 때문에 신중하지 못한 일일지도 모르겠다. 방어 준비에 자주 신경을 쓴 결과, 자연히 그러한 목적들을 위해 굴의 철저한 이용을 염두에 둔 나의 견해들은, 아무튼 작은 테두리 안에서, 변화하거나 발전하고 있다. 그러면 방어의 기초를 온통 성곽 광장에만 둔다는 것이 나에게는 때로는 위험해 보이기도 한다. 굴의 다양함은 나에게 이런저런 갖가지 가능성을 제공하고 있어서, 저장물들을 약간씩 나누어 작은 광장 몇몇 군데에 비치해 두는 것이 보다 더 신중한 일인 것처럼 보인다. 그래서 나는 예컨대 세 번째마다의 광장을 예비 저장소로, 또는 네 번째마다의 광장을 주 저장소로, 두 번째마다의 광장을 부저장소나 그 비슷한 장소로 정하는 것이다. 아니면 나는 눈속임을 목적으로 저장물을 쌓아서 길 몇 개를 아예 차단해 버리든가, 아니면 아주 느닷없이, 각기 중앙 출구로 가는 위치에 따라, 오로지 소수의 광장만을 택하기도 한다. 그런 새로운 계획은 물론 매번 힘겨운 짐 운반 작업을 필요로 하며, 나는 새로운 계산을 하지 않으면 안 되고 그러고 나서는 짐들을 이리저리로 운반하게 된다. 물론 나는 그 일을 지나치게 서두르는 일 없이 편한 마음으로 할 수 있으며, 또한 좋은 것들을 입에 물고 나르다가 원하는 곳에서 잠시 쉬면서 입맛에 맞는 맛있는 것이 있으면 군것질을 하는 것은 그렇게 나쁘지는 않은 일이다. 그보다 더 나쁜 것은, 때때로 내가 통상적으로 잠에서 깜짝 놀라 깨면서 현재의 배분이 완전히 잘못된 것으로 커다란 위험을 초래할 수 있을 것 같아, 졸음과 피곤함 따위는 아랑곳하지 않고 즉시 최대한 서둘러서 바로잡지 않으면 안 된다는 생각이 드는 경우이다. 그러면 나는 급히 서두르고, 그러면 나는 날아다니며, 그러면 아주 치밀한 새로운 계획을 곧바로 실행하고자 하는 내가 이것저것 곰곰 따져 볼 시간도 없으며, 내 이빨 아래 와 닿는 것은 뭐든 닥치는 대로 물어서, 질질 끌고, 나르고, 한숨 쉬고, 신음하고, 비틀거리기도 하며, 나에게 너무나 위험스러워 보이는 현재의 상태를 변경할 수 있는 것이기만 하면 그게 뭐든 나에게는 충분한 것이다. 그런 다음 마침내 완전히 깨어나 서서히 제정신이 들고 나면, 나는 내가 왜 그렇게 서둘렀는지 거의 이해를 못 하게 되고, 나 스스로가 침해했던 내 집의 평화를 들이마시고, 잠자리로 다시 돌아가 새로 얻게 된 피곤함 속에서 즉시 잠이 드는데, 나중에 깨어나서 보면 벌써 거의 꿈속의 일처럼 보이는 야간작업의 도저히 반박할 수 없는 증거로 이빨에 예컨대 쥐 한 마리가 아직 매달려 있는 것이다. 그러고 나서 다시 모든 양식을 한자리에 모아 놓는 것이 최선책으로 보이는 시간들이 있다. 작은 광장들에 모아 둔 양식이 내게 무슨 도움이 될 수 있으며, 거기에 도대체 얼마만큼이나 보관하겠으며, 또한 설령 무엇을 갖다 놓는다 한들, 그것은 길을 막으니까 아마도 언젠가는 방어할 때나 달려갈 때 나에게 오히려 장애가 될 것이다. 그 밖에도, 모두 한데 모아 놓은 양식을 바라보고 그럼으로써 자신이 소유하고 있는 것을 딱 한 번의 눈길만으로도 알지 못하면 그 점 때문에 자의식이 괴로움을 겪는다는 것은 물론 어리석기는 하지만 사실이다. 이렇게 많이 나누어 배치하면 많은 것을 잃어버릴 수 있지 않을까? 모든 것이 제대로 된 상태에 있는지 그렇지 않은지 보기 위하여 내가, 얽히고설킨 가로와 세로의 사방 통로들을 끊임없이 질주하고 다닐 수는 없는 노릇이다. 양식의 분배라는 기본 생각은 물론 옳지만, 그러나 나의 성곽 광장 같은 종류의 광장이 여러 개 있어야만 비로소 진정 그럴 수 있지 않겠는가! 물론 그렇다! 그러나 누가 그걸 해낼 수 있을까? 또한 나의 굴 전체 계획 속에 그런 광장 몇 개를 이제 와서 추가적으로 마련할 수는 없다. 어떤 것이든 그 본보기를 딱 하나만 갖고 있으면 대체로 거기에는 항상 결함이 있기 마련이듯 나는 거기에 내 굴의 결함이 있음을 인정하고자 한다. 그리고 전체 굴을 파는 동안 나의 의식 속에 어렴풋하게, 그러나 만약 내가 제대로 보고자 하는 의지만 있었더라면 충분히 뚜렷하게, 몇몇 개 성곽 광장에의 요구가 생생하게 살아 있었으나 내가 그것에 따르지 않았음을 고백하는바, 나는 그 엄청난 작업을 해내기에는 나 자신이 너무나 약하다고 느꼈으며, 그렇다, 그 작업의 필연성을 눈앞에 보듯이 생생하게 그려 내기에는 나 자신이 너무나 약하다고 느꼈던 것이며, 어떻게 해서든 나는 결코 적잖이 애매모호한 느낌들로 스스로 위안을 삼았는데, 그 느낌들에 따르자면, 평소 때 같으면 충분하지 못할 그런 것이 나의 경우에는 한 번 예외적으로, 자비로운 은총을 받은 것처럼, 단단하게 다지는 망치 역할을 하는 나의 이마를 보존하는 배려가 특히나 중요하기 때문에, 아마 틀림없이 충분할 것이다. 이제 이렇듯 나는 오로지 성곽 광장 하나만 있는데, 그러나 그것 하나로는 이번에는 충분하지 못할 것이라는 어렴풋한 느낌들이 사라지지를 않았다. 어찌 되었든 간에 나는 그 성곽 광장 하나에 만족할 수밖에 없는데, 그 작은 광장들은 그것을 대치할 수 없는 터라, 그러면 나는, 이러한 생각이 내 마음속에서 무르익고 나면, 그 작은 광장들에서 그 성곽 광장으로 모든 것을 다시 끌어다 놓는 일을 시작한다. 그러고 나면 얼마 동안은 모든 광장과 통로가 트여 있다는 것, 성곽 광장에 고기 더미들이 쌓여 있는 모습, 그리고 제각기 그 나름으로 나를 매혹하여 멀리에서도 내가 정확하게 구분할 수 있는, 많은 것이 한데 뒤섞인 그 고기 냄새를 가장 외부의 통로들까지 내보내는 모습을 보는 것이 나에게는 어떤 위로가 된다. 그러고 나서 특히 평화로운 시간들이 오곤 하는데, 그때 나는 잠자리를 천천히, 점점 바깥 지역들에서 안쪽으로 옮겨 가고, 점점 깊숙이 냄새 속에 잠기다가 드디어 참지 못하고 어느 날 밤 성곽 광장으로 뛰어들어 양식을 마구 헤집으며 완전히 무감각해질 때까지 내가 좋아하는 최상의 것으로 배를 채운다. 행복한, 그러나 위험한 시간들인데, 만약 그 시간들을 남김없이 이용할 줄 아는 자가 있다면 자신을 위태롭게 하지 않은 채 나를 쉽게 해치울 수도 있을 것이다. 이 점에서도 제이의 또는 제삼의 광장이 없다는 점이 손해로 작용하지만, 나를 유혹한 것도 한꺼번에 모조리 쌓아 둔 이 커다란 더미이다. 나는 이것에 대해 스스로를 보호할 다양한 방도를 찾고 있으며, 작은 광장들에 배분해 놓은 것도 사실상 그런 종류의 조처 가운데 하나이긴 하지만, 유감스럽게도 그것은 그와 유사한 다른 조처들과 마찬가지로 결핍으로 인해 훨씬 더 큰 욕망에 이르게 되는데, 욕망은 그 후 갑자기 판단력이 급습하듯 밀어닥치면 목적에 맞추어 방어 계획들을 자의적으로 바꾸어 버린다.

이와 같은 시간들 후에 나는, 생각을 가다듬기 위하여, 필요한 개수 작업들을 하기로 작정한 다음에 굴을 살펴보곤 하며, 비교적 자주, 비록 점차 그 시간이 짧아지기는 하지만, 굴을 떠나곤 한다. 굴을 오랫동안 떠나 있는 그 벌을 받는다는 것이 나 자신에게 너무 가혹한 것처럼 보이기는 하지만, 그러나 이따금 바람 쐬러 가는 소풍의 필요성을 나는 이해하고 있다. 내가 출구에 가까이 갈 때마다 언제나 어느 정도 엄숙해진다. 집 안에서 생활하는 시간들에는 나는 출구를 피하며, 심지어는 출구로 나 있는 통로의 끝부분에 발 딛는 것조차 꺼린다. 그 주변에서 정처 없이 싸돌아다니는 것도 결코 쉽지 않은데,

왜냐하면 내가 그곳에 작고 온전한 지그재그 통로를 하나 설치해 놓았기 때문이다. 그곳에서 나의 굴이 시작되었는데, 그 당시만 해도 나는 계획대로 굴 공사를 끝마칠 수 있을 것이라는 희망을 가질 수가 없어서 반쯤 장난삼아 이 작은 모퉁이에서 시작했으며, 어떤 미로 같은 굴 안에서 첫 작업의 기쁨으로 미친 듯이 날뛰었고, 그 굴이 당시에는 모든 건축물의 정점인 것처럼 보였지만 그러나 오늘날은 전체 건축물에 제대로 어울리지 못하는 너무나 자그마한 취미 삼아 만든 공작품 정도로 판단하고 있으며 이렇게 보는 것이 아마 십중팔구는 더 맞는 것 같다. 물론 이런 공작품이 이론적으로야 어쩌면 소중한 것일지 모르겠지만—여기에 내 집의 입구가 있노라고 그 당시 나는 보이지 않는 적들에게 아이로니컬하게 말했으며 그놈들이 출입구의 미로에서 모조리 질식하는 모습을 보았다—그러나 실제로는, 진지한 공격이나 목숨을 걸고 절망적으로 덤비는 적에게는 거의 버텨 낼 수 없을, 너무나 심하게 벽이 얇은 유치한 장난 수준에 불과한 것이다. 그러니까 내가 이 부분을 개축해야 할 것인가? 내가 결단을 못 내리고 질질 끌고 있으니 아마 지금도 그대로 있을 것이다. 그러자면 무리함이 요구될 큰 작업은 그만두고라도 그것은 생각할 수 있는 가장 위험한 작업이기도 할 것이다. 내가 건축을 시작한 당시만 해도 나는 그곳에서 비교적 편안하게 작업을 할 수 있었고 위험도 다른 곳보다 훨씬 더 큰 것은 아니었지만, 그러나 오늘날은 그런 공사를 벌인다는 것은 전체 굴에 세상의 이목이 집중되도록 하는 거와 다름없는 거의 무모할 정도로 경솔한 짓으로, 이제는 더 이상 가능하지 않은 일이다. 이 첫 작품에 대해 어떤 섬세한 감정이 아무튼 존재하고 있다는 사실은 나를 기쁘게 한다. 그런데 만약 대규모 공격이 있게 된다면 입구의 어떤 기본 원리가 나를 구해 줄 수 있을까? 그 입구가 공격자를 속일 수도, 관심을 딴 데로 돌릴 수도, 괴롭힐 수도 있으나, 그것은 공격자도 필요하면 하는 것이다. 그리고 정말 대규모 공격이라면 나는 즉각 굴 전체의 모든 수단, 그리고 육신과 영혼의 모든 힘을 기울여 그것에 맞설 방도를 찾으려고 해야 한다―그것은 물론 자명하다. 그러면 이 입구도 사실 그대로 두어도 될 것이다. 굴은, 비록 내 손에 의해 만들어진, 추후에야 비로소, 그러나 정확하게 인지된 그런 결함도 있을지 모르지만, 자연에 의해 강요된 약점들이 아주 많이 있다. 물론 내가 이렇게 말한다고 해서, 이런 결함이 때로는, 아니 어쩌면 언제나 나를 불안하게 하지 않았다는 말은 아니다. 만약 내가 일상적인 산책을 할 때 굴의 이 부분을 피한다면, 그것은 주로 다음과 같은 이유 때문에, 즉 그것을 보면 내가 불쾌하기 때문에, 또 이미 나의 의식 속에서 너무 심하게 소란을 부리는 굴의 결함을 언제나 눈으로 직접 보고 싶지는 않기 때문에 그러는 것이다. 설령 저기 저 위 입구에 결코 근절할 수 없는 실책이 있다 하더라도, 나는 피할 수 있는 한, 그것을 보지 않으면 좋을 것 같다. 나는 그냥 출구 방향으로 가기만 하면, 아직 내가 통로들과 광장들로 인해 출입구와 떨어져 있음에도 불구하고, 이미 커다란 위험의 분위기 속에 빠져 버린 것이라고 생각하며, 가끔은, 마치 나의 가죽이 얇아진 것 같은, 마치 내가 곧바로 가죽도 없는 벌거벗은 그냥 맨살로 거기 서 있을 수도 있는 것 같은, 그리고 그 순간 나의 적들의 포효 소리가 나를 환영할 수도 있을 것 같은 느낌이 드는 것이다. 확실히, 그러한 느낌들을 불러일으키는 것은 집의 보호가 그치는 곳인 출구 그 자체이지만, 그러나 나를 특별히 괴롭히는 것은 물론 바로 이 굴 입구이다. 이따금 나는, 그것을 개조하고 완전히 그리고 신속하게 어마어마한 힘으로 하룻밤 사이에 아무도 알아채지 못하게 바꾸어 버려서 그것이 이제 난공불락의 요새가 되는 그런 꿈을 꾸곤 한다. 그런 꿈을 꾸게 되는 잠이 나에겐 가장 단잠이어서, 내가 깨어나면 기쁨과 구제의 눈물이 그때까지도 나의 수염에서 반짝이고 있다.

외출을 할 경우 나는 이 미로의 고통을 그러니까 육체적으로도 극복해야 하는데, 가끔씩 내가 나 자신이 만들어 낸 구조물 가운데서 잠깐씩 길을 잃게 될 때면, 다시 말해 이 작품이 이미 오래전부터 판단을 굳히고 있는 나에게 아직도 그 존재의 정당성을 증명하려 애쓰고 있는 것처럼 보일 때면, 그것이 내게는 노여우면서도 감동이기까지 하다. 그러나 그러고 나서는 가끔씩 이끼 덮개 아래에서 시간적 여유를 갖고 머문다—그렇게 오래 나는 집 안에 틀어박혀 꼼짝 않는다. 나는 나머지 숲 지면과 한 몸이 되어 이제는 몸을 한 번만 꿈틀하면 단번에 다른 곳에 가 있다. 이 작은 움직임조차도 나는 오래 엄두를 내지 못한다. 오늘 내가 그걸 버려두고 떠나도 분명 다시 돌아오게 될 텐데 그러면 다시는 입구의 미로를 극복해 내지 못할 것이기 때문이다. 다시는 입구의 미로를 극복하지 못하지나 않을까. 오늘 거길 떠났다가 꼭 다시 되돌아오겠는가. 어떻게? 너의 집은 보호되어 있고 그 자체가 차단되어 있다. 너는 평화롭게, 따스하게, 잘 먹으며 살고 있다. 주인으로, 많은 통로와 광장의 하나밖에 없는 주인으로, 그러니 아마도 이 모든 것을 다 희생하고 싶지는 않겠지만 어느 정도는 내주려는가? 다시 딴다는 보장이야 있다지만 많은 돈을 건, 너무나 많은 돈을 건 도박을 시작하려는가? 그럴 만한 합당한 근거라도 있는가? 아니다. 그런 종류의 일에는 합당한 근거란 있을 수 없다. 그러나 그런 다음에도 나는 조심스레 벼락닫이* 문을 올려 열고 밖으로 나와 그 문을 조심스럽게 내려 닫고는 쫓기듯 서둘러서, 가능한 한 빨리 그 음험한 장소를 떠난다.

그러나 엄밀히 보자면 내가 탁 트인 밖에 나와 있는 건 아니다. 물론 나는 통로에 대한 생각으로 더는 마음이 짓눌리지 않고, 탁 트인 숲에서 사냥하며, 굴에서는 말할 것도 없고 심지어 그보다 열 배는 더 클 성곽 광장에서조차도 거의 들어설 여지가 없었던 그런 새로운 힘들을 내 몸 안에 느끼고는 있다. 또한 밖에서는 먹거리도 더 좋은 것이고, 물론 사냥은 더 힘들고 성과는 더 드물지만, 그러나 결과는 모든 면에서 더 높게 평가될 수 있다. 나는 그 모든 것을 부인하지 않으며, 그것을, 적어도 다른 모든 것만큼은, 아니 십중팔구는 훨씬 더 잘 감지하고 향유할 수 있다. 왜냐하면 나는 떠돌이들처럼 경박한 마음이나 절망에서가 아니라 목적에 맞게 평온한 마음으로 사냥하기 때문이다. 나 역시 자유로운 삶을 누리도록 결정되고 그런 삶에 내맡겨져 있는 것이 아니라, 나는, 나의 시간이 정확히 정해져 있다는 것을, 내가 끝없이 이곳에서 사냥해야 하는 것이 아니라, 말하자면 만약 내가 원하거나 또는 이곳의 삶에 지치게 되면, 누군가 나를 자기한테 오라고 부를 것이고, 그러면 내가 그의 초대를 거역할 수 없으리라는 것을 알고 있다. 그리고 이렇게 나는 이 시간을 이곳에서 모조리 다 실컷 즐기면서 근심 없이 보낼 수 있는데, 아니, 그럴 수도 있겠지만 나는 그럴 수가 없다고 말하는 편이 오히려 더 옳을 것이다. 굴 때문에 내가 너무나 바쁜 것이다. 잽싸게 나는 그 입구를 떠나

* 위짝은 붙박이이고 아래짝만 오르내려 여닫게 된 창.

지만 그러나 곧바로 되돌아온다. 나는 어떤 좋은 매복처를 구하려고 몰래 숨어서 내 집의 입구를—이번에는 밖에서—며칠 낮 며칠 밤 동안 지켜보기도 한다. 그것을 어리석은 짓이라고 부를지도 모르지만, 그것은 나에게 이루 형언할 수 없는 기쁨을 주고 나를 진정시켜 준다. 그러면 마치 내가 나의 집 앞에 서 있는 것이 아니라 나 자신 앞에 서 있는 것 같으며, 잠을 자는 동안에는, 마치 잠을 깊이 자면서 그와 동시에 나 자신을 날카롭게 감시할 수 있는 그런 행운이 나에게 있는 것 같다. 말하자면 나는, 밤의 유령들을 속수무책으로 맹신할 수밖에 없는 속성을 지닌 잠을 자면서 볼 수 있을 뿐만 아니라 그와 동시에 완전히 깨어 있는 상태여서 차분한 판단력을 지닌 현실에서도 그 유령들을 만날 수 있는 뛰어난 능력이 있는 것이다. 또한 나는, 내가 나의 집으로 내려갈 때면 자주 믿었던 것처럼, 그리고 십중팔구는 다시 믿게 될 것처럼, 그것이 이상하게도 나와 그렇게 나쁜 사이가 아니라는 것을 발견한다. 이 점에서, 아마 다른 점에서도 그렇겠지만, 그러나 특히 이 점에서, 보금자리를 떠나 산책 나가는 것은 진실로 빠져서는 안 될 필수적인 일이다. 확실히, 그토록 신중하게 내가 입구를 멀리 떨어진 외진 곳에 택했는데도, 한 주일 동안의 관찰들을 요약해 보면, 그곳에서 이루어진 왕래가 물론 무척 많았지만, 그러나 아마도 거주 가능한 지역이면 대체로 어디에서나 그만큼의 왕래는 있을 것이고, 왕래가 많으면 함께 휩쓸려 그냥 저절로 빠져나오게 되기 때문에, 심지어 왕래가 더 많은 곳에 몸을 내맡기는 편이, 완전히 한적한 상황에서 천천히 수색하는 그 최초의 가장 뛰어난 침입자에게 몸을 내맡기는 것보다는 십중팔구 더 나을 것이다. 이곳에는 적들이 많이 있고 그 적들과 연관된 공범자들은 훨씬 더 많지만,

그러나 그들끼리도 서로 싸우는 데 정신이 팔려 굴 앞을 그냥 지나쳐 버린다. 내가 그 입구를 지켜보던 시간 동안 내내 바로 그 굴 옆에서 탐색하는 자를 나는 꼴도 보지 못했는데, 만약 그런 자가 있었다면 나는 굴에 대해 너무 걱정한 나머지 정신없이 그의 목을 노리고 틀림 없이 몸을 던졌을 것이기 때문에, 그건 그에게나 나에게나 다행스러운 일이었다. 물론, 내가 그 근처에 감히 얼씬거릴 엄두도 낼 수 없었던, 그리고 내가 그들이 그저 멀리 있다는 낌새만 알아차려도 도망쳐야만 했던 그런 종족도 왔는데, 굴에 대한 그들의 태도에 대해 사실 내가 확실하게 의견을 말해서는 안 될 일이겠지만, 그러나 곧바로 되돌아왔을 때 그들 중 아무도 더 이상 그 자리에 없었고 입구가 손상되지 않은 채 멀쩡했다는 것은 아마 안심하기에 충분한 일인 것 같다. 나에 대한 세상의 적대적 태도가 어쩌면 그치거나 또는 진정되거나 아니면 그 굴의 힘이 그때까지의 섬멸전으로부터 나를 끌어내 올렸을지도 모르는 일이라고, 내가 스스로에게 거의 그렇게 말할 뻔했던 그런 행복한 시기들이 있었다. 그 굴은 어쩌면 내가 언젠가 일찍이 생각했던 것, 또는 그 굴의 내부에서 감히 생각하고 있는 것보다 더 많이 나를 지켜 주고 있는 것일지도 모른다. 그러다가 이따금씩 나는, 더 이상 굴로 돌아가지 않은 채 여기 입구 근처에 살림을 차리고 입구를 관찰하면서 일생을 보내며, 굴이 내가 그 안에 있으면 나를 얼마나 굳건하게 지켜 줄 수 있을 것인가를 줄곧 눈앞에 그려 보면서 거기에서 나의 행복을 찾으려는 그런 유치한 소원을 품게 되는 지경에까지 이르기도 했다. 그런데 그런 유치한 꿈들에서 놀라 깨어나 즉각 벌떡 일어서게 하는 것이 있다. 내가 여기서 관찰하고 있는 안전장치는 도대체 어떤 종류의 것이란 말인가? 내가 굴속에 있을 때 처하는 위험을 도대체 여기 바깥에서 보고 듣는 그런 경험들에 따라 판단해도 되는가? 내가 굴 안에 있지 않으면 과연 나의 적들에게 냄새를 제대로 맡을 수 있는 후각이 있을까? 확실히 그들은 나의 냄새를 약간은 맡을 수 있겠지만, 그러나 완전히 맡을 수 있는 후각은 없다. 그런데 완벽한 후각을 갖추는 것이 자주 통상적인 위험의 전제가 아니던가? 따라서 나를 안심시키고, 그 그릇된 안심을 통해 나를 극도로 위험하게 하는 데는 내가 여기 밖에서 행하는 시도의 그냥 절반 또는 십 분의 일이면 적당한 것이다. 아니다, 나는 물론 내가 생각했던 것처럼 그렇게 나의 잠을 관찰하고 있는 것이 아니며, 오히려 그 파괴자가 깨어 경계하는 동안 잠을 자고 있는 것이 바로 나이다. 어쩌면 그 파괴자는, 부주의하게 입구 곁을 어슬렁거리며 지나가면서, 나와 다르지 않게, 문이 아직 멀쩡한 상태로 자신들의 공격을 기다리고 있다는 것을 언제나 그저 확인만 할 뿐, 집주인이 집 안에는 있지 않다는 것을 알고 있거나 또는 어쩌면 심지어 집주인이 그 부근의 덤불 속에 순진하게 매복하고 있다는 것조차 알고 있기 때문에 그냥 지나가 버릴 뿐인 그런 자들 가운데 있을 것이다. 그리고 나는 나의 관찰 장소를 떠나며 야외 생활에 싫증이 나 있고, 여기에서는 더 이상, 지금도 그리고 나중에도, 배울 만한 것이 없는 것 같다. 그래서 나는 이곳의 모든 것과 작별을 고하고 굴 안으로 다시 내려가 결코 다시는 돌아오지 않고 세상만사 돌아가는 것을 그대로 두고 보고 싶으며 아무 쓸데 없는 관찰들을 함으로써 그것을 잡아 두고 싶지 않다. 그러나 입구 너머에서 일어나는 모든 일을 그렇게 오랫동안 바라보고 있다 보니 버릇이 나빠진 나는 이제, 그 자체가 바로 주목을 끄는 일인 동굴로 내려가는 절차를 진행하면서 내 등 뒤의 사방 주위,

그러고 나서는 다시 끼워 넣어진 벼락닫이 문 뒤의 사방 주위에서 무슨 일이 일어날지를 모른다는 사실이 무척 고통스럽다. 나는 우선 폭풍이 몰아치는 밤이면 노획물들을 잽싸게 집어 던지는 일을 시험해 보는데, 그 일이 성공한 것 같기는 하지만, 그러나 실제로 성공했는지 여부는, 내가 직접 안으로 들어가고 나서야 비로소 드러날 테고, 그러나 드러난다고 해도 더 이상 나에게는 드러나지 않을 것이며, 또는 설령 나에게도 드러난다 하더라도, 그러나 너무 늦게 드러날 것이다. 그러므로 나는 그걸 포기하고 들어가지 않는다. 나는 땅을 파는데, 물론 그 실제 입구로부터는 충분히 거리를 두고 실험용 굴을 하나 파 보는 것으로, 그 굴은 나 자신의 몸길이보다 더 길지 않고 그것 역시 이끼 덮개로 차단되어 있다. 나는 그 구덩이 속으로 기어들어가 등 뒤로 그 구덩이를 덮고는 조심스럽게 기다리면서, 더 길고 더 짧은 시간들을 하루 일과의 여러 가지 시간으로 계산해 내며, 그러고 나서 이끼를 털어 내고는 거기에서 나와 내가 관찰한 것들을 기록한다. 나는 매우 다양한 좋고 나쁜 경험들을 하지만, 아래로 내려가는 것의 어떤 일반적인 법칙 또는 오류가 없는 방법을 찾아내지 못하고 있다. 그 결과 나는 여전히 그 실제 입구로 내려가지 못하고 있으며, 그렇지만 물론 곧 그렇게 해야 한다는 사실에 절망감을 느낀다. 자칫하면 나는, 먼 곳으로 가서, 안전장치라고는 전혀 없고 오로지 어딜가나 다 똑같은 구별되지 않은 위험으로 가득 찬 그 옛날의 절망적인 생활을, 나의 안전한 굴과 그 밖의 다른 생활을 비교하는 것이 나에게 끊임없이 가르쳐 주고 있듯이, 그러므로 그 개별적인 위험을 낱낱이 그렇게 아주 정확하게 보면서 두려워하지 않아도 되는 그런 생활을 하겠다는 결심을 할 수도 있을 것 같다. 확실히, 그와 같은 결심은,

764

무의미한 자유 속에서 너무 오래 살았기 때문에 생기게 된 완전히 어처구니없는 바보짓일 것이다. 여전히 그 굴은 나의 것인지라, 나는 단지 한 걸음을 떼기만 하면 안전한 것이다. 그리고 나는 모든 의심을 떨쳐 버리고 환한 대낮에 이번에야말로 확실히 문을 들어 올리기 위해 곧장 문을 향하여 내달리지만, 그러나 나는 물론 그럴 수가 없으며, 그걸 뛰어넘어 일부러 가시덤불 속에, 나를 벌하기 위해, 내가 모르는 어떤 죄에 대해 벌을 받기 위해, 몸을 던진다. 그러고 나서 나는 물론 나 자신에게 결국, 그렇지만 아무튼 내가 옳다고, 그리고 내가 가진 가장 소중한 것을 사방 주위의 땅 위, 나무 위, 공중에 있는 만물들에게, 적어도 잠시라도 공공연하게 내맡기지 않은 채 아래로 내려가는 것은 정말이지 불가능한 일이라고 말해야만 한다. 그리고 그 위험은 공상적인 것이 아니라 아주 현실적인 것이다. 내가 나를 따라오고 싶은 마음이 생기도록 자극한 그런 적들은 결코 진짜 적이어야 할 필요는 없으며, 그것은 정말 충분히, 호기심 때문에 나를 따라오다가 저도 모르게 나와 적대하는 세상의 안내자가 되는 어떤 임의의 작은 순진무구한 자, 어떤 역겨운 작은 존재일 수도 있을 것이고, 또 꼭 그래야 할 필요는 없고 어쩌면 그것은, 이 사실은 다른 것 못지않게 나쁜 것으로, 여러 가지 점에서 최악의 것일 텐데―어쩌면 그것은 나와 동종의 어떤 존재로서 건축에 정통한 전문가이자 감정 평가자, 어떤 숲속의 은자隱者, 평화 애호가, 그러나 집을 짓는 일은 않되 거주하는 것은 원하는 난폭한 건달일 것이다. 만약 그런 자가 아무튼 지금 온다면, 만약 그자가 아무튼 그의 더러운 욕망으로 입구를 발견한다면, 만약 그자가 아무튼 이끼를 들어 올리는 작업을 시작한다면, 만약 그자가 아무튼 그것을 성공한다면, 만약 그자가 아무튼 나를 위한답시고 몸을 억지로 무리하게 쑤셔 넣으며 벌써 나에게 자신의 엉덩짝을 한순간 보일 정도가 되어 있다면, 만약 이 모든 일이 아무튼 일어나게 되어 내가 마침내 그자의 뒤를 주저함이 없이 미친 듯이 쫓아갈 수 있어서, 그자에게 달려들 수가 있고, 그자를 물어뜯고 잡아 찢고 갈기갈기 찢어발기고 남김없이 마셔 버리고 남은 찌꺼기로는 즉각 다른 노획물이 새어 나가지 못하게 뚫린 곳을 메울 수가 있다면, 무엇보다도 그러나, 이것이 가장 중요한 일일 텐데, 드디어 내가 다시 나의 굴속에 있고, 기꺼이 이번에는 심지어 미로에 경탄하고 싶어 한다면, 우선은 그러나 내 머리 위로 이끼를 끌어당겨 쉬고 싶어 한다면, 내가 생각하기로는, 전 생애를, 나의 남은 삶의 기간 동안 내내 그렇게 쉬고 싶은 것이다. 그러나 아무도 오지 않으며, 나는 오직 나 자신만을 믿고 의지할 뿐이다. 끊임없이 오로지 그 일의 어려움에만 몰두하다 보니 나는 두려움이 많이 사라지게 되고, 외면적으로도 더 이상 그 입구를 기피하지 않고 있으며, 그 주위를 배회하는 것이 내가 즐겨 하는 일이 되어, 어느새 거의, 마치 내가 적이 되어 성공적으로 침입할 적절한 기회를 엿보고 있는 것 같은 상황이 된다. 만약 내가 정말로 믿을 수가 있고, 나의 관찰 초소에 세워 둘 수 있는 누군가가 있다면, 나는 아마 틀림없이 안심하고 내려갈 수 있을 것이다. 그러면 나는 내가 믿는 그자와, 내가 내려갈 때 그가 내 뒤에서 상황을 오랜 시간 정확하게 관찰하고, 위험한 낌새가 있을 경우에는 이끼 덮개를 두드려 달라고, 그러나 그 밖에는 아무것도 하지 말아 달라고, 합의를 할 것이다. 그로써 나를 짓누르고 있던 모든 문제가 하나도 남지 않고 말끔히 해소될 테고, 기껏해야 남은 문제는 내가 믿는 자이다—그도 그럴 것이, 그가 어떤 반대급부를 요구하지는 않더라도 적어도 굴은 구경하고 싶어 하지 않겠는가? 누군가를 자발적으로 내 굴에 들어오게 한다는 것, 이것만으로도 이미 나로서는 지극히 고통스러운 일일 것이다. 나는 그 굴을 나를 위해서 판 것이지 방문자를 위해 판 것이 아니었으므로 그를 들어오게 하지는 않을 것이며, 설령 그가 나에게 굴로 들어갈 수 있도록 해 준다 하더라도 그 대가로 그를 들어오게 하지는 않을 것이다. 그러나 나는 그를 결코 들어오게 할 수는 없을 텐데, 왜냐하면 그러자면, 물론 이런 일은 상상할 수조차 없는 일이지만, 내가 그를 어쩔 수 없이 혼자 아래로 내려보내든가, 아니면 우리가 동시에 함께 내려가야 하는데, 그렇게 되면 그가 나에게 가져다주어야 할 바로 그 이점, 즉 내 뒤에서 망을 봐 주는 이점이 사라지고 말 것이기 때문이다. 그리고 신뢰는 어떤가? 눈앞에 마주 보고 있어야 믿을 수 있는 그런 자를, 그가 내 눈에 보이지 않고 이끼 덮개가 우리를 떼어 놓는 경우에도 과연 똑같이 믿을 수 있을까? 만약 우리가 함께 있으면서 동시에 누군가를 감시하거나 또는 적어도 감시할 수 있다면 누군가를 믿는 것은 비교적 쉬운 일이고, 누군가를 먼 곳에서 믿는 것조차 심지어 어쩌면 가능한 일이지만, 그러나 굴의 내부에서 그러니까 어떤 다른 세상으로부터 바깥에 있는 누군가를 완전히 믿는다는 것은, 내가 생각하기에는, 불가능한 일이다. 그러나 그런 의심들은 물론 아직은 결코 필요하지 않으며, 내가 내려가는 도중 또는 그 이후에 삶의 그 무수한 모든 우연이 내가 믿은 자가 자신의 의무를 이행하는 것을 방해할 수 있다는 점, 그리고 그가 나에게 아무리 작은 방해라도 할 경우 그것이 나에게 얼마나 예상할 수 없는 엄청난 결과를 가져올 수 있다는 점을 생각해 보는 것만으로도 충분하다. 아니다, 모든 것을 요약해 보면, 내가 혼자

이며 내가 믿을 수 있는 자가 아무도 없다는 사실을 나는 한탄할 필
요가 전혀 없다. 나는 그런 사실 때문에 확실히 이익을 잃는 것이 아
니라 십중팔구는 손실을 면하고 있는 셈이다. 그러나 내가 믿을 수
있는 것은 오직 나와 굴밖에 없다. 이런 사실을 내가 일찍이 유념해
서 나를 지금 이토록 골머리를 앓게 하는 경우에 대비했어야만 했는
데, 그러지 못한 것이 안타깝다. 그것은 굴을 파기 시작했을 때만 해
도 적어도 부분적으로는 가능했을 것이다. 나는 첫 번째 통로에, 서
로 적절한 간격을 둔 입구가 두 개가 있도록 설계했어야 했다. 그렇
게 했었다면 나는 온갖 불가피한 번잡한 일거리를 갖고 그중 한 입구
를 통해 아래로 내려가서는 재빨리 첫 통로를 두 번째 입구까지 달려
가, 거기에 틀림없이 목적에 맞게 설비되어 있었을 이끼 덮개를 약간
들어 올리고 그곳에서 며칠 낮 며칠 밤 동안 상황을 알아보려고 했을
것이다. 그렇게 하는 것만으로도 일이 잘 풀렸을 것이다. 물론 입구
가 두 개면 위험도 두 배로 커지지만, 그러나 이 경우에는 오직 관찰
장소 용도로만 생각되었던 한 입구는 아주 좁을 수 있었기 때문에,
그런 의구심을 입 밖에 내지 않고 침묵해야만 했을 것이다. 그리고
이로써 나는 기술적인 심사숙고에 빠지고, 나는 다시 한번 백 퍼센트
완벽한 건축이라는 나의 꿈을 꾸기 시작하고, 그러자 나는 약간 안심
이 되고, 눈을 감고 무아경에 빠진 채, 남의 눈에 띄지 않게 살그머니
드나들 수 있는 그런 건축의 분명한 가능성들과 덜 분명한 가능성들
을 본다. 여기 이렇게 누워 그런 생각을 할 때면 나는 이 가능성들을
매우 높게 평가하게 되는데, 그러나 물론 오직 기술적인 성과로서만
그럴 뿐, 현실적인 장점들로서 그러는 것은 아니다. 왜냐하면 방해받
지 않고 슬그머니 드나드는 것, 이게 현실적으로는 별로 대단한 의미

를 지니는 것이 아니기 때문이다. 그것이 가리키는 것은 불안한 의식, 불확실한 자기평가, 불결한 욕망들, 즉 나쁜 특성들인데, 이 특성들은, 아무튼 거기 있으면서 우리가 그저 온전히 마음을 열기만 하면 우리에게 평화를 불어넣어 줄 수 있는 그 굴과 우리가 대면하게 되면, 훨씬 더 나쁘게 될 것이다. 그런데 나는 물론 지금 그 굴 밖에 있으며 그 굴로 돌아갈 가능성을 찾고 있다. 이를 위해서는 필요한 기술적 설비들이 매우 요망되고 있는 상황일 것이다. 그러나 어쩌면 물론 결코 그렇게까지 몹시 요망되는 정도는 아닐지도 모른다. 만약 굴이라는 것을 우리가 가능한 한 안전하게 기어들어 가고 싶어 하는 하나의 구덩이로 본다면, 그것은 순간적인 신경과민성 불안에 사로잡힌 채 굴을 몹시 과소평가하는 것이 아닐까? 확실히, 굴은 이런 안전한 구덩이이기도 하고, 또는 그런 거여야 마땅할 테지만, 만약 내가 어떤 위험 한가운데에 빠져 있다는 상상을 하게 되면, 나는 이빨을 꽉 깨물고 의지의 힘을 다 짜내어, 그 굴이 바로 나의 생명 구제를 위한 구멍이기를, 그리고 그 굴이 이 명백하게 주어진 임무를 가능한 한 완벽하게 수행해 주기를 바라며, 다른 임무는 모조리 면제해 줄 준비가 되어 있는 것이다. 그런데 굴이 실제 현실에서는—우리는 큰 곤경에 처해 있을 때에 이 현실에 전혀 눈길을 주지 않지만 심지어 위태롭게 된 때조차 우리는 오히려 일단 이 현실에 대한 눈길을 획득해야만 한다—물론 많은 안전을 제공해 주기는 하지만, 그러나 완전히 충분하지는 않은 상황인데, 굴 안에 있으면 언젠가 그 근심들이 과연 모조리 끝나는 것일까? 또 다른, 더 자부심에 찬, 내용이 더 풍부한, 자주 널리 억눌려진 근심들이 있지만, 그러나 우리를 기진맥진하게 만드는 이 근심들의 효과는 아마도 바깥 생활에서 생기는 근심들의 효과와 마찬가지일 것이다. 만약 내가 오직 내 생명의 안전을 위한 장치로 건축을 했다면, 물론 나는 기만당한 것은 아닐 테지만, 그러나 엄청난 양의 작업과 실제적인 안전장치 사이의 상관관계는, 적어도 내가 느낄 수 있는 한에서는, 그리고 내가 거기서 이득을 볼 수 있는 한에서는, 나한테 유리한 것은 아닐 것이다. 이 사실을 인정하는 것은 매우 고통스러운 일이지만, 그러나 지금 건축자이자 주인인 나에게 맞서 스스로를 폐쇄하는, 정말 그야말로 마비가 되어 버린 바로 저기 저 입구에 직면해서 그렇게 할 수밖에 없다. 그러나 굴이 다만 구원의 구멍이기만 한 것은 아니다. 내가 그 성곽 광장에, 높이 쌓아 올린 고기 저장품들에 둘러싸인 채, 여기서부터 시작되는, 각각 특히 전체 광장에 맞추어 아래로 내려앉아 있거나 위로 솟아 있는, 죽 뻗어 있거나 둥글게 되어 있는, 넓어지거나 좁아지는, 그리고 모두 한결같이 고요하고 공허한, 그리고 각각 나름대로 나를 역시 고요하고 공허한 그 많은 광장으로 계속 나아가게 할 준비가 되어 있는 그 열 개의 통로 쪽으로 얼굴을 돌린 채, 서 있으면—그러면 나는 안전에 대한 생각은 멀어지고, 그러면 나는 여기에, 내가 긁기도 하고 물어뜯기도 하고 다지기도 하고 부딪치기도 하면서 완강한 땅바닥으로부터 애써 얻어 낸 나의 성곽이 있음을, 어떤 방식으로도 다른 누구에게도 속할 수 없으며, 내가 여기서 결국 나의 적으로부터 치명적인 부상을 당하더라도, 나의 피가 여기 이 바닥에 새어 들어가므로 사라지지는 않기 때문에, 편안하게 받아들일 수 있을 정도로 그렇게 매우 나의 것인 성곽이 여기에 있다는 사실을 정확하게 아는 것이다. 내가 절반은 평화롭게 잠자며, 절반은 기쁜 마음으로 잠을 깨며, 완전히 정확하게 나를 위해 내가 기분 좋게 몸을 죽 뻗고, 천진난만하게 나뒹굴고, 몽상에 잠겨 누워 있고, 복된 영면永眠을 할 수 있도록 계산되어 있는 그 통로들에서 보내곤 하는 이 아름다운 시간들의 의미가 도대체 이것 말고 다른 또 무엇이 있다는 말인가? 그리고 그 하나하나를 내가 훤히 알고 있고 모두가 하나같이 아주 똑같은데도 불구하고 내가 눈을 감고도 벽의 곡선만으로도 명백하게 구분할 수 있는 그 작은 광장들, 그것들이, 어느 둥지도 그렇게 새를 감싸 안을 수는 없을 정도로, 매우 평화롭고 따뜻하게 나를 감싸고 있다. 그리고 사방, 사방 모든 것이 고요하고 공허하다.

그러나 만약 사정이 그렇다면, 왜 나는 망설이고 있으며, 왜 나는 그 침입자를, 어쩌면 나의 굴을 결코 다시 보지 못할 수도 있는 가능성보다 더 많이 두려워한단 말인가. 그런데 나의 굴을 못 본다는 것은 다행스럽게도 불가능한 일이니, 성찰을 통해 비로소 그 굴이 나에게 무슨 의미를 지니는가를 분명히 할 필요도 전혀 없을 것이다. 나와 굴은, 내가 아무리 불안하더라도 고요하게, 고요하게 이곳에 정착할 수 있을 테고, 자제하려고 애쓸 필요도, 온갖 의심에 맞서 입구를 열려고 애쓸 필요도 전혀 없을 정도로, 서로 매우 긴밀하게 하나로 결합되어 있고, 그 어떤 것도 우리를 지속적으로 갈라놓을 수는 없으며 어떻게든 나는 결국은 아주 분명히 아래로 내려갈 것이기 때문에, 나는 아무 짓도 않고 가만히 기다리는 것으로 충분할 것이다. 그러나 물론, 여기 위에서뿐만 아니라 저기 아래에서도, 그때까지는 얼마나 많은 시간이 지나가 버릴 수 있으며, 그동안에 얼마나 많은 일이 일어날 수 있는가? 그리고 그 기간을 단축하고 그 필요한 일을 즉각 하는 것은 물론 오직 나에게 달려 있는 문제인 것이다.

그런데 이제, 너무 피곤한 나머지 이미 생각조차 할 수 없는 지경이 되어, 머리를 떨군 채, 불안한 다리들을, 반쯤 잠자며, 걷는다기보다는 오히려 더듬으면서, 나는 입구로 다가가, 천천히 이끼를 들어 올리고, 천천히 내려가고, 방심한 탓에 입구를 불필요하게 오랫동안 덮지 않은 채 그대로 놔두고, 그러고는 빠뜨린 것이 기억나 그것을 가져가려고 다시 올라가는데, 그러나 도대체 왜 올라간단 말인가? 좋아, 그냥 이끼 덮개만 닫으면 된다고 생각하며, 그래서 나는 다시 내려가 이제 마침내 이끼 덮개를 잡아당겨 닫는다. 오직 이런 상태에서만, 오로지 이런 상태에서만 나는 이 일을 수행할 수 있다. 그러고 나서 나는 이끼 아래, 들여다 놓은 그 포획물 위에, 피와 육즙으로 흥건히 젖은 채 누워서, 그토록 열망해 마지않던 잠을 자기 시작할 수도 있을 것이다. 아무것도 나를 방해하지 않고, 아무도 나를 쫓아오지 않으며, 이끼 위는, 적어도 지금까지는 평온한 것처럼 보이는데, 그리고 설령 평온하지 않을지라도, 나는, 이제는 내가 관찰에 시간을 허비할 수는 없을 것이라고 생각한다. 나는 장소를 바꾸었던 것이니, 저 위의 세계를 떠나 나는 나의 굴속에 들어왔으며, 그 굴의 영향력을 즉각 느낀다. 이곳은 새로운 힘들을 주는 하나의 새로운 세계이며, 위에서는 피곤하게 느껴지던 것이 여기서는 그렇게 여겨지지 않는다. 나는 어떤 여행에서 돌아와 과로로 피곤해서 까무러칠 것 같은 상태이지만, 그러나 옛 집을 다시 보는 것, 나를 기다리고 있는 정돈 작업, 모든 공간을 겉핥기식으로라도 둘러봐야 할 필요성, 그러나 무엇보다도 급히 서둘러 성곽 광장으로 달려가야 할 필요성, 그 모든 것이 나의 피곤함을, 마치 내가 굴에 발을 들여놓았던 그 순간에 길고도 깊은 잠을 잔 것처럼, 불안한 걱정과 열렬한 흥분 상태로 변화시켜 버린다. 첫 작업은 무척 힘이 들고 귀찮은 일인데, 포획물들을 말하자면 미로의 비좁고 벽이 얇은 통로들을 통해 가져오는 일이다. 전력을 다해 앞으로 밀어붙이면 되는 일이기는 하지만, 그러나 나에게는 너무나 느려 터진 것처럼 보여, 그 일을 점점 빠르게 하려고 나는 고깃덩어리의 일부를 세게 찢어서 뒤에 둔 채, 그것을 뛰어넘고 그 사이를 헤치고 나아가는데, 그러면 이제 내 앞에는 다만 한 토막만 있고 그것을 앞으로 가져가기란 더 쉽지만, 그러나 그렇게 하다 보면, 설령 나 혼자 있을 때라 하더라도, 지나다니기에 항상 쉽지는 않은 여기 비좁은 통로들 안에 가득 들어찬 고기 한가운데에 있게 되어 자칫 내가 나 자신의 저장물들 속에서 숨 막혀 죽을 지경까지 되어 버리고, 때로는 어느덧 그냥 먹고 마시기만 함으로써 밀려드는 저장물들의 쇄도로부터 나를 지켜 내기도 한다. 그러나 운반 작업은 성공하고, 시간이 너무 오래 걸리지는 않게 나는 그 일을 끝내는데, 미로는 극복되었고, 나는 안도의 한숨을 내쉬면서 제대로 된 통로에 서서, 연결 통로를 통해, 그런 경우를 대비해 특별히 마련된, 심한 경사로를 거쳐 성곽 광장으로 이어지는 중앙 통로로 포획물들을 몰아간다. 이제 더 이상 일이랄 게 없으며, 이제는 만사가 거의 저절로 굴러 흘러 내려가는 것이다. 마침내 나의 성곽 광장이다! 드디어 나는 편히 쉬어도 될 것이다. 모든 것이 변함없이 그대로이고, 큰 사고가 일어난 것 같지 않으며, 내가 첫눈에 알아본 그 사소한 피해들이야 곧바로 개선될 것이며, 다만 그 전에 먼저 나는 통로들을 오랫동안 거닐어 보는데, 그러나 그것은 힘든 일이 아니라 친구들과의 재미있는 잡담 같은 것이다. 그 잡담은 내가 옛날에 늘어놓았던 잡담과 비슷한 그런 것이거나 아니면—나는 아직 전혀 그렇게 늙지는 않았지만, 그러나 많은 것에 대한 기억이 몽땅 벌써 흐려진다—내가 했던 것, 또는 그런 일이 일어나곤 한다고 내가 들었던 내용이다. 나는 이제 두 번째 통로부터는 일부러 천천히 가는데, 성곽 광장을 보고 난 이후에는, 나는 시간이 무한정 있는 것이다—굴속에서는 언제나 나는 시간이 무한정 있다—왜냐하면 내가 그곳에서 하는 일이 모두 다 훌륭하고 중요하며 나를 어느 정도 만족시키기 때문이다. 나는 두 번째 통로에서 시작하며 한중간에서 검열을 중단하고는 세 번째 통로로 넘어가며, 거기서부터 성곽 광장으로 되돌아와 버리는데, 이제 아무튼 다시 두 번째 통로 작업에 새롭게 착수해야 하고, 이렇게 장난스럽게 작업을 함으로써 작업량을 늘리고, 혼자 웃고, 기뻐하고, 많은 작업으로 몹시 어수선하지만, 그러나 작업을 그만두지는 않는다. 너희 때문에, 너희 통로들과 광장들 그리고 무엇보다도 너 성곽 광장, 바로 너희 때문에 나는 사실 왔던 것이며, 내가 오랫동안 목숨을 잃을까 봐 떨면서 너희에게 돌아가는 것을 망설이는 그 어리석은 짓을 하고 난 후로는, 너희를 위해서라면 내 목숨조차 아무것도 아니라고 생각했다. 내가 너희 곁에 있는 지금 위험이 나와 무슨 상관이 있단 말인가. 너희가 나에게 속해 있고 내가 너희에게 속해 있어, 이렇듯 우리가 결합되어 있는데 우리에게 무슨 일이 일어날 수 있단 말인가. 설령 위에서 그 족속이 몰려와 주둥이로 이끼를 뚫고 들어올 준비를 하고 있더라도 말이다. 그리고 침묵과 공허로 굴 역시 나를 환영해 주고 내가 하는 말에 힘을 실어 주고 있다—그러나 이제 물론 어떤 해이한 나태함이 나를 덮치고, 나는 내가 좋아하는 장소 중 하나인 어떤 광장에서 몸을 약간 둘둘 말아 오그리는데, 아직 한참 오랫동안 둘러봐도 모든 것을 다 둘러보지는 못하겠지만, 그러나 나는 정말 앞으로도 계속 끝까지 둘러볼 작정이고, 나는 여기에서 잠을 자려는 것이 아니라, 마치 내가 잠자고 싶은 것처럼 여기에 준비해 놓으려는 다만 그런 유혹에 넘어간 것일 뿐이며, 여기서 아직도 언제나 예전처럼 그렇게 잘 잘 수 있을지 확인해 보고 싶은 것이다. 자는 것은 성공하는데, 그러나 그 잠에서 빠져나올 수가 없으며, 나는 여기에서 깊은 잠속에 빠져들어 있는 것이다.

나는 아마 틀림없이 매우 오래 잤던 것 같다. 그러다 저절로 풀려나오는 마지막 잠에서 겨우 깨어나는데, 그 자체로는 거의 들리지가 않을 속삭이는 것 같은 쉿 소리 때문에 내가 깬 것으로 보아, 그 잠은 아주 얕게 든 선잠 상태임이 틀림없다. 나는 즉시 그 상황을 이해하는데, 나에게 너무 감시를 적게 당하고 너무 많이 방치된 채 보호받은 그런 작은 놈이 내가 없는 사이에 어딘가에 새 길을 하나 뚫었고, 그 길이 옛날 길 하나와 만나게 되었으며, 거기에 공기가 막히면서 그 쉿 하는 소음을 만들어 낸 것이다. 쉬지도 않고 일하는 그 족속은 어떤 종류의 족속이며, 그 족속의 근면함은 얼마나 괴로운 것인가! 내 통로의 벽들에 정확하게 귀를 기울여 보고 실험 굴착을 통해 이 방해가 이루어지는 곳을 일단 확인해야 할 테고, 그러고 나서야 비로소 소음을 제거할 수 있을 것이다. 그건 그렇고, 그 새 구덩이는, 만약 그것이 어떻게든 굴의 상황에 부합하기만 한다면, 나에게도 역시 새로운 환기 통로로서 환영받을 수 있다. 그러나 그 작은 놈들에 대해서 나는 이제는 지금까지보다 훨씬 더 잘 주의를 기울일 작정으로, 어떤 놈도 가만히 내버려 두어서는 안 되겠다.

내가 그런 수색에는 경험이 많아 숙달되어 있기 때문에 수색은 아마 틀림없이 오래 걸리지는 않을 테고, 나는 당장 그 일부터 시작할 수 있다. 물론 다른 일들도 있지만, 그러나 이것이 가장 시급한 일이며, 나의 통로들은 고요해야 한다. 이 소리 자체는 비교적 해롭지 않은 것이다. 그 소리가 확실히 이미 있었음에도 불구하고, 내가 왔을 때, 나는 그 소리를 전혀 듣지 못했던 것이다. 내가 다시 집에 왔다는 아늑한 기분을 완전히 느꼈을 때에야 비로소 나는 그 소리를 들을 수 있었는데, 그렇다면 그 소리는 어느 정도는 오직 집주인의 귀에만 들릴 수 있는 것이다. 그리고 그런 소리들이 보통 그러는 것처럼, 그 소리는 결코 끊임없이 이어지는 것이 아니고, 일시적으로 멈출 때가 잦은데, 그것은 명백히 기류가 차단되어 모이기 때문에 생기는 현상이다. 나는 수색을 시작하지만, 그러나 파 보아야만 할 곳을 발견하는 데 성공하지 못하며, 나는 물론 몇 군데 구덩이를 파 보기는 하지만, 그냥 운을 하늘에 맡기고 주먹구구식으로 하고 있을 뿐이다. 물론 그렇게 해서는 아무 성과가 없고, 구덩이를 파는 큰 작업, 그리고 그보다 훨씬 더 큰 작업, 즉 다시 흙을 덮어 고르게 하는 작업은 아무 성과가 없는 헛수고이다. 나는 소리 나는 곳에 전혀 가까이 가지도 못하고, 언제나 변함없이 그 소리는 규칙적인 간격을 두고 간헐적으로 울리는데, 때로는 쉿 하는 소리 같고, 때로는 찍찍거리는 소리 같기도 하다. 이런 상황에서, 나는 우선 당분간은 그것을 그냥 내버려 둘 수도 있을 것이다. 그것이 물론 무척 성가시기는 하지만, 그러나 내가 추정한 잡음의 출처에는 거의 의심의 여지가 있을 수 없으므로, 그것은 따라서 거의 더 커지지 않을 것이며, 그와 정반대로—여태까지 나는 물론 그토록 오랫동안 기다려 본 적은 없지만—그런 소음들은 시간이 지남에 따라 그 작은 굴착자의 계속되는 작업을 통해 저절로 사라지는 일이 일어날 수도 있고, 또한 그런 점은 그만두고라도, 체계적인 수색이 오랫동안 허탕을 치는 반면에, 자주 우연한 사건이 방해의 단서를 쉽게 제공해 주기도 하는 것이다. 이렇게 나 자신을 위로하면서, 차라리 계속 통로들을 빈들빈들 돌아다니면서 내가 아직 한 번도 다시 보지 못한 많은 광장을 방문하고 그 사이사이에 틈이 나면 언제라도 성곽 광장을 이리저리 약간 싸돌아다니고 싶었지만, 그러나 상황이 물론 나에게 그걸 허용하지 않고, 나는 계속 찾아 나서야 한다. 많은 시간, 더 좋게 사용될 수 있을 그 많은 시간을 그 작은 족속이 나에게 요구하고 있는 것이다. 그런 기회가 있을 때에 나를 유혹하는 것은 보통은 기술적인 문제이다. 나는 예컨대, 소리의 아주 미세한 부분까지 구별할 수 있는 특수한 능력이 있는 내 귀가 아주 정확하게 녹음해 놓은 소리에 따라 그 소리를 유발한 동기를 상상해 보는데, 그러면 현실이 그것에 부합하는지 아닌지를 확인해 보고 싶은 충동이 일어난다. 이건 충분한 근거가 있는 이야기인데, 왜냐하면 설령 벽에서 떨어진 모래알 하나가 어디로 굴러갈 것인가를 아는 것만이 오로지 문제가 된다 하더라도, 이 경우에 어떤 확인 작업이 이루어지지 않은 한, 나는 나 자신이 안전하다고 느낄 수가 없기 때문이다. 그리고 심지어 그와 같은 소리 하나라도 이런 점에서 결코 중요하지 않은 사건은 아닌 것이다. 그러나 중요하든 그렇지 않든, 내가 아무리 찾아보아도, 나는 아무것도 발견하지 못하며, 아니, 그보다는 오히려 나는 너무 많은 것을 발견한다. 하필 내가 좋아하는 바로 그 광장에서 이런 일이 일어나야 했다니, 이렇게 생각하며, 나는 그곳을 떠나 진짜 멀리 떨어진 곳, 다음 광장으로 가는 길의 거의 한가운데까지 간다. 나는 이 모든 것이 사실은 그저 농담일 뿐이라고 생각하며, 마치 내가 좋아하는 바로 그 광장만 나에게 그런 방해를 한 것이 아니라 다른 쪽에서도 방해들이 있다는 사실을 내가 증명해 보이고 싶기라도 한 것처럼, 나는 웃으면서 귀를 기울이기 시작하지만, 그러나 곧바로 웃는 것을 멈추는데, 왜냐하면 진실로, 똑같은 쉿 소리가 여기에도 있기 때문이다. '그것은 아무것도 아니다.' 나는 가끔 생각한다. '나 말고는 아무에게도 그 소리가 들리지 않을 것이다.' 나는 물론 그 소리를, 내가 비교를 통하여 확신할 수 있는 바대로, 그것이 실제로는 어디에서나 아주 정확하게 똑같은 그런 소음인데도 불구하고, 훈련을 통해 날카로워진 귀로, 점점 더 똑똑하게 듣는다. 내가 인지한 바로는, 만약 내가 귀를 벽에다 바짝 대지 않고, 통로 한가운데서 귀 기울여 들으면, 그 소리는 더 커지지도 않는다. 대체로 바짝 긴장을 해야만, 정말 때로는 몰두해야만 그나마 어떤 소리의 숨결을 듣는다기보다는 오히려 짐작할 수 있는 정도에 그친다. 그러나 나를 가장 많이 방해하는 것은 그 소리가 모든 곳에서 다 똑같다는 바로 그 사실인데, 왜냐하면 그것이 나의 본래의 가정과 일치하지 않기 때문이다. 만약 내가 소음의 근원을 제대로 맞게 짐작했다면, 그것은 바로 발견되어야 했을 어느 특정 장소에서 가장 큰 세기로 발산되어 나오고 그 이후에는 세기가 점점 더 작아져야만 했을 것이다. 그러나 만약 나의 설명이 들어맞지 않았다면, 그것은 그 밖의 다른 무엇이었을까? 두 개의 소리 중심이 있는데, 내가 이제까지 그 중심들로부터 그저 멀리 떨어져 귀 기울여 들었고, 내가 하나의 중심에 다가갔을 경우, 물론 그곳의 소리들은 커지지만, 그러나 또 하나의 다른 중심의 소리들은 줄어들기 때문에 귀에 들리는 전체 결과는 언제나 대략 똑같은 상태를 유지했을 가능성도 있기는 했다. 어느 덧 나는 자세히 귀 기울여 들을 때면, 비록 그저 아주 불명료하게이긴 하지만, 이 새로운 가정에 부합하는 음의 차이들을 거의 믿고 있었다. 아무튼 나는 탐색 지역을 이제까지 해 온 것보다 훨씬 더 넓혀야 했다. 따라서 나는 통로 아래쪽으로, 성곽 광장까지 내려가 그곳에서 귀 기울여 듣기 시작한다—기이하게도 이곳에서도 똑같은 소리이다. 자, 그렇다면, 나의 부재 시간을 비열한 방법으로 철저히 이용한 어떤 하찮은 짐승들의 굴 파기 때문에 나는 소리인데, 아무튼 그들이 일부러 내 쪽으로 올 의도를 가질 리는 없고, 오직 자신들의 작업에만 몰두해 있으니, 눈에 방해물이 나타나지 않는 한, 그놈들은 일단 취했던 방향을 고수할 것이며, 이 모든 것을 나는 다 알고 있지만, 그럼에도 불구하고 그들이 감히 성곽 광장에 접근하는 짓을 했다는 것이 나로서는 납득할 수 없고, 나를 흥분하게 하고, 이 작업에 매우 필요한 판단력을 혼란스럽게 하고 있다. 이런 관점에서 나는, 성곽 광장이 위치한 곳이 아무튼 현저하게 깊은 곳이었는지, 굴을 파고 있는 놈들을 겁먹게 한 것이 성곽 광장의 큰 면적과 그에 상응하는 강한 대기의 움직임이었는지, 아니면 단순히 그것이 성곽 광장이라는 사실 자체가 그 어떤 소식들을 통해 그들의 둔한 감각에까지 파고들었는지, 시시콜콜 구분하지 않을 작정이다. 굴을 파 온 흔적을 나는 아무튼 지금까지는 성곽 광장의 벽들에서 관찰하지 못했다. 동물들이 물론, 강렬하게 풍기는 냄새에 이끌려 무리 지어 오기는 했지만, 그래서 이곳에 나의 안정된 사냥터가 있었는데, 그러나 그놈들은 저 위 어딘가에서 내 통로들 안으로 파 들어왔고, 그러고 나서 가슴을 죄며 고통스러워하기는 했지만, 그러나 강하게 이끌려, 통로들을 따라 달려 내려왔던 것이다. 그러니까 이제 그놈들이 통로 안쪽에도 구멍을 뚫은 것이다. 만약 내가 정말 적어도 청소년기, 그리고 장년기 초기의 가장 중요한 계획들을 실행했더라면, 아니 그보다는 오히려, 실행 의지야 없지는 않았으니까, 그것들을 실행할 힘이 있었더라면 얼마나 좋았을까. 좋아했던 이 계획들 중 하나는, 성곽 광장을 그것을 에워싸고 있는 지면과 분리시키는 것, 즉 그 벽들을 대략 내 키에 상응하는 두께로만 남겨둔 채, 그 너머에는 그러나 성곽 광장을 빙 둘러, 유감스럽게도 지면에서 분리시킬 수 없는 작은 기초만 제외하고, 벽 넓이로 빈 공간을 하나 마련한다는 것이었다. 이 빈 공간에서 나는 언제나, 나를 위해 존재할 수 있었던 가장 아름다운 체류 장소를 상상해 보곤 했었는데, 이것은 아마도 거의 부당한 일은 아니었을 것이다. 둥근 천장에 매달려 있기, 위로 올라가기, 미끄러져 내려오기, 공중제비를 하고는 다시 발로 바닥을 딛고 서기, 이 모든 유희는 그야말로 성곽 광장의 본체 위에서 행해지는 것으로, 그렇지만 물론 그 본래의 실제 공간 안에서 행해지는 것은 아니다. 성곽 광장을 피할 수 있다는 것, 그것을 보지 않고 눈을 쉬게 할 수 있다는 것, 그것을 보는 기쁨을 나중으로 미룰 수 있다는 것, 그렇지만 물론 굳이 그것 없이 지낼 필요가 없고 그야말로 그것을 발톱 사이에 단단히 움켜쥐고 있는 것, 이런 것들은 그 광장으로 가는 보통의 개방된 출입구 하나만으로는 불가능한 일이다. 무엇보다도 그것을 감시할 수 있다는 것, 따라서 성곽 광장을 못 보는 대신에, 성곽 광장에서의 체류와 그 빈 공간에서의 체류 중에서 선택할 수밖에 없을 경우, 그저 언제나 그곳에서 오르락내리락 돌아다니면서 성곽 광장을 지키기 위하여, 평생 동안 분명히 그 빈 공간을 선택하는 식으로 상쇄될 수 있다. 그러면 벽에서 들리는 소리도 없을 것이고, 광장까지 뻔뻔하게 굴을 파고 들어오는 경우도 없을 것이며, 그러면 그곳에 평화가 보장될 것이고, 나는 그 평화의 파수꾼이 될 것이다. 작은 족속의 구멍 파는 작

780

업을 나는 반감을 갖고 마지못해 귀 기울이는 것이 아니라 황홀하게, 지금은 나한테서 모조리 사라져 버리고 없는 그 무엇, 성곽 광장 적막의 솨솨 소리를 들어야 할 것이다.

그러나 이 모든 아름다운 것은 지금은 존속하지 않으며 나는 내 일을 해야 하는데, 그 일이 이제 성곽 광장과 직접 연관되어 있다는 사실에 나는 거의 기뻐할 수밖에 없으니, 왜냐하면 그것이 나에게 날개를 달아 주는 것 같기 때문이다. 나는 물론, 점점 더 많이 드러나게 되듯이, 처음엔 매우 변변찮아 보였던 이 일에 온 힘을 다 쏟고 있다. 나는 지금 성곽 광장의 벽들에 대고 엿듣고 있는데, 내가 귀 기울여 듣는 곳에서는, 높은 곳이든 낮은 곳이든, 벽이든 또는 바닥이든, 입구든 또는 실내든, 어디에서나, 어디에서나 다 똑같은 소리가 들린다. 그리고 끊어졌다 다시 이어지곤 하는 소리를 이렇게 오랫동안 귀 기울여 듣는 데는 얼마나 많은 시간, 얼마나 많은 긴장이 필요한가. 자기기만을 위한 작은 위로를 굳이 찾으려 든다면, 이곳 성곽 광장에서는 귀를 땅바닥에서 떼면, 통로들에서와는 달리 광장이 매우 크기 때문에, 아무 소리도 전혀 들리지 않는 점을 찾아볼 수 있다. 오로지 휴식을 위해, 자성自省을 위해 나는 빈번하게 이런 시도들을 하곤 하는데, 내가 애써 귀 기울여 들어 봐도 아무 소리도 들리지 않으면 행복하다. 그러나 그건 그렇다 치고, 도대체 무슨 일이 일어났던 것일까? 이런 현상 앞에서는 나의 첫 번째 해석이 아무 기능도 하지 못한다. 그러나 나에게 제시되는 다른 해석들 역시 나는 거부할 수밖에 없다. 내가 듣고 있는 것이 바로 작업을 하고 있는 작은 동물 자체의 소리라고 생각할 수도 있을 것이다. 그것은 그러나 모든 경험과 모순될 것 같다. 항상 존재하고 있었음에도 불구하고 그 소리를 한 번도 들

어 본 적이 없었던 것을 나는 물론 갑자기 듣기 시작할 수는 없는 것
이다. 내 마음을 어지럽히는 것들에 대해 느끼는 감수성이 아마도 굴
속에서 여러 해가 지나면서 더 커졌을지는 모르지만, 그러나 청각은
물론 결코 더 예민해지지 않았다. 소리가 들리지 않는다는 것은 바로
작은 동물의 본질이다. 내가 예전 언젠가 도대체 그걸 참아 냈을까?
굶어 죽을 위험을 무릅쓰고라도 나는 그것을 모조리 없애 버렸을 것
이다. 그러나 여기에서 문제가 되는 것은 어쩌면 내가 아직 모르고
있는 어떤 동물일 수도 있다는 생각도 슬그머니 들기 시작한다. 그럴
수도 있을 것이다. 물론 내가 벌써 오랫동안 충분히 조심스럽게 여기
아래쪽에서의 삶을 관찰해 오고 있지만, 그러나 세상이란 다양한 것
이고 좋지 않은 놀라운 일들이 결코 없지는 않다. 그러나 그것은 사
실은 개별적인 한 마리가 아닐 것이고, 하나의 큰 무리임이 틀림없을
테고, 그놈들이 갑자기 나의 영역으로 쳐들어왔을 것인데, 들을 수
있는 크기의 소리를 내는 것으로 보아 그놈들이 물론 아주 작은 놈들
보다는 서열이 높지만, 그러나 그놈들이 작업하며 내는 소리 그 자체
가 정말 낮기 때문에, 그저 서열이 조금밖에 더 높지 않은 그런 작은
동물들의 큰 무리일 것이다. 그러므로 그것은 알려져 있지 않은 동물
들일 수도 있는데, 그냥 지나쳐 갈 뿐인 그 뜨내기 무리가 나를 성가
시게는 하지만, 그러나 그 집단 이동은 곧 끝날 것이다. 그렇다면 사
실 나는 기다릴 수 있을 테고, 결국 쓸데없는 작업은 할 필요가 없을
것이다. 그러나 그것이 낯선 동물들이라면, 왜 나는 그들을 볼 수 없
을까? 그런데 나는 그놈들 중 한 마리를 잡기 위해, 이미 많은 구덩
이를 파 놓았으나 한 마리도 발견하지 못하고 있다. 나는 문득, 그것
은 어쩌면 엄청 작은 동물로, 내가 알고 있는 것들보다 훨씬 더 작을

782

지도 모르는데, 다만 그들이 내는 소리만 더 큰 것이라는 생각이 든다. 나는 그래서 그 파헤쳐 놓은 흙을 조사하고, 그 흙덩이들을 아주 작은 조각으로 부서지게 하려고 높이 던져 보지만, 그러나 그 소음을 내는 자들은 그중에 없다. 나는 서서히, 그렇게 작은 구덩이들을 우연히 아무 데나 파서는 아무것도 이룰 수 없으며, 그렇게 하면 내가 다만 내 굴의 벽들만 마구 파헤쳐 뚫어 버린 꼴이고, 내가 여기저기를 황급히 긁어 대면 그 구멍을 메울 시간이 없으며, 많은 곳에 벌써 길과 시야를 차단하는 흙더미들이 쌓여 있다는 것을 깨닫게 된다. 물론 그 모든 것은 다만 부수적으로 나를 심란하게 할 뿐이고, 나는 지금 싸돌아다닐 수도 사방을 구경할 수도 쉴 수도 없으며, 작업을 하다가 어느새 어떤 구멍 안에서 잠깐 동안 잠이 들어 버린 적이 비교적 자주 있는데, 그때 앞발 하나는, 비몽사몽 중에 흙 한 덩이를 긁어낼 작정으로, 발톱을 세운 채 위쪽 흙 속에 두고 있다. 그런데 이제 나는 방법들을 바꿀 것이다. 나는 그 소음이 들려오는 방향으로 진짜 제대로 된 구덩이를 하나 만들 것이고, 모든 이론과 무관하게, 그 소음의 실제 원인을 찾아내기 전에는 파는 작업을 멈추지 않을 것이다. 그러고 나서 나는 그 구덩이들을 힘닿는 대로 없앨 것이고, 만약 그러지 못하더라도, 적어도 확신은 갖게 될 것이다. 이 확신은 나에게 안심, 아니면 절망을 가져올 텐데, 그러나 어떻게 되든지, 이것 아니면 저것일 테니, 그것은 의심의 여지가 없고 정당할 것이다. 이렇게 결심하자 나는 기분이 좋다. 내가 지금까지 행했던 모든 것을 지나치게 서둘렀다는 생각이 들고, 굴로 다시 왔다는 귀환의 흥분에 빠져, 여전히 지상 세계의 근심들을 벗어나지 못하고, 여전히 굴의 평화 속으로도 완전히 받아들여지지 못한 채, 내가 그토록 오랫동안 굴 없이 지닐 수밖에 없었다는 사실 때문에 과민해져서, 시인할 만한 것이지만 그러나 이상한 한 가지 현상 때문에 나는 나의 정신을 모조리 빼앗겨 버렸던 것이다. 도대체 무슨 일인가? 오랫동안 끊긴 후에야 겨우 다시 들리는 가벼운 쉿 소리, 그것은 아무것도 아닌데, 내가 이렇게 말하고 싶지는 않지만, 익숙해질 수도 있을, 아니 익숙해질 수야 없을 테지만, 그러나 우선 당장 그것에 대한 어떤 대책을 세우지 않은 채 한참 동안 관찰해 볼 수도 있을, 즉 몇 시간마다 기회가 닿으면 그때그때마다 귀 기울여 듣고 그 결과를 참을성 있게 기록해 둘 수도 있을, 그러나 나처럼 벽에서 귀를 떼지 않은 채 벽을 따라가며 그 소리가 들리게 될 때면 거의 매번, 진짜 어떤 것을 찾기 위해서가 아니라, 내면의 불안에 상응하는 어떤 일을 행하기 위하여 땅을 파헤치지는 않을 수도 있는 그런 것이다. 내가 바라건대, 그것은 이제 달라질 것이다. 그리고 나는 바라지 않기도 하는데—내가 눈을 감은 채 나 자신에 대해 분노하며 시인하는 바대로—왜냐하면 불안이 나의 내면에서 아직도 몇 시간 전부터 똑같이 떨고 있으며, 만약 오성이 나를 제지하지 않는다면, 나는 십중팔구 아주 기꺼이 아무 데서나, 거기서 어떤 소리가 들리든 말든 상관없이, 둔감하게, 반항적으로, 그 작은 놈들이 완전히 맹목적으로 또는 다만 흙을 먹기 때문에 땅을 파는 것과 벌써 거의 비슷하게, 오직 그 구덩이 때문에 땅을 파기 시작할 것이기 때문이다. 이 새로운 합리적인 계획은 나를 유혹하기도 하고 유혹하지 않기도 한다. 그것에 이의를 제기할 것은 아무것도 없으며, 나는 적어도 이의가 없는데, 그 계획은, 내가 이해하는 한, 틀림없이 목표에 이를 것이다. 그럼에도 불구하고 나는 근본적으로 그 계획을 믿지 않는데, 계획을 별로 믿지 않으므로 그것이 소름 끼치는 결과를 부를 수 있다는 가능성을 염려하지 않을 정도이고, 결코 어떤 소름 끼치는 결과를 나는 믿지 않으며, 사실 나는, 내가 그 소리의 최초 등장 때부터 이미 줄곧 그와 같은 시종 일관된 땅파기를 생각해 왔는데, 다만 내가 그것에 대한 신뢰가 없었기 때문에, 여태껏 그걸 시작하지 않았던 것 같은 생각이 든다. 그럼에도 불구하고 물론 나는 땅 파는 작업을 시작할 텐데, 나에게 다른 가능성은 없지만, 그러나 나는 곧바로 시작하지는 않을 것이고, 그 작업을 약간 미룰 것이다. 오성이 다시 명예롭게 인정받으면, 그런 일이 당연히 생기겠지만, 나는 그 일에 몸을 던지지는 않을 것이다. 아무튼 나는 그 전에 우선, 내가 구멍 뚫는 작업으로 인해 굴에 입혔던 피해부터 만회할 것이다. 그것은 적지 않은 시간이 걸릴 테지만, 그러나 반드시 필요한 일이다. 만약 새로 파는 굴이 실제로 어떤 목표에 이르게 되어 있다면, 그것은 십중팔구는 길어지게 될 것이고, 그리고 만약 그 어떤 목표에도 이르지 못하게 되어 있다면, 그것은 끝이 없을 테니, 아무튼 이 작업은 그 굴로부터 멀리 떨어진 곳에 상당히 오랫동안 있어야 한다는 것을 의미하지만, 저 위 세계에서 지내는 것만큼 그렇게 나쁘지는 않을 것이다. 나는 그 작업을, 내가 원하면, 중단하고 방문차 집에 갈 수도 있고, 설령 내가 그런 일을 하지 않더라도, 성곽 광장의 공기가 나에게 불어와 작업하고 있을 때 나를 감싸 줄 테지만, 그러나 그렇지만 그것은 그 굴로부터 멀어짐, 그리고 어떤 불확실한 운명에 몸을 내맡기는 것을 의미하는바, 따라서 나는 내 뒤에 잘 정돈된 굴을 남겨 둘 작정인데, 이것이, 굴의 평온을 얻기 위해 싸웠던 내가 스스로 그 평온을 교란했으며 그 평온을 즉시 회복하지 못했다는 것을 의미해서는 안 된다. 그래서 나는 흙을 그 구멍들 속으로 다시 퍼 넣기 시작하는데, 그것은 내가 정확하게 알고 있는 작업이자, 내가 헤아릴 수 없을 만큼 여러 번 거의 일한다는 의식도 없이 했던 작업이며, 특히 그 마지막 압착 및 마무르는 작업과 관련해 말하자면—이것은 분명히 순전한 내 자화자찬이 아니라, 그야말로 진실이다—내가 탁월하게 해낼 수 있는 작업이다. 이번에는 그러나 그것이 어려워지는데, 나는 너무 산만하고, 언제나 작업 중에 거듭 귀를 벽에 대고 귀 기울여 들으며 거의 퍼 올리지도 않은 흙이 내 발 아래서 다시 통로로 흘러내려도 무관심하게 내버려 둔다. 더 강한 주의력이 요구되는 마지막 미화 작업들을 나는 거의 해낼 수가 없다. 흉측하게 튀어나온 곳, 불쾌한 틈새들이 그대로 남아 있고, 또한 전체적으로 그렇게 구멍을 때워 수리한 벽에서 옛날의 둥근 곡선의 자태가 나타나지 않고 있음은 말할 필요도 없다. 나는 이것이 다만 임시방편의 작업일 뿐이라는 것으로 자위하려고 한다. 내가 돌아오고 다시 평화가 마련되어 있으면, 나는 모든 것을 최종적으로 개량할 것이고, 그러고 나면 모든 것이 순식간에 이루어질 것이다. 사실 동화 속에서나 모든 것이 순식간에 이루어지며, 이런 위로 역시 동화에 속하는 것이지만. 지금 당장 완벽한 작업을 하는 것이 더 나을 테고, 그것은 작업을 언제나 거듭 중단하고 통로들을 편력하고 새로 소리 나는 곳들을 확인하는 것보다는 훨씬 더 쓸모가 있을 것이다. 그런 것은 정말이지 너무 쉬운 일인데, 왜냐하면 아무 데나 멈추어 서서 귀 기울여 듣는 것 말고는 다른 일이 필요가 없기 때문이다. 그리고 나는 그 밖에도 아무 쓸데 없는 발견들을 한다. 때로는 나는 그 소음이 멈춘 것 같기도 한데, 그것이 사실은 긴 휴지 상태에 있는 것이고, 때로는 그런 엿 소리를 못 듣기도 하는데, 귓속에서 자신의 피가 너무 많이 고동치면, 두 가지 휴지 상태가 하나로 합해져 한순간 그 쉿 소리가 영원히 끝났다고 생각하는 것이다. 나는 더 이상 귀 기울여 듣지 않으며, 펄쩍 뛰어오르고, 삶이 송두리째 근본적으로 변화하는데, 마치 굴의 정적이 흘러나오는 근원이 열리는 것 같다. 나는 발견을 즉각 검증하는 것을 경계하고, 미리 의심을 품지 않고 그 발견을 믿고 털어놓을 수 있는 누군가를 찾으려고 성곽 광장까지 질주하며, 자기 존재의 모든 것과 더불어 새로운 삶에 눈을 떴기 때문에, 벌써 오랫동안 아무것도 먹지 못했다는 것을 기억해 내고, 흙 아래 반쯤 묻힌 저장물들에서 그 어떤 뭔가를 끄집어 올려, 도저히 믿어지지 않는 발견이 이루어졌던 장소로 되돌아오는 동안에도, 여전히 그것을 허겁지겁 삼킨다. 나는 처음에는 그저 부수적으로, 먹는 동안 그저 일시적으로 잠시 그것을 다시 한번 확인하고 싶어서 귀 기울여 들어 보며, 아주 잠깐 귀 기울여 들은 것이 즉시, 내가 창피하게도 엄청 잘못 생각했음을 보여 주는데, 확고하게 저기 먼 곳에서 쉿 소리가 나고 있는 것이다. 그러자 나는 먹던 음식을 뱉어 그걸 땅바닥 안에 박아 넣어 버리고 싶어지며, 작업으로 되돌아가지만, 어느 작업으로 돌아가는지도 전혀 모르며, 작업이 필요한 것처럼 보이는 곳이면 어디나, 그리고 그런 곳은 충분히 있으므로, 마치 오로지 감독관만 와 있어서 그 앞에서 코미디를 연기해 보여 주어야만 하는 것처럼, 나는 기계적으로 어떤 일인가를 하기 시작한다. 그러나 잠시 그런 식으로 작업을 하자마자, 곧바로 새로운 발견을 하는 일도 일어날 수 있다. 그 소리가 물론 훨씬 더 커진 것은 아니지만, 아무튼 더 커진 것 같으며, 이 경우에는 언제나 다만 아주 미세한 차이만이 중요한 문제인데, 그러나 약간 더 커졌다는 것이 아무튼 분명히 귀에 인식될 수 있는 것이다. 그리고 소리가 더 커진다는 사실은 가까이 다가오고 있다는 것과 같은 것으로 보이는데, 나는 소리가 커지는 것을 듣는 것보다 훨씬 더 분명하게 그야말로 그것이 가까이 다가오는 발걸음을 보는 것이다. 나는 펄쩍 뛰어 벽으로부터 물러나, 이 발견의 결과로 일어날 수 있는 모든 가능성을 한눈에 다 파악하려고 한다. 나는, 마치 굴을 결코 공격에 대한 방어용으로 설치한 적이 없는 것 같은 느낌을 받는데, 그런 의도는 있었지만 공격의 위험이란 것이 온갖 삶의 경험에 모순되는 것처럼 보였고 따라서 방어 시설들이 나와는 직접적인 관계가 없는 것처럼 여겼다—아니면 전혀 무관하지는 않다 하더라도 (어떻게 그럴 수가 있겠는가!) 서열상 평화로운 삶을 위한 제반 시설들보다는 까마득하게 아래에 있었던 것이다. 그래서 굴 안에서는 평화로운 삶을 위한 시설들에 우선권을 주었던 것이다. 많은 것이 기본 계획을 저해하지 않으면서도 그 방향에서 설비될 수 있었을 텐데, 그것은 납득이 안 될 정도로 소홀하게 다루어져 왔다. 나는 이 모든 해 동안 많은 행운을 누렸는데, 그 행운 때문에 나는 버릇이 나빠졌고, 불안하기는 했으나 행운 내에 있는 불안은 없는 것이나 마찬가지인 셈이다.

지금 맨 먼저 해야 할 일은, 사실상, 정확하게 방어, 그리고 방어에서 상상할 수 있는 모든 가능성에 비추어, 굴을 시찰하는 것, 방어 계획 및 거기에 속하는 건축 도면을 만들어 내는 것, 그러고 나서 작업을 즉시, 젊은이처럼 활기차게, 시작하는 것이리라. 그것은 꼭 필요한 작업, 이왕 말이 나온 김에 덧붙이자면, 물론 너무 때늦은 감이 없지는 않으나 반드시 필요한 작업일 것이며, 곧바로는 아니지만 언젠가 위험이 들이닥칠 수도 있을 거라는 어리석은 두려움 속에서 무방비 상태로 나의 모든 힘을 다해 그 위험을 찾아내는 데 몰두하는 사실상 그 목적밖에 없는 어떤 거창한 탐사 굴착의 굴 파기는 결코 아닐 것이다. 나는 갑자기 나의 예전 계획을 이해하지 못한다. 이전에는 합리적이던 그 계획에서 나는 털끝만큼의 오성도 찾아볼 수가 없어, 다시 나는 그 작업을 그만두고, 귀 기울여 듣는 것도 그만두며, 나는 이제는 더 이상의 소리의 증폭도 발견하고 싶지 않으며, 발견이라면 충분히 했으니, 나는 모든 것을 그만두는 것이며, 나의 내면의 저항을 진정시키기만 하면, 이미 그것으로 만족할 것이다. 다시 나는 나의 통로들로부터 벗어나 다른 통로들로, 점점 더 멀어지는, 내가 돌아온 이래로 아직 보지 못한, 땅을 파헤치는 나의 발길이 아직 전혀 건드리지 않은 그런 통로들로 가는데, 그렇게 내가 가면 그곳의 정적이 깨어나 내 위로 내려앉는다. 나는 몰두하지 않고, 내가 찾고 있는 것이 무엇인지도 전혀 모른 채, 서둘러 그곳을 통과하는데, 십중팔구는 다만 시간 연기에 불과할 것이다. 나는 길을 아주 많이 벗어나 결국 미로까지 오게 되며, 이끼 덮개에 귀를 대고 귀 기울여 듣고 싶은 유혹을 느끼는데, 그토록 멀리 있는 것들이, 그 순간에는 그토록 멀리 있는 것들이, 나의 관심을 끌고 있는 것이다. 나는 위까지 밀고 나가서 귀 기울여 듣는다. 깊은 정적. 여기는 얼마나 아름다운가. 저곳에서는 아무도 나의 굴 따위에는 관심도 없고, 각자가 나와는 아무 상관 없는 그 자신의 일들이 있다. 내가 그것에 도달하기 위해 무슨 일을 했던 간에 그들은 아무 상관이 없는 것이다. 여기 이 이끼 덮개가 있는 곳은 내 굴에서 어쩌면 이제 내가 몇 시간씩 귀를 기울여 봐야 소리를 들을 수 없는 유일한 장소일 것이다—그것은 이 굴속의 상황들이 완전히 뒤집힌 것으로, 지금까지 위험한 장소가 평화의 장소가 되었고, 성곽 광장은 그러나 세상과 그 위험들의 소음에 빠져들게 되어 버렸던 것이다. 설상가상으로, 여기에도 실제로 평화가 전혀 없고, 여기에는, 고요하든 시끄럽든, 아무것도 변한 것이 없지만, 이끼 위에는 예전과 마찬가지로 위험이 도사리고 있는데, 그러나 나는 그 위험을 느끼지 못하게 되어 버렸고, 나는 내 벽들에서 나는 쉿 소리에 너무 많이 귀찮게 시달림을 당하고 있는 것이다. 내가 과연 그것에 귀찮게 시달림을 당하고 있는가? 소리가 더 커지고 더 가까이 다가오는데, 그러나 나는 미로를 살금살금 돌아다니며 여기 위에, 이끼 아래, 마치 내가 그 쉿 소리를 내는 자에게 이미 내 집을 거의 맡겨 버리기라도 한 것처럼, 내가 그저 여기 위에서만 약간 평온하면 그걸로 만족하는 것처럼, 진을 치고 있는 것이다. 내가 예컨대 그 소리의 원인에 대해 어떤 새로운 확정된 견해라도 갖고 있는 것인가? 그 소리는 물론 어쩌면 그 작은 놈이 파는 길고 좁은 고랑에서 나는 소리일까? 이것이 나의 확정된 견해가 아닌가? 그 견해에서 나는 물론 여전히 벗어나지 못하고 있는 것 같다. 그리고 설령 그것이 직접 그 고랑들에서 나는 소리가 아니더라도, 어떤 식으로든 간접적으로는 거기서 나는 소리일 것이다. 그리고 만약 그것이 그 고랑들과 아무 상관이 없다면, 아무것도 물론 미리부터 가정할 수는 없는 노릇이고, 그 원인을 혹시라도 발견하거나 아니면 그 원인이 저절로 드러날 때까지 기다려야 할 것이다. 가정들을 가지고 장난을 즐기는 것은, 예컨대, 어딘가 먼 곳에서 느닷없이 물이 새어 들어오는 일이 발생했고 나에게 찍찍거리는 소리나 또는 쉿 소리처럼 들리는 소리가 사실은 쫠쫠 흐르는 물소리일지도 모른다는 따위의 말을 함으로써, 물론 지금도 할 수 있을 것이다. 그러나 내가 이런 점과 관련해서는 보거나 들은 경험이 전혀 없다는 사실은 제쳐 두고라도—내가 처음 발견한 지하수는 내가 곧바로 그 물길을 돌려놓아서 이 모래 바닥에는 다시 흘러오지 않았다—그것은 그야말로 헛 소리이지, 콸콸 흐르는 물소리로 바꾸어 해석될 수는 없다. 그러나 잠자코 있으라는 온갖 경고가 아무 도움이 되지 않고, 상상력은 멈추려 들지 않으며, 나는 실제로 여전히—그것 자체를 부인하는 것은 무의미한 짓이다—그 헛 소리가 어떤 동물에게서, 물론 여러 마리의 작은 동물에게서가 아니라 한 마리의 큰 동물에게서 난다고 믿고 있는 것이다. 많은 것이 이 믿음에 불리한 사실을 말해 주고 있다. 그 소리는 어디에서나, 언제나 똑같은 세기로, 게다가 밤낮없이 규칙적으로 들을 수 있는 것이다. 확실히, 처음에는 오히려 여러 마리의 작은 동물들일 것이라고 가정하는 쪽으로 기울 수밖에 없을 테지만, 그러나 그렇다면 내가 여기저기서 굴을 팠을 때 그것들을 발견해야만 했을 텐데 아무것도 발견하지 못했기 때문에, 그 큰 동물이 존재한다는 가정만 오로지 남게 되는데, 그 이유는 특히, 그 동물이 도저히 있을 수 없는 존재가 아니라, 다만 온갖 상상을 뛰어넘을 정도로 엄청 위험한 존재라는 사실이 그 가정에 모순되는 것처럼 보이기 때문이다. 오직 그 이유 때문에 나는 그 가정에 저항했다. 나는 이 자기기만을 그만둔다. 벌써 오랫동안 나는 사고의 유희를 하고 있는데, 즉 그 동물이 미친 듯이 맹렬하게 작업하기 때문에 그 소리가 심지어 아주 먼 거리에서도 들릴 수 있다는 생각을 떨쳐 버리지 못하고 있는 것이다. 그놈이 마치 어떤 산책자가 탁 트인 통로를 지나가듯 그렇게 신속하게 땅을 파고 나면, 그놈이 판 도랑 부근의 땅은, 그놈이 이미 지나가고 난 후에도 여전히 떨리고 있으며, 이 후속 진동과 작업 자체의 소음이 멀리 떨어진 곳에서 합해져 하나가 되는데, 그 소음이 점차 줄어든 마지막 단계의 소리를 듣는 나는 어디에서나 똑같은 소리를 듣게 되는 것이다. 이때, 그 동물이 나에게 가까이 다가오는 것이 아니라는 사실도 하나의 요인으로 함께 작용하며, 그 때문에 그 소리가 변함이 없는 것이고, 오히려 내가 그 의미를 꿰뚫어 볼 수 없는 어떤 계획이 하나 제시되어 있는데, 나는 그저, 그놈이 나에 관해 알고 있다고는 내가 전혀 주장하고 싶지 않은 그 동물이 나를 포위하고 있고, 내가 그놈을 관찰해 온 이래로, 아마도 몇 개의 원을 나의 굴 주변에 포위망처럼 그려 놓았을 거라고 가정할 뿐이다―그 소음의 종류가 윗 소리냐 아니면 찍찍거리는 소리냐 하는 것 때문에 나는 생각할 것이 많다. 만약 내가 내 방식대로 땅을 긁거나 파헤치면, 그 소리는 물론 전혀 다르게 들린다. 나는 그 윗 소리를 나 자신에게 다만 이렇게, 즉 그 동물의 주된 작업 연장은 발톱이 아니고, 혹시 발톱이 그저 보조 역할만을 할지는 모르지만, 물론 어마어마한 힘을 가진 것은 말할 것도 없고 어떤 식으로든 날카로운 감각까지 갖춘 주둥이나 또는 긴 코일 거라고, 설명할 수밖에 없다. 십중팔구 그놈은 단 한 번의 막강한 찌르기로 긴 코를 땅속에 박아 큰 흙덩어리를 떼어 내며, 이 시간 동안 나는 아무 소리도 듣지 못하는데, 이때는 쉬는 시간이며, 그러고 나서 그놈은 새로 찌르기 위해 다시 공기를 들이마신다. 단지 그 동물의 힘 때문만이 아니라 또한 그놈의 성급함, 작업에 대한 열성 때문에 공기를 흡입할 때 나는 소리가 땅을 뒤흔드는 소리임이 틀림없는데, 이 소리를 내가 나직한 윗 소리로 듣게 되는 것이다. 나로서는 전혀 이해할 수 없는 것이 남아 있는데, 그것은 물론 멈추지 않고 일할 수 있는 그의 능력이다. 어쩌면 짧은 휴식 시간도 아주 조금이나마 몸과 마음을 쉴 기회가 되기는 하겠지만, 그러나 정말 휴식다운 긴 실질적인 휴식은 겉으로 보기에는 아직 없었던 것 같고, 그놈은 낮이고 밤이고, 언제나 같은 힘과 같은 원기로, 아주 서둘러 실행에 옮겨야 할 자신의 계획을 목전에 둔 채, 파고 있는데, 그놈은 자신의 계획을 실현할 수 있는 모든 능력을 갖추고 있는 것이다. 그런데, 그와 같은 적수를 나는 전혀 예상할 수가 없었다. 그러나 그놈의 특이한 점들은 제쳐 놓고, 내가 정말로 언제나 두려워했어야만 했을 어떤 일, 내가 당연히 언제나 대비했어야만 했는데 하지 않았던 그 어떤 일이 이제 아무튼 일어나고 있다. 누군가가 다가오고 있는 것이다! 어떻게 그토록 오랫동안 만사가 고요하고 행복하게 진행될 수 있었을까? 누가 적들이 가는 길을 다른 방향으로 돌려 나의 소유지를 피해 가게 했을까? 왜 나는 그토록 오랫동안 보호받아 오다가 이제 와서 이렇게 소스라치게 놀라고 있단 말인가? 온갖 작은 위험들을 곰곰 생각하느라 내가 시간을 보냈던 것이 결국 이 하나의 위험을 막기 위해서였을까? 나는 이 굴의 소유주로서, 올지도 모를 그 어떤 자보다 더 우세하기를 바랐을까? 바로 이 크고 민감한 작품의 소유주로서 나는 이것이 어느 정도 심각한 공격에 대해 무방비 상태에 있다는 것을 잘 알고 있다. 굴을 소유한 행복감 때문에 버릇이 나빠져 나는 응석받이가 되어 버렸고, 굴의 민감함이 나를 민감하게 만들었으며, 굴의 상처들이 마치 나의 상처이기라도 한 것처럼 나를 고통스럽게 한다. 바로 이 점을 나는, 단지 나 자신의 방어뿐만이 아니라—그런데 그것조차 나 스스로가 얼마나 경솔하고 성과 없이 행했던가?—굴의 방어도 예상했어야만 했는데 그러지 못했다. 무엇보다도, 굴의 개별적 부분들, 가능한 한 많은 개별적 부분들, 만약 그것들이 누군가로부터 공격을 당하면, 틀림없이 아주 짧은 시간 안에 흙이 무너져 내릴 수밖에 없는 부분이 있으므로, 그 부분들이 덜 위험한 부분들과 분리되게끔, 물론, 그 흙덩어리들 때문에 공격자가 그 뒤에 진짜 굴이 있다는 사실을 전혀 눈치채지 못할 정도로 효과적으로 분리되게끔 사전에 대비했어야 했는데 그러질 못했다. 더 나아가, 무너져 내린 이 흙더미는 굴을 감추는 것뿐만 아니라 공격자를 파묻어 버리는 데도 적합해야 할 것이다. 그런 종류의 작업에 대해 나는 아무리 작은 일이라도 착수한 적이 없고, 이 방면에서는 아무것도, 전혀 아무것도 이루어진 일이 없었으니, 나는 어린 새끼처럼 경박했던 것이며, 나는 성년기를 어린 새끼 같은 장난을 치면서 보냈고, 심지어 위험들에 대한 생각들을 하면서도 나는 그저 노느라 바빴으며, 현실적인 위험들을 현실적으로 생각하는 걸 나는 소홀히 했던 것이다. 그리고 경고들이 없지는 않았다.

지금의 상태에 이르게 될 그런 어떤 일이 일어나지는 않았다. 그러나 건축 시작 시기에 아무튼 비슷한 일은 물론 일어났었다. 주요 차이는 바로, 그때는 건축을 시작하는 시기였다는 것이다…… 나는 그 당시 그야말로 꼬마 견습생 신분으로 여전히 첫 번째 통로 작업을 하고 있었는데, 미로는 겨우 대충 윤곽만 잡혀 있었고, 작은 광장 하나를 내가 벌써 파 놓기는 했으나 그것은 규모에서나 벽 처리에서나 완전히 실패작이었으니, 요컨대 모든 것이 그저 실험 삼아 해 보는 것, 언제라도 인내심이 사라지면 크게 애석해하지 않고 갑자기 내버려 둘 수도 있는 그런 것으로 간주될 수 있을 정도로 시작 단계였다. 그때, 내가 한번은 작업 중간 휴식 중에—나는 나의 생애에서 항상 작업 중간에 너무 많이 쉬었다—내가 파 놓은 흙더미들 사이에 누워 있다가 갑자기 먼 곳으로부터 들려오는 어떤 소리를 들은 일이 있었다. 나는 젊었기 때문에 그 일로 겁이 났다기보다 오히려 호기심이 생겼다. 나는 하던 작업을 내팽개치고 귀 기울여 듣는 일에 몰두했는데, 아무튼 귀 기울여 듣기만 했지, 귀 기울여 들을 필요가 없이 팔다리를 뻗고 누워 있으려고 저 위쪽 이끼 아래로 달려가지는 않았다. 적어도 나는 귀 기울여 들었던 것이다. 나는, 나의 굴 파기와 비슷한 어떤 굴 파기가 문제가 되고 있다는 것을 제대로 잘 판별할 수 있었는데, 소리가 약간 더 약하게 울리는 것 같기는 한데, 그러나 소리가 약하게 들리는 원인 중 어느 정도를 떨어진 거리 탓으로 돌려야 할지는 알 수 없었다. 나는 긴장해 있었지만, 그 밖에는 냉정하고 평온했다. '어쩌면 내가 어떤 낯선 굴에 들어와 있는지도 몰라' 하고 나는 생각했다. '그런데 그 굴의 소유주가 지금 땅을 파며 나에게 가까이 다가오고 있어.' 만약 이 가정이 옳다는 것이 밝혀졌다면, 나는 그 당시 결코 정복욕이 있거나 또는 호전적이지도 않았으니까, 어디 다른 곳에 건축을 하려고, 내가 떠났을 것이다. 그러나 물론, 나는 아직 젊었고 아직 굴도 없었으며, 나는 아직은 냉정하고 평온할 수가 있었다. 계속 이어지는 사태의 진척 때문에 내가 본질적으로 흥분해서 동요하지는 않았고, 다만 그 진척의 의미를 해석하는 것은 쉽지 않은 일이었다. 만약 그곳에서 굴을 파고 있었던 자가, 내가 굴 파는 소리를 그놈이 들었기 때문에, 정말로 내 쪽으로 오려고 애쓰고 있었다면, 만약 그놈이, 이제 실제로 그런 일이 일어났듯이, 방향을 바꾸었다면, 그놈이 이렇게 했던 이유가, 내가 작업 도중에 휴식을 취함으로써 그의 길의 모든 근거를 없애 버렸기 때문인지 아니면 그보다는 오히려 그놈이 스스로 자신의 의도를 바꾸었기 때문인지 확인할 수가 없었다. 그러나 어쩌면 사실은 내가 착각했을지도 모를 일인데,

그는 결코 한 번도 나를 똑바로 향해 온 적이 없었지만, 아무튼 그 소리는 한동안 여전히, 마치 그가 가까이 다가오기라도 하는 것처럼, 강해졌는데, 젊은이였던 나는 그 당시 아마도, 그 굴착자가 불쑥 땅에서 솟아 나오는 것을 보았다 해도, 결코 불만이 있지는 않았을 테지만, 그러나 그와 비슷한 일은 아무 일도 일어나지 않았고, 어느 특정한 지점에서부터는 굴 파는 소리가 약해지기 시작하더니, 마치 그 굴착자가 서서히 자신의 최초의 방향을 바꾸기라도 하는 것처럼, 점점 더 약해지다가, 마치 그놈이 이제 정반대 방향으로 가기로 결심하고는 나를 떠나 곧바로 먼 곳으로 떠나기라도 한 것처럼, 갑자기 완전히 그쳐 버렸다. 나는 다시 일을 시작하기 전에 오랫동안 그놈의 소리를 들으려고 정적 속에 귀를 기울이고 있었다. 그런데 이 경고는 충분히 명백했는데도 곧바로 나는 그것을 잊어버렸고 나의 건설 계획에 그것은 거의 영향을 미치지 못했다.

그 당시와 오늘날 사이에 나의 청장년기가 놓여 있는데, 그러나 마치 그사이에 전혀 아무것도 놓여 있지 않은 것 같지 않은가? 여전히 나는 작업 사이사이에 항상 긴 중간 휴식을 취하면서 벽에다 귀를 기울이고 있고, 굴착자는 얼마 전 자신의 의도를 다시 새롭게 바꾸었으며 여행에서 되돌아오고 있는데, 그는 나에게 그동안 자신을 영접하기 위해 준비할 시간을 충분히 주었다고 잘못 생각하고 있는 것이다. 그러나 내 쪽에서는 모든 것이 그 당시에 그랬던 것보다 준비가 덜 되어 있다는 생각인데, 그 큰 굴이 무방비 상태로 거기 있고, 나는 이제 더 이상 어린 도제가 아니라 늙은 건축사이며, 그나마 아직 남아 있는 힘도 결단의 시기가 오면 쓰지 못하게 될 것이다. 그러나 내가 비록 늙었다 할지라도 지금보다 훨씬 더 늙었으면, 이끼 아래에 있는 내 휴식용 침대에서 내가 더 이상 일어설 수 없을 정도로 그렇게 늙었으면 정말 좋겠다는 생각이 든다. 왜냐하면 사실상 나는 이곳에서 아무튼 견디어 내지 못하고 일어나서, 마치 여기에서 내가 평온 대신 새로운 근심들로 가득 차 있기라도 한 것처럼, 다시 저 아래 굴속으로 달려 들어가기 때문이다. 그 물건들이 지난번 마지막에 어떤 상태였던가? 쉿 하는 소리는 더 약해졌을까? 아니, 그것은 더 강해졌다. 나는 임의로 아무 데나 열 군데를 골라 귀를 기울이는데 착각을 똑똑히 알아차린다. 그 쉿 소리는 여전히 변함없이 똑같고, 아무것도 달라지지 않았다. 저 너머에는 아무런 변화가 일어나지 않고, 그곳에 사는 자들은 편안하게 시간에 초연해 있는데, 이곳에서 귀를 기울여 듣는 자에게는 매 순간순간이 요란하게 진동하고 있다. 그리고 나는 다시 성곽 광장으로 가는 긴 길을 되돌아간다. 주변을 에워싸고 있는 모든 것이 나에게는 흥분 상태인 것 같고, 나를 바라보고 있는 것 같고, 그러고는 또한 곧바로 나를 방해하지 않으려고 다시 눈길을 돌리는 것 같고, 그렇지만 물론 나의 얼굴 표정에서 자신들을 구하겠다는 결심을 읽어 내려고 다시금 바짝 긴장하는 것 같다. 나는 고개를 흔든다. 아직 아무 결심도 못하고 있는 것이다. 또한 나는 어떤 계획을 실행하기 위해 성곽 광장으로 가지도 않는다. 나는 내가 탐사 굴을 파려고 했었던 자리를 지나가면서, 다시 한번 그곳을 살펴보는데, 좋은 자리였던 것 같다. 그 굴은 나의 작업을 훨씬 쉽게 해 줄 수도 있었을 그런 작은 환기통 대부분이 있는 방향으로 이어졌을 수도 있었고, 그러면 나는 어쩌면 결코 아주 멀리 파 들어갈 필요도 없었을 테고, 결코 소리의 근원 가까이 파 들어갈 필요도 없었을 것이며, 어쩌면 환기통들에서 나는 소리를 듣는 것으로 충분했을

지도 모를 일이었다. 그러나 그 어떤 심사숙고도 이 굴착 작업을 하도록 나를 고무할 만큼 충분히 강하지는 않았다. 이 굴이 나에게 확신을 가져다줄 것인가? 나는 확신을 전혀 원하지 않을 정도까지 되어 버렸다. 성곽 광장에서 나는 가죽이 벗겨진 멋진 빨간 살코기 한 점을 골라, 그걸 갖고 흙더미들 중의 한 곳 안으로 기어들어 간다. 여기에 도대체 아직 진정한 정적이란 것이 있다면, 그 속에 아무튼 정적이 있을 테니 말이다. 나는 한번은 멀리서 자신의 길을 가고 있는 낯선 동물을 생각하고, 다음에는 또 내가 아직 그럴 수 있는 가능성이 있는 한 내가 비축해 둔 식량을 실컷 즐겨야 한다는 생각을 번갈아 하면서, 그 고기를 핥으며 조금씩 야금야금 떼어 먹는다. 비축 식량을 먹는 것이 나에게는 십중팔구 유일한 실행 가능한 계획인 것 같다. 그건 그렇고, 나는 그 동물의 계획을 알아내려고 한다. 그것은 떠도는 중인가, 아니면 그 자신의 굴을 만들고 있는 걸까? 그가 떠도는 중이라고 한다면 혹시 그와 타협이 가능할지도 모른다. 그가 정말 나한테까지 뚫고 들어오면, 나는 그에게 양식을 조금 나눠 주고 그러면 그는 계속 갈 것이다. 나의 흙더미 속에서 나는 물론 모든 것을 꿈꿀 수 있고, 타협도 꿈꿀 수가 있다. 비록 내가 타협 같은 것은 있을 수가 없다는 것을, 그리고 우리는 서로를 보게 되면, 아니 그냥 가까이서 서로의 기미를 느끼기만 해도 바로 그 순간 금방 정신을 잃어버리고, 누가 먼저이고 누가 나중이고 할 것 없이, 설령 우리가 이미 아무리 배가 부르더라도, 어떤 새로운 다른 굶주림에 사로잡혀 상대를 향해 발톱과 이빨을 드러내리라는 것을, 정확하게 알고 있음에도 불구하고 말이다. 그리고 이것은 언제나 그렇듯이 이 경우에도 아주 정당한 것이다. 왜냐하면 비록 떠돌아다니는 중이라 하더라도 굴을 목격하면 누구나 자신의 여행 계획과 장래 계획을 바꿀 것이기 때문이다. 그러나 그 동물이 어쩌면 자신의 굴을 파고 있을 수도 있는데, 그러면 나는 타협이란 것은 도저히 꿈도 꿀 수 없다. 설령 그것이 아주 별난 동물이어서 그의 굴이 이웃을 참아 낸다 하더라도, 나의 굴이 이웃을 참아 내지 못한다. 적어도 소리가 들리는 이웃을 내 굴이 참아 내지 못하는 것이다. 지금은 그 동물이 물론 아주 멀리 떨어져 있는 것 같고, 만약 그것이 정말 조금만 더 물러나 준다면 저 소리도 아마 틀림없이 사라질 것이고, 그러고 나면 어쩌면 모든 것이 옛 시절들처럼 좋아질 수도 있을 것이고, 그러면 그것은 그저 불쾌하지만 유익한 경험일 것이고, 나에게 매우 다양하게 개선할 수 있는 자극을 주었을 것이다. 내가 편안하고 위험이 곧바로 밀어닥치지 않는다면, 아직도 나는 이목을 끌 만한 온갖 일을 잘 해낼 수 있는 능력이 있다. 혹시 그 동물이 그 작업 능력으로 미루어 보아 있음직한 엄청난 가능성들을 보고 자신의 굴을 내 굴과 마주치는 방향으로 확장하는 것을 포기하고 그 대신 다른 방면에서 보충한다면, 그것 역시 물론 협상을 통해 이루어질 수는 없고, 오직 그 동물 자신의 사고력을 통해, 또는 내 쪽에서 행사하는 어떤 강제에 의하여 이루어질 수 있다. 그 두 가지 점에서 그 동물이 나에 관해 알고 있느냐 그리고 무엇을 알고 있느냐 하는 것이 결정적일 것이다. 내가 그것에 관해 곰곰이 생각하면 할수록, 그러면 그만큼 더, 그 동물이 도대체 내 소리를 들었다는 것이 사실 같지 않아 보인다. 비록 나로서는 상상이 가지는 않지만, 그것이 나에 관한 이런저런 소식을 들었을 수는 있지만, 그러나 아마 틀림없이 내 소리를 직접 듣지는 않았을 것이다. 내가 그에 관하여 아무것도 몰랐던 한, 그 역시 나의 소리를 도대체 들었을 수가 없다. 왜냐하면 내가 조용히 행동했기 때문이다. 굴과 다시 만나는 것보다 더 고요한 것은 아무것도 없다. 나중에 내가 시험 굴착을 했을 때, 비록 굴을 파는 나의 방식이 아주 작은 소음밖에 내지 않는다 할지라도, 그가 혹시 내 소리를 들었는지 모르지만, 그러나 그가 내 소리를 들었다면 나 역시 그에 대해 무언가를 틀림없이 알아챌 수 있었을 것이다. 그도 아무튼 최소한 가끔씩은 작업을 중지하고 귀를 기울여야 했을 것이다—그러나 모든 것은 언제까지나 변화되지 않은 채 그대로 남아 있었다……

수수께끼 같은 환상 문학
또는 현실 비판적인 리얼리즘 문학

프란츠 카프카는 1883년 7월 3일 그 당시 오스트리아-헝가리 이중 제국의 도시 프라하에서 태어나 1924년 6월 3일 결핵으로 생을 마감한 유대계 작가이다.

카프카는 이미 건강이 많이 악화되어 있던 1922년 11월 말경 친구 막스 브로트에게 자신이 죽으면, 「선고」, 「화부」, 「변신」, 「유형지에서」, 단편 모음집 『어느 단식 광대』에 실린 작품 등 이미 발표한 것은 남겨 두어도 좋되, 마무리할 수 없었던 나머지 작품들은 모두 불태워 없애 달라는 유언을 남긴다. 이 유언을 성실하게 집행하지 않은 바로 그 브로트 덕분에, 소위 '고독의 삼부작Trilogie der Einsamkeit'*으로 불리는 세 편의 미완성 장편소설(『실종자』, 『소송』, 『성城』)을 비롯한 카프카의 많은 작품이 독자들에게 소개될 수 있었다. 그 결과, 생전에 「선고」, 「화부」, 「변신」 세 작품만 겨우 재판再版을 몇백 부 찍었을 뿐, 작가로서 거의 이름이 없었던 카프카가 오늘날 세계적으로 가장 중요한 작가 가운데 하나로 높게 평가받을 수 있게 되었다고 해도 지나친 말은 아닐 것이다.

카프카가 세계적으로 널리 알려지게 된 데에는 『이방인L'Étranger』의 작가 알베르 카뮈Albert Camus의 공이 특히 컸다. 그는 『시시포스 신화Le Mythe de Sisyphe』에 부록으로 실은 에세이 「프란츠 카프카의 작품에 나타난 희망과 부조리L'espoir et l'Absurde dans l'œuvre de Franz Kafka」에서 『소송』과 『성』을 중심으로 카프카의 작품 세계를 분석하면서 카프카를 부조리한 인간 실존을 탁월하게 그려 낸 위대한 작가로 높게 평가했다. 이런 평가가 있고 나서 카프카는 사후 무려 30여 년이 지난 1950년대 말이 되어서야 비로소 프랑스를 시작으로 독일을 비롯한 유럽 전역, 나아가 세계에서 뜨거운 관심을 받을 수 있게 되었던 것이다.

그 후 카프카의 문학에 대해, 신학적-종교적 입장, 철학적-존재론적 입장, 심리학적-정신분석학적 입장, 사회학적-문화 비판적 입장, 문헌학적-전기적 입장, 작품 내재적 입장 등 다양한 입장에서 엄청난 양의 학문적 연구가 이루어져 왔다. 사회주의 리얼리즘의 시각에서 카프카의 문학 세계를 평가하는 일부 비평가들의 경우 그의 탁월한 사실적 묘사 능력은 인정하면서도, 총체적 세계관이 결여된 채 사회적 현실 속에서 오직 의미 파괴적 모순만을 볼 수 있을 뿐, 더 인간

* 흔히 『실종자』는 호메로스의 모험 서사시 『오디세우스』, 『성』은 괴테의 『파우스트』, 『소송』은 도스토옙스키의 『죄와 벌』과 비교될 정도로 이 세 편의 미완성 장편소설은 높은 평가를 받고 있다.

적인 미래에 이를 수 있는 풍부한 모순들을 더 깊이 인식하고 형상화하는 데는 실패한 데카당스 작가라고 부정적인 평가를 내렸던 것이 사실이다. 하지만 거의 모든 비평가는, 다양한 분석 방법이나 넓은 편차를 보이는 비평의 관점에도 불구하고, 카프카가 20세기의 가장 난해한 작가임과 동시에 가장 위대한 작가 중의 하나이며 그의 작품이 매우 중요하게 받아들여져야 한다는 점에서는 거의 일치된 견해를 보이고 있다. 다만, 작품 자체가 지니는 다의성多義性과 난해함 때문에 명백한 해답이 제시되지 않은 채 그의 문학 세계는 여전히 비밀의 베일에 가려 있다. 따라서 카프카의 작품을 읽다 보면 우리는 자주, 카프카 작품의 의미가 혹시 부조리와 무의미 그 자체는 아닌가, 작품의 최종 진리를 푸는 열쇠는 결국 없는 것 아닌가, 모든 해석이 무의미한 것은 아닌가 하는 의문에 부딪히게 되며, 카프카 수용의 역사는 오해의 역사이고, 카프카에 대해 아무 말도 하지 않는 것이 오히려 카프카를 이해하는 데 기여하는 것이 아닌가 하는 역설적인 논리에 빠지기도 한다.

카프카의 작품이 난해한 첫 번째 이유로 오직 진실과 허위 두 가지만 존재한다고 생각한 작가 자신의 대립적인 세계 인식과 그에 따른 양자택일의 고통스러운 체험이 그의 문학에 고스란히 반영되어 있다는 점을 들 수 있다. '진실보다 더 큰 비밀은 없으며 문학은 언제나 오로지 진실에의 탐험에 불과한 것이다'라고 생각한 카프카에게는 진실이야말로 삶 자체였다. 따라서 자기 보존을 위한 처절한 투쟁인 글쓰기를 통해 카프카는 가시적인 현실의 배후에 감추어진 진실을 찾기 위해 참으로 피나는 노력을 했다. 그런데 진실이란 나눌 수 없는 것이어서 그 자체가 스스로 인식될 수 없는 성질의 것이고, 진실을 전달할 수 있는 수단은 언어밖에 없는데, 우리가 몸담고 사는 세계의 언어는 감각적인 세계에 상응해 오직 소유와 소유관계만을 다루기 때문에 감각적인 세계를 벗어난 모든 것에 대해서는 결코 비유적으로도 사용될 수 없고 그저 암시적으로밖에 사용될 수 없다. 언어의 이런 한계 때문에, 결국 전달될 수 없고 설명될 수 없는 진실 그 자체를 전달하고 설명하고자 애쓴 카프카의 작품은 필연적으로 그 속을 들여다볼 수 없는 비밀을 감추고 있을 수밖에 없는 것이다.

비밀은 한편으로는 개별적인 것을 보편적인 것의 지배로부터 구제하는 긍정적인 기능도 하지만, 다른 한편으로는 이해를 차단함으로써 모든 것을 낯설게 보이게 할 뿐만 아니라 그로테스크한 분위기를 조성하여 공포와 전율을 불러일으키는 기능도 한다. 카프카를 형용사화한 '카프카에스크Kafkaesk', 즉 '카프카답다'라는 말이 모든 악몽 같은 것, 미로를 헤매는 듯하고 유령적인 것, 인간의 사고와 행동과 꿈의 부조리, 그리고 현대의 관료주의, 기계화, 인간을 노예화하는 제도의 부조리를 의미하게 된 것도, 카프카의 작품이 불가해한 비밀을 지니고 있는 데서 비롯된 것이라고 볼 수 있다.

카프카의 작품이 난해한 또 하나의 이유는 그의 문학이 '환상적 리얼리즘phantastischer Realismus'에 바탕을 두고 있기 때문이다. 그의 작품에는 우리가 일상 현실에서는 도저히 경험할 수 없는 황당무계한 환상적 사건이 아주 세밀하게 사실적으로 묘사됨으로써 현실과 환상이 서로 구분할 수 없을 정도로 상호 침투하고 있다. 카프카의 작품에 자주 등장하는, 우리의 일상적인 현실 세계에서는 경험할 수 없는 기이한 동물들과 정체를 알 수 없는 사물들의 존재 역시 이 환상적 리얼리즘의 세계를 더욱 풍요롭게 해 주고 있다. 일기와 편지에서 자주 카프카는 자기 자신을 두더지, 독수리, 지옥을 지키는 개, 양탄자 위를 황급히 지나가는 쥐 등 여러 종류의 동물들과 비교한다. 그에게는 동물이 인간세계에서의 분리에 대한 상징이었으며, 이런 점에서 예컨대 「변신」의 벌레는 자신과 세계에 대한 주인공의 자기소외를 객관화한 것으로 볼 수도 있다. 그러나 동물 형상이 이런 의미에 국한해서 확정되는 것은 아니다. 때로는 작가 자신의 자전적인 문제에 바탕을 둔, 그칠 줄 모르는 내면적 긴장, 생명을 위협하는 자신의 질병의 현실이 동물의 모습으로 형상화되어 있고(「독수리」, 「어느 튀기」), 때로는 인간으로 진화한 원숭이가 직접 인칭 서술자의 기능을 맡고 등장하기도 하며(「어느 학술원에 드리는 보고」), 개가 세계의 허위와 진실의 대립 문제를 대상으로 하는 학문을 연구하기도 한다(「어느 개의 연구」). 또한 인간과 동물의 경계가 상호 간에 열려 있다. 인간이 벌레로 변한 경우(「변신」)도 있고, 다른 동물, 예컨대 말이 인간으로 변한 경우(「신임 변호사」)도 있고, 원숭이가 인간으로 변한 경우(「어느 학술원에 드리는 보고」)도 있다. 물론 우화 문학에서와 마찬가지로 동물은 인간의 문제를 표현하고 있다. 그러나 일반적인 우화에서와는 달리 카프카의 동물은 심지어 서술자로 등장할 때조차 인간이 아닌 동물의 본성과 태도를 지닌 채로 등장한다. 또한 사물도 인간도 아닌 수수께끼 같은 존재 오드라데크(「가장의 근심」), 스스로 튀어 오르는 능력을 지닌 공(「중년의 노총각 블룸펠트」), 스스로 작동하는 소름 끼치는 살인 기계(「유형지에서」), 활력이 넘치는 생명의 욕구를 대변하는 표범(「어느 단식 광대」) 등도 그의 작품에서 독특한 효과를 자아낸다. 아무튼 꿈과 현실을 서로 분간할 수 없이 상호 침투시키는 카프카 특유의 서술 기법은 독자로 하여금 경험적 현실의 인과론적인 연결망을 뚫고 들어가 전혀 새로운 눈으로 사건들을 보게 하려는 서술적 전략에서 비롯된 것이다. 환상적 세계가 일상적인 현실 세계와 상호 침투하면서 이 세계의 기존 질서와 고정관념을 파괴하는 작용을 하며, 독자는 이러한 효과를 통해 현실을 새로운 눈으로 바라볼 수 있는 각성의 계기를 얻을 수 있게 된다.

그의 작품들은 그 밖에도 몇 가지 공통적인 특징들을 지니고 있다.

첫 번째로 대부분의 작품에 자서전적 요소들이 두드러지게 나타난다는 점이다. 작품의 주인공들이 거의 대부분 직간접적으로 작가 카프카를 가리키고 있다는 사실, 그리고 "나는 나와 전혀 관련이 없는 것이라면 아마 아무것도 쓰지 못할 것이다"라는 작가 자신의 고백만 보더라도, 이를 미루어 짐작할 수 있다. 카프카 문학이 작가의 원체험原體驗에 바탕을 두고 있음은 이론의 여지가 없는 것으로 밝혀졌다. 실제로 작품을 자서전적 요소와 연관하여 밝히는 전기적 비평 방법이 카프카의 작품 세계가 지니는 안개 같은 애매모호함과 난해함을 줄이는 데 크게 기여한 것도 사실이다. 그러나 증명 가능한 작가의 전기적 사실에만 치우친 일방적인 해석만이 강요된다면, 작가의 문학적 의도나 상상력에 의해 변형된 허구적 요소가 경시되어 버릴 위험이 크며, 결국 작품의 다의성이 무시되고 독자가 지적知的 고통을 거치는 과정에서 얻을 수 있는 각성의 계기나 풍부한 상상력의 공간이 없어져 버릴 위험이 크다는 사실을 유의해야 한다.

두 번째로 주제의 측면에서 보자면, 카프카의 문학은 ① 출구 없는 현대인의 한계상황, ② 현대인의 불안한 소외감, ③ 거대한 존재와의 싸움에서 좌절하는 인간상, ④ 다람쥐 쳇바퀴 도는 것 같은 제자리걸음의 전진 등 암울하고 허무한 인간 생존의 문제를 탁월하게 그려 낸 부정否定의 문학의 특성을 지니고 있다. 이런 특성을 가장 단적으로 보여 주는 예로 카프카가 쓴 작품 중 가장 짧은 산문 작품인 「작은 우화」를 들 수 있다.

"아" 하고 쥐가 말했다. "세상이 날마다 점점 더 좁아지는구나. 맨 처음에는 내가 겁먹을 정도로 세상이 너무나 넓었는데, 계속 달리다 보니 마침내 저 멀리 오른쪽과 왼쪽에 벽들이 보여 행복했다. 하지만 이 긴 벽들이 양쪽에서 서로 아주 빨리 좁혀 들어오는 탓에 나는 어느새 벌써 마지막 방에 와 있다. 그리고 저기 저 귀퉁이에 덫이 있는데, 나는 그 안으로 달려 들어가고 있구나." ― "너는 단지 달리는 방향을 바꾸기만 하면 되는 거야" 하며 고양이가 쥐를 잡아먹어 버렸다.

진퇴양난의 막다른 골목에 다다른 쥐의 모습이야말로 바로 절망적인 상황에 처한 인간의 실존적 모습이다. 「귀가歸家」에 그려지고 있는 상황도 이와 동일하다. 타향에서 오랜 세월을 보내고 나서 부친의 집에 돌아오지만 소외감 때문에 선뜻 집 안에 들어서지를 못하며, 집 안에 들어서서도 여전히 문밖에 서 있는 것 같은 낯선 느낌을 떨치지 못하고 있다. 이런 상황이 그의 거의 모든 작품의 기조를 이루고 있다.

세 번째로 서술 기법이나 언어와 문체의 측면에서도 두드러진 몇 가지 특징이 있다. 서술 상황, 서술 시점, 서술 방식 등을 먼저 살펴보기로 하자. ① 「형제 살해」 등 극히 일부 작품은 물론 서술자의 직접 개입이 이루어지고 있지만, 대부분의 작품의 경우 서술자의 직접적인 논평이나 개입이 거의 없이 객관적인 서술이 이루어지고 있다. ② 거의 모든 작품은 작중인물의 눈과 귀를 통해 보고 들은 것과 그의 의식에 떠오른 것만을 기술하는 소위 '선택적 전지 시점' 또는 작중인물적 서술 시점을 취하고 있다. 3인칭 서술이지만 전지적 서술 시점의 경우와 달리, 작중인물이 보고 들은 것만 거의 서술되기 때문에 1인칭 서술처럼 시야가 제한되어 있다는 느낌을 준다. ③ 직접화법과 간접화법의 중간 형태인 체험 화법erlebte Rede이 즐겨 사용된다. 1인칭이 아니라 3인칭의 시점으로, 그리고 현재 시제가 아니라 과거 시제로 객관적으로 서술되는 이 체험 화법은 독자를 주인공의 내면 세계에 직접적으로 관여토록 하는 서술 기법으로, 서술자가 작중인물의 마음속에 시점을 두어, 만약 주인공의 입장에 놓여 있다면 당신도 주인공과 같은 생각을 갖지 않겠느냐고 독자에게 물음으로써, 결국은 독자가 스스로를 주인공과 동일시하는 효과를 야기한다. 체험 화법이 심화되면 서술자가 작중인물의 의식의 흐름 속에 침잠하는 내적 독백이 자주 나타나 주인공의 의식의 흐름을 반영하기도 한다. ④ 언어 양식이 극단적일 만큼 거의 과장이나 수식이 없이 간결하고, 무미건조한 어휘로 이루어져 있으며 표현의 가능성들은 관청 언어의 무미건조함부터 열정적인 연설가의 강렬한 음조까지 걸쳐 있다. 그리고 어휘 선택에서 법률 전문용어를 많이 사용하고 있으며, 형용사의 상대적 빈곤 때문에 명사가 명백한 우위를 차지하고 있다. 이러한 언어적 특성이 작품 분위기를 더욱 낯설고 환상적으로 만들어 독자에게 풍부한 상상의 가능성을 제공해 준다. ⑤ 카프카는 기존의 문학작품과 신화, 전설 등을 매우 폭넓게 이용하는 작가이기도 하다. 카프카 스스로도 밝혔듯이, 「화부」는 영국 작가 찰스 디킨스Charles Dickens의 자전적 소설 『데이비드 코퍼필드David Copperfield』를 폭넓게 이용하고 있다. 영국의 빅토리아시대를 배경으로 중산층의 생활과 도덕적 가치관, 비참한 하류 계층의 생활 등이 잘 그려져 있는『데이비드 코퍼필드』와 신대륙 미국을 향한 선박에서 일어난 갖가지 사건들을 서술한「화부」는 소재와 모티프, 주인공의 성격 묘사, 사실적 표현 방식, 분위기 등 여러 가지 면에서 공통점이 있다. 그리고「세이렌들의 침묵」,「프로메테우스」,「포세이돈」등의 작품에서는, 기존의 고대 신화를 생산적으로 수용受容한다. 예컨대「프로메테우스」에서는 고대 신화를 각기 고유한 플롯이 있는 네 가지 전설을 제시함으로써 비판적으로 수용한다. 구전口傳의 성격이 강한 전설은 신화와는 달리 내용의 변화 가능성이 크며, 따라서 전설에서의 진리 또한 신화에서와는 달리 일시적이고 상대적일 수밖에 없다. 언뜻 제목으로만 보면 카프카가 고대 신화를 계승하는 것 같지만 사실상 전설이라는 장르를 선택함으로써 애당초 신화의 권위를 위축시켜 버리는 것이다. 계승된 신화의 형식을 부분적으로는 유지하면서도 전설로 만들고 있는「프로메테우스」나「세이렌들의 침묵」에서와는 전혀 다르게「포세이돈」의 경우에는, 고대 신화에서는 바다의 신인 포세이돈을 아예 하천을 관할하는 행정 관료로 등장시켜, 시종일관 사물을 수량화하는 회계 업무를 통해서만 삶을 유지할 수 있는 현대인의 전형으로 묘사하고 있다.

우리에게 가장 잘 알려져 있는「변신」을 중심으로 카프카 문학을 수수께끼 같은 환상 문학에 불과한 것으로 볼 것인지, 아니면 근본적으로는 현실 비판적인 리얼리즘 문학으로 읽을 수 있는지 자세하게 살펴보기로 하자.

「변신」은 일상적인 경험 세계에서는 불가능한 소름 끼치는 사건으로 시작된다.

그레고르 잠자는 어느 날 아침 뒤숭숭한 꿈에서 깨어났을 때 자신이 침대 속에서 엄청 큰 섬뜩한 해충으로 변해 있는 모습을 발견했다.

그러고 나서 그레고르가 변신 이후 겪게 되는 사건들이 현실적인 사건으로서 시간상의 순서대로 아주 세부적으로 이야기되고 있다. 「변신」은 외적 구성상 세 부분으로 되어 있다. I부는 주인공 그레고르의 직업과의 관계, II부는 가족과의 관계, III부는 자기 자신과의 관계를 중심으로 이야기가 진행된다. 내용상으로는 ① 변신 이전의 이야기, ② 변신 이야기, ③ 변신한 그레고르의 죽음 이후 나머지 가족의 상황을 묘사한 이야기, 이 세 부분으로 나눌 수 있다. ①은 그레고르의 변신 이전의 상황을 서술하는 것으로, 과거에 대한 그레고르의 회상으로 이루어져 있고, ②는 I부, II부, III부 전체에 걸쳐 있으며, ③은 III부에 국한되어 있다. 서술 구조상 더욱 중요한 특징은 그레고르의 변신 후에 그의 방을 중심으로 '문의 닫힘/열림'을 통해 '그레고르의 갇힘/벗어남'이라는 대립적인 상황이 순환적으로 반복되고 있다는 점이다. I부, II부, III부 모두 유사하게 갇힘-벗어남-갇힘의 구조를 지니고 있다. 맨 처음 문이 닫혀져 있는 상황에서 벌레로 변신한 그레고르 잠자는 방 안에 갇힌 상황을 벗어나 일상적인 삶의 영역으로 복귀하기 위해 피나는 노력을 계속하지만, 갇힌 상황을 벗어나더라도 곧 다시 갇히고 만다. I부와 II부에서는 아버지에 의해, III부에서는 여동생에 의해 방 안에 갇힌 상태가 되며, 방 안에 갇힌 상태로 결국 죽음을 맞게 된다. 문이 닫힌 상태에서 그레고르가 추측하거나 믿었던 사실들이 문이 열린 상태에서는 그레고르의 착각이나 허위임이 밝혀지기 때문에 이러한 구조상의 특성은 현실의 폭로와 밀접하게 연관된다.

카프카의 「변신」 이전에도 물론 인간이 다른 동물로 변신하는 이야기는 신화, 우화, 동화 등 기존의 문학 전통에서도 많이 있었다. 그러나 그런 변신 이야기들에서는 환상과 현실의 영역이 명백하게 구분되고 있는 반면에, 「변신」에서는 경험적인 현실의 영역과 환상적인 영역이 서로 구분할 수 없을 만큼 상호 침투하고 있다. 「변신」에 그려진 꿈의 세계는 일상적이고 객관적인 현실과 상호 침투함으로써 통상적인 의미의 꿈의 세계와는 전혀 다른 것이다. 「변신」이 지니는 현대성은, 그레고르가 현대의 대표적 직업이라 할 수 있는 세일즈맨이라는 점, 그리고 물질적인 소유에만 얽매인 인간소외 상황 등에서 나타나고 있다. 「변신」에서 카프카는 현대 산업사회의 끔찍한 현실을 꿈의 형상을 빌려 표현하고 있는 것이다. 우리는 「변신」에 묘사된 거대한 해충을 일상적인 경험 세계에서 육안으로 볼 수 있는 그런 벌레로 이해해서는 안 되며, 그러한 묘사 수법을 통해 작가가 우리 독자에게 전달하고자 한 메시지가 무엇인가를 제대로 밝혀내는 일이 더 중요하다.

벌레로의 변신은 그레고르가 일상적인 생존권의 영역으로부터 벗어나는 계기가 된다. 변신 이후 그는 산업사회의 메커니즘이 명령하는 생산과 교환, 소유의 기능을 수행할 수 있는 도구적 기능인으로서의 역할을 상실한다. 이런 상태에서 그레고르가 할 수 있는 일은 현실의 관찰과 사색밖에 없다. 변신 이후 그레고르는 일상적인 기능인으로서의 역할은 할 수 없지만 관찰자로서는 매우 유리한 위치를 얻게 된다. 그레고르가 죽은 이후 나머지 가족의 모습을 그린 Ⅲ부의 에필로그 부분, 그리고 "잠자는 외판원이었다"의 경우처럼 작중인물인 잠자의 시점을 벗어나 객관적인 전지적 시점으로 서술되는 극히 일부분을 제외하고는, 거의 모든 사건과 상황이 그레고르의 시점에 의해 일관되게 서술되는 작중인물적 서술 시점으로 되어 있다. 그레고르의 눈과 귀를 통해 보고 들은 것과 그의 의식에 떠오른 것만으로 모든 서술이 이루어지고 있으며, 나머지 인물들의 대화나 행동도 그레고르의 귀에 들리거나 눈에 보이는 경우에만 직접적으로 서술되고 있는 것이다.

변신 이전에 익숙했던 일상적인 세계로부터 벗어난 위치에서 관찰자의 입장에 서게 된 그레고르 앞에 드러난 현실의 모습은 과연 어떤 것일까?

먼저 그레고르의 직장과의 관계부터 살펴보자. 그는 벌레로 변신하여 직장에 도저히 나갈 수 없는 처지에 놓이기 전까지는 5년 동안 결근 한 번 하지 않고 성실한 직장 생활을 해 왔다고 자부하고 있으며, 직장에서의 자기 위치는 평생 보장된 거라고 확신해 왔다. 그러나 전혀 예기치 못한 변신 사건으로 인해 딱 하루 제시간에 출근을 못 하게 되자 당장 회사 지배인이 그의 집을 방문하여 그의 태도를 단순한 태만 탓이라고 질책하는가 하면, 심지어는 그가 공금 횡령이라도 한 것처럼 의심하는 말조차 서슴지 않는다. 회사는 오로지 이익만을 얻기 위해 인간을 가혹하게 혹사하는 냉혹한 조직임이 드러난다. 경제적 이윤 추구의 수단으로서 이용 가치가 없는 인간은 회사에서 아무 쓸모 없는 존재에 불과하다. 개인과 직장은 상호 간에 물질 획득을 위해 유용한 경제 수단으로서의 관계를 맺고 있을 뿐이라는 사실이 변신 사건을 계기로 분명하게 드러난 것이다.

가족과의 관계 역시 애정으로 결합된 것이 아니라 경제적인 이해관계로 얽혀 있음이 서서히 드러난다. 그레고르가 출근을 않고 있자 진상을 전혀 모르는 가족들은 처음에는 그레고르를 염려하는 태도를 보인다. 어머니는 "부드러운 목소리"로 아들이 출근 시간에 늦을까 봐 염려하고, 아버지 역시, 비록 부드러운 태도를 보이지는 않지만, "대체 무슨 일이냐?"며 걱정스러운 관심을 보이며, 여동생도 울먹이는 목소리로 "오빠? 어디 안 좋아요? 뭐 필요한 거 있어요?" 하며 그레고르의 안부를 염려하는 태도를 보인다. 변신한 후 약간 시간이 지나 회사의 지배인이 집에 찾아오자 어머니는 의사를 불러오라고 말하고, 아버지는 열쇠장이를 불러와 그레고르의 방문을 열려고 한다. 그레고르는 이러한 조치가 자신을 돕기 위한 것이라고 흐뭇해하며, "다시 사람들의 사회 속에 받아들여졌다는 느낌을 받았고", 그러자 그는 몸이 다치는 것도 개의치 않고 방문을 열고 나오려고 온갖 애를 쓴다. 그러나 막상 사람들이 그의 모습을 보자 상황은 그의 기대와는 정반대로 전개된다. 지배인만 놀라 도망친 것이 아니라, 그 다정하던 어머니조차 그의 모습을 보자 비명을 지르며 달아난다. 그의 방문을 열려고 그토록 안달이 났던 아버지도 그를 다시 방에 밀어넣을 기세로 주먹을 쥐고 사나운 표정을 짓는다. 가족들은 문이 잠겨 있을 때에는 그가 변신한 사실을 모르고 여전히 가정의 기둥으로 믿고서 한시라도 빨리 문을 열어 경제적 수단으로서의 그를 이용하려 했지만, 막상 경제적 능력을 상실한 그의 변신한 모습을 보자 그를 아무 쓸모 없는 존재로 여기며 가혹하게 대하는 것이다. 가정 역시 공동체Gemeinschaft가 아니라 경제적 이해관계에 바탕을 둔 이익사회

Gesellschaft에 불과하다는 사실이 드러난 것이다.

그 자신도 직장과 가정 내에서의 자신의 위치에 대해 착각하고 있었다. 그는 직장을 그만두고 싶지만 아버지의 빚 때문에 이를 실행에 옮기지 못하고 있으며, 가족을 부양해야 하므로 결혼까지 포기하는 등 가족을 위해 자신의 모든 것을 희생했다고 생각해 왔다. 그는 자신의 헌신적인 희생 덕분에 가족들이 안정된 생활을 하고 있다고 생각하며, 자신이 정상적인 일상적 삶에 하루빨리 복귀하지 않으면 가족의 그런 생활이 끔찍하게 끝장나 버릴지 모른다고 근심하고 있다. 그러나 변신 후 그의 이러한 희생은 착각에 의한 것이었음이 드러난다. 완전히 파산한 줄로만 알았던 가족의 재정 상태는 상당한 저축까지 있을 만큼 괜찮은 편이었으며, 생활력이 전혀 없는 것 같았던 가족들도 그의 변신 이후 놀라운 생활력을 발휘한다. 사실상 그의 가족은 그의 희생을 필요로 하지 않았던 것이며, 그의 희생은 무의미한 것이었다.

그레고르가 변신 전에 직장, 가족, 자기 자신에 대해 가졌던 생각이나 믿음이 이렇듯 모두 착각이었음이 변신 이후에 드러나게 되는 것이다.

그런데 "뒤숭숭한 꿈"에서 변신이 마치 우연처럼 갑작스럽게 이루어졌음을 알 수 있을 뿐, 도대체 왜 그런 변신이 일어나게 되었는가, 그 원인에 대해 명백하게 서술된 곳은 한 군데도 없다. 그러나 카프카가 말한 바대로, 원인 없이는 세계가 존재하지 않는다. 우연들은 우리의 인식 한계를 반영하는 것일 뿐이다. 물론 그가 벌레로 변한 원인을 명확히 밝힐 수는 없다. 그러나 그 원인을 밝혀내기 위해 우리가 나름대로의 고통스러운 사고 과정을 거친다는 것 자체가 이 작품과 살아 있는 관계를 맺을 수 있는 생산적인 독서를 위한 전제 조건이다. 변신 이전 상황에 대한 그레고르의 회상으로 이루어진 변신 이전의 이야기가 변신의 원인에 대해 추측할 수 있는 실마리를 제공해 준다.

'아아, 이런!' 하고 그는 생각했다. '나는 왜 이렇게 힘든 직업을 택했단 말인가! 날이면 날마다 출장을 다녀야 하고. 회사에 앉아 본래의 고유 업무를 보는 것보다 업무상 스트레스는 훨씬 더 크고, 게다가 또 여행의 고역이 부과된다. 기차 접속에 대한 걱정, 불규칙하고 형편없는 식사, 만나는 사람이 항상 바뀌는 통에 결코 지속적이지도 결코 진심으로 이루어질 수도 없는 인간적 교류. 악마여, 이 모든 것을 모조리 가져가 다오!'

그는 이처럼 직업에 대해 엄청난 불만을 품고 있었다. 가족 부양의 의무감 때문에 어쩔 수 없이 직장에 얽매인 생활을 해 왔지만, 다른 한편 의식의 저 밑바닥에는 자유롭고 본래적인 인간의 모습으로 살아가라는 '내면의 명령'에 따라 직업과 가족의 구속으로부터 벗어나고 싶은 무의식적인 욕구가 자리 잡고 있었을 것이다. 그의 변신은 직장 생활로 대표되는 현실의 구속으로부터 벗어나 자유롭게 살고 싶은 무의식적 충동에서 비롯된 것일 가능성이 크다. 자유롭게 살고자 하는 무의식적 충동의 세계, 구속감을 주지만 인간 사회에 속하려면 부득이한 노동의 세계, 이 두 세계 사이에서 그레고르는 갈등을 겪고 있는 것이다. 이러한 추측은, 「시골에서의 결혼 준비」에서 주인공 라반이 '자기自己'와 '세인世人' 사이의 괴리를 의식하고 아무 구속 없이 자유롭게 살 수 있기 위해 벌레로 변신하는 환상을 품는 것과 연관시켜 생각해 보면, 충분한 근거가 있다.

관청에서 아주 과도하게 일한 탓에 너무 피곤해서 심지어 휴가조차 즐길 수가 없을 정도이다. 그러나 어떤 일을 해도 모든 사람에게 애정으로 대해 달라는 요구를 하지 못하고, 오히려 홀로 외롭고, 완전히 낯선 존재이며, 그저 호기심의 대상일 뿐이다.

라반은 '자기'와 '세인' 사이의 괴리를 의식하면서 '자기'를 구하려고 한다. 그래서 그는 시골에 있는 약혼녀를 방문하려는 순간, '자기'는 벌레가 되어 침대에 남아 있고, 몸뚱이만 시골에 보내겠다는 환상을 갖게 된다. 이런 라반과는 달리 그레고르의 의식은 심지어 변신이후에도 한참 동안 직업 세계에 철저하게 얽매여 있다. 이런 사실은 그레고르가 변신 후에도 여전히 단편화된 시간 의식에 사로잡혀 있는 데에서도 잘 드러난다.

'하느님 맙소사!' 하고 그는 생각했다. 여섯 시 반이었다. 시곗바늘은 조용히 앞으로 나아가고 있었다. 이제 삼십 분도 지나 어느새 사십오 분을 향해 다가가고 있었다. 〔…〕 하지만 그러고 나서 그는 중얼거렸다. "일곱 시 십오 분이 되기 전에 나는 무슨 일이 있어도 무조건 침대를 완전히 벗어나지 않으면 안 돼. 회사는 일곱 시 전에 문을 여니까, 아무튼 그때까지는 분명 회사에서 누군가가 나에 대해 물어보려고 올 거야."

시간 의식의 단편화 현상은 산업사회의 사회적 상황과 밀접하게 연관되어 있다. 시장과 물질생활의 측면에서 볼 때 시간은 상품생산의 필수적인 수단이다. 따라서 시간 자체가 상품으로 간주되고, 시간이 공간화 되어 측정 가능한 양으로 변하게 된다. 사적이고 주관적이며 지속적인 개인의 '경험적 시간time in experience'은 의미를 상실하게 되고, 공적이고 객관적이며 물리적인 '자연적 시간time in nature'만이 의미를 지니게 된다. 이처럼 산업사회에서의 시간개념은 생산과정이나 이익 획득을 위한 경제적 수단, 즉 단순히 양적인 의미만을 지니는 하나의 물리적 단위로 전락해 버리는 것이다.*

카프카는 문학작품에서는 현실 비판을 직접적으로 드러내 놓고 하는 일이 거의 없다. 그러나 구스타프 야누흐와 나눈 대화를 보면, 그가 현대 산업사회에 대해 매우 비판적인 견해를 갖고 있었음을 알 수 있다.

산업에서의 테일러 시스템과 분업은 끔찍스러운 일입니다. 거기에는 인간의 노예화 이상의 것이 문제가 됩니다. 〔…〕 모든 창조의 가장 숭고하고 가장 범해서는 안 되는 부분인 시간이 불순한 기업적 이해의 그물 속에 빠져 버리게 됩니다. 그리하여 피조물뿐만 아니라 무엇보다도 그 피조물의 구성 요소인 인간 역시 멸시를 받으며 더럽혀지게 됩니다. 이처럼 심하게 능률화된 삶이란 바라던 부와 이득 대신에 굶주림과 비참함만이 자라날 수 있는 소름 끼치는 저주로 가득 차게 됩니다. 〔…〕 인간은 생물이라기보다는 오히려 사물, 대상인 것입니다.

* I부에서 단편화된 물리적 시간에 얽매여 있던 그레고르의 시간 의식은 II부, III부로 갈수록 점차 연속적이고 모호한 시간 의식으로 바뀐다. 그리하여 죽음을 바로 눈앞에 둔 순간에는 거의 무의식적인 시간개념을 체험함으로써 평온한 명상 상태에서 죽음을 맞이한다. 주인공의 이러한 시간 의식의 변화는 일상적인 현실에 어느 정도 구속된 상태인가에 상응하여 일어난 것이다.

「변신」에는 물론 현대 산업사회에 대한 카프카의 날카로운 비판적 입장이 직접적 또는 노골적으로 드러나 있지 않다. 그러나 벌레로 변신한 그레고르의 눈을 통해 비인간화된 산업사회의 냉혹한 현실이 폭로되고 있음은 분명하다. 그리고 현실의 폭로는 이를 통해 독자를 각성시키고 독자에게 현실을 새롭게 바라볼 수 있는 눈을 주려는 작가의 의도와 긴밀하게 연관되어 있다.

그레고르의 의식 세계에서는 현실도피로서의 변신이 철저하게 거부되고 있다. 그는 '세인'의 법칙에 철저하게 얽매여 있기 때문에 본래적인 '자기'의 상태를 거부하는 자기소외 상태에 빠져 있다. 이것은 산업사회에서 평균 인간들이 처한 전형적 상황이다. 근대사회에 접어들면서 이기주의적 충동에 의해 공동체적 연대 관계로부터 떨어져 나온 인간은 현대의 산업사회에 이르러서는 일체의 유대를 상실한 채 사회와 가족 관계에 있어서뿐만 아니라 심지어는 자기 자신과의 관계에 있어서조차 소외 상태에 빠지게 된 것이다. '자기'를 이해할 수 없는 것, 합리적이고 경험적인 일상 세계의 법칙을 파괴하는 낯선 것으로 여기고 있는 그레고르의 눈에 비친 '자기'의 모습은 당연히 끔찍스러운 것일 수밖에 없다.

그는 갑옷처럼 딱딱한 등을 대고 누워 있었는데, 머리를 위로 약간 들어 올릴 때마다 불룩하게 솟은 갈색의 배가 활 모양으로 휜 뻣뻣한 각질의 마디들로 나뉘어 있는 것이 보였다. 배 위에는 이불이 금방이라도 주르륵 미끄러져 내릴 것 같은 모습으로 아슬아슬하게 덮여 있었다. 나머지 몸뚱이에 비해 형편없이 가느다란 수많은 다리가 그의 눈앞에 어른거리며 속수무책으로 허우적거리고 있었다.

변신 후 그레고르의 몸에 일어난 중요한 변화는 크게 두 가지이다. 하나는 갑옷처럼 딱딱한 등을 갖게 되었다는 사실이며, 다른 하나는 가느다란 다리들만 무수히 있을 뿐, 팔과 손은 없다는 사실이다. 딱딱한 등은 외부 세계와 그레고르의 접촉을 차단하는 방어기제로 작동하고 있다. 그는 끔찍한 모습의 '자기'로부터 도피하여 인간들의 일상적 삶의 영역으로 복귀하려고 눈물겨운 노력을 하지만, 견고한 방어기제를 갖춘 '자기'로부터 결코 벗어날 수 없다. '세인'의 세계에 사로잡힌 그레고르의 입장에서 본다면, 방에 갇힘은 구속을 의미하고 방에서 벗어남은 벌레 상태에서 벗어나 일상적인 인간적 삶에 복귀하는 것을 의미한다. 그러나 그의 본래적인 '자기'는 외부와 격리된 채 홀로 방에 갇혀 있을 때 '세인'의 구속을 벗어난 상태에 있으며, 그가 방에서 벗어나 외부와 접촉하려 하면 오히려 구속당하는 상태에 처하는 것이다.

팔과 손이 없는 그레고르에게는 이미 소유는 없고 다만 마지막 숨을, 질식을 갈망하는 존재만이 있을 뿐이다. 인류의 문명사에서 손은 중요한 의미를 지닌다. 인간이 손으로 도구를 제작하고 물건을 생산함으로써 기술이 가능하게 되었으며, 기술의 발달과 더불어 점차 소유물의 축적을 통한 물질적 의존관계가 형성되기에 이르렀다. 기능적인 사회에서 손은 도구의 제작, 물품의 교환, 소유의 수단으로 사용된다. 변신 후 팔과 손이 없어진 것은 그레고르가 경제 수단으로서의 기능을 완전히 상실했음을, 소유에 얽매여 있는 현실 세계에서 존재 가치가 전혀 없음을 단적으로 보여 주는 것이다. 벌레로 변신하기 전까지는 그레고르가 가족의 생계를 떠맡아 온 가정의 기둥이었다. 그러나 변신 후 일상적인 기능인으로서의 능력을 상실하면서 오히려 그가 나머지 가족에게 빌붙어 사는 빈대 같은 존재로 전락해 버린 것이다. 모든 것이 소유관계에 얽매여 있는 사회에서는 인간적 유대 관계가 상실될 수밖에 없고 그로 인해 인간은 고독과 무력감 속에 빠지게 되는데, 이러한 두려운 상황으로부터 도피하기 위해 인간은 자기 외부에 존재하는 인간이나 대상을 지배하거나, 또는 그것들에 복종하게 된다. 이러한 인간형을 대표하는 인물이 바로 그레고르의 아버지로, 그는 그레고르를 속박하고 지배하는 거대한 존재로 나타난다. 처벌하는 거대한 존재로서의 아버지의 모습은, 아들에게 익사형을 선고하는 「선고」에도 나타나고 있다. 지배하는 거대한 존재로만 여겨 왔던 아버지도 더 거대한 조직의 지배를 받으며 살아가고 있다. 그는 집에서 잠잘 때조차 은행 용인傭人 제복을 벗기를 싫어하고, 항상 일할 준비를 하고 있으며, 상급자들이 부르면 언제라도 뛰어갈 만반의 태세를 갖추고 있다. 거대한 메커니즘에 복종하며 살아가는 아버지는 가족들을 지배함으로써 보상을 얻는 것이다. 괴롭힘을 당하는 자는 타자를 괴롭힘으로써 만족을 얻을 수 있는 것이다. 사디즘과 마조히즘은 독립해서 존재하는 것이 아니라 공생 관계에 있다. 두 가지 도착 형태가 합하여 사도·마조히즘으로 나타나게 되는데, 이런 성격의 사람은 권력자에 대해서는 복종하지만, 무력한 존재에 대해서는 경멸하고 지배하려고 한다.

그레고르는 변신 후 '자기'를 깨닫기 전까지는 '세인'의 세계에 복귀하기 위한 시도를 수없이 반복한다. 그러다가 일상적인 현실이 허위에 의해 지탱되는 세계라는 사실을 점차 깨닫게 되면서 서서히 '자기'를 받아들이게 되고 절망적인 상태에서 삶의 가능성과 출구를 추구하게 된다. 그레고르는 변신 전에 좋아했던 음식을 변신 후 싫어하게 되며, 가장 좋아했던 신선한 우유조차 역겨워하고, 오히려 반쯤 썩은 야채나, 오래된 치즈 조각, 굳은 소스 등을 만족스레 먹는다. 그러나 이런 음식마저 싫어져 마침내 거의 아무것도 입에 대지 않게 된다. 그레고르 자신도 배는 고픈데 왜 음식이 먹기 싫은가를 알지 못한다. 그의 음식 거부는 허위에 가득 찬 이 세계와의 일상적인 관계를 끊겠다는 내면의 의지가 무의식적으로 표출된 것이다. 그가 왜 자신이 음식을 거부하는가에 대한 생각을 하고 있던 바로 그날 저녁 부엌 쪽에서 바이올린 소리가 들려온다. 하숙인들이 바이올린 연주를 듣고 싶어 하자 여동생이 연주를 시작한 것인데, 그레고르만큼 그 연주를 진심으로 열렬하게 감상하는 사람은 아무도 없다. 아버지와 어머니는 음악의 기능적인 면, 즉 손놀림을 신기한 듯 바라볼 뿐, 음악이 지니는 무한함과 심오한 아름다움을 느끼지 못한다. 하숙인들은 편안하고 아늑한 방에서 감각적인 쾌락을 주는 오락물로서 음악을 즐기려 하고 있다. 음악을 들으면서 진실로 감동을 느끼는 자는 벌레로 변신한 그레고르뿐이다. 그는 음악을 들으면서 "자신이 열망해 마지않던 어떤 미지의 양식糧食에 이르는 길"이 열리는 것 같은 감동을 느끼며 막연하게나마 새로운 세계를 예감하게 된다. 카프카에게 음악이란 언제나 지상의 한계에서 벗어날 수 있는 가능성을 의미했다. 음악은 선악을 초월한 자유의 힘이며, 우리를 일상적인 논리의 구속에서 해방시켜 주는 힘이다. 음악은 우리를 인식 한계의 구속으로부터 해방시킴으로써, 참다운 현실을 새로운 눈으로 바라볼 수 있도록 해 준다. 그레고르의 음악 체험은 그를 현세의 속박에서 해방시켜 자유의 세계로 이끌어 간 구체적 성격을 띠고 있다고 볼 수 있다. 그레고르는 자신이 처한 상황을 깨닫고 마침내 주체적으로 죽음을 결단하기에 이른다.

　그는 자신의 가족을 감동과 사랑의 마음으로 돌이켜 생각해 보았다. 그가 사라져야 한다는 생각은 아마도 여동생보다 그 자신이 더욱 단호하게 지니고 있었을 것이다. 탑시계가 새벽 세 시를 칠 때까지 그는 이렇게 공허하고 평화로운 명상 상태에 머물러 있었다. 창밖의 세상이 훤하게 밝아 오기 시작하는 것까지도 그는 알 수 있었다. 그러고는 그의 머리가 자신도 모르게 아래로 푹 떨어졌고 그의 콧구멍에서는 마지막 숨이 힘없이 흘러나왔다.

　그레고르의 죽음 이후의 상황이 서술되는 Ⅲ부의 에필로그 부분에 대한 문학적 가치를 평가하기는 쉽지 않다. 카프카 자신은 1914년 1월 19일자 일기에서 이 부분을 "도저히 읽을 수 없는 결말Unlesbares Ende"이라며 불만을 나타냈다. 앞부분과 달리 '아버지', '어머니', '누이동생' 등의 표현 대신 '잠자 씨Herr Samsa', '잠자 부인Frau Samsa', '그레테Grete' 등으로 표현을 바꿔 쓰고 있는 것을 보면, 카프카가 이 부분의 삽입으로 인해 작품 전체의 서술 시점이 일관성을 잃게 된다는 점을 충분히 의식했던 것 같고, 아마도 그 때문에 불만스럽게 생각했었을 거라고 추정할 수 있다. 이 부분 때문에 작품 전체의 서술 시점이 일관성을 잃게 된다는 점에서 부정적인 측면이 없는 것은 아니지만, 작품이 전달하려는 메시지와 관련해서 보면, 오히려 이 부분을 굉장히 긍정적으로 평가할 수도 있다. 작품 시작 부분부터 주인공의 죽음에 이르기까지의 음울한 분위기와 극명하게 대조되는 나머지 가족들의 밝고 희망찬 분위기를 묘사함으로써 그 배후에 도사리고 있는 비인간성과 냉혹한 현대사회의 현실을 매우 효과적으로 비판하고 있기 때문이다. 특히 그레고르의 죽음을 맨 먼저 발견한 것이 가족들이 아니라 파출부라는 사실을 통해 가족들이 변신 이후 그에게 얼마나 무관심했었는지가 잘 드러난다. 그의 죽음을 확인하고 나서 물론 남은 가족 모두가 울어서 눈이 약간은 부어 있었다. 하지만 말라비틀어진 그의 시신을 보고서도 가족들은 변신 이전에 자신들을 부양했던 그의 죽음에 대해 양심의 가책을 느끼거나 슬퍼하기는커녕 오히려 홀가분하고 감사하는 마음으로 성호를 긋는다. 그리고 일상적인 생활의 생기를 되찾으며 밝고 희망찬 가족들의 태도에 상응이라도 하듯 자연 풍경도 무척 밝게 묘사되고 있다. 이야기를 나누는 동안 잠자 부부는 점점 생기가 돌고 있는 딸의 모습을 바라보면서 그녀가 최근에 두 볼이 창백해질 정도로 온갖 고생을 다 했음에도 불구하고 아름답고 탐스러운 처녀로 피어나고 있다는 것을 거의 동시에 느끼며, 작품은 마침내 이렇게 끝을 맺는다.

그리고 목적지에 이르자 딸이 맨 먼저 일어나 젊은 육체를 쭉 펴며 기지개를 켰을 때 그들에게는 그 모습이 그들의 새로운 꿈과 아름다운 계획의 보증처럼 여겨졌다.

어느 날 아침 "뒤숭숭한 꿈"에서 깨어난 그레고르 잠자가 거대한 해충으로 변한 자신의 모습을 보는 것으로 시작된 변신 이야기는 결국 그레고르가 죽고 난 다음 희망찬 내일을 설계하는 나머지 가족들의 "새로운 꿈"으로 끝나고 있다. 그러나 이처럼 생기에 넘치고 아름답게 묘사된 장면의 배후에는 오로지 물질적인 삶의 안락만을 추구하는 지극히 비인간적인 끔찍한 괴물의 모습이 도사리고 있다. 변신 전의 그레고르가 그랬듯이 물질적인 안정이 현실을 지탱해 주는 모든 것이라고 여기는 가족들은 이미 물화된 사물이나 마찬가지이기 때문에 아무리 물질적인 풍요로움을 누리게 되더라도 그들에게서는 결코 진정한 인간적 행복을 기대할 수 없다. 현대 산업사회의 전형적인 평균 인간 그레고르에게 '자기'로부터 결코 벗어날 수 없는 벌레로의 변신이라는 돌발적인 사건이 일어났다면, 그의 가족을 포함하여 어느 누구도 변신으로부터 자유롭지 못하다. 결국 에필로그는 또 하나의 '변신' 이야기가 시작될 수 있는 전제 상황인 것이다.

카프카는 친구 오스카 폴락에게 보낸 젊은 시절의 편지(1904년 1월 27일자)에서 다음과 같은 독서관을 피력한 바 있다.

만약 우리가 읽는 책이 단 한 주먹으로 우리의 정수리를 갈겨 각성시키지 않는다면 도대체 무엇 때문에 책을 읽겠는가? [⋯] 한 권의 책은 마땅히 우리의 내면에 얼어붙은 바다를 깨는 도끼여야만 한다.

카프카 문학의 궁극적 의도는, 독자들의 선입견을 제거하여 항상 자유롭고 새로운 시선으로 현실을 바라보고 경험하도록 함으로써 독자를 각성시켜 결국은 허위에 바탕을 둔 현실을 변화시키는 데 있었다. 이러한 목적을 위해서는 무엇보다도 고정관념이나 환상의 파괴가 전제되어야 한다. 그러기 위해서는 이 세계를 아르키메데스의 점*에서 바라보아야 한다. 이 점에서 보면 세계가 그 세계 속에 갇혀 있는 인간이 보는 것과는 다른 모습으로 보이리라는 것, 바로 이것이

824

카프카 문학을 다른 작가들의 문학과 구별 지어 주는 전환점이 된다. 이 점에서 본다는 것은, 이 세계를, 인간세계 밖에 서 있고 시간의 범주와 흐름에서 물러난 한 인간의 관점을 통해 보는 것을 의미한다. 카프카는 거듭 자신의 가장 내적인 의도는 이러한 점에서 인간 현실과 세계를 자세히 모사하는 것이며, 세계의 진실을 밝혀내는 데 있음을 고백하고 있다. 아르키메데스의 점에서 세계를 관찰했기 때문에, 일상적인 것 자체가 이미 기적처럼 보이게 된다. 인습적인 관계에서 벗어난 자만이 자신과 현실 사이의 살아 있는 관계를 포착할 수 있다. 따라서 허상으로 주어지고 익숙해진 현존 영역으로부터 물러나는 전환이 요구된다. 이러한 전환이야말로 인간이 발전할 수 있는 결정적인 순간을 제공해 준다. 고정관념에 사로잡혀 현실을 제대로 파악할 수 없는 상황에서 벗어나, 기존의 모든 것을 무無라고 선언할 수 있는 혁신적인 정신운동을 통해서만 이 세계의 허위가 지양될 수 있다. 허위의 구속에서 벗어나려면 일단 허위에 바탕을 둔 세계에서 벗어난 위치에 서야만 한다. 벌레로 변신한 그레고르에게 주어진 위치가 바로 아르키메데스의 점이다. 그는 현실의 생존 영역으로부터 벗어난 점에 놓여 있는 것이다. 그레고르의 이러한 상태는, 가정과 사회를 위한 기능인으로서의 역할, 즉 사회적 메커니즘이 명령하는 생산, 교환, 소유의 기능을 수행할 수 없는 처지이다. 이러한 위치는 유산 시민의 입장에서 본다면, 무와 다름이 없다. 유산 시민에게는 소유의 상실이 자기 존재의 부정을 의미하기 때문이다. 자기의 근원

---

* 그리스의 수학자 아르키메데스는 지렛대의 원리를 발견하고 나서 자신에게 이 지구 밖에 설 수 있는 점을 제공해 준다면 자기가 지구를 들어 올릴 수 있다고 말했다. 아르키메데스의 점이란 바로 이 지구 외계에 존재한다고 가정한 가상의 점이다.

을 끊임없이 느끼는 자는 이름, 돈, 가족이 가치 있는 인간 사회 내에서 더 이상 존재 가치가 없다. 인간이 하나의 경제단위로 전락해 버린 사회에서 자기의 존재를 갈망하는 자는 파멸의 구렁텅이에 빠질 수밖에 없는 것이다.

변신에 폭로되고 있는 현실은 허위에 바탕을 두고 있다. 사람들은 진실한 상호 교류나 사랑 없이 오로지 물질적 소유관계에만 얽매여 있다. 일상적인 현실에 얽매인 변신 이전의 상태에서는 이런 사실을 전혀 깨닫지 못했던 그레고르는 벌레로의 변신을 계기로 일상적인 생존권에서 벗어나 관찰자로서 유리한 위치를 차지하게 되면서 이런 사실을 점차 깨닫게 된다. 변신 이후 그레고르가 죽음에 이르기까지 겪는 경험과 체험의 묘사를 통해 소유 지향적인 현대 산업사회에서는 인간의 소외, 비인간화가 팽배하게 되며 일상적 삶의 법칙에 얽매인 기능적인 '세인'만이 살아남게 되고 본래적인 '자기'로 살아가려는 자는 파멸에 이를 수밖에 없음이 드러난다. 어떻게 해야 이러한 사회에서 조화를 이루며 살아갈 수 있는가에 대해서는 아무 해답도 제시되지 않으며, 다만 일상적 현실은 삶의 모든 영역에서 허위와 소유관계에 바탕을 두고 있다는 사실, 그리고 이러한 현실의 법칙을 어기는 자는 파멸한다는 사실만이 암시적으로 제시된다. 진정한 삶을 살아가기 위해 자아와 외부 세계와의 조화를 모색하는 것은 독자 자신에게 맡겨진 문제인 셈이다. 독서 과정을 통해, 허위에 의해 지탱되는 현실의 삶에서 진실에의 길에 도달하려는 고통스러운 사고 과정을 거칠 때에만 우리는 작품과 살아 있는 관계를 맺을 수 있을 것이다.

카프카의 문학 세계를 총체적으로 이해하려면 이 책에 수록된 중·

단편 소설들뿐만 아니라, 우선 특히 세 편의 장편소설들, 그리고 『펠리체에게 보낸 편지들』과 『밀레나에게 보낸 편지들』을 비롯한 각종 편지와 엽서들, 또한 일기와 잠언들에 대한 꼼꼼한 읽기와 분석이 뒤따라야 할 것으로 생각한다. 문학작품이란 결국 살아가는 이야기이며, 일상적 삶의 현실과 무관할 수가 없다. 아무쪼록 이 책에 수록된 작품들의 독서가 카프카에 대한 애정 어린 관심으로 이어지는 계기가 되기를 바랄 뿐이다.

끝으로, 이 책은 1979년 출간된 『Franz Kafka: Sämtliche Erzählungen』(Hrsg. von Paul Raabe, Fisher Taschenbuch Verlag GmbH, Frankfurt am Main)을 번역 저본으로 사용했음을 밝힌다.

프란츠 카프카 연보

1883   7월 3일, 그 당시 오스트리아-헝가리 이중 제국의 도시 프라하Prag
에서, 유대인 상인이었던 아버지 헤르만 카프카Hermann Kafka
(1852~1931)와 뢰비Löwy 가문 출신의 어머니 율리에Julie Kafka
(1856~1934) 사이에서 장남으로 태어남.

1889   9월, 독일계 초등학교에 입학함. 9월 22일, 누이동생 엘리Elli 태어남.

1890   9월 25일, 누이동생 발리Valli 태어남.

1892   10월 29일, 누이동생 오틀라Ottla 태어남.

1893   독일계 국립 알트슈타트Altstadt 김나지움에 입학하여 글을 쓰기 시작함. 오스카 폴락Oskar Pollak(1883~1915)과 교제함. 진화론을 주장한 다윈Charls Darwin의 책을 탐독하고, 철학자 니체Friedrich Nietzsche에도 관심을 가짐.

1896   6월 13일, 견진성사를 받음.

1901   7월 김나지움 졸업 자격시험을 치르고 8월에 프라하의 독일계 대학에 진학해 화학, 예술사, 독일 문학 등의 강의를 듣고 법학을 전공함.

1902   철학자 프란츠 브렌타노Franz Brentano를 연구하는 카페 루브르의 서클에 다님. 9월에는 트리슈Triesch의 시골 의사인 외삼촌 지크프리트Siegfried Löwy(1867~1942) 집에서 한 주 동안 휴가를 보냈고, 10월에는 프라하에 있는 독일 대학생들의 독서 서클에서 막스 브로트Max Brod(1884~1968)와 만나 평생 동안 교우 관계를 맺음. 1903년까지 짧은 산문 작품 「옷Kleider」, 「나무들Die Bäume」 집필함.

1903   1904년까지 「국도 위의 아이들Kinder auf der Landstraße」 집필함.

1904   「산속으로의 소풍Der Ausflug ins Gebirge」 집필함. 「어느 투쟁의 묘사 Beschreibung eines Kampfes」 집필을 시작하여 1906년에 마침.

1905   여름방학을 추크만텔Zuckmantel에서 보냄. 가을과 겨울에는 브로

트, 작가 오스카 바움Oskar Baum, 펠릭스 벨츄Felix Weltsch 등과 정기
적으로 만남.

1906 6월 18일, 법학 박사 학위 취득함. 10월부터 1년간 법원에서 시
보 생활을 함. 산문 소품 「거절Die Abweisung」(1913년 단편 모음집
『관찰Betrachtung』에 수록됨) 집필함. 1907년까지 「골목길로 난 창Das
Gassenfenster」집필함.

1907 「뛰어 지나가는 사람들Die Vorüberlaufenden」, 「멍하니 밖을 바라봄
Zerstreutes Hinausschauen」, 「집으로 가는 길Der Nachhauseweg」, 「상인Der
Kaufmann」, 「시골에서의 결혼 준비Hochzeitsvorbereitungen auf dem Lande」 집
필함. 10월에 이탈리아계 일반 보험회사에 임시직으로 들어감.

1908 「승객Der Fahrgast」집필함. 문학잡지 《히페리온Hyperion》에 여덟 편의
산문 소품을 모아 원래의 제목을 쓰지 않고 '관찰'이라는 제목 아
래 발표함. 7월부터 프라하의 노동자 상해 보험 공사로 직장을 옮
긴 후 1922년 7월 퇴직할 때까지 그곳에서 14년간 근무함.

1909 9월 4일부터 14일까지 브로트 형제와 리바에서 휴가를 보냄. 9월
11일 브레샤의 비행기 경연 대회 관람 후 르포르타주 「브레샤의
비행기Die Aeroplane in Brescia」를 집필함. 「여성의 애독서Ein Damenbrevier」,
「기도자와의 대화Gespräch mit dem Beter」, 「술주정꾼과의 대화Gespräch mit
dem Betrunkenen」, 시詩 「작은 영혼Kleine Seele」 집필함. 겨울에 「경마 기
수들을 위한 숙고Zum Nachdenken für Herrenreiter」 집필함. 사회주의 청

년 서클인 믈라디취 클럽*Klub Mladych*에 가입함. 1914년까지 노동자
계급 탄압에 저항하는 정치단체의 집회와 노동조합의 체코 무정
부주의자 운동에 자주 참가함.

1910   일기를 쓰기 시작함. (카프카의 일기는 사적인 기록이라기보다
는 오히려 문학 창작 훈련의 성격이 강함.) 유대인 극단과 접촉
함. 지식인들의 모임인 판타*Panta* 서클을 방문함. 가을에 「불행함
Unglücklichsein」 집필함.

1911   브로트와 북부 이탈리아 호수 지대에서 휴가를 보냄. 유대인 극단
과 접촉하고 극단원 이자크 뢰비*Jizchak Löwy*를 알게 됨. 오스트리
아 작가 프란츠 베르펠*Franz Werfel*(1890~1945)과 친교를 시작함.
「어느 사기꾼의 가면을 벗김*Entlarvung eines Bauernfängers*」, 「리하르트와
사무엘*Richard und Samuel*」 집필함. 11월 일기 기록을 개정해 「총각의
불행*Das Unglück des Junggesellen*」 집필함. 11월 말 「큰 소음*Großer Lärm*」 집
필함.

1912   카프카의 작가로서의 삶에 결정적인 전환점이 된 해임. 연초에
「갑작스러운 산책*Der plötzliche Spaziergang*」, 「결심들*Entschlüsse*」, 「인디언
이 되고 싶은 소원*Wunsch, Indianer zu werden*」 등을 집필함. 미완성 장편
『실종자*Der Verschollene*』 집필 시작함. 7월, 브로트와 함께 여행함. 8월
13일 브로트 집에서 펠리체 바우어*Felice Bauer*(1887~1960)와 처
음 만남. 9월 22일 하룻밤 만에 「선고 *Das Urteil*」를 완성하고 12월
프라하에서 개최된 작품 낭독회에서 발표함. 9월 25일 이후 「화

부*Der Heizer*」집필함. 10월부터 이듬해 1월까지 『실종자』 1장부터 7장까지 집필함. 10월에 펠리체 바우어와 편지 왕래 시작함. (1917년까지 무려 500통이 넘는 편지를 주고받게 되는데, 이 편지들은 카프카의 삶과 문학을 이해하는 데 매우 중요함.) 11월 17일에 「변신*Die Verwandlung*」집필을 시작해 12월 7일 완성함. 12월(발행 일자는 1913년 1월로 표기)에 최초의 단편 모음집 『관찰』이 로볼트*Rowohlt* 출판사에 의해 출간되는데, 여기에는 1904년부터 1912년 사이에 창작된 짧은 산문 18편(「국도 위의 아이들」, 「어느 사기꾼의 가면을 벗김」, 「갑작스러운 산책」, 「결심들」, 「거절」, 「골목길로 난 창」, 「산속으로의 소풍」, 「총각의 불행」, 「멍하니 밖을 바라봄」, 「상인」, 「집으로 가는 길」, 「뛰어 지나가는 사람들」, 「승객」, 「옷」, 「경마 기수들을 위한 숙고」, 「인디언이 되고 싶은 소원」, 「나무들」, 「불행함」)이 수록되어 있음.

1913   3월 부활절 때 베를린에 있는 펠리체 바우어를 방문함. 「화부」출간됨. (나중에 미완성 장편소설 『실종자』의 첫 장으로 수록됨.) 9월에 빈, 베네치아 등지로 여행함. 「선고」가 라이프치히의 한 문학 연감에 실림. 10월 말 프라하에서 펠리체 바우어의 친구 그레테 블로흐*Grete Bloch*와 알게 되고 그녀와 1914년 10월 15일까지 서신 왕래를 함.

1914   베를린에 체류하면서 부활절(2. 28~3. 1)을 맞이함. 6월에 펠리체 바우어와 약혼했다가 7월에 파혼하고 발트해로 여행함. 8월에 따로 방을 얻어 가족으로부터 독립하고, 미완성 장편 『소송

*Der Proceß*의 집필 시작함. 10월 「유형지에서*In der Strafkolonie*」 완성함. 『실종자』의 마지막 장 집필함. 그레테 블로흐와 만남. 「시골 학교 선생*Der Dorfschullehrer*」 집필함. (브로트가 「거대한 두더지*Der Riesenmaulwurf*」라고 개명한 이 단편은 1931년 출간된 단편 모음집 『만리장성의 축조 때*Beim Bau der Chinesischen Mauer*』에 수록됨.) 11월부터 「법 앞에서*Vor dem Gesetz*」 집필함. (나중에 미완성 장편 『소송』 제 9장에 삽입된 이 단편은 『소송』의 핵심일 뿐만 아니라 카프카의 전체 작품을 이해하는 데 필요한 주요 열쇠로 여겨짐.) 1916년까지 「한바탕의 꿈*Ein Traum*」 집필함.

1915   1월에 펠리체 바우어와 다시 만남. 슈테른하임*Carl Sternheim*이 폰타네*Fontane* 상을 카프카에게 양보함. 9월 7일, 「법 앞에서」 출간됨. 「중년의 노총각 블룸펠트*Blumfeld, ein älterer Junggeselle*」 집필함. (단편 모음집 『어느 투쟁의 묘사』에 수록됨.) 11월에 「변신」 출간됨.

1916   7월, 펠리체 바우어와 함께 체류함. 9월, 「선고」 출판함. 「다리 *Die Brücke*」 집필을 시작하여 1917년에 마침. 「양동이 탄 사내*Der Kübelreiter*」, 미완성 희곡 「묘지기기*Der Gruftwächter*」 집필을 시작해 1917년에 마침.

1917   1~2월에 「자칼과 아랍인*Schakale und Araber*」, 「신임 변호사*Der neue Advokat*」, 「어느 시골 의사*Ein Landarzt*」, 「이웃 마을*Das nächste Dorf*」, 「광산의 방문객*Ein Besuch im Bergwerk*」, 「사냥꾼 그라쿠스*Der Jäger Gracchus*」, 「맨 위층 싸구려 관람석에서*Auf der Galerie*」, 「형제 살해*Ein Brudermord*」

를 집필함. 봄에 「만리장성의 축조 때」(단편 모음집 『만리장성의 축조 때』에 수록됨)와 「한 장의 고문서Ein altes Blatt」, 「마당 문을 두드림Der Schlag ans Hoftor」, 「열한 명의 아들Elf Söhne」, 「어느 학술원에 드리는 보고Ein Bericht für eine Akademie」를 집필함. 7월에 펠리체 바우어와 두 번째 약혼함. 9월에 폐결핵 발병을 확인함. 취라우에 사는 누이동생 오틀라에게 옮겨 감. 12월 펠리체와 또다시 파혼함. 가을부터 이듬해까지 잠언집 『취라우 잠언Die Zürauer Aphorismen』 집필함. (브로트는 이 잠언집의 이름을 『죄, 고뇌, 희망 그리고 진실한 길에 대한 고찰Betrachtungen über Sünde, Leid, Hoffnung und den wahren Weg』로 부름.) 「어느 튀기Eine Kreuzung」, 「일상적인 혼란Eine alltägliche Verwirrung」, 「이웃Der Nachbar」, 「세이렌들의 침묵Das Schweigen der Sirenen」, 「산초 판자에 관한 진실Die Wahrheit über Sancho Pansa」 집필함. (『만리장성의 축조 때』에 수록됨.)

1918   오스트리아-헝가리 이중 제국이 해체되고 체코슬로바키아에서 시민혁명이 일어나 임시정부가 수립됨. 율리에 보리체크Julie Wohryzek와 만나 1919년 약혼하지만 1920년 파혼함. 1월에 「프로메테우스Prometheus」 집필함. (『만리장성의 축조 때』에 수록됨.) 500명 이하의 미혼 남성으로 구성된 노동 공동체를 계획한 유토피아적 구상을 담은 논문 초록抄錄 「무산 노동자계급Die besitzlose Arbeiterschaft」 집필함.

1919   5월에 「유형지에서」 출간함. 시오니즘 경향의 주간지 《자기 방어Selbstwehr》에 「황제의 칙명Eine kaiserliche Botschaft」, 「가장의 근심Die Sorge *des Hausvaters*」을 발표함. 가을에 단편 모음집 『어느 시골 의사』(「신임 변호사」, 「어느 시골 의사」, 「맨 위층 싸구려 관람석에서」, 「한 장의 고문서」, 「법 앞에서」, 「자칼과 아랍인」, 「광산의 방문객」, 「이웃 마을」, 「황제의 칙명」, 「가장의 근심」, 「열한 명의 아들」, 「형제 살해」, 「한바탕의 꿈」, 「어느 학술원에 드리는 보고」 등 14편 수록) 출간함. 11월에 자전적인 글 「아버님께 드리는 편지*Brief an den Vater*」 집필함.

1920   직장 동료의 아들인 구스타프 야누흐Gustav Janouch와 알게 되며, 카프카를 문학적 스승으로 생각한 그는 『카프카와의 대화 *Gespräch mit Kafka*』(초판 1951년, 증보판 1968년)를 출간하게 되는데, 이 책은 카프카의 문학 외적인 다른 면모들을 알게 해 주는 중요한 자료로 평가되고 있음. 4월부터 병가를 얻어 요양을 위해 메란Meran에 체재할 때, 카프카의 몇 작품을 체코어로 번역하고 싶어 하던 밀레나 예젠스카Milena Jesenska와 서신 교환을 하게 되고, 6월 말부터 7월 초에 빈으로 가 그녀를 방문함. 그 후 가끔 서신 왕래도 하고 만나기도 했지만, 12세 연하의 기혼 여성인 데다 엄격한 국수주의적 사고방식을 지닌 유서 깊은 가문 출신의 체코인인 그녀와 결국 헤어질 수밖에 없었음. 그녀는 아우슈비츠 강제수용소에서 희생되기 전에 카프카의 편지들을 빌리 하스Willy Hass에게 넘겼고 하스가 종전 후 『밀레나에게 보내는 편지*Briefe an Milena*』를 출판함. 「거부*Die Abweisung*」(원래 독일어 제목은 1906년에 발표된 단편과 동일하지만 내용이 다름), 「귀가*Heimkehr*」, 「밤에*Nachts*」, 「포세이돈*Poseidon*」, 「징병*Die Truppenaushebung*」, 「도시의 문장*Das Stadtwappen*」, 「공

동체Gemeinschaft」, 「시험Die Prüfung」, 「독수리Der Geier」, 「팽이Der Kreisel」, 「키잡이Der Steuermann」, 「법에 대한 의문Zur Frage der Gesetze」, 「작은 우화Kleine Fabel」 등을 집필함. 12월에 병가를 얻어 폐결핵 요양소에 입원하면서 젊은 의사 로베르트 클로프슈토크Robert Klopstock와 친교가 시작됨.

1921   요양원에 머물다 가을에 프라하로 돌아옴. 「최초의 고뇌Erstes Leid」 집필함. 1922년까지 「변호사Fürsprecher」, 「돌연한 출발Der Aufbruch」 집필함. (『어느 투쟁의 묘사』에 수록됨.) 12월 25일 「양동이 탄 사내」가 《프라하 신문》에 실림. 1922년까지 「어느 단식 광대Ein Hungerkünstler」(『어느 단식 광대』에 수록됨), 「어느 개의 연구Forschungen eines Hundes」(『만리장성의 축조 때』에 수록됨) 집필함.

1922   6월에 퇴직을 하고 9월 중순까지 누이동생 오틀라의 별장이 있는 플라나Plana에서 지냄. 1월부터 9월까지 미완성 장편소설 『성Das Schloss』 집필함. 「비유들에 관하여Von den Gleichnissen」, 「부부Das Ehepaar」, 「포기하라Gibs auf」 집필함. (『어느 투쟁의 묘사』에 수록됨.)

1923   여름에 누이동생 엘리와 발트해 연안 뮈리츠Müritz에서 휴가를 보내다 유대인 학교가 운영하는 임해학교에서 보조 교사로 일하는 도라 디아만트Dora Diamant와 만나 사귀게 됨. 정통 유대 교육을 받고 자란 도라의 소박하고 친절한 성품에 매혹되어, 9월부터 베를린의 슈테글리츠Steglitz에서 도라와 동거 생활을 시작함. 10월 「어느 작은 여인Eine kleine Frau」, 겨울부터 1924년까지 「굴Der Bau」 집

필함. (1931년 단편 모음집『만리장성의 축조 때』에 수록됨.)

| 1924 | 3월 프라하로 돌아와 그의 마지막 작품인「요제피네, 여가수 또는 쥐의 종족Josefine, die Sängerin oder Das Volk der Mäuse」을 집필함. (《프라하 신문》 4월 20일자에 실림.) 4월 결핵이 폐에서 후두까지 전이된 카프카는 프라하를 떠나 4월 말 오스트리아 빈 교외에 있는 요양소로 감. 도라 디아만트와 로베르트 클로프슈토크가 동행하여 간병함. 6월 3일 사망함. 6월 11일 프라하의 슈트라슈니츠Straschnitz 유대인 공동묘지에 묻힘. 여름에 네 편의 단편소설(「최초의 고뇌」, 「어느 작은 여인」, 「어느 단식광대」, 「요제피네, 여가수 또는 쥐의 종족」)을 모은『어느 단식 광대』출간됨. |

1924 3월 프라하로 돌아와 그의 마지막 작품인「요제피네, 여가수 또는 쥐의 종족Josefine, die Sängerin oder Das Volk der Mäuse」을 집필함. (《프라하 신문》 4월 20일자에 실림.) 4월 결핵이 폐에서 후두까지 전이된 카프카는 프라하를 떠나 4월 말 오스트리아 빈 교외에 있는 요양소로 감. 도라 디아만트와 로베르트 클로프슈토크가 동행하여 간병함. 6월 3일 사망함. 6월 11일 프라하의 슈트라슈니츠Straschnitz 유대인 공동묘지에 묻힘. 여름에 네 편의 단편소설(「최초의 고뇌」, 「어느 작은 여인」, 「어느 단식광대」, 「요제피네, 여가수 또는 쥐의 종족」)을 모은『어느 단식 광대』출간됨.

1925 『소송』출간됨. (브로트 편집, 베를린의 디 슈미데Die Schmiede 출판사.)

1926 『성』출간됨. (브로트 편집, 뮌헨의 쿠르트 볼프Kurt Wolff 출판사.)

1927 『실종자』출간됨. (브로트 편집. 쿠르트 볼프 출판사. 브로트에 의해 처음에는『아메리카Amerika』라는 제목으로 출간되었으나, 브로트 판본인『아메리카』는 작가의 의도와는 다른 임의적인 편집에 대한 문제가 지속적으로 제기되어 왔다. 1983년 피셔Fischer 출판사가 카프카 본인이 일기에 이 작품 제목을 '실종자'로 기록하고 있는 점을 반영해 역사 비평본을 출간함.)

1931	카프카의 부친 사망함. 브로트에 의해 『만리장성의 축조 때』라는 제목의 단편 모음집이 베를린에서 출간됨.
1934	카프카의 모친 사망함.
1935	1937년까지 첫 번째 카프카 전집 발간. (베를린 쇼켄Schocken 출판사, 브로트와 하인츠 폴리처Heinz Politzer 공동 편집.)
1936	프라하에서 단편 모음집 『어느 투쟁의 묘사』 출간됨.
1939	독일이 프라하를 침공하기 직전 브로트가 카프카의 친필 원고를 가방에 담아 프라하를 탈출해 팔레스타인에 도착함.
1942	카프카의 세 여동생이 아우슈비츠 강제수용소에서 사망함.
1948	카프카의 일기(1910~1923)가 뉴욕의 쇼켄 출판사에서 출간됨.
1950	1974년까지 두 번째 카프카 전집 발간됨. (프랑크푸르트 피셔 Fischer 출판사, 브로트 편집.)
1952	도라 디아만트 사망함.
1960	10월 15일 미국에서 펠리체 바우어 사망함.

1962	『소송』이 감독 오선 웰스Orson Welles에 의해 영화로 제작됨.
1968	『성』이 감독 루돌프 뇔테Rudolf Noelte에 의해 영화로 제작됨.
1969	『군중과 권력Masse und Macht』의 작가로 1981년 노벨문학상 수상자인 카네티Elias Canetti가 『소송』을 토대로 한 에세이 『다른 소송. 펠리체에게 보낸 카프카의 편지들Der andere Prozess. Kafkas Briefe an Felice』을 발표함.
1975	「변신」이 감독 얀 네멕Jan Němec에 의해 영화로 제작됨.
1977	〈잠자 씨의 변신The metamorphosis of Mr. Samsa〉이라는 제목의 리메이크 영화가 제작됨.
1982	비평본 카프카 전집 출간(피셔 출판사)이 시작됨.
1983	『실종자』가 〈계급 관계Rapports de classes〉라는 제목의 영화로 제작됨.
1993	『소송』이 감독 데이비드 존스David Jones에 의해 영화로 제작됨.
1997	『성』이 감독 미카엘 하네케Michael Haneke에 의해 영화로 제작됨.
2015	단편 「굴Der Bau」이 감독 요헨 프라이당크Jochen Alexander Freydank에 의해 영화로 제작됨.

세계문학 단편선을 펴내며

  세상의 모든 이야기는 단편으로 시작되었다. 성서와 그리스 신화를 비롯해 인류의 많은 신화와 설화는 단편의 형식으로 사물의 기원, 제도와 금기의 탄생, 운명이라는 이름의 삶의 보편적 형식을 설명했다.
  〈세계문학 단편선〉은 모든 산문의 형식 중 가장 응축적이고 예술성이 높은 단편소설에 포커스를 맞추어 세계문학을 바라보는 새로운 관점을 제시하고자 한다. 단편소설을 언급할 때 빼놓을 수 없는 작가들의 작품들은 물론이고, 한두 편의 장편소설로만 우리에게 알려진 세계적 작가들이 남긴 주옥같은 단편들을 통해 대가의 진면모를 총체적으로 바라볼 수 있게 할 것이다. 또한 우리에게 문학의 변방으로 여겨져 왔던 나라들의 대표적 단편 작가들도 활발히 소개할 것이며 이미 순문학과의 경계가 불분명해진 장르문학의 형성과 발전에 크게 기여한 작가들의 작품 역시 새롭게 조명해 나갈 것이다.
  에드거 앨런 포는 문학작품은 독자가 앉은자리에서 다 읽을 수 있을 정도로 짧아야 한다고 했다. 바쁜 일상의 삶을 사는 현대인들에게 〈세계문학 단편선〉은 삶과 사회, 나아가 세계를 바라볼 수 있게 하는 더할 나위 없이 좋은 친구가 될 것이라 확신한다.
  21세기인 현재에 이르기까지 단편소설은 그리스 신화가 그러했듯이 삶의 불변하는 조건들을 응축된 예술적 형식으로 꾸준히 생산해 왔다. 그리고 새로운 문학적 기법과 실험적 시도를 통해 단편소설은 현재도 계속 진화, 확장되고 있다. 작가의 치열한 예술적 열정이 가장 뜨겁게 반영된 다양한 개성으로 빛나는 정교한 단편들을 통해 문학의 진정한 존재 이유를 독자들이 느낄 수 있기를 소망하며 이번 〈세계문학 단편선〉을 펴낸다.

현대문학 편집부

H세계문학 단편선

프란츠 카프카

초판 1쇄 펴낸날 2020년 6월 8일
초판 11쇄 펴낸날 2024년 7월 1일

지은이 프란츠 카프카
옮긴이 박병덕
펴낸이 김영정

펴낸곳 (주)현대문학
등록번호 제1-452호
주소 06532 서울시 서초구 신반포로 321 (잠원동, 미래엔)
전화 02-2017-0280
팩스 02-516-5433
홈페이지 www.hdmh.co.kr

ISBN 978-89-7275-511-1 04850
세트 978-89-7275-672-9

* 책값은 뒤표지에 있습니다.
* 파본은 구입처에서 교환해 드립니다.